企业的政府公关

拓展企业生存空间

——企业政治策略与行为的理论研究

田志龙 高勇强 贺远琼 著

清华大学出版社
北 京

内 容 简 介

　　本书在企业战略管理研究领域，对企业与其"政治与法律"环境的互动关系进行了研究，探讨了研究问题、理论基础、西方的研究成果，并介绍了对中国企业政治策略与行为的研究成果以及将这类企业非市场策略与市场策略整合的思路。本书为如下问题提供了答案：为什么在处于社会转型过程中的中国，"找市长"与"找市场"同样重要？企业积极与政府打交道的基本道理是什么？企业影响政府决策谋求有利政治环境的策略与行为是什么？企业怎样才能构建有利的生存环境？本书适合企业管理领域的学者和研究生阅读，也可供企业高层、从事政府公关实务的公关人员阅读参考。

图书在版编目（CIP）数据

拓展企业生存空间：企业政治策略与行为的理论研究/田志龙等著. —北京：清华大学出版社，2007.12
ISBN 978-7-302-16510-1

Ⅰ. 拓…　Ⅱ. 田…　Ⅲ. 企业管理—研究　Ⅳ. F270

中国版本图书馆 CIP 数据核字（2007）第 180145 号

责任编辑：刘志彬　陆浥晨
责任校对：宋玉莲
责任印制：李红英

出版发行：清华大学出版社　　　　　　　　　地　　　址：北京清华大学学研大厦 A 座
　　　　　http://www.tup.com.cn　　　　　　邮　　　编：100084
　　　　　c-service@tup.tsinghua.edu.cn
　　　　　社 总 机：010-62770175　　　　　邮购热线：010-62786544
　　　　　投稿咨询：010-62772015　　　　　客户服务：010-62776969
印 装 者：北京鑫海金澳胶印有限公司
经　　销：全国新华书店
开　　本：185×230　　印　张：24　　　　　字　　数：490 千字
版　　次：2007 年 12 月第 1 版　　　　　　印　　次：2007 年 12 月第 1 次印刷
印　　数：1～3000
定　　价：40.00 元

　　本书如存在文字不清、漏印、缺页、倒页、脱页等印装质量问题，请与清华大学出版社出版部联系调换。联系电话：010-62770177 转 3103　　产品编号：025844-01

《企业的政府公关》丛书总序

企业需要积极地与政府打交道吗？答案是肯定的。

对于中国企业来说，无论企业大小，也无论企业家本人的政治身份高低抑或有无，企业与政府的关系是一道必答题。即使是联想集团这样的企业，其创始人柳传志多年前也曾说过，"把70%的时间用在了为企业营造良好的外部环境上"。对我国企业家的系列访谈调查中，我们发现一些企业家常常用20%～40%的时间处理与政府相关的事项。对我国一些知名大企业网站上近三年的新闻报道进行的内容分析结果也表明，企业报道的活动中有40%～50%是与政府关系及社会事项相关的非市场活动，并且发现企业的非市场行为与企业绩效之间存在一定的关联性。

企业家为什么要花如此大的精力处理与政府的关系？这是因为，无论是中国这种转型经济国家还是西方成熟市场经济国家，政府这只强有力的有形之"手"都在积极地干预着经济发展并影响企业的经营。一个成功的企业，至少应兼备两种能力：一种是把企业内部运营做好的能力，另一种是政府公关的能力。成功的政府公关可以让企业的发展事半功倍。因为这样的关系决定着企业资源和政策的多寡，并进而决定企业生存空间的大小。与经营市场不同，经营政府关系面对的是更加复杂的人与事，"会玩一个球的人都要学会同时玩多个球"。

因此，企业在做好市场运营的同时，也必须经营好与政府的关系，这对于中国企业来说尤其重要。中国正处于从计划经济向市场经济的转型期，这一背景决定了企业家需要注意以下两个方面：一是各级政府对企业经营环境的影响大大多于西方国家，例如，中国经济与社会的快速且较平稳的发展就得益于中国政府对经济的强大规划与影响能力；二是中国企业通过处理好与政府的关系来谋求自身利益的行为比西方社会更为普遍。企业在与政府打交道的过程中可以谋求得到下面两个方面的利益：（一）通过与政府相互之间更加了解，使影响企业生存空间的法规与政策维度对企业更加有利；（二）充分利用政府的服务功能与资源帮助企业提高其市场与非市场竞争力。

第一本书
《拓展企业生存空间——企业政治策略与行为的理论研究》全书结构总图

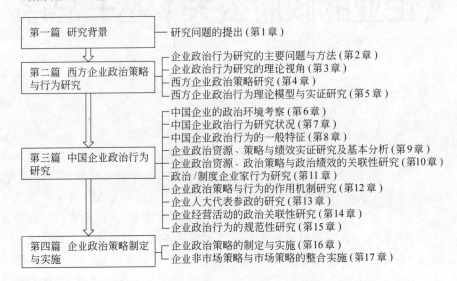

第一篇 研究背景	── 研究问题的提出（第1章）
第二篇 西方企业政治策略与行为研究	── 企业政治行为研究的主要问题与方法（第2章） ── 企业政治行为研究的理论视角（第3章） ── 西方企业政治策略研究（第4章） ── 西方企业政治行为理论模型与实证研究（第5章）
第三篇 中国企业政治行为研究	── 中国企业的政治环境考察（第6章） ── 中国企业政治行为研究状况（第7章） ── 中国企业政治行为的一般特征（第8章） ── 企业政治资源、策略与绩效实证研究及基本分析（第9章） ── 企业政治资源、政治策略与政治绩效的关联性研究（第10章） ── 政治/制度企业家行为研究（第11章） ── 企业政治策略与行为的作用机制研究（第12章） ── 企业人大代表参政的研究（第13章） ── 企业经营活动的政治关联性研究（第14章） ── 企业政治行为的规范性研究（第15章）
第四篇 企业政治策略制定与实施	── 企业政治策略的制定与实施（第16章） ── 企业非市场策略与市场策略的整合实施（第17章）

第二本书
《沟通创造价值——企业政府公关的策略与案例》全书结构总图

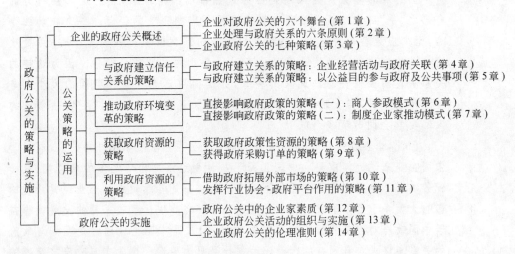

Ⅱ

政府公关的策略与实施		企业的政府公关概述	── 企业对政府公关的六个舞台（第1章） ── 企业处理与政府关系的六条原则（第2章） ── 企业政府公关的七种策略（第3章）
	公关策略的运用	与政府建立信任关系的策略	── 与政府建立关系的策略：企业经营活动与政府关联（第4章） ── 与政府建立关系的策略：以公益目的参与政府及公共事项（第5章）
		推动政府环境变革的策略	── 直接影响政府政策的策略（一）：商人参政模式（第6章） ── 直接影响政府政策的策略（二）：制度企业家推动模式（第7章）
		获取政府资源的策略	── 获取政府政策性资源的策略（第8章） ── 获得政府采购订单的策略（第9章）
		利用政府资源的策略	── 借助政府拓展外部市场的策略（第10章） ── 发挥行业协会-政府平台作用的策略（第11章）
	政府公关的实施		── 政府公关中的企业家素质（第12章） ── 企业政府公关活动的组织与实施（第13章） ── 企业政府公关的伦理准则（第14章）

对于任何一家希望获得成功的企业,如何实施政府关系管理一直是它们极为重视而又十分困惑的事情。如何理清我国政府的机构和运作程序,提高工作效率? 中国政府机构与国外有哪些不同? 如何与相关政府部门和机构创建一种建设性的战略合作关系? 如何面向政府成功"攻关"? 如何争取政府的支持? 如何架构企业内部的政府关系管理机制? 如何提升企业公关人员的能力? 如何制定企业的政府关系策略? 如何实施与政府的有效沟通? 在政府关系管理中有哪些原则、技巧和方法? 这些都是目前许多企业关心的问题。

我们围绕企业的政府公关撰写了两本书:《拓展企业生存空间——企业政治策略与行为的理论研究》和《沟通创造价值——企业政府公关的策略与案例》,其目的是希望与企业家们及政府官员沟通和分享对上述问题研究的成果。

第一本书《拓展企业生存空间——企业政治策略与行为的理论研究》对企业与政府关系进行了理论探讨,是我们对相关理论研究成果的总结。此书集中研究了企业应如何积极地影响政府制定政策及过程、谋求良好生存空间的企业政治策略与行为。

此书在结构上分为四个部分:第一部分是研究背景介绍,探讨了企业的经营环境特征以及进行企业政治策略与行为研究的意义;第二部分是西方企业政治策略与行为研究成果介绍,分四章对研究问题、研究的理论基础、理论研究与实证研究成果进行了介绍;第三部分是对中国企业政治策略与行为的研究,分十章介绍了中国企业的经营环境特征,有关中国企业政治策略研究的文献和我们进行的中国企业政治策略研究成果;第四部分是企业政治策略决策,分两章探讨了进行政治策略决策的过程和将企业非市场策略与市场策略进行整合实施的战略管理思路。

第二本书《沟通创造价值——企业政府公关的策略与案例》对企业进行政府公关的策略进行了探讨并提供了大量的案例介绍。它是我们进行企业与政府关系研究的应用成果的总结,旨在为企业家们进行政府公关提供实用性的指导。

此书共分 14 章:第 1 章~第 3 章分别介绍了企业与政府关系的六个舞台、企业与政府打交道的六个原则和企业进行政府公关的七种策略;第 4 章、第 5 章分别介绍了企业与政府建立关系的参与策略和公益策略;第 6 章、第 7 章探讨了企业影响政府政策的商人参政模式和制度企业家推动模式;第 8 章、第 9 章分别介绍了企业获取政府资源的两种策略;第 10 章、第 11 章介绍了企业利用政府资源开拓外部市场和利用行业协会—政府平台的策略;最后的第 12 章、第 13 章和第 14 章分别探讨了政府公关中的企业家素质、政府公关活动的组织实施与企业政府公关的伦理准则。

我们希望这两本书能为企业家们处理企业与政府关系提供一些有益的参考。

在读者深入阅读这两本书的细节之前,我们想就什么是政府公关提出我们的看法和观点,并就政府公关行为给企业家们提出一些忠告。

什么是政府公关呢? 在日常用语中,政府公关有两层含义:一是政府的公共关系(简称政府公关），是指政府运用各种传播和沟通手段与广大公众建立相互理解、信任、合作的持久关系，以期提高政府的美誉度，塑造良好的政府形象，争取公众对政府工作的理解、谅解和支持的一种行政管理职能；二是企业的政府公关，是指企业与政府发展良性互动关系的活动，包括企业主动去了解社会发展的大趋势和政府进行经济与社会发展的意图，主动向政府沟通企业的想法、观点、意见和思路，使企业在经营中得到政府的理解、支持和帮助，在企业发展壮大的同时，又能促进经济与社会的发展。我们这里的政府公关指的是企业的政府公关，借用伊士曼·柯达副总裁叶莺的说法，政府公关是指如何使企业的立场能够有效地、及时地、正确地回馈给政府。

企业的政府公关活动的例子包括请政府参与到企业的活动中来，让政府官员加深对企业的了解，同时企业也借政府的认可提升企业的形象；以公益的目的支持政府组织的活动，如解决下岗人员的再就业，以公益为目的向教育、体育、卫生等事业提供财务支持，在这些活动中通过政府和公众的参与，加强政府和公众对企业的了解和接受程度；积极参与国家的民主政治进程，作为人大代表、政协委员、政府顾问、行业协会理事，直接参与到政府政策决策制定过程中，与政府官员一起沟通，发表意见和建议；或企业作为行为主体影响政策法规的变迁，在这个过程中，使企业的意见得到政府官员认同、接受和采纳；通过与政府沟通，了解政府的大量优惠政策中哪些能为企业所用，并得到政策的支持；利用政府的公信力帮助企业开拓外地市场和国外市场等。

谈到企业的政府公关，人们往往会想到"月亮的背面"。这个方面的工作在过去的确有很多误区，一些人认为在国内做政府关系要靠走后门，靠个人的关系。但随着整个中国政府体制不断完善、改进，整个政府工作的透明化、规范化，我们更需要的是通过正常渠道和政府沟通。因此，本书所研究和倡导的企业政府公关不包括那些违法或不符合伦理规则的政府公关，比如那些通过行贿得到政府资源和订单的行为。这些行为不是健康的政府公关行为，它们不仅会增加企业的投资成本，还会破坏企业的经营环境，进而腐蚀整个经济和社会发展的机体。

因此，我们对阅读本书的企业家们提出如下的忠告：企业家们必须明白，你和你的公司进行政府公关的目的从某种意义上来说可以是自私的，但你和你的企业寻求说服别人（政府官员和社会公众）给予你的企业帮助和接受你的观点的立场必须是善意的，方式必须是社会可以接受的。与政府打交道时你必须知道两件事：一是知道"该做什么"；二是知道"不该做什么"。知道"该做什么"是指企业家通过提升自己的水平和形象，真正以企业界的社会精英的姿态，通过正常的途径与政府官员沟通来达到企业的目的。知道"不该做什么"是指知道法律和道德底线是什么，这包括不违法，不卷入官场派系之争，不成为某个官员的个人工具。

总之，我们希望这两本书的出版有助于企业与政府关系的建立，促进企业与政府间建立一种健康、良性的互动关系。

这两本书的撰写得到了很多人的帮助，我们对他们的感激之情在后记中进行了诚挚的表达。

虽然我们在撰写过程中努力表述，认真查证，但仍可能有不少疏漏和错误之处，敬请读者不吝指出，我们将不胜感激。

作者：

田志龙（第一、二本书作者）（华中科技大学管理学院。E-mail：zltian@mail.hust.edu.cn）

高勇强（第一本书作者）（华中科技大学管理学院。E-mail：yqgao@mail.hust.edu.en）

贺远琼（第一本书作者）（华中科技大学管理学院。E-mail：heyuanqiong@mail.hust.edu.cn）

高海涛（第二本书作者）（北京印刷学院管理系。E-mail：seawave2006@163.com）

V

目 录

第一篇　研究背景

第二篇　西方企业政治策略与行为研究

第三篇　中国企业政治行为研究

第一篇　研究背景

第1章

研究问题的提出

本章主要研究问题：

1. 为什么要思考企业生存空间的问题？
2. 企业非市场环境及其政治维度对企业会产生什么影响？
3. 企业应对非市场环境的策略是什么？
4. 研究企业政治策略与行为的基本任务是什么？

> 本章关键概念：企业，企业生存空间，非市场环境，企业政治策略

　　企业家的首要任务是确保企业有一个有利的生存空间，使企业能顺利地实施自己的战略从而达到经营目的。构成企业生存空间的一个重要维度就是法律、法规、政府政策以及企业与政府的关系。

　　更直观地讲，企业的成功不仅依赖于产品和服务、分销渠道、供应链、价格等市场因素，也依赖于企业与政府、各种利益相关者以及社会公众等之间的关系。随着我国市场化进程的不断推进，市场竞争将变得越来越有序，各种利益相关者（个人和团体）对企业经营活动将有越来越多的话语权。政府政策、项目、标准、制度规则以及利益团体的认同也越来越成为企业生存和发展的重要资源，而且可能成为企业竞争优势的关键因素之一。同时，经济影响力越来越强大的企业也会积极谋求对其外部环境的影响，以使外部环境对自己更加有利。

　　本章首先从企业的性质引出企业生存空间的概念，接着对构成企业生存空间的经营环境中的非市场环境及其与政府维度进行分析，再分析企业应对非市场环境的各种可能行为，最后提出企业政治策略与行为研究话题，并探讨研究企业政治策略与行为的必要性和重要意义。

第一节　企业的一般概念与性质

一、企业的定义

"企业"通常是对所有的营利性组织的总称，相应的英文名词为"firms, enterprises"。

虽然我们每一个人都感到企业的存在,并与之打交道,但给企业下定义都不免反映出不同人的观点。律师和经济学家们把企业简单地看做是一组合同关系(a nexus of contracts)。例如,法马(Fama,1980)认为,企业是指生产要素之间的一组合同关系,其中每一个要素的行为都受自身利益的驱动。他进一步指出,企业作为一个团队,其成员也认识到他们自身的利益在某种情况下取决于团队在与其他团队竞争中生存和发展的能力。当然,这是相对于市场对企业作的一般定义。一本英文词典中把公司定义为"由法律授权的一伙人,它像一个人一样行动并拥有自己的权利"(Hanks,1987)。

Monks 和 Minow(1995)更从企业运作角度对公司或公司制企业作了如下的定义:公司是一种允许不同个体或团体为了他们利益的最大化而贡献资金、专长、劳动力的一种机制(mechanism)。在这种机制下,投资者在不必负责公司的日常运作的情况下,获得分享公司利润的机会;管理者在不必自己亲自提供资金的情况下,获得管理公司的机会。公司使这两者成为可能,股东只承担有限的责任(limited liabilities)和有限地参与公司的事务。从理论上讲,这种有限的参与权利包括:选举董事、监事的权利,批准公司重大决策方案的权利等。

上面的所有定义都指出了企业的关键特征,包括:是由人组成的组织,具有从不同的团体或个人筹资的能力,具有与这些团体和个人建立并维持独立角色的能力等。

但在现实生活中我们发现,企业并不只是涉及股东和管理者两个方面的利益相关者(stakeholders)。企业这个独立实体还必须与广泛类型的利益相关者(interest groups,或 stakeholders)相联系,包括:职工、股东、顾客、债权人、经理人员、供应商、社区及政府等。结合上述理解以及我国《公司法》的规定,我们可以对公司制企业进行如下描述:公司制企业的资本由股权资本和借贷资本组成,股权所有者从公司获得红利(或股权增值),债权人从公司获得利息;职工向公司提供劳动力而获得工资;顾客和供应商与公司发生产品或服务的交换关系;公司由经理人员负责日常管理;以股东为主的各利益相关者对企业形成一定形式的监督和约束;外部力量(政府、社会)也对公司起到约束和规范作用(田志龙,1999)。

二、企业的特点与目的

经济学家们研究了"企业为什么会存在"这种问题,认为企业具有替代市场的作用。从社会达尔文主义的观点看,人们建立企业结构并不断改进它的目的是它能实现以前的商业结构形式所不能满足的需要。公司制企业(firms in corporate form)几百年的发展表明,它能适应和促进社会的发展。特别是 19 世纪以后,下面三个方面的因素导致了公司制企业在西方国家的发展:第一,技术的发展带来了规模经济,这使企业规模迅速扩大,如雇员的数量迅速由几人扩大到几十人,乃至几千人,数万人;第二,资本来源范围从以前局限于一个村或一个城镇的部分有钱人扩展到几乎地球上所有的个人;第三,企业财产个人拥有已成为一种社会常识,这在 100 多年前人们的意识上是一种突破。虽然现在这是一种正常的现象,但在 19 世纪以前的西方国家,在人们的意识中,财产应当属于国家(国王)、教会或少数几个富人所有。

企业存在的目的是什么? 这似乎是一个根本不用问的问题,但对它的回答决定着我们后面探讨为什么除股东以外的其他当事人也对公司有利益关系。下面这个例子有助于说明这个问题的重要性:一个公司在某个小镇上建有一个制造工厂。由于这个工厂的存在,小镇上形成了一系列为工厂提供服务的组织和企业,并由此而繁荣起来。若干年后,由于劳动力成本的上升,总公司考虑是否把工厂迁到劳动力成本低廉的其他地区或国家去。如果工厂迁走,小镇将陷入萧条,不仅工厂的职工会失业,小镇上许多相关的人员也会失业。

这个虚拟的事例在我国存在,在西方也同样存在。学者们和企业家们都在思考,企业存在的目的到底是什么? 仅仅是为股东赚取最大利润吗? 从实际影响上看,在当今社会,企业不仅决定着向市场提供什么产品和服务,还决定着我们呼吸的空气和喝的水的质量,更影响着我们生活的各个方面。正是由于后者,企业的行为会受到政府、社会及广泛的政策法规的约束和影响。这种意义上的企业表现出下面的特点。

(1) 满足人类需要和创造财富

企业的存在向人们提供了满足人类基本需求的条件,如对成功、安全、事业感的需求等(马斯洛,1987)。企业可从三个方面为社会创造财富。第一,向顾客提供的产品和服务的价值超过他们所付的价格,使顾客得到“消费者盈余”(consumer surplus);第二,向职工提供更高生产率的就业机会,使他们获得高出其他地方的报酬;第三,向投资者提供超过其他投资项目的利润(只取得社会平均利润率的公司并未给投资者创造财富,只是履行了使投资者的资产保值的责任)。如果顾客、职工和投资者获得的财富超过因生产或消费活动给社会带来的额外成本,那么,企业就是在创造财富(Blair,1995)。

(2) 社会组织结构

企业组织是一种持久的和富有活力的社会组织结构。体现人们创造社会需要的产品和服务能力的重要组织形式之一就是公司制企业。

(3) 效率和效果

企业使人们能做想做的事情。在当今社会,企业是效率和效果的代名词。例如,一个构想向产品的转化;人类智慧向机器设备的转化;资金向投资的转变等。这些都大大提高了人们的生活质量。

(4) 普遍性和灵活性

公司制企业大大扩展了人们的行动空间,因为公司在时间和空间上是没有边界的。企业并不会因为其创业者和最高管理者的去世而终止,在世界任一个地方注册的企业也可在世界其他地方做生意。企业也可在地理位置上移动或改变其法律形式,如重新调整投资结构或改变其性质,以利用各地优越的投资环境。由于企业所拥有的提供就业的能力,不同国家和地区都想方设法吸引公司在当地投资。各地方也制定法规,限制兼并及收购行为,以保护本地的企业。

(5) 法人身份

企业有生命、户口和权力。企业的名称本身有明确的身份含义。企业可以以自己的名义捐款,也不允许任何人不经过法律程序夺走企业的资产。企业还是影响立法的重要因素,因为大量的法律是针对企业制定出来的,因此,也会受到企业和行业的影响。

因此,企业存在的根本意义在于它是一个能满足人们的需要,提高社会运作效率的社会组织,虽然表面的目的可能是利润最大化,而实质上企业是一种社会发展和进步的工具。

三、企业的权力与责任

企业作为法人拥有巨大的权力,包括处置公司财产的权力,决定向社会提供什么产品或服务的权力,聘用或解雇职工的权力等,这些都影响着政府的政策、人们的政治与社会生活以及国家经济的发展。从理论上讲,公司权力的合法性和权威性的基础是信任(accountability),即股东把管理和处置自己资产的权力交给了他们选择的人员。公司治理中也有制衡机制(mechanism of checks and balances),其中,董事会的作用就在于维持公司管理行为的合法性和可信性,使其能有效地对具有独立地位的各方面当事人负责。

企业的权力是受社会制约的。社会约束企业权力的方式可分为三种:第一是通过建立有竞争性的市场和促进市场竞争来限制公司的权力;第二是通过企业外部的机构,如政府的法规、政策及政府机构本身,对企业权力进行控制;第三是在企业中使权力实施的责任内在化。

与企业权力相伴的是企业的责任。企业的责任有三个层次:①最基本层次的责任在于,企业履行其对股东、职工、顾客、供应商和债权人的义务(如履行合同、按期交货、按时付息、发放红利等)以及依法交税和履行法律上的其他义务。对于未能履行上述义务而应相应给予的惩罚比较容易定义,因为在这种情况下,企业应承担的责任可根据竞争法则和法律加以确定。②更高一个层次的责任涉及企业要对其在执行企业基本任务时的行为的直接结果负责,包括对社区的人力资源的利用,对环境的破坏等负责。③最高层次的责任最难定义,涉及企业经营(business)与社会(society)在广泛意义上的相互联系和依存关系,如企业在多大程度上应维护它所在的社会的总体结构,以及企业的发展应在何种程度上反映社会发展的当务之急而不只是顾及企业自己的商业目标。

在这里有必要进一步分析企业的社会责任。经济是一种社会活动,是在社会系统内进行和实现的,带有浓厚的社会性,尤其在市场经济体制的社会里,这种社会性更为明显,也更为敏感。具体地讲,各个企业除少数拥有决策权或代表权的责任者、代表者之外,还必须从社会中雇用众多的劳动者,具体从事生产经营活动;企业生产的产品及服务最终必须投入市场,供消费者消费才能有意义,才能保障企业及社会经济活动的正常运转。从经济活动本身来讲,企业直接的目的是追求更多的利益,获得更大的发展。但从社会全体来看,经济活动只不过是满足社会需要的一种手段,企业的利益追求和经济的成长发展必须合乎社会的需要,对社会是有意义的,并接受依据社会目的而进行的评价和限制。由于经济活动带有上述社会性,因此,要保持市场经济的持续长久和健康稳定的发展,就必须解决好劳资双方的关系,生产者、经销商与消费者之间的关系以及企业作为经济主体与一般社会的关系,使之处于一种稳定合理的状态,否则,不仅会造成经济问题,而且还会引起严重的社会问题,影响经济甚至社会的安定,最终影响经济的发展。因此,政府的法律法规和政策会对企业的行为提供规则并起着约束规范的作用。

　　一个企业的行为应当是负责任的行为(responsible behavior),即应是一般公众能接受的行为,这就是社会责任。负责任(accountability)是指某人对他打算要做的、正在做的或已经做的某件事或某些事情承担责任的过程(Medawar,1982:155-162)。工商企业权力的使用应受到公众的认可和控制,包括通过听证会让某些企业的决策者在大众(如人民代表和聘请的专家组)面前解释企业的行为和理由。只有这样,企业才会做出负责任的行为。人们在评价企业时通常谈到社会效益,这包括交税、提供就业、对社区的贡献、产业的带动等,实际上还要考虑企业对环境的影响,对资源利用的影响。

第二节　企业经营环境的一般描述

　　任何组织都处于一个复杂的社会系统之中,并与社会有物质和能量的交换。企业的生存和发展离不开它所处的社会环境。

　　在经典的战略管理理论中,战略分析涉及对外部环境的分析从而找出机会与威胁。外部环境涉及三个层面的因素:宏观环境、行业环境和竞争环境(见图 1-1)。宏观环境关注的主要是人口、经济、社会、文化、政治和法律、技术等对企业生产经营的影响。当然,在经济全球化日益明显的今天,全球环境也是企业经营运作需要考虑的重要环境因素。企业对待宏观环境的主要策略是适应,即主要通过调整和改变企业的文化观念、运作流程、企业政策等来适应宏观环境的变化。

　　行业环境主要关注一个行业中供应商、顾客、潜在竞争者、现实竞争者和替代品对企业的

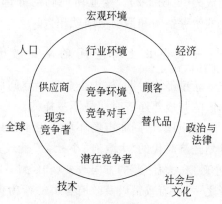

图 1-1　企业经营环境的三个层次

竞争性影响。企业应对行业环境的主要策略是产业选择策略与竞争性定位策略,企业应该选择具有竞争力的产业以及在一个产业中选择有利的地位。

竞争环境主要关注竞争对手与企业的竞争。应对竞争对手的主要策略主要是培养核心竞争能力以及基于权变观点的竞争策略,即通过分析企业自身所具有的优势与劣势、竞争对手的优势与劣势,从而利用自身的优势攻击对手的劣势,以及通过弥补自身的不足以避免遭受竞争对手的攻击。

为了找到分析外部环境的更有效方式,近年来进行战略分析的一种重要尝试是将外部环境分为市场环境与非市场环境(Baron,1995a,1995b)。市场环境是指由宏观经济因素、竞争者、供应商、顾客等因素组成的企业外部环境,其特点由需求的特点、竞争的维度、市场竞争的规律、成本结构、技术进步的特点和速度等决定。市场环境的一个重要方面是企业所处的行业/产业结构。Porter(1980)于20世纪80年代提出的五力模型是分析产业结构的重要方法。非市场环境是相对于市场环境而定义的,非市场环境包括社会的、政治的以及法律安排等因素(Baron,1997),其特点是由企业与社会公众、媒体、政府等利益相关者的关系所决定的。

制度理论将企业所处的经营环境分为技术环境(technical environment)与制度环境(institutional environment)。这里所指的技术环境不是指科学技术环境,它与上面讲到的市场环境相似,而制度环境则与上面讲到的非市场环境相似(Scott,2001)。

第三节 企业非市场环境中的政府维度

上述的企业经营环境就构成了企业生存空间。企业的生存空间也就是企业的生存范围,这一范围的大小是以企业所面临的自然环境、经济环境、技术环境、政治环境、行业环境、文化环境等共同构成的(见图1-2)。企业所面临的外部环境越适宜,企业的生存空间和活动空间就越大。

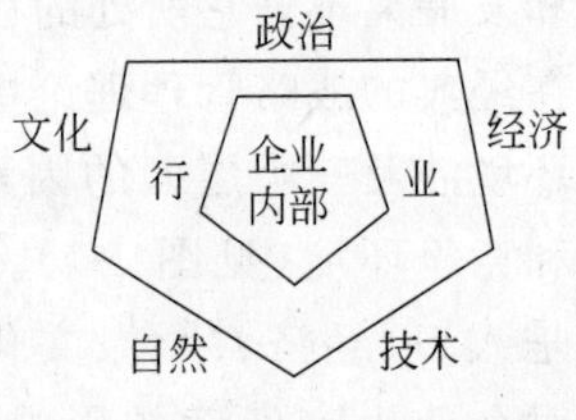

图1-2 企业的六种关键环境因素
资料来源:乔治·斯蒂纳,约翰·斯蒂纳.企业、政府与社会.北京:华夏出版社,27.(形式上略有差异)

一、企业生存空间的决定变量

转型经济时期,构成企业生存空间维度的六个方面的影响与成熟经济时期是不一样的。

在中国,谈到非市场环境不得不谈中国政府。尽管计划经济时代的"大政府、小社会"模式在转轨经济的中国已经有了明显的改变,正朝着"小政府、大社会"的方向改变(和经纬,2005),然而政府仍然是企业面临的最大利益相关者之一,政府政策以及政府官员的行为仍然是中国企业行为的最关键影响因素(贺远琼、田志龙,2005)。政府作为企业面临的最大利益相关者之一,对企业的影响包括两个层次：其一是对企业的直接影响，即直接干预企业的经营运作。随着市场经济体制的日益完善，直接干预的成分逐渐减少；其二是对企业的间接影响，政府各部门是"游戏规则"的制定者，即通过影响企业面临的外部环境（包括非市场环境和市场环境）来影响企业。

中国正处在转型期，转型经济是指经济体制从计划向市场转变的经济。转型经济的一个非常重要的特征是"双轨制"，这一"双轨制"不仅表现为商品价格的双轨，而且牵涉社会的方方面面，比如体制的"双轨"、政策的"双轨"等。在转型经济中，从来没有哪种力量能够像政府一样拥有影响企业的强大力量，也没有哪种力量像政府一样对企业的生存和发展施加了如此巨大的影响。在某种程度上说，企业生存空间的主要决定力量在于政府，其次才是市场，见图1-3。

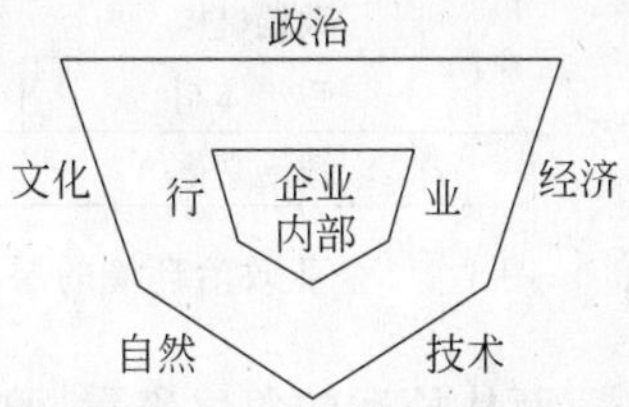

企业外部环境中的政治体制的变迁构成企业生存空间的主要维度。

根据制度理论学者的观点，任何制度都有三个要素，或称为制度的三大支柱，它们是强制性要素、规范性要素以及文化—认知上的要素(Scott，2001)。

图 1-3　转型时期企业生存空间的政府维度

强制性要素主要以法律规章的形式出现，包括法律、规章制度以及政府政策等。它们以法律授权的强迫或威胁引导着企业的组织活动和组织观念。企业出于自己的利益遵守这些法律规章，不愿因为违背而遭受处罚。

规范性要素一般以经验法则、标准操作程序、职业标准以及教育履历等形式出现。这些制度引导组织活动和信仰的能力大部分来源于社会责任和职业化标准。企业遵守它们是由于道德或者伦理的责任，或由于必须与一些公认的标准保持一致。

认知或文化要素包含了象征性符号（例如言辞、姿态等）、文化规则、引导我们理解现实本质的框架等。各个组织都会无意识地遵守这些制度(Zucker，1983)。文化—认知要素构成了在文化上的支撑基础以及在概念上符合标准的合法性基础，使得合法性变得理所当然。文化—认知方面的制度主要包括文化准则、价值观念、体制、意识形态和信仰等。

二、企业政治环境的层次

按照这种逻辑，我们将企业所面临的政治环境分为四个层次：政治文化、政治体制、政治机构与政治行为，见图1-4所示。政治文化是最底层或最基层，它决定了其他政治要素。政治体制建立在政治文化的基础上，而政治机构又建立在政治体制的基础上，政治机构通过政治行为而影响企业的环境和活动。企业政治与法律制度的变迁包括哪些方面呢？

政治环境的变迁一般都是从最表层开始的，即最早发生变迁的是政治行为，其次是政治机构，再其次是政治体制，最后才是政治文化。当然这只代表一种渐进的政治变迁。

从短期内看，对企业生存空间构成影响的政治环境主要是政治机构及其政治行为。

政治行为多种多样,按其发生的领域可以比较笼统地分为立法行为、司法行为和行政行为。而行为的主体分别是立法机构(国会或议会,在中国是人大)、司法机关(法院和检察机关)、行政机构(政府及其中各部门),如图1-5所示。

图1-4 企业政治环境的层次

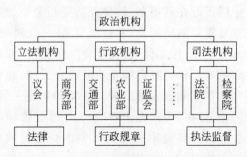

图1-5 政治机构及依据的法律法规

而从长远的角度来看,政治体制和政治文化可能对企业的生存环境产生影响。实际上,政治体制变迁是长寿企业的最主要杀手。例如,清朝末年发展起来的中国民办企业和官办企业未能生存下来的主要原因之一是国家政治变迁。为什么说政治体制的变迁是长寿企业的最主要杀手呢?这是因为对于长寿企业而言,漫长的竞争和经营实践使得企业内部管理不断完善、对竞争的敏感性越强、对各种竞争策略也更熟悉。这时,企业因为内部管理不完善而导致失败的可能性很低,而外部环境的重大变化成为企业失败的首要因素。综观世界范围内一些寿命较长企业的兴衰沉浮,外部环境的剧烈变迁无不是其中的罪魁祸首。

但本书只关注短期的情形,即只关注政治机构和政治行为对企业生存空间的影响,而不涉及政治体制和政治文化对企业的影响。企业一方面是在政治与法律制度体制下生存与发展,另一方面无不试图影响政治与法律制度的变迁,以使其对自己企业有利,从而获得一个良好的长期生存环境。

三、不同行业的差异性

在前面的分析中,我们发现,政府在企业的经营环境中扮演了重要的角色。市场经济体制下,政府不再直接干预企业的日常运作,而是通过影响企业面临的生存环境间接地影响企业的经营活动。那么很自然地有一个问题就会提了出来,即政府是不是对每个行业都施加相同的影响呢?政府对每个行业施加影响的方面是否相同呢?

我们将借用经济学理论中政府管制的概念来探讨这个问题,并将中国的行业进行分类。

政府管制是行政机构制定并执行的直接干预市场机制或间接改变企业和消费者供需决策的一般规则或特殊行为。按照政府管制的内容不同,一般将政府管制分成经济性管制和社会性管制两大类。

经济性管制通常是指政府通过价格、产量、进入与退出等方面对企业决策所实施的各种强制性制约。植草益(1992:27)则认为,经济性管制是指在自然垄断和存在信息偏差的领域,主要为了防止发生资源配置低效率和确保利用者的公平利用,政府机关用法律权限,通过许可和认可等手段,对企业的进入和退出、价格、服务的数量和质量、投资、财务会计等有关行为加以管制。经济性管制主要表现在以下几个方面:①价格管制;②进入和退出市场的管制;③投资管制;④质量管制(主要是指服务质量)。

社会性管制的内容较经济性管制的内容而言更丰富、更广泛,对市场化程度更高的行业来说,社会性管制的影响将比经济性管制的影响更显著。植草益(1999)将社会性管制定义为:以保障劳动者和消费者的安全、健康、卫生、环境保护、防止灾害为目的,对产品和服务的质量和伴随着提供它们而产生的各种活动制定一定标准,并禁止、限制特定行为的管制。

实际上,这种政府管制的分类方法与我们所说的市场环境和非市场环境的分类是具有极大关联性的。政府的经济性管制所对应的就是企业面临的市场环境,而社会性管制对应的恰恰是非市场环境。

我们依据上面介绍的经济性管制和社会性管制的高低,在图 1-6 中将中国的行业进行了分类。

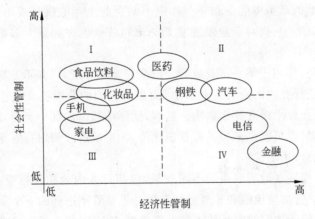

图 1-6　中国不同行业的管制程度差异

图 1-6 中两维坐标大致可以将我国部分行业分成四类,即Ⅰ、Ⅱ、Ⅲ、Ⅳ四个区域,这四个区域的行业面临的管制环境不同。

区域Ⅰ:低经济性管制＋高社会性管制

属于这个区域的行业主要包括化妆品、食品饮料等。

区域Ⅱ:高经济性管制＋高社会性管制

属于这个区域的行业主要包括医药、钢铁、汽车等。

区域Ⅲ:低经济性管制＋低社会性管制

属于这个区域的行业主要包括家电、手机等。

区域Ⅳ:高经济性管制＋低社会性管制

属于这个区域的行业主要包括金融、电信等。

当然,企业所面临的政府管制并不是一成不变的,随着时间的推移,管制的内容及程度都会发生变化。如深圳市食品药品监督管理局的张天和丁德海就中国药品行业的管制情况进行了详细分析,他们发现中国药品行业的经济性管制呈放松的趋势,表现在市场准入管制逐步放松、药品价格管制逐步放松等方面。而伴随着经济性管制的放松,药品行业面临的社会性管制却在逐步强化,主要表现在药品标准逐步提高、药品广告的管制日渐严格、有关部门的监督管理力度加大等几个方面(张天,丁德海,2004)。

四、政治环境对企业经营的影响

政治环境对企业的影响是多方面的,有些影响是直接的,还有一些影响是间接的。比如:政府的国防合同对军工企业的影响是直接的;美国联邦法院针对微软公司的垄断调查和审判也是直接的;而政府金融业的管制并因此对企业产生的影响也许是间接的。并且,某些影响对企业来说可能是致命的,而其他一些影响可能只是微乎其微的。例如,政府出台的企业排污标准的政策可能会剥夺一些中小型企业生存的权利或增加其经营成本(中国社科院财经所,2000),而对企业雇佣童工的政府禁令也许对绝大多数企业并没有什么影响。

值得注意的是,作用于某一产业或行业的政府政策和规章,并不是将它们的影响平均分配于这一产业或行业内的所有企业身上,而是将它们的影响主要集中于某一类企业身上,而对另外的企业几乎没有什么影响。这样,受影响较大的那一类企业可能因此失去某种或某些竞争优势(也可能是赢得某种竞争优势,如果政府政策对行业是支持性的),并最终失去其所拥有的市场地位。

Leone(1986)指明了政府政策的不同效果,包括行业内的和跨行业的,为竞争优势的发展提供了机会:"管制间接的和非故意的竞争后果是管制进程的一个重要的和较难理解的部分。"例如,依赖于他们的产品技术和地理位置,遵守联邦水污染要求的纸张公司的成本从一些生产商的 1.21 美元/吨到某些竞争者的 69.40 美元/吨之间不等。低成本的公司因污染控制立法而获益(Shaffer,1995)。

正是政府政策的这种非对称性影响驱使几乎所有行业的各种各样的企业通过各种各样的途径去影响政府的政策。我们把企业的这种行为统称为公司政治行为,这是我们下面要探讨的。

政治环境对公司战略利益的影响同样可以从一些企业领导人的语言和行动中反映出

来。Jeffrey Birnbaum 报道了通用电气前 CEO Reginald Jones 的一个评论："通过花时间待在华盛顿和协助有责任的税收政策的制定,比我待在家里和对电冰箱定价,我能为通用电气做更多的事情。"(Weber, 1997)《参考消息》也曾报道美国卡莱尔集团利用一系列颇具影响的前政治家等名人雇员来促进公司的发展(《参考消息》(周一副刊),2001-12-24)。

在西方,越来越多的企业认识到政治环境对企业战略经营的巨大影响,大型企业纷纷在华盛顿特区和其他国家政府所在地设立办事处,开展游说活动,而且通过向国会和总统竞选候选人提供竞选捐款营造良好的外部环境;一些中小企业也通过行业协会和各种联盟间接地从事政治活动。西方大量的公司政治行为学者也越来越注意到企业对政府进程的参与。中国大量的中小企业也一直靠着政府的关照而生存。

第四节 企业应对非市场环境的策略

本章前面指出,企业的经营环境包括市场环境与非市场环境因素两个方面。在影响企业经营运作的环境中,政府政策、法规、社会公共事项等非市场因素,对工商企业的经营活动都有显著影响。例如,政府出台的企业排污标准的政策可能会剥夺一些中小型企业生存的权利或增加其经营成本;政府给外资企业的优惠政策使他们在与国内企业竞争中具有先天的优势(如中国社科院,2000;汪祥荣,2000);一些政府政策可能会限制某些产品市场进入的权力,如限制进口的政策(刘继武,2001;焦典,2000)。

在西方国家,影响企业经营运作的公共政策与法规的出台一直是社会各种利益团体(包括企业)的权力斗争和利益平衡的结果(Epstein, 1969; Shaffer, 1995; Mahon and Macgrwan,1998)。随着我国民主化、法制化和多元化进程的深入,上述影响企业运作的政策法规的制定已不再是政府决策者独享的权力(张维迎,2001)。企业家参政已经成为一种新的时尚,并对政府政策的进程产生越来越大的影响。从操作层面上看,政府决策者(政府行政部门,如我国国务院及地方政府,立法部门,如我国各级人民代表大会)制定政策和法规的过程是一个与社会各方面利益团体(包括工商企业)互动的沟通过程(万建华,1998)。企业在很多情况下不会被动地等待法律法规和政策的出台并接受其约束,而是通过各种手段在政府政策与法规形成的过程中主动施加影响,从而为本企业创造一个有利的市场环境。

一、企业应对非市场环境的一般策略

不同企业对待外部非市场环境的态度和行为是有差异的。Meznar(1993)将企业应对外部非市场环境的策略分为影响性策略和适应性策略。Steiner(1980)将外部制度分为以政府为主体的制度和以社会公众为主体的制度,也将企业的应对策略分为影响性策略和适应性策略。然而,我国企业对待外部非市场环境的策略和行为除了与 Mezner 和

13

Steiner 分类的策略相似的部分,如企业积极影响政府政策法规制定与出台,企业影响政府对药品价格管理的政策(彭宗超,薛澜,2000),环境保护(中国社科财经院,2001)等;积极遵守法律法规和社会伦理道德,如一些企业公开公布企业道德宣言等(杜莹,李焕,1999)外,还发现更多的其他现象,如应付性了解和部分遵守法律或只做表面文章,不做实质性工作;或根本无视法律法规和社会规范等。

借鉴 Meznar 和 Steiner 的分类方法,并考虑中国目前阶段的情况,我们采用了一个扩展的图来描述企业应对外部非市场环境时可能采取的行为与策略(见图1-7)。横坐标是外部非市场环境主体,分为政府和社会公众;纵坐标是企业应对非市场环境的策略,分为积极影响、积极适应、消极应对及忽视和无知。

企业可能采取下面四种策略来应对外部非市场环境:

(1)积极影响策略(如图1-7中的1类策略和2类策略)

企业对影响其经营环境的法律、政策施加影响,试图使界定社会合约的法律条款按有利于企业利益的方式出现。这类活动如我国大量企业在省会城市、首都北京设办事处,雇用游说团体,以了解政策动向,游说政府部门,以便影响法律、政策的制定(龙竹、龙虎,2000)。美国也有大量企业在华盛顿设办事处做同样的工作。企业除积极影响政府政策制定外,还试图改变它与社会之间的共同理解或改变社会对企业行为的看法。这类活动包括企业形象广告、行业协会的工作、公益服务等。

外部制度环境主体

企业策略		政府:政策、法律、法规	社会公众:行为规范、道德
	积极影响	1类策略:影响政府法律环境	2类策略:影响社会对企业的看法
	积极适应	3类策略:遵守现有的各种法律法规	4类策略:遵循社会伦理规范来改变企业行为
	消极应对	5类策略:形式上遵守法律法规,但实质上忽视	6类策略:表面上做出商业道德承诺,但实质上不履行
	忽视和无知	7类策略:无视法律法规,内部有鼓励不当行为的文化	8类策略:无视商业伦理和道德,鼓励短期行为

图1-7 企业应对外部制度环境的行为与策略

(2)积极适应策略(如图1-7中的3类和4类策略)

企业通过遵守政府关于企业活动(包括雇用、促销、产品质量、定价等)的法律、法规、政策等要求,从而维持企业的合法性并得到社会认同。这方面的行为包括将法律规范融入企业的制度、规章、标准中,常常会做得比法规的要求更好;按政府政策法规中的要求通过某些认证、获得权威证书等；企业还通过了解外部非市场环境，辨别企业行为与社会期望之间的实际或潜在的差异，通过遵循比法律更广义的社会伦理规范来改变企业行为，以改善企业的社会形象。

(3) 消极应对策略（如图 1-7 中的 5 和 6 类策略）

企业只是在形式上遵守法律法规，但实质是忽视。例如，企业只是在企业的文件中根据法律制度要求制定企业管理制度，但这些管理制度只是一纸空文而没有实际履行；企业只是在表面上做出商业道德承诺，但实质上并不认真执行和对待。

(4) 忽视和无知策略（如图 1-7 中的 7 类和 8 类策略）

企业忽视法律法规的存在，无视商业伦理道德，或企业领导人和员工基本上是法盲，企业内部有鼓励不当行为和追求短期利益的文化。

对于具体的企业而言，它可能同时使用上述多种策略和采用多方面的活动，也可能根据与社会、政治相关利益者打交道时的具体情况，更重视上述策略中的某一个方面策略。例如，一些国有企业和民营企业很重视影响政府，向政府要政策和优惠条件，而不太重视已有法规和政策的执行。这是因为将法律制度内部化尽管能减少不确定性和被惩罚的可能性，但做这个工作需要企业花大气力进行内部规范化管理，它要耗掉企业相当的精力和成本。因此，只有当企业产生不当行为而受到外界惩罚的成本远大于企业将相应法律制度内部化的成本时，企业才会主动防范不当行为，从而采用图 1-7 中 3 类和 4 类策略。而当企业能使其不当行为的成本外部化，从而逃脱惩罚时，他更可能采取图 1-7 中的 5 和 6 类策略，甚至采取 7 类和 8 类策略。这是企业选择消极应对策略或忽视市场法律制度约束的原因。而影响企业作上述策略选择的因素可能是外部的，也可能是内部的。

在本书中，我们将上面讨论的企业积极影响和适应政府政策和社会环境的策略称为非市场策略，与企业应对市场环境的策略相对应。

二、积极的非市场策略及其特征

虽然我们把企业面临的经营环境分成了市场环境和非市场环境两种，但这绝不是将二者割裂开来，或者将二者对立起来。恰恰相反，市场环境与非市场环境之间是相互联系的，甚至可以相互促进。摩托罗拉手机在进入中国市场之初，就做出一个惊人举动，在人民大会堂向中国政府官员赠送手机。当时身为总理的李鹏代表中国政府出席了仪式。此事产生重大影响，一举使摩托罗拉产品深入中国百姓心中，销路迅速扩大。但摩托罗拉并没有就此止步，中国共产党当时进入中国的许多三资企业都不强调是否招聘党员，但摩托罗拉却公开宣布，中国共产党党员优先录用。摩托罗拉中国区前总裁赖炳荣先生提出用"爱心"来发展中国的业务，他说："所谓爱心就是分担和分享，不只分享市场和成功，而且分担困难,多为合作着想。"①赖先生的这句话说明了他对市场环境和非市场环境同等的重视,甚至要先创造一个好的非市场环境。

事实上,企业大量的活动是与非市场环境相关的。根据我们对我国一些知名企业(包括国有、民营、外资)网站上有关企业活动的栏目于 2001—2003 年报道的分析,约 40% 是企业与非市场环境打交道的活动,这些活动包括企业发布行业道德标准、参与修改行业规范、向政府部门系统地反映企业关于政府政策的意见和建议,利用专家研讨和媒体讨论国企改制以及民营企业生存环境和社会地位、谋求打破行业行政垄断限制、获得政府政策支持等(卫武,田志龙,2004)。一些企业家坦承,他们 30%~50% 的时间用于处理与政府及利益相关者有关的事项(张维迎,2001;中国企业家调查系统,2000;李新春,2000;吴宝仁,刘永行,1999)。

一些企业活动的事实还表明,企业的非市场行为常常是与市场行为相互支撑和互动的,并对企业竞争优势和经营业绩产生影响。例如,中国电信为突破只做固定电话业务的限制而以运作"小灵通"方式进入移动电话领域,先通过非市场策略获得地方政府默认,在小规模市场上运作"小灵通"手机,从而获得市场与消费者的认同,随后借市场认同获得各级政府的认可和支持,而这又为"小灵通"进入更大市场提供了可能性。又如吉利集团为了进入轿车领域,一方面通过非市场策略,游说各级政府和通过媒体呼吁"给民营企业一个公平的竞争环境","给民营资本在 WTO 环境下的国民待遇";另一方面通过合资方式生产经济型轿车获得市场认可等市场策略支撑非市场策略的成功,最终获得在轿车市场参与竞争的资格。

企业影响非市场环境获得竞争优势的例子在西方国家也大量存在。在市场经济较发达的西方国家,企业在关注市场竞争和发展的同时,都在有意识、有计划地影响公共政策和法规的出台,从而形成对自己有利的竞争环境(Epstein,1969)。西方学者研究发现非市场行为与企业的绩效呈显著正相关关系(Shaffer 等人,2000)。一方面,企业可能通过非市场行为来增强其在行业中的竞争地位;另一方面,在行业中有竞争优势的企业会试图拓展或者保护在政治市场上的优势,那些处于竞争劣势的企业会试图借助于政治市场来获得竞争均等性。

第五节　企业政治策略与行为研究的任务

在上述探讨的企业非市场策略与行为中,企业影响政府政策决策过程的策略与行为被学者们进一步称为"企业政治策略与行为"。企业的政策策略与行为将是本书研究的重点。本节将探讨企业政治策略与行为研究的意义,并对国内进行相关研究的任务进行了

---

① http://www.yesky.com/20020523/1612604_3.shtml

界定。

一、研究意义

在第二节中我们指出,在影响企业经营运作的环境中,政府政策、法规、社会公共事项等非市场因素,对工商企业的经营活动都有显著影响。

企业为谋求有利于自己的生存环境而影响政府政策与法规制定过程的策略被称为企业政治策略(corporate political strategy),实施上述策略的行为称为企业政治行为(corporate political action)。在很多产业,政治上的成功与市场上的成功同等重要,正如企业要取得成功必须制定竞争战略一样,企业的政治策略已成为企业取得成功的基础。

因此,企业在认真制定市场竞争策略去战胜对手赢得市场的同时,无不重视政治策略的制定与实施,通过影响政府决策过程,谋求一个对自己有利的竞争环境。企业越是有长远发展观念,越会重视政治策略的制定与实施。在很多企业里,这已成为企业战略管理的重要内容(Baron,1995;Hillman and Hill,1999)。

西方企业(特别是大企业)在制定自己的政治策略去影响政府政策决策方面有成熟的技巧和运作能力,不仅在规范的市场经济条件下得到很好发挥,在中国这个民主化和法制化正在不断完善的环境里,也已表现出强于国内企业的优势(Murphy,1996)。当然,外资企业在我国实施的政治策略与行为还有待进行更多的实证研究。

由于我国还处在一个从计划经济向市场经济转轨时期,政府不仅通过政策和法规影响企业,还大量地在微观上干预企业。与此同时,我国各类企业,包括公有制企业和民营企业,也很大程度地对政府决策和资源配置过程产生影响,其程度大大超过西方国家的情形(陈怀远,2000;高潮,2000)。但在目前,人们关注的改革重点是改变政府对企业(特别是国有企业)干预过多的问题。对政府改革而言,提出的措施是体制改革与政企分开;对企业改革而言,措施是减少对政府的依赖,提高企业的市场驾驭能力(立川,2000;刘少武,2000)。而企业试图影响政府决策和资源配置的那些所谓"找市长"行为,由于规范的和不规范的成分交织在一起,在舆论上是受到否定的(瞿长福,1999;2000;张维迎,2001),且在学术研究上成为一个被忽视的领域。结果是企业的政治行为虽然大量存在,但由于得不到承认和规范管理,也没有系统的理论指导,而处于一种遮遮掩掩的状况。

总之,企业作为越来越强大的社会利益团体,对政府政策制定过程会产生越来越多的影响,这是不可忽视的,更何况我国各级人大代表和政协代表中的相当一部分来源于企业,他们作为企业的代言人,更有影响政府决策与立法过程的便利(张维迎,2001)。因此,完全有必要把合法的企业政治行为推到阳光下来开展,并加以规范,从而减少不合法的企业政治行为。而关于企业政治策略与行为的理论研究就成当务之急了。

二、研究现状的基本描述

1. 国外研究状况

西方国家企业政治策略与行为的实施主要是在 20 世纪 70 年代以后,随着政府对经济的干预程度和范围的扩大,逐渐由被动转为积极主动。企业政治策略与行为也逐渐成为政治科学、经济学以及管理科学领域的重要研究话题(Epstein,1969;Getz,1997;Hittz and DeMarie, 1998)。

国外相关研究关注的一个基本现象是:政府政策及法规极大地影响着企业的生存空间。企业在运作好市场竞争策略的同时,无不在努力影响政府决策过程,使体制环境与市场环境都对自己企业有利。

围绕对上述现象的研究,学者们探讨了诸如下面的问题。

——为什么有些企业在应对政府政策与法规环境等事项上采取了被动的策略,而有的企业采取了积极主动的政治策略?是哪一些变量造成了这些差异性?研究结果有助于分析"什么样的企业在什么情况下更可能采取什么样的政治策略"(如 Cook,1995;Gunning,1998)。

——企业影响政府决策过程的方式是什么样的?企业单独行动还是行业集体行动?谁参与其中(高层经理、一般职工和其他利益相关者)?在企业政治行为发生过程中,相关当事人应受到什么样的制度约束?(Baysinger, Keim and Zeithamal, 1985;Miles et al.,1993;Keim, 1985;Mahon and Waddock,1992)。

——能否对企业政治策略进行系统分类?参照把企业竞争策略分为成本领先策略、特色经营策略、市场集中策略三种一般策略的例子,能否构建简单易懂的企业政治策略与行为理论?(Hillman and Keim,1995;Getz,1997;等)。

——如何将企业政治策略理论融入到现有的企业组织行为及企业战略管理的理论体系中?(Baron,1995a, 1995b;Hillman and Keim,1995;Lord,2000)。

在探讨上述问题的过程中,除了管理学科的学者外,其他多个学科(如政治科学、经济学)的学者也参与进来。这些相关学科的一些现有理论常被用作解释企业政治策略和行为现象的基础。例如:

——政治科学方面的利益相关者理论被用于解释不同利益团体在影响政府政策制定过程中的利益冲突与协调(Getz,1997)。

——经济学方面的集体行为理论被用于研究企业政治行为随时间的变化,企业从政治行为中获得的利益与行业集体参与程度的关系(Keim and Zeithamal,1986);公共选择理论被用于解释企业影响政府决策的原因以及某些企业搭便车的行为(Holcombe,1994);交易费用理论用于研究企业在涉及政治行为时,是独立行动,还是集体行动,或转包给一个机构等(Kaufman,1993)。

——管理科学与企业理论方面的资源依赖理论被用于分析企业在立法、销售、贸易保护等方面对政府的依赖性，以及对其他利益相关者的资源依赖关系，以此解释企业的政治行为；交换理论把政府与企业的关系看成是一种交换关系（都有对方依赖的权力和资源），权力更大的一方会利用其获得优势（Mitnick，1984；Gale and Buchholz，1987）；企业行为理论被用于预测哪些特征的企业会更积极实施政治策略；制度理论认为企业的行为受到体制的影响与约束，这被用来解释不同企业的政治行为为什么存在差异（Hillman and Keim，1995）；代理理论被用于解释企业实施政治行为的原因，即政府作为社会公众的代理人并不能完全代表企业的利益（Keim，1985）。

在研究方法上，还有不少学者通过研究事项（问题）管理（issues management）的理论与方法来研究企业处理特定公共事项的策略与方法，使事项管理方面的理论以及危机管理理论得到应用和发展（Mahon and Waddock，1992；Kaufman，1993）。

国外的上述研究由于从多学科分别开展，并大量采用理论与实证相结合的方法从而形成丰富的研究成果，包括定义与概念、解释现象的理论基础、策略分类、模型等。虽然有不少学者进行了跨学科和国际研究成果的整合研究，但到目前为止尚未形成一个可融入企业组织理论与战略管理学的企业政治策略与行为理论（Hillman and Keim，1995）。一个原因是，企业政治行为的一些过程，包括策略的制定和实施，仍缺乏深度的实证研究，因为仍有很多企业政治行为事件的细节并不为人知（Hillman and Hill，1999）。

2. 国内研究现状分析

与市场经济比较发达的西方国家相比，我国政府对经济影响和干预的范围及深度要大得多，对工商企业的影响更大。企业受政府的影响表现为：①在宏观上受宏观政策（如财政、金融政策）和法律法规的影响；②在中观上受行业管理方面的政策（行业管理职能、项目审批和资格审批、企业等级评审和优惠政策）的影响等；③在微观上受到直接干预（人事干预、贷款支持）等（刘少武，2000；张文魁，2000；陈天祥，2000；徐权，2000）。

鉴于政府环境对企业的重要影响，我国的各类企业无不花相当精力来经营对自己有利的体制环境。有的企业家坦言，他们30％以上的时间和精力用于与政府部门打交道（中国企业家调查系统，2000；吴宝仁，1999；李新春，2000；张维迎，2001）。典型的事例，如获得上市批准；进入体制改革试点，以获取特别对待；行业部分企业集体上书政府实施进口控制；汽车行业企业影响地方政府对环境污染标准实施的时间；经过我国钢铁企业多年努力，使政府于1999年出台的钢铁产品"以产顶进"政策；一些企业获得政府基金进行技术改造等。我国企业或企业群体影响政府决策和资源配置过程的政治行为的成功与否极大地影响着相关企业在市场上的竞争地位，因此，我国企业试图影响政府决策过程的政治活动远多于西方企业（张维迎，2001）。

然而，我国学术界有关企业政治策略和行为的理论研究却很少。我们对中国期刊网文献进行了检索，发现下面这些相关领域的研究却很多：政企关系、政企分开、行政干预等。这类研究大多站在政治体制改革的角度研究政企关系；探讨建立现代企业制度的十六字方针中的"政企分开"问题；政府职能改革的问题；如何减少政府对国有企业行政干预的问题等(如田志龙,1997;朱晓平,2000;吴邦国,2000;苏明吾,2000)。

还有相当多的文献涉及企业与政府互动事件(包括规范的和不规范的)的分析,这包括大量企业在北京设立办事处来处理与政府关系的现象的分析(龙竹,2000)。也有不少学者关注我国企业家的政治导向及其问题(瞿长福,1999,2000;刘海藩,1999),还有少数学者关注和介绍西方的有关理论研究结果,如从利益相关者角度介绍企业影响政府决策的行为和做法(万建华,1998),从公司治理的角度介绍规范企业高层管理者行为的体制等(田志龙,1999)。有关公共关系方面的文献虽然也谈到企业与政府的关系(霍洪喜、邬旦生,1994),但一般并未对本课题定义的企业政治行为进行探讨。

上述文献大多是政策建议型研究,为政府的角色定位提供了很多对策,但企业影响政府决策的政治行为通常是受到否定的,有关企业政治策略的理论研究自然就很少。现状是:尽管企业政治行为大量存在,但缺少理论解释和理论指导。

三、国内进行相关理论研究的任务

国外关于企业政治策略与行为的研究在过去 30 年里一直是管理学科等领域的一个重要研究话题,并已形成重要的理论成果,但由于缺少探讨企业政治策略制定与实施过程的实证研究而尚未形成能融入现有管理学科的成熟理论。另外,西方研究成果主要针对西方政治及法律体制,对于在中国这样的体制与文化环境下如何应用和参考,还值得研究。因此,我们必须结合中国的实际情况,进行相关的理论与实证研究。

1. 研究目标

在企业政治策略研究方面,我国学者面临的一个任务是,必须正视和理解我国企业的政治行为与活动,为企业政治行为界定一个合理规范的范围,并形成一个得到企业界和学术界认同的理论框架,以便从企业战略管理角度对企业制定与实施政治策略的活动给予规范性理论指导,并为新型政企关系的建立提供建设性建议。要完成上述任务,笔者认为需要进行下面三个层次的研究和探讨。

① 研究我国各类企业已经发生和正在发生的政治行为与活动的范围及方式,政治策略制定和实施过程及影响策略选择的因素等,并对其进行系统的理论描述与解释。

② 由于我国目前尚未形成一个得到广泛认同的"企业政治策略"和"企业政治行为"的概念,我们需要研究的是,人们在哪些理论和观念上需要有创新和突破,才能使企业政治行为的合法性得到认同,这样才有可能使企业将企业政治策略的制定与实施作为企业战略管理的内容之一。在界定概念的基础上,需要进一步研究企业政治行为的合理范围,分析在企业影响政府政策制定过程的政治行为方面,约束政府公务人员和企业相关人员行为的体制性规范与非体制性规范,其目前的状况以及理想的状况等。

③ 研究企业政治策略制定与实施的有关理论与方法,并提出一个与企业组织行为理论及战略管理理论相融合的思路,包括概念、要素、模型和分析框架。

因此,相关研究是我国企业管理研究的一个新领域,这有助于提高我国企业的战略管理水平以及驾驭外部环境的能力,并为新型政企关系模式的建立提供理论依据和参考。

2. 研究内容

为达到上述研究目标,我们认为应进行下面四个方面的研究工作。

① 对我国企业政治行为及策略进行调查和初步分类,并运用现有理论进行解释或提出新的理论解释。这部分研究应在一定的理论框架指导下,首先回答中国过去十多年里已发生和正在发生的企业政治行为是什么,是如何决策和如何实施等问题,然后回答与"为什么"相关的问题。

② 研究提出,要在我国目前的政治与法律环境条件下,使学术界、企业界、社会舆论界和政府部门正视与承认企业政治行为的合法性,需要在观念、体制和理论上有所创新,并提出一个界定我国企业政治行为及方式的合理范围的理论框架,包括企业作为独立的社会利益团体,影响政府政策制定和立法过程的合法途径与行为方式,已经存在的(显性的和隐性的,畅通的和不畅通的)方式,以及需要新开辟的方式等。

③ 研究探讨企业政治策略的制定与实施的理论及方法,包括策略类型及决策过程与要素、影响因素,参与者及层次,组织安排,结果评价等方面内容。由于西方学者在这些方面已针对西方的体制与文化环境提出了一定的研究成果(如模型),而我国政企关系互动的领域和程度因体制与文化上的差异远远超过西方国家,我国学者需要着重进行的研究工作包括:围绕策略与决策过程的差异、影响因素的差异、参与者的差异、组织方式的差异、结果评价指标的差异等,对现有的模型进行修正和创新,形成中国特色,并进行国际比较研究,同时提出与现有的组织行为理论及战略管理理论相整合的思路。

④ 研究提出在政企关系过程中约束企业当事人和政府官员当事人行为所需的伦理规范和非伦理规范。由于企业政治策略实施的对象最终是政府官员(分别是行政人员与立法人员),他们是社会公众的代理人(而不是最终的利益主体),他们的行为最容易产生异化。因此,在这里需要研究的内容包括:在企业影响政府政策与法规制定的过程中,企业当事人和政府官员的行为应受到哪些制度的约束;目前的体制与非体制环境提供了哪些约束;哪些是有效的;哪些被弱化后,当事人的行为会产生异化等。

上述研究工作的关键是对我国企业政治策略及行为进行一个基本准确的描述,并在此基础上征询学者、企业家、舆论界和政府官员的观点和看法,形成一个能被大家接受的概念框架,以便为企业政治行为与方式界定一个合理的范围。这是相关研究得以进行的基础和关键,也是使研究成果得到应用和推动更多学者参与研究的基础。

3. 对研究方法的思考

对企业影响外部环境的行为与策略的研究应采用理论与实证研究相结合的研究方

法,可参考的研究思路如下。

首先采用调查的方法,研究我国大量存在的企业政治策略与行为方式的基本状况,并做出理论解释;其次,在此研究结果的基础上,对我国学术界、企业界、政府部门的专家进行调查,了解他们对企业政治策略与行为的看法,以便提出一个界定我国企业政治行为的合理范围的理论框架;最后在上述研究基础上,从理论上探讨企业政治策略制定与实施过程的理论及方法,研究将企业政治策略与现有的企业战略管理理论和组织行为理论相融合的思路,并研究在企业政治行为过程中,约束企业当事人与政府官员行为的制度规范与非制度规范,进一步提出新型政企关系构建的建议。

在具体研究工作上可采用下面的思路。

① 对我国企业政治策略与行为进行调查与初步分类。这项研究工作可以分如下步骤进行。

第一步,通过对国内外相关研究成果、有关理论、国内政策法规环境、政企关系及其与国外情况的差异性的分析,提出有关我国企业政治策略与行为的一系列研究假设(hypotheses)。

第二步,可以分别从企业案例研究和纵向历史研究等方面进行实证研究,了解我国企业政治行为的实际情况。

首先可以选择多个性质差异较大的行业进行研究。每个行业内各选择 2 家以上的样本企业进行行业研究和企业案例研究。在行业研究中,通过全面搜索的方法,从政策、法规、行业管理、人事等多个方面将政府对企业的影响关系系统全面地用图形描绘出来,分析哪些方面的关系是动态的,会给企业带来不确定性,企业有可能施加主动的影响。在企业案例研究中,结合上述调查结果和第一步研究中提出的假设,设计调查提纲与问卷,在每个样本企业选择 10~20 名经理进行深度访谈。

其次可以选择多个行业的代表性行业报纸和杂志进行纵向(如 10 年)的历史研究,就行业中对企业产生重要影响的公共政策事项(如政策变迁或法律的修改)进行研究,从中选择 10 个事项,了解在这些重要事项的发生和发展过程中,企业与政府部门互动的情况,研究企业影响政府相关政策与法规制定过程的行为。

第三步,在第二步的调查结果分析与对第一步提出的研究假设进行检验的基础上,对我国企业政治策略与行为进行系统描述,并做出理论解释。

② 提出一个界定我国企业政治行为的合理范围的理论框架,这需要对社会各界人士的观念与看法进行调查。这一部分的研究可以基于前面的调查结果,设计调查提纲和大型问卷,对一定样本量的学者、社会各界人士、政府官员、企业家等进行调查,征询各方面人士的看法、意见和建议。在上述调查研究基础上提出研究结果,包括企业政治策略与行为的概念和理论框架;企业作为独立的社会利益团体,影响政府政策制定和立法过程的合法途径和行为方式,已经存在的(显性的和隐性的,畅通的和不畅通的)方式,以及需要新

开辟的方式等。

③ 研究探讨企业政治策略制定与实施的理论及方法(包括策略类型及决策过程、影响因素;参与者及层次;组织安排;结果评价等方面内容)。这可以在西方现有的研究基础上针对中国的特殊环境进行差异性研究,提出创新性的修改意见,还可以基于前面的研究结果与国外同行一起进行国际比较研究。

④ 研究提出在政企关系过程中约束企业当事人和政府官员当事人行为所需的伦理规范和非伦理规范,这方面的研究可利用前面提出的我国企业政治行为的合理范围的理论框架,以及对有关的政府行政管理的政策法规、企业伦理道德等方面的文献进行分析,提出一个初步的理论框架;再设计详细问卷,收集分析政府官员、企业界人士对这些规范和约束的了解与认同情况。调查内容可能会涉及下面内容:企业当事人和政府官员的行为应受到哪些制度的约束,目前的体制与非体制环境提供了哪些约束;哪些是有效的,哪些弱化后,当事人的行为会产生异化等。以此结果分析为基础,从而提出构建新型政企关系模式的理论与政策建议。

本章参考文献

1. Baron, D. Integrated Strategy: market and non-market components. California Management Review, 1995b, (2): 47-65.

2. Baron, D. P. Integrated strategy, trade policy and global competition. California Management Review, 1997, 39(2): 145-169.

3. Baron, D. P. The nonmarket strategy system. Sloan Management Review, 1995a, 37(1): 73-86.

4. Baysinger, B., Keim, G. & Zeithaml, C. An empirical evaluation of the potential for including shareholders in corporate constituency programs. Academy of Management Journal, 1985, (28): 180-200.

5. Blair, M. M. Corporate "ownership". 1995, 13(1): 16-19.

6. Cook, R. and Barry, D. Shaping the external environment: a study of small firms' attempts to influence public policy. Business and Society, 1995(34): 317-344.

7. Epstein, E. The corporation in American politics. Englewood Cliffs, NJ: Prentice Hall. 1969.

8. Fama, E. E. Agency Problems and the Theory of the Firm. Journal of Political Economy, 1980, (88): 288-307.

9. Gale, J. and Buchholz, R. The political pursuit of competitive advantage: what business can gain from government. New York: Quorum. 1987.

10. Getz, K. A. Research in corporate political action: integration and assessment. Business and Society, 1997, 36(1): 32-72.

11. Gunning, J. H. An overview of relations with national government. New Political Economy. 1998, 3(2): 280-284.

12. Hanks, G. F. Rx for better management: critical success factors. Management Accounting, 1998, 70(4):45-49.

13. Hillman, A. and Keim, G. International variation in the business-government interface: institutional and organizational considerations. Academy of Management Review, 1995,(20): 193-214.

14. Hillman, A. J. and Hitt, M. A. Corporate political strategy formulation: a model of approach, participation and strategic decision. Academy of Management Review, 1999, 24(4):825-842.

15. Hitt, M. A. , Keats, B. W. , and Demarie, S. M. Navigating in the new competitive landscape: building strategic flexibility and competitive advantage in the 21st century. The Academy of Management Executive, 1998, 12(4):22-42.

16. Holcomb. R. G. The Economic Foundations of Government. New York: New York University Press, 1994.

17. Kaufman, A. Selecting an organizational structure for implementing issues management. Corporate Political Agency, 1993.

18. Keim, G. and Zeithaml, C. Corporate political strategy and legislative decision-making: a review and contingency approach. Academy of Management Review, 1986, 11(4): 828-843.

19. Keim, G. Corporate grassroots programs in the 1980s. California Management Review, 1985(1): 110-123.

20. Lord, M. D. Corporate Political Strategy and Legislative Decision Making. Business and Society, 2000,(39):76-93.

21. Mahon, J. and Mcgrwan, R. Modeling industry political dynamics. Business and Society, 1998, 37(4): 390-414.

22. Mahon, J. and Waddock, S. Strategic issues management: an integration of issue life cycle perspectives. Business and Society, 1992, 31(1):19-32.

23. Medawar, P. B. Pluto's republic. Oxford: Oxford University Press. 1982.

24. Meznar, M. B. Public affairs management in multinational corporations: An empirical examination. Unpublished doctoral dissertation, University of South Carolina, Columbia. 1993.

25. Miles, G. , Snow, C. C. , and Sharfman, M. P. Industry variety and performance. Strategic Management Journal, 1993,(14):163-177.

26. Mitnick, B. M. Agency problems and political institutions. Annual Research Conference of the Association for Public Policy Analysis and Management. November, 1984. New Orleans.

27. Monks, R. & Minow, N. Corporate governance. Cambridge, MA: Blackwell Publishers, 1995.

28. Murphy, P. R. & Daley, J. M. International freight forwarder perspectives on electronic data interchange and information management issues. Journal of Business Logistics, 1996, 17(1): 63-84.

29. Porter, M. E. Competitive strategy: techniques for analyzing industries and competitors. New York: Free Press. 1980.

30. Scott, W. R. Institutions and Organization. Thousands Oak, CA: Sage, 2001.

31. Shaffer, B. and Hillman, A. The development of business-government strategies by diversified

firms. Strategic Management Journal, 2000,(21)：175-190.

32. Shaffer, B. Firm-level responses to government regulaton：theoretical and research approaches. Journal of Management, 1995, 21(3)：495-514.

33. Shaffer, B. , Quasney, T. J. & Grimm, C. M. Firm level performance implications of nonmarket actions. Business and Society, 2000, 39(2)：126-143.

34. Steiner, R. Paths to Higher Worlds. North Vancouver：Steiner Book Centre. 1980.

35. Weber, L. J. Ethics and the political activity of business：reviewing the agenda. Business Ethics Quarterly, 1997,(7)：71-79.

36. Zucker, L. G. Institutional theories of organization. Annual Review of Sociology, 1987,(13)：443-464.

37. 陈怀远. 对湖北几种名优品牌夭折的原因分析. 湖北社会科学,2000,(5):17-20.

38. 陈天祥. 中国地方政府制度创新的动因. 管理世界,2000,(6):202-203.

39. 杜莹,李焕. 名牌企业伦理观. 经济与管理,1999,(6):40-44.

40. 高潮. 企业科技进步与技术创新. 中国青年科技,2000,(Z1):38-40.

41. 和经纬. 和谐社会视野下的政府社会管理. 武汉理工大学学报:社会科学版,2005,(5):762-766.

42. 贺远琼,田志龙. 外部利益相关者对企业规范行为的影响研究. 华东经济管理,2005,(11):92-94.

43. 霍洪喜,邬旦生. 公司公共关系. 天津:南开大学出版社,1994.

44. 焦典. 富康与桑塔纳互不让道. 中国企业家,2000,(1):9.

45. 瞿长福. "幸福"的陷阱——幸福集团的兴衰. 中国企业家,1999,(11):12-23.

46. 瞿长福. 企业家离政治多远才安全. 中国企业家,2000,(1):16-20.

47. 李新春. 企业家过程与国有企业的准企业家模型. 经济研究,2000,(6):51-57.

48. 立川. 财政部门对会计工作实施监督检查的要点. 广西会计,2000,(12):55.

49. 刘海藩. 建设企业家队伍. 中国企业家,1999,(11):10-11.

50. 刘继武. 8家钢铁企业上书政府限制马口铁进口. 长江日报,2001-02-13.

51. 刘少武. 关于制度安排对经济增长方式与转变作用的思考. 管理世界,2000,(6):182-183.

52. 龙竹. 论地方驻京办事机构在新时期的三个认识和三个转变. 管理世界,2000,(1):201-213.

53. 马斯洛. 人性能达的境界. 昆明:云南人民出版社,1987.

54. 彭宗超,薛澜. 政策制定中的公众参与——以中国价格决策听证制度为例. 国家行政学院学报,2000,(5):30-36.

55. 苏明吾. 制度变迁中地方政府经济行为分析. 经济经纬,2000,(2):28-32.

56. 田志龙,高勇强,卫武. 中国企业政治策略与行为研究. 管理世界,2003,(12):23-31.

57. 田志龙. 经营者监督与激励. 北京:中国发展出版社,1999.

58. 田志龙. 我国经济转型时期政府对企业行政干预的弱化与影响. 华中理工大学学报,1997,(3):64-67.

59. 万建华. 利益相关者管理. 深圳:海天出版社,1998.

60. 汪祥荣. 北京人大代表呼吁改革出租车业. 经济日报,2001-02-12.

61. 吴邦国. 当前经贸工作和企业集团发展的形势与任务. 管理世界,2000,(2):1-6.

62. 吴宝仁,刘永行. 华西对话. 中国企业家,1999,(8):22-23.

63. 徐权,汪涛. 经济转轨期国企兼并模式——政府引导型模式成因探析. 管理世界,2000,(2):204-206.

64. 张天,丁德海. 中国药品产业管制制度及其演进. 中国药事,2004,18,(7):412-415.

65. 张维迎. 中国企业家的困惑:企业家"搞掂"政府,中国企业报:企业家周刊,2001-03-01.

66. 张文魁. 对我国产业重组问题的思考. 管理世界,2000,(2):58-63.

67. [日]植草益. 微观规制经济学. 北京:中国发展出版社,1992.

68. 中国企业家调查系统. 中国企业经营者队伍制度建设的现状与发展. 管理世界,2000,(4):92-102.

69. 中国社科院财经所. 完善市场秩序的政策研究. 财贸研究,2000,(1):64-70.

70. 朱晓平. 政企分开改革的层次性. 重庆大学学报,2000,(6):45-50.

第二篇　西方企业政治策略与行为研究

第2章

企业政治行为研究的主要问题与方法

本章研究的关键问题：

1. 西方学者研究了企业政治行为的哪些主要问题？这包括如下五个方面：

(1) 什么样的企业更可能从事政治行为，或者说从事政治行为的企业有什么样的特征(谁的问题)？

(2) 企业为什么要从事政治行为，或者说企业从事政治行为的基本原因是什么(为什么的问题)？

(3) 企业从事政治行为的基本方法有哪些(怎么样的问题)？

(4) 企业政治行为在什么时候发生以及怎样随时间而改变(什么时候的问题)？

(5) 在哪些政治领域更有可能出现企业政治行为(哪里的问题)？

2. 西方学者在研究企业政治行为时采取了哪些主要研究方法？

> 本章关键概念：企业政治策略、企业政治行为、企业政治绩效、企业政治市场、企业政治资源与能力、政治环境

本章的主要目的是对西方有关企业政治行为研究的主要问题与方法进行综合介绍，具体内容包括三节：第一节主要界定有关企业政治行为研究中的一些基本概念；第二节主要介绍西方企业政治行为研究的主要问题；第三节简要介绍企业政治行为研究的主要方法。

第一节　企业政治行为研究的基本概念

在市场经济中，政府主要通过制定和实施一系列公共政策去干预市场，以弥补市场的缺陷。但是，政府行为与市场的运行机制并非完全吻合，政府实施对市场的干预行为，是

力图从社会利益出发,寻求满意化的结果,多数情况下这与企业实现自身利益最大化目标的动机是矛盾的。

公共政策的本质是通过政府的权威性活动向社会分配利益。利益给谁或不给谁,给多还是给少,是由政府依据客观现实的需要而定。任何公共政策都是以一些企业的利益为代价而使另外一些企业获益。这样,市场中的企业多数会从各自利益的最大化需求出发,通过实施政治策略去影响公共政策。那些想依靠推动某项政策出台以谋取利益的企业,认为用公共政策来弥补市场缺陷一定比不采取任何措施能获得更好的社会效果,因而他们会全力支持这项政策,并从该政策中获得实在利益。与之相反,那些不仅不能从政策中获益,而且还会失去原有利益的企业,将千方百计地反对这项政策,阻止政策目标的实现。因此,政府及其公共政策就成为一个地地道道的"竞技场",各企业为自身利益而展示实力和开展"政治外交"。政府或政府政策作为一种竞争工具,能被用来拓展企业的外部生存空间,为企业创造有利的竞争环境。因此,企业竞争环境和政府政策之间存在着一种相互影响的关系,甚至可以说政府政策构成了企业竞争环境中的一部分。政府政策的不确定性导致企业市场交易费用的增加,而企业能否成功地运用政治策略获得潜在利益,直接关系到企业的经营业绩及企业竞争力。

我们将企业为谋求有利于自身的市场环境而影响政府政策与法规制定和实施过程的策略称为企业政治策略(corporate political strategy),实施上述策略的行为称为企业政治行为(corporate political action)。在很多产业,政治上的成功与市场上的成功同等重要,正如企业要取得成功必须制定竞争战略一样,企业的政治战略已成为企业取得成功的基础。许多企业在认真制定市场策略去战胜竞争对手赢得市场的同时,无不重视政治战略的制定与实施,通过影响政府政策制定与实施的过程,谋求一个对自己有利的竞争环境。企业越是有长远发展观念,越会重视政治战略的制定与实施。在很多企业,政治战略已成为企业战略管理的重要内容(Baron,1995;Hillman and Hitt,1999)。

下面我们将对企业政治策略相关概念进行界定。

1. 企业政治策略

企业涉及政治活动的范围十分广泛,所以界定企业政治策略(corporation political strategy, CPS)这一概念非常重要。虽然目前还没有一个被学术界和产业界普遍接受的企业政治策略的定义,但是许多学者从不同角度对这一概念进行了探讨。

Mahon(1993)将企业政治策略定义为"在竞争性的环境中一个组织通过获得(acquire)、发展(develop)和使用(use)权力来赢得一种竞争优势(一种特殊的资源配置方式)",他认为企业政治策略不是只限于与政府有关的企业行为,它反映组织、社会、利益集团以及其他政治组织之间的相互关系,并且可能在政治组织领域之外发生。

其他学者(Keim,1981;Keim and Zeithaml,1986;Keim and Baysinger,1988;Mitnick,1993;Getz,1993)则试图根据组织和政府决策者之间的代理关系来解释企业政

治策略。他们认为"企业政治策略是指企业试图通过了解和满足政治代理人的个人需求来影响公共政策的制定"。该定义主要依赖于代理理论和公共选择理论。

为了便于国内学者理解,在本书中,我们将企业政治策略定义为:企业为谋求有利于自身的市场环境而影响政府政策及法律法规的制定与实施过程的策略,它由一系列具体战术或行为所组成。

2. 企业政治行为

企业政治行为(corporation political action,CPA),按照 Getz(1997)的定义,是"任何有意识的试图影响政府政策或进程的企业行为"。与此类似的一个概念是 Sethi(1982)对政治涉入(political involvement)的定义,他将政治涉入广义地定义为参与各个层次政府公共政策的制定与执行。显然,这是两个内容一致而表述不同的概念。与政治策略比较起来,政治行为的概念范围要小得多,单个的政治行为是指一项具体的政治活动,比如捐款、游说等。

在本书中,我们将企业政治行为定义为:企业为实施政治策略而采取的具体的企业行动,而且政治战术、政治活动与政治行为三者同义。

3. 企业政治绩效

"企业政治绩效"这一概念是我们借鉴国内外有关企业绩效的研究成果,基于资源基础理论而提出来的。简单地说,企业政治绩效是指企业在制定和实施政治策略影响政府决策的过程中所消耗的各种资源与所获得的政治和经济利益之间的关系。

4. 企业政治资源与能力

企业政治资源是指企业所拥有的,能够用来影响政府决策,进而实现企业特定目标的各种资源要素的集合。根据资源基础理论,我们认为一个企业所拥有的政治资源可以分为有形资源、无形资源、组织资源三种类型。企业政治资源也可分为两个层次。在第一个层次中,基本单位是企业或个体的资源。但是,为了获得外部政治竞争优势,企业能够通过政治市场提供的渠道吸收各种资源,并通过企业内部渠道将这些从外部获取的各种资源联系和协调起来,形成组织政治活动的能力,这是第二个层次的资源,也就是企业政治能力。因此,我们不但认为企业政治能力是企业持续政治竞争优势之源,而且将企业看做一个特殊的政治能力综合体。每个企业都具有一系列相关的政治能力,企业参与政治市场竞争就是应用这些能力的过程。

5. 企业政治市场

企业政治市场是个体和组织参与政治活动寻求政府决策者的支持,与其他政治个体和组织发生交易关系的总和。Hillman 与 Keim(1995)认为,如同经济市场是由需求与供给两方面组成的一个交易结构,政治市场也是由公共政策供求双方组成的。需求者是个体和组织,供给者是政府部门和官员。政治市场论把"经济人"假设从经济领域扩大到政治领域,从而构建出了一个跟经济市场相并列的政治市场。在政治领域,参与政治活动的企业、政府部门及其官员都是"经济人",也是有理性的效用最大化者,他们的利己主义不会因环境不同而改变。他们也总是选择给自己带来最大化福利的决定。由于"经济人"假设在政治领域里也适应,因此,政治过程和市场过程是一致的。政府就是企业,政治家就是企业家,而企业是消费者,公共政策制定就是交换机制,政府提供的公共物品(国防、秩序、法制等服务)或者政策就是消费品。在政治市场上,个体、组织和政府也同经济市场上一样进行交易,互换利益,它们的一切政治行为都是以成本—收益的比较为基础的。

6. 政治环境

在企业政治行为研究中,企业所面临的政治环境或称政策环境同样是一个非常重要的概念。从我们所掌握的资料来看,西方理论界并没有对政治环境进行界定,然而,每个企业或个人都置身于其所在国家的特定的社会政治背景中。因此,我们在这里将政治环境定义为"任何影响企业生产经营活动的政府行为(包括立法、行政和司法行为三个方面)所构成的环境"。

7. 制度

在企业政治行为研究中,制度理论是研究的理论基础之一。制度(institution)是指各种减少不可预见行为和机会主义行为的规则(Scott,2001)。企业所面临的政治环境,从制度理论的角度来说,就是企业所面临的制度环境,公共政策就是一种制度。推动企业制度环境变迁的企业行为,是企业政治行为集中的一个重要组成部分。

第二节　企业政治行为研究的主要问题

企业政治行为研究的主要问题是什么? 我们在第一章只是作了一般性介绍。这一节我们将作更详细的分析。

围绕企业政治行为研究,我们提出了如下这些问题。

企业为什么要从事政治活动? 从事政治活动对企业有什么好处,或者反过来说,不从事政治活动将对企业有什么害处? 企业又是怎样从事政治活动的? 企业在从事政治活动时有什么样的策略,这些策略的有效性如何? 什么样的企业更可能采取政治行为? 为什么? 企业一般在什么时候或情况下采取政治行为? 政治活动主要发生在哪些地方和领域? 如此等等。

对上述大量问题的剖析正是企业政治行为研究的基本任务。我们将这些问题整理成以下的五个方面。①

① 什么样的企业更可能从事政治行为,或者说,从事政治行为的企业有什么样的特征(谁的问题)?

---

① 对这五个问题的一个详细阐述,请参见 Getz(1997)的综述文章。

② 企业为什么要从事政治行为,或者说,企业从事政治行为的基本原因是什么(为什么的问题)?

③ 企业从事政治行为的基本方法有哪些(怎么样的问题)?

④ 企业政治行为在什么时候发生以及怎样随时间而改变(什么时候的问题)?

⑤ 在哪些政治领域更有可能出现企业政治行为(哪里的问题)?

这五个问题之间并非是完全孤立的,它们之间存在相互关联。要回答"为什么"的问题,我们就不得不同时回答"哪里"的问题和"什么时候"的问题,甚至我们也要部分地回答"谁"的问题。同样在"谁"和"怎么样"之间也存在重叠。

对这五个问题的研究,可以从不同的学科理论角度来展开。根据笔者的整理,不同的问题与不同的理论之间大体有如下的对应关系,见表2-1。

表 2-1 企业政治行为研究问题与对应的社会科学理论

研究问题	适用理论
"为什么"的问题	利益集团理论、集体行动理论、公共选择理论、博弈论、资源依赖理论、交换理论、制度理论、企业行为理论、代理理论、战略管理理论、关系营销理论、复杂科学理论
"怎么样"的问题	公共选择理论、博弈论、资源依赖理论、制度理论、代理理论、交易成本理论、关系营销理论、种群生态理论
"谁"的问题	企业行为理论、战略管理理论、博弈论、种群生态理论
"哪里"的问题	资源依赖理论、代理理论
"什么时候"的问题	集体行动理论、博弈论

一、企业为什么从事政治行为

正如上面所指出的,"为什么"的问题是西方学者关注得最多的一个话题。学者们已经花费了大量的努力试图理解和解释企业为什么参与政治进程。一个企业政治上积极是因为政治行为对企业自己有利,这几乎是一句不用证明的话。重要的是要弄清楚,什么构成了企业在政治舞台上的自我利益,以及企业为什么要采取政治行为而不是采用其他解决问题的方式。因此,"为什么"的问题有两个方面。

问题的第一个方面是,什么构成了企业在政治舞台中要表达的自我利益呢?企业可能试图保护他们自己免遭感知的(perceived)威胁或开发感知的机会(Oberman,1993)。因此,企业在政治舞台上的自我利益包括规避威胁和开发机会两个方面。

对企业福利(well-being)的威胁来自很多方面。比如,其他利益集团对政治的参与可能威胁到企业的利益,这种威胁有时是局部性的,只影响企业运营的某个方面,而有时却是全局性的,通过质疑企业的合法性而威胁企业的生存。2006 年中国社会对特殊利益集团(如电信企业和电力企业)的质疑就是一个典型例子。企业进入政治舞台可以降低这一威胁。威胁既可能是现实的,也可能是潜在的或可预见的。企业可能预见到政府的某项政策措施对企业的潜在负面影响,这时,企业可能通过政治行为来最小化政府行为可能导致的负面后果。

那些认识到在他们与政府关系中存在可能机会的企业会有效利用这些机会。企业利用这些机会的形式可能是:通过操纵它与政府的关系中所具有的权力优势(power advantage)(即政府在某些方面依赖于企业),或试图将一些经济资源转换为政治资源(即与政府官员做交易)。

问题的第二个方面是,企业为什么从事政治行为而不是采取其他的方式来规避威胁和利用机会呢?潜在的原因可能有两个。首先,对一些企业而言,企业预期政治行为的收益将超过成本,企业所从事的政治行为是一个很好的活动,尽管事实上收益在性质上经常是集体的并且必须与行业中其他企业分享。在这种情况下,一个企业只有当它能够分享到足够多或足够大的收益时才可能采取行动,而这更可能出现在一个集中度比较高的行业或一个只有极少数成员的行业。另外一个解释在范围上更宽:简单地说,企业之所以采取政治行为是因为它是企业心中可以用来对抗外部环境问题的一个工具之一。它运用于任何企业,而不仅仅是处于更高集中度的行业中的企业,它也不关注政治行为的净收益。

二、企业政治行为在哪里发生

企业政治行为会在什么背景下发生?对这个问题的回答与企业所面临的政治事项的性质有关。这里所说的政治事项的性质主要是指事项发生的政府层次及所属部门。如果政治事项是全国性的,那么企业的政治行为将可能发生在中央政府或联邦政府层次;如果政治事项是地方性的,那么企业的政治行为就更可能发生在地方政府或州政府层面。如果政治事项发生在政府的某个特定的部门,比如经济贸易部门,那么企业的政治行为就可能主要针对这一部门。而如果政治事项与某位政府官员有关联或为某位政府官员所主导,那么企业就可能针对这一官员而采取政治行为。当然,在事项生命周期的不同阶段,也会发生不同的企业政治行为。一些企业可能倾向于在政治事项生命周期的早期阶段采取政治行为,而另一些企业可能要稍晚一些。

三、企业政治行为在什么时候发生

"什么时候"的问题关注的是一个事件发生或将要发生的时间。就我们对企业政治行为的理解而言,什么时候是关于政治行为的时间选择(timing)问题,尤其是企业政治行为怎样随时间而变化的问题。对这一问题的回答往往是对"为什么"的问题的回答的一个派生答案。

企业在什么时候采取政治行为可能依赖于竞争对手或其他与企业具有竞争关系的利益集团的政治行为。竞争性利益集团的行为可能迫使企业采取相应的政治行为以降低由此可能带来的负面影响。这样,企业选择在什么时候采取政治行为完全依赖于竞争对手的行为。

企业在什么时候采取政治行为,以及政治行为怎样随时间而变化,也可以从事项生命周期的角度加以解释。由于企业政治行为的很多收益具有集体的性质,因此处于竞争性行业的企业经常面临政治行为上的阻力。然而,随着政治事项沿着它的生命周期向前推进,收益的集体性可能降低,这样就减少了企业从事政治行为的阻力。因此,当事项越接近于政策解决的办法,也就是说越处于生命周期的后期时,处于竞争性行业的企业越可能在政治上积极。

由于企业对政府的依赖并不是经常性的,也就是说,只有当政府的政策影响到企业利益时,依赖才存在。因此,随着企业对政府依赖的变化,企业可能随时进入或退出政治舞台。而且,由于社会规范和制度都是随时间而改变的,充当企业利益代言人的政府官员也是变动的,因此企业政治行为的层次和性质也需要相应的改变。

四、什么样的企业从事政治行为

什么样的企业更可能从事政治行为呢? 或者说,从事政治行为的企业具有什么样的特征? 很显然,采取政治行为的企业必然是那些愿意而且有能力采取政治行为的企业。企业是否愿意采取政治行为可能与企业的战略意图有关,如果企业试图通过政治市场获得战略竞争利益和优势,或者认为其他竞争性利益集团的政治涉入对企业来说具有重要的负面影响,那么企业可能愿意从事政治行为。

而企业有没有能力从事政治行为,主要与企业的特征有关。比如,如果企业有大量闲置的资源、具有在过去从事政治行为的经历和知识等,那么企业就更有能力从事政治行为。因此,企业的规模、企业存在的年限、企业从事政治行为的经验与传统等一系列因素都会影响企业从事政治行为的积极性。

五、企业如何从事政治行为

事实上企业怎样来开展政治行为呢? 它们具有哪些可供选择的策略,它们又可能会采取什么样的策略呢? 对企业政治策略的剖析主要依赖于描述性的、非理论的经验研究或案例研究。现存的西方文献已经识别了大量的、可供企业参考和使用的政治策略与具体行为。比如信息策略、财务刺激策略和选民培养策略三种政治策略,而具体的企业政治行为包括游说、提交研究报告、作为专家作证、选民基础动员、倡议广告、召开新闻发布会等(Hillman and Hitt, 1999)。

第三节　企业政治行为研究的方法

西方学者在企业政治行为研究的早期阶段，主要采用理论思辨式的方法，探讨利益集团对政治和社会的正面与负面影响。一直到 20 世纪 80 年代，有关企业政治行为的研究仍然以对社会现象的描述为主要方法，大量的评论式文章关注企业日益增多的对政治的参与和日益增强的对政治的影响。同时，一些学者试图找出相关的理论来对企业政治行为的兴起进行解释和阐述。

从 20 世纪 90 年代开始，出现了大量有关企业政治行为的实证研究和部分案例研究，当然这并不是说这段时期理论方面的研究不多，而是出现了理论研究与实证研究和案例研究同时快速发展的局面。这些实证研究主要是检验企业政治行为的有效性、企业政治行为的影响因素、不同企业在政治行为方面的差异等。案例研究方法主要用于剖析政治行为在企业中的使用情况和过程。

从企业政治行为研究的问题来看，目前，对不同问题的研究都有其相应的研究方法。表 2-2 是研究问题与研究方法的一个对应。

表 2-2　企业政治行为研究问题与研究方法的对应

研究问题	可能的研究方法
"为什么"的问题	理论研究、大样本实证研究
"怎么样"的问题	理论研究、大样本实证研究、案例研究
"谁"的问题	理论研究、大样本实证研究、案例研究
"哪里"的问题	理论研究、案例研究
"什么时候"的问题	理论研究、案例研究

具体来说，在研究"为什么"的问题时，西方学者主要借用来自政治科学、社会学、经济学和管理学等学科领域的理论来解释企业参与政治的动机，典型的研究包括 Shaffer(1995)，Rehbein and Schuler(1995)，Baysinger(1984)，Weidanbaum(1980)等。另外，对"为什么"的研究也包括一部分调查驱动企业从事政治活动的因素的研究，这些研究主要采用大样本实证研究的形式，比如，Mitchell，Hansen and Jepsen(1997)等。

在研究"怎么样"的问题时，大量的政治策略与行为在理论研究中被识别，典型的理论研究包括 Keim(1981)，Getz(1993)，Oberman(1993)，Hillman and Hitt(1999)等。另外有少量学者以实证研究(主要研究具体策略的影响因素)和案例研究的形式探讨了企业如何采取政治策略，实证研究如 Lenway and Rehbein(1991)，Masters and Keim(1985)等，案例研究如 Baron(1995)，Yoffie and Bergenstein(1985)等。

在研究"谁"的问题时,理论研究主要包含在"为什么"的研究中,因为要回答"为什么"的问题必然要牵涉到"谁"的问题。另外,对"谁"的问题的研究同样也有实证研究和案例研究,实证研究如 Grier, Munger and Roberts(1994),Zardkoohi(1985)等;案例研究如 Blau and Harris(1992),Schuler(1996)等。

对"哪里"的问题与"什么时候"的问题的研究目前比较少。就"哪里"的问题而言,文献主要关注的是美国企业对联邦政府(包括联邦议会)的影响,具体对哪个州和哪个部门的影响的研究比较少见。就"什么时候"的问题而言,文献暗示竞争性个体或组织的行动可能决定企业政治涉入的时机,另外,政治事项的生命周期同样影响企业政治参与时机选择。这方面的研究以理论研究比较常见,如 Austen-Smith and Wright(1992),Ullmann (1985)等。

本章参考文献

1. Austen-Smith, D. and Wright, Jr. Competitive lobbying for a legislator's vote. Social Choice and Welfare, 1992, 9(3):229-257.

2. Baron, D. Integrated strategy: market and non-market components. California Management Review, 1995,(2): 47-65.

3. Baysinger, B. Domain maintenance as an objective of business political activity: an expand typology. Academy of Management Review, 1984, 9(2): 248-258.

4. Blau, R. T. and Harris, R. G. Strategic uses of regulation: the case of line-of-business restriction in the U. S. communications industry. Research in Corporate Social Performance and Policy, 1992,(13): 161-189.

5. Getz, K. A. Research in corporate political action: integration and assessment. Business and Society, 1997, 36,(1): 32-72.

6. Getz, K. A. Selecting corporate political tactics. Newbury Park, CA: Sage. 1993.

7. Grier, B. , Munger, C. and Roberts, C. The determinations of industry political activity:1978-1986. The American Political Science Review, 1994, 88(4): 911-926.

8. Hillman, A. and Keim, G. International variation in the business-government interface: institutional and organizational considerations. Academy of Management Review, 1995,(20):193-214.

9. Hillman, J. and Hitt, M. Corporate political strategy formulation: a model of approach, participation, and strategy decisions. Academy of Management Review, 1999, 24(4): 825-842.

10. Keim, G. and Baysinger, B. The efficacy of business political activity: competitive considerations in a principal-agent context. Journal of Management, 1988,(14):163-180.

11. Keim, G. and Zeithaml, C. Corporate political strategy and legislative decision-making: a review and contingency approach. Academy of Management Review, 1986, 11(4):828-843.

12. Keim, G. Foundations of a political strategy for business. California Management Review, 1981,

(3):41-48.

13. Lenway, S. and Rehbein, K. Leaders, followers, and free riders: an empirical test of variation in corporate political involvement. Academy of Management Journal, 1991,(34): 893-905.

14. Mahon, J. Shaping issues/manufacturing agents: corporate political sculpting. Sage Publications, 1993.

15. Masters, M. and Keim, G. Determinants of PAC participation among larger corporations. The Journal of Management, 1985,(19): 63-78.

16. Mitchell, D. , Hansen, W. and Jepen, E. The determinants of domestic and foreign corporate political activity. Journal of Politics, 1997,(59):1096-1113.

17. Mitnick, B. Political contestability. In B. Mitnick, (Ed.), Corporate Political Agency: The Construction of Competition in Public Affairs. New York: Sage Publications. 1993.

18. Oberman, W. Strategy and tactic choice in an institutional resource context. In B. Mitnick (Ed.), Corporate political agency. Newbury Park, CA: Sage. 1993.

19. Rehbein, K. and Schuler, D. The firm as a filter: a conceptual framework for corporate political strategies. Academy of Management Journal, 1995: 406-410.

20. Schuler, D. Corporate political strategy and foreign competition: the case of the steel industry. Academy of Management Journal, 1996,(11): 720-737.

21. Scott, W. R. Institutions and Organization. Thousands Oak, CA: Sage, 2001.

22. Sethi, P. Corporate political activism. California Management Review. 1982, 24(2): 32-42.

23. Shaffer, B. Firm-level responses to government regulation: theoretical and research approaches. Journal of Management, 1995,(21): 495-514.

24. Ullmann, A. A. The impact of the regulatory life cycle on corporate political strategy. California Management Review, 1985, 28 (1): 140-154.

25. Weidenbaum, M. Public policy: No longer a spectator sport for business. Journal of Business Strategy, 1980, 3(4): 46-53.

26. Yoffie, D. & Bergenstein, S. Creating political advantage: the rise of the corporate political entrepreneur. California Management Review, 1985,(28): 124-139.

27. Zardkoohi, A. On the political participation of the firm in the electoral process. Southern Economics Journal, 1985,(1): 804-817.

第 3 章

企业政治行为研究的理论视角

本章研究的关键问题：

　　1. 哪些理论可用于研究企业政治行为现象？

　　(1) 来自于政治科学学科的理论；

　　(2) 来自于经济学学科的理论；

　　(3) 来自于社会学学科的理论；

　　(4) 来自于管理学和组织学学科的理论。

　　2. 上述基础理论适用于研究企业政治行为的哪些问题？

> 本章关键概念：利益集团理论、集体行动理论、公共选择理论、交易成本理论、博弈论、资源依赖理论、交换理论、制度理论、战略管理理论、企业行为理论、关系营销理论、种群生态理论、代理理论、复杂系统理论

　　企业政治行为方面的研究有一系列重要的理论基础。研究的假设常常来自广泛的社会科学理论，包括政治科学、经济学、社会学和管理科学等。例如，从政治科学学科来看，企业政治行为可以通过利益集团理论来进行解释；从经济学和政治经济学学科来看，企业政治行为可以通过使用集体行动理论（collective action theory）、公共选择理论（public selection theory）、交易成本理论（transaction theory）、博弈论（game theory）来解释；从社会学学科来看，企业政治行为可以通过资源依赖理论（resource-dependence theory）、交换理论（exchange theory）和制度理论（institutional theory）来进行解释；从管理学和组织学学科角度来看，战略管理理论（strategic management theory）、企业行为理论（firm behavior theory）、关系营销理论（relationship marketing theory）、种群生态理论（population ecology theory）、代理理论（agency theory）以及复杂系统理论（complexity theory）都可以被用来解释企业政治行为。

　　在这一章中，我们将借鉴 Getz(1997,2002)的研究思路，并在其基础上介绍被广泛应用于企业政治行为研究中的各种社会科学理论，并评述这些理论对企业政治行为研究做出的贡献。

第一节 政治科学领域的利益集团理论

在政治科学领域,利益集团理论常被用来分析企业政治行为。利益集团理论认为公共政策进程(包括制定、实施、修改)是试图在大量利益集团的竞争性目标之间达成妥协的过程。利益涉及态度、价值观、目标或偏好(preferences)。

美国学者戴维·杜鲁门(David Truman)给利益集团下了一个被人们广泛接受的定义:"利益集团是一个持有共同态度、向社会其他集团提出要求的集团。如果它向政府的任何机构提出其要求,它就变成一个政治性的利益集团。"(Truman,1951,p.37)也有人称:"利益集团,就是一部分人组织起来为追求共同利益而对政治过程施加压力。"(加里·沃塞曼,1994)

利益集团理论大致可以分为两大类:精英主义(掌权人物论)和多元主义利益集团理论。根据掌权人物论的模式来分析政策制定过程,政策就被认为是占统治地位的掌权阶层的选择和价值观念。根据掌权人物论的政治理论,公共政策并不反映"人民"的要求,而是反映了参与政策制定过程的极少数人的利益、情感和价值观念。当掌权人物重新确定其自身利益或修改其价值观念时,公共政策就要发生变化或更新。

与此相反,根据关于政策制定多元论模式,决策的过程就被解释为社会上许多不同利益集团之间相互协调意见的过程。只有极少数人才能直接参与政策制定,但是人们可以参加各种团体,迫使政府接受其要求。利益集团被认为是决策过程中的主角——个人与政府之间的主要桥梁。公共政策任何时候都反映出各利益集团相应的影响达到了平衡(托马斯·戴伊,1980:258-259)。

研究企业政治行为(CPA)的利益集团理论建立在利益集团的多元主义理论的基础之上。政治科学家假定,个人所拥有的利益通过那些参与政治进程的协会(associations)或利益集团来"代表"(represented)。政治科学家的多数研究假定,利益集团是正规构建的,并合法地将他们的成员的关注(concerns)传递给政府官员(Mundo,1992)。事实上,在美国和其他民主政治中,利益集团的确向政府官员传达了他们的成员的关注,并且这样就成为公民借以影响政府的一个手段(Mundo,1992)。

早期对利益集团的理论研究主要集中在它的作用上,即它在美国的政治和社会中是一支好的力量还是一支坏的力量,它对政府进程的参与是促进了公共利益还是造成了对公共利益的损害的争论上(如,诺曼·杰·奥恩斯坦,雪利·埃尔德,1981)。

利益集团理论已经被用来解释为什么企业在政治上积极。利益集团多元主义假定工商企业进入政治舞台是因为其他有不同观点的集团同样在政治上积极,工商企业必须确信它的利益为政策制定者所知道。两种类型的利益团体,经济的和意识形态的,已经被用来解释工商企业涉入多元主义政治舞台的原因。

很多不同的集团与工商企业有不一致的利益(Plotke,1992),特别地,工会(labour unions)(Masters and Baysinger,1985;Masters and Keim,1985)和环境团体(Hoberg,1990;Mahon and Kelley,1988)能够通过它们的活动威胁工商企业。正是因为这样的活动,企业才不得不在政治上更加积极以降低不利政策被实施的可能性。一些实证研究特别集中关注工会作为工商企业的政治对手的作用。例如,一些学者的研究得出结论,与非工会化企业相比,具有高度工会化劳动力的企业更可能拥有一个政治行动委员会(Political Action Committee,PAC)或一个华盛顿办公室(Masters and Keim,1985),更可能通过 PAC 募集到更多资金或在 PAC 捐款中给予更多政治献金(Masters and Baysinger,1985;Masters and Keim,1986)。还有一些案例研究探讨了其他利益集团作为企业政治对手的影响。例如,在美国和加拿大关于杀虫剂、除草剂的政策演变的分析中,Hoberg(1990)注意到了环保利益集团的重要性。Mahon and Kelley(1988)同样评论了环保和其他利益集团在美国和欧洲关于有害废物的政策制定中的重要性。工商企业作为一个利益集团涉足多元主义政治舞台的一个可供选择的解释是基于意识形态的视角。工商企业意识形态不同于其他的(反工商业的、凯恩斯主义者、亲劳工者、亲社会主义者)意识形态;工商企业必须在政治上积极参与,以确保它的意识形态保持强劲。Plotke(1992)宣称,自 20 世纪 70 年代以来,几乎所有的企业政治行为都是意识形态驱动的。实证分析已经表明,至少政治行动委员会捐款中的某些变化能够归因于意识形态(或一些研究者所称呼的党派性)(Clawson,Karson,and Kaufman,1986;Eismeier and Pollock,1987;Kaufman,Karson,and Sohl,1987)。

第二节　经济学与政治经济学领域的理论

用于解释企业政治行为(CPA)的经济学与政治经济学理论包括集体行动理论、公共选择理论、交易成本理论等。

一、集体行动理论

集体行动理论关注私人行动者(private actors)对集体物品(collective goods)的自愿提供(Olson,1965)。该理论认为集团是由具有共同利益目标的个体成员组成,而具有相同利益的个人或者企业集团均有进一步扩大此种共同利益的倾向。但是,由于集团利益具有公共性(类似于公共物品),这意味着任何个人为集团共同利益做出的牺牲,其收益必然由集团中所有成员分享,而个人却要为参与集体行动付出成本,包括参与集体行动所花费的时间、相关的实际费用支出以及为收集关于集体行动各种信息所花费的信息成本。集团收益的这种性质促使集团每一个成员均有"搭便车"而坐享其成的倾向。

Olson(1965)将集体行动理论与大型的、中等的(intermediate)和有特权的

（privileged，通常是小的）集团联系起来。更一般的，他认为为了克服免费搭车问题，制裁（sanctions）或私人刺激是必需的。没有制裁或刺激，大集团中的单个行为者不太可能为集体物品付费。相反，他们将设法收割收益而不支付成本。在一个有特权的集团中，如果一个或少数成员特别看重集体物品的价值，那么他们将愿意承受超过他们份额的成本以确保集体物品的提供。

系统地讲，集体行动理论对企业行为提供了三种解释：首先，集体行动的结果可能对个人有着重大的价值，这种收益超过了组织集体行动所花费的所有成本。在这种情形下，无论其他人怎么做，只要某个企业参与，该企业就能对他有好处，并采取行动。因此，其他企业就可以不必承担任何成本而从中受益。其次，集团内会出现"选择性激励"（selective incentive）机制，即集团有权根据其成员有无贡献来决定是否向其提供集体收益。选择性激励可以是反面的惩罚，也可以是正面的奖励。在小型集团中，成员之间的友谊和相互尊重就是一种强有力的社交性激励。所以，具有选择性激励的集团比没有这种激励的集团更易于组织集体行动。最后，集体行动和集团的规模有关。即便没有选择性激励，也可能促成集体行动。此时，如果从集体行动中获得利益的个体数量很少，集体成员就可能进行谈判，并取得一致同意开展集体行动。这种成员之间讨价还价的成本较低，成员之间的博弈是在一种近似于完全信息的条件下进行的，即大家都知道各自可能的行动以及该行动所带来的各种可能后果。所以，较小的集团比较大的集团更易于组织集体行动。

在某种程度上，集体行动理论对企业政治行为也是适用的，因为企业政治行为的利益是集体的或者显示出集体的特性（Ullmann，1985）。集体行动理论可以用来解释为什么一些企业积极采取政治行为，而另一些企业却没有。早期的学者建立和验证了企业政治行为的集体行动模型（Keim and Zeithaml 1986；Lenway and Rehbein 1991；Masters and Keim 1985，1986）。近年来，许多学者认为集体行动理论能够解释企业决策过程中的差异性（Getz 1993；Rehbein and Schuler 1999；Schuler and Rehbein 1997）。具体来说，这个理论描述了企业政治行为所面临的环境，并较好地解释了企业政治行为是如何随着事项的演变而变化的。

集体行动理论描述了一个理性的企业将采取各种层次政治行为的条件。Keim and Zeithaml（1986）声称，企业政治行为是否发生，取决于集体的和私人的利益是否对企业有价值，并大于政治行为的成本。那些没有预期从政治行为中得到收益的企业将在政治上不积极，那些预期政治行为的收益小于预期成本的企业的行为也是如此。尽管 Keim and Zeithaml（1986）并没有直接考虑集团（行业）规模，但他们对集体的和私人的收益的考虑明显地来自于集体行动理论。

集体行动理论在企业政治行为研究中还被广泛用于发展实证研究中所要检验的假设。Salamon and Siegfried（1977）在一个行业政治行为研究中使用集体行动逻辑提出了两个假设：①拥有众多成员企业的行业将在政治上不太积极，因为很多企业将选择"免费搭车"(Olsen 的大集团情形);②越集中的行业,"免费搭车"问题的严重性越低,因为这个行业的主导企业会获得政治行为收益中比较大的份额,因此愿意承担成本(Olsen 的特权集团情形)。在他们的两个数据集中,没有一个假设得到了支持。就第一个假设而言,Lenway and Rehbein(1991)得到了类似的结果。在研究对国际贸易委员会(International Trade Commission)决策感兴趣的企业政治行为中,他们发现,在成员数量很多的行业中,企业不太可能"免费搭车"。然而,其他一些实证研究却支持了第一个假设。Masters and Keim(1985,1986)发现,一个行业中的企业数越多,任何假定的企业拥有一个政治行动委员会或华盛顿游说办公室的可能性越低。这样的企业同样拥有更低的政治行动委员会捐款水平和更少的游说家。第二个假设已经在政治行动委员会活动的背景下(context)受到检验。在一些研究中它获得支持(Andres,1985),在其他的研究中它没有被支持(Masters and Baysinger,1985)。结果上的差异可能归因于实证研究的不同背景。尽管如此,集体行动理论认为在小规模或高集中度的行业中,企业最可能从事政治行为,因为小规模或高集中度的行业类似于 Olson 的特权集团,其中一些企业可以从政治行为中获得足够大的利益,以致它们愿意承担政治行为的成本。

　　Ullmann(1985)利用集体行动理论解释了企业政治行为随时间变化的情况。他认为,企业从企业政治行为中获得的收益具有不同程度的公共性。在公共事项生命周期的早期,企业政治行为会产生公共利益,然而在事项生命周期的后期,它可以为企业带来私益。因此,在事项生命周期的早期,企业政治行为更多地发生在处于小规模或高集中度的行业的企业身上。在规模较大并且竞争激烈的行业中,某些企业决定在事项生命周期的早期不积极参与政治活动,这种行为就反映了"搭便车"的意图。在事项生命周期的后期,同一个企业在政治活动中可能变得非常积极,以期能够确保获得足够的私利或者避免政策竞争对手增加自己的成本。

二、公共选择理论

　　在公共选择理论中,政治进程被看做是在公共官员和私人行为者之间的类似于市场交易的形式,两者都是自我利益导向的(self-interested)。公共选择理论有意地放弃了(rejects)政府官员代表公共利益的观念(Buchanan and Tullock,1962)。自我利益导向的公共官员通过提供政府干预和潜在的有价值的服务来满足私人行为者的需要。尽管公共选择理论集中于理解政府怎样工作(Holcombe,1994),但通过分析影响公共官员行为的刺激和约束,公共选择理论的确为解释企业政治行为提供了新的视角。公共选择理论已经被用来解释为什么企业在政治上积极,以及解释企业所采取的政治策略。

　　公共选择理论假定,能从政府政策中察觉潜在收益的企业将进入政治舞台或政治进程"购买"这一政策。类似的,从政府政策中觉察到潜在成本的企业将进入政治舞台购买公共官员的不作为,或说服官员不作为或推迟作为。学者们已经从公共选择的角度对企业政治行为进行了理论分析和案例研究。Globerman and Schwindt(1985)在对英国哥伦比亚林产品行业的分析中利用公共选择理论提出假说并获得支持：工商企业向政府提供的信息与政府对信息的需求一致，并且相关的公共政策对行业有利，而这经常会损害那些不参与政策制定进程的一般公众的利益。McLean(1987)给出了另外两个案例，其中公共选择理论的假定在案例分析中被证实：与 1970 清洁空气法修正案（Clean Air Act Amendments）相关的新资源绩效标准（new source performance standards，NSPS）的 EPA 管制，以及英国 1979 年和 1983 年的工党宣言，都受企业影响。

Keim and Zeithaml(1986)基于立法决策的公共选择模型提出了解释企业政治行为的权变方法（contingency approach）。在公共选择模型中，立法者的决策被假定为基于投票者所察觉的事项的显著性（salience of issues）以及所察觉的投票者偏好等做出。这种感觉判断是很重要的，因为立法者经常基于不完全信息来做决策。私人行为者的政治行为是试图为立法者提供有利于自己的信息。然而，那些预期政治行为收益小于成本的企业将不会在政治上积极。这样，获得相关信息的成本是企业政治行为需要考虑的一个重要内容。而且，企业拥有的政治信息越多，越可能察觉来自于其政治行为的收益。尽管 Keim and Zeithaml(1986)并不是如此陈述的，但他们的分析暗示，有更多更好信息的企业更可能从事政治行为，因为他们意识到这种类型的信息对立法者来说是重要的，并将使立法者做出对企业有利的决策。

通过公共选择理论，企业能判断什么是合适的政治策略。Keim and Zeithaml(1986)的解释揭示了企业在不同立法决策环境中最佳的行为路线。决策过程需要根据对立法者对事项中选民（constituents）偏好（统一的或分歧的）和利益水平（高或低）的感觉的判断来确定。企业选择的是那些使选民偏好与企业利益一致或确保立法者意识到选民一致意见的策略。在大多数情况下，合适的策略可能是在选民中制造或加剧冲突以改变立法者的立场，这时立法者更有可能追逐一个对企业有利的政策。Keim and Zeithaml(1986)强调两个政治策略的价值：选民培养（constituency building）和联盟构建（coalition building）。选民培养指的是企业努力识别、教育和激发那些同样可能受政策影响的企业利益相关者的活动。联盟构建指的是企业努力发现其他投票者团体并就一个特定的立法事项分享共同的政治利益。

三、交易成本理论

交易成本经济学是关于识别最有效地节约交易成本的组织安排的学问（Williamson，1985）。一个交易发生于"当一个物品或服务被转移而穿越一个技术上分离的界面时"（Williamson，1981，p.552）。一个企业有权选择要么内部化某项职能要么将它外包（contract out）（生产或购买）。每种选择都有与之相关的成本和风险。内部化一项职能代表着对它的某种许诺：企业必须创造持久的内部成员（components）以致力于从事这一活动(比如,企业内部专门成立一个公关机构对政府从事公关工作)。外包在本质上是建立一个代理关系(比如,企业委托某个个人或组织从事政府公关工作),但公司要面临与不完美代理有关的风险。这些潜在风险或成本的发生是因为有限理性(bounded rationality)和机会主义,这是交易成本理论中内在的关键行为假定(Williamson,1981)。

在一个假定的环境中,存在决定交易成本大小进而决定企业内部化倾向的三个重要因素,它们是:不确定性、交易频率和资产专用性。不确定性涉及测量(metering)外部环境的难易。更大的不确定性(更加难以测量)产生企业内部化某项职能的压力。交易频率是假定一个交易类型有规律地重复出现的程度。随着交易更频繁地出现,企业有压力内部化某项职能。资产的专用性(specificity)关注物质的或人力的资产被专门用于一项特定交易的程度。在专用性很强的地方,企业有更大的压力内部化某项职能。

交易成本理论已经被用来解释范围很广的现象(例如,Boddewyn,1988;Bowen and Jones,1986;Jones and Hill,1988;Robins,1987),包括企业政治行为。降低与管理(administering)与企业政治行为有关的成本和风险的合理愿望已经被用来解释企业是独立从事政治行为还是加入联盟集体行动。

交易成本理论为决定什么时候企业应该内部化一项职能或将它外包提供了一个手段。Kaufman等人(1993)使用这一逻辑来描述企业将独立地从事政治行为还是通过一个集体从事政治行为。他们使用了两个与该理论有关的变量:频率和特殊性。事项特殊性描述公司的立场和它所处行业的立场是否一致(converge)或有分歧(diverge)。特殊的(specific)事项是指企业的立场与行业的立场有分歧的那些事项。事项的特殊性越大,企业与行业的立场分歧越大,企业单独采取政治行为的压力越大。对于一个以某种频率重复出现的特殊事项,一个企业应该创造或增强它的内部事项管理/政府关系职能。然而,对于那些只是偶然出现的特殊事项,企业应该外包以获得专门中介的服务,比如公共关系企业或游说家。对于非特殊化的事项,公司应该依靠它的行业协会(trade association)作为代理人来管理政治行为。行业协会既可以自己从事政治行为(对于周期性发生的事项),也可以外包给中间的代理人(对于偶然性事项)。这样,Kaufman等人使用交易成本理论来确定企业政治行为的四种有效管理结构。尽管这一模型并没有指明任何在企业政治行为事件中所使用的策略,但它暗示了企业的一般方法。Kaufman等人的模型在对公司平均燃料经济标准(Shaffer,1992)和通信行业商业范围(line-of-business)约束(Blau and Harris,1992)的案例研究中被证实。

其他学者同样认识到了企业通过与他人合作来实现政治行为目标的趋势,尽管他们没有明确地使用交易成本经济学来解释这种现象可能发生的背景。Littlejohn(1986)已经认识到了企业更大地利用合作行动的趋势,因为企业开始更加精确地定义它们的目标。企业很自由地就非常特殊的事项与其他行为者形成短暂的联盟(Kaufman et al.,1993)可能是不合适的。联盟不同于行业协会,因为联盟伙伴能够从所有集团感兴趣的事项中抽身而出,与行业成员不一定要有直接的联系。因此,联盟成员的利益可能是异质的(heterogeneous),只在某个单一的事项上有重叠(Wexler,1982)。这样一种联盟的存在可能是短暂的,随着特定事项的解决,联盟就可能崩溃(Oberman,1993)。尽管 Kaufman 等学者(1993)在他们的分析中的确没有包括暂时的联盟,但交易成本理论能够对它进行解释。需要再一次引入不确定性变量:尽管衡量异质联盟在很多事项上的结果可能是困难的,但在一个有着共同的非常特殊利益的事项上,衡量就可能容易多了。

四、博弈理论

博弈理论(game theory)是研究不同决策主体的行为发生直接相互作用时的决策以及这种决策的均衡性问题,也就是说,当一个主体,好比说一个人或一个企业的选择受到其他人或企业选择的影响,而且反过来影响到其他人或企业选择时的决策问题和均衡问题(张维迎,1996:3-4)。博弈理论被用来描述和预测在所谓的博弈不确定性环境中两个或更多相互依赖的行为者当他们做出一个或更多决策时的行为(Von Neumann and Morgenstern,1947)。

尽管博弈论首先作为数学的一个分支出现,但目前理论界都把它看做是主流经济学的一个分支,更严格地说,是微观经济学的一个分支。博弈论继承了经济学的一个基本假设前提——理性人或经济人假设,并且对人的理性要求更高。博弈论打破了新古典经济学的两个基本假定:市场充分竞争和不存在信息不对称问题。一方面,博弈论对寡头竞争和寡头垄断现象进行了大量的分析,从而补充了经济学的研究内容。另一方面,博弈论将理性人放在不确定性和存在信息不完全或不对称的经济环境中进行分析,增强了人们对经济现实的解释能力和预测能力(胡希宁、贾小立,2002)。而且,博弈论突破了传统经济学局部、静态均衡的分析,而将经济分析动态化,即分析动态博弈问题。

博弈论是对新古典经济学的继承和发展。它首要的工具性功能是作为一种方法来分析决策问题,因此它也可以被归入决策科学领域。

博弈论可以用来解释企业怎样根据其他团体的政治行为来进行政治参与的决策,即是否参与和怎样参与的决策。不过目前理论界并没有用博弈论来解释企业参政的动机,那些明确使用博弈论的学者们都首先假定利益集团理论解释政治参与的动机,然后用博弈论来解释参与的战略或策略(例如,Austen. Smith and Wright,1992,1994,1996;Hojnacki and Kimball,1999)。Austen. Smith and Wright(1992)提出了一个模型研究当两个竞争性团体都试图影响当选官员的行为时游说和影响的方式。他们的目的是为了显示各团体应该游说那些尚没有下决心的或那些观点不一致的官员。这与政治科学领域流行的观点是不一致的,因为流行的观点是利益集团以适意的(congenial)立法者为目标(如,Bauer et al.,1963),即以那些对企业持支持态度的立法者为目标。而 Austen. Smith and Wright 认为只有当进行抵消性游说(counteractive lobbying)时利益集团才以适意的立法者为目标。以游说的有效性为前提，Austen. Smith and Wright 假定游说是为了改变立法者的立场。他们认为没有任何理由以适意的立法者为目标，除非竞争对手以这些立法者为目标。他们的这一观点明显是基于博弈论，因为他们认为任何一方的行动都要根据对手的可能行动而反应。

然而，Austen. Smith and Wright 的模型并没有被广泛接受。Baumgartner and Leech (1996) 对这一理论及其被检验的背景提出了批评，特别是，他们对抵消性游说理论的一个关键假定提出批评，这与博弈论直接相关。他们认为，断言行为者能够知道或准确地预测潜在对手的行为，尤其是当各方同时决策的时候，是不合理的。抵消性行为只有当政治决策是时序性的（动态博弈）时候才出现，但事实上它们不是。而且，对抵消性行为的两个实证检验都没有对它提供支持（Hojnacki and Kimball，1999；Wright，1990）。

尽管如此，博弈论为我们理解企业的政治行为提供了一个新的视角，特别是它强调企业的政治涉入是对竞争对手的行为做出预测和反应的结果。而且，如果从一个更长的时期来看待政治领域的竞争，而不是把眼光局限于单个的政治事项，我们预期博弈论的解释力将得到增强。

第三节　社会学领域的理论

用于研究企业政治行为的社会学理论主要包括资源依赖理论、交换理论和制度理论。

一、资源依赖理论

资源依赖理论起源于开放的系统理论。资源依赖理论表明，一个组织或机构（institution）对另一个组织的基本资源的依赖会以可预测的方式影响这两个组织（机构）间的关系（Kotter，1979；Pfeffer and Salancik，1978）。当决策制定者感知特定外部组织的行为对该组织的行为和效力造成可能的影响（contingencies）和限制时，依赖才存在。资源依赖理论研究的重点是企业必须从外部获得维持自己生存的资源。获取资源的需要就导致了企业与其外部各种组织（实体）之间的相互依赖性。这些外部组织可以是供应商、竞争者、客户和政府部门，也可以是任何一个与企业相关的外部实体。为了有效地获取企业所需要的外部关键资源，资源依赖理论提出，企业必须尽可能增强以下两方面的能力：①增强控制关键资源的能力以减少对其他组织的依赖；②增强控制关键资源的能力以提高其他组织对自己的依赖。

资源依赖理论强调企业从环境中获取资源的重要性，并且把企业看做是具有不同适用性的各种资源和能力的集合。影响和决定企业绩效的因素或竞争优势源于企业的特有资源和能力，而竞争对手很难模仿或购得它们。成功的企业战略依赖于积累专门化的资源，并通过创造业务单位（即事业部或分子公司）来开发利用它们，使资源与市场机会相匹配。所谓资源就是包括有形资产、无形资产和组织能力的综合体系(Barney,1991)。该学派的基本理论前提是:决策是在组织内部发生的,决策处理的是组织面临的环境,管理在决策过程中起着重要的作用(Pfeifer and Salancik,1978)。资源依赖模式源于两个假设:一是维持组织的运行需要多种不同的资源,而这些不同资源不可能都由组织自己提供;二是组织的正常运行是由多种活动构成的,而这些活动不可能都在组织内进行,因此企业或组织必须依赖环境以获得资源,同时必须依赖其他企业的活动来维持正常运行。但是该理论并不排斥企业积极主动地面对环境的可能性,认为企业希望按照自己的优势来控制环境,而不仅仅是环境的被动接收者(Aldrich and Pfeffer,1976)。

依赖是不受欢迎的,因为它减少了依赖性组织在任一假定的环境中所拥有的选择范围,从而对该组织的稳定性甚至生存造成威胁(Thompson,1967)。资源依赖已经被用来解释很多组织的行为,其中包括企业政治行为的某些特定方面。工商企业组织在诸如市场监管、销售或贸易保护等事情上对政府的依赖已经被用来解释为什么企业在政治上积极。

资源依赖理论假定,那些在政策或税收方面受政府影响(有利的或不利的)的企业会通过使用政治行为来塑造它们与政府的关系。这一理论并不意味着政治行为能够使企业降低它们对政府的依赖性。然而,它可以使企业降低与依赖性有关的不确定性和降低依赖性将对企业产生负面影响的可能性。Baysinger(1984)认为,企业政治行为可以帮助企业实现三个基本的组织目标:领域(domain)管理、领域防御和领域维持。后两个目标与资源依赖有关。领域防御(domain defense)是指试图挑战(challenge)和回绝(rebuff)对组织目标和目的的威胁,而领域维持是指挑战对企业追逐目标的方法/途径的威胁的行为。政府管制经常被企业管理层看做是对组织目标和目的,尤其是对方法/途径的一个威胁。就已经实施的政府管制而言,企业对政府的依赖性增加。企业从事政治行为的目的可能有两个:反对管制或塑造管制从而对管制做出反应。

依赖要素是分析企业政治行为的一个关键变量。Mahon等人(1989)认识到,一个企业在政治上如何行动,取决于它在政治(法律政策)上的涉入程度。涉入程度低(例如,低依赖性)的企业可能放弃政治行为。Mahon等人(1989:6)进一步断言"外部环境中资源分配的现实变化或潜在变化会激发企业政治行为,如果这种变化被企业理解为一个威胁或一个机会的话"。Yoffie(1987:45)间接地解释了在20世纪60年代和70年代组织对外部资源的依赖增强的原因:最重要的原因之一是政府变得更像是对工商业的一个威胁,因为政府对私人的活动和积极性(initiative)施加了更多的影响。例如,新的政府管制挤榨了公司收益(profitability)能力并严重限制了公司和公司高管人员的自主权……政府对企业环境中重要因素的不确定性产生影响,这些重要因素包括通货膨胀、利率和能源成本。

Rehbein and Schuler(1995)进一步断言,企业对政府的依赖是企业政治行为的一个重要动机,与其他利益相关者的关系同样影响一个企业采取政治行为的意愿。对一些利益相关者的依赖事实上也可能导致企业在政治上不积极："一个企业可能不愿意对政治领域的需求做出反应,如果有着需求冲突的其他的利益相关者比如消费者或雇员在企业中起了一个重要的作用"(Rehbein and Schuler,1995:409)。

公司从事政治行为的目的是使其对政府依赖程度最小化。这一假设已经被用于很多的实证研究中。例如,Eismeier and Pollock(1986,1987)通过研究认为,企业政治行动委员会的捐款战略是"注重实效的",从而解释了企业政治行动委员会捐款的模式。他们认为,企业政治行动委员会捐款资金很大程度上依赖于捐款接受者(recipients)影响企业对政府的依赖程度的潜力。类似地,研究者已经表明一个政治行动委员会(或一个华盛顿游说办公室)的设立和政治行动委员会的资金多少与企业对政府的依赖程度有关,其目的是为了增加公司的收益(例如,公司是政府的承包人)或为了获得有利的经济监管(例如,企业处于像电信、公用事业或运输这样的行业)(Andres,1985;Masters and Baysinger,1985;Masters and Keim,1985,1986)。同样,依赖于政府来寻求有利的贸易政策的动机也可能使企业开展政治行为(Lenway and Rehbein,1991)。

资源依赖理论同样可被用来解释作为企业政治行为的目标对象的政府的层次和职能。大多数企业政治行为研究集中于美国的联邦层次,尽管一些研究者已经探讨了在州和地方层次的企业政治行为(例如,Arsen,1991;Christensen,1996;Perrucci,1994)。美国企业在美国之外的政治行为(例如,Hillman and Keim,1995;Peck and Tickell,1995),以及直接作用于国际组织的企业政治行为(例如,Getz,1993)也受到研究。关于在企业政治行为中被设定为目标对象的政府职能(行政的、立法的、司法的)的研究被广泛进行(例如,Berry,1977;Getz,1993)。例如,在关于臭氧保护政策的企业政治行为的研究中,Getz(1993)识别了48个目标对象,然后集中研究了其中的6个目标类型。她通过着重分析目标对象为企业创造的依赖性来解释这一企业政治行为。例如,她假设政府官员和制度是政治行为的目标对象,因为企业可能对它们有特殊的依赖性。

二、交换理论

交换理论是社会学和社会心理学领域中一个重要的理论流派,该理论以经济交易作类比将人类的社会互动视为一种包括有形和无形资源的交换过程,在对人类社会互动的动因、机制、模式、本质、社会互动与宏观社会组织之间的关系的解释方面,具有独到的见解并做出了突破性的贡献。

交换理论认为,交换是人类社会生活中的普遍现象,人类已经从经济交换发展为社会交换,已从单纯的物质交换发展为物质与非物质的综合性交换。而共同价值观为交换的公平性提供标准,促进了社会整合。那些控制着宝贵资源又掌握权力的人或组织的不公平行为引起了社会的不和与冲突。权力和权威也是在不平等的交换中产生的。资源缺乏的一方由于没有或缺少交换的资源必然服从交换的另一方,权力的出现又巩固了不平等的交换关系。权力的合法化即是权威,权威是保持组织稳定的必要条件。

交换理论与资源依赖理论有紧密的联系,但是它们对权力和依赖性的相对重要性做出了不同的假设。资源依赖理论假设一个行为者的权力和他对外的依赖性是同一硬币的两个面,并且这是一个关系的两个关键领域。而在另一方面,交换理论认为尽管权力和依赖性对社会关系来说是重要的,但一个交换关系的关键特征是为了共同利益的资源的转移(Cook,1977)。这样尽管资源依赖理论强调工商企业对政府的依赖,但交换理论强调这两个系统的相互依赖。当政府或政府官员希望或需要企业提供资源时,企业的权力(或政府的依赖性)就是高的。Mitnick(1991)比较详细地描述了政府官员所渴望或需要的企业资源,包括信息、威望和资金。交换理论已经被用来解释组织间的关系,包括企业政治行为的特定方面。工商企业和政府的相互依赖性已经被用来解释企业为什么在政治上积极。表3-1是资源依赖理论与交换理论的一个比较。

表 3-1　资源依赖理论与交换理论的比较

比较的内容	资源依赖理论	交换理论
理论假设	一个参与者的能力和另一个参与者的依赖程度是一个事物的两个方面,也是关系的两个主要坐标	两个系统之间是相互依赖的
特　征	资源转移更大程度地满足了优势方的利益	为了双方利益使得资源发生转移
驱动企业政治行为的目的	降低或转移依赖性	获得或积累竞争优势

在不平衡的(nonbalanced)交换关系中(在这里,一个行为者拥有更大的权力和对另一个有较低的依赖性),存在强大的行为者开发它的优势的倾向。如果一个企业对政府的影响力大,企业可能开发这一优势,通过政治行为来猎取(gamer)竞争优势(Gale and Buchholz,1987;Mitnick,1993)。与资源依赖理论驱动的企业政治行为不同,交换理论驱动的企业政治行为是试图赢得或开发优势,而不是降低或减轻(负面的)依赖。一个有利于政府的不均衡交换关系同样会导致企业政治行为,正好是资源依赖理论所描述的那样。

三、制度理论

制度理论起源于企业行为理论,强调规范和期望在决定组织和个体行为方面的重要性(DiMaggio and Powell,1983;Meyer and Rowan,1977;Zucker,1988)。尽管不存在制度(institution)术语的明确而简明的定义,但是制度的功能看起来得到了很好的理解。制度"为保持一个稳定系统定义条件和设定界限,它们管制社会关系来保持与现存价值模式一致以及这些模式之间的连贯性"(Oberman，1993，p. 215)。制度的例子包括政府、教育系统、宗教和真正的(indeed)权力系统、权威，或可能被制度化的或广泛接受的作为正确的、合适的或合法的行为。制度理论已经被用于描述和解释组织行为：要么符合现存的制度预期，要么意图改变预期并因此建立新制度并使其合法化(推测起来，新制度相对现有制度对企业更有利)。制度理论已经被运用于解释企业政治行为的很多方面，尤其用于解释企业为什么在政治上积极，以及企业所使用的政治策略。

制度理论以两种不同的方式解释企业为什么从事政治行为：①它认为企业的政治行为是获得正式的和非正式的制度资源的一种方式，其中包括法律、有利的民意和合法性；②它认为有政治行为机构和具备从事政治行为经验的企业(这可能被认为是内部制度)更可能利用政治行为来解决问题。

第一，制度理论认为，企业政治行为的目的是通过利用政治制度获得商业优势来减轻现实的和潜在的环境问题。Oberman(1993)认为，企业是在一个制度的框架内竞争，并且框架本身可能被企业当作一个竞争性资源来获取。他识别了很多政治资源，包括经济的资源、政策、意识形态、政治文化、集团感知(perceptions)、通信网络和民意，并将企业政治活动描述为"政治资源的尝试性的转化，最终的目标是行为者的正式制度资源(例如，有利的政府结构或政策)的存量的增加"(Oberman，1993，p. 216)。换句话说，企业政治行为是获得并且使用政治资源去设立合意的政治制度，比如正式的和非正式的规则、程序和规范等。

第二，制度理论假定企业可能利用政治行为，因为政治行为是它们的"解决方案集(solution set)"的一部分。在过去已经使用过政治行为的企业(特别是那些认为他们已经取得成功的企业)，以及那些已经与政府建立起正式的关系或政治参与机制的企业，可能多次利用政治行为。企业现有的制度模式会限制企业的行为以确保价值模式的一致和连贯。例如，在一个企业中，内部制度将可接受的行为范围限制到那些以前已经采取过的(行为)，并在一个组织内制度化。

企业内部存在的某些与外部环境相联系的制度可能影响企业的政治行为。Rehbein and Schuler(1995)提出，企业内正式的政府或公共事项部门的存在提高了企业从事政治行为的意愿和能力。几个经验性研究同样证实了这一解释。在对一个电脑设备行业的案例研究中，Brenner(1980)发现，有正式的政府关系部门的企业比那些没有这一部门的企业更可能从事政治行为(尽管结论是非统计显著的)，并且，雇用有直接政治经验的经理的企业比那些没有雇用这样的经理的企业更可能从事政治行为。关于企业政治行为的研究已经表明：以前的经验是当前行为的一个重要的决定因素。Masters and Baysinger(1985)和Oberman(1990)发现：企业政治行动委员会(PAC)历史(作为PAC年龄)是一个政治行动委员会筹集更多资金的能力或政治行动委员会捐款的一个重要因素。Lenway and Rehbein(1991)发现，在华盛顿设办公室的企业可能在与贸易保护政策有关的企业政治行为中充当一个领导者而不是"免费搭车者"。

制度理论还假定,企业政治策略的选择取决于一个企业的相对政治资源和它的政治对手的策略。Oberman(1993)将企业政治行为描述为致力于从政策制定者那里赢得有利决策的沟通现象。他基于三个关键维度辨别出八个政治策略类型。这三个关键维度是:接触决策制定者的途径(直接的或间接的)、传送(transmission)的范围(公共的或私人的)以及沟通(communication)的内容(信息或压力)。制度规则和规范以及制度资源的拥有程度影响一个企业能够和可能采取的政治策略。例如,有效的直接沟通需要基于拥有大量制度资源的途径;那些没有这一资源的行为者可能被迫利用间接的沟通渠道。而且,一个企业采取的特定的策略或策略组合同样依赖于它的政策偏好和竞争对方的相对实力与资源。当企业处于具有制度实力的位置时,可以预期该企业会采取直接的和私人的策略;而当挑战者拥有实力而本企业处于防御地位时,企业将可能采取间接的和公共的活动,尤其当需要的投入很高时。

Hillman(1995)已经观察到,企业影响公共政策的一般方法具有一个时间范围(horizon)。拥有长期性或关系性方法的企业会参与各种政治事项和与各个时期的政府打交道。拥有短期性或交易性(transactional)方法的企业则会集中于单一的政治事项或单个的政策。那些采取短期性和交易性方法的企业可能被预期进入和退出政治舞台,而不是持续保持其对政治参与(presence)。Hillman 注意到,理解政治行为的这一差别在跨国比较中尤其重要。由于政治制度随国家而异,企业政治行为方法和策略的合适性是变化的(Baron,1995;Hillman and Keim,1995)。Hillman 提出了关于国家的三个制度特征的假设:社团主义(corporatism)与多元主义;强势与弱势党派控制;公共官员的任期(tenure)。例如,在社团主义国家,企业可能利用关系性方法从事政治行为,而在多元主义体制中,交易方法则更可能被使用。与制度理论的联系是:正式规则和非正式规则的变化与预期会影响到企业政治行为的可接受范围。这样企业政治行为就被它们所处国家的流行的制度限制在可接受的政治策略和方法的选择中。

第四节 管理学和组织科学领域的理论

用来解释企业政治行为的管理学和组织科学领域的理论主要包括:战略管理理论、企业行为理论、代理理论、关系营销理论、种群生态理论和复杂系统科学等。

一、战略管理理论

20 世纪 60 年代初,美国著名管理学家钱德勒(Chandler)的《战略与结构》一书的出版,首开企业战略问题研究之先河。钱德勒在这部著作中,分析了环境、战略和组织结构之间的相互关系。他认为,企业经营战略应当适应环境——满足市场需要,而组织结构又必须适应企业战略，随着战略变化而变化。因此，他被公认为研究环境—战略—结构之间关系的第一位管理学家。其后，就战略构造问题的研究，形成了两个学派，即设计学派（design school）和计划学派（planning school）。

安索夫在 1965 年出版的《公司战略》一书中首次提出了"企业战略"这一概念，并将战略定义为"一个组织打算如何去实现其目标和使命，包括各种方案的拟订和评价，以及最终将要实施的方案"。"战略"一词随后成为管理学中的一个重要术语，在理论和实践中得到了广泛的运用。

以钱德勒为代表的经典战略理论缺陷之一是只看到了市场需求对企业战略的影响而忽视了对企业竞争环境进行分析与选择。在一定程度上弥补这一缺陷的是波特（Porter，1980）。他将产业组织理论中结构（S）—行为（C）—绩效（P）这一分析范式（Bain，1959）引入企业战略管理研究之中，提出了以产业（市场）结构分析为基础的竞争战略理论。

然而，在 20 世纪 80 年代，企业战略管理理论又有新的发展。与钱德勒的战略结构学派和波特的产业结构学派不同，新的战略管理理论从关注企业外部环境对企业战略的影响转向关注企业内部，即企业资源和能力对企业战略的影响，这就是人们常说的企业战略的资源基础论以及核心竞争力理论。资源基础理论源于 20 世纪 50 年代 Penrose 的著作《企业增长理论》，80 年代以后经过 Wernerfelt 和 Barney 等人的努力逐渐成为企业战略管理领域的一种重要理论。该理论依据企业的资源和能力是异质的观点，强调组织持续竞争优势的获取主要依赖于组织内部的一些关键性资源。这些资源必须是有价值的、稀缺的、难以替代和模仿的以及不易移动的。

20 世纪 90 年代，西方战略管理学者在资源基础理论的基础上进一步提出了企业的核心能力（竞争力）理论。Prahalad and Hamel（1990）"企业核心能力"一文在《哈佛商业评论》上发表之后，正式确立了核心能力在管理理论与实践上的地位，该文的主要观点"企业核心能力是持续竞争优势之源"被广为接受和传播。Hamel and Prahalad（1994）进一步强化了这一概念与理论。从此，以能力为基础的战略管理研究成为管理理论界的前沿问题之一，受到广泛关注。

企业的政治策略与行为属于企业战略管理的范畴。战略管理学者考虑政府对行业内竞争管制的后果和企业试图控制政治议程以获取竞争优势的企图。Baron（1995）认为，企业能够在非市场活动中与在市场活动中一样发展独特的竞争力，并且这些竞争力就它们与非市场环境的特征一致而言是有用的。一个企业所处的环境越是受政府的控制即非市场的控制，非市场的竞争力就越重要、越有用。

对企业而言，政府对企业竞争地位的影响是收益率的一个重要的决定性因素。这样，企业可能支持那些相对于竞争对手、新进入者、替代品生产商、顾客和供应商而言的有利于它自己的地位的立法和管制。这可能被称为公共政策的战略使用（Mitnick，1981；Wood，1985），目的是为了赢得竞争优势。而且，管制经常对竞争企业有非对称影响

(Leone,1986)。因此,具有超强适应管制能力的企业同样可能比它们的竞争者更能赢得竞争优势。Shaffer等(2000)发现,企业涉入的非市场活动数量与企业的绩效之间存在正相关关系。许多高层经理将对政府事务的关注作为他们工作的重要一部分(Stieglitz,1985,p.14),既作为对管制干预的防御,又作为赢得"公司优势"的手段。

企业的高层领导者越来越认识到,企业在政治领域的成功与商业领域的成功一样重要。在西方,战略管理正日益呈现出将企业的商业战略与政治战略整合起来形成企业整体战略的趋势。

二、企业行为理论

企业行为理论是商业决策制定的理论,它认为组织结构和传统惯例(conventional practice)影响企业目标的发展、预期的形成以及选择的执行(Cyert and March,1963)。传统企业理论的两个基本假设是:①企业寻求最大化利润;②企业经营拥有完美知识。

然而,传统企业理论的动机和认知假设是不现实的。因为现实生活中的企业存在多个目标而不只是一个目标,因此利润最大化的假设是不现实的。从认知的角度看,传统企业理论的确定性和未来事件可以预知的假设也是不合理的,也就是说,完美知识的假设是不合理的。首先,企业经营决策是需要信息的,而信息的获取是需要成本的;其次,人的能力是有限的,因此获取和分析信息也不可能是完美的;再次,传统企业理论中描述的企业特征与现实中的企业实际不符。在传统企业理论中,企业好比一个"黑箱",不存在复杂组织,不存在控制问题,没有标准作业流程、没有预算、没有控制者,等等。

而Cyert and March(1963)创立的现代企业行为理论正是对传统企业理论的补充和修正,它主要研究企业内部决策制定的过程。企业行为理论认为,诸如结构、资源、惯例和历史这样的特征影响一个企业对环境刺激的理解并做出反应。而且,因为各种各样的理由,企业寻求"可接受的(acceptable)"而不是最优的决策,是一个寻求满意解的过程(Simon,1957)。

企业行为理论已经被用来解释企业决策的很多类型。它也被用于解释企业政治行为,如用来解释哪些企业可能在政治上积极。

用来理解哪些企业可能在政治上积极时,企业行为理论有时是间接使用的。例如,这一理论强调组织闲置(slack)的重要性。首先,它假设组织闲置影响收集信息的过程,这反过来影响对决策可能结果的预期。越闲置的企业越能够收集信息,并且这样它们的预期应该更加合理。Keim and Zeithaml(1986)提及收集政治信息成本的重要性,尽管他们并没有将它与企业做决策的方式联系起来。其次,更大的组织闲置度被假定为允许更大的管理判断力。这样,反映管理判断力的特征被认为是企业可能从事政治行为的重要的决定因素,这些特征包括战略(Buchholz,1990;Gale and Buchholz,1987;Mahini and Wells,1986;Mahon and Waddock,1991;Shipper and Jennings,1984;Yoffie,1987);

商业与政府决策的控制地点(locus)(Mahini and Wells，1986)以及多样化(Rehbein and Schuler，1995)。

在企业行为理论中，组织闲置被说成是来自于组织资源。企业政治行为学者已经注意到资源的重要性，强调财务资源和人力资源(例如，Hillman，1995；Salamon and Siegfried，1977；Yoffie，1987)，尽管很少有评论资源重要性的理论解释。他们假定企业政治行为的成本是高昂的，并且在拥有资源和采取政治行为之间存在正的相关性。确实，企业战略理论部分来自于企业行为理论，假定资源丰厚的企业能够更好地实施他们的决策。这样，拥有更多利润的企业比拥有较少利润的竞争对手在事实上更可能从事政治行为。

其他研究则更直接地使用企业行为理论。这些研究假定，企业的某些特征促使它们将内部刺激理解为进入政治舞台的充分理由。Rehbein and Schuler(1995)利用 Cyert and March(1963)创建的理论将这一情形(case)描述得非常清晰。他们断言，企业过滤环境信号，制定关于政治行为的决策是基于对外部环境的理解(interpretations)。根据他们和其他人的研究，大量的企业特征被认为增强了企业积极参与政治活动的意愿和能力。这些企业特征经常包括企业规模(Andres，1985；Bauer，Pool，and Dexter，1963；Baysinger，etc.，1987；Brenner，1980；Epstein，1969；Hillman，1995；Keim，etc.，1984；Masters and Baysinger，1985；Masters and Keim，1986)，企业年龄，经验或传统(Boddewyn，1975；Hillman，1995；Rehbein and Schuler，1995)，以及结构，比如政府关系办公室的存在(Brenner，1980；Rehbein and Schuler，1995)。

三、代理理论

代理理论也叫委托代理理论，它是微观信息经济学的八大基础之一，主要考察委托代理关系的问题和委托人减轻这些问题的努力(Eisenhardt，1989；Mitnick，1984)。换句话说，研究非对称信息条件下市场参加者的经济关系——委托代理关系，以及委托代理关系的激励——约束机制问题。代理理论中的委托代理关系可以定义为："委托人(比如说雇主)如何设计一个补偿机制(一个契约)来驱动另一个人(他的代理人，比如说雇员)为委托人的利益行动。"委托代理关系本质上是市场参加者之间信息差别的一种社会契约形式，它是掌握较多信息的代理人通过合同或其他经济关系与掌握较少信息的委托人之间展开的一场博弈，经济环境状态在其中起到极为关键的作用，委托代理关系的核心是激励相容的信息机制问题；委托人为了使代理人在其不能观察的行为中采取与其自身利益最大化的目标相一致的个人行为，需要设计一种能够达到委托人目的，且代理人愿意接受的合同契约，这就是激励相容的信息机制。

构成委托代理关系的基本特征有：①委托人和代理人具有理性的行为能力，并且能为利益而积极行动。委托人和代理人都有通过签订契约取得分工效果的动机，并有权衡得失、签订代理契约的能力,这是形成委托代理关系的必要条件。②委托人和代理人的目标函数不一致,因为两者都是独立的经济人,都追求自身利益目标的最大化。③委托人和代理人存在着信息不对称性。第一,委托人不能直接观察代理人的具体操作行为,如代理人努力程度的大小以及机会主义的有无等;第二,委托人不能清楚认识代理人的条件禀赋,如代理人的能力强弱,对风险的态度等;第三,委托人对代理人的监督存在很大困难,因此委托人很难通过对代理行为的观察结果来判断代理人的绩效。④委托人和代理人都面临着市场的不确定性和风险。代理人不能完全控制选择行为后的最终结果,因代理结果受市场的多种不确定性环境因素及风险的影响。

这一理论已经被运用到相当多的组织和组织间的行为,也被用于解释企业政治行为的研究中。这时企业作为委托人而政府官员作为代理人,这种委托代理关系是含蓄的和非正式化的(例如,Getz, 1993; Keim and Baysinger, 1993)。代理问题和关联成本在含蓄的关系中可能比在外在的(显性的)关系中更大。

委托代理理论对企业政治行为(CPA)研究的贡献主要体现在以下三个方面。

(1) 委托代理理论通过将企业政治行为看成是创造代理人的一个方法

这样,代理理论能够解释企业政治行为发生的背景。Mitnick(1993)简略地叙述了代理人产生的基本原理,其中之一是实践的/结构的(practical/structural)代理。在这一类型中,代理人被创造出来"处理技术的或结构的不可能"。一个企业制定政府政策在结构上是不可能的,这时只能通过委托代理的关系寻找政府官员作为自己的代理人,以此来影响政府决策,于是政治行为被理解为一种产生代理人的方法。一方面,代理人的数量是固定的,并且是有限的(Keim and Baysinger,1993);另一方面,一个代理人不可能仅仅将一个企业作为自己的委托人。将企业政治行为理解为产生代理人的方法有助于我们理解其发生的背景。

(2) 委托代理理论将企业政治行为解释为代理控制的一种手段

Getz(1993)认为企业参与政治行为是因为他们与政府决策制定者之间的代理关系是不完美的,政治行为的目的是试图减少或解决代理问题。Getz 的理论建立在 Mitnick(1984)研究的基础上,他强调,随着代理关系的产生和维持可能出现的四个问题:知识(代理人并不知道或理解企业的立场)、能力(代理人并不理解事项本身)、部署(disposition)(代理人不赞成企业的立场)、努力(代理人并不将很高的优先权放在事项上)。Getz(1993)解释了这些问题出现的条件,即问题的出现是由三个独立变量共同决定的:政府的目标(代理人)、事项生命周期的阶段和事项类型。Getz(1993)接着指出不同代理问题的出现导致企业选择特定的政治策略。

(3) 委托代理理论研究了不同类型代理关系的企业政治行为效率

Keim 和 Baysinger(1993)的研究表明,在理想的代理关系中,关于政府政策的投票由委托人的偏好,或者更现实地说,由大多数立法者的委托人的偏好决定。政治行为是企业试图改变立法者判断力或偏好所做出的努力。借用 Keim and Zeithaml(1986)的公共选择模型，Keim and Baysinger(1993)假定当选民中一个明确的大多数拥有统一的偏好时，立法者的判断力是最弱的；而当选民的偏好分散的时候，立法者的判断力是最强的。一个企业的政治行为就是旨在增强立法者的判断力（如果企业的偏好不同于大多数的立场）或降低其判断力（如果企业有一个很强的偏好而不存在明显的大多数意见）。Keim and Baysinger(1993)理论的力量在于他们明确地考虑多重（multiple）委托人在一个代理关系中的影响。也就是说，他们注意到了对一个企业而言，通过配合一个更好的政治竞选运动而战胜政治竞争者的重要性。

四、关系营销理论

市场营销作为一个研究和实践性学科正在经历从交易导向向关系导向的重新概念化（Kotler,1990；Webster,1992）。相对于基于交换的交易营销，基于关系的营销受到越来越多的重视，这很可能重新定义市场营销的领域。理论界公认为是 Berry(1983) 和 Jackson(1985)最早提出了关系营销。按照 Berry(1983)的观点，关系营销被定义为："在各种服务组织中吸引、保持和改善顾客关系。"Jackson(1985)认为"关系营销是指获得、建立和维持与产业用户紧密的长期关系"。关系营销试图将顾客、供应商和其他基本的伙伴纳入与整合到企业的发展和营销活动中（McKenna,1991；Shani and Chalasani,1992）。

Morgan 和 Hunt(1999)试图用承诺与信任理论来揭示关系营销的本质。他们首先将企业面对的关系分为四个方面、十种关系：第一，供应者方面，包括与原材料供应者和服务供应者两种关系；第二，横向关系方面，包括与竞争者、非营利性组织和政府机构三种关系；第三，购买者方面，包括与中间购买者和最终消费者两种关系；第四，内部关系方面，包括与上下级、雇员和职能部门三种关系。他们认为过去对于关系营销的认识不能涵盖所有这十种关系。基于这种认识，他们提出了一个新的定义："关系营销是指所有旨在建立、发展和维持成功的关系交换的营销活动。"他们特别强调了关系的交换与非连续的交易（discrete transaction）之间的区别：非连续交易以实物交换为基础，有一个明确的开始与结束，且持续时间很短；关系交换以感情、承诺、信任等为交换的基础，它反映一个持续的过程（包括交换之前的活动），且持续的时间较长。他们建立并验证了"关系营销的关系中间变量模型"，用以解释关系营销的内涵和影响关系营销成功与否的关键因素。

Payne(1995)认为关系营销有六大市场：顾客市场、供应商市场、内部市场、相关市场（referral markets）、影响者市场和招募市场。顾客市场处于中心地位，企业在其他市场上的关系营销活动都是为了更好地满足顾客的需求。

相关市场指那些中介组织，比如批发商、零售商、其他各种类型的分销商、代理商，以及广告商、银行、市场调研机构等中介组织。这些中介组织除了帮助企业进行正常的交易以外，与那些忠诚的顾客一样，也常常是未来生意的来源。处理好与它们的关系，不仅有利于企业稳定现有的客源,而且它们还能够带来新的客源。

供应者市场指原材料、零部件或产品的供应者。传统理论更注重供应者与购买者之间讨价还价的对立关系,关系营销则注重二者的合作关系,即通过合作达到双赢的局面。

招募市场指那些有能力的待聘人员。企业要吸收的是优秀人才,而优秀人才又是稀缺资源,所以很多大公司为了得到适用的人才,经常向一些大学的优秀学生提供奖学金(关系营销)。当然,一个重要条件是这些学生毕业后要加盟这些公司。

影响者市场指政府部门、法律部门、社会团体和一些投资基金等。企业所处的行业或发展阶段不同,所面对的影响者市场也是不同的。影响者会对企业的发展起到支持或制约作用。对影响者市场的关系营销主要是处理好与那些对企业影响较大的影响者之间的关系,以获取最大限度的支持,避免可能发生的各种各样的限制。

最后,内部市场指企业内部的人员和部门,他们互为供应者和顾客。内部关系营销的目的,一是保证每一个人和部门都既是高质量服务的提供者,又是高质量服务的接收者;二是保证所有的人员都联合起来,为实现企业目标,执行企业战略而服务。其他一些学者也对关系营销的内容和模型进行了探讨(如,Gummeson,1994;Kotler,1991)。

尽管研究关系营销的学者们几乎都提到了企业与政府的关系或政府市场,但从目前来看,尚没有人对企业对政府的营销进行专门的研究。也就是说,目前的关系营销研究尚没有涉及企业政治行为领域。

尽管如此,关系营销的思想对企业政治行为的研究能够提供某些有益的洞见。比如,营销思想中交易的思想和关系的思想与企业政治行为中的交易的方法和关系的方法正好一致。关系营销中关系的思想对于企业政治行为的导向具有很大的借鉴意义。并且,Morgan and Hunt 提出的承诺—信任思想可以作为企业政治策略的一部分直接运用到企业政治行为的研究中。怎样借助于关系营销的理论来研究企业政治行为应该是营销领域和企业政治行为领域学者今后努力的方向。

五、种群生态理论

种群生态理论(population ecology theory)认为组织受到其他类似组织(比如竞争者)的影响,因为它们都需要从相同的组织环境中获取所需资源(Hanan and Corroll,1992;Hannan and Freeman,1989)。环境资源的可变性和粗糙性(coarseness)决定了可以成功共存的组织的数量和种类。

Gray and Lowery(1997),Lowery and Gray(1998)使用种群生态理论解释为什么企业参与政治,而不是依赖它们的行业协会或其他集体性利益团体。利益社区(interest community)的密度越大(也就是说,将相同的公共官员当作朋友,并因此而当作目标的利益团体越多),企业更可能使用单独的政治行为以将自己与其他人区分开来。

种群生态理论同样断定,有时组织要对环境的改变立即做出反应是困难的。那些当环境变化时已经拥有适意结构或程序(processes)的组织更能够适应变化,并因此而成功,而其他组织则必须迎头赶上。

六、复杂系统——复杂科学

一个复杂系统是由大量相对独立的且互相联系和互相影响的部分构成的系统（Kochugovindan and Vriend,1998）。复杂系统的例子包括生物系统、免疫学系统、人体大脑、气候系统、生态系统，以及社会系统。

复杂性研究起源于贝塔朗菲（von Bertalanffy）对于生物有机体系统的成功描述。1928 年，贝塔朗菲在他的学位论文中表达了生物体是有机"系统"的观点，怀特海（Alfred North Whitehead）此前曾在他的《有机体的哲学》一文中表达了类似的观点。此后的数十年间，世界各国的许多科学家在广泛的领域内、站在不同的角度、运用不同的方法，对复杂性进行了深入的研究。比如，McCulloch and Pitts 的神经网络，von Neumann 的细胞自动机（cellular automata）和复杂性，N. Wiener 的控制论、信息论、一般系统论，I. Prigogine 的耗散结构理论，H. Haken 的协同学、突变论、超循环理论等（杨永福等,2001）。

复杂性科学主要研究非线性反馈网络，特别是复杂适应系统（complex adaptive systems, CAS）。值得注意的是，CAS 与复杂系统、复杂性在文献中常常表示相同意思。

企业系统作为复杂经济系统的一个构成部分也是一类复杂系统，它除了具有一般系统所具有的特征外，还体现为结构复杂、关系复杂、行为复杂和经营环境复杂等特征，是一个有人参与、开放的、具有自组织能力，由自然、经济、社会、政治复合而成的系统（范如国、黄本笑,2002）。

企业不仅是一个复杂的系统，而且是一个复杂的适应系统。企业所面临的环境也是一个复杂系统。企业与其生存环境一起构成"企业生态系统"。所谓企业生态系统是企业与其生态环境形成的相互作用和相互影响的整体。从复杂性科学的角度看，企业生态系统属于开放的复杂系统或者说属于复杂系统（梁嘉骅等,2001）。企业作为适应性组织，最大的特征是"内设了学习算法"——向环境学习和从"历史"中学习，能够逐渐学会采取合理行动的方式。适应或学习是一个主动探索过程，即不断地尝试和发现各种可能性，通过各种反馈机制，在"最适合的场景"中稳定下来或者向更好的组织状态进化。适应性组织能够主动作用于环境，使环境变化变得对自己有利，或创造机会和趋势（金吾伦,2001）。

周健（2000）认为，从组织与环境的关系来说，进化论的观点是适用的。当环境发生变化时，组织能够采取的行动包括：①积极调整自身的结构，使之与变化了的环境相适应。②努力改变环境，使环境和自身相适应。③离开变化了的环境，迁移到自身适应的环境中继续发展。④暂时停止活动，等待环境好转。⑤消极僵化，以不变应万变。除此之外，还有一种"和谐"的关系。

Boisot 和 Child（1999）认为，解释（interpretative）系统有两种处理多样性下复杂性的非常不同的方式：①它们能够通过理解和直接作用于复杂性而降低它。②它们能够通过选择权(options)和风险规避战略来吸收复杂性。

他们探讨了在中国的外国公司如何降低风险,并提出了两种降低复杂性的方法:第一种可供选择的方法是通过将熟悉的惯例和标准强加于中国商界而降低认知复杂性。这有点类似于跨文化理论家所说的"主导(domination)"战略(Tung,1993)。它由相互补充的外部与内部行为的综合而实现。外部方法是通过诸如游说外国政府给中国政府施压以形成一个更加制度化的环境,尤其是通过立法和它的有效执行,安排大公司谈判中国对外国投资者意向的制度忍受度,以及利用中国对技术和资金的需要作为讨价还价的筹码来引进西方的标准等方法,迫使环境降低复杂性。在内部方法中,一个重要的要素是标准化系统(会计、质量、生产、人力资源等)的重要性,标准化系统增强了中国行为的可预测性并将中国风险纳入了跨国公司的全球网络中。其他内部特征包括雇员选择控制的建立,招聘那些根据中国工作和制度准则没有污点的雇员,最好是年轻人,以及依赖于培训及有吸引力的报酬来塑造中国的企业行为。

处理中国系统复杂性的另一种可选择方法是使用本地的能力(capabilities)吸收它。这需要与相关的宗派交战和与中国合作伙伴及其他重要团体加强关系(比如,高度关系复杂性)。这样做同样存在外部和内部的途径。外部途径是指基于共同利益,与有制度影响力的中国伙伴进行合作,由中国伙伴来应对由于政府部门可能的不规范行为带来的不确定性或称为外部复杂性。内部途径可能包括很多方式。第一,中国经理参与合资公司或子公司的决策过程,这样做要求风险的集体特性和共同利益。第二,使诸如雇员评价和会议执行的程序适应地方文化背景,尽管保留与外国投资者相协调的报告系统。第三,通过经常与中外董事会成员接触,较长时间地指派外国执行官到中国合资企业工作,以及强调文化敏感性的需要等途径来发展长久的关系。

复杂系统和复杂科学的研究为我们理解企业所面临的环境以及企业怎样去适应或塑造环境提供了某些有益的见解。企业是一个复杂的适应系统,企业所面临的政治环境也是一个复杂系统,企业通过将自身融入到政治系统中或通过政治行为降低或吸收政治复杂性,从而赢得有利的政治环境。这正是企业政治行为的目的。因此,尽管目前理论界并没有从复杂系统的角度研究企业政治行为,但并不等于我们不能从这个角度来展开研究,并且从复杂科学入手来研究企业政治行为将进一步丰富企业政治行为领域的研究。

本章参考文献

1. Aldrich, H. and Pfeffer, J. Environments of organizations. Annual Review of Sociology, 1976,(2): 79-105.

2. Andres, G. J. Business involvement in campaign finance: factors influencing the decision to form a corporate PAC. Political Science & Politics, 1985,(18):213-220.

3. Arsen, D. D. Business political influence on municipal budgets: residents' net fiscal benefits from firms, 1991, 50(4): 431-452.

4. Austen. Smith, D. and Wright, Jr. Competitive lobbying for a legislator's vote. Social Choice and Welfare, 1992, 9(3):229-257.

5. Austen. Smith, D. and Wright, Jr. Counteractive lobbying. American Journal of Political Science, 1994, 38(1):25-44.

6. Austen. Smith, D. and Wright, Jr. Theory and evidence for counteractive lobbying. American Journal of Political Science, 1996(40): 543-564.

7. Bain, J. S. Barriers to new competition. Cambridge: Harvard University Press. 1956.

8. Barney, J. Firm resources and sustained competitive advantage. Journal of Management, 1991,(17): 99-120.

9. Baron, D. Integrated Strategy: market and non-market components. California Management Review, 1995,(2):47-65.

10. Bauer, R. A., Pool, I., and Dexter, L. A. American business and public policy: the politics of foreign ambiguities of "counteractive lobbying". American Journal of Political Science, 1963,(40): 521-542.

11. Baumgartner, F. R. and Leech, B. L. The multiple ambiguities of "counteractive lobbying". American Journal of Political Science, 1996,(40):521-542.

12. Baysinger, B. D., Keim, G. D., and Zeithaml, C. P. Constituency building as a political strategy in the petroleum industry. In A. A. Marcus, A. M. Kaufman, & D. R. Beam (Eds.), Business strategy and public policy. New York: Quorum, 1987:223-238.

13. Baysinger, B. Domain maintenance as an objective of business political activity: an expand typology. Academy of Management Review, 1984, 9(2): 248-258.

14. Berry, D. Profit contribution: Accounting and marketing interface. Industrial Marketing Management, 1977,(6):125-128.

15. Berry, L. L Relationship Marketing. In Berry, et al. (eds.), Emerging Perspectives on Services Marketing, Proceedings of Services Marketing Conference, American Marketing Association, 1983: 25-28.

16. Blau, R. T. and Harris, R. G. Strategic uses of regulation: the case of line-of-business restriction in the U. S. communications industry. Research in Corporate Social Performance and Policy, 1992, (13):161-189.

17. Boddewyn, J. Political aspects of MNE theory. Journal of International Business Studies, 1988, (15):341-363.

18. Boddewyn, J. Political resources and markets in international business: beyond Porter's genetic strategies. In A. Rugmen and A. Verbeke (ds.) Research in Global Strategic Management, 1975, (4):162-184, JAI Press, pp. 162-184.

19. Boist, M. and Child, J. Organizations as adaptive systems in complex environment: the case of

China. Organizational Science, 1999,10(3): 237-252.

20. Bowen, D. E. and Jones, G. R. Transaction cost analysis of service organization-customer Exchange. Academy of Management Review, 1986, 11(2): 428-441.

21. Brenner, S. Corporate political activity: an exploratory study in a developing industry. Research in Corporate Social Performance and Policy, 1980,(2): 197-236.

22. Buchanan, J. and Tullock, G. The calculus of consent: logical foundations of constitutional democracy. Ann Arbor: University of Michigan Press. 1962.

23. Buchholz, R. Business environment and public policy. Englewood Cliffs,NI:Prenctice Hall. 1989.

24. Chandler, A. Strategy and Structure. Cambridge. MA: MIT Press. 1962.

25. Christensen, T. J. Chinese Realpolitik. Foreign Affairs, 1996, 75(5):37-52.

26. Clawson, D. , Karson, M. J. and Kaufman, A. The corporate pact for a conservative America: a data analysis of 1980 corporate PAC donations in sixty-six conservative congressional elections. In L. E. Perston (ed.), Research in Corporate Social Performance and Politicy, 1986, (8): 223-245. Greenwich, CT: JAI.

27. Cook, B. B. Public Opinion and federal judicial policy. American Journal of Political Science, 1977, 21(3):567-600.

28. Cyert, R. M and March, J. G. A behavior theory of the firm. Englewood Cliffs, NJ: Prentice-Hall. 1963.

29. DiMaggio, P. and Powell, W. W. The iron cage revisited: institutional isomorphism and collective rationality in organizational fields. American Sociological Review, 1983,(48):147-160.

30. Eisenhardt, K. M. Agency theory: an assessment and review. Academy of Management Review, 1989,(14): 57-74.

31. Eismeier, T. J. and Pollock, P. H. Strategy and choice in congressional elections: the role of PACs'. American Journal of Political Science, 1987,(30): 197-213.

32. Eismeier, T. J. and Pollock, P. H. Strategy and choice in congressional elections: the role of political action committees. American Journal of Political Science, 1986, 30(1):197-213.

33. Epstein, E. The corporation in American politics. Englewood Cliffs, NJ: Prentice Hall. 1969.

34. Gale, J. and Buchholz, R. The political pursuit of competitive advantage: what business can gain from government. In A. Marcus, A. Kaufman, and D. Beam (Eds), Business strategy and public policy, 1987:237-252. New York: Quorum.

35. Getz, K. Selecting corporate political tactics. Newbury Park, CA: Sage. 1993.

36. Getz, K. A. Public affairs and political strategy: Theoretical foundations. Journal of Public Affairs, 2002,(1):305-329.

37. Getz, K. A. Research in corporate political action: integration and assessment. Business and Society, 1997, 36(1): 32-72.

38. Globerman, S. and Schwindt, R. Business-government relations: towards a synthesis and test of hypothesis. In V. V. Murray (ed), Theories of business-government relations. Toronto: Trans-

Canada Press, 1985.

39. Gray, V. and Lowery, D. Reconceptualizing PAC formation: it's not a collective action problem, and it may be an arms race. American Politics Quarterly, 1997,(37): 467-498.

40. Gummesson, E. Making relationship marketing operational. International Journal of Services Management, 1994, 5(5):5-20.

41. Hannan, M. T. and Carroll, G. R. Dynamics of organizational populations. New York: Oxford University Press, 1992.

42. Hannan, M. T. and Freeman, J. Organizational ecology. Cambridge, MA: Harvard University, 1989.

43. Hillman, A. and Keim, G. International variation in the business-government interface: institutional and organizational considerations. Academy of Management Review, 1995,(20):193-214.

44. Hillman, A. The choice of corporate political tactics: the role of institutional variables. In Denis Collins and Douglas Nigh (eds.), Proceedings of the 6th Annual Meeting of the International Association for Business and Society, Madison, WI, 1995.

45. Hoberg, G. J. Risk, science and politics: alachlor regulation in Canada and the United States, Canadian Journal of Political Science, 1990,23(2): 227-237.

46. Hojnacki, M. and Kimball, D. C. The who and how of organizations lobbying strategies in committee, Journal of Politics, 1999,(61): 999-1024.

47. Holcomb. R. G. The Economic Foundations of Government. New York: New York University Press, 1994.

48. Jackson, K. Making miracles: in vitro fertilization. Library Journal, 1985, 110(20): 120-127.

49. Jones, G. R., and Hill, C. W. L. Transaction cost analysis of strategy structure choice. Strategic Management Journal, 1988,(9):159-172.

50. Kaufman, A. Selecting an organizational structure for implementing issues management. Corporate Political Agency, 1993.

51. Kaufman, A., Karson, M. J. and Sohl, J. Business fragmentation and solidarity: an analysis of PAC donations in the 1980 and 1982 elections. In A. A. Marcus, A. M. Kaufmann and D. R. Beam (ed.), Business Strategic and Public Policy, 1987:119-135. New York: Quorum.

52. Keim, G. & Baysinger, B. The efficacy of business political activity. In B. M. Mitnick (eds), Corporate political agency, Nwebury Park, CA: Sage, 1993.

53. Keim, G. and Zeithaml, C. Corporate political strategy and legislative decision-making: a review and contingency approach. Academy of Management Review, 1986, 11(4): 828-843.

54. Keim, G., Zeithaml, C., & Baysinger, B. SMR forum: new direction for corporate political strategy. Sloan Management Review, 1984, 25(3): 53-62.

55. Kochugovindan, S. and Vriend, N. J. Is the study of complex adaptive systems going to solve the mystery of Adam Smith's "Invisible Hand"? The Independent Review, 1998, 3(1):53-66.

56. Kotler, P. A Framework for marketing image management. Sloan Management Review, 1991, 32

(2):94-104.

57. Kotler, P. Marketing. São Paulo, Editora Atlas, 1990.

58. Kotter, J. P. Managing external dependence. Academy of Management Review, 1979,(4): 87-92.

59. Lenway, S. and Rehbein, K. Leaders, followers, and free riders: an empirical test of variation in corporate political involvement. Academy of Management Journal, 1991,(34): 893-905.

60. Leone, R. Who profits: winners, losers and government regulation. New York: Basic Books. 1986.

61. Littlejohn, S. E. Competition and cooperation: new trends in corporate public issue identification and resolution. California Management Review, 1986,(29):109-123.

62. Lowery, D. and Gray, V. The dominance of institutions in interest representation: a test of seven explanations. American Journal of Political Science, 1998,(42): 231-255.

63. Mahini, A. and Wells, Jr. L. T. Government relations in the global firm, in M. E. Porter (ed.), Competition in Global Industries, 1986:291-312, Boston: Harvard Business School Press.

64. Mahon, J. F. and Kelley, P. C. The politics of toxic wastes: multinational corporations as facilitators of transnational public policy, L. E. Preston (ed.), Research in corporate social performance and policy, 1988,(10): 59-86.

65. Mahon, R. Toward a highly qualified workforce: improving the terms of the equity-efficiency trade-off. Paper prepared for Study Team 2: Colleges and the Changing Economy, Vision 2000. Toronto: Ontario Council of Regents. 1989.

66. Masters M. F. and Keim G. D. Determinants of PAC participation among large corporations. Academy of Management Review, 1986,(11):828-843.

67. Masters, M. and Baysinger, B. The determinants of funds raised by corporate political action committees: an empirical examination. Academy of Management Journal, 1985,(28): 654-664.

68. Masters, M. and Keim, G. Determinants of PAC participation among larger corporations. The Journal of Management, 1985,(19): 63-78.

69. McKenna, J. F. Management in the 21st Century: a modest proposal. SAM Advanced Management Journal, 1991, 56(4): 4-8.

70. McLean, D. Catalogue of the papers of Sir Charles Addis. Business History, 1987, 29(2):225.

71. Meyer, J. W. and Rowan, B. Institutional organizations: formal structure as myth and ceremony. American Journal of Sociology, 1977,(83): 340-363.

72. Mitnick, B. Political contestability. In B. Mitnick, (Ed.), Corporate political agency: The construction of competition in public affairs. New York: Sage Publications. 1993.

73. Mitnick, B. M. Agency problems and political institutions, paper presented at the Annual Research Conference of the Association for Public Policy Analysis and Management, New Orleans. November, 1984.

74. Mitnick, B. M. Agents in the environment: managing in boundary agent roles. Working paper No. 490, Katz Graduate School of Business, University of Pittsburgh, 1984.

75. Mitnick, B. M. The strategic uses of regulation and deregulation. Business Horizons, 1981,(24):71-83.

76. Morgan, R. M. and Hunt, S. Relationship-based competitive advantage: the role of relationship marketing in marketing strategy. Journal of Business Research, 1999, 46(3):281-290.

77. Mundo, P. A. Interest Groups: Gases and Characteristic. Chicago: Nelson-Hall. 1992.

78. Oberman, W. Strategy and tactic choice in an institutional resource context. In B. Mitnick (Ed.), Corporate political agency. Newbury Park, CA: Sage. 1993.

79. Oberman, W. D. The Contributions of Corporate Political Action Committees: Toward a Consideration of Strategic Variables. Paper presented at the annual meeting of the Academy of Management, August, San Francisco. 1990.

80. Olson, M. The logic of collective action. Cambridge, England: Cambridge University Press. 1965.

81. Payne, A. Relationship marketing: a broadened view of marketing. In Advances in Relationship Marketing, London: Kogan Page, Ltd. 1995.

82. Peck, J. and Tickell, A. Business goes local: dissecting the business agenda' in Manchester. International Journal of Urban and Regional Research, 1995, 19(1): 55-78.

83. Perrucci, R. Embedded corporatism: auto transplants, the local state and community politics in the midwest corridor. Sociological Quarterly, 1994, 35(3):487-505.

84. Pfeifer, J. and Salancik, G. R. The External Control of Organizations. New York: Harper and Row. 1978.

85. Plotke, D. The political mobilization of business. In M. P. Petracca (ed.), The Politics of Interest Groups Transformed, 1992:175-198. Boulder, CO: Westview.

86. Porter, M. E. Competitive strategy: techniques for analyzing industries and competitors. New York: Free Press. 1980.

87. Prahalad, C. K. and Hamel, G. Strategy as a field of study: why search for a new paradign? Strategic Management Journal, 1994,(15):5-16.

88. Rehbein, K. and Schuler, D. The firm as a filter: a conceptual framework for corporate political strategies. Academy of Management Journal, 1995: 406-410.

89. Rehbein, K. A. and Schuler, D. A. Testing the firm as a filter of corporate political action. Business and Society, 1999, 38(2):144-166.

90. Robins, J. A. Organizational economics: notes on the use of transaction-cost theory in the study of organizations. Administrative Science Quarterly, 1987, 32(1):68-86.

91. Salamon, L. and Siegfried, J. Economic power and political influence: the impact of industry structure on public policy. American Political Science Review, 1977, 71(3): 1026-1043.

92. Schuler, D. A. and Rehbein, K. The filtering role of the firm in corporate political involvement. Business and Society, 1997,(36): 116-139.

93. Shaffer, B. and Hillman, A. The development of business-government strategies by diversified firms. Strategic Management Journal, 2000,(21): 175-190.

94. Shaffer, B. Regulation, competition and strategy: the case of automobile fuel economy standards, 1974-1991. In J. E. Post(ed), Research in Corporate Social Performance and Policy, 1992,(13):

191-218, Greenwich, C. T：JAI.

95. Shani, D. and Chalasani, S. Exploiting niches using relationship marketing. Journal of Services Marketing, 1992,(6)：43-52.

96. Shipper, F. and Jennings, M. M. Business strategy for the political arena. Westport, CT：Quorum. 1984.

97. Simon, H. A. Models of Man, John Wiley & Sons, New York, 1957.

98. Stieglitz, H. Chief executives view their jobs：today and tomorrow. Report #871, The Conference Board, New York. 1985.

99. Thompson, J. D. Organizations in action. New York. McGraw-Hill. 1967.

100. Truman, D. B. The Govermental Process. New York：Hnopf. 1951.

101. Tung, R. L. International human resource management practices of multinationals in transition：the case of Australia. In P. D. Grub and D. Khambata (Eds.) The Multinational Enterprise in Transition. (Fourth edition). Princeton, N. J.：The Darwin Press, 1993；343-351.

102. Ullmann, A. A. The impact of the regulatory life cycle on corporate political strategy. California Management Review, 1985, 28 (1)：140-154.

103. Von Neumann, J. and Morgenstern, O. The theory of games and economic behavior. Princeton University Press, 1947.

104. Waddock, S. A. and Mahon, J. F. Corporate social performance revisited：Dimensions of efficacy, effectiveness, and efficiency. In J. E. Post (Ed.), Research in corporate social, performance and policy, 1991,(12)：231-262.

105. Webster, Jr., Frederick E. The changing role of marketing in the corporation. Journal of Marketing, 1992, 56(4)：1-17.

106. Wexler, A. Coalition building：how to make it work for you now and in the future. Public Affair Review, 1982,(14)：490-495.

107. Williamson, O. E. The economic institutions of capitalism. New York：Free Press. 1985.

108. Williamson, O. E. The modern corporation：origins, evolution, attributes. Journal of Economics Literature, 1981,(19)：1537-1568.

109. Wood, D. J. Strategic uses of public policy：business and government in the progressive era. Marshfield, MA：Pitman/Ballinger/Harper & Row. 1985.

110. Wright, J. R. Contributions, lobbying, and committee voting in the U. S. House of Representatives. American Political Science Review, 1990,(84)：417-438.

111. Yoffie, D. Corporate strategies for political action：a rational model. In A. Marcus, Kaufman A. & Beam D. (Ed.), Business strategy and public policy. New York：Quorum Books, 1987；43-60.

112. Zucker, L. G. Insitutional patterns and organizations, culture and environment. Cambridge, MA：Ballinger. 1988.

113. [美]托马斯·戴伊. 谁掌管美国——卡特年代. 北京：世界知识出版社，1980.

114. 范如国，黄本笑. 企业制度系统的复杂性：混沌与分形. 科研管理，2002,(7)：22-29.

115. 胡希宁,贾小立. 博弈论的理论精华及其现实意义. 中共中央党校学报,2002,6(2):48-53.

116. 加里·沃塞曼. 美国政治基础. 北京:中国社会科学出版社,1994.

117. 金吾伦. 知识管理. 昆明:云南人民出版社,2001.

118. 梁嘉骅,葛振忠,范建平. 知识社会企业生态的复杂性,决策借鉴,2001,(10):5-10.

119. 诺曼·杰·奥恩斯坦,雪利·埃尔德. 利益集团、院外活动和政策制订. 北京:世界知识出版社,1981.

120. 杨永福,黄大庆,李必强. 复杂性科学与管理理论. 管理世界,2001,(2):167-174.

121. 张维迎. 博弈论与信息经济学. 上海:上海三联书店、上海人民出版社,1996.

122. 周健. 开放政府信息. 人民日报,2000-03-22.

第 4 章

西方企业政治策略研究

本章研究的关键问题:

介绍西方企业政治策略方面的研究现状,包括:

1. 企业为什么要采取政治行为?
2. 可供企业采取的政治策略与行为有哪些?
3. 哪些因素影响企业政治策略与行为?
4. 什么是企业政治行为的合适伦理?

> 本章关键概念:企业政治行为动机、企业政治策略、政治行为伦理、政治行为影响因素

本章的主要目的是介绍近 30 多年来西方学者对企业政治策略方面的研究成果,具体内容包括:第一节介绍企业政治行为动机的研究;第二节介绍企业政治策略研究;第三节介绍企业政治行为影响因素研究;第四节介绍企业政治行为伦理研究。

第一节 企业政治行为动机研究

西方企业政治策略与行为的动机大体上可以分为两类:消极的观点和积极的观点。对政治策略与行为持消极观点的企业更可能被动地采取政治行为以维护自身的利益,甚至被动地适应新的政治环境而不是试图去塑造它。而对政治行为持积极观点的企业更可能主动地采取政治行为塑造政治环境,而不只是被动地适应它。持积极观点的企业不仅保护自身的利益不受侵害,而且试图通过政治行为获得政府所能提供的其他利益。

一、企业政治行为的动机——消极的观点

企业政治策略与行为动机的消极观点认为,企业对政治活动的参与是被迫的、防御性的,企业之所以要采取政治行为是因为它们不得不这样做。西方有关企业政治行为的一些理论对这一观点进行了阐述。

企业政治行为的兴起是以政府对企业影响和干预的不断增多、增强为背景的。在西方经济领域,政府对企业的影响和干预先后经历过自由放任、凯恩斯的政府干预主义、金融自由化浪潮和 20 世纪 70 年代以来政府对企业影响和干预的不断增多与增强。政府对企业干预的这种波动性与不确定性给企业的生产经营活动带来了很大的风险。因此,20世纪 70 年代以来,西方企业界纷纷成立或参与各种政治行动委员会,作为对政府不断增强的干预的反应。企业采取政治行为应对政府干预可以从资源依赖理论中找到其理论基础。

资源依赖理论认为一个组织在根本性资源上对另一个组织的依赖会影响组织间的关系(Kotter,1979;Pfeffer and Salancik,1978)。根据 Thompson(1967)的观点,一个组织是不喜欢对另　组织形成依赖的,因为对其他组织的依赖降低了该组织在特定环境中的选择范围,并因此威胁到该组织的稳定甚至生存。企业对政府的诸如有利的管制政策、政府采购或贸易保护等方面的依赖是企业采取政治行为的一个主要原因。政治活动并不能使企业降低它对政府的依赖,但它允许企业降低与这一依赖相关的不确定性,并因此降低这一依赖给企业带来负面影响的可能性。一些理论学家已经将依赖性假定为企业政治活动的一个关键基础。Baysinger(1984)认为企业可以通过政治活动反对或塑造那些它们认为非常关键的对政府依赖的政策或法规。

利益集团理论认为民主的公共政策进程是试图在大量的利益集团的竞争性目标之间达成妥协(Dahl,1961;Lowi,1969;Schattschneider,1960)。利益包括态度、价值观、目标或偏好,预期的政府行为对这些利益的影响驱使企业采取相应的政治行为(Salisbury,1983)。利益集团理论认为,企业之所以采取政治行为是因为拥有与企业不同观点的其他利益集团积极地参与政治进程。

首先,竞争对手的存在及其活动是激发企业采取政治行为的一个重要因素(Mundo,1992;Plotke,1992),企业不得不对竞争对手的政治行为做出反应,否则企业将处于竞争的劣势。其次,在政治影响研究方面存在两种假定:一是利益集团的精英主义,二是利益集团的多元主义。大多数研究企业政治行为的学者在其研究中都假定利益集团的多元主义(例如,Getz,1993;Keim and Baysinger, 1993;Oberman, 1993;Spiller, 1990)。这一理论认为,非企业利益集团对政治进程的参与也是激发企业政治行为的一个因素,特别是像工会和环境保护集团等利益集团的政治活动将对工商企业产生威胁。正是由于这些利益集团的政治活动,企业才不得不参与政治活动以降低不利政策实施的可能性。企业政治行为的另一个解释集中在意识形态方面。Plotke(1992)断言,自 20 世纪 70 年代以来工商企业的所有政治行为几乎都是由意识形态驱动的。经验研究表明政治行为领域的某些变化可以归因于意识形态 (Clawson et al., 1986;Eismeier and Pollock, 1987;Kaufmann, Karson, and Sohl, 1987)。根本的,工商企业积极参与政治进程是为了防止其他意识形态(如反工商企业的、凯恩斯主义的、亲社会主义意识形态等)产生更大影响。

制度理论探讨了组织对其制度环境做出反应或对制度环境如何适应做出选择的现象(Bluedorn, et al.,1994)。制度环境由一定的规则和要求组成,在一定制度环境下的组织必须服从该制度环境,以赢得所期望的支持与合法性回报(DiMaggio and Powell,1983;Meyer and Rowan,1977;Zucker,1988)。政治活动被认为是企业赢得制度资源的一种重要方式。通过政治活动,企业试图确保公共政策具有有利于本企业的结构或程序。Oberman(1993)将政治活动描绘成企业政治资源(比如意识形态、政治文化、集团感知和交流网络)向企业的正式制度资源(比如有利的政府结构或政策)存量的增加转化。尽管制度理论包含了企业为了获得制度资源而采取积极政治行为的可能性,但一般的,企业只有在面临不利的制度环境时才采取政治行为。而且,制度理论假定企业根据它的相对政治资源和对手的情况做出是否参与政治的决策。

二、企业政治行为动机——积极的观点

企业政治行为动机的积极的观点认为,企业并不是单纯地被动应付政府对企业的干预,也不是被动地预防其他势力对企业利益的侵害,而是试图通过主动采取政治活动谋求企业的利益。Mitnick(1993)认为,企业政治行为是一种尝试用政府的权力来提升私人目标的行为。政治行为的整体目标是产生对企业的持续生存和成功有利的公共政策结果(Baysinger,1984;Keim and Baysinger,1988)。对企业政治行为持积极观点的学者认为,企业政治行为能够为企业营造良好的政府政策环境,获取政府订单,以及通过政府政策对行业结构施加影响,从而为企业赢得比较竞争优势。

根据公共选择理论,政治进程是一个在政府官员与私人行为者之间类似于市场的交易,他们都是自私自利的(Buchanan and Tullock,1962;Downs,1957)。寻租过程描绘了公司通过影响立法和管制进程而不是通过产品市场的竞争来赢得竞争优势的努力(Buchanan, et al.,1980)。有关寻租的研究主要集中在作为行业进入障碍之一的政府行为方面(Salop, et al.,1984)。公共选择理论认为,企业参与政治活动的原因是想从政府手中购买对企业有利的政策(促使有利政策的出台)或不利的政策(阻止不利政策的出台)。在这一交易中,企业是主动的,企业可用于交易的包括竞选捐款、选举投票方面的承诺、提供政府官员所需的信息及其他帮助等;而政府或政府官员可用于交易的除了政策之外,还包括政府的订单以及政府控制的其他资源等。

代理理论主要探讨存在于委托代理关系中的代理人的道德风险问题及其解决办法。这一理论已经被广泛运用于不同组织间以及组织内部的代理问题。关于政治行为的代理关系——企业作为委托人而政府官员作为代理人经常被认为是含蓄的而非正式化的(例如,Getz,1993;Keim and Baysinger,1993;Mitnick,1993)。在某些情形下,代理人甚至可能是"人造的"(manufactured),也就是说,可能存在代理关系但其中代理人并没有意识

到他在代表委托人行动(Mahon,1993)。代理理论假定企业参与政治活动的动机是产生代理人和维持良好的代理关系。Keim and Baysinger(1993)注意到,在政治舞台中,潜在的代理人的数量是固定的,但显然,并不是每个官员都可能成为现实的代理人。政治活动的目的就是发现现实的代理人,并通过代理人来解决一些企业自身不能解决的问题。

战略管理学者认为,企业所面临的政治环境对企业的竞争地位同样存在显著的影响。Shaffer(1995)认为,企业的政治行为由赢得竞争优势的目标所驱动,政府政策对工商企业竞争地位的影响是公司绩效的重要决定因素。战略管理理论认为,企业采取政治行为参与政治活动是为了获取政府所拥有或控制的资源,并最终在企业所处行业中赢得与竞争对手比较而言的竞争优势。比如,在与对手可口可乐公司争夺国际软饮料市场的一场激烈竞争中失败的百事可乐公司,求助于委内瑞拉、法国、印度和美国的政府以重新赢得市场份额(Light and Greising,1998)。在对美国钢铁行业的研究中,Schuler(1996)发现美国国内钢铁生产商使用政府对进入美国市场的控制作为政治工具在不断收缩的市场中赢得稳定的价格和利润,以及通过为贸易保护展开游说而从市场规模缩小中得到暂时的解脱。类似地,与美国市场的钢铁业面临严重威胁时一样,烟草企业使用政治战略避开在欧洲和亚洲市场的类似威胁。

政府决策制定者有能力通过政府购买和管制影响替代品和互补品而改变市场规模,通过进入和退出障碍以及反托拉斯立法影响市场结构,通过各种类型的因素比如雇佣惯例和与污染标准相关的立法改变企业的成本结构(Gale and Buchholz,1987),以及通过征收消费税和施加影响消费方式的管制影响产品和服务的需求。因此,早在1969年,Epstein就提出"政治的竞争紧跟经济竞争",政府可以被看做是一个能够创造对企业的竞争努力最有利的环境的竞争性工具(Epstein,1969:142)。在很多行业,工商企业在公共政策领域的成功与在市场领域的成功一样重要,因此,对企业来说,加强政治战略作为它们整个战略的一部分是非常重要的(Baron,1995;Oberman,1993;Yoffie and Bergenstein,1985)。如果政府对一个企业的竞争远景很重要,那么政治行为将会是一个工商企业要优先考虑的(Yoffie,1988)。

第二节 西方企业政治策略与行为研究

西方大量文献探讨了企业不同政治策略与行为的使用情况,在这些文献中,西方企业所采用的各种不同的政治策略与行为变得清晰可辨。本节的主要目的是对西方学者有关企业政治策略与行为及其分类情况依照时间顺序进行介绍。

Olson(1965)对政治科学的研究揭示,在公共政策舞台上积极的个人或利益集团可采取两个层次的政治参与:个体的和集体的。个体的行动指的是由个人或单个企业采取单独的行动影响公共政策,而集体的行动是指在公共政策进程中两个或更多的个人或企业协作与合作。

在政治战略文献中,Schollhammer(1975)同样讨论了参与的层次并将参与分为三种行动类型:①集体的行动;②单个企业采取的行动;③组织内个别人(如执行官)采取的行动。然而,一些学者认为单个的企业并不是行为的实体,其行为只能通过构成组织的个人来进行(March and Olsen,1976;Hitt and Tyler,1991)。因此,如果公司内的个人代表公司涉入政治,那么个人参与和企业参与之间并没有什么区别。

Weidenbaum(1980)略述了工商企业对公共政策的三个一般反应:①消极的反应;②积极的反应;③对公共政策的塑造。消极反应和积极的反应都是反应性的,并不直接参与公共政策的进程,而对公共政策的塑造要求企业采取前摄性(proactive)行为以实现特定的政治目标。

Keim(1981)认为利益集团之所以能够影响公共政策主要是因为"理性忽视"(rational ignorance)——个人可能在政治上理性地不去获取有关信息,因为获取政治信息不仅需要成本,而且个人的投票几乎对选举结果没有影响。"理性忽视"导致了选民投票参与的下降,从而使在政治上积极的利益集团对选举结果产生影响。政治市场是竞争性的,一个单纯的反应性战略是不会成功的。Keim 考察了一些企业政治行为,比如选民培养(constituency building)、政治联合(political coalition)、游说、政治行动委员会(PACs)等,认为企业应该在整体战略规划中综合考虑政治因素和政治策略的使用。

Keim 和 Zeithaml(1981)研究了倡议广告(advocacy advertising),这种政治策略是通过积极促进有利的公众舆论形成,进而影响公共政策决策。他们认为如果这些活动只针对公众,它们是无效的,主要有两个原因:①企业通过广告改变公众的价值观和信仰非常困难;②由于特殊利益集团的政治策略的变化,有利的公众舆论与有利的公共政策之间不一定存在直接的和必然的联系。他们还认为,为了使倡议广告更加有效,企业应该关注利益相关者、员工、退休政府官员和社团的活动,因为他们的利益可能与企业的利益一致。

Sethi(1982)在其《公司政治活动主义》(Corporate political activism)一文中介绍了影响企业政治战略的三个环境因素:过去的企业活动、目前的企业环境和未来的环境。Sethi 认为企业政治活动可以分三个阶段进行分析:防御的模式、适应的模式和积极活动主义。这三个阶段分别对应着企业从一个生疏的政治参与者逐步发展为一个政治活动老手的过程,同时也对应着企业从被动地适应政治环境到积极地影响政治环境的转变。他对这三种模式的外部环境、内部条件以及存在的风险还进行了比较详细的考察。

Keim 等人(1984)在分析 20 世纪 80 年代新的企业政治策略时认为,传统的政治活动比如竞选捐款和直接游说正在被新出现的企业政治行动委员会(PACs)、事项和倡议广告以及企业选民计划所补充或取代。他们分析了企业政治行动委员会和选民培养(constituency building)两种不同的策略,认为企业政治行动委员会的作用是有限的,而选民培养是一种有效的政治策略。

Baysinger(1984)根据企业政治行为的 3 种目标将其相应分成 3 种类型,包括领域管理(domain management):目标是组织寻求来自政府的特殊财政支持和限制竞争的立法保护,其策略包括游说,反竞争立法,关税支持等;领域防御(domain defence):目标是组织试图控制政府对自己造成的威胁,策略包括公关策略,游说等;领域维持(domain maintenance):目标是组织试图实现自己的目标从而来控制政府行为造成的威胁,策略包括公关策略,选民培养,草根游说等。

同时,组织可能对政府的不同活动施加影响,政府影响组织的活动主要包括两大类:选举活动和立法或管制活动。这样,Baysinger(1984)就根据组织的目标和赢得目标的方法(外部聚焦活动的不同)提出了如表 4-1 的企业政治行为分类框架。

表 4-1 商业政治活动的一种类型

组织的目标	赢得目标的方法(通过外部的聚焦)	
	选举活动	立法活动/管制活动
领域管理 目标:以别人的利益为代价赢得利益,特别是通过政府的协助	政治行动委员会(PAC)的实物(in-kind)支持	游说 行业协会(Trade associations) 华盛顿办公室(Washington office) 政府机构听证会(agency hearing)
领域防御 目标:对组织目标和目的的威胁进行挑战和回绝,包括那些由政府引起的威胁	PAC 的实物(in-kind)支持	游说 公共关系 行业协会 华盛顿办公室
领域维持 目标:对追逐组织目标和目的方法的威胁进行挑战,尤其是那些由政府引起的	PAC 的实物(in-kind)支持 选民基础(grass roots)努力	游说 华盛顿办公室

资料来源:Baysinger(1984:249).

Keim(1985)对美国 20 世纪 80 年代的选民基础计划(grass roots program)进行了类似的研究。选民基础计划是指"企业要求员工、利益相关者、退休政府官员、其他选民了解有关的公共政策,并鼓励他们向立法者反映意见",它与选民培养(constituency building)计划十分相似。Keim 认为企业从立法者获得的信息可以"发挥选民基础政治活动能力",但是企业一般不会承认采用选民基础计划,并且很难衡量这种计划的有效性。

Ullmann(1985)研究了管制生命周期对企业政治策略的影响。他将管制生命周期划分为五个阶段:形成(formation)、制定(formulation)、实施(implementation)、管理(administration)和修改(modification)。而管制生命周期的每个阶段都由四个变量描述:战略集体物品属性、事项可塑性、结果确定性和关键决策制定者层次。由于四个描述变量的不同,在管制生命周期的不同阶段,企业面临不同的战略选择。比如,当产生集体的物品、结果确定性低、成本共担的刺激大、事项可塑性高、关键决策制定者集中于高层时,更适合于采取集体的策略;而当相反的情况出现时,更适合于采取单独的政治策略。

Yoffie(1987)通过对公共物品和商业政策方面的研究,提出了一个企业政治策略的分类框架。他将企业的政治策略分为:"搭便车"策略、跟随者策略、领导者策略、私有物品(private goods)策略和企业家策略。"搭便车"策略是指企业不采取任何政治行为,也不花费任何政治成本;跟随者策略是指企业通过行业协会等组织参与政治;领导者策略是指企业单独或者与少数其他企业建立联盟参与政治。作者认为,当企业采取政治行为的费用超过企业不采取政治行为而从公共政策中获得的期望利益时,大多数企业将采取"搭便车"策略,或者不积极地参与政治;跟随者会影响行业政治行为的需求水平,但是由于受到资源限制,他们一般参与低层次的政治活动,表现为行业协会或者行业集体行动;如果企业采取领导者策略,它必须具有相应的资源和能力,并承担相应的高风险。私有物品策略主要是企业采取单独行动获得特定于企业的利益回报的策略。企业政治参与的最高层次是企业家策略,当政治事项非常重要,或者企业有能力组织和动员利益相关者并与他们建立政治联盟时,企业就会采取企业家策略。

Oberman(1993)提出了一种按照接近决策者的途径、传递的范围和传递的内容三个维度来划分企业政治策略的方法(如表4-2所示)。企业接近决策者的途径可能是直接的也可能是间接的,企业既可能通过公共的方式也可能通过私下的方式向政策决策者传递信息和压力。传递的内容包括信息和压力。

表 4-2　策略类型(typology)

接近决策者的途径	传递的范围	传递的内容	典型的影响活动
直接的	公共的	信息	官方的证词(testimony)、政策分析
		压力	不合作主义(civil disobedience)
	私人的	信息	游说、PAC捐款
		压力	贿赂
间接的	公共的	信息	倡议广告
		压力	公开曝光(public exposure)、选民影响
	私人的	信息	同事的说服
		压力	诉讼集体组织

资料来源:Oberman(1993:235).

Getz(1993)基于委托代理理论提出了企业政治策略的七种类型:游说、报告研究结果、报告调查结果、证词(testimony)、法律行动(legal action)、私人服务和选民培养。游说是指代表企业的注册游说家与公共政策制定者之间的直接接触;报告研究结果是指企业与政策制定者分享最新的研究资料的手段;报告调查结果是指告诉政策制定者有关选民态度的变化而不是有关科学的或技术的进步;在国会或行政机构听证会上作证能够同时将企业的观点介绍给多个有兴趣的政策制定者;法律的行动包括诉讼、威胁使用合法程序,或将法官顾问的辩护状归档;私人服务是指企业雇用有政府工作经验(例如在联邦内阁包括管理和行政部门担任顾问或特别委员会成员等)的人;选民培养是指公司努力识别、教育和刺激那些可能受对公司有影响的公共政策的影响的利益相关者从事政治活动。Getz还提出了影响企业政治策略选择的三个变量:政治活动的目标、政策类型和事项生命周期。

而 Rehbein 和 Schuler(1995)根据 Aplin 和 Hegarty(1980)的信息影响策略和公开曝光策略来弥补 Yoffie(1987)的政治策略分类。信息影响策略是指企业通过为政府决策者提供与政策或政策立场偏好的信息来影响公共政策决策,主要包括游说、报告和调查结果、听证会作证等。公开曝光策略是指企业通过记录投票、第三方影响、媒体宣传来影响一个政治事务的公众舆论倾向。

Getz(1997)把企业政治策略分为信息导向策略和压力导向策略。信息导向策略包括游说、听证会证词等,而请愿(petition)、竞选捐款(campaign contribution)、选民培养、倡议广告和政治联盟是压力导向策略。

Hillman 和 Hitt(1999)在前人研究的基础上,对企业的政治策略与行为进行了整理和分类。他们认为企业有三种基本的政治策略:信息策略、财务刺激策略和选民培养策略。而每种策略中又包含多种具体的战术。具体的策略和战术分类请参看表 4-3。

表 4-3　政治策略的分类法

策　略	战　术	特　征
信息(information)策略	• 游说 • 委托调查项目和报告调查结果 • 作为专家证人作证(testifying as expert witnesses) • 提供立场文件或技术报告	通过提供信息对准(targets)政策制定者
财务刺激(financial incentive)策略	• 捐款给政治家或政党 • 答谢演讲(honoraria for speaking) • 付费旅游(paid travel)等 • 私人服务(雇用有政治经验的人或用一个企业成员竞选公共职位)	通过提供财务的刺激对准政策制定者
选民培养(constituency-building)策略	• 雇员、供应商、顾客等的选民基础(grassroots)动员 • 倡议广告(advocacy advertising) • 公共关系 • 新闻发布会(press conferences) • 政治的教育项目	通过选民的支持间接地对准政策制定者

资料来源:Hillman and Hitt(1999).

Cole(2000)对美国利益集团接触总统的渠道进行了研究。他所识别的渠道包括四种类型:正式而遥远的、正式而临近的、非正式而遥远的、非正式而临近的。所谓正式的渠道主要是指体制内的,即有制度保障的渠道,而非正式的渠道是指那些体制外的渠道。所谓遥远的或临近的渠道,其判断标准主要是根据充当企业代理人的人员与总统关系的远近亲疏来衡量。具体地说,这些渠道包括白宫职员、第一夫人、总统原来的朋友和同学、总统的亲戚等。

Oliver 和 Holzinger(2006)对企业关于管制环境的反应战略进行了分析,他们认为企业应对管制环境的战略有两大类:顺从战略和影响战略。而顺从战略又包含反应的管制战略和预测的管制战略;影响战略又分为防御的管制战略和前摄的管制战略,如表 4-4 所示。

表 4-4 管制的管理战略类型

动态能力的纬度	管制的管理战略类型			
	顺从战略(compliance strategy)		影响战略(influence strategy)	
	反应的(reactive)管制战略	预测的(anticipatory)管制战略	防御的(defensive)管制战略	前摄的(proactive)管制战略
管制战略的性质	采取行动使内部的过程有效地与管制需求结合	通过预测未来管制而采取行动赢得先行者优势	采取行动反对不合意的管制变化和维护现状	采取行动塑造和控制定义规范(norms)和管制的方式
有效性来源	内部能力	内部能力	外部能力	外部能力
动态的能力	柔性的组织结构体系(architecture)	扫描和预测的能力	管制的社会资本配置	制度的影响能力
能力有效性的潜在过程	持续的结构和过程重组(realignment)以匹配管制的变化	及时的和持续的管制环境扫描以预测变化	持续的影响管制者以维持现有政策的社会关系(ties)的培养	影响利益相关者的规范和信仰以塑造管制标准的定义
实现的效率的性质	效率和合法性	先行者优势和增强声誉	目前资产和市场地位的保护	管制的重新定义以匹配企业的标准和利益
企业竞争优势	短期的持续	短期到中期的持续	没有变化	中期到长期的持续
管制行动的例子	内部过程的快速和低成本重新配置以满足管制的需要,在培训方面投资,资源和技能的创新以加速和改善对管制的服从	在环境扫描方面的持续投资,雇用来自政府的专家,在迫近的公共政策变化的知识方面的培训和投资	进入限制的倡议,激活社会网络以保护目前的管制;游说以降低替代品的威胁,游说以维持保护性的定价结构	积极的选民培养以创建共享的规范,与管制者合作以产生新的规则,联盟形成以改变管制的服从规则

资料来源:Oliver and Holzinger (2006).

第三节　企业政治行为影响因素研究

总体而言,共有五大类的变量会影响企业的政治行为,它们分别是:企业层次的特征、行业层次的特征、环境层次的特征、事项特征和关系特征(见表4-5)。这些变量从不同的理论角度关注企业政治行为,而且它们是相关的,并且有时是相互决定的。

表 4-5　影响企业政治行为的变量类别

类　别	变　量
企业特征	规模、年龄、资源、经验、传统、结构
行业特征	集中度、规模、管制、同质性
环境特征	利益集团、意识形态、制度
事项特征	对企业的突出性、对投票者的突出性、发生频率
关系特征	权力、依赖、代理

资料来源:Getz(1997).

一、企业层次的特征

企业特征影响企业的政治行为。企业特征,比如规模、资源、利润、结构、经验等,是区分政治上更积极与更不积极企业的重要变量。这样,企业特征首先与"谁"的问题有关,因为具有某些特征的企业可能比其他一些企业更愿意和更可能采取政治行为。第二,企业特征与企业政治行为的解释有关("为什么"的问题)。例如,规模大的企业由于它们的可见性而可能在政治上更加积极,因为它感觉到更容易受到政府权力的制约。然而,它们的规模赋予了它们与政府官员相对应的权力,并且政治行为可能是开发这一权力的手段。第三,企业特征中的某些特征同样与特定的政治行为方式相关("怎么样"的问题)。例如,尽管大型的、资源丰富的企业在实施高成本的策略比如游说或政治行动委员会方面具有有利地位,但一些低成本的策略,比如选民培养或联盟构建(coalition building)经常对小型的、资源相对贫乏的企业而言是可利用的。这样,企业内部的特征有助于预测企业政治策略的选择。第四,一些还没有被充分研究的企业特征可能与"哪里"的问题有关。例如,一个企业的国籍或地理范围可能与企业政治行为发生的政治背景有关。最后,不能忽视企业特征之间的相关性。

二、行业层次特征

在对企业政治行为的解释方面,存在四个与行业有关的重要特征:集中度

（concentration）、规模、管制水平以及同质性（homogeneity）。这些变量解释企业"为什么"和"怎么样"在政治上积极的问题。处于低集中度的行业的企业可以克服集体行动的两难局面，而处于管制行业中的企业可能利用政治行为来控制（manage）与管制相关的依赖性。一个行业的同质性解释了为什么某个政治事项经常由行业协会以集体的方式采取行动。行业变量同样与企业政治行为的时间选择相关。随着一个事项沿着它的生命周期推进，集中度和规模的重要性可能下降，因为大多企业政治行为的收益在生命周期的后期是私有性的。因此，在政治事项的生命周期晚期，一些处于较高集中度行业的企业和小规模的企业都可能采取单独的政治行为。尽管行业变量可以用来解释企业政治行为的背景，但它们没有被用来做这一点。例如，处于全球行业的企业倾向于比处于国内行业的企业在一个更大范围的背景下执行政治行为。

三、环境层次特征

环境变量的类别是比较分散的，它包括利益集团、制度、意识形态、经济政策以及学习成本，这些都是企业政治行为基本原理（rationale）的组成部分。企业与利益集团之间为有利的政策而展开竞争，他们利用政治行为来维持现状或影响流行的制度和意识形态的改变。环境变量被经济政策影响，并且因此而依赖于制定经济政策的政府官员。如果关于政策和惯例（practices）的学习的制度成本太大，那么企业可能不会采取政治行为。

另外，企业环境特征同样与企业的政治参与方式与政治策略类型相联系。比如，在社团主义（corporatism）政府环境中，关系的方法可能比交易的方法更受欢迎，而在多元主义（pluralism）政府环境中，企业可能更多地采用交易的方法。企业环境对企业政治参与方式以及政治策略的影响，见表 4-6 和表 4-7 的举例。

表 4-6　制度变量与政治策略

变量	方法	策略
社团主义者（corporatist）政府	关系的方法	选民培养、投票基层动员、倡议广告、公共形象广告、经济或政治教育、合作团体、联盟构建、参加行业协会
多元主义者（pluralist）政府	交易的方法	信息、游说、报告研究与调查结果、法庭证词、提供形势研究、直接压力、PAC 捐款、私人服务、雇用有经验的职员
强势政党	—	合作团体、联盟构建、加入行业协会
弱势政党	—	直接压力、PAC 捐款、私人服务、雇用有经验的职员、选民培养、投票基层动员、倡议广告、公共形象广告、经济或政治教育
公共官员的任期（tenure）	关系的方法	—

资料来源：Hillman（1995）.

表 4-7　立法机关的环境(situation)与策略选择

环　　境	策　　略
突出的事务,投票人一致同意(consensus)	—
企业立场与多数人意见一致	游说、PAC 捐款、联盟构建
企业与投票人所支持的政策相反	选民培养、联盟构建
企业支持投票人所反对的政策	选民培养、联盟构建
突出事务,投票人冲突	选民培养、联盟构建
非突出事务	游说、PAC 捐款、倡议广告、选民培养

资料来源:Keim and Zeithaml(1986).

四、事项特征

公共事项的特征同样影响企业政治行为。对突出的事项,企业更可能在政治上积极,因为企业将被事项最终的决定所影响。对投票人或其他选民而言,事项的突出性因为如下两个方面的原因而同样是企业政治行为的一个决定因素。首先,利益集团更可能在公共事项突出的背景中出现并对这一事项热心,因此企业可能觉得需要对抗利益集团的政治行为。其次,从公共选择和代理理论的角度,事项对投票人的重要性和关于事项的参数范围是一个官员的立场和对事项判断力的决定因素。企业根据它是否需要加强或改变政府官员的观点来使用特定的政治策略。第三个特征是对一个事项的公开讨论(public debate)的频率。企业必须具有针对频繁重复出现的事项从事政治行为的内部能力。对很少出现的事项,企业可以借用外部援助。事项的生命周期阶段同样是重要的。企业政治行为的程度(extent)和类型随一个事项的生命周期的发展而变化。

五、关系特征

描述企业和其他企业之间关系特征的变量被称为(be termed)关系的变量。例如,企业与政府或政府官员之间的关系可以用权力、依赖性和代理等变量来描述。这些观点有助于理解企业政治行为的基本原因。例如,企业政治行为是为了尽可能降低其对政府依赖所带来的负面影响。企业利用政治行为来产生和控制政府中的代理人。对企业而言,其他一些重要的关系包括企业与特定利益相关者以及社会大众之间的关系。同样的,这些关系可以用依赖性和制度规范等变量来描述,并用于解释企业政治行为的动机、目标、时机以及途径等问题。例如,在利益相关者和社会大众眼中的合法性标准可以限制企业所采用的政治策略的范围。

第四节　企业政治行为伦理研究[①]

当企业、企业的政治行动委员会、企业的游说家以及企业的行业协会试图通过游说和使用政治竞选捐助来影响公共政策时，什么是合适的行为（practice），什么是不合适的行为成为值得研究的问题。

一、典型的政治行为事例及其伦理问题

［事例1］　1996年4月，密歇根州汽车协会为密歇根州众议院的共和党提供了2500美元的竞选捐款。3天后，共和党控制的议院税收政策委员会批准了一项汽车商支持的、基于折价以旧换新（trade-in）的、降低该州新汽车销售税的法案。然而，几天后，一位（议院）主管人员，也是一名共和党人，威胁说要否决这一法案。汽车商协会的一个经理主管人员打电话给议院的共和党人士，要求退回2500美元的捐款。当被告知支票已经存入了银行时，他告诉他的银行停止支付（Luke，1996）。

这种类型的事件引起了企业政治活动伦理方面的一个基本问题：在处理与政府机构和官员的关系中，什么样的企业行为才是合适的？

［事例2］　由激进主义（activist）股东于1996年股东代理时期（proxy season）提出的，涉及Chevron和Mobil的一项股东决议突出了另一个基本的问题。这项决议涉及Chevron和Mobil在尼日利亚的经营。决议将General Sani Abacha的军队制度说成是非法的（因为它拒绝承认1993年尼日利亚选举），并参考特赦国际（Amnesty International）的一篇关于这一制度系统性侵犯人权的长久历史的报道。而且股东提交的这一决议引用了Mobil和Chevron在支持军事政府和国有尼日利亚石油企业中的作用，以及他们被指控帮助破坏1994年一次为民主而举行的罢工。这一决议包括：股东断然要求董事会在国家选择方面检查和制定方针，并在1996年9月前报告给股东和雇员。

［事例3］　公布的关于游说活动信息影响（effects）的一个例子是导致美国参加波斯湾战争的一场争论。《华盛顿邮报》记者Gary Lee引用国家木质货架和集装箱协会（National Wooden Pallet and Container Association）一位官员的话说，他们集团正在支持在波斯湾的一项艰难的政策，"战争，尽管对军队和其他人是极端有害的，但对制造货架的商业是有利的……"。Lee同样引用一个综合罐头和显像管协会（Composite Can and Tube Institute）官员的话说，他们的成员支持在海湾使用武力，因为"……在战争期我们可大做生意"（Lee，1991）。

在今天的美国，一个重要的观点就是"特殊利益集团"在联邦、州和地方层次的政治进

---

① 本节的讨论主要基于Weber（1997）的研究；对企业政治行为伦理的讨论，请参考Weber（1997）。

程中施加了过度的影响。这些特殊的利益集团,尤其是企业和劳工联合会,主要是通过游说公共官员、通过为公共部门的候选人提供竞选捐款,以及通过他们的能力主导议程来施加影响。政府不是对公众意愿,而是更经常地对一个很窄的权力网——重要经济组织和集中财富以及围绕它们的有影响力的精英的利益做出反应。像 Common Cause(超过 20 万会员)这样的激进组织试图通过在联邦、州和地方政府降低对公开、诚信和公共责任的威胁来提升良好的政府形象。Common Cause 杂志经常报道谁给政治候选人和政党捐献了多少钱,以及这些捐献者已经获得了怎样的回报。Common Cause 的观点是,有钱的利益集团具有太大的影响力,而政府也过多地服务于少数的利益集团。

伦理问题:在那些企业利益与公众利益发生冲突的领域,什么样的伦理标准才是企业政治行为的合适的伦理原则?

二、关于政治行为伦理标准的探讨

随着伦理学家、商业人士以及公众对企业政治活动中的伦理问题日益关注,需要我们仔细关心的问题不少。对美国的企业政治活动伦理的一个更充分的进一步理解至少包括 3 个一般性问题:①企业政治活动的合适目标;②为实现政治目标所使用的合适手段;③在一个竞争环境中自利行为的自我约束问题(Weber,1997)。

1. 企业政治活动的目标和目的

一个基本的问题是企业政治活动的适当目标和目的问题。尽管大多数公司执行官将游说和其他公共政治努力看做是实现他们企业财务目标的又一种方式,但这并非是唯一的观点。一个竞争性的观点是,当商业试图通过政治活动影响公共政策时,它使自身涉足于公共领域,这时那些适合于私人部门商业活动的目标就不再合适了。这一观点被作为公民身份(citizenship)伦理而提及。例如,Sagoff(1986)认为,公民身份活动的伦理不同于消费者活动的伦理。Sagoff(1986)说,当我们作为消费者时,寻求我们自己所需的东西是合适的。而当我们作为公民时,我们需要与他人一起为社区、为社会的美好而努力。Weber(1996)认为企业政治活动"……应该,可能,被理解为一种不同的活动类型,……由不同的目标和标准来治理(govern)"。这些目标和标准涉及公共利益的追求而不是私人利益。

Sandel(1996)讨论了公民美德的重要性。他认为,政治"不是作为竞争利益团体的中间人而是要超越它们,为了整个社团的利益"。那些参与政治的人不应该只是简单地寻求他们自己的私人利益。

Jeffrey Birnbaum 报道了通用电气公司前 CEO,雷金纳德·琼斯(Reginald Jones)的一个评论:"通过花时间待在华盛顿和协助负责任的(responsible)税收政策的制定,比待在家里和对电冰箱定价,我能为通用电气做更多的事情。"(Birnbaum,1993)一个大型企业的 CEO 在税收政策制定中可能会提供重要的观点,但是那一活动的目的一定要使他的或她的企业受益吗?

需要进一步考虑的问题是:商业政治活动是否应该由一个不同于支配商业商务活动的伦理标准来支配?将注意力放在为社团利益而与他人一起工作的良好公民身份的标准,是否能够用来指导企业政治活动?如果某人从美国民主的分析和现行政治系统怎样运作着手,那么他对企业政治活动力图达到的目标与某人从内部商业目标着手有不同的理解。

2. 企业政治活动中使用的手段

许多对企业政治活动的关注并不集中于参与这一活动的企业目标,而是集中关注某些有钱的利益集团对公共政策有过分(undue)的影响。对企业的指控在于资本雄厚的商业游说已经俘获了政治进程,并使其他合法的声音(voice)在对公共问题的争论中听不到(Birnbaum,1993)。如果企业对政府决策的影响是通过他们与决策者建立的关系,而不是通过他们所处政策立场或他们所陈述观点的决定性的或有影响力的压力,那他们的影响就是过分的。竞选筹资备受关注的一个重要原因就是,在(大的)竞选捐款与政府行为之间可能存在关联。正如一个 Common Cause 报告所记录的:"尽管直接的补偿是内在的难以证实的,但有利于大捐款者的总统的、国会的和监管的行动意味着金钱能够歪曲(政治)过程。"(Kemper and Lutterbeck,1996)

Weber(1997)认为,认可和表达企业政治活动伦理标准的努力应该集中于提供实践方针:例如应该避免什么样的行为,尽管这种行为可能是合法的。

把功利主义、康德(Kant)哲学、权利和公正考虑、社会契约理论和角色(character)伦理等用于商业时,产生了企业游说活动的如下的准则(Hamilton and David,1997)。

- 使那些受到影响的人利益最大化和伤害最小化
- 不使自己特殊化
- 让他人做出他们自己的选择
- 使用公开(publicity)测验
- 尊重人权
- 确保利益和负担的公平分配
- 尊重(honor)社会合同
- 行为与你的角色及企业名望相一致

在评价游说目标和策略时,这八项准则都必须考虑到。没有一项准则能够甄别使一项行为合乎伦理的所有方面(Velasquez,1992;Boatright,1993)。

3. 处于竞争环境中的自我约束

随着对企业政治行为伦理的讨论的推进,人们经常听到这样一种观点:如果其他人同样接受这样一种自我约束,那接受这样一种自我约束将会是有益的。如果一个组织在没有其他组织将采取同样行动的保证下限制自己的选择,(就像"单边裁军"),将使这个负责任的组织处于一个竞争劣势。

这是一个重要的问题,并且它在企业政治活动中被如此经常地讨论,以致它显然应该是与美国企业政治活动伦理相关的进程的一部分。然而它并不是政治活动的一个特别问题(它经常是其他关于法律允许活动的有关自我约束讨论的一部分),因此在这一点上并不需要特别的深入探讨。

4. 跨国企业与东道国政府的关系性质

在国际领域,关于企业政治行为伦理引起的第一个问题是,每个国家的政治、文化、经济环境有较大差异,那么跨国企业在不同国家的责任是什么?

由人权倡导者、激进主义股东和其他人提出的一个重要观点(voice)是提议企业在做关于在哪里和怎样去做生意的决策时采用人权和民主的标准。

(1) 在经营中考虑人权和民主

关于美国企业在种族隔离的南非所扮演角色的长期争论中,一些人认为"商业的商业还是商业",关于去哪里和怎样去做生意的任何决策都应该基于一个评估。这种考虑是从商业的角度进行的,没有考虑东道国民主和人权因素。然而一个不民主的政府可能意味着将来政治的或社会的不稳定,这将增大企业经营的政治风险。

另一些人认为(在南非或其他国家)对社会中商业角色的理解太窄。以 Caux 圆桌(Caux Round Table)闻名的商业领导人国际团体于 1994 年发布了他们的"商业准则"。这些准则主要从利益相关者的角度来阐明企业的社会责任。其总则(General Principle)部分有如下陈述:"作为我们在其中开展业务的地区、国家、区域和全球社区的一个有责任的公民,商业企业在塑造这些社区方面扮演角色。"(Caux,1994)

Levi Strauss & Co. 已经制订出一套用于选择商业伙伴(合同人和子合同人)和识别开展业务的国家的方针。"国家选择方针"阐述了跟社会和政治背景有关的而且超越了单个商业伙伴控制能力的问题。这些方针排除了在下述国家的合同关系:

- 在这一交易将"对我们的全球品牌形象有负面影响"的国家
- 在交易将使企业雇员或代理人暴露于不合理的健康风险和安全风险的国家
- 在存在"普遍的基本人权的侵犯"的国家
- 在"法律环境给我们的商标或其他重要商业利益产生不合理风险"的国家
- 在"政治的或社会的动荡不合理地威胁到我们的商业利益"的国家(Levi Strauss & Co.,1994)。

很明显,一些商业领导人的确认识到了将对东道国人权和民主的关注纳入其商业决策的责任。不过,承认有责任考虑人权问题是一回事,而选择实施哪一责任的最佳行为过程却是另一回事。

随着商业领导人、社会活动家、社区领导及伦理学家不停地阐述(address)跨国商业企业在那些有糟糕人权和民主记录的国家应该做什么,可能最需要关注的议程是:将对人

83

权的一般性关注转换为更具体的指导方针和关于如何在各种不同国家履行这一责任的选择。

（2）尊重东道国文化价值观和传统

工商业应该怎样在外国做生意的问题已经在商业伦理学研究中得到了大量关注。正如 Donaldson 和 Werhane（1996）在他们的《商业中的伦理问题》（Ethical Issues in Business）中对这一问题的表述："一个美国的跨国企业是否应该采用东道国的惯例（practices），即使当那些惯例与美国人做生意的方式相冲突，或者至少根据美国的标准存在道义上的问题？"这一问题不仅引起了重要的哲学问题（比如伦理相对论问题），它同样也引起了非常重要的现实问题。一个企业是否应该以及该怎样在尊重其他文化价值观、传统和惯例与忠于自身的商业价值观和伦理承诺之间进行调和？对类似问题的探讨已经产生了重要的研究成果（比如，Donaldson，1989）。什么时候需要接受那些自己国家所不能接受的惯例，什么时候需要服从，什么时候准备提出质疑，什么时候采取对抗或公开抵制，什么时候由于存在基本的不可调和的冲突而需要从该国撤资，这都是一些需要持续关注的问题。

Levi Strauss & Co.（1994）决定，不管在哪里做生意，企业都将保持自己的价值观。"因为我们从很多具有不同文化的国家获取资源，因此我们在选择商业伙伴和惯例与我们的价值观难以调和的国家时要特别小心"。

工商业"能够成为社会变化的有力代理人"（Caux，1994），它同样也可以成为再一次增强现存社会现实的有力代理人。什么时候成为一个东道国政府变化的代理人，什么时候不成为代理人：这是一个重要的伦理问题。

本章参考文献

1. Aplin, J. & Hegarty, W. H. Political influence: Strategies employed by organizations to impact legislation in business and economic matters. Academy of Management Journal, 1980, 23(3): 438-450.

2. Baron, D. Integrated strategy: market and non-market components. California Management Review, 1995,(2): 47-65.

3. Baysinger, B. Domain maintenance as an objective of business political activity: An expand typology. Academy of Management Review, 1984, 9(2): 248-258.

4. Birnbaum, J. H. The lobbyists: how influence peddlers work their ways in Washington. Times Books, New York, 1993.

5. Bluedorn, A., Johnson, R., Cartwright, D., and Barringer, B. The interface and convergence of the strategic management and organizational environment domains. Journal of Management, 1994, 20(2): 201-262.

6. Boatright, J. R. Ethics and the Conduct of Business. NJ: Prentice Hall, 1993.

7. Buchanan, J. & Tullock, G. The calculus of consent. University of Michigan Press, 1962.

8. Buchanan, J. , Tollison, R. , & Tullock, G. Toward a theory of a rent seeking society. College Station, TX: Texas A&M University Press, 1980.

9. Caux Roundtable. "Principles for business", 1994.

10. Clawson, D. , Karson, M. J. and Kaufman, A. The corporate pact for a conservative America: a data analysis of 1980 corporate PAC donations in sixty-six conservative congressional elections. In L. E. Perston (ed.), Research in Corporate Social Performance and Politicy, 1986, (8): 223-245. Greenwich, CT: JAI.

11. Cole, N. S. Pursuing the President: White House Access and Organized Interests. Social Science Journal, 2000, 37(2):285-291.

12. Dahl, R. A. Who governs? democracy and power in an American city. New Haven and London' Yale University Press, 1961.

13. DiMaggio, P. and Powell , W. W. The iron cage revisited: institutional isomorphism and collective rationality in organizational fields, American Sociological Review, 1983,(48):147-160.

14. Donaldson, T. & Werhane, P. Ethical issues in Business. Fifth Edition, Upper Saddle River, NJ: Prentice Hall, 1996.

15. Donaldson, T. The ethics of international business, Oxford: Oxford University Press, 1989.

16. Downs, A. An economic theory of democracy. New York: Harper, 1957.

17. Eismeier, T. J. and Pollock, P. H. Strategy and choice in congressional elections: the role of PACs. American Journal of Political Science, 1987,(30):197-213.

18. Epstein, E. The corporation in American politics. Englewood Cliffs, NJ: Prentice Hall. 1969.

19. Gale, J. & Buchholz, R. The political pursuit of competitive advantage: what business can gain from government. New York: Quorum. 1987.

20. Getz, K. A. Research in corporate political action: integration and assessment. Business and Society, 1997, 36(1): 32-72.

21. Getz, K. Selecting corporate political tactics. Newbury Park, CA: Sage, 1993.

22. Hamilton, J. B. & Hoch, D. Ethical standards for business lobbying: some practical suggestions. Business Ethics Quarterly, 1997, 7(3):117-129.

23. Hillman, A. The choice of corporate political tactics: the role of institutional variables. In Denis Collins and Douglas Nigh (eds.), Proceedings of the 6th Annual Meeting of the International Association for Business and Society, Madison, WI, 1995.

24. Hillman, A. J. and Hitt, M. A. Corporate political strategy formulation: a model of approach, participation and strategic decision. Academy of Management Review, 1999, 24(4):825-842.

25. Hitt, M. A. & Tyler, B. B. Strategic decision models: integrating different perspectives. Strategic Management Journal, 1991, 12(5):327-351.

26. Kaufman, A. , Karson, M. J. and Sohl, J. Business fragmentation and solidarity: an analysis of

85

PAC donations in the 1980 and 1982 elections . in A. A. Marcus, A. M. Kaufman and D. R. Beam (ed.), Business Strategic and Public Policy, 119-135 . New York : Quorum. 1987.

27. Keim, G. & Baysinger, B. The efficacy of business political activity. In B. M. Mitnick (eds), Corporate political agency, Nwebury Park, CA: Sage, 1993.

28. Keim, G. & Baysinger, B. The efficacy of business political activity: Competitive considerations in a principal-agent context, Journal of Management, 1988,(14):163-180.

29. Keim, G. & Zeithaml, C. Corporate political strategy and legislative decision-making: A review and contingency approach. Academy of Management Review, 1986, 11(4):828-843.

30. Keim, G. & Zeithaml, C. Improving the return on advocacy advertising. Financial Executive, 1981: 40-44.

31. Keim, G. Corporate grassroots programs in the 1980s. California Management Review, 1985,(1): 110-123.

32. Keim, G. Foundations of a political strategy for business. California Management Review, 1981, (3):41-48.

33. Keim, G. , Zeithaml, C. , & Baysinger, B. SMR forum: new direction for corporate political strategy. Sloan Management Review, 1984, 25(3): 53-62.

34. Kemper, V & Lutterbeck, D. The country club. Common Cause Magazine, Spring/Summer 1996, 22(1):16.

35. Kotter, J. P. Managing External Dependence. The Academy of Management Review, 1979, 4(1): 87-92.

36. Lee, G. Even in war, somebody's got to read the legislative fine print. The Washington Post National Weekly Edition, (February 4-10), 1991.

37. Levi Strauss & Co. "Business partner terms of engagement" and "Guidelines for country selection", 1994.

38. Light, L. & Greising, D. Litigation: the choice of a new generation; stymied in the cola wars, Pepsi goes to court. Business Week, 1998,5-25.

39. Lowi, T. The end of liberalism: ideology, policy, and the crisis of public authority. New York: Norton, 1969.

40. Luke, P. Canceled check tells a story. Kalamazoo Gazette, 1996-5-10, All.

41. Mahon, J. Shaping issues/manufacturing agents: corporate political sculpting. Sage Publications, 1993.

42. March, J. G. and Olsen, J. P. Ambiguity and choice in organizations. Bergen: Universitatsforlaget, 1976.

43. Meyer, J. W. and Rowan, B. Institutional organizations: formal structure as myth and ceremony. American Journal of Sociology, 1977,(83): 340-363.

44. Mitnick, B. Political contestability. In B. Mitnick, (Ed.), Corporate political agency: the construction of competition in public affairs. New York: Sage Publications. 1993.

45. Mundo, P. A. Interest groups: gases and characteristic. Chicago: Nelson-Hall. 1992.

46. Oberman, W. Strategy and tactic choice in an institutional resource context. In B. Mitnick (Ed.), Corporate political agency. Newbury Park, CA: Sage. 1993.

47. Oliver, C. and Holzinger, I. The effectiveness of strategic regulatory management: a dynamic capabilities framework. Working paper, 2006.

48. Olson, M. The logic of collective action. Cambridge, England: Cambridge University Press, 1965.

49. Pfeffer, J. and Salancik, G. The external control of organizations: A resource dependence perspective. New York: Harper & Row, 1978.

50. Plotke, D. The springs of collective action—western times and water wars: state, culture, and rebellion in California by John Walton. Contemporary Sociology, 1992, 21(6):771.

51. Rehbein, K., and Schuler, D. The firm as a filter: a conceptual framework for corporate political strategies. Academy of Management Journal, 1995: 406-410.

52. Sagoff, M. At the shrine of our lady of Fatima, or why political questions are not all economic. Wadsworth Publishing Company, Belmont, CA. 1986.

53. Salisbury, R. H. Interest representation: the dominance of institutions. American Political Science Review, 1983,(78): 64-76.

54. Salop, S. C., Scheffman, D. T. and Schwartz, W. A bidding analysis of special interest regulation: Raising rivals' costs in a rent-seeking society. in R. A. Rogowsky & B. Yandle (Eds.), The political economy of regulation: Private interests in the regulatory process. Washington, DC: Federal Trade Commission. 1984:102-127.

55. Sandel, M. J. Democracy's discontent: America in search of a public philosophy. Cambridge, MA: Harvard University Press, 1996.

56. Schattschneider, E. E. The Semi-Sovereign People. New York: Holt, Rinehart and Winston. 1960.

57. Schollhammer, H. Business-government relations in an international context: an assessment. In P. Boarman & H. Schollhammer (Eds.), Multinational corporations and governments, New York: Praeger, 1975.

58. Schuler, D. Corporate political strategy and foreign competition: the case of the steel industry. Academy of Management Journal, 1996,(11): 720-737.

59. Sethi, P. Corporate political activism. California Management Review. 1982, 24(2): 32-42.

60. Shaffer, B. Firm-level responses to government regulation: Theoretical and research approaches. Journal of Management. 1995,(21): 495-514.

61. Spiller, P. T. Politicians, interest groups, and regulators: a multiple-principals agency theory of regulation, or "let them be bribed". Journal of Law and Economics, 1990, 33(1):65-101.

62. Thompson, J. D. Organizations in action. New York: McGraw-Hill Companies, 1967.

63. Ullmann, A. A. The impact of the regulatory life cycle on corporate political strategy. California Management Review, 1985, 28 (1): 140-154.

64. Velasquez, M. G. Business Ethics: Concepts and Cases, Third Edition. Prentice Hall, 1992.

87

65. Walton, J. Western times and water wars: state, culture, and rebellion in California. Berkeley: University of California Press, 1992.

66. Weber, L. J. Ethics and the political activity of business: reviewing the agenda. Business Ethics Quarterly, 1997, 7(3): 71-79.

67. Weber, L. J. Citizenship and democracy: the ethic of corporate lobbying. Business Ethics Quarterly, 1996, 6(2):253-259.

68. Weidenbaum, M. Public policy: No longer a spectator sport for business. Journal of Business Strategy, 1980, 3(4): 46-53.

69. Yoffie, D. and Bergenstein, S. Creating political advantage: the rise of the corporate political entrepreneur. California Management Review, 1985,(28): 124-139.

70. Yoffie, D. Corporate strategies for political action: a rational model. In A. Marcus, Kaufman A. & Beam D. (Ed.), Business strategy and public policy. New York: Quorum Books, 1987:43-60.

71. Yoffie, D. How an industry builds political advantage. Harvard Business Review, 1988, May-June: 82-89.

72. Zucker, L. G. Insitutional Patterns and Organizations, Culture and Environment. Cambridge, MA: Ballinger, 1988.

第 **5** 章

西方企业政治行为理论模型与实证研究

本章的主要研究问题是:

1. 西方有哪些研究企业政治行为的理论模型?

2. 西方有关企业政治行为实证研究状况如何?

本章关键概念:政治行为理论模型、实证研究

第一节 企业政治行为理论模型研究

许多学者提出一些有关企业政治策略综合分析模型,其中具有代表性的有 Keim(1981) 的企业政治策略有效性模型、Yoffie 和 Bergenstein(1985) 的政治企业家模型、Zeithaml 和 Keim(1985) 的企业政治行为规划模型、Cory(1995) 的影响公共政策的双市场模型、Rehbein 和 Schuler(1995,1999) 的企业政治策略过滤模型、Oliver 和 Holzinger(2006) 的对管制进行管理的动态能力模型等。这些模型不仅为企业政治策略与行为的实证研究提供了理论基础,而且为其他学者对企业或企业家为了其政治目标采取政治策略进入政治决策过程,进而影响公共政策制定获得政治竞争优势的分析,提供了框架性结构。

Keim(1981) 运用经济学和政治科学理论解释政治市场对公共政策的影响,他认为企业应该积极培养企业选民,参与政治联盟,培训公共事务商业代表,鼓励员工参与政治(民间组织、直接游说)以及政治行动委员会(PACs)活动。Keim 认为,每个组织都有不同的政治目标、约束和资源,成功的企业政治努力要求在所有公司计划中全面整合政治的考量。企业必须预测潜在的政治问题和机会,并通告和培养选民。必须由公司领导直接与政治家或他们的职员接触,并且,如果可能的话,应该寻求股东、雇员和其他要素(constituents)的支持。政治教育、游说、PACs 都是企业政治战略的有效工具。一个成功的政治战略应该刺激政策制定者对企业的利益和企业的大规模的天然选民(large natural constituency)做出更多的反应。企业的政治策略之所以有效,是因为它与代议制民主

(representative democracy)的基本原则一致。民主的本质是选民的参与。而选民中的多数是由企业的股东、雇员、供应商、雇员的家庭等构成的。虽然 Keim 没有提出相关假设，但是其思想对企业政治策略与行为的理论研究具有重要意义。

Yoffie 和 Bergenstein(1985)首先认为在外部竞争环境中，运用特殊政治战术不再是组织获得成功的关键。为了赢得政治优势，企业必须制定长远政治战略来影响政府政策的制定过程。他们首先分析了企业家如何采取政治行为获得政治资本进而创造政治竞争优势。其次，他们认为企业家政治活动是一种政治机会主义，企业家经常在外部政治环境中寻找商业机会，因为政府官员提供政策信息和协助处理相关事务有利于建立企业政治资本。企业家政治活动必须见效快且步调一致，这要求企业组织机构趋于扁平化，从而直接面对企业高层管理人员，更迅速地适应外部环境的动态变化。最后，他们推测政治企业家不会依赖某个行业协会或利益集团，相反，他们会依靠自身资源建立政治关系。如果条件许可，他们也会与其他组织建立政治战略联盟。虽然政治企业家模型仍有待进一步地实证检验，但它为企业政治策略模型研究提供了一个很好的尝试。

Zeithaml 和 Keim(1985)提出了一个企业政治行为规划模型，他们将企业的政治行为规划分为五个阶段，分别是：计划假设、规划评价、事项识别、规划制定、规划实施与评价（见图 5-1）。成功的规划努力都要采用一系列假设或计划假设作为规划制定和实施的指南。不同的企业可能有不同的假设，比如一些企业可能做出这样的假设：①美国的公共政策进程不是一个"黑箱"，换句话说，企业可以单独地或通过联合影响公共政策决策；②企业高层管理人员的理解与支持是至关重要的；③相关的规划活动应该与企业其他的职能和规划整合；等等，诸如此类的假设。规划的第二步是评价过去和目前的规划发展。对两个问题的回答可以为企业政治规划提供大量见解，一是为什么企业要发展一个政治行为规划？二是企业政治规划的目标与战略是什么？规划的第三步是事项识别，包括建立一个事项数据库，对事项特征、关键利益相关者、事项通过可能性等进行分析，以及根据对企业的显著性（即影响大小）和行动的可能性两个

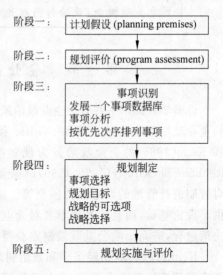

图 5-1　企业政治活动规划与评价框架
资料来源：Zeithaml and Keim(1985).

维度进行事项的优先性排序。规划的第四步是规划制定，包括选择要采取行动的事项，政治规划目标的确定，战略方案的提出和选择。规划的最后一步是规划的实施与评价。

最后，Zeithaml 和 Keim 认为，尽管上述的计划和评价框架通过修改后能够适用于任何单个企业所面临的环境和条件，但仍然有几个地方需要进一步的思考。第一，企业需要

详细考虑有关政治行动任务团队(task force)的成员资格(membership)标准。第二,用于评价事项和政治策略对企业影响的技术方法必须进一步发展和完善。企业的政治活动可能需要运用多种技术或现有计划工具的提炼。第三,必须提出创新的方法来回答有关计划有效性的问题。比如,企业应该怎样确定一项基层选民游说(grass-roots lobbying)计划中的雇员参与水平?第四,只有有限的信息表明政治战略产生了最有效率和效果的结果。这些和类似问题的研究将有助于提出有效的企业政治计划。

Cory(1995)在对企业政治行为与企业绩效之间关系的实证研究中,提出了一个企业影响公共政策的双市场模型(如图 5-2)。影响公共政策的市场事实上存在两个不同的子市场。第一个子市场与试图影响公共政策的团体活动有关。在这个子市场中,来自于政府的目标承诺(target commitment)是企业政治活动的目的。第二个子市场由重要的规则和程序所约束,并且不对企业直接开放。换句话说,企业不能直接对新的法律或管制条例投票。目前对企业政治行为的研究主要探讨的是第一个子市场,第二个子市场的研究更多的来自于政治学或政策学领域。

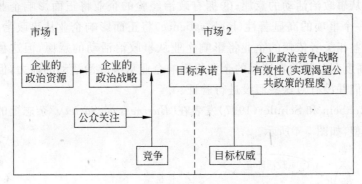

图 5-2 影响公共政策的双市场模型

资料来源:Cory(1995).

Rehbein 和 Schuler(1995)在 Boddewyn 和 Brewer(1994)的商业政治行为模型(该模型认为商业政治战略是两个因素的先例和前提,其一是企业、行业和非市场环境的条件因素;其二是企业的战略目标,与效率、市场权力及合法性相联系)的基础上,提出了一个政治战略由外部政治的、宏观经济的和行业的环境所产生,并通过企业的组织结构、资源、政治经验、事项显著性(salience)以及利益相关者依赖过滤的模型。过滤模型分离了Boddewyn 和 Brewer 的条件因素,强调企业在过滤行业、宏观经济和非市场(政治的)活动中的作用。Rehbein 和 Schuler 建立的模型如图 5-3 所示。

在前人对企业特征如何影响企业对环境反应的基础上,Rehbein 和 Schuler(1995)进一步提出了一系列推论(proposition):①非相关多元化将对企业从事政治活动的意愿产生影响,但这种影响是不确定的(indeterminate);②非相关多元化将对企业从事政治活动

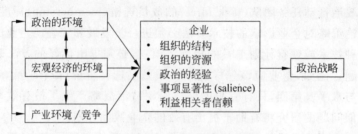

图 5-3　企业政治战略模型

资料来源：Rehbein and Schuler(1995).

的能力有正面的影响；③拥有一个政府或公共事务部门的企业将正面影响企业从事政治活动的意愿；④拥有一个政府或公共事务部门的企业将正面影响企业从事政治活动的能力；⑤拥有足够资源的企业将影响企业从事政治活动的意愿，但这种影响是不确定的；⑥拥有足够资源的企业将正面影响企业从事政治活动的能力；⑦拥有政治经验的企业将正面影响企业从事政治活动的意愿；⑧拥有政治经验的企业将正面影响企业从事政治活动的能力；⑨一个事项的高显著性（high salience）将正面影响企业从事政治活动的意愿；⑩拥有高度利益相关者依赖的企业将影响企业从事政治活动的意愿，但这种影响是不确定的；⑪拥有高度利益相关者依赖的企业将影响企业从事政治活动的能力，但这种影响是不确定的。他们并没有对这些假设进行验证。

　　类似的，Rehbein 和 Schuler(1997)发表在"*Business & Society*"杂志上的文章提出了类似的过滤模型，如图 5-4 所示。

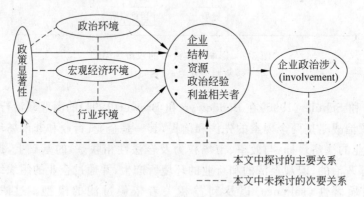

图 5-4　公司政治涉入模型

资料来源：Rehbein and Schuler(1997).

　　Rehbein 和 Schuler 也提出了类似的假设：①拥有正式的外部事项结构将正面影响企业政治涉入(politically involved)的意愿；②拥有正式的外部事项结构将正面影响企业政

治涉入的能力；③拥有高水平或低水平闲置资源（slack resources）将正面影响企业政治涉入的意愿，而中等水平的闲置资源将没有显著影响；④拥有高水平闲置资源将正面影响企业政治涉入的能力；⑤政治经验影响企业政治涉入的意愿，当结果适意时，这种意愿将被增强，而结果不适意时，这种意愿将被减弱；⑥政治经验将正面影响企业政治涉入的能力；⑦利益相关者影响企业政治涉入的意愿，当有权势的利益相关者在某个事项上与企业的初始立场一致时，这种意愿将被增强，所期望的利益相关者涉入将随事项的不同而不同；⑧利益相关者影响企业政治涉入的能力，当有权势的利益相关者在某个事项上与企业的初始立场一致时，这种能力将被增强。所期望的利益相关者涉入将随事项的不同而不同。企业作为过滤器对企业政治涉入的影响总结在表 5-1 中。不过现有研究仍然没有对假设进行验证。

表 5-1　企业作为过滤器对企业政治涉入的影响

企业特征	对企业政治涉入的预期影响		
	意愿（will）	能力（ability）	评论（comments）（如果适用的话）
结构	↑	↑	无
资源	↑↓	↑	曲线的，中等的闲置（slack）被预期没有影响
政治经验	↑↓	↑	↑如果是正面的经验 ↓如果是负面的经验
利益相关者	↑↓	↑↓	方向依赖于关键利益相关者的赞同或反对

资料来源：Rehbein and Schuler(1997).

基于前面的研究，Rehbein 和 Schuler(1999)建立并验证了企业政治行为的过滤器模型（如图 5-5 所示）。他们认为，政治环境、经济环境和行业结构对企业政治行为的影响是间接的，是通过企业内部的某些特征，比如雇员数量、收益率、华盛顿办公室等变量，来影

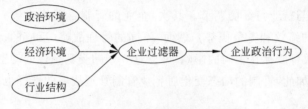

图 5-5　企业政治行为的过滤器模型
资料来源：Rehbein and Schuler(1999).

响企业的政治行为的。他们随后用自己所收集的数据验证了这一模型。他们所使用的数据由 1100 家美国制造企业构成,这些企业是在证券市场上公开交易的上市公司,列于标准普尔成分指数(Standard and Poor's COMPUSTAT)所包括的上市公司中。

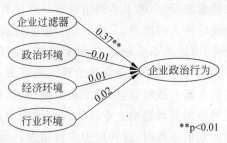

图 5-6　直接影响模型

资料来源:Rehbein and Schuler(1999).

Rehbein 和 Schuler 首先对企业过滤器、政治环境、经济环境和行业环境对企业政治行为的直接影响进行了检验,检验结果如图 5-6 所示。接着再对过滤器模型进行了检验,检验结果如图 5-7 所示。结果证实,过滤器模型能够对企业的政治行为提供更好的解释,并且一个企业的内部特征是决定企业政治行为的关键决定因素。

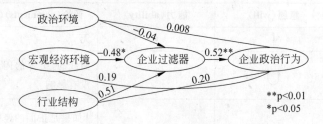

图 5-7　过滤器模型

资料来源:Rehbein and Schuler(1999).

最近,在对政府管制的管理策略的研究中,Oliver 和 Holzinger(2006)提出了如下的企业管制管理动态能力模型(如图 5-8 所示)。首先,企业进行管制管理的动机影响管制管理的战略选择。企业为什么要对政府管制进行管理?原因主要有两个:一是通过有利管制政策的出台或不利管制政策的规避为企业创造利益,二是保护企业利益不受不利管制政策的侵害。然而,具有类似动机的企业并不一定会采取管理战略,因为企业可能不愿意这样做或者缺乏必要的资源,也可能是受外部环境的影响。因此,在动机与行为之间,受到企业内部特征与行业特征的调节。其次,企业的管制管理战略进一步导致企业层面的产出,包括企业的绩效和竞争优势。然而,不同的管理战略(反应的、预测的、防御的和主动的)对企业绩效可能存在不同的影响,并且这一影响受到企业的动态能力和管制的动态性的调节。不仅如此,管制的动态变化对企业管制管理战略的选择也存在影响。

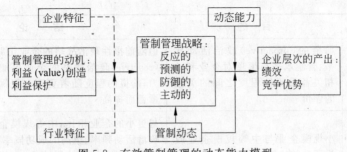

图 5-8　有效管制管理的动态能力模型

资料来源：Oliver and Holzinger(2006).

第二节　企业政治行为实证研究

根据企业政治策略与行为研究的理论分析框架,许多学者对企业政治策略与行为的影响因素、组织变量对企业政治策略有效性的影响,以及企业政治策略与行为对企业绩效的影响进行了实证研究。

一、企业政治行为影响因素实证研究

从 20 世纪 80 年代开始,大量的实证研究开始出现,其中主要的研究问题是企业政治行为的影响因素,即哪些因素对企业的政治行为产生影响。表 5-2 是西方两位学者对此做的一个总结,这里我们借用他们的研究成果。

表 5-2　企业政治行为决定因素的研究总览：1985—2005

作　者	目　的	结　论
Blau and Harris (1992)	考察美国电信产业中管制的战略使用以影响在线交易(online-of-business)的约束	竞争的压力解释了企业的经济的和政治的战略;他们得出结论:如果成本有效,企业将从事政治活动以赢得比较优势
Blumentritt (2003)	考察影响外国子公司政治活动的因素	子公司高级经理对政治活动的导向影响子公司政治活动的水平
Boies(1989)	考察预测单个企业从事政治行动委员会的因素(资源的可利用性、"免费搭便车"问题、物质利益、以前的活动、产业成员资格)	当与州(the state)的一个持续的关系联系时,物质利益被发现是从事政治行动委员会的一个一致的和重要的决定因素
Burris(2001)	企业政治行动委员会的竞选捐款与单个资本家(individual capitalists)的对比	单个资本家对支持所喜好的候选人的选举前景更感兴趣,而企业更关注从现任者购买影响力(buying influence with incumbents)

作 者	目 的	结 论
Buysse and Verbeke(2003)	前摄的(proactive)政治活动水平、管制水平与事项对企业利益相关者重要性程度之间的关系的评价	追随前摄性政治战略的企业比那些采取反应性(reactive)政治战略的企业更加重视管制的压力;前摄的程度随着更宽和更深的利益相关者覆盖而提高
Cook and Fox (2000)	小规模企业与中等规模企业政治活动的比较	与更小的企业相比,中等规模企业具有更低的政治活动频率、更高的成功概率,以及当政治上积极时更大的政治影响力;小规模企业更可能参与集体的政治活动
Greening(1992)	调查环境的和组织的因素对企业结构和过程的影响,包括事项管理	利益集团压力与企业资源分配战略及内部结构有关;高层管理者的参与是外部依赖性和事项,以及企业结构设计的成功管理的重要预测因素
Grier，Munger，and Roberts (1991)	行业集中度与企业政治活动水平之间关系的分析	集中度与政治活动之间的关系是一个多项式:集中度的水平有一个上升随后下降的效应
Hersch and McDougall (2000)	考察企业政治活动水平与竞争对手政治活动水平之间的关系	支持竞争效应——企业的活动水平被它的竞争者的政治活动所影响;"免费搭便车"的观点没有被支持
Hillman(2003)	考察在欧洲的美国多国企业所采用的政治策略的决定因素;使用制度理论和企业的资源基础观考察企业政治战略的、选择的、制度的、企业的和行业的决定因素	制度变量解释企业政治活动战略(方法、参与水平和战略)的选择
Koza(1988)	探测管制与组织环境、结构及过程之间的关系	管制,作为一个组织的环境小生境(niche)的特性,产生引起组织通过结构和过程的适应性改变来做出反应的刺激
Lenway and Rehbein(1991)	识别企业政治行为和战略选择的特定的企业决定因素	组织的松散(slack)被识别为政治活动的一个重要决定因素;企业利润影响政治战略的选择;结论并没有支持市场集中度或战略依赖的观点
Masters and Keim(1985)	探测政治行动委员会(PAC)参与的决定因素	一个企业的资源基数(base)、雇佣基数(base)、资产规模、联合(unionization)和产业规模与PAC参与显著相关

作　者	目　的	结　论
Meznar and Nigh(1995)	考察公共事务缓冲(buffering)和桥接(bridging)战略的先行因素(antecedents),包括环境的不确定性、企业规模、可见性(visibility)和资源重要性	环境的不确定性、规模和资源重要性被识别为重要的先行因素
Mitchell, Hansen, and Jepsen(1997)	检测政治行动委员会形成和委员会捐款数量的先行因素	可见性、均等势力(countervailing power)和政府卷入企业的影响在PAC形成方面扮演显著角色
Mizruchi and Koenig(1986)	考察产业之间政治一致性(consensus)与政治行动委员会竞选捐款之间的联系	在强联系(strong ties)和一致性之间,以及在交易数量与一致性之间,存在负相关关系
Munger(1988)	调查各种产业和企业特征对政治行动委员会捐款的影响	一些企业特征(如政府合同、员工数量)正面影响政治行动委员会捐款,而产业集中度没有(正面影响)
Pittman(1988)	检验市场集中度导致更高水平政治活动的观点	环境中潜在租金的水平引发企业的寻租行为,但仅仅发生在集中性产业中
Rehbein and Lenway(1994)	考察外部信号(external signals)作为一个产业的政治行为战略成功的决定因素和预测因素的重要性	一个产业的外部信号的选择与政治战术(tactics)和行为的合适选择影响该产业的政治行动战略
Schuler(1996)	考察美国钢铁企业游说贸易保护的政治战略	钢铁行业中最大的那些企业主导了保护该产业免受外国竞争的政治影响努力
Schuler, Rehbein, and Cramer(2002)	识别预测企业在最初决定政治上积极期间多种政治战术使用的选择因素与条件	做出最初决定政治上积极的企业更可能采用一个多战术策略;政治上积极的企业的多战术策略的选择由产业集中度、产业政治活动主义(activism)、产业的国会的核心决策人物(congressional caucus)的存在、企业规模和物质利益所驱动。没有发现产业联合(unionization)或自由现金流资源可获得性(availability)对政治活动的影响
Shaffer(1992)	分析管制对企业政治立场(position)演化的影响	企业对管制的战略性反应包括被企业寻求持续竞争优势的战略所整合和补充的政治行为
Shaffer and Hillman(2000)	使用基地理论(grounded theory)探究多元化企业的各单元之间政治战略的冲突	在政治战略的制定上,企业内部存在几个不同的独特的(distinct)类型的冲突

作　者	目　的	结　论
Ungson, James and Spicer (1985)	探究组织变动与适应内部结构和过程以对管制做出反应的能力的绩效影响(effects)	政府管制机构在怎样影响组织目标设置和计划活动方面不同于其他任务环境因素,并被理解为最不可控制和预测的;组织的调整不同,依赖于任务环境部分的类型
Zardkoohi (1985)	识别企业政治活动的经济决定因素	管制、对政府合同的依赖、市场份额、产业分散化(diversification)、捐款的回报率和雇佣影响政治活动。市场集中度的观点没有被支持

资料来源:Oliver and Holzinger(2006).

二、企业政治行为有效性研究

在不同行业和不同企业大量存在的企业政治行为已经说明了企业政治行为的有效性。一个显然的道理是,如果企业政治行为无效或有效性很低,那么,企业的政治行为将趋于萎缩。但事实上,企业的政治行为不是在减少而是在大规模地增加。

除了这种直观的判断,一些学术研究试图为我们提供更有说服力的证据。

Aplin 和 Hegarty(1980)比较分析了不同利益团体所采取的政治策略及它们的有效性,所研究的是社会利益集团、非立法性利益集团以及行业和企业集团之间对公共政策决策者的影响。Aplin 和 Hegarty 主要研究的政治策略包括信息基础策略、公众关注策略、直接压力策略和政治代理策略四种。通过实证研究,他们发现每个利益集团在政治策略的选择上和有效性方面存在显著的差异。企业集团倾向于采用信息基础策略,非立法性利益集团部分采用信息基础策略,但是很少采用公共关注策略。而且,他们发现政治代理策略和信息基础策略对立法者影响最大,而公众曝光策略和直接压力策略效果最差。由此,他们认为企业应该采用提交报告的方式,或者寻找为自己利益说话的代理人的方式向立法者反映政治意愿。

Keim 和 Zeithaml(1986)主要分析政治行动委员会(PACs)是否会影响政治候选人。他们发现政治家将他们的立法影响力"卖"给政治行动委员会(买方)市场,所以政治行动委员会市场是一个动态的卖方市场。而他们有关工会与企业政治行动委员会活动的关系研究表明,企业政治行动委员会活动较多地局限于支持在任政府官员(可能再次当选),而工会政治行动委员会活动则支持政治意图相同的候选人,所以工会政治行动委员会活动存在政治风险。最后,他们认为政治行动委员会市场动态性以及工会政治行动委员会活动相对劣势导致企业很难通过政治行动委员会活动获得相对政治竞争优势。

Yoffie(1988)分析了一个半导体行业怎样成功地影响公共政策并获得竞争优势。其研究结论是:①较小规模的行业必须建立和保持政治联盟;②如果一个行业想要与政治家保持联系,它们可以建立政治联盟;③企业 CEO 在向政府官员传达政治意愿方面比雇用的游说者更善于游说;④企业经理人员的政治行为比行业协会的更为有效。据此,他认为通过上述的策略一个行业在政治市场上能够获得竞争优势,但是他并没有验证这些相关假设以及政治行为的可模仿性。

Hillman 和 Keim(1995)对不同政府制度安排(包括人力资源选择、政府组织维持)对企业试图影响公共政策决策过程的影响进行了探索性研究。他们认为,如果政府主要由议会体制和民主代表体制构成,那么有些命题可用于研究企业政治活动的差异性,例如,企业政治活动更集中在行政部门;企业通过对净利润/成本以及竞争地位的评价来说明它们的政治活动能够获得最大利润;一个相对合作政治体制比美国政治体制更认可企业政治活动。

Depken(1997)研究了各种来源的竞选捐款怎样影响 1996 年的美国国会选举。他所考察的捐款来源包括:政治党派捐款、PAC 捐款和个人捐款。所考察的对象是 1996 年204 个参议员和 970 个众议员选举。研究的结果是:不同来源的竞选捐款对选举结果有不同的影响。其中 PACs 捐款比政治党派捐款和个人捐款有更大的影响,而候选人在任与否则没有影响。

Dean、Vryza 和 Fryxell(1998)利用 1977—1980 年美国 220 个制造行业的数据,用分等级回归与分阶段回归的方法,研究了企业政治行动委员会(PACs)是否对新企业进入某一行业施加了限制性影响。他们的研究结论是:①行业 PAC 捐款与新企业进入之间负相关,即 PAC 捐款阻止了新企业的进入;②分散行业的 PAC 捐款比集中行业有更高的进入障碍。

Michael(2000)评估企业政治捐款、选民培养、企业经理游说、专业人员游说和倡议广告等企业政治活动对立法决策的影响。通过对两组专业调查员所提供的数据的分析,他研究不同企业政治策略的运用及其有效性。其研究结果表明,选民培养策略是一种最有效的影响立法决策的方式(Keim and Zeithaml,1986)。

Michael(2000)基于代理理论研究了企业选民策略的有效性。通过对有关国会方面的数据分析,他发现选民与立法者之间的委托代理关系决定了企业选民策略作为一种影响立法决策方式的有效性。其研究结果表明:企业选民策略在影响立法者投票行为方面比影响立法内容方面更加有效;白宫比参议院更加有效;可能发生在企业利益相关者向立法机关传达意见过程中;可能发生在企业利益相关者所涉及的领域。此外,他还调查分析了选民基础游说作为一种政治策略的运用、效率以及演变过程。

三、企业政治行为对组织绩效影响研究

许多学者认为企业制定与实施政治策略是获取可持续竞争优势的重要方式,并能够提高企业的绩效水平。但是,有关这方面的研究主要集中在企业集团或行业层面,虽然有

一些文献涉及单个组织或企业对这一判断的理论和实证研究,但这些研究仍处于探索性研究阶段,其研究结果零星且不系统。

Cory(1995)在其博士论文《公司政治活动作为一个竞争战略:影响公共政策以提高企业绩效》中,对企业政治活动与企业绩效之间的关系进行了实证研究。具体地说,他研究的问题包括两个:一是那些采取政治行为的企业是否比没有采取政治行为的企业获得更好的绩效?二是在什么条件下政治行为给企业带来私人利益?研究结果表明:①采取政治行为的企业的确比没有采取政治行为的企业绩效更好;②在采取政治行为的企业中,政府关系运作规模和强度的提高导致更低的绩效水平。正如 Cory 指出的,第二个结论看起来与我们的直觉矛盾。

Douglas(1995)研究个体组织是否能够通过影响公共政策决策提高组织绩效水平。他基于对企业政治活动过程的分析,建立了两个理论模型:第一个模型描述了市场对公共政策的影响。该模型分析了市场的竞争性质对公共政策的影响,承认了企业竞争优势的潜力,说明了政治代理人会追求个人福利的最大化,并区分了企业能够影响公共政策制定的活动与企业无法影响公共政策制定的活动。第二个模型解释了公共政策决策如何为企业提供特殊利益。具体来说,该模型分析了公共政策决策对组织绩效的直接影响。

Hillman、Zardkooki 和 Bierman(1999)研究了单个企业运用各种政治策略试图影响或进入公共政策制定的过程。他们认为如果企业通过各种方式(信息资料、政治途径、政治影响)与政府建立了良好的关系,那么它们可能减少不确定的交易成本,获得各种经济利益。但是,由于很难收集政治利益方面的数据,他们运用事项研究方法分析了私人服务对组织绩效的影响,其研究结果表明企业积极地维持与政治之间的关系会影响企业价值水平,并且特殊政治利益可能是由于企业政治策略的制定与实施而引致的。

除了从上述几个方面之外,一些学者还研究了企业政治活动中的寻租行为、"搭便车"行为(Buchanan, Tollison and Tullock, 1980; Tollison, 1982; Becker, 1983; Olson, 1965),委托代理模型(Salisbury and Heinz, 1970; Stigler, 1971; Posner, 1974)以及制度理性选择模型(Peltzman, 1976; Kiser and Ostrom, 1982)。同时,还有一些学者从战略管理角度分析了规制环境对组织绩效的影响(Ramaswamy, Thomas and Litschert, 1994),企业国际化中的政治策略(Boddewyn and Brewer, 1994),组织和政府机构之间的界面问题(Hillman and Keim, 1995)。

总之,西方学者主要分析企业制定和实施政治策略的动机和时机,并提出一个概念性的实证研究框架,但是企业政治活动作为战略管理理论一个重要的研究内容,缺乏对企业政治策略与组织绩效之间的关系研究,特别是有关企业怎样通过政治活动获得潜在利益的实证研究。实际上,上述有关企业政治策略的理论与实证研究都是基于这个潜在假设——"企业政治活动能够对组织绩效产生显著的影响"。因此,企业政治策略与行为的相关研究为企业政治策略与企业政治绩效的关联性分析提供了一个理论基础与研究框架,也提供了一种有效的分析方法。

本章参考文献

1. Aplin, J. & Hegarty, W. H. Political influence: strategies employed by organizations to impact legislation in business and economic matters. Academy of Management Journal, 1980, 23 (3): 438-450.

2. Becker, G. A theory of competition among pressure groups for political influence. Quarterly Journal of Economics, 1983,(3):371-399.

3. Boddewyn, J. & Brewer, T. International business political behavior: new theoretical directions. Academy of Management Review, 1994,(19):119-143.

4. Buchanan, J., Tollison, R., & Tullock, G. Toward a theory of a rent seeking society. College Station, TX: Texas A&M University Press. 1980.

5. Cory, K. D. Corporate political activity as a competitive strategy: Influencing public policy to increase firm performance. Ph. D thesis, Texas A&M University, 1995.

6. Dean, T. J., Vryza, M. & Fryxell, G. E. Do corporate PACs restrict competition? Business and Society, 1998, 37(2):135-156.

7. Depken II, C. A. The effects of campaign contribution sources on the congressional elections of 1996. Working paper, Public Economics, 9703003, EconWPA. It also Published in Economics Letters, 1998, 58(2):211-215.

8. Douglas, D. Corporate political activity as a competitive strategy: Influencing public policy to increase firm performance. PH. D. Thesis, Texas A&M University, 1995.

9. Hillman, A. & Keim, G. International Variation in the Business-Government Interface: Institutional and Organizational Considerations. Academy of Management Review, 1995,(20):193-214.

10. Hillman, A., Zardkoohi, A., & Bierman, L. Corporate political strategies and firm performance: Indications of firm-specific benefits from personal service in the U. S. government. Strategic Management Journal, 1999,(20): 67-81.

11. Keim, G. & Zeithaml, C. Corporate political strategy and legislative decision-making: A review and contingency approach. Academy of Management Review, 1986, 11(4): 828-843.

12. Keim, G. Foundations of a political strategy for business. California Management Review, 1981(3): 41-48.

13. Kiser, L. & Ostrom, E. The three worlds of action. In E. Ostrom (Ed.), Strategies of political inquiry. Beverly Hills: Sage. 1982.

14. Michael, D. Corporate political strategy and legislative decision making. Business and Society, 2000, 39(1): 76-94.

15. Oliver, C. and Holzinger, I. The effectiveness of strategic regulatory management: a dynamic capabilities framework. Working paper, 2006.

16. Olson, M. The logic of collective action. Cambridge, England: Cambridge University Press, 1965.

17. Peltzman, S. Toward a more general theory of regulation. Journal of Law & Economics, 1976, (19):211-244.

18. Posner, R. Theories of economic regulation. The Bell Journal of Economics and Management Science, 1974, 5(2): 335-358.

19. Ramaswamy, K., Thomas, A., & Litschert, R. Organizational performance in a regulated environment: the role of strategic orientation. Strategic Management Journal, 1994, 15(1): 63-74.

20. Rehbein, K. A and Schuler, D. A The firm as a filter: a conceptual framework for corporate political strategies. Academy of Management Journal, 1995: 406-410.

21. Rehbein, K. A. and Schuler, D. A. Testing the firm as a filter of corporate political action. Business and Society, 1999, 38(2):144-166.

22. Salisbury, R. and Heinz, J. A theory of policy analysis and some preliminary application. In I. Sharansky, (Ed.), Policy Analysis in Political Science. Chicago: Markham. 1970.

23. Stigler, G. The theory of economic regulation. The Bell Journal of Economic and Management Science, 1971, 2(1): 3-21.

24. Tollison, R. Rent seeking: a survey. Kyklos, 1982,(35): 575-602.

25. Yoffie, D. and Bergenstein, S. Creating political advantage: the rise of the corporate political entrepreneur. California Management Review, 1985,(28): 124-139.

26. Yoffie, D. How an industry builds political advantage. Harvard Business Review, May-June 1988: 82-89.

27. Zeithaml, C. P. and Keim, G. D. How to implement a corporate political action program. Sloan Management Review, 1985, 26(2):23-31.

第三篇　中国企业政治行为研究

第 **6** 章

中国企业的政治环境考察

本章主要研究问题：

1. 政治环境对企业的生存与发展施加了怎样的影响？或者说企业为什么要考虑其所面临的政治环境？

2. 中国转型经济特征是什么？

3. 中国企业所面临的政治环境如何？

4. 中国企业所面临的法律与政策环境如何？

5. 中国经济如何受政治因素的影响？

6. 社会文化如何受政治因素的影响？

> 本章关键概念：政治环境、转型经济、政策环境、政治因素、社会文化

中国正处在经济和社会的转型时期，我国的企业正面临转型社会的各种挑战，其中一个突出的部分是企业面临复杂多变的政治环境。本章的主要目的是对我国企业所面临的政治环境进行一般性的考察。

第一节 中国的国情以及转型经济的特征

众所周知，中国是目前世界上最大的转型经济体，中国的国情充分地与转型经济的特征相对应。所谓经济转型，简单地讲就是从基于国家控制产权的集中计划经济转向自由市场经济。计划经济的特征是"政府分配资源"，市场经济的主要特征则是"市场（顾客）本位"，即通过市场或所谓的价格机制来配置资源。中国经济转型的目标是要建设有中国特色的社会主义，其特征体现在以民为本、市场经济、共同富裕、中华文化、民主政治五个方面。

一、中国经济体制改革的总体特征

中国经济改革所取得的成功吸引了全世界的瞩目。中国的经济改革，总体而言具有

如下的特征。

从 1978 年开始的从计划经济向市场经济的转变还在进行。在这个过程中,中央政府采用了渐进的变革方式,先是计划经济向由计划与市场并存的双轨制转变,再向社会主义市场经济转变。这一过程具有如下的特点。

① 中国的改革是先从农业和农村开始,等到农村改革取得显著成绩后才向工业和城市推进的。

② 工业领域的改革最初集中在终端消费品上,随后才向生产资料或工业产品领域推进。工业产品领域的改革还在进行。

③ 诸如价格和流通等方面的市场机制首先在 20 世纪 80 年代进行了改革,然后才在 90 年代对市场主体,如政府机构和企业进行改革。

④ 大部分的改革措施都是在小范围内(如单个企业、经济开发区、经济特区或省份)进行试验后向全国或全行业推进的,这被称为渐进式改革模式。

到 2004 年,经过 27 年的经济改革,90% 的消费产品市场是完全市场化,而工业产品的市场化程度只达到 60%。企业经营的市场化程度总体上只达到 60%,其中民营企业经营实现完全市场化机制,而在大型国有企业的经营上,特别是高层经理的聘用上,基本上没有市场化。综合考虑终端产品、工业产品和企业经营运作三个方面的市场化机制程度,如果以 10 分作为完全市场水平来评价全国各地区的市场化程度,那么大致可以作如下判断:东部地区得 8 分,中部地区得 6 分,而西部地区得 4～5 分(Hafsi and Tian, 2005)。

中国未来的改革重点将集中在下面这些方面:金融体制的改革;财政与税收体制的改革;外汇交易体制的改革;农村发展问题;保护职工和弱势群体(如农民工)权益的市场法规与制度的建立与实施问题;减少贫富差距问题等。

二、国有企业改革的进程

在改革的最初 20 年里,国有企业是所有经济改革的中心。在 1978 年以前,国有企业的设立、投资、生产、激励、员工聘用、利润分配等都由政府部门一手"包办",1980 年提出了国有企业改革的目标:使国有企业变成自主经营、自我发展、自我控制和自负盈亏的现代企业,实现这一目标的方法与方式一直成为随后改革争论的焦点。直到 20 世纪 90 年代末,私营经济才受到重视并逐渐成为国民经济发展的重要主体。事实上,企业领域的改革大致经历了下面六个阶段。

① 20 世纪 80 年代早期,给予国有企业更多的经营自主权和超额盈利的分配权;

② 20 世纪 80 年代末,进一步在国有企业中实施经营承包责任制;

③ 20 世纪 90 年代初,中央政府将一些中小企业的管理下放给地方政府;

④ 1994 年开始,伴随《公司法》的出台,正式全面启动将国有企业转变成现代企业制度的改革;

⑤ 20 世纪 90 年代末，随着政府"抓大放小"国有企业政策的确立，一部分中小型国有企业被私有化为民营企业；

⑥ 2001 年以后，随着中国共产党十六大召开，国有投资从竞争领域退出的改革全面推进，国家只在重要的战略性行业维持有限数量的大型国有企业。其结果是大量的国有企业和集体企业被转型为民营企业。

三、民营企业的发展

在改革初期，民营企业只是作为改革的副产品出现的。为了生存，当时很多的民营企业戴上了"集体企业"的红帽子，或依附于某个政府部门作为被管理的下属单位。1990 年左右，民营经济的发展一度停滞下来。1992 年邓小平发表"南巡"讲话，确定了改革措施的"三个有利于"标准：只要有利于提高劳动生产率、有利于国家能力增长以及有利于提高人民的生活水平，任何改革措施都是可接受的。在这之后，民营经济又进一步得到快速发展，一系列行业也开始对民营经济开放。特别是在 1997—1999 年，民营企业的效率大大高于国有企业的事实，促进了社会对民营经济的进一步认可，并促使政府开始放开一些国有中小型企业，使其民营化。2002 年，中国共产党第十六次全国代表大会进一步确定国有投资全面退出竞争性行业，2004 年十届全国人大在《宪法》中加入"保护私有财产不受侵犯"，此后，大部分的集体企业和国有企业转变成了民营企业，民营企业的数量得到了迅速增长。

四、政府和政府部门成为企业最主要的利益相关者

理论上讲，计划经济条件下，政府控制着国有企业的所有经营决策，但在市场经济条件下，政府只对市场经济机制处理不好的事项进行适当的干预。

然而，在从计划经济向市场经济转型的过程中，由于各种各样的原因，政府仍然是主导性的政策制定者和执行者。经济转型的本意是要让政府远离市场机制能够有效运作的地方，即远离对市场的直接干预，转而通过其他经济的、法律的和政策的手段，来对经济进行宏观的和间接的调控。然而，市场机制的正常运转需要条件，这些条件包括建立完备的市场经济法律体系、健全的市场或市场机构、政府机构及官员职责的转变和相应经济管理能力的提升，更重要的是，需要有相关利益结构的调整和树立市场经济的观念。

另外，目前的政府官员考核体系也对市场机制的正常运作构成挑战，政府官员的政绩主要考查的是地方政府的经济状况，比如经济发展的水平、吸引外资数量的多少等，这导致各地政府纷纷出台优惠政策吸引外资，出台限制政策保护本地企业免受外来竞争者的竞争，甚至通过非市场的手段扶持本地企业的发展壮大。

因此在经济转型过程中，政府是企业最重要的利益相关者。在中国，政府影响企业的最主要方式是"行政许可"或叫"审批制"。不用说举办一个企业或上马一项大型工程，就是盖个小平房、生产一种新产品都需要大量的政府审批。

举个例子来说,在 20 世纪 90 年代,某个重点工程建设项目的上马,经过了 7 个部委的批准,8 个检查和许可办公室的许可,需要盖 58 个大红图章,需要获得 169 个官员的签字,整个过程需要耗时 2 年。

尽管 2004 年 7 月 1 日《行政许可法》颁布后政府的审批项目大幅度减少,但是从实际的效果来看,政府审批仍然是令许多企业困扰的事。难怪人们说,在中国市场上,企业所面临的最大风险不是来自市场,而是来自政府。

总之,中国转型经济的重要特点之一是,政府是企业的最大利益相关者,是企业经营活动中不可忽视的因素。

第二节 中国企业的政治环境

在政治学领域,政治环境通常被看做是政治系统所处的,并对政治系统产生重大影响作用的背景和周围事物的总和(梁昱庆,2002)。政治环境研究的出发点是政治系统。不过,本章所研究的政治环境与政治学领域所研究的政治环境有较大的差异。本章研究的政治环境,其出发点是商业组织,政治环境被定义为影响商业组织利益及运作的与政治有关的因素所构成的环境。我们将商业组织所面临的政治环境大体上划分为三个层次:政治体制、政治结构和政府行为(法规政策行为除外)。

一、政治体制

在当今世界上,主要存在两种不同的政治体制:三权分立和议行合一。三权分立的思想最早可以追溯到古希腊的亚里士多德,他在《政治论》一书中指出"一切政体都有三个要素作为构成的基础,即'议事机能'、'行政机能'和'审判机能'"(亚里士多德,1965:214—215)。这种理论后经洛克等人发展,到孟德斯鸠正式成型。孟德斯鸠在其《论法的精神》一书中系统阐明了分权制衡思想:①立法、行政、司法三权分立,议会行使立法权,君主行使行政权,法院行使司法权。②三种权力之间不仅要分立,而且要互相制衡。③在统治阶级内部,"要防止滥用权力,必须以权力约束权力"(孟德斯鸠,1978)。

议行合一的体制来源于 1871 年的巴黎公社。巴黎公社建立时,马克思认为"公社不应当是议会式的,而应当是同时兼管行政和立法的工作机关"(马克思,1972)。这就是后来几乎所有社会主义国家实行的议行合一制度。所谓议行合一,是指社会主义国家的政权机关按照民主集中制原则建立的行政机关(含审判、检察机关)统一于和从属于国家权力机关的制度(邱敦红,1993:29)。

议行合一体制在中国的落实就是"全国人民代表大会",既是制定法律的国家立法机关,又是直接组织和监督国家执行机关的最高权力机关。随着中国经济和社会的发展,政治民主意识水平的提高,这种议行合一的体制也在不断得到改进。全国人大"议"的能力在逐渐得到加强,例如,设置专职的人大代表的方案正在研究之中。政府机构行政过程的透明度正在提高,"全国人大"对政府行政机构的监督力度在逐渐加强。

在目前的情况下,政治体制对企业的影响主要表现为政府在推动经济发展过程中,仍然对企业产生着较大影响。这些影响包括政府在政策与行业发展方面对企业的指导,也包括政府在法律法规方面对企业的约束。

二、政治结构

在这里,政治结构包含两个方面的意思:一是政治系统内部各要素之间的构成及相互关系;二是政府内部的层级结构及各职能部门的构成。

政治系统内各要素指的是立法系统、司法系统和行政系统。立法、司法和行政三者之间在很大程度上是一种相互竞争且合作的关系。三者之间的平衡对整个社会产生深远影响。在中国,立法系统(指人民代表大会)虽然被赋予了至高无上的权威,但在现实中,由于其组织形式上的一些不足,其权力的发挥就大打折扣。司法系统在中国也不够独立。因此,行政系统的权力被放大,政府成了中国社会的主导性力量。

1. 政府机构

从政府内部层级结构看,中国政府可以划分为中央政府和地方政府,而地方政府又包括省级政府、市级政府、县级政府和乡级政府。中央政府通过各职能部门直接影响企业的经营环境,另外,中央政府的一些纲领性文件通过地方政府的实施细则以及地方政府自身的某些政策而作用于企业,见图 6-1。

图 6-1 中央政府、地方政府与企业的关系图

自改革开放开始,我国先后经历了五次大规模的政府机构改革,分别是 1982 年、1988 年、1993 年、1998 年和 2003 年改革(见表 6-1),虽然这五次改革侧重点各不相同,但是始终围绕着两个方面进行:职能改革与裁撤机构人员。

表 6-1 政府机构改革情况一览表

时间	政府机构改革的重点
1982 年	裁撤机构,没有进行职能方面的调整。
1988 年	政治体制改革提上议事日程,机构改革提出了建立功能齐全、结构合理、运转协调、灵活高效的行政体制的目标,但是由于商品经济依然被纳入计划,政府对市场的干预没有减弱。
1993 年	在机构改革上提出要弱化微观管理,实现政企分开,以适应建立社会主义市场经济体制的需要,但是由于对于国有企业的直接管理现象仍然频繁存在,国有企业没有实现真正独立。

时间	政府机构改革的重点
1998 年	提出了要逐步建立适应社会主义市场经济体制的行政管理体制,并以此为依据,通过撤并、新组建或更名等多种方式,精简了大量机构(尤其是经济管理机构)和人员。
2003 年	着重强调了体制改革,并提出了 7 项任务,涉及 5 个方面的体制、体系改革,分别为深化国有资产管理体制改革,设立国务院国有资产监督管理委员会,并将其作为特设机构;完善宏观调控体系,将国家发展计划委员会改组为国家发展和改革委员会;健全金融监管体制,设立中国银行行业监督管理委员会;继续推进流通管理体制改革,组建商务部(不再保留国家经贸委和外经贸部);加强食品安全和安全生产监管体制建设,组建国家食品药品监督管理局,将国家安全生产监督管理局改为国务院直属机构;将国家计生委更名为国家人口和计划生育委员会。

图 6-2 描述了典型的企业与政府的关系,反映出企业与政府有着千丝万缕的联系,企业中的各职能部门直接与政府的相应职能部门一一对应。更重要的是,我们会发现企业总经理对于所有的政府职能部门都有一条连线。中国政府与企业的关系在很大程度上是依赖于企业领导人个人所建立的关系,也就是说,企业领导人往往承担了与政府打交道的主要角色。如果政府部门的领导来企业,企业会根据该政府领导的级别相应地派出企业部门领导或者副总经理或者是总经理接待。

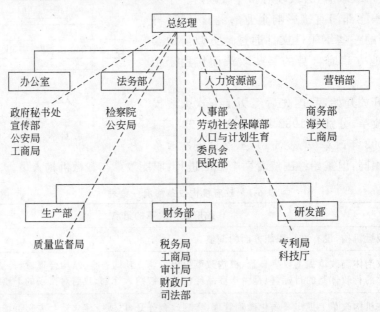

图 6-2　典型的企业与政府的关系

2. 企业与政府部门的关系:一个调查

本书作者于2003年3—5月对我国20家企业就企业与政府的关系进行了调查和访谈①。访谈结果发现,企业主要与三种类型的政府部门打交道:第一类是企业经常打交道的政府部门,如工商、税务、公安等。这些政府部门会主动到企业检查工作,企业必须积极应付。第二类是与企业所在行业直接相关的政府管理部门。就我们所调查的企业而言,是技术监督局、药品检查站、体育局、建设局和工业局等。这些部门掌握着行业内的一些重要资源,包括行业内各种资质证书的获得、产品质量检查、行业优惠政策等。企业必须主动与这些部门打交道,否则很难在行业里生存。第三类是企业因特殊事务与之打交道的部门,如科技部、商务部、发展计划改革委员会等。对企业而言,这些部门并不是经常地针对企业开展工作,但他们拥有企业所需的特殊资源,如项目经费、企业科技水平的评价、能获得优惠的企业称号等。另外,企业还可能因为改制、上市等工作与相关政府部门及政府官员打交道,以寻求支持。

而且政府行政活动对企业的影响程度因企业所有制形式和企业所在地域的差异而有所不同。被调查的三资企业认为,政府基本上很规范,政府对本企业没有明显的干预和影响,这种认识没有因为企业地域的不同而有大的差异。比如百威啤酒某部门经理说:"我们和政府的关系很好,因为我们是纳税大户。我们公司是武汉市一副市长亲自负责的单位。"武汉顶益某高层经理说:"我们只和政府有关部门进行日常性交往,而且我们按时按量纳税,因为如果不按规定纳税,所需付出的代价将会更大。"

乡镇企业、私营企业和民营企业认为,政府对本企业影响比较大,有规范的方面和不规范的方面。但企业对不同地区政府的评价有显著的差异。我们调查的企业中,有10家都与当地政府有着千丝万缕的联系,包括过去存在产权关系、受到政府政策支持、政府科技项目的支持、与某个政府官员有良好的关系等。例如,大通通信总经理说:"科技局有专利服务中心和科技项目经费,我和政府的官员关系比较熟,所以我申请并获得了较多的项目经费,到目前为止我已经用了政府的资金450万。实际上,很多民营企业都不知道这些经费的信息,政府有时候也不会在很大范围内公开这些信息,那么消息灵通、和他们关系好的企业就比较容易获得这些经费支持了。"湖北仙桃集团一位副总说:"政府对企业的影响是肯定存在的,我们是民营企业,政府对我们的发展起了很好的促进作用。特别是在企业发展初期,科委对我们申报项目等工作给予了很大的支持。"

政府不规范的行为也被内地的很多企业所揭示和批评,这些不规范的行为包括:①政府行为规则不透明;②政府人员利用工作机会寻租;③政府部门和人员以支持企业为名参与盈利性活动,增加企业负担。

---

① 这一部分的研究是田志龙教授主持的一项国家自然科学基金项目"市场法律制度在企业内部化的案例研究"(资助号70141006)的部分研究内容。由于各种可以理解的原因,这里的公司名称已做了掩饰处理。

沿海地区的企业对当地政府行为的规范性评价要高于内地企业。沿海地区政府行为的规范性主要表现在：①办事程序比较透明，一些规则是公开的；②对企业要求严格，但处理方式较稳妥；③乱（变相）收费的行为较少。例如，深圳飞凡科技董事长邹先华先生说："深圳市政府的行为比内地规范，政府官员都是从外面调来的。深圳的工业环境比外地好，没有一家单位刁难我们的工厂，村里还为我们排忧解难。"大通通讯总经理也说："相对于内地来说，深圳政府部门的行为很透明。"

被调查的国有企业认为，政府对他们的影响最大，不规范的方面多于规范的方面，多表现为不按现代企业制度办事。政府不规范的行为对国有企业的影响主要表现在：①政府对项目的审批权；②企业上市；③地方政府的保护主义；④经常组织开会，向政府领导汇报工作；⑤政府在立法、监督职能的履行过程中考虑了自身的利益或者一个地方的局部利益，导致执法不严等。比如，拓展集团的一位董事说："国有企业领导经常要到市里开会，政府各方面的渠道仍然在管着国有企业，例如信访办、纪委等，如果政府不管国有企业了，那么他们的价值也体现不出来了。"武汉轮飞的张主任说："企业要上某个项目，必须向政府有关部门提交详细的项目报告，而且只有得到政府相关部门的审批之后才能上，否则就是违规，也得不到政府在资金等方面的支持。为了得到政府的审批，企业有时不得不采取送礼等不规范的手段和方法。"洛阳星际人力资源部张部长说："政府部门有时也给我们暗示，一般情况下我们会尽量满足。因为有的政策本身的灵活性很大，政府可以这样理解，给你优惠；也可以那样理解，不给你优惠。所以企业有时候很无奈。"

从地域上来看，内地企业比沿海企业受政府的影响更大。湖北仙桃集团的一位副总说："总体来说，政府对企业的影响有好有坏，沿海、发达地区企业受到的政府干预较少，因为那里的好企业太多了，而内地企业受到的政府干预较大。还有各种会展活动，都是政府搞出来的，要企业出钱。"

3. 各级政府的经济发展目标导向

无论是中央政府还是地方政府都非常重视企业及其发展工作，因为在从计划经济向市场经济过渡的阶段，我国政府的首要目标都是经济的发展。例如，国务院总理温家宝2003年在一次回答中外记者提问时指出，"我把新一届政府今后的工作概括为四句话。第一，实现一个目标，即保持经济持续较快地增长；第二，抓住两个关键环节，即经济结构的战略性调整和继续扩大对外开放；第三，解决好三个重大的经济问题，即就业和社会保障、财政的增收节支和继续整顿和规范市场经济秩序；第四，推进四项改革，即农业改革、金融改革、国企改革和机构改革。"①地方政府的工作目标往往是在中央政府目标的基础上的细化。因此毫无疑问，追求与经济相关的目标（包括经济增长）便成为各地方政府工作的重点，这也成为政府部门考核的重要标准。而且由于经济指标易量化的特点，也使得

---

① 资料来源：新华网报道，http://www.xinhuanet.com，2003年3月18日。

各政府愿意将其作为政绩考核的标准之一。2004年"两会"的热点话题之一是对 GDP 的反思和讨论。尽管从 20 世纪 80 年代中期开始中国一直采用 GDP 指标考核政府部门的绩效,但是人们也看到了纯粹的 GDP 并不能反映自然与环境之间的平衡,没有考虑资源的稀缺性与生态的退化。然而,对 GDP 的讨论和反思并不意味着中国政府将放弃以经济建设为中心的重要任务。正如 2004 年"两会"代表委员所说的,"以人为本是发展的目的,以经济建设为中心是达到这个目的的手段"。全国人大代表、安徽省委常委、常务副省长张平提出:"安徽的发展战略可以概括为以经济建设为主线,坚持一个主题、促进两项创新、加快三化进程、构建四大基地,其中一个主题就是以经济建设为中心。"(单羽青,孟歌,2004)

4. 行业协会:准政府部门

在中国特殊的政治经济体制环境下,我们不得不将行业协会放在这里来谈。在西方成熟的市场经济环境中,行业协会常常是市场主体自愿组成的社会性团体,是一种行业性的市场调节组织。一般来说,西方的行业协会是独立于政府的。而中国则不同,从我国行业协会的发展历程中,我们可以看出行业协会的成长始终离不开政府。中国工业经济联合会行业工作委员会副总干事长高凯指出,我国的行业协会大多数是在政府机构改革时,由政府的相关主管部门"翻牌"形成的,或者是由政府部门牵头设立的。例如,原国家经贸委下属 206 个工业协会中,70%～80%的专职工作人员来自原来的政府机关。领导班子中,完全由原政府机关人员组成的约占 3/5,由原政府人员、企业家、专家学者等综合组成的占 1/5,完全由企业家组成的只占 1/5。[①] 表 6-2 是我国部分行业协会的基本资料,从这张表的数据中,再一次印证了中国行业协会与政府部门的"千丝万缕"的联系。

表 6-2 中国几个大型行业协会领导资料

协会名称	"挂靠"部委	主要领导人	政府背景	涉及的行业
中国钢铁工业协会	国资委	吴溪淳(会长)	原冶金部副部长	机械制造(钢铁)
中国设备管理协会	发改委	邹家华(名誉会长)	全国人大常务委员会副委员长	使用机械设备的各种行业
		马仪(副会长)	原国家计委副主任	
		赵维臣(副会长)	原国家经济贸易委员会副主任	

---

① 资料来源:协会通讯,2003 年第 7 期,http://www.hlema.org/xhtx/2003/2003-07q.asp。

协会名称	"挂靠"部委	主要领导人	政府背景	涉及的行业
中国纺织工业协会	国资委	杜钰洲	原纺织工业部副部长	纺织化纤
中国建筑材料工业协会	国资委	张人为	原建材局局长	建筑水利(建材)
中国商业联合会	国资委	王光英(名誉会长)	全国人大副委员长	商业贸易(商业)
		孙孚凌(名誉会长)	全国政协副主席	
		经淑平(名誉会长)	全国政协副主席、全国工商联主席	
		胡平(名誉会长)	全国政协常委、原商业部部长	
		陈邦柱(名誉会长)	全国政协常委、原国家经贸委副主任	
		姜习(名誉会长)	原商业部常务副部长	
		杨树德	国家工商行政管理总局副局长、原国家国内贸易局局长	
……				

资料来源:截止到 2005 年 11 月各行业协会网站相关内容介绍。

三、政府行为

1. 政府行为的特征

从行政管理学的角度,政府职能主要包括政治职能、经济职能、文化职能以及社会保障职能等。在这里,我们着重从政府的经济职能展开讨论。早在 1817 年,大卫·李嘉图在《政治经济学及赋税原理》中提出政府的财政预算(包括各种税收的收入和开支)政策对经济活动起着重要作用。到了 20 世纪,凯恩斯进一步主张政府通过货币政策和扩大公共开支来刺激经济。即使在市场经济发达的美国,政府也有干预经济的传统。美国最有影响的经济监管机构之一是中央银行,即联邦储备系统,它承担着制定、实施和监督美国政府的财政政策,其中包括制定货币政策、监管金融机构和保持支付系统的运行。

政府职能履行的途径和手段主要包括法律法规、经济政策和行政干预等。关于法律法规和经济政策途径将在本章第三节中进行详细阐述,本节主要关注的是政府干预经济的行政手段,也就是政府通过行政命令直接干预经济运行。在高度集中的计划经济时代,政府通过行政命令直接干预经济,甚至直接干预市场主体的经济活动。中国人民银行行长周小川在"2004 北京国际金融论坛"上演讲时说道,"90 年代以前银行业所形成的大量不良资产,其中大约 30％来自各级政府直接的行政命令和行政干预"。[①]

2. 中央政府行为与地方政府行为的差异

在谈到政府行为时,我们不能将中央政府与地方政府行为混为一谈。事实证明,中央与地方政府的行为对于企业来说影响是不同的,特别是对地方企业,这是由于中央政府与地方政府的关系所决定的。中央与地方关系主要是基于一定利益的权力关系。在改革开放以前,中国没有真正意义上的独立的地方政府,所有的地方政府都是中央政府的派出机构和代理机构。改革开放后,由于"放权让利",地方政府在微观领域内获得了较大的配置资源的权力。而地方政府权力尤其是经济权力的扩张,改变了它们在政府权力结构中的地位和角色,使得它们由集权体制下单纯的中央政府的派出和代理机构转而成为相对独立的行为主体,从而也就极大地改变了垂直控制模式下那种被动执行政策,消极执行命令的行为模式。这种中央与地方权力结构的变化促进了地方政府利益的独立化,地方政府治理的主要基础是"政绩合法性"。同时,地方自主权的日益增强导致了中央政府权威的扩散化,中央政府对地方政府的政治控制能力在逐步弱化。所以,在某些方面,地方政府对于企业来说影响更大,包括有利的方面和不利的方面。

"为官一任,造福一方"是很多政府官员的传统执政理念,也是造就地方保护主义的观念基础。当前我国正处于社会变革时期,地方政府追逐物质利益和发展经济的热情极度高涨。地方保护主义是一种动用行政的手段和方法保护当地利益,特别是经济利益的观念和行动。[②]

首先,在地方保护主义思想的驱使下,全国统一的大市场被人为地条块分割,这样就缩小了企业竞争范围,相当于弱化了竞争强度。一方面,在地方政府保护下,企业无须竞争便可以轻松生存。而另一方面,由于市场竞争的范围缩小,使得一些优势企业无法占领本可以占领的市场,限制了这些企业的发展空间,从而导致企业及其产品优不胜、劣不汰,市场竞争效率低下,市场功能严重失效。

其次,地方保护从根本上说就是政府的"有形之手"干扰市场的"无形之手"。拿汽车产业来说,目前我国大多数省市区都有自己的汽车产业,还有很多地方将汽车作为支柱产业,而实际上大多数地方的汽车产业都在低水平上运行,都是靠"有形之手"支撑。缺乏整体和全局观念的重复建设造成了大量资源浪费,与建设节约型社会的时代潮流背道

[①]　中国人民大学金融与证券研究所网站,http://www.fsi.com.cn。

[②]　资料来源: http://www.chinalaw.gov.cn/jsp/contentpub/browser/contentpro.jsp? contentid = co614987594-,2006 年 5 月 20 日。

而驰。

第三,对于消费者而言,市场(竞争)的最大好处就是可以根据商品的价格、服务的质量以及自己的喜好,自由地选择商品和服务。然而,由于地方保护的存在,外地的产品和服务无法跨越市场壁垒自由进入,使得消费者不仅无法充分享有选择商品和服务的自由,而且往往要为强制(或变相强制)的消费支付较高的成本。地方保护在保护本地经济利益的同时,却损害了普通消费者的权益。[1]

第三节 中国企业的法律与政策环境

一、影响企业经营的法律体系

国资委主任李荣融强调,企业要在法律提供的框架内施展自己的经营策略,对自己的经营行为进行合法性论证。对企业而言,这是企业避免风险和争取主动的必要条件(李荣融,2002)。市场经济从规范的层面上说是法律经济,主要表现为政府为市场的正常运作颁布大量的法律法规和行政规章。表 6-3 显示了中国法律体系的构成情况。

表6-3　中国法律法规的数量[2]

法律体系	全国人大法律	国务院行政法规	地方法规规章	部委行业规章
数量	831	3485	81190	55667

从表 6-3 中我们可以发现,地方法规规章的数量远远多于全国人大法律和国务院行政法规的数量。由于考虑到全国各地在政策执行条件上的差异性,中央政府制定颁布的法规政策更多的是原则性条款,其操作性较差。各地政府往往会根据中央法规政策的精神和原则,结合地方的客观实际,将其细化和具体化,从而推动政策法规的执行。中国有句俗语,"县官不如现管",地方政府在政策法规的执行过程中有更大的解释权,这也为他们的"寻租"行为创造了更大的空间。

当然本书的研究对象之一是企业,因此我们以下对法规政策的探讨主要界定在与企业有关的范围内。例如,我们将与企业有关的法律法规部分列在表 6-4 中。

表 6-4 列出的是中央政府(包括全国人大和国务院)颁布的与企业运作有关的政策法规,当然这仅仅是一个例示。我们无法在有限的篇幅内列举所有的政策法规,而且在这里也是没有必要的。这张表的内容足以向我们说明,这些政策法规对企业经营活动的各个方面都会产生巨大的影响。

---

① 资料来源:http://news.xinhuanet.com/comments/2005-08/19/content_3371254.htm,2006 年 5 月 20 日。

② 资料来源:中国法律资源网(www.lawbase.com.cn),2005 年 1 月 15 日。

表6-4 与企业有关的法律法规①

法律名称	企业所涉及的领域		颁布时间
《商标法》	商标与品牌	市场营销管理	1982,1993(第一次修正),2001(第二次修正)
《消费者权益保护法》	产品(服务)质量和责任		1993
《反不正当竞争法》	市场竞争		1993
《价格法》	产品与服务定价		1997
《广告法》	市场销售与广告		1994
《合同法》	对外经济往来		1999
《药品管理法》	药品安全	生产管理	1984,2001(修正)
《清洁生产促进法》	污染控制与治理		2002
《产品质量法》	产品质量		1993,2000(修正)
《大气污染防治法》	污染控制与治理		1987,1995 第一次修正,2000 第二次修正
《安全生产法》	劳动保护与生产安全		2002
《专利法》	技术创新	产品开发管理	1984,2000(修正)
《税收征收管理法》	税收	会计与财务管理	1992,1995(第一次修正),2001(第二次修正)
《审计法》	财务真实性		1994
《预算法》	获取政府预算		1994
《担保法》	资产抵押与担保		1995
《票据法》	票据行为		1995,2004(修正)
《证券法》	筹资与投资		1998
《会计法》	会计核算		1985,1993(第一次修正),1999(第二次修正)

---

① 资料来源:中国法律资源网(www.lawbase.com.cn),2005 年 1 月 15 日。

法律名称	企业所涉及的领域		颁布时间
《劳动法》	保护劳动者的合法权益,调整劳动关系	人力资源管理	1994
《失业保险条例》	保障失业人员失业期间的基本生活		1999
《职业病防治法》	保护劳动者健康及其相关权益		2001
《劳动保障监察条例》	确保劳动保障法律、法规和规章的实施		2004
《中小企业促进法》	中小企业发展	综合性	2002
《企业法》	企业治理结构及日常经营		1993,1999(第一次修正),2004(第二次修正)
《中华人民共和国中外合资企业法》	合资企业行为一般性的规范		1979,1990(第一次修正),2001(第二次修正)
……			

随着我国市场经济体制改革的不断深化,企业所面临的政策法规会不断增加,其条款也会越来越细。这些都是为了规范企业的市场行为,从而规范市场秩序。

二、法律政策的寿命周期

然而,任何法规政策都不是一成不变,就像人有生老病死的生命周期一样,法规政策同样也经历了产生、成长、成熟、衰退的阶段(见图6-3)。

在图6-3中,值得注意的是实粗线部分的政策生命周期阶段。在中国的现实中,除了外部政治、经济、文化环境变化使得法规政策过时之外,还有一部分政策在受到非自然外力的作用(例如,企业家制度创新的行为、地方保护主义等),在产生阶段或者成长阶段就停止使用了。例如"小灵通"在中国的"坎坷离奇"的遭遇就印证了这个结论。中国电信在上马"小灵通"项目时所找的理由是解决边远山区的通信困难,因为山区架设线路难度大、成本高,而"小灵通"运用的是PHS无线接入技术。但在政府批准之后,"小灵通"并没有"上山下乡",而是直接进入城市,并获得了迅速的发展。于是竞争对手(中国移动与中国联通)的一纸告状信马上呈交到国家信息产业部手中。作为主管部门的信息产业部在短短两个月的时间里连发了2份内容甚至完全相反的文件。2000年5月,信息产业部明令要求中国电信各分公司的"小灵通"项目暂停,等待评估。这份文件几乎给"小灵通"判了死刑。但是在同年6月29日,信息产业部又下发了《关于规范PHS无线市话建设与经营

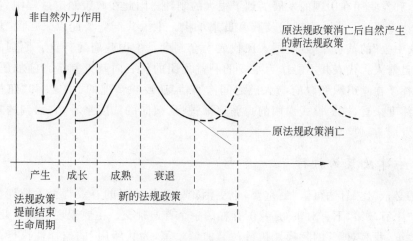

图 6-3　法规政策的生命周期阶段

的通知》，明确"小灵通"是"固定电话的补充和延伸"，定位为"小范围低速移动无线接入"。这实际上间接承认了"小灵通"的经营事实。

　　另外还有一个有趣的现象是，法规政策的短暂有效性不仅体现在时间上，还体现在只对部分企业有效上。俗话说，"过了这个村就没那个店"，"火车不等人，一旦错过就只能等下一列"。中国"造车狂人"李书福通过在媒体上呼吁、四处游说等方式一次又一次冲撞国家汽车产业政策对民营企业禁闭的大门，他希望国家能够允许民营企业造小轿车。终于在 2001 年 12 月公布的第七批《车辆生产企业及产品公告》中，李书福的宁波美日生产的"美日"轿车（MR7130）终于获得了行业主管部门的许可，"吉利"汽车最终获得了轿车生产的许可证。然而，后来又有较多的民营企业效仿"吉利"和李书福，希望能在中国轿车市场中分得一杯羹，但他们都没有成功。政策的大门只是幸运地对吉利和李书福开了一次，而后又关闭了。

　　上述对于法规政策生命周期阶段的分析使我们看到了最容易发生"故事"的时机往往在前后两个阶段，即法规政策出台前后以及执行过程中。于是我们讨论的下一个问题便是分析中国政策制定以及执行过程中的特点。

三、法律制定的渐进模式

　　从 20 世纪 70 年代开始，美国政策科学界形成了两种政策制定过程分析模式：理性模式和渐进模式。渐进模式的多元主义认为，决策不是分析的结果而是互动的结果，政治决策过程是各党派、利益集团及垄断资本集团相互斗争、相互妥协让步的过程（陈振明，2003）。在西方国家，由于其社会利益结构分化明显，其政策制定过程更多地表现为各种力量的社会互动过程。而在中国，虽然也存在社会利益结构的分化，但由于受传统政治文化的影响,利益集团在中国的发展受到了很大的制约。因此在政策制定过程中,各种利益的综合表达主要还是由政府部门及其官员来承担。中国共产党长期以来强调"从群众中来,到群众中去"的基本原则,全国人民代表大会制度是中国政府履行这一原则的具体实践。然而目前人大代表并不能作为主要的利益集团的代表向政策制定者施加压力,而是更多地发挥了在党组织和政府与人民之间沟通信息、反映情况的"桥梁"和"纽带"作用。从纵向的纬度来看,这个模式强调的是循序渐进;从横向的纬度来看,它强调的是由点带面的协调发展,抓典型搞试点。

四、法律政策的执行

"有法必依"比"有法可依"更重要,也更困难。政策执行的有效与否关系到整个政策的成败。"上有政策,下有对策"是我国存在的一个普遍现象。主要表现为以下几种形式:①"你有政策,我有对策"的替换性执行;②"曲解政策,为我所用"的选择性执行;③"软拖硬抗,拒不执行"的象征性执行;④"搞土政策"的附加性执行等(陈振明.2003:238-240)。影响政策执行的因素较多,例如政策类型、政策本身的特点(例如条款的详细程度等)、政策的宣传力度、执行的目标对象(包括不同性质的企业,例如国有企业,三资企业,民营企业等)、执行环境(包括监督环境、资源环境等)等。

在不同的政策输入和执行过程中,产生的结果是有差异的,见图6-4。图6-4反映了我国政策执行过程中的以下几个方面的特点。

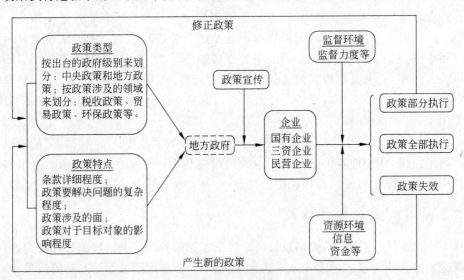

图 6-4　政策执行过程及其影响因素

1. 对企业来说,地方政府在政策执行过程中有时扮演了"缓冲层"的角色。打一个比喻,中央政府、地方政府和企业的关系就类似于父亲、儿子和孙子的关系。由于儿子和孙子太多了,父亲总是希望能"一碗水"端平,但往往可能顾此失彼。这时儿子都会努力希望在父亲那里为孙子争取更多的利益。中央和地方领导所处的位置不同,考虑问题的角度和方式不同,对利益的要求也是不同的。由于中国幅员辽阔,而且地方差异较大,中央政府不可能制定一个放之四海皆有效的政策,这为地方政府提供了较大的空间来具体细化和解释政策。地方政府有权力根据地方企业的实际情况来进一步细化政策。地方政府官员追求的首要目标是政绩,要让地方企业创造更多的税收,因此他们很有可能会朝着有利于地方企业的方向来细化中央政策,这往往表现为尽可能地减少对企业的束缚,尽量为它们创造一个宽松的环境。地方政府甚至代表地方企业的利益与中央政府就政策执行进行讨价还价。例如,在李书福为获得小轿车的生产许可证而四处游说的过程中,浙江省政府专门给国务院打报告,帮助李书福圆他的"汽车梦"。

2. 外部政策环境对于不同性质的企业产生不同的影响。作为社会主义国家,中国长期以来实行的是公有制经济,强调资产全民所有。虽然党的十五大确认了民营企业的合法身份,但是不可否认民营企业在融资、市场准入等方面仍存在障碍。

3. 监督环境直接影响了政策执行的结果。我们将监督分为外部监督和内部监督两个层面来分析。外部监督主要是国家、媒体、公众等所承担的行政性和社会性监督职能,而内部监督主要是指企业实行自我监督。在中国的市场环境中,企业的内部监督在很大程度上是依靠于外部监督来推动的。外部的监督力度越大,企业对自己行为的约束也会相应加大。然而,现实中政府、媒体、公众等对企业的监督力度仍然非常不够,这样就极大地降低了企业不执行政策的惩罚成本,甚至出现企业不执行政策反而能获得更多的利益的情况。在此情况下,政策很可能成为一纸空文,或者被扭曲地执行。

4. 造成目前监督成本高的一个重要原因是监督的资源不足,这里的资源包括信息、资金、人力等,正所谓"巧妇难为无米之炊"。

第四节 中国经济环境背后的经济政策影响

一、中国经济周期的特点

中国著名的经济学家、中国改革基金会国民经济研究所所长樊纲教授提醒民营企业家要增强经济周期意识。他认为:"稳定的宏观环境,较小的波动环境,这样的环境是政府提供的公共产品。目前我们的企业家自身的风险意识还很差。对经济波动、经济周期的认识不够。这就看出了我们与一些国际大企业之间的差距。这几年中国经济非常热,大家都在增加投资,但有些跨国大企业都是经过了无数次经济危机,大浪淘沙存活下来的,它们有很强的风险意识和经济周期的意识,因此它们在经济高涨的时候不想去接下全部

121

订单。而我国的企业却总想着高增长会持续下去,并按这种情况来设计自己的投资规模。那么最后是什么结果? 经济波动出现了,我们那些扩张太快的企业受的打击比较大,资金周转不灵,只好变现资产。于是那些资金充裕的国外企业就趁机接盘,收购这些扩张太快的企业,这时候就轮到人家扩张了。结果真正笑到最后的就是这些'老奸巨猾'的跨国企业。他们是在运作经济周期,而不是等着经济周期来打击自己。所以说,中国企业一定要尊重经济规律。"①

汇源饮料食品集团有限公司总裁朱新礼在谈到民营企业如何应对经济周期时说:"企业的环境也有一年四季。企业过冬要学会看天气并提前做好准备,要听预报,但预报经常不准,要仔细分析,再就是看经验,最后做正确判断。"②

在经济学理论中,经济周期是指总体经济活动的扩张和收缩交替反复出现的过程,也称经济波动。每一个经济周期都可以分为上升和下降两个阶段。表 6-5 是我国从 1952—2004 年.GDP 及其增长率。

表 6-5　1952—2004 年 GDP 及其增长率③

年份	GDP/亿元	GDP 增长率/%	年份	GDP/亿元	GDP 增长率/%
1952	679.0		1979	4038.2	11.43
1953	824.0	21.35	1980	4517.8	11.88
1954	859.0	4.25	1981	4862.4	7.63
1955	910.0	5.94	1982	5294.7	8.89
1956	1028.0	12.97	1983	5934.5	12.08
1957	1068.0	3.89	1984	7171.0	20.84
1958	1307.0	22.38	1985	8964.4	25.01
1959	1439.0	10.10	1986	10202.2	13.81
1960	1457.0	1.25	1987	11962.5	17.25
1961	1220.0	−16.27	1988	14928.3	24.79
1962	1149.3	−5.80	1989	16909.2	13.27
1963	1233.3	7.31	1990	18547.9	9.69
1964	1454.0	17.90	1991	21617.8	16.55

① 资料来源:http://www.dgmy.dg.gov.cn/jyzd/zjsj_view.asp? article_id=1248, 2006 年 7 月 21 日。

② 资料来源:http://info.news.hc360.com/html/001/002/009/006/94854.htm, 2006 年 7 月 21 日。

③ 资料来源:《中国统计年鉴》,2005 年。

年份	GDP/亿元	GDP 增长率/%	年份	GDP/亿元	GDP 增长率/%
1965	1716.1	18.03	1992	26638.1	23.22
1966	1868.0	8.85	1993	34634.4	30.02
1967	1773.9	−5.04	1994	46759.4	35.01
1968	1723.1	−2.86	1995	58478.1	25.06
1969	1937.9	12.47	1996	67884.6	16.09
1970	2252.7	16.24	1997	74462.6	9.69
1971	2426.4	7.71	1998	78345.2	5.21
1972	2518.1	3.78	1999	82067.5	4.75
1973	2720.9	8.05	2000	89468.1	9.02
1974	2789.9	2.54	2001	97314.8	8.77
1975	2997.3	7.43	2002	104790.6	7.68
1976	2943.7	−1.79	2003	117252.0	11.89
1977	3201.9	8.77	2004	128390.9	9.5
1978	3624.1	13.19			

说明:1980 年及以后国民总收入(原称国民生产总值)与国内生产总值的差额为国外净要素收入。

123

根据表 6-5 的数据,我们将经济周期变动描述在下面的折线图中。从图 6-5 中可以看出,在过去的半个多世纪里,中国经济的波动异常频繁。这就要求我国的企业必须具备很强的把握经济发展规律的能力。

二、经济周期背后的政治因素

经济周期只是对经济现象和经济运行结果的一个描述,重要的是必须关注经济周期性变化背后的原因。到目前为止,经济学家们提出的经济周期理论已经不下几十种,例如纯货币理论、投资过度论、消费不足论、心理理论等。在不同的理论框架中,我们发现有很多因素都会影响经济周期及其变动,例如货币供给、财政支出、投资等。国内部分学者通过对中国经济周期的实证研究发现,政治因素是影响中国经济周期波动最重要的因素之一,例如"大跃进"、"文化大革命"等。但是政治因素只能通过具体的经济体制发挥作用。经济体制改革使人们之间的经济利益关系发生调整,而经济利益直接影响到微观主体的市场行为。因此,利益关系的变化必将导致经济运行的变化,以致于经济在宏观上产生扩张和紧缩效应。纵观中国 50 多年来的经济周期波动,我们不难发现,自 1978 年实行改革

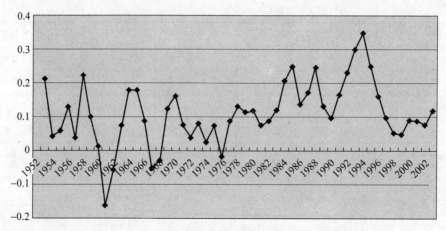

图 6-5　从 1952—2004 年我国的经济周期波动图

开放以来,我国共经历了五次经济周期,而这五次经济周期的波动与我国经济体制改革的步伐表现出了高度的一致性。

第一次周期:1977—1981 年。第一次经济周期的上升阶段与农村家庭联产承包责任制的推行和农产品市场化相关。以安徽省为例,20 世纪 70 年代末,延续了 20 多年集中统一的生产体制使安徽农村普遍存在着生产上"大呼隆"、分配上"大锅饭"的现象,加之"十年动乱",农村生产力遭到了巨大的破坏,生产长期在低水平上徘徊,广大干部群众强烈要求改变这一状况。1977 年 11 月,以万里为书记的省委召开了有地(市)、县委和省直各部门负责人参加的以"落实农村经济政策"为中心议题的常委扩大会议。会议通过了《关于当前农村经济政策几个问题的规定》(简称《六条规定》),并决定将其作为试行草案下发各地贯彻执行。《六条规定》中强调了保护生产队的自主权,落实按劳分配的原则,因地制宜地发展农业生产,减轻农民负担,鼓励社员发展家庭副业,开放集市贸易。省委《六条规定》的下发,对稳定农村形势,调动农民的生产积极性发挥了一定作用,对家庭联产承包责任制的产生起了一定作用,同时也在部分干部中引起一场辩论。1978 年,安徽发生了百年不遇的特大旱灾,大部分地区 10 个月未下雨,全省有 6000 多万亩农田受灾,有 400 多万人口所在地区人畜用水发生困难。入秋后,旱情更趋严重,秋种都难以进行。为了战胜灾荒,在深入调查研究的基础上,省委于 9 月 1 日召开紧急会议。万里在会上指出:"我们不能眼看着农村大片土地撂荒,那样明年的生活会更困难。与其撂荒,倒不如让农民个人耕种,充分发挥各自的潜力,尽量多种保命麦渡过灾荒。"省委经过讨论,适时做出"借地度荒"的决定。将凡是集体无法耕种的土地借给社员种麦子,鼓励多开荒,谁种谁收,国家不征统购粮,不分配统购任务。这一决定激发了广大农民抗灾的积极性,全省秋种计划超额完成。同时,这也为家庭联产承包责任制的产生打了一个"前哨战"。1978 年年底,党的十一届三中全会果断地停止使用"以阶级斗争为纲"的口号,做出了把全党工作重点转移到社会主义现代化建设上来的战略决策,原则上通过了关于加快农业发展的两个文件,从而为安徽家庭联产承包责任制的产生与蓬勃发展作了理论上的准备。

第二次周期:1982—1986年。第二次经济周期与城市经济体制改革和工业品市场化有直接关联。1984年10月中共十二届三中全会制定了《关于经济体制改革的决定》,城市经济体制改革全面展开。改革的主要内容是围绕打破两个"大锅饭"(企业吃国家的"大锅饭",职工吃企业的"大锅饭"),搞活企业这个中心环节,进行配套为主的改革。各综合部门都制定搞活企业、搞活流通、搞活经济的政策措施,贯彻落实国务院关于扩大工业企业自主权的暂行规定,制定230多条实施的具体规定和意见。这些措施的制定,打破了我国原有的城市僵化的经济体制,开始向充满活力的经济体制转化,促进了工业的发展。

第三次周期:1987—1990年。第三次经济周期是由我国价格双轨制的推进和工业原料市场化所推动的。价格改革是我国经济体制改革中的重要内容。而在这次的价格改革中,最令人关注的是生产资料的价格改革。

第四次周期:1991—1999年。第四次经济周期与要素市场化及构建宏观新体制框架相关。我国改革前期的产品价格市场化、农村家庭联产承包责任制、放开行业进入管制、允许非公有制企业自行发展等措施是经济发展制度边界的扩张,在宏观上表现为极大的扩张效应。而始于1994年的企业体制、教育体制、医疗体制、住房体制等改革,使原由国家提供的福利性服务消费改为由居民自己负责,导致居民预期改变,防范心理增加,宏观紧缩效应由此产生。

第五次周期:2000—现在。我国经济正处于第五次经济周期的扩张时期。由于受国有企业深化改革(包括抓大放小、建立现代企业制度、改制改造等)的影响,从2000年以来,我国经济一直处于高速发展的新阶段。

前三轮经济周期总体而言有一个显著特点,即"一收就紧,一放就热",这一显著特征是由经济周期的制度背景所决定的。因为我国体制转轨的前期采取的是增量改革方式,先推出的主要是收益大于成本的体制改革政策,所以经济扩张动力充足,经济容易过热。而最近的一轮周期波动没有出现"一收就紧,一放就热"现象,与我国体制改革在1994年后趋向推出成本大于收益的改革措施有关(林燕,2004)。

除了上述所讨论的我国经济周期波动与经济体制改革步伐高度吻合之外,中国经济运行的另一个特点是"运动式"的经济工作方式。我国每年年底都要召开中央经济工作会议,在会议上中央政府会部署第二年的经济工作重点,然后全国上下会展开铺天盖地的宣传、学习、并积极贯彻执行。表6-6是1995—2005年中央经济工作会议的主要内容。

表 6-6　　1995—2005 年中央经济工作会议的主要内容

时间	中央经济工作会议的主要内容
1995 年	继续加强农业基础地位,力争农业和农村经济有新的发展;切实加快国有企业改革步伐,务求取得明显进展;继续加强和改善宏观调控,创造良好的经济环境和经济秩序;努力提高对外开放水平,积极参与国际合作和竞争。
1996 年	继续加强农业基础地位,促进农业持续稳定增长;加快国有企业改革和发展,大力提高企业经济效益;加大经济结构调整力度,逐步解决"大而全、小而全"和低水平重复建设问题;继续保持良好的宏观经济环境,进一步规范和整顿经济秩序;适应对外开放的新形势,努力提高对外贸易和利用外资的水平;继续改善城乡居民物质文化生活,促进经济和社会协调发展。
1997 年	加强农业基础地位,全面发展农村经济;打好国有企业改革攻坚战,改善国有企业经营状况;积极调整和优化经济结构,加速实现国民经济合理化布局,提高国民经济整体素质和效益;继续加强和改善宏观调控,为改革和发展提供更为有利的宏观经济环境;进一步扩大对外开放,不断提高对外开放水平。要继续深化对外经贸体制改革,优化进出口结构,扩大外贸出口的市场和规模,增加进口先进技术、关键设备和国内短缺的资源性产品,实现进出口贸易基本平衡;切实安排好群众生活,维护城乡社会稳定。建立和完善社会保障制度,组织实施好再就业工程,妥善安排群众生活,是关系改革、发展、稳定的全局性大事,必须切实抓好。
1998 年	稳定和加强农业;深化国有企业改革;搞好金融工作。
1999 年	继续实施促进经济发展的一系列政策措施,扩大国内需求;大力调整经济结构,促进产业优化升级;加快科技进步,提高技术创新能力;深化以国有企业改革为中心环节的经济体制改革;进一步改善人民生活。不断改善人民生活,是扩大有效需求、拉动经济增长的内在要求,是处理好改革、发展、稳定关系的结合点。
2000 年	坚持扩大内需的战略方针,加强和改善宏观调控;把加强农业和增加农民收入放在经济工作的突出位置;加快体制改革和科技进步,推进经济结构的战略性调整;做好加入世界贸易组织的各项准备工作,迎接对外开放新阶段;注意关心和解决好人民生活问题;加强精神文明建设促进社会全面进步。
2001 年	坚持扩大内需的方针,继续实施积极的财政政策和稳健的货币政策;调整农业结构,深化农村改革,努力增加农民收入;进一步推进经济结构的战略性调整,着力抓好企业技术改造;不断深化经济体制改革,为加快发展和扩大开放创造良好的体制环境;以加入世界贸易组织为契机,进一步扩大对外开放。
2002 年	坚持扩大内需的方针,继续实施积极的财政政策和稳健的货币政策;加快结构调整,提高经济增长的质量和效益;进一步推进改革开放,为发展提供强大动力;加强就业和社会保障工作,努力提高人民生活水平。
2003 年	保持宏观经济政策的连续性和稳定性;把解决好"三农"问题作为全党工作的重中之重;紧紧抓住结构调整这条主线;不失时机地深化经济体制改革;充分利用国际国内两个市场、两种资源;认真解决好关系人民群众切身利益的问题。

时间	中央经济工作会议的主要内容
2004 年	继续加强和改善宏观调控,确保经济平稳较快发展;继续加大对"三农"的支持力度,保持农业和农村发展的好势头;大力推进结构调整,促进经济增长方式转变;着力推进经济体制改革,建立健全全面协调可持续发展的制度保障;统筹国内发展和对外开放,增强国际竞争力;坚持以人为本,努力构建社会主义和谐社会。
2005 年	继续加强和改善宏观调控,确保经济平稳较快发展;继续加大对"三农"的支持力度,保持农业和农村发展的好势头;大力推进结构调整,促进经济增长方式转变;着力推进经济体制改革,建立、健全全面协调可持续发展的制度保障;统筹国内发展和对外开放,增强国际竞争力;坚持以人为本,努力构建社会主义和谐社会。

第五节 中国企业的社会文化环境

一、中国社会文化的基本特征

中国是一个有着五千多年历史的文明古国。传统文化,特别是儒家文化对中国的社会文化(包括商业文化)产生了根深蒂固的影响。例如,儒家思想最基本的内涵"礼",原本是尊敬和祭祀祖先的仪式,后来逐步演化为以血缘为基础、以等级为特征的伦理规范,渗透到君臣、父子、夫妇、兄弟、朋友等五伦关系中。它不仅维系了封建家长式的等级制度,同时也融入了现实生活的习惯和风俗之中,成为人们言行举止道德化的潜在制约力量。儒家思想所强调的"以和为贵","以人为本"等至今仍然被现代企业所重视,并融入到企业文化中。"儒商"是人们对那些用儒家道德来规范企业行为的人的一种尊称。中国很多企业家被称为"儒商",例如张瑞敏等。一些企业,如武汉红桃开(K)集团公司甚至办起了所谓的儒商学院。儒家思想把"人际关系"看成是非常重要的理念。"关系"一词在中国这个特殊的文化环境中有其特殊的含义和商业价值。

二、中国的商业文化特征:关系

中国人谈"关系",心领神会,这似乎是一个只可意会不可言传的词。但是在西方学者的笔下,"关系"成为研究中国商业文化的一个重点,并频繁出现在各种媒体和学术刊物上。虽然在英语中有很多表达关系的词,例如"relationship","connection"等,但是西方人更倾向于用拼音的"guanxi",似乎只有这样才能准确表达这个词的原意。

"关"原意为"门上的栓",可以引申理解为"界线、障碍";"系"原来的意思是"结",引申为"联系",如世系。"关系"一词连起来可以理解为"界限以内的联系",这说明建立联系是需要打破界限的。如果在名词的"关系"前加上若干动词,则可以更丰富"关系"的含义,例如"找关系","介绍关系","保持关系","拉关系","走关系"等。

中国素来有礼仪之邦的美誉,受到儒家文化的影响,礼尚往来是企业交往中的"潜规则",不仅在中国大陆,而且在包括台湾和香港。日本、朝鲜以及海外华人圈等也都遵从"关系"原则。但是那个时候的关系主要是指建立在"血缘"和"宗族"等基础上的关系。

随着时代发展,"关系"的含义日益多样化。在 20 世纪八九十年代,在中国一谈到"关系"就联想到"走后门","通过行贿等手段来搞关系"。"关系"甚至成为稀缺资源分配的主要途径之一。改革开放初期,"价格双轨制"政策的存在驱使人们通过与政府官员的"关系"获得稀缺资源,然后再通过市场机制转手,从中获得超额回报。一般来说,那些可以从政府官员获得所需资源的人们通常与这些政府官员有某种特殊的"关系",例如亲戚、邻居、哥们儿等。而且伴随这些资源获取的过程往往是"关系"双方的相互承诺,甚至是权钱交易等"见不得阳光"的内幕。目前随着社会主体多元化程度的提高,人与人之间的关系不仅仅局限在亲戚范围内。现在的关系可以看成是家庭关系的一种延伸,扩展交际圈成为获取资源的必要途径。

实际上,关系的重要性不仅仅局限于中国这样受到儒家文化深远影响的东方国家。在西方国家,中介机构的发达同样足以说明"关系"的重要性。这些中介机构的主要职能就是寻找各种关系,包括商业合作和咨询关系等。中西方关系的差异主要表现在:在西方国家,由于法律制度建设比较完善,它们的关系也是在遵守市场法律制度的前提下建立和维护的。而中国的法制化程度还比不上西方国家,尽管"法治"是我们追求的治国目标,但是社会伦理道德的约束大于法律制度规范的要求。①

我们在试图画出企业的网络关系图(见图 6-6)时发现,一个企业的网络关系图是没有边界的,它可以通过关系的触角无限制地延伸。企业间的关系错综复杂,不仅仅是企业与企业之间的直接联系,还包括企业与企业之间通过顾客、供应商、政府等关系的间接联系。这样的关系可以无限多次地使用,所以我们很难完整地画出一个企业的关系网络图,图 6-6 仅仅是企业关系的一个缩影。由于我们考察的主要对象是企业,因此在图中,我们将与企业这个节点相关的关系主要分成两种:一种是正式契约关系,例如企业与顾客签订销售合同、企业与供应商签订采购合同、政府采购、企业参加行业协会而正式成为其会员等。另一种是非正式的社会关系,这种关系主要建立在企业与其他节点之间互动过程中,例如企业与社区之间的关系,企业领导人之间的私人关系等。在西方学者的研究中发现,非正式的社会关系往往比正式的契约关系更有利于维护双方之间的合作关系。因为企业的行为非常复杂,涉及的范围也非常大,即使再完善的正式契约和合同也无法覆盖所有的企业行为。在这种情况下,非正式的社会关系成为制约企业行为的潜在规则。另外,庞大的社会关系成为企业引以为自豪的资源,并且由于关系常常是半公开的(例如政府关系等),或者不公开的(例如客户关系、供应商等),所以这种资源难以模仿。在中国很多情况下,关

① 该结论来自于田志龙教授主持的国家自然科学基金主任基金项目(项目资助号:70141006)。

系网的构建主要依赖的是"滚雪球"的方式逐渐扩大的人脉关系网。

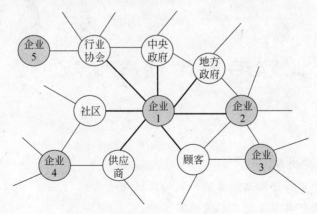

图 6-6　企业的关系网络图（示意图）

　　在中国经济转型环境中，政府仍然控制了企业所需的大量资源，政府成为影响企业生存和发展的最大外部利益相关者。因此政府与企业的关系成为企业家们长期以来关注的话题。

本章参考文献

1. Hafsi，T. and Tian，Z. L. Towards a theory of large scale institutional change：the transformation of the Chinese electricity industry. Long Range Planning，2005，38(6)：555-577.

2. 陈振明. 公共政策分析. 北京：中国人民大学出版社，2003.

3. 单羽青，孟歌. 安徽经济发展要打"工业牌". 中国经济时报，2004-03-13.

4. 李荣融. 企业必须提高依法经营管理水平. 中国企业报，2002-02-06.

5. 梁昱庆. 论政治环境——兼论中国政治环境与政治系统的关系. 成都大学学报：社科版，2002(4)：1-4.

6. 林燕. 体制变动与经济周期的相关性分析. 经济论坛，2004，(9)：9-10.

7. 马克思. 马克思恩格斯选集(第2卷). 北京：人民出版社，1972.

8. 孟德斯鸠. 论法的精神. 北京：商务印书馆，1978.

9. 邱敦红. 中西民主政治论. 北京：中国工人出版社，1993.

10. 亚里士多德. 政治学. 北京：商务印书馆，1965.

11. 杨宇立. 审视中国——现代化进程的政治经济分析. 北京：中国发展出版社，2000.

第 7 章

中国企业政治行为研究状况

本章主要研究问题：

　　1. 关于中国企业政治策略研究的现状是什么？

　　2. 西方学者做了什么相关研究？

　　3. 中国学者做了什么相关研究

> 本章关键概念：关系、政企关系、政治参与、政治行为

　　与市场经济比较发达的西方国家相比，我国政府对经济影响和干预的范围及深度要大得多，对工商企业的影响也更大。政府对企业的管制途径有：①法律政令，②方针政策，③组织人事，④经济计划，⑤财政税务，⑥审计统计，⑦物资能源，⑧海关商检，⑨工商价格，⑩金融信贷，⑪交通邮政，⑫社会治安，⑬环境与生态保护，⑭社会公益事业，⑮专利与产品鉴定等。这些管制通过三类部门具体体现：①政府主管部门代表国家行使企业资产的所有权，下达指令和指导性计划、审批计划、任免厂级干部、财政拨款、重要物资供应等。这是政府对企业的主要控制管理形式。②政府各有关职能部门依照国家法律、法规和政策，对企业实行本部门职责范围内的监督管理。③地方政府按照中央有关规定精神制定地方政策对企业进行控制和管理(高勇强，2004)。

　　政府对企业的干预给企业的生产经营活动带来了很大的不确定性，企业为了降低政府政策和管制给企业带来的不确定性，营造良好的外部环境并进而培养企业的相对于竞争对手的竞争优势，纷纷花大量的时间和金钱用于与政府打交道。如北京大学光华管理学院张维迎教授说，他曾经问过一些企业领导人，"你们有多少时间花在与政府官员打交道上"，他们说有 30％左右都要用于应付政府官员(张维迎，2001)。还有的企业家坦言，他们 30％以上的时间和精力用于与政府部门打交道(中国企业家调查系统，2000；吴宝仁，1999；李新春，2000)。典型的事例如：获得上市批准；进入体制改革试点，以获得特别对待；行业部分企业集体上书政府实施进口控制；汽车行业企业影响地方政府对环境污染标准实施的时间；20 世纪 90 年代末，我国钢铁企业多年努力促使政府出台的钢铁产品"以产顶进"政策；一些企业获得政府基金进行技术改造等。我国企业或企业集群的上述

影响政府决策和资源配置过程的政治行为的成功与否，极大地影响着相关企业在市场上的竞争地位。因此，我国企业试图影响政府决策过程的政治活动远多于西方企业（张维迎，2001）。

尽管我国存在大量的企业政治活动，然而，相比西方学者在 20 世纪 60 年代和 70 年代便开始的对政治行为的广泛而深入的研究状况不同，我国在这方面的研究起步较晚，但近几年也开始为一些学者所关注。根据我们在中国期刊网、万方数据库及博士论文和硕士论文数据库以"企业政治行为"、"政治行为"、"政治参与"、"政企关系"等为主题词和关键词进行检索的查阅情况来看，我国目前的研究状况分为下面几个方面。部分内容已在第一章做了简要介绍。

第一节　西方学者对中国关系的研究

随着中国经济的发展，越来越多的跨国企业选择在华投资，拓展海外业务。但在经营的过程中，许多在国际市场上如鱼得水的著名跨国企业纷纷在中国遭受挫败和失利。究其原因，是因为这些企业往往不熟悉中国特有的社会环境和商业游戏规则，将国外的一套照搬到中国来。为此，企业家和学者们就此展开了深入研究和探讨。

在我们所查阅的相关文献资料中，多是西方学者基于西方的政治经济背景来探讨西方企业的政治策略与行为。有些西方学者从研究关系的角度涉及了中国企业的政治策略与行为问题，也有一些华人基于对中国及西方情况的了解做过一些相关研究。

一、关系的特征

首先引起众多西方学者关注的，是中国社会中普遍存在的关系问题，这原本应该被翻译为"relationship"或"connection"，但西方学者认识到，中国的关系与西方所说的"relationship"或"connection"明显不同，因此，造就了一个新的词语"guanxi"作为中国特有的现象。从文献查阅的情况看，有大量的学者（当然也包括中国的）日益关注中国的"关系"问题，对中国的"关系"进行了大量的研究（比如，Davies etc.，1995；Yeung and Tung，1996；Simmons and Munch，1996；Luo，1997；Fock and Woo，1998；Lee and Paul，2000；Pearce Ⅱ and Robinson，2000；Standifird and Marshall，2000；Su and Littlefield，2001；Fan，2002；Su，etc.，2003；Vu，2005；Robinson，2006）。

西方学者普遍认为"关系"是中国社会特有的现象，它根植于孔夫子的儒家文化。中国式的信息传达趋向于间接，对西方企业的挑战便是如此，需要花时间建立关系。而这种关系他们称为"关系"，认为这个词语可以理解为"relationship-building"（Vu，2005）、"personal relationship"（Yang，2000）、"personal connection"（Chen，2004）或"personal networks"（Keng，2001）。许多学者都对"关系"做出过描述，如 Yang（1994）认为"关系"

是一个同心圆,包括以亲密的家庭成员为核心圈,稍远的亲戚、同学、朋友及熟人为外围圈,以关系的远近及信任的程度为标准形成的关系圈。Luo(2001)认为"关系"有四个特征,一是"关系"具有可转移性,即通过 A 与 B 的关系可转移到 C;二是"关系"具有互惠性;三是"关系"具有无形性;四是"关系"具有功利性(实用性)。因此,"关系"的概念是非常丰富、复杂及动态的(Yang,1994)。

在中国经营的任何事情都需与人打交道(Vu,2005)。因此,许多学者将"关系"作为中国商业环境的特殊现象加以研究,主要探讨了如何通过构建及维系这种"关系"以提高企业绩效。Yang(2000)通过对 5 个外资企业在中国子企业的 9 个中国公关人员及一个中国私营公关机构的访问,探讨了关系的本性——中国突出的文化现象,哪些角色在建立和维系组织与其关键公众间的关系中起作用,公关人员在建立和维系个人关系中使用了哪些战术。调查员认为公共关系是真正意义上管理与关键公众,如顾客、媒体及政府"关系"的内容。Yang 认为,与组织关键公众成员间良好的个人关系有助于创造安全、友好及高效的企业生存环境,提高组织绩效及实现组织目标。So 和 Walker(2006)为经理和商业人士(包括中国及非中国的)提供了一个学术性的测试,认为中国商业网络是中国经济活动的突出特点。研究包括弄清"关系"是什么;它为什么产生及发展;它的基础,如何维系之以及为什么它成为中国商业生活中最主要的力量。

二、关系的作用

在商业研究领域,对"关系"赋予极大重要性的研究,一般都明确地或隐含地指出与政府建立"关系"的重要性。Pearce Ⅱ 和 Robinson(2004)指出,"在中国,企业都与政治党派、行政领导以及其他企业的执行官建立了长久的联系","与政府官员的关系对于工商企业的成功经常是根本性的"。"在中国市场化改革过程中,政府减少了对企业的干预,但仍然控制着资源分配、银行贷款以及工商企业的设立"。"如果不是特惠的待遇,企业就有很强的动机与那些当权者培养关系以获得机会和确保公平。"他们还指出,西方企业可以通过两种途径培养关系:一是通过找中间人,二是雇用退休的政府官员。

Davies 等人(1995)在研究"关系"的获益时得出结论:良好的关系可以获得有关市场趋势、政府政策、进口管制和商业机会方面的信息,能够获得进口许可申请、地方和中央政府申请批准等方面的资源,以及获得建立企业的声誉(形象)、减少经营摩擦等方面的利益。很明显,所有这些利益都与权力有关或直接由当权者准予(Bian,1994;Luo,1997)。

《香港经济时报》1997 年曾报道,1992 年麦当劳在中国投资的时候,曾专门成立了一个特别的企业部门提升与地方当权者的关系。

Yeung 和 Tung(1996)认为,维持"关系"关联有四个基本的战略:提供好处、培养长期的共同利益、培养私人关系以及培养信任。

Geck(2006)描述了国际著名企业微软在中国通过建立一个计算机研究实验室与政

府搞好"关系",从而更易打进中国市场的例子来验证跨国企业在中国与政府"关系"的重要性。文章谈到微软自 1998 年成立 Microsoft Research Asia（MSRA）以来,产生了数以百计的创新人才,扩大了微软的人才储备,也为许多中国人成为未来国际经营中的领导提供了平台。微软从一开始便与中国政府合作,显示实验室对国家的益处。企业捐赠了大量金钱,从中国最好的大学中招募人才。Geck 认为"关系"在中国的翻译是处理关系的艺术,但微软的使命能更好地诠释之:帮助全世界的人们及商业组织认识到自己全部的潜力。

Park 和 Luo（2001）聚焦于对"关系"的利用——这在中国是十分重要的文化及社会因素,并关注"关系"对企业绩效的影响。尽管"关系"根植于中国社会生活的方方面面,但不同企业对"关系"的培养有不同的需求及能力。中国企业将发展"关系"作为一个战略机制,通过与各利益相关者及政府机构的合作或交流,以克服竞争和资源劣势。解释"关系"利用的综合框架包括制度的、战略的及组织的因素。中国企业利用"关系"管理组织的相互依赖及减轻制度缺陷、结构弱势及其他环境威胁。"关系"对企业绩效的影响主要是销售增长及净利润增长。最后 Park 和 Luo 通过对中国大中型城市的 128 家企业的调查问卷,验证了"关系"是企业的一种竞争力量,其主要决定因素是制度、战略及组织。在研究过程中,他们关注企业网络能力的两个有特色的应用:一是与企业的供应商、顾客及竞争对手的水平联系;二是与各级政府及管制机构的垂直联系。实际上,他们关注企业制度的、战略的及组织的内容是作为"关系"网络的前置变量。也就是说"关系"利用的效力取决于这三个因素。其中与政府机构的"关系"网络主要取决于企业的制度及战略因素。

以上对关系战略和关系途径等问题的分析,主要是针对企业如何通过与政府部门及官员的良好"关系"以提升企业绩效,获得市场竞争优势的内容而言的。还有一些学者专门针对不同性质的企业,对他们在构建和维系与政府部门"关系"方面做了少量研究。

Xin 和 Pearce（1996）认为,"关系"是作为正式制度的替代品。通过调查中国的数据（数据来源包括中国大中型城市中许多国企、国有控股企业及私营企业的管理者,平均年龄为 42 岁,在本企业工作了 8 年以上）来验证关于支持私营企业的法律法规不发达的情况下,企业高层发展与社会的私人联系的讨论。不发达的法律框架使得私营企业经理较之国企或国有控股企业经理更依赖于"关系"。相比较其他企业经理,私营企业经理认为商业联络更为重要,更依赖于关系以保护自身,也拥有更多的政府关系,给予更多不被承认的礼物及更信任这种关系的构建。也就是说,私营企业经理明显地更依赖于与政府官员建立"关系"以获得抵御诸多不确定的制度环境给他们带来的威胁,并且更广泛地采用送礼形式以建立商业关系并维系这种信任。

Tsang（1995）则研究了合资企业在中国寻找伙伴建立"关系"以应对竞争的战略。他认为,由于中国政府政策、商业环境及法律法规环境的不确定性,使合资企业关注的焦点变为在中国寻找合适的伙伴。伙伴决策是企业在市场上成功或失败的最主要的决定因素之一。作者认为,驻华大使馆及领事官员是获取企业合资伙伴的良好信息来源。企业可通过与中国各级政府部门建立良好的联系以获得潜在伙伴的信息。

Keng（2001）认为私人网络关系是中国商业组织中的主要部分。他基于中国南部一个小镇的数据，探究了乡镇企业家间及企业家与当地政府部门间的社会关系网络对市场化的影响。

Peng（1998）认为，在西方企业流行的并购等企业传统成长战略并不适用于中国企业，相反，中国企业的成长决定于其网络战略的成长，即基于管理者们内部个人"关系"的网络，建立战略性联盟及互动组织网络才是中国企业成长战略的最佳选择。这些网络和联盟能帮助合资及外资企业跨越本土化的鸿沟，同时也能为微观及宏观组织的研究起到桥梁作用——高层管理者间的私人"关系"是微观的，但如何有效的将这种私人"关系"转为组织间的联系则是宏观的、战略性的事项。

三、"关系"的伦理问题

当然，部分学者对中国的"关系"现象提出了反对意见。Fan（2002）对中国的"关系"表示质疑，他特别指出商业关系中的商政关系在道德上是有问题的，是内生腐败的，是中国政治和社会经济系统的产物。Su 和 Littlefield（2001）将中国大陆流行的关系分为两种类型：寻助关系和寻租关系。其中寻租关系中的权力关系在伦理上是有问题的。他们建议西方企业绕过权力而通过亲友来建立关系。Yang（1994）认为，在中国，"关系"是腐败和其他不当行为如裙带关系、贿赂和欺诈的同义词。还有一些西方学者简单地将"关系"与商业交易中的腐败和贿赂等同起来（Koo 和 Obst，1995；Smeltzer 和 Jennings，1998；Steidlmeier，1999）。尽管西方学者和企业执行官认为中国的"关系"多少带有腐败的意味，但中国的企业经营者持有稍微不同的看法。Su 等人（2003）对中国的 256 个企业经理人员寻助关系的调查分析表明，强的关系导向并不一定是不道德的。Lee 和 Paul（2000）对香港人与大陆人对"关系"的收益与缺点的对比分析也表明，香港人比大陆人对"关系"的缺点持更强烈的负面感受。

这些"关系"的研究对于外国人了解中国的企业政治策略与行为是有帮助的，而且事实上，企业与政府之间建立关系的过程往往涉及企业的政治策略与行为本身。比如Pearce II 和 Robinson 指出的培养关系的途径本身就是政治行为。

第二节　西方学者对在中国的跨国企业政治行为研究

尽管随着中国经济的腾飞，越来越多的全球著名跨国企业都将中国视为其重要的海外市场，但中国商业环境的一个与众不同的特点在于其政治体系。因此，除了上述的关于中国的特有现象——关系的研究外，一些西方及华裔学者主要关注的是：①中国制度环境（或商业环境）的不确定性；②中国市场管制严格性或政府部门对企业的影响力；③法制体系的不健全等问题给许多跨国企业带来经营的挑战，以及这些企业如何更好地在中国市场上经营等内容也做了少量研究。

中国社会发展相较苏联改革是渐进式的，因此，企业的许多经营战略中亦包含了政治战略，其目标也是为了从这些政治权力中产生租金，或通过这些力量的支持获得他们所期望的经济地位。Wolf 认为这不是当今共产主义意识形态所倡导的利于公众福利最大化的良性系统，但却是竞争性寻租的有利手段。

制度框架的制定有正式及非正式的约束力（North，1990）。正式约束力包括政治规则、立法决定及经济约束。非正式约束包括社会认可的行为标准，由文化及意识形态构成（Scott，1995）。在相关文献中，一些学者在研究中并未明确谈到跨国企业在中国实行政治战略或与政府打交道等内容，但他们剖析了中国制度环境，探讨了企业应对制度环境不确定性的方法方式等问题。

Peng（2002）基于制度理论，探究了为何不同国家的企业战略不同这个问题。结果显示制度有利于降低组织的不确定性。Luo（2005）研究了交易特征及制度环境对跨国合资企业契约治理的影响。他将契约治理定义为三纬度结构，在中国，由于国家法制体系的不确定性增加，因此契约条款的具体性及强制性便随着增强。契约的强制性增加了经济环境可利用性的基础，反之，内部依赖、投资的不确定性及环境危险的增强会增加契约的偶然性，从而导致企业的失效。他的研究为跨国合资企业在复杂及不稳定的制度环境中如何降低交易成本，提高企业的应变能力及发展提供了理论基础。

当然，更多的学者关注的是跨国企业如何利用与政府间的互动来提升企业绩效等问题。Chen（2004）认为，中国这样一个特殊的政治环境，要求跨国企业采取多种战略性的公共事务行为（指宣传联络工作等）以持续地与中国不同层级的政府互动，回应政策以期未来对商业政策的形成产生影响。文章基于国际政治经济学、依赖理论和代理理论构建了一个关于跨国企业政府议价的概念模型。该研究检测下面两个问题：①跨国企业与政府讨价还价行为对跨国企业产生的国际及国内影响；②跨国企业基于自身利益所采取的影响中国关于外商投资等相关法规的战略。该文章通过一个案例（即 1998 年中国政府颁布了一个关于直销经营的禁令，而安利的战略使禁令没有对其产生致命影响）分析显示，有效的公共事务必须包含如下要素：①事项管理；②持续并系统地分析跨国企业与东道国议价能力；③基于跨国企业与政府议价分析结果选择公共事务战略；④运用关系管理；⑤关注经营中的伦理问题。

Schafer（2004）描述了微软公司在中国市场处理盗版问题的案例，以此揭示了跨国企业通过与当地政府的互动达成双赢的策略。微软新的中国战略试图通过政治及商业界的精英在中国创建一批支持正版的联盟，这意味着他们要提高对中国大型企业的支持，帮助中国发展国内软件工业，与中国分享更多的技术等。

Peng（2000）基于代理理论框架，扩展了 Harwit（1995）描述的北京吉普、上海大众及广州标致三个合资企业的案例,验证了中央政府与在中国转型经济中投资经营的跨国企业的互动关系。中央政府与跨国企业间存在着明显的利益冲突,但能通过地方政府扮演中央政府的代理人角色起到缓解冲突的作用。

Luo(2001)研究了跨国企业与东道国政府间的合作关系。他通过分析131家在中国投资经营的跨国企业,得出资源承诺、个人关系、政治融合及组织可信度是提高跨国企业与政府合作关系的四个基石,由于中国政府部门对产业政策、投资优先权及经营活动的影响较大,因此跨国企业与政府间的关系成为支撑这些企业成长的关键因素之一。这些基础对于塑造跨国企业与政府的关系十分重要,而这种关系对于提高跨国企业子企业的绩效亦非常重要。

还有学者关注如何利用企业高层的社会资本处理与各利益相关者(特别是政府部门)的关系。

Luo(2003)研究了行业环境如何影响企业高层与决策实体的管理网络。这种管理网络包括高层与企业所在市场内的顾客、供应商、竞争者、分销商及管制者(政府部门)之间的连接网络,即高层的社会资本。他通过中国364家企业高层的数据分析,研究管理层的社会网络水平由于外部环境的不确定性、规制、竞争程度加剧及产品生产能力利用系数降低等因素而极大提高。即当企业面临不同的行业环境时,高层会产生不同层次的社会资本以满足组织需求。作者认为高层的社会资本受到外部行业特征,如结构的不确定性、销售增长、规制严格、竞争压力及产品生产能力利用系数等的影响。对一个具体企业来说,行业动态与管理层网络之间的联系通过企业的战略性预测来调节。特别是在中国,企业高层需要更全面的网络和与该网络成员更频繁的交流和接触以支持正式的制度环境,从而成为管制者(政府部门)或其他企业无法控制的稀缺资源。

综合以上研究现状,我们可以看出,相对于西方学者对西方各国企业与政府关系研究的成熟和多样化,他们对中国的研究仍然处于起步阶段,但随着中国在世界舞台上的地位越来越重要,更多的经济实体入驻中国,中国国内的特殊环境和社会文化将成为学者们关注的下一个热点。目前,关于中国的"关系"已有大量学者加以研究和探讨,而中国政治制度、政治环境、经济环境、社会文化等影响企业成长、发展的一系列外部因素将有待更多地关注和研究,以期展示不同的视角和思路。

第三节 中国学者对企业政治策略与行为的研究

一、国内学者对西方相关研究的介绍

高勇强和田志龙(2003)系统介绍了西方企业的政治战略,包括:①信息战略;②财务刺激战略;③选民培养战略;④企业的政治战术:游说、政治行动委员会、报告研究结果、报

告调查结果、培养选民、作证。黄忠东(2004)则专注于美国企业的政治战略,希望给中国企业提出一些比较和借鉴的意义。他介绍美国企业常用的政治战略包括信息战略、酬金战略和选民培养战略。这些介绍性研究,通常也会将西方与中国的情况进行比较。例如与美国企业相比,我国企业参与政府政策选择的渠道较少,而且缺乏透明有效的制度途径,企业影响政府政策基本上靠非正规制度渠道。在涉及企业切身利益的政策制定过程中,企业缺乏影响政策的正规途径,常常通过非正式的渠道来施加自己的影响,如通过向有关官员寻租,或支持职工集体或个体频繁上访,从而引起腐败和不满。因此,我国应从制度方面建立一些商政关系的政企接触渠道,缓解企业的政策诉求。

另外,刘艳和韩丽姣(2000)、田志龙和贺远琼(2003)、魏杰和谭伟(2004)等都分别介绍了国外企业的政治行为。其中田志龙和贺远琼(2003)在已有研究的基础上对企业政治行为做出如下定义,即企业影响政府政策和法律法规的行为称为企业政治行为,且从政治学科、经济学科及管理学科三个角度探讨了企业政治行为的研究基础,为我国企业政治行为的理论研究打下了基础。

二、跨国企业的政治策略与行为

在企业政治行为中,除了本国企业的相关行为以外,外国跨国企业也是其中一股不可忽视的力量。跨国企业的政治行为,是指跨国企业在非市场环境中,为了实现某种在市场环境中无法达到的目标而采取的特定手段(朱鸿伟,2006)。跨国企业的政治行为包括:①政治谈判;②政治合作;③政治游说等(刘艳,2000;朱鸿伟,2006)。其中刘艳(2000)认为跨国企业政治行为的直接动因就是政府垄断。政府垄断造成对跨国企业有利或不利的影响,使跨国企业通过政治行为寻求对其自身有利的政策输出。她总结出了跨国企业应对政府垄断的政治行为除以上三种外,还包括:①利用母国的保护伞为其打气撑腰;②通过支持竞选的方式在政府中培育政治代言人。朱鸿伟(2006)归纳跨国企业的政治行为还有一项为非法途径的行为——政治贿赂。他认为政治行为的动机是多重性的,包括:①跨国企业政治行为的现实诱因是政府决策者的"经济人"特征;②政府决策者有各种利己的动机,企业(跨国企业)作为一种利益集团对决策者有着特殊的影响力,这两方面的结合成为"俘虏政府"的现实基础;③跨国企业对垄断特权和高额利润的需求是其政治行为的内在动机。这种归纳较之刘艳的"政府垄断论"更为合理且符合复杂多变的现实情况。高勇强(2005)从跨国企业在跨国投资中的政治风险角度探讨了它们可能产生政治行为的动因。"政治风险"是指这样一种可能性:一个国家的政治决策或事件将影响商业气候,以致投资者将损失金钱或在投资时赚不到预期的金钱。

三、中国企业的政治策略与行为研究

一些学者在研究了西方相关情况的基础上,开始探讨中国企业政治策略与行为的相关问题。

田志龙等(2003)在对企业高层经理的小组访谈、个别深度访谈以及对武汉市一些政协人大代表的访谈后，将我国企业政治策略分为七种，分别为：①直接参与策略；②代言人策略；③信息咨询策略；④调动社会力量策略；⑤企业经营活动政治关联策略；⑥财务刺激策略；⑦制度创新策略。并系统地就其中的直接参与策略、制度创新策略等几种显著策略做了细致深入的研究。

黄忠东(2003)认为企业政治战略分为三种类型：战略进攻、战略维护和战略防御。同时，他更提出应将企业的政治战略整合到经济战略中，提出了如下"四阶段"整合模型，见表7-1。

表7-1　四阶段战略整合模型

	无为战略	反应战略	提前行动战略	促进战略
目标	不接受政治影响 拒绝产品变化 避免任何新成本	影响最小化 产品变化最小 最小化短期成本	接受并整合影响 可行的产品变化 最小化整体成本	整合并促进影响 最大化产品-市场系统 最大化利润
策略	不考虑政治影响 遏制外界政治影响 击退外界政治影响 不接触政治影响者	象征性做出改变 限制外界政治影响 产品专门变化 与影响者特别接触	监控外界政治环境 处理外界政治影响 阻止政治影响扩大 建立正式接触渠道	协调产品环境和影响环境 扩大影响领域 影响创新企业文化社会化

资料来源：黄忠东(2003)

高勇强和田志龙(2005)在介绍了西方企业参与政治的途径的基础上，着重从中国企业如何影响政府政策制定的角度探讨企业的政治策略。他们认为，由于中国与西方政治经济体制的差异，中国影响政策制定的途径包括：企业的参政议政、基于关系的游说（游说在中国有一个特定的名字叫公关）、各种公益性捐款、担任政府经济顾问和各种咨询委员会成员、积极参与有利于政府官员政绩的工程、通过政府成立的公共关系部门（如信访办公室、某些地方的公关部等）反映问题或直接找相关的领导反映问题等。

张建君(2005)在温州和苏南的实地调查的基础上，着重对苏南和温州乡镇企业不同的改制方式进行比较，分析了改制背后的政治因素，认为虽然财政约束、监管约束和信息约束可以部分地解释两地改制方式的差异，但最根本的原因在于两地权力关系的不同，即政治约束。于是，他们得出了如下结论：所有企业都需要采取合适的政治战略去应对所处的外部环境，从而为企业发展赢得优势。并在另一篇文章中（张建君，张志学，2005）探讨了中国民营企业家的政治战略，总结了企业家采取的两种不同的战略：先发制人的战略和被动反应的战略，见表7-2。

表 7-2　先发制人与被动反应战略的比较

	先发制人	被动反应
目的	优惠待遇和有效保护	走出麻烦
特点	关系导向	交易导向
时间跨度	长期投资	短期，就事论事
结果	社会资本的积累	社会资本的消耗

资料来源：张建君、张志学(2005)。

　　导致两种不同战略的主要原因是企业面临的资源和能力约束：地方文化氛围、企业规模和企业家个人特点。由于这些因素难以模仿和复制，不同的政治战略通过影响企业成本、收益和合法性从而影响到企业的竞争优势。

　　李锦清和王大勇等(2006)也从中国民营企业的角度探讨了企业政治战略。他们基于资源依赖理论谈到了中国民营企业的政治战略，包括大力支持政府的改革、支持社会福利事业，积极组织或参与社会公益活动，适当让利于地方的经济事业，或聘用已退休的国家公务人员作为企业的顾问等方式。

　　卫武(2004)则基于对政治效率和政治有效性的分析，设计了一个企业政治绩效评价系统模型，这个系统可分为标准的和环境的两部分。标准的企业政治绩效评价系统将评价过程分为四个阶段和三个维度；而环境的企业政治绩效评价系统则分析了偶然性变量、反应性变量和绩效变量对评价过程的影响。同时，卫武(2004)还做了政治关联性研究，采取内容分析法对我国 76 家企业网站上与政府有关的新闻报道进行分类、频数统计、逐步回归、时间序列和相关性分析，发现：①国有企业善于采取政治策略营造有利的政治环境，特别是宣传策略和党建策略，从而影响企业政治绩效水平；②对于民营企业来说，参观策略和参与策略对企业政治绩效产生显著影响；③对于"三资"企业来说，企业政治绩效水平主要受到公益策略实施效果的影响；④我国政府每年 3—4 月召开人大、政协会议，并有一些重大事件，如 2003 年的"非典"等都对企业的政治行为特别是公益策略产生了显著影响。

四、企业的政治经营

　　还有一些学者在文章中用了"企业的政治经营"或"政治营销"这样的提法，其本质上也是谈企业政治策略的内容。孙明贵(2002a)通过两个案例，日本家电企业的"政治经营"和美国汽车产业的"政治化经营"介绍了外国企业特别是美、日企业在国际化经营过程中所采取的一些政治策略或称政治经营。孙明贵(2002b)在分析了政治经营产生的背景的基础上，着重提出企业联盟成为旨在缓解摩擦和矛盾的政治经营的基本方法。应斌(2004)总结出了中国企业政治经营的思路应该是：企业通过政治经营战略的制定，帮助企业营造良好的内外部环境;通过有效地实施政治经营战略,赢得董事会、各种社团等内外部组织的支持,提高核心竞争力、国际竞争力,开拓、扩大国内、国际市场。陈兆祥(2002)介绍了国内外几个通过重大政治事件施展营销活动的案例,并将这些手段统称为"政治营销"。

五、其他相关问题

一些学者还探讨了企业政治行为的规范性问题(高勇强、田志龙,2004)、政治行为的影响因素(卫武,2004)和政治行为的合法性及伦理问题(高海涛,2006)等。

高勇强等(2004)在文章中探讨了三个问题:①企业是否有政治行为和有什么样的规范约束;②企业是否遵守行为规范和在多大程度上遵守了规范;③企业人士对这些政治行为的接受程度。

卫武(2004)运用企业行为理论研究组织因素在企业政治行为过程中的作用,分析经济因素、组织因素和企业政治行为三者之间的关系,提出了一种间接影响模型,研究结果表明经济因素通过组织因素对企业政治行为产生影响(完全或部分)。

还有一些学者批判性地对亚洲式的裙带资本主义进行了研究(庄礼伟,2001)。他们认为,亚洲式裙带资本主义不仅是"商界和政界不道德的结合",而且还有如下特点:一是现代性。以保护人—被保护人、施主—雇主关系这种前现代的政治文化作为支撑。无权势者缺乏独立人格,依附心态非常严重。二是体制性。体制上的诸多缺陷,如政治上的威权主义统治,经济生活中过多的政府干预,法制不健全等,为亚洲裙带资本主义提供了深厚的体制和政策土壤。这也导致了亚洲裙带资本主义的形式更为丰富多样,如政策性的行业垄断、侵吞、回扣、在企业和基金会兼任职务、利用大型公共工程牟利、非法占有国家土地等。三是家族性。政治利益和经济利益沿着血亲、姻亲、部族关系畸形地集中起来,无论是政治领导人的家族还是政治领导人的密友们的家族,均能在这种裙带资本主义体制中成为超级富豪家族,家族、密友利益超然于法律和市场经济的应有秩序,贪污金额普遍巨大。四是全社会性。上行下效,各种层次的朋党关系、密友关系从低到高形成了全社会性的金字塔式的网络结构,公务员乃至全社会的道德水平下降。特别是精英和权贵阶层的大面积腐败,使市场经济秩序极度混乱,社会发展陷入恶性循环。

第四节　企业家的政治参与

中国目前的现状就是民营企业家纷纷涌入人大和政协等政治通道,为自身的利益寻找保护伞或干脆步入仕途(高勇强,2004)。

同时,我们应该注意到中国私营企业家作为拥有较多经济资源而缺乏体制性的政治资源的一个群体,为了争取获得企业发展的政策空间,政治接触成为他们政治参与的普遍和经常的形式(赵丽江,2005)。因此,多数学者均从私营企业参政的角度做了相关探讨和研究。

一、政治企业家

有学者提出了"政治企业家"的概念。政治企业家是指具有强烈的制度创新偏好和利他主义行为特征的个人或团体,在现代社会它可能是政治家或政党组织(米运生,2000)。具有创造性的政治企业家是推动制度创新的重要力量,而利他主义对人类社会的作用在政治企业家身上表现得尤为明显(刘洪军,2002)。

事实上,政治企业家的概念与田志龙和高勇强(2004)的"制度企业家"概念类似。田志龙和高勇强探讨的制度企业家就是指推动政治领域制度创新或变迁的企业家。

二、政治参与现状与动机

一些学者分不同区域对中国民营企业参与政治的现状进行了调查和研究(董明,2000;尹毅、李蔓琳,2003;邢乐勤,2004;顾建键,2006;等)。郭夏娟和董以红(2006)还专门对温州市女企业家的政治参与现状做了调查研究。

周师(2006)就私营企业主政治参与的研究进行了综述,目前关于私营企业主参与政治的动机包括:①"法律依据"说;②"理论依据"说;③"需要层次"说;④"主观动机"说;⑤"经济地位、文化素质、参政态度"说等。

成伟则认为企业主参与政治的动因包括:①经济利益;②寻求生存和发展的政治保护与安全;③提高政治地位、获得社会尊重;④实现自我,贡献社会。

陈国权(2005)则认为制度上的不确定性是民营企业参政最主要的动机。民营企业家的政治参与可以被视为在这种环境中规避风险、寻找机遇的一种努力。

三、政治参与的途径

在研究政治参与的途径这一内容方面,夹杂着对政治行为及政治策略的研究,那么这里主要着重于政治行为、策略中的直接或间接参与部分,并探讨参与策略中的具体行为或偏战术方面的内容。

吴锦良(2005)从人大代表和政协委员的名额分配及其产生方式、经济性团体的能力提升、政府与企业主团体的制度化联系渠道、决策机构的议事规则五个方面探讨了我国企业主团体政治参与的途径和机制。

付登华(2003)则将企业参政从形式上概括为:企业进行单独的政治参与(利用企业领导人的影响力去影响国家政策的制定、实施)及企业进行群体的政治参与(政治性团体或联盟)。从方式上概括为:企业进行直接的政治参与(企业有实力强大的律师、顾问或专门的公共事务管理人员,游说或影响政府的政治行为。企业领导人本身就是某政治团体的成员,比如政协委员、人大代表等,他们可以在政协会议或人大会议期间直接参与政治,从而为企业的发展谋求机会)、企业进行间接的政治参与(委托他人或通过某种媒介、政治性社团代表自己参与政府政治活动)及企业组建特别联盟进行政治参与(特别联盟是企业把多种商业团体联合在一起来游说政治同意或反对某项特殊的政策规则而组建的临时政治参与组织)。付登华的这种分类较之其他学者更为全面且清晰。

四、商业与政治联姻的红顶商人

商人对政治的参与在我国自古就有之,张正明在《晋商与经营文化》(1998)对晋商与政治的关系做了分析,他指出,晋商以其财力结营仕宦影响政治政策的制定,而政府的政治、军事活动总能得到晋商的财力支持。刘建生等人在其著作《晋商研究》(2002)中分析了晋商参与政治的原因,认为晋商在封建专制统治下无法取得独立合法的法人地位,是其结托政府和官吏的基本原因;特定的产权制度,使商人对特定产业的经营权需借助政府才能获得;同时,节约交易成本,需借助政府关系才能顺利实现,这是晋商结托政府的经济动因,特殊的合约锁定关系,使官商互利互惠,是官商结合的纽带。

中国近代历史,特别是晚清和民国时期的商人与政治的关系,更是得到了广大学者的关注。高阳的一本《胡雪岩全传》,以红顶商人胡雪岩为代表,对晚清时期的商政关系进行了深入剖析。其他一些学者,比如刘伟(1994)、朱英(2000)、郑琼现(2003)、魏文享(2004)等都对我国近代历史上商人的政治参与现象进行了介绍和研究。

第五节 企业非市场研究

在研究企业政治行为、策略、参与等相关内容的基础上,国内学者还引入了西方已关注数十年的企业"非市场"这一领域的相关研究,"非市场"是相对于"市场"这个传统概念而言的。

一、非市场环境

张维迎将企业生存与发展的环境归纳为三大类:商业环境、政治环境、舆论环境。这里的商业环境类似于市场环境,而政治、舆论环境则类似于我们所说的非市场环境(贺远琼,2005)。企业在关注市场环境的同时,也应该对这些非市场因素给予足够的关注。对企业经营而言,政府、媒体、公众等非市场因素有着巨大而深刻的影响(高海涛等,2005)。因此,非市场环境包括社会的、政治的以及法律安排等因素。

企业的利益相关者至少包括七个——政府、股东、执行管理人员、顾客、雇员、供应商和社区。其中政府是企业所面对的最有权势的利益相关者。政府不仅通过法律法规来保障工商业的利益,通过诸如产业政策指导工商企业的发展方向,而且通过各种管制机构控制工商企业的实践(田志龙等,2004)。因此,我们以上介绍的诸如企业政治行为、策略及参与都是针对企业最主要利益相关者——政府而言的。这里的非市场环境则是包含这种政治环境的更为宽泛的概念。由于政治环境的重要性,一些学者甚至将之单独作为相对市场环境而言的一方。黄忠东(2003)认为,企业的外部环境被分成两部分:一部分是产品——市场环境,统称为经济环境;一部分是政治——社会环境,统称为政治环境。对政治——社会环境来讲,它不直接作用于产品和市场,但对产品和市场有间接的影响作用,因此我们又称它为间接环境,如政府政策、社会价值等。宣杰等(2003)研究了西方所谓的"政治市场"问题。张建君和张志学(2005)也将环境分为市场环境与政治环境。实际上,这些都是我们所说的非市场环境中最主要的部分——政治环境。

二、非市场策略

非市场策略是相对于市场策略而言的。企业的非市场策略是企业在非市场环境中所采取的一致性的行为和策略,旨在为企业创造有利的竞争环境,从而改善企业的经营绩效(贺远琼,2006)。在目前的学术研究中,非市场策略主要包括政治战略、公益战略和环境战略,其中对政治战略的研究更为丰富(正如我们以上所介绍的)。

目前,在这方面研究比较突出的是田志龙等(2003),他们对中国企业非市场策略的分类和特征进行了研究,并进行了中外差异对比分析;高勇强(2003)对部分非市场策略进行了案例研究,剖析了企业是如何实施这些非市场策略的;卫武(2004)对企业非市场策略的有效性进行了研究;卫武(2004)通过大样本的问卷调查研究了企业非市场策略与绩效的相关关系,研究发现,企业非市场策略与绩效存在显著的正相关关系。

田志龙等(2005)对中国民营企业管理自身经营合法性的策略进行了调查研究,识别出九种管理合法性的策略,并就每一种策略与西方企业的实践进行了对比,希望能够对中国企业开展跨国经营有所启示。贺远琼等(2005)基于内容分析法以三家企业(海尔、中国宝洁和四川新希望)为案例,研究了提升企业经营合法性的非市场策略与行为。研究结果表明,尽管不同企业采取了差异化的非市场策略,但这些策略和行为均有助于提升企业的经营合法性;将企业与已经获得合法性的事项(例如,政治事项等)、组织(例如,行业协会、政府等)或人员(例如,专家学者等)联系起来,是提升企业经营合法性的重要策略和途径。

三、整合战略

企业整合非市场环境与市场环境的程度高低将越来越影响到企业的成败。尽管市场环境与非市场环境的特点有所不同,但它们之间常常是相互作用的,从而对企业绩效产生影响。因此,研究整合战略对提高企业应对市场与非市场环境的能力尤为重要。

整合战略是指企业综合考虑市场环境和非市场环境的影响,从而将市场策略与非市场策略整合运用的行为表现(贺远琼,2006)。冯雷鸣等(1999)认为将非市场策略和市场策略整合的最有效的方法是将市场分析和战略系统相整合,处理并集中在影响企业特定的非市场事物,集中在作为补充、替代市场行为的非市场行为。由外部引起或响应企业行为的一些非市场事务应该视为由市场和非市场策略同时处理的第六种力量。黄忠东(2003)提出了四种整合战略类型,即无为战略、反应战略、提前行动战略和促进战略。

第六节 其他相关问题研究

除了以上介绍的与本书研究有关的问题外,还有一些研究,尽管与本书研究问题的差异大于相似,但在某些角度上,还是可以作为我们研究参考之用。

一、政企关系

政企关系不是一个新鲜的名词,研究政企关系的学者有很多,但多数都是从政治角度,国企改革角度去谈(慕庆国,1999;田志龙和孙鸿敞,1997;施健,2002;傅金鹏,2004;等)。与我们要研究的企业与政府打交道的战略视角还是有很大不同的,目前就这个角度去研究政企关系的学者包括田志龙、张维迎、高勇强等。

高勇强等(2003)基于资源配置方式的差异,探讨了在不同资源配置方式下的政企关系,并试图对我国迄今为止的国有企业改革做出简单的解释,对今后的政策导向做出判断。以张维迎为代表的学者研究了中国民营企业不公正的生存环境。私营经济的发展必须依赖于政府与私营企业之间的良性互动关系(朱建华,2004)。经过调查显示,我国民营企业领导人30%的时间都用于应付政府官员,花在与政府关系上的时间比国有企业还要多,官员的偏好决定了民营企业家的偏好。民营企业更多地关注如何艺术地处理与政府、官员的关系从而为本企业获得一个相对良好的竞争环境。江三良(2005)在对政府与企业的博弈分析后,认为适应市场经济体制要求的新型政企关系的形成路径是,只要企业数量足够多,在无限次重复博弈条件下,企业家群体能够走出"个人理性"但"集体非理性"的困境。

二、政府公关

在中国,一个企业家要想成就事业,要想有所作为,要想站稳脚跟,必须处理好与当地政府的关系,求得政府的支持,于是"政府公关"应运而生(蔡恩泽,2004)。在这一部分的研究中,与我们关注的问题有关的包括:①熟悉政府的政策和办公流程;②建立诚信的人际关系;③充分展示自己的良好形象等方面(蔡恩泽,2004;林景新,2005;雷永军,2004;等)。还有学者研究了私营中小企业竞争优势的构建在于通过政府公关与政府建立一种战略关系(龚鹤强等,2005)。

三、企业政治活动

企业政治活动包括宏观、中观和微观三个层面,以企业为基本载体的政治活动包括了企业活动的各个方面,大体上可以分为三个层次:①以企业作为行为主体参与国家政治的相关活动;②国家相关法律(主要是企业法、民法等)对企业内部权力机制的规定;③企业内部正式与非正式的权力框架下的政治行为(黄忠东,2004;谢闽,2006 等)。我们可以看到,企业政治研究领域内的宏观、中观层面与我们的研究有相似处。它是旨在以企业对国家政治活动的参与,影响企业的经济环境,在利益的配置中取得更为有利的地位(谢闽,2006)。黄忠东(2004)认为企业政治战略包括企业对所有外部的利益相关者进行权力控制的战略,企业对政府的战略只是企业政治战略的一部分,为了区分企业政治战略和企业对政府的战略,他将企业对政府的战略称之为企业政府战略。

四、其他

另外,还有文献介绍企业在北京设立办事处,处理与政府关系的现象(龙竹,龙虎,2000),以及关注我国企业家的政治导向及其问题(瞿长福,2000),企业家官商不分问题(春望,2000)等。

第七节 结 论

本章分六个小节对近几年来西方学者对中国企业政治策略与行为的相关问题以及我国学者对企业政治策略与行为的相关方面的研究做了综述。

从综述的角度来看,对企业政治策略与行为的研究,中国仍处于起步阶段。研究的方法也还主要局限于理论的评述和少量的案例研究,大样本的实证研究仍然显得非常欠缺。尽管中国有其独特的文化和政治经济体系,并且存在大量的可用于研究的素材,但这些素材的深度利用和挖掘仍然有待于我国学者进一步的开拓。

在借鉴西方相关成熟研究成果的基础上,如何针对我国特有的国情和现实状况研究适合本国企业的政治策略与行为等问题,成为我国学者们的重要任务。

本章参考文献

1. Bian, Y. Guanxi and the allocation of urban jobs in China. The China Quarterly. 1994(140):971-999.

2. Chen, X. and Chen, C. C. On the intricacies of the Chinese guanxi: a process model of guanxi development. Asia Pacific Journal of Management, 2004, 21(3):305-324.

3. Davies, H., Leung, T. K., Luk. S., and Wong, Y. The benefits of guanxi: the value of

relationships in developing the Chinese market. Industrial Marketing Management，1995（24）：207-214.

4. Fan，Y. Guanxi's consequences：personal gains at social cost. Journal of Business Ethics，2002(32)：371-380.

5. Fock，K. Y. and Woo，K. The China market：strategic implications of guanxi. Business Strategy Review，1998(4)：33-44.

6. Geck，C. Guanxi (The Art of Relationships)：Microsoft, China, and Bill Gates's Plan To Win the Road Ahead. Library Journal，2006，131(7)：86

7. Harwit，E. China's automobile industry：policies, problems, and prospects. New York：M. E. Sharpe，Inc. 1995.

8. Keng，K. China's future economic regionalization. Journal of Contemporary China，2001（10）：587-611.

9. Koo，Y. C. and Obst，N. P. Dual-Track and mandatory quota in China's price reform. Comparative Economic Studies，1995，37(1)：1-7.

10. Lee Mei Yi and Paul Ellis. Insider-outsider perspectives of Guanxi. Business Horizons，2000，43(1)：25-30.

11. Luo，Y. Guanxi and performance of foreign-invested enterprises in China：an empirical inquiry. Management International Review. 1997，37(1)：51-70.

12. Luo，Y. Industrial dynamics and managerial networking in an emerging market：The case of China. Strategic Management Journal，2003(24)：1315-1327.

13. Luo，Y. Transactional characteristics, institutional environment and joint venture contracts. Journal of International Business Studies，2005，36(2)：209-231.

14. Park，S. and Luo，Y. Guanxi and organizational dynamics，organizational networking in Chinese firms. Strategic Management Journal，2001(22)：128-143.

15. Pearce II，J. A. and Robinson，R. B. Cultivating guanxi as a foreign investor strategy. Business Horizons，2000(43)：31-38.

16. Peng，M. W. Business strategies in transition economies. Thousand Oaks，CA：Sage，2000.

17. Peng，M. W. Towards an Institution-Based View of Business Strategy. Asia Pacific Journal of Management，2002（19）：251-267.

18. Peng，S. Q. Guanxi in Trust：An Indigenous Study of Chinese Interpersonal Trust. Unpublished PhD Dissertation，The University of Hong Kong，1998.

19. Robinson，D. R. Getting China ready：the three P's of building a China business：patience, people and personal relationships. AFP Exchange，2006，26(4)：50-53.

20. Schafer，S. Microsoft's Cultural Revolution. Newsweek，June 21，2004.

21. Scott，K. Reaching into all corners. The China Business Review，1995，22(1)：41-44.

22. Smeltzer，L. R. & Jennings，M. M. Why an international code of business ethics would be good for business. Journal of Business Ethics，1998，17 (1)：57-66.

23. So, Y. L. and Walker, A. Explaining guanxi: the Chinese business network. New York: Routledge, 2006.

24. Standifird, S. and Marshall R. S. The transaction cost advantage of guanxi-based business practices. Journal of World Business, 2000, 35(1):21-42.

25. Steidlmeier, P. Gift-Giving, Bribery, and Corruption: Ethical Management of Business Relationships in China. Journal of Business Ethics, 1999, 20(2):121-132.

26. Relationships in China. Journal of Business Ethics, 1999, 20(2):121-132.

27. Su, C., Sirgy, M. J. and Littlefield, J. E. Is guanxi orientation bad, ethically speaking? a study of Chinese enterprises. Journal of Business Ethics, 2003, 44(4):303-312.

28. Tsang, J. Joint venturing in China: Choosing the right partner. East Asian Executive Reports, 1995, 17(4):8-11.

29. Wolf, M. An autocracy of bureaucrats can only crush China's growth. Financial Times, May 31, 2006.

30. Xin, K. R. and Pearce, J. L. Guanxi: connections as substitutes for formal institutional support. Academy of Management Journal, 1996(39):1641-1658.

31. Yang, C. F. Representative Guanxi in four combinations of two types of Qing. In L. Dittmer, H. Fukui, & Lee (eds.) Informal politics in East Asia. New York: Cambridge University Press, 2000.

32. Yang, M. M. Gifts, favors and banquets: the art of social relationships in China. Cornell University Press: New York. 1994.

33. Yeung, I. Y. and Tung, R. L. Achieving business success in Confucian societies: the importance of guanxi. Organizational Dynamics, 1996(3):54-65.

34. 蔡恩泽. 院内公关——与政府"拉"关系. 党政干部学刊, 2004, (3):35-36.

35. 陈国权. 制度不确定与民营企业家政治参与. 新视野, 2005, (1):38-40.

36. 陈兆祥. 政治营销巧施招. 北京物价, 2002, (2):34.

37. 春望. 中国企业家:亦官亦商何时休?. 新西部, 2000, (1):21.

38. 董明. 关于温州市民营企业家政治参与的调查. 国家行政学院学报, 2000, (3):86-89.

39. 冯雷鸣、黄岩、邸杨. 跨国经营中的市场与非市场战略. 中国软科学, 1999, (4):43-45.

40. 付登华. 现代企业政治参与和政治战略. 经营与管理, 2003, (10):10-12.

41. 傅金鹏. 政企关系模式的演进. 兰州学刊, 2004, (1):27-28.

42. 高海涛, 田志龙. 西方学者对非市场的研究及其评价. 外国经济与管理, 2005, (6):2-9.

43. 高海涛. 我国企业非市场行为的规范和治理研究. 华中科技大学, 2006.

44. 高勇强, 田志龙, 贺远琼. 基于资源配置方式的政企关系分析. 管理科学, 2003, (1):2-6.

45. 高勇强, 田志龙. 西方公司政治战略与战术述评. 外国经济与管理, 2003, (9):34-38.

46. 高勇强, 田志龙. 中国企业影响政府政策制定的途径分析. 管理科学, 2005, (4):26-31.

47. 高勇强. 跨国投资中的政治风险:西方研究的综述. 当代经济管理, 2005, (3):42-45.

48. 高勇强. 中国企业政治策略与行为研究. 华中科技大学博士论文, 2004.

49. 龚鹤强, 林健. 私营中小企业竞争优势构建:战略关系视角下的实践建议. 科技进步与对策, 2005,

147

(6):177-180.

50. 顾建键. 私营企业主阶层调查与分析. 上海行政学院学报,2006,(2):87-94.

51. 郭夏娟,董以红. 女性·财富·政治——温州市女企业家的政治参与的调查. 中华女子学院学报,2006,(2):56-62.

52. 贺远琼,田志龙. 企业家行为与企业社会资本. 财贸研究,2006,(1):17-22.

53. 贺远琼,田志龙. 外部利益相关者对企业规范行为的影响研究. 华东经济管理,2005,(11):92-94.

54. 黄忠东. 国外组织知觉研究综述. 外国经济与管理,2004,(3):15-18

55. 黄忠东. 一种嵌入式的企业政治战略模型. 华东经济管理,2003,(5):44-46.

56. 江三良. 政府政策、企业家行为选择与政企关系. 经济理论与经济管理,2005,(8):39-41.

57. 瞿长福. "幸福"的陷阱——幸福集团的兴衰. 中国企业家,1999,(11):12-23.

58. 瞿长福. 企业家离政治多远才安全. 中国企业家,2000,(1):16-20.

59. 雷永军. 乳品企业政府公关必杀绝技. 乳品与人类,2004,(3):33-36.

60. 李锦清,王大勇,赵常春. 论中国民营企业的持续发展战略. 技术与市场,2006,(2):43-45.

61. 李新春. 企业家过程与国有企业的准企业家模型. 经济研究,2000,(6):51-57.

62. 林景新. 政府关系:跨国企业的营销利器. 国际公关,2005,(5):63-64.

63. 刘洪军. 论政治企业家. 经济评论,2002,(6):21-24.

64. 刘伟. 论洋务运动时期的官商体制. 华中师范大学学报:哲学社会科学版,1994,(2):8-14.

65. 刘艳,韩丽姣. 政府垄断——跨国公司政治行为的直接动因. 税务,2000,(11):20-22.

66. 龙竹. 论地方驻京办事机构在新时期的三个认识和三个转变. 管理世界,2000,(1):201-213.

67. 米运生. 试论政治企业家主导型制度变迁——中国经济体制改革的一种理论假说. 宁夏党校学报,2000,(5):45-49.

68. 默里·L.韦登鲍姆. 全球市场中的企业与政府. 第6版. 上海:上海三联书店,上海人民出版社,2002.

69. 慕庆国. 中国综合商社组建与发展途径探讨. 经济体制改革,1999,(2):23-30.

70. 诺斯. 经济史中的结构与变迁. 上海:三联出版社,1990.

71. 施健. 劳动合同是否适用合同法. 山东劳动保障,2002,(5):32-33.

72. 孙明贵. 国外企业的"政治经营". 中国乡镇企业,2002,(8):32-33.

73. 孙明贵. 国外企业的"政治经营"及其效果分析. 外国经济与管理,2002,(1):7-12.

74. 田志龙,高勇强,卫武. 中国企业政治策略与行为研究. 管理世界,2003,(12):23-31.

75. 田志龙,贺远琼,高海涛. 中国企业非市场策略与行为研究——对海尔、中国宝洁、新希望的案例研究. 中国工业经济,2005,(9):82-90.

76. 田志龙,贺远琼. 公司政治行为:西方相关研究的综述与评价. 中国软科学,2003,(2):68-73.

77. 田志龙,孙鸿敞. 我国经济转轨时期政府对国有企业行政干预的弱化及影响. 华中理工大学学报:社会科学版,1997,(3):64-67.

78. 魏杰,谭伟. 企业影响政府的轨道选择. 经济理论与经济管理,2004,(12):5-10.

79. 魏文享. 民国时期的工商同业工会研究(1918-1949). 华中师范大学博士学位论文,2004.

80. 吴宝仁,刘永行. 华西对话. 中国企业家,1999,(8):22-23.

81. 吴锦良. 我国企业主团体政治参与的途径和机制. 中共浙江省委党校学报, 2005, (3):18-22.

82. 谢闽. 公司政治研究. 上海经济研究, 2006, (3):23-28.

83. 邢乐勤, 杨逢银. 浙江省私营企业主政治参与的现状分析——以温州永嘉私营企业主的政治参与状况为个案. 中国行政管理, 2004, (11):34-38.

84. 宣杰. 资本对政治的经营. 湛江师范学院学报, 2003, (2):96-100.

85. 尹毅, 李蔓琳. 关于云南省私营企业主政治参与的调查与分析. 学术探索, 2003, (7):35-37.

86. 应斌. 政治经营在企业管理中的创新应用. 商业时代, 2004, (11):17-18.

87. 张建君, 张志学. 中国民营企业家的政治战略. 管理世界, 2005, (7):94-105.

88. 张建君. 政府权力、精英关系和乡镇企业改制——比较苏南和温州的不同实践. 社会学研究, 2005, (5):92-124.

89. 张维迎. 企业寻求政府支持的收益、成本分析. 新西部, 2001, (8):55-56.

90. 赵丽江. 试论中国私营企业家的政治接触及其价值. 江汉论坛, 2005, (3):122-125.

91. 郑琼现. 清末商人与立宪运动. 求索, 2003, (1):224-226.

92. 中国企业家调查系统. 中国企业经营者队伍制度建设的现状与发展. 管理世界, 2000, (4):92-102.

93. 周师. 国内学术界关于私营企业主政治参与研究综述. 甘肃理论学刊, 2006, (1):22-24.

94. 朱鸿伟. 跨国公司对外直接投资区位决策因素的变化及其启示. 暨南学报:人文科学与社会科学版, 2006, (5):42-47.

95. 朱建华. 现阶段我国政府与私营企业关系之评析. 福建论坛:社科教育版, 2004, (10):23-26.

96. 朱英. "在商言商"与近代中国商人的政治参与. 江苏社会科学, 2005, (5):126-133.

97. 庄礼伟. 亚洲的病痛——剖析"裙带资本主义". 南风窗, 2001, (6).

第 8 章

中国企业政治行为的一般特征

本章主要研究问题：

1. 中国企业拥有哪些政治资源？拥有的程度如何？不同性质企业之间是否存在差异？

2. 中国企业在政治活动中采取哪些政治策略？使用的程度如何？不同性质企业之间是否存在差异？

3. 中国企业采取政治策略获得了哪些政治绩效？获得的程度如何？不同性质企业之间是否存在差异？

4. 中国企业政治活动中的政治资源、政治策略和政治绩效之间是否存在显著相关关系？

> 本章关键概念：中国企业、企业政治资源、企业政治能力、企业政治策略、企业政治绩效

前面章节里，我们将企业为谋求有利于自己的市场环境而影响政府政策法规的制定和实施过程的策略称为企业政治策略；将企业在政治活动的过程中所拥有的能用来影响政府决策或获得政府承诺，以实现企业特殊政治目标的各种资源要素的集合称为企业政治资源；而将企业在经营活动过程中制定和实施政治策略所获得的政治和经济利益称为企业政治绩效。本章及紧接着的一章就是要对我国企业所拥有的政治资源、可供采用的政治策略、可能得到的政治绩效以及它们之间的关系进行回答。

第一节 中国企业政治策略与行为变量的获取与初步分类

为了了解我国的企业政治策略与行为，我们首先采用了对企业高层经理的小组访谈和个人深度访谈的方法，获取有关企业政治策略与行为的变量。

首先，我们从一些著名大学的 MBA 和 EMBA 学员中选择了 20 名具有 8 年以上工作经验，且在企业中从事高层管理工作的学员，将他们分成两组，分别进行深度小组座谈，以

获得上述问题的基本答案。其次,我们对四位企业高层经理(一位总经理及三位副总兼分公司董事长)进行个人深度访谈,以便深入理解小组座谈的调研结果并获得更多的实际案例。最后,我们结合理论文献与进行的企业实践的调查,对上面调查中了解到的我国企业政治行为、政治资源和政治绩效进行分类。①

一、中国企业有哪些政治策略与行为

根据访谈调查结果,我们获得了关于企业政治行为的 39 种描述,并按企业对政府环境影响的特点将这些企业政治行为分为七类,分别命名为直接参与策略、代言人策略、信息咨询策略、调动社会力量策略、经营活动政治关联策略、财务刺激策略和制度创新策略,见表 8-1 所示。

表 8-1   中国企业政治行为与策略分类

政治策略	行为方式
直接参与策略	①企业有人作为人大代表进入人大参政; ②企业有人作为政协代表进入政协议政; ③企业有人被聘为各级政府决策咨询顾问或委员; ④企业有人本身就是政府官员; ⑤企业有人当选为较高级别的中国共产党委员会委员; ⑥企业参加行业协会提出行业标准或规则; ⑦企业参加行业协会协助政府实施政策、法规; ⑧企业有人参加政府部门政策的拟定与研讨等。
代言人策略	①企业直接找到熟悉的政府官员,希望他们为企业说话; ②企业通过政府官员的家人、同乡、同学、朋友找到政府官员,希望他们为自己说话; ③企业找到熟悉的参与决策的非政府官员,希望他们为企业说话。
信息咨询策略	①企业针对影响行业或本企业的政策法规的制定、实施等相关问题站在行业角度提出研究报告,以正式或非正式的方式呈送给有关政府部门和行业组织,以期产生影响; ②企业针对影响行业或本企业的政策法规的制定、实施等相关问题站在企业自身的角度提出意见和建议,以正式或非正式的方式呈送给有关政府部门和行业组织等,以期产生影响。
调动社会力量策略	通过企业的力量,引起媒体、消费者群体、股东群体或其他利益相关者对某些事项的关注,形成一定的舆论导向,间接影响政府及行业决策行为。

---

① 此次定性研究成果详见:田志龙,高勇强,卫武. 中国企业政治策略与行为研究. 管理世界,2003,(12)。

政治策略	行为方式
制度创新策略	①通过企业的努力,找到现有制度的缺点,实践新的制度规则,使之成为政府政策与规则改变的方向,再通过其他政治策略获得正式承认; ②企业进入制度真空领域,引起新制度的讨论与最终确立。
经营活动政治关联策略	①成为政府骄傲和依赖的企业; ②做政府鼓励的事情(如雇用下岗职工); ③做政府推荐的事情(如兼并亏损企业); ④做适合政治环境的事情(如民营企业积极建党支部、工会、职代会并发挥其作用); ⑤进行有利于政府政绩的投资(如建当地的标志工程); ⑥重要经营事项请示有关官员; ⑦重要场合请有关官员出席; ⑧经常走访有关政府官员。
财务刺激策略	①从财务上支持与参加政府部门组织的各种活动; ②慈善捐款(如支持地方教育事业); ③资助性公益广告; ④答谢宴会和演讲; ⑤支付差旅费; ⑥提供个人服务。

直接参与策略是指企业通过其员工(主要指高管)对某些政府政策、法规制定与实施过程的直接参与,起到影响作用。这类政治行为主要有三类:作为准政府官员参与政府决策;参与半官方的行业协会的活动;帮助政府部门起草政策法规与执行文件等。例如,南方某省政府部门在制定水泥行业的某些政策时,政策文本的初稿实际上是该省最大的一家水泥企业牵头完成的。在我们进行的另一项对武汉市区两级企业人大代表的访谈中发现,他们提出的方案中,60％以上与本企业的利益有直接或间接关系。

代言人策略是指企业通过直接或间接的途径,找到政府官员,希望他们在制定和实施政府政策时,考虑本企业的利益。例如,广东某体育用品企业通过与一些省份的体育局高层官员的个人关系,影响这些省份全民健身活动内容的组织与实施,并获得关键的体育器材供应合同。

信息咨询策略是指企业通过正式或非正式的途径,向政府部门或官员递交企业的研究报告、产业分析和本企业的观点与意见,希望政府部门在决策时参考。例如,一家以长江为依托的大型运输企业向政府有关部门提交过多次论证报告,为政府在考虑省市物流规划时,提供如何更好地利用长江的对策;微软(中国)向中国政府提交中国软件产业发展战略研究报告等。

调动社会力量策略是指企业通过影响舆论、影响社区公众、消费者和股东等关键利益相关者,使他们产生有利于本企业的意见倾向,从而间接影响政府决策。例如,联想的创始人柳传志在对联想进行改制时,先造小舆论,等到外界舆论对企业有利时才真正进行改制。

企业经营活动政治关联策略是指企业将自己的某些经营活动与政府部门政绩及个人的偏好、意愿等联系起来,增加政府部门及个人与企业的关联性和依赖性,从而增加企业在政府政策决策过程中被考虑的分量。这方面的例子最多,例如,武汉市一家著名民营企业在政府的建议下,收购了两家效益不好的国有企业,这种为政府分忧的行为为企业在其他方面得到政府支持提供了帮助。

财务刺激策略是指企业通过向政府部门、官员以及政府直接负责的社会公益事业捐助和提供财务上的支持,从利益与情感上影响政府部门和官员的决策。例如,武汉市一家外资啤酒酿造企业帮助武汉市政府与美国一所大学建立联系,并为武汉市政府输送人才到美国培养提供财务支持。内蒙古蒙牛集团在中国流行"非典"期间主动找卫生部和各省、自治区和直辖市的卫生厅为抗击"非典"捐款。

制度创新策略是指企业发现某些领域的政策真空,或政府政策过时、不完善和不适应新形势的方面,在企业管理实践过程上遵循新的规则,并结合其他政治策略的实施得到政府和行业承认,或结合新技术的出现,推动不合意的管制政策的变迁。例如,"小灵通"从当年的不被政府公开认可到逐渐被政府所认可;一些民营企业进入汽车、农用种子、钢铁等政府控制的行业和领域的行为。

上述七种企业政治策略中,经营活动政治关联策略及财务刺激策略实施的目的主要是建立与政府部门和个人的短期或长期的关系,而其他政治策略实施的目的则是直接谋求对政府政策及实施措施的影响。

在上述研究中,我们并没有将上一章讨论的"关系"作为一个单独的政治策略,而是将企业影响政府决策和政府官员的关系行动,根据其性质分散于企业的代言人策略、经营活动政治关联策略、财务刺激策略三者之中。比如企业找朋友、同学或自己熟悉的政府官员充当代言人,经常性地拜访政府官员、给政府官员好处等都是企业的关系活动,但它们发生作用的方式不同,因此分属于上述三个策略。

二、中国企业实施政治策略的政治资源是什么

我们将企业政治资源界定为企业在政治活动中所拥有的能用来影响政府决策与实施,从而实现企业特定的政治目标的各种资源要素的组合。借用资源基础理论的分类将企业的政治资源分为企业有形资源、无形资源,并从这两者中抽出与组织及关系相关的部分作为组织资源,依此将调查结果分类列于表 8-2 中。其中,有形资源是指维持企业政治活动的资金、资产等有形的经济要素,如企业政治活动预算、企业总资产。无形资源是指一切给企业政治活动带来影响且无物资形态的经济要素,如企业形象与声望。组织

资源是指企业为实现其政治目标对企业各种要素进行组织运作的关联性资源,如企业的制度、处理政府关系及行业关系的部门、权威性等。因此,按照我们这里的分类,不同企业政治资源的差异不仅体现在有形资源和无形资源的差异上,还体现在组织资源的差异上。

表 8-2　企业政治资源的类型与关键要素

政治资源类型	关键要素
有形资源	企业收入规模; 企业纳税额; 员工人数; 企业总资产; 企业政治活动预算。
无形资源	企业文化; 企业形象; 企业信誉、品牌、商标; 企业与顾客、政府及社会的关系; 企业在政府、政府部门及所在社区中的声望。
组织资源	企业的组织结构体系、运行机制、规章制度; 企业高层经理的性格、政治敏感度与意识; 企业抵制和支持政府政策的态度; 企业专门处理政府及行业关系的部门及其权威性; 企业专门处理政府及行业关系的员工的数量与水平; 企业中人大、政协代表的数量与层次; 企业中各级政府决策咨询顾问的数量与层次; 企业政治活动历史与经验; 企业员工的政治知识与培训; 企业主要股东、董事、高层经理及员工的社会关系等; 行业联盟程度; 利益相关者(特别是股东)的支持。

三、企业从政治策略的实施中能够得到什么好处

企业是否运用政治策略取决于企业对其能否从政治资源的使用中得到好处(或称为政治绩效)的判断。企业可能会追求多方面的政治绩效。调查中,被调查者列出了众多与企业政治绩效相关的内容,我们根据企业竞争力理论将企业追求的政治绩效分为五个层次(福斯、克努森,1998):资源(有形资源、无形资源和关系资源)、能力(包括组织能力)、竞争优势、市场地位与财务绩效,依此对调查结果进行分类(见表 8-3)。

表 8-3 企业实施政治策略的绩效

政治绩效类型		绩效内容
资源	有形资源	资金； 扩张的机会（如可获得的低成本扩张的资产）； 土地； 人才； 国有企业领导个人的仕途； 税收减免等。
	无形资源	政策与法律方面利益（例如，上市机会、申请商标保护和延长技术专利保护时间）； 较快和较早获得的政府政策信息； 企业获得的各种头衔给企业带来的企业声誉、形象、美誉度的提高； 其他利益相关者的支持（例如，社会、政府、社区居民）。
	关系资源	与政府部门及个人的关系； 企业员工具有的各种政治头衔（人大政协代表、政府咨询顾问、劳模）的影响力与政治参与机会。
竞争能力		企业运用上述资源取得战略目标的能力的提高，如更容易获得合同（工程中标）； 政府扶持企业参与国际市场竞争。
竞争优势		相对于行业五种竞争力量的竞争优势，如减少竞争对手、修改政府政策或行业标准、扩充行业市场容量、建立行业性政治联盟获得集体利益、获得政策扶持（市场准入、减免关税、配额、抵制反垄断法案获得超额利润、抬高价格或降低质量标准）。
市场地位改善		企业市场地位提高，市场份额提高，新市场的开辟。
财务业绩改善		企业销售收入提高，利润增加。

企业获得的资源主要是指来源于与政府相关联的政府资源，包括资金、土地等有形资源；有利的政策、企业声誉等无形资源；以及与政府部门和个人的关系资源等。企业获得的竞争能力是指在政府帮助下企业竞争能力的提高以及运用获得的政府资源取得企业战略目标的能力的提高。企业获得的竞争优势是指由于企业获得政府资源，从而增加企业超越行业五种竞争力量的竞争能力。企业获得的市场地位及财务业绩的改善是企业期望通过运用政治策略获得的最终目的。

在上述政治绩效中，企业追求的最基本的政治绩效是与政府相关的关系资源，它是企业获得其他资源，并进一步追求其他政治绩效的前提。正如我们调查中发现的，企业实施政治策略后，并不一定能获得关系资源；有了关系资源，也并不一定能从政府获得其他的资源；从政府获得了有关的政府资源，企业也不一定能将其变成竞争能力乃至财务绩效。这是企业实施政治策略的风险。

第二节　中国企业政治行为与策略的基本特征分析

一、企业政治行为过程分析

　　我们把企业影响政府政策制定过程的行为也看成是企业对政府的一种关系营销。借用营销的思路把企业政治行为过程描述为图 8-1 的模型(Kotler, 1997)。首先,企业要具有必要的政治资源或建立必要的政治资源(见表 8-2)。资源较多的企业可以使用综合的政治策略来影响政府决策行为,而资源较少的企业则只能运用较少的或单一的政治策略。因此企业实施政治行为的过程是企业政治资源投入的过程,这在关系营销中也可以称为企业承诺(Sollner,1999)。企业政治行为的实施是否有效果,取决于政府是否会做出相应的承诺,这表现为对特定企业更有利的政策、更多的资源、更密切的关系、对企业更多的关注、更多的政府合同等。这些直接反映为企业政治绩效(见表 8-3)。当然,企业的政治行为过程还受到直接与广泛的竞争者的影响。(第十二章将对企业与政府间的承诺—信任关系进行探讨)。

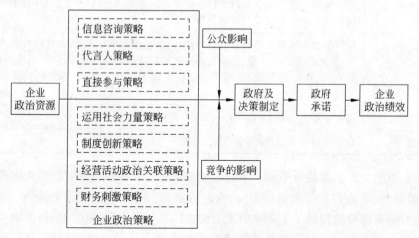

图 8-1　企业政治行为及政治绩效形成过程模型

二、企业政治行为的规范性与影响方式分析

　　在本项目研究初期,当我们向被调查者提到"企业政治策略"时,这些被调查的经理们都对这个词比较忌讳。这使作者一开始就想了解,企业政治行为中哪些是公开的,哪些是不公开的,哪些是有正式规则可循的,哪些是缺乏正式规则的。我们将这些问题称为政治行为的规范性问题,并将调查结果列入表 8-4 中。我们将企业政治行为分为规范的、灰色

的和不规范的三个方面,并从这些政治行为是产生直接影响还是间接影响两个角度进行分析。

表 8-4 企业政治行为的规范性与影响方式

		政治行为的影响方式	
		直接影响	间接影响
政治行为的规范性	规范(有正式规则)	公开的直接参与策略,如按公开的规则成为人大、政协代表或政府咨询顾问;参加行业协会等。	按政府规定的程序找政府部门及人员;找到其他代言人;透明公开的财务刺激策略,如公共事业捐款;直接向政府部门、行业协会提交调查报告与意见;提供证词。
	灰色(行为规则模糊)	不太透明的直接参与策略,如企业人员受政府部门委托起草政策或法规实施方案。	不太透明的代言人策略;经营活动中的政治关联行为;不太透明的财务刺激策略;调动社会力量策略;公司发布的调查报告;提供行业信息。
	不规范(无规则或潜规则)	制度创新策略:通过企业实践,运作新规则。	私下的代言人策略,如雇用前政府官员;利用间接关系找到代言人;私下的财务刺激策略,如通过行贿获得政府官员支持等。

规范性的政治行为是指那些有正式规则约束的政治行为。这些规范性政治行为包括:①一些直接参与式的政治行为,如公司人员通过社会公开的方式成为各级人大代表、咨询委员等,对政府政策制定产生影响;按照行业协会规则参与行业协会讨论和制定行业规范等。②按公开透明的程序找政府部门或官员反映情况。③有组织地提出研究报告和形成企业的系统意见,通过正式渠道提供给政府部门参考。

灰色的政治行为是指那些行为规则模糊的政治行为。这类政治行为包括:①不透明的直接参与式政治行为,如企业人员受政府部门委托起草适用于当地的政策或法规实施方案,因为这时谁有资格参与政府政策与法规实施方案的制定是不太清楚的。②企业公开去找政府官员作为代言人,但过程和关系是不太清楚的。③企业大量的经营活动都有较强的政治关联度,如明显地迎合政府官员的政绩需要。这里包含着政企关系的规范问题。④为政府部门或个人的活动提供财务支持,这种活动通常缺乏透明度。⑤企业采用间接的方式,向行业协会发布调查报告和建议。

非规范性政治行为是指那些无正式规则制约或由潜规则制约的政治行为,包括:①企业冒着一定风险,突破现有制度规则,通过企业实践,运作新规则的行为。②企业私下通过财务刺激策略与官员个人建立关系,雇用前政府官员在企业工作等方式,私下寻找企业代言人的行为等。

三、企业应对外部体制环境的态度

调查中我们发现，并不是所有的企业都对外部体制环境有政治敏感性或采用同样的政治策略。借用 Weidenbaum(1980)提出的工商企业应对公共政策的三个一般反应：消极反应、积极反应、积极塑造。我们将企业应对政治环境的态度分为三类：被动应付、积极应付和积极影响，并按此将调查结果进行分类。企业的政治策略导向也可分为短期导向和长期导向(见表 8-5)。

表 8-5　企业应对政治环境的态度与政治策略导向

		企业政治策略导向	
		短期导向	长期导向
企业应对政治环境的态度	被动应付	间接的代言人策略；私下的财务刺激策略	基于个人的和间接的代言人策略
	积极应付	间接的代言人策略；针对特定事项的信息咨询策略；不透明的财务刺激策略	基于个人与企业关系的代言人策略；系统的信息咨询策略；经营活动的一定关联策略；比较公开的财务刺激策略
	积极影响	对特定事项直接参与策略；基于个人或间接的代言人策略；针对特定事项的信息咨询策略；不太透明的财务刺激策略	全面的直接参与策略；主要基于企业关系的代言人策略；系统的信息咨询策略；调动社会力量策略；制度创新策略；经营活动较强的政治关联策略；基于企业的公开财务刺激策略

对于那些被动应付的企业而言，他们只是在遇到特定事项时，采用找间接的代言人的策略来被动应付，或采用与政府官员保持良好的个人关系的方式应付将来可能出现的体制环境的变动。这类企业中，民营企业、私营企业居多。对于那些积极应付的企业而言，他们选择政治行为的范围会更大一些，除了建立与政府官员的关系外，还会采用向政府部门提供信息咨询的策略，以及平时在经营活动中加强与政治的关联等策略。这类企业主要是大多数国有企业。对于那些采用积极影响策略的企业而言，无论是短期还是长期导向，他们都会全面采用各类政治策略，特别是基于企业的直接参与策略、基于企业关系的代言人策略、经营活动的较强的政治关联度以及制度创新策略。这类企业是那些大型上市企业，特别是大型外资企业。

第三节　中西方企业政治策略与行为的比较

正如我们在前面提到的,有大量文献研究西方企业的政治行为与策略(田志龙,2003)。西方企业影响政府政策决策过程的某些途径已在有关政治策略的文献中得到研究(如,Davis,1998;Getz,1983;Hillman,1995;Hillman 和 Hitt,1999;Keim,1981;Sethi,1982;etc.)。Getz(1983)识别了公司政治行为(CPA)的 7 个策略:游说、报告研究结果、报告调查结果、证词、合法行动、私人服务以及选民培养。Hillman 和 Hitt (1999)将公司政治策略分为三种类型:信息策略、财务刺激策略和选民培养策略,并对企业的政治活动进行了比较详细的列举:游说、研究报告、证词、民意调查、竞选捐款、PAC 捐款、谢礼、付偿旅行、未来雇用、基层利益相关者动员、倡议性广告、公共形象关系广告、政治教育等。Davis(1998)则集中于 CEO 证词和直接游说。而且,企业对不同途径的利用是不同的,绝大多数企业都通过游说和其他沟通关系的活动、竞选捐款来影响政府的政策,正如 Berman(2001)评论的,关于 CPA 的研究文献集中在工商企业通过游说和竞选捐款对立法过程的影响。Vogel(1996)也评论说在整个 20 世纪 70 年代和 80 年代,大量的 CPA 文献关注于政治行动委员会(PACs)。而仅有零星的文献研究选民培养、公益性捐款、国会证词、社会舆论、公开抗议等。

综上所述,西方企业参与政治的主要渠道包括游说和其他沟通关系的活动、竞选捐款、选民培养、公益性捐款、社会舆论、参加各种顾问委员会和提供国会证词以及提起法院诉讼和公开抗议等。

通过与西方企业政治行为及策略的比较,我们发现,中国企业与西方企业之间的政治行为存在很大程度的相似性,但两者之间又存在相当的差异(见表 8-6)。

表 8-6　中西方企业政治行为的对比

政治策略	中国企业的政治行为	西方企业的政治行为
直接参与策略	企业有人作为人大代表进入人大参政; 企业有人作为政协代表进入政协议政; 企业有人被聘为各级政府决策咨询顾问或委员; 企业有人本身就是政府官员; 企业参加行业协会提出行业标准或规则; 企业参加行业协会协助政府实施政策、法规; 企业有人参加政府部门的政策的拟订与研讨等	企业有人被聘为各级政府决策咨询顾问或委员; 企业参加行业协会提出行业标准或规则; 企业参加行业协会协助政府实施政策、法规; 企业有人参加政府部门的政策的拟订与研讨等

159

政治策略	中国企业的政治行为	西方企业的政治行为
代言人策略	企业直接找到熟悉的政府官员,希望他们为企业说话; 企业通过政府官员的家人、同乡、同学、朋友找到政府官员,希望他们为自己说话; 企业找到熟悉的参与决策的非政府官员,希望他们为企业说话	企业直接找到熟悉的政府官员,希望他们为企业说话; 企业通过政府官员的家人、同乡、同学、朋友找到政府官员,希望他们为自己说话; 雇用专业游说家为企业进行游说; 企业找到熟悉的参与决策的非政府官员,希望他们为企业说话
信息咨询策略	企业针对影响行业或本企业的政策、法规的制定、实施相关的问题,站在行业角度提出研究报告,以正式或非正式的方式呈送给有关政府部门和行业组织; 企业针对影响行业或本企业的政策、法规的制定、实施相关的问题,站在自身的角度提出意见和建议,以正式或非正式的方式呈送给有关政府部门和行业组织等	向政府部门提供政策事项、行业发展研究报告; 就某一政策事项的社会影响提供国会或政府证词; 向国会议员和政府官员提供民意调查结果
调动社会力量策略	通过企业的力量,引起媒体、消费者群体、股东群体或其他利益相关者对某些事项的关注,形成一定的舆论导向,间接影响政府及其决策行为	发动股东和雇员进行游说和向政策制定者施加压力; 对雇员进行政治教育; 倡议性广告; 动用司法的力量,如诉讼
经营活动政治关联策略	成为政府骄傲和依赖的企业; 做政府鼓励的事情(如雇用下岗职工); 做政府推荐的事情(如兼并亏损企业); 做适合政治环境的事情(如民营企业积极建党支部、工会、职代会并发挥其作用); 进行有利于政府政绩的投资(如当地的标志工程); 重要事项请示有关官员; 重要场合请有关官员出席; 经常走访有关政府官员	重要场合请有关官员出席; 经常走访有关政府官员
财务刺激策略	从财务上支持与参加政府部门组织的各种活动; 慈善捐款(如支持地方教育事业); 资助性公益广告; 答谢宴会和演讲; 支付差旅费; 提供个人服务	提供竞选捐款; PAC捐款; 慈善捐款; 未来雇用; 资助公益广告; 答谢宴会和演讲; 付费旅行; 提供个人服务
制度创新策略	推动政府放松管制或加强管制	推动政府放松管制或加强管制

首先,对直接参与策略而言,中国企业可以通过当选人大代表而直接参与各级人民代表大会决策,可以通过当选政协(全名为中国人民政治协商会议)代表而对政府的重大政策事项发表意见。甚至,中国一些大型国有企业的领导人仍然是政府委派的政府官员,他们可以直接参与政府的决策。这些都是中国特有的现象,是西方企业所不具备的。至于企业有人担任政府顾问班子成员或通过行业协会或充当某一政策问题专家而直接参与政治的行为,是中国与西方共有的现象。

对于代言人策略,中国企业与西方企业所采取的政治行为几乎完全相同,只不过在西方,政治中介非常发达,企业可以通过雇用专业游说家充当代言人而从事游说活动。而中国的政治中介不发达,甚至没有公开的政治中介组织,中国的企业也几乎不雇用游说家为自身开展游说。

就信息咨询策略而言,中国的企业与西方的企业也有差异,中国的企业和西方的企业一样虽然可以站在企业或行业的角度对影响本企业或本行业的立法活动和执法活动提出意见和建议,但西方的企业除此之外还可以通过提供民意调查结果和到国会就某一立法活动作证等方式来影响政府的决策。

在调动社会力量策略方面,中国的企业也与西方的企业存在较大区别。虽然两者都是通过调动社会媒体、股东和其他利益相关者的力量来对政府的决策施加影响,但就具体的方式和程度而言,两者之间有很大区别。中国的企业不太可能对媒体施加多大的影响,而且也不可能动用社会的力量来对政府决策者施加压力,而西方的企业却可以做到这一点。西方的企业可以发动股东和雇员向政府决策者施加压力,而且可以影响大众传媒的舆论导向,甚至可以动用联邦法院的力量来维护企业的利益。

对于经营活动政治关联策略,这主要是中国企业所使用的策略,除了"重要场合请有关官员出席"和"经常走访有关政府官员"之外,其他政治行为很少为西方企业所使用。

财务刺激策略方面,中国企业与西方企业之间主要有一个方面的不同,那就是,西方企业可以通过政治竞选捐款和政治行动委员会(PAC)捐款而影响政府决策者,这在中国是不可能存在的。

在制度创新策略上,中国的企业与西方的企业之间没有的区别。

中国企业与西方企业在政治参与行为和方式上的差异根植于中西方不同的文化背景,同时也是中西方社会不同政治经济体制差异的反映。

首先,从政治文化的角度来说,美国的政治文化主要由自由主义思想的两大类别所组成,一是以洛克为代表的洛克式自由主义思想,另一个是以密尔(John Stuart Mill)和约翰·杜威为代表的实用功利主义思想。洛克式自由主义思想的精髓在于强调个人主义、私有财产和有限政府。而实用功利主义认为,政府权威的来源和产生并不是建立在某一条抽象的原则之上,而存在于一个让所有观点得以充分表达、所有想法得以充分阐述、所有思想得以充分争论的政治程序之中。显而易见,实用功利主义思想的本质是健全和完善民主程序,以确保社会中的每一个人都有机会参与各种"政治游戏"(潘志兴、王恩铭,1999)。自由主义的思想在美国宪法中得到了体现,美国宪法第一条修正案明文规定,人民有言论、出版自由,有和平集会和向政府请愿的权利。基于自由主义的文化和宪法保障,美国的个人和各种利益集团对政治进行了广泛的参与。而且这种参与大体上是直接的和公开的。

中国的传统政治文化带有皇权政治的思想,权力崇拜是主导性的社会价值取向。人们一直认为政治只是政治家的事情,与一般社会大众无关。受这种文化的影响,政治的过程往往远离社会大众的参与。

其次,从政治体制的角度来看,美国政治文化中有限政府的思想在政治体制上表现为三权分立,即立法、行政和司法彼此独立并相互制衡。这一体制的形成主要吸收了孟德斯鸠的三权分立原则,孟德斯鸠认为,要防止滥用权力,就必须以权力约束权力。为此他把政府权力划分为立法权、行政权和司法权,三权机关既相对独立又相互制衡(尹红,1995)。在自由主义政治文化的影响下,三权分立导致了美国社会中多个权力中心的存在。这种体制导致了企业可以直接借助于司法力量来与立法及行政力量抗争。

而中国是议行合一制(指议会和行政高度协调统一)国家,全国人民代表大会及其常务委员会(简称全国人大,下同)是最高国家权力机关,最高国家行政机关——国务院与最高司法机关——最高人民法院和最高人民检察院都从属于全国人大(徐家良,1995)。中国的这一政治体制主要吸收了巴黎公社的思想,1871年成立的巴黎公社,既是当时的立法机关也是行政机关。中国的这种政治体制表明企业不可能利用立法、行政和司法三种力量中的任何一种来与其他另外两种抗衡。

再次,从政治体制内部来看,中美之间的差异主要体现在政党结构、选举制度和议会构成上。从政党结构看,美国是典型的两党制国家,民主党和共和党竞争执政。两党之间就总统、国会两院议员等重要职位展开激烈的竞争。两党之间激烈的竞选是美国选举的一大特点。为了竞选,各候选人就必须筹集大量的资金,"金钱政治"的名字由此而来。企业通过其庞大的资金实力而成为政治候选人的重要支持者,这样,金钱就"俘获"了政治。中国是典型的单党执政国家,不存在党派竞争问题,再加上中国的间接选举制度,使中国不存在竞选问题,因此企业也就不存在竞选捐款和PAC捐款问题。

从选举制度来看,美国实行的是直接选举制度,总统、副总统、国会议员等重要岗位和职位都由选民直接选举产生,因此,美国的立法人员和高级行政人员都非常关注选民的态度(民意)。在选民参选率日益下降的美国,企业的自然选民——它的股东、雇员和其他利益相关者就越来越成为影响政治候选人当选的重要因素。因此,西方的企业可以通过发动其自然选民来向政治家施加压力,或通过比较自由的舆论力量来影响民意从而向政治家施加压力。而中国实行的是间接选举制度,虽然最低一级的人大代表由地区选民直接选举产生,但从最低一级往上走,其他所有更高级别的人大代表都由下一级代表间接选举产生。而国家的最高统帅——国家主席和国家的最高行政长官——国务院总理都由全国人大代表选举产生,这种间接选举的方式注定中国的企业不可能动用选民的力量来对政治家施加压力。

从议会构成看,美国实行的是两院制,国会由上院——参议院和下院——众议院构成。议员属于全职,尽管他们在当选议员之前可能在各个领域担任职位,比如企业领域的高级管理人员或律师,但一旦他们当选为国会议员,他们就必须放弃原来的职位。而中国实行的是一院制——全国人民代表大会。中国人大代表的任职与美国不同,属于兼职,并且来自各行各业,其中包括企业界的人士。而且,人大代表中来自企业界的人士还有不断上升的趋势。这样,在中国就有一个非常独特的现象——企业界人士的直接参政议政。企业参政议政的潜在危害是企业可能因为自己的私利而损害社会的总体福利水平。

最后,从经济体制的角度来看,中国与西方同样存在很大差异。中国在1994年以前一直实行高度集中的计划经济体制,政府好比一个巨型的工厂,企业只是这一工厂中的一个"车间",企业界与政治界混而为一。在中国经济体制从计划体制向市场体制转型的过程中,中国传统的国有企业出现了大规模的亏损,大量国有企业职工下岗,这种局面给中国政府的高层领导带来了很大的震撼,政府为解决这些问题而绞尽脑汁。在这种情况下,企业通过做政府鼓励和推荐的事情(如雇用下岗职工和兼并亏损国有中小企业),将企业的经营活动与政治挂钩,可以与政府部门建立良好关系并影响政府的决策。而一些大型国有企业,政府仍然对其直接委派经营者,因此,一些国有企业的领导本身就是政府官员,直接参与政府的决策。这些都是中国作为转型经济国家所特有的问题,在典型的市场经济国家,企业与政府之间的界线界定得比较清楚,政府不能随便干预企业,而企业也不能一有问题就找政府。

第四节　基本研究结论

我国企业有明显的政治策略与行为,作者将其分为七类:直接参与策略、代言人策略、信息咨询策略、调动社会力量策略、经营活动政治关联策略、财务刺激策略、制度创新策略。企业能否实施上述政治策略,取决于企业是否有政治资源,包括有形资源、无形资源和组织资源。企业通过使用政治资源来实施政治策略,从而获得企业追求的政治利益(或绩效),包括资源的增加、能力的提高、竞争优势的获得、市场地位和财务利益的获得。

企业实施政治策略,影响政府政策与规则制定,从而获取政治利益的过程实际上是一个企业对政府进行关系营销的过程。企业投入政治资源实施政治策略后能否获得期望的政治绩效,取决于政府是否会做出相应的承诺。

企业的政治行为中有一些是规范的,即有公开的规则约束,而还有更多是没有公开规则约束的。这是我国企业政治行为走向规范化过程中需要解决的问题。另外,由于企业的政治敏感性不同和政治资源不同,他们会采用不同的政治策略。我们的调查表明,代言人策略(即中国传统的基于"关系"的策略)几乎被所有企业采用。但大型企业以及外资企业还会采用更规范的政治策略,如信息咨询策略、直接参与策略、经营活动政治关联策略以及较公开的财务刺激策略等。

上面是本章在实际调查基础上对我国企业的政治策略与行为建立一个基本的理论界定并建立了分析框架。但还有很多细节问题需要进一步研究。本节的研究只是在少量企业高层经理的个人深度访谈和小组访谈的基础上得出的初步结果。不足以推断为中国企业政治策略和行为的一般情况。下一章将在此基础上进行大量样本的实证研究。

本章参考文献

1. Berman, F. Viewpoint: From TeraGrid to knowledge grid. ACM Press, New York, NY, 2001.

2. Davis, B. CEOs, stymied in capital on trade, lobby hinterland. Wall Street Journal, 1998-6-15:A30.

3. Getz, K. A. Corporate political tactics in a principal-agent context: an investigation in Ozone proctection policy. In James E. Post (ed.), Research in corporate social performance and policy. Greenwich, CT: JAI, 1983(14):19-55.

4. Hillman, A. The choice of corporate political tactics: the role of institutional variables. In Denis Collins and Douglas Nigh (eds.), Proceedings of the 6th Annual Meeting of the International Association for Business and Society, Madison, WI, 1995.

5. Hillman, A. J. and Hitt, M. A. Corporate political strategy formulation: a model of approach, participation and strategic decision. Academy of Management Review, 1999, 24(4):825-842.

6. Keim, G. Foundations of a political strategy for business. California Management Review, 1981(3): 41-48.

7. Kotler, P. Marketing Management (9th). Prentice—Hall International, Inc. 1997.

8. Sethi, P. Corporate political activism. California Management Review. 1982, 24(2): 32-42.

9. Söllner, A. Asymmetrical commitment in business relationships. Journal of Business Research, 1999(46):219-233.

10. Vogel, D. The study of business and politics. California Management Review, 1996(338): 146-162.

11. Weidenbaum, M. Public policy: No longer a spectator sport for business. Journal of Business Strategy, 1980, 3(4): 46-53.

12. 尼古莱·J. 福斯,克里斯蒂安·克努森. 企业万能——面向企业能力理论. 大连:东北财经大学出版社,1998.

13. 潘志兴,王恩铭. 政治文化,社会精英与美国外交政策. 国际观察,1999,(4):18-21.

14. 田志龙,高勇强,卫武. 中国企业政治策略与行为研究. 管理世界,2003,(12):23-31.

15. 徐家良. 议行合一与三权分立:中美体制比较的意义. 上海社会科学院学术季刊,1995,(2):86-95.

16. 尹红. 浅析美国资产阶级政治体制的形成. 广西民族学院学报:哲学社会科学版,1995,(3)107-110.

第 9 章

企业政治资源、策略与绩效
实证研究及基本分析

本章主要研究问题：

  1. 中国企业拥有哪些政治资源？拥有的程度如何？不同性质企业之间是否存在差异？

  2. 中国企业在政治活动中采取哪些政治策略？使用的程度如何？不同性质企业之间是否存在差异？

  3. 中国企业采取政治策略获得了哪些政治绩效？获得的程度如何？不同性质企业之间是否存在差异？

  4. 中国企业政治活动中的政治资源、政治策略和政治绩效之间是否存在显著相关关系？

> 本章关键概念：中国企业、企业政治资源、企业政治能力、企业政治策略、企业政治绩效

在第八章的定性调查结果的基础上，我们设计了调查问卷，进一步对有关问题进行实证研究。

第一节　实证研究设计

在实证调查基础上，主要采用以下三种定量分析方法进行相关分析：①在运用SPSS10.0软件对调查问卷的信度和效度进行分析的过程中，通过因子分析法对中国企业政治策略、企业政治资源、企业政治绩效的类型进行重新划分；②采用描述性和Crosstabs方法对中国不同性质企业政治策略、企业政治资源、企业政治绩效的差异状况进行基础性分析；③运用软件SPSS10.0对企业政治资源、企业政治策略、企业政治绩效三者之间复杂假设关系进行多元回归分析。

一、实证研究的变量确定

本研究采用三类变量进行测量，它们分别是企业政治资源与能力、企业政治策略和企业政治绩效。调查问卷采用 5 点李克特式量表法，要求被调查者表明他们对每个变量认可的程度（例如："从不、很少、有时、经常、总是"，按"1、2、3、4、5"打分度量）。下面，我们将对一些相关数据、变量以及测量方法加以说明。

1. 企业政治资源与能力

根据有关企业政治资源与能力的理论和定性描述，我们认为企业政治资源与能力可以由有形资源、无形资源和组织资源来衡量。有形资源包括企业销售额，企业员工人数，企业总资产，企业政治公关活动预算；无形资源包括企业政治文化，企业政治形象，企业信誉，品牌与商标，企业与顾客、政府及社会的关系，企业在政府、政府部门及所在社区中的声望；组织资源包括企业高层经理的政治意识与政治敏感度，企业抵制和支持政府政策的态度，企业正式处理政府及行业关系的部门及其权威性，企业专门处理政府及行业关系的员工，企业中人大、政协代表，企业中各级政府决策咨询顾问，企业政治活动历史与经验，企业驻各地政府办事处，企业员工的党政建设知识与培训，企业主要股东、董事、高层经理及员工的非正式社会关系，行业联盟程度，行业政府管制程度。有形资源和组织资源中部分变量涉及人数、金额、比例等方面的内容。

2. 企业政治策略

根据有关企业政治策略类型的理论和定性描述，我们认为企业政治策略可由直接参与策略、代言人策略、信息咨询策略、调动社会力量策略、制度创新策略、经营活动政治关联策略、财务刺激策略来衡量，但是每种政治策略又是由不同的政治活动方式所组成的。其中，9 种政治活动方式反映直接参与策略实施程度；3 种政治活动方式反映代言人策略实施程度；4 种政治活动方式反映信息咨询策略实施程度；2 种政治活动方式反映调动社会力量策略实施程度；2 种政治活动方式反映制度创新策略实施程度；10 种政治活动方式反映经营活动政治关联策略实施程度；9 种政治活动方式反映财务刺激策略实施程度。

3. 企业政治绩效

根据有关企业政治绩效的理论和定性描述，我们认为企业政治绩效这一变量可以由政府资源（无形资源、有形资源和关系资源）、政治竞争优势与能力、市场绩效和财务绩效来衡量。无形资源包括政策与法律方面的机会，及时准确获得政策信息，企业或企业员工获得各种政治头衔和称号所带来的企业声誉、形象和美誉度的提高，其他利益相关者的支持；有形资源包括优惠或有利的政策、资金、土地、高级人才；关系资源包括企业或企业员工与政府官员及个人之间的关系，企业与政府、社会公众和社区居民之间良好的关系，企业、银行和政府之间良好的合作关系；政治竞争优势与能力包括政府扶持企业产品研发与推广、政府扶持企业参与国际竞争、政府扶持企业兼并与扩张、企业政治战略目标的实现；市场绩效和财务绩效包括企业市场地位提高,市场份额增加,新市场开拓以及企业销售收入提高,利润增加。

根据上面介绍的访谈调查结果获取的有关企业政治资源、政治行为及政治绩效的描述,我们设计了 21 个企业政治资源变量,39 个企业政治行为变量和 18 个企业政治绩效变量。经归纳和整理,得到了描述中国企业政治资源、政治策略和政治绩效的测量变量共78 个。

虽然我们在初始研究中将政治资源初步分为有形资源(Q1－Q4)、无形资源(Q5－Q9)、组织资源(Q10－Q21),将政治策略分为直接参与策略(Q22－Q30)、代言人策略(Q31－Q33)、信息咨询策略(Q34－Q37)、调动社会力量策略(Q38－Q39)、制度创新策略(Q40－Q41)、政治关联策略(Q42－Q52)、财务刺激策略(Q53－Q60),将政治绩效分为无形资源(Q61－Q64)、有形资源(Q65－Q68)、关系资源(Q69－Q71)、政治竞争能力与优势(Q72－Q75)和市场绩效与财务绩效(Q76－Q78),我们仍将在实证研究过程中通过因子分析方法对政治资源、政治策略和政治绩效进行重新分类和描述。表 9-1 列出了将用于调查问卷中的变量。

表 9-1　通过定性研究获得的描述企业政治资源、政治策略和政治绩效的变量

类型	描 述 变 量
企业政治资源与能力	企业销售额(Q1);企业员工人数(Q2);企业总资产(Q3);企业政治公关活动费用(Q4);企业政治文化(Q5);企业政治形象(Q6);企业信誉、品牌、商标(Q7);企业与顾客、政府及社会的关系(Q8);企业在政府、政府部门及所在社区中的声望(Q9);企业高层经理的性格与政治敏感度与意识(Q10);企业抵制和支持政府政策的态度(Q11);企业正式处理政府及行业关系的部门(Q12);企业专门处理政府及行业关系的员工(Q13);企业中人大、政协代表(Q14);企业中各级政府决策咨询顾问(Q15);企业驻各地政府办事处(Q16);企业政治活动历史与经验(Q17);企业的党政建设和思想政治工作(Q18);企业主要股东、董事、高层经理及员工的非正式社会关系(Q19);行业联盟程度(Q20);行业政府管制程度(Q21)。
企业政治策略	企业中人大、政协代表(Q22、Q23);企业中各级政府决策咨询顾问(Q24);企业驻各地政府办事处(Q25);企业政治活动历史与经验(Q26);企业的党政建设和思想政治工作(Q27);企业主要股东、董事、高层经理及员工的非正式社会关系(Q28);行业联盟程度(Q29);行业政府管制程度(Q30);企业直接找到熟悉的政府官员,希望他们为企业说话(Q31);企业通过政府官员的家人、同乡、同学、朋友找到政府官员,希望他们为企业说话(Q32);企业找到熟悉的参与决策的非政府官员,希望他们为企业说话(Q33);企业针对影响行业或本企业的政策、法规的制定、实施等相关的问题站在行业或自身角度提出研究报告,以正式或非正式的方式呈送给有关政府部门和行业组织,以期产生影响(Q34、Q35);企业主动向政府官员了解与行业或自身利益有关的政策和法规信息(Q36、Q37);通过企业或行业的力量,引起媒体、消费者群体、股东群体或其他利益相关者对某些事项的关注,形成有利的舆论导向,间接影响政府及行业决

类　型	描　述　变　量
企业政治 策略	策行为(Q38、Q39);通过企业的努力,找到现有制度的缺点,实践新的制度规则,成为政府政策与规则改变的方向,再通过其他政治策略获得正式承认(Q40);企业进入制度真空领域,引发新制度的讨论与最终确立(Q41);成为政府骄傲和依赖的企业(Q42);做政府鼓励的事情(Q43);做政府推荐的事情(Q44);做适合政治环境的事情(Q45);进行有利于政府政绩的投资(Q46);重要经营事项请示有关官员(Q47);重要场合邀请有关官员出席(Q48);邀请政府官员、人大政协代表、国外政要、其他企业管理人员参观视察(Q49);经常宣传党和政府的方针政策(Q50);经常向政府汇报工作(Q51);经常走访有关政府官员(Q52);从财务上支持与参加政府部门组织的各种活动(Q53);慈善捐款(Q54);支付差旅费(Q55);资助性公益广告(Q56);向政府官员赠送礼品(Q57);答谢宴会和演讲(Q58);企业通过物质、金钱等手段影响政府官员(Q59);提供个人服务(Q60)。
企业政治 绩效	政策与法律方面的机会(Q61);及时准确获得政策信息(Q62);企业或企业员工获得各种政治头衔和称号所带来的企业声誉、形象和美誉度的提高(Q63);其他利益相关者支持(Q64);优惠或有利的政策(Q65);资金(Q66);土地(Q67);高级人才(Q68);企业或企业员工与政府官员及个人之间的关系(Q69);企业与政府、社会公众和社区居民之间良好的关系(Q70);企业、银行和政府之间良好的合作关系(Q71);企业政治战略目标的实现(Q72);政府扶持企业产品研发与推广(Q73);政府扶持企业参与国际竞争(Q74);政府扶持企业兼并与扩张(Q75);企业获得政府合同(Q76);企业市场地位提高,市场份额增加,新市场开拓(Q77);企业销售收入提高,利润增加(Q78)。

二、问卷设计与资料收集

基于访谈得到的测量变量,我们设计出一份反映"中国企业与政府关系现状"的调查问卷。问卷中对企业政治资源、政治策略和政治绩效各描述变量的测量基本采用 5 点李克特式量表法,要求被调查者表明他们对每个变量认可的程度。[①]调查对象为企业的总经理、副总经理、部门经理等中高层管理人员。2004 年 1 月至 2004 年 5 月期间,本课题组主要选择湖北省、河南省、广东省和福建省等地的部分重点大学的 EMBA 和 MBA 学员,通过在课堂上当面讨论填写的形式,获得调查结果。此外,我们还向一些熟悉的企业高层经理通过 E-mail 或实地调研发出一些问卷。此次调查共发放问卷 350 份,回收 233 份,回收率为 66.57%,问卷回收后,对有关我国企业政治策略、企业政治资源与能力、企业政治

---

①　其中有形资源中涉及金额、人数等方面的部分变量,我们也采取类似量表方式来衡量,例如,销售额("1"表示 1000 万以内;"2"表示 1000 万~3000 万元;"3"表示 3000 万~15000 万元;"4"表示 15000 万~30000 万元;"5"表示 30000 万元及以上)、员工人数("1"表示 300 以内;"2"表示 301 万~500 人;"3"表示 501 万~800 人;"4"表示 801 万~2000 人;"5"表示 2000 人及以上)、资产总额("1"表示 4000 万以内;"2"表示 4000 万~40000 万元;"3"表示 40000 万元及以上)、企业人大或政协代表("1"表示 0 个;"2"表示 1 个;"3"表示 2 个;"4"表示 3 个;"5"表示 4 个)等。

绩效方面的无效问卷进行剔除,剔除问卷的准则主要有两个:一是剔除问卷填答缺漏太多者;二是检查被调查者是否认真地填写问卷。剔除有关这方面的无效问卷后,得到有效问卷 201 份,有效问卷回收率为 57.43%。

三、有效样本资料构成分析

在样本企业中,湖北省的企业共占 32.3%,河南省点 26.4%,福建省 24.4%,广东省占 9.5%,其他省市较少;被调查企业中,51.2% 的来自国有独资企业,国有控股企业为 12.4%,股份制企业 16.4%,外商投资企业 6.5%,民营企业 13.4%;从样本企业的行业分布来看,主要涉及包括 IT 电信 19.9%,信息咨询 11.4%,金融保险 11.4%,金属矿业 7.5%,能源石化 5.5%,机械制造 5.5%;从企业规模来看,员工人数在 300 以内占 28.9%,3000 以上 19.4%,801～2000 之间 24.9%,501～800 之间 10.9%;销售收入在 30000 万元以上占 44.8%,3000 万～15000 万元之间 26.4%,15000 万～30000 万元之间 11.9%。有关样本企业的基本资料见表 9-2。

表 9-2 样本企业总体概况

所在地分布			行业分布					
省份	样本数	比重(%)	类型	样本数	比重(%)	类型	样本数	比重(%)
湖北	65	32.3	金融保险	23	11.4	建筑水利	6	3.0
广东	19	9.5	农林牧渔	5	2.5	房地产业	2	1.0
江西	9	4.5	金属矿业	15	7.5	环保产业	3	1.5
江苏	2	1.0	食品饮料	7	3.5	家用电器	1	0.5
山东	1	0.5	纺织化纤	2	1.0	IT 电信	40	19.9
重庆	1	0.5	轻工业	6	3.0	信息咨询	23	11.4
北京	1	0.5	能源石化	11	5.5	服务业	8	4.0
河南	53	26.4	化学工业	5	2.5	商业贸易	6	3.0
上海	1	0.5	医药卫生	3	1.5	新闻媒体	13	6.5
福建	49	24.4	机械制造	11	5.5	科教文体	6	3.0
			交通运输	7	3.5	其他行业	2	1.0
			汽车工业	4	2.0			

所有制类型分布			员工数			销售收入		
类型	样本数	比重（%）	人数（人）	样本数	比重（%）	金额（万元）	样本数（%）	比重
国有独资	103	51.2	300 以内	58	28.9	1000 以内	20	10.0
国有控股	25	12.4	301～500	15	7.5	1000～3000	14	7.0
股份制	33	16.4	501～800	22	10.9	3000～15000	53	26.4
外商投资	13	6.5	801～2000	50	24.9	15000～30000	24	11.9
民营	27	13.4	2001～3000	17	8.5	30000 以上	90	44.8
			3000 以上	39	19.4			

第二节　中国企业政治资源、政治策略和政治绩效的描述性分析

一、企业政治资源的描述性分析

表 9-3 列出了我国企业政治资源与能力的均值和标准差，从表中我们可以发现，企业在信誉、品牌、商标、形象、声望等无形资源方面的均值得分普遍都在 2 分以下，说明我国企业在这方面所拥有的资源比较少；在员工、费用、机构等部分有形资源和组织资源方面的均值得分则都在 3 分以上，说明我国企业在这方面拥有的资源比较多；企业担任人大、政协代表的均值得分要高于担任政府决策咨询顾问的均值得分，说明我国企业高管人员担任人大、政协代表以议案和建议方式影响政府决策的机会大大高于企业高管直接担任政府决策咨询顾问的机会。实际上，能被聘任政府决策顾问的企业高管只是少数人，主要来自本地区或有关联的大企业；企业政治活动历史和经验、企业党政建设和知识培训的均值得分相对较高，说明我国企业与政府之间有一种天然联系，而且这种党政活动也反映我国的政治体制特色；企业驻各地政府办事处的均值得分最低，这反映办事处建立费用相对过大，在一般情况下，大型企业才会采取这种方式；企业的各种正式和非正式关系的均值得分较为适中，说明虽然关系资源非常重要，但是这种关系还未能够充分加以利用。

表9-3 我国企业政治资源与能力的描述性分析结果

企业政治资源与能力类型		平均值	标准差
有形资源 (CTR)	CTR1:企业销售额	3.9231	1.4146
	CTR2:企业员工人数	3.6014	1.8467
	CTR3:企业总资产	2.2448	0.7802
	CTR4:企业政府公关费用	2.4895	1.4036
无形资源 (CIR)	CIR1:企业政治文化	2.9371	1.0085
	CIR2:企业政治形象	1.9161	0.8516
	CIR3:企业信誉、品牌、商标	1.7622	0.7117
	CIR4:企业与顾客、政府及社会的关系	2.2168	0.9505
	CIR5:企业在政府、政府部门及所在社区中的声望	1.9860	0.7314
组织资源 (COR)	COR1:企业高层经理的性格与政治敏感度与意识	1.9021	0.8249
	COR2:企业抵制和支持政府政策的态度	2.3007	0.8052
	COR3:企业正式处理政府及行业关系的部门及其权威性	3.1329	1.4154
	COR4:企业专门处理政府及行业关系的员工	3.6503	1.8510
	COR5:企业中人大、政协代表	2.7063	1.6735
	COR6:企业中各级政府决策咨询顾问	1.9021	1.5213
	COR7:企业政治活动历史与经验	2.7832	1.0886
	COR8:企业驻各地政府办事处	1.6434	1.4651
	COR9:企业员工的党政建设知识与培训	2.9790	1.1412
	COR10:企业主要股东、董事、高层经理及员工的非正式社会关系	2.1958	0.8902
	COR11:行业联盟程度	2.8042	1.1275
	COR12:行业政府管制程度	2.7063	1.4233

二、企业政治策略的描述性分析

表9-4列出了我国企业政治行为变量的均值和标准差。从表中我们可以发现,我国企业高管作为人大或政协代表进行参政议政的均值得分较高,说明这已经成为企业普遍采用的方式;而企业被聘为政府决策咨询顾问或委员的均值很低,说明通过政府决策咨询的方式影响政府政策方式还相对较少;企业有人本身就是政府官员的均值也很低,说明企业员工本身就是政府官员,这种既是裁判员又是参与者的方式并不是十分普遍,但是仍然

存在;而企业有人本身就是行业协会官员的均值较为平均,说明我国企业对行业协会的作用是较为重视的;企业通过行业协会提出行业标准或规则的均值比企业直接参加政府部门的政策制定和讨论的均值较高,说明采取行业协会方式比直接参与政策制定要普遍得多;企业通过找到各种人员为企业说话的均值普遍较为平均,说明这些策略与方式已经为我国企业所接受,得以较为普遍运用;而各种信息咨询策略的均值也较为平均,说明我国企业已经意识到向政府提出建议或报告,或者主要了解各种政策信息的重要性;调动社会力量策略的均值也较为平均,说明我国企业在无形中都会引导社会舆论向着有利于自己的方向发展,为自己争取较大利益;而制度创新策略的均值较低,说明我国企业对这种策略运用仍然不是十分普遍;成为政府骄傲和依赖的企业、做政府鼓励的事情、做政府推荐的事情、做适合政治环境的事情等经营活动的政治关联策略的均值普遍较高,说明这类策略已经得到我国企业广泛地运用,但是,企业采取支付差旅费的方式与答谢宴会和演讲的方式普遍较少,所以均值得分较低。

表 9-4　我国企业政治策略的描述性分析结果

企业政治行为变量	平均值	标准差
DP1:企业有人作为人大代表进人人大参政	3.0490	1.4886
DP2:企业有人作为政协代表进人人大议政	3.1469	1.2274
DP3:企业有人被聘为各级政府决策咨询顾问或委员	1.7832	1.2455
DP4:企业有人本身就是政府官员	1.9790	1.2917
DP5:企业有人本身就是行业协会官员	2.5804	1.1653
DP6:企业有人当选为较高级别的共产党委员会委员	3.7133	1.0917
DP7:企业直接参加行业协会提出行业标准或规则	3.2238	3.4076
DP8:企业直接参与政府部门制定政策、法规	2.1259	1.1860
DP9:企业有人参加政府部门的政策的拟订与研讨	2.3776	1.1057
PS1:企业直接找到熟悉的政府官员,希望他们为企业说话	3.1818	1.0115
PS2:企业通过政府官员的家人、同乡、同学、朋友找到政府官员,希望他们为企业说话	2.8951	0.9766
PS3:企业找到熟悉的参与决策的非政府官员,希望他们为企业说话	2.7832	1.0150
IC1:企业针对影响行业或本企业的政策、法规的制定、实施等相关的问题站在行业角度提出研究报告,以正式或非正式的方式呈送给有关政府部门和行业组织,以期产生影响	2.8042	0.9877
IC2:企业针对影响行业或本企业的政策、法规的制定、实施相关的问题站在自身的角度提出意见和建议,以正式或非正式的方式呈送给有关政府部门和行业组织等,以期产生影响	2.8042	0.9513

企业政治行为变量	平均值	标准差
IC3:企业主动向政府官员了解与行业有关的政策和法规信息	3.3706	1.0726
IC4:企业主动向政府官员了解与自身利益有关的政策和法规信息	3.3217	1.0851
MP1:通过企业的力量,引起媒体、消费者群体、股东群体或其他利益相关者对某些事项的关注,形成有利的舆论导向,间接影响政府及行业决策行为	2.7133	1.0456
MP2:通过行业的力量,引起媒体、消费者群体、股东群体或其他利益相关者对某些事项的关注,形成有利的舆论导向,间接影响政府及行业决策行为	2.8741	1.0131
FI1:通过企业的努力,找到现有制度的缺点,实践新的制度规则,成为政府政策与规则改变的方向,再通过其他政治策略获得正式承认	2.4266	1.1037
FI2:企业进入制度真空领域,引发新制度的讨论与最终确立	2.1259	1.0269
PR1:成为政府骄傲和依赖的企业	3.4056	1.3228
PR2:做政府鼓励的事情(如雇用下岗职工)	2.9720	1.1129
PR3:做政府推荐的事情(如兼并亏损企业)	2.4266	1.1289
PR4:做适合政治环境的事情(如宣传和学习党和政府的方针政策、组建党支部和党小组、工会、职代会并发挥其作用)	3.5944	1.2232
PR5:进行有利于政府政绩的投资(如建当地的标志工程)	2.7203	1.1653
PR6:重要经营事项请示有关官员	2.8951	1.2374
PR7:重要场合邀请有关官员出席(如产品展示会、推广会、挂牌等)	3.5385	1.0862
PR8:邀请政府官员、人大政协代表、国外政要、其他企业管理人员参观视察	3.5455	1.0530
PR9:经常宣传党和政府的方针政策	3.2308	1.1302
PR10:经常向政府汇报工作	3.2587	1.0662
PR11:经常走访有关政府官员	2.7203	1.0029
FI1:从财务上支持与参加政府部门组织的各种活动	3.1259	1.0606
FI2:慈善捐款(如支持地方教育事业)	2.2448	1.0293
FI3:支付差旅费	1.9720	1.0545
FI4:资助性公益广告	2.0979	1.0636
FI5:向政府官员赠送礼品	2.6434	1.1032
FI6:答谢宴会和演讲	1.7762	0.9817
FI7:企业通过物质、金钱等手段影响政府官员	2.6993	1.0814
FI8:提供个人服务。	2.9161	1.1037

三、企业政治绩效描述性分析

表 9-5 列出了我国企业政治绩效的均值和标准差,从表中我们可以发现,我国企业通过实施政治行为获得资金、政策信息、政策与法律机会方面的均值普遍较高;而企业声誉、形象和美誉度提高方面的均值非常高,说明我国企业实施政治策略能够提高自身的政治形象;企业获得各种关系方面的均值也很高,说明我国企业通过政治活动能够改善与政府或社会公众之间的关系;但是企业战略性目标的实现和获得政府扶持方面的均值较低,说明我国政府对企业的支持和帮助仍然不够,需要进一步改善和加强;虽然在市场绩效和财务绩效方面的均值较高,但是我们认为因为无法区分是由于市场行为,还是由于非市场行为带来了市场绩效和财务绩效的提高,所以有必要进一步分析。

表 9-5 我国企业政治绩效的描述性分析结果

企业政治绩效类型			平均值	标准差
政府资源 (GR)	无形资源 (GIR)	GIR1:政策与法律方面的机会	2.9720	1.3939
		GIR2:及时准确获得政策信息	3.0070	1.1778
		GIR3:企业或企业员工获得各种政治头衔和称号所带来的企业声誉、形象和美誉度的提高	2.3217	1.0112
		GIR4:其他利益相关者的支持	3.4895	0.9632
	有形资源 (GTR)	GTR1:优惠或有利的政策	3.3566	1.1713
		GTR2:资金	3.4825	1.0605
		GTR3:土地	3.0979	1.0897
		GTR4:高级人才	3.6154	0.9489
	关系资源 (GRR)	GRR1:企业或企业员工与政府官员及个人之间的关系	3.5315	1.0734
		GRR2:企业与政府、社会公众和社区居民之间良好的关系	2.1469	1.3372
		GRR3:企业、银行和政府之间良好的合作关系	2.3217	1.3769
政治竞争能力与优势(CAA)		CAA1:政府扶持企业产品研发与推广	2.4196	1.1713
		CAA2:政府扶持企业参与国际竞争	2.2448	1.1272
		CAA3:政府扶持企业兼并与扩张	2.3287	1.1614
		CAA4:企业政治战略目标的实现	2.1748	1.1827
市场绩效与财务绩效(MFP)		MFP1:企业获得各种政府合同	2.4056	1.1336
		MFP2:企业市场地位提高,市场份额增加,新市场开拓	2.8531	1.1686
		MFP3:企业销售收入提高,利润增加	3.1329	1.1763

第三节　不同企业政治资源、政治策略和政治绩效的差异性分析

一、不同企业政治资源的状况分析

表 9-6 列出了不同性质企业政治资源与能力的均值、标准差和皮尔逊卡方检验值。通过 Crosstabs 方法,我们可以发现:不同性质企业组在销售额、员工人数、总资产、政府部门及所在社区中的声望、专门处理政府及行业关系的员工、政治活动历史与经验、员工的党政建设知识与培训、行业政府管制程度等方面存在显著差异,其他大部分类型政治资源与能力没有显著差异。

但是,从企业政治资源与能力的均值来看,不同性质企业所具有的政治资源与能力还是存在一定的差异性。这些差异表现为下面这些方面:

第一,我国国有企业、外资企业政治公关费用明显要高于民营企业,这可能是由于我国民营企业正处于发展阶段,规模较小;

第二,国有企业政治文化建设和政治形象要好于外资企业和民营企业,这可能是由企业性质所决定的,一般来说,我国国有企业普遍比外资企业和民营企业更加注重党政文化建设;

第三,国有企业与顾客、政府与社会的关系以及在政府、政府部门和所在社区中的声望普遍要好于外资企业和民营企业;

第四,外资企业高层经理的性格与政治敏感度与意识要高于国有企业和民营企业,说明我国国有企业和民营企业政治敏感度与意识有待进一步加强;

第五,民营企业在抵制和支持政府政策态度方面要比国有企业和外资企业更加强烈;国有企业中人大、政协代表人数要比外资企业和民营企业多一些,这主要是由我国人大和政协的政治制度所决定的;

第六,国有企业中各级政府决策咨询顾问人数要比外资企业和民营企业多一些,说明政府决策咨询顾问角色仍然在国有企业占据主导地位;

第七,国有企业政治活动历史与经验略高于外资企业和民营企业,但是这种差别并不大,主要是因为外资企业已经进入中国市场,或多或少与我国政府打过交道,而民营企业逐渐成熟且壮大,政治经验也越来越丰富;

第八,国有企业和股份制企业驻各地政府办事处普遍比外资企业和民营企业多一些;国有企业员工的党政建设知识与培训普遍要多于外资企业和民营企业,但是这种差别并不大,说明我国外资企业和民营企业也逐渐意识到党政建设知识在经营活动中的作用。

表 9-6　不同性质企业的政治资源与能力的描述性分析结果

企业政治资源与能力类型		国有独资 ($n=103$)		国有控股 ($n=25$)		股份制 ($n=33$)		外商投资 ($n=13$)		民营 ($n=27$)		p 值
		平均值	标准差	平均值	标准差	平均值	标准差	平均值	标准差	平均值	标准差	
有形资源 (CTR)	CTR1	3.8767	1.3839	4.6842	1.2043	4.6087	0.8913	3.5000	1.4142	2.7500	1.4096	0.000
	CTR2	3.8904	1.8601	4.1053	1.3701	3.7826	1.6502	3.5000	2.0000	1.9000	1.5183	0.030
	CTR3	2.3014	0.7395	2.4211	0.8377	2.4783	0.6653	2.3750	0.7440	1.5500	0.6863	0.003
	CTR4	2.4932	1.4056	3.0526	1.4710	2.3043	1.3292	3.0000	1.7728	1.9500	1.0990	0.598
无形资源 (CIR)	CIR1	2.7534	1.3562	3.2105	1.04	3.0435	0.997	3.1250	0.976	3.1500	0.855	0.160
	CIR2	1.8904	1.0563	1.8947	1.0351	1.8261	0.826	1.7500	0.7777	2.2000	0.7375	0.540
	CIR3	1.7534	0.7164	1.8947	0.744	1.7391	0.8643	1.6250	0.7375	1.7500	0.6621	0.766
	CIR4	2.0822	0.9234	2.2105	1.3093	2.4783	1.1627	2.5000	0.855	2.3000	0.8621	0.253
	CIR5	2.0411	1.0208	1.9474	0.744	1.8696	0.757	1.6250	0.6213	2.1000	0.6549	0.049
组织资源 (COR)	COR1	1.7808	0.8751	1.9474	0.8864	1.7391	0.6887	2.2500	0.9113	2.3500	0.7861	0.085
	COR2	2.3699	0.7592	1.8947	0.744	2.2609	0.81	2.3750	0.6578	2.4500	0.8417	0.658
	COR3	3.1370	1.4179	3.2105	1.6421	3.5217	1.5336	2.8750	1.5121	2.7000	1.3262	0.361
	COR4	3.5890	1.5652	4.3158	1.6421	3.8261	1.8501	4.1250	1.8273	2.8500	1.9064	0.027
	COR5	3.0000	1.8105	3.2632	1.8209	2.3913	1.2699	2.5000	1.5119	1.5500	0.6863	0.077
	COR6	2.0137	1.7280	1.9474	1.2681	1.8261	1.3366	2.1250	1.8077	1.4500	0.9445	0.159
	COR7	2.5068	1.0809	3.0526	1.685	3.0435	1.0651	2.6250	0.9113	3.3000	1.0017	0.024
	COR8	1.6849	1.5264	1.3684	1.7678	1.9130	1.8319	1.6250	1.1648	1.4500	0.8256	0.531
	COR9	2.6575	1.2096	2.9474	1.1877	3.0000	1.1291	3.6250	0.9535	3.9000	1.0304	0.001
	COR10	2.0822	0.8127	2.1579	0.744	2.3043	0.9261	2.6250	0.7647	2.3500	0.9392	0.525
	COR11	2.6849	0.8584	2.9474	1.3093	3.0000	1.0871	2.5000	1.0788	3.0000	1.2004	0.177
	COR12	2.3288	1.268	2.6842	1.5526	2.7826	1.2044	3.1250	1.4163	3.8500	1.3648	0.010

注：p 表示 Chi-Square 检验显著性水平。

二、不同企业政治策略与行为实施的情况

表 9-7 列出了不同性质企业实施政治行为变量的均值、标准差和皮尔逊卡方检验值。通过 Crosstabs 方法，我们可以发现：不同企业在信息咨询策略、制度创新策略和经营活动

政治关联策略的部分行为变量上存在显著差异，而其他大部分类型政治策略上没有显著差异。但是，从企业政治策略的均值来看，不同性质企业所采取的政治策略还是存在一定的差异性。

1. 国有企业有人作为人大和政协代表进入人大和政协参政议政要多于外资企业和民营企业，而国有企业有人本身就是政府官员和行业协会官员的情况要多于外资企业和民营企业，这主要是由我国政治体制所决定的；但是各种性质企业被聘为政府决策咨询顾问或委员的差别不大。

2. 外资企业直接参加行业协会提出行业标准或规则要少于国有企业和民营企业，说明外资企业还没有真正参与我国行业协会行业标准或规则的制定与提出；各种性质企业直接或间接参加政府部门政策拟订与研讨的差别不大。

3. 国有企业和民营企业直接找到熟悉的政府官员或他们的家人、同乡、同学、朋友，希望他们为企业说话的情况要比外资企业多一些，而民营企业找到熟悉的参与决策的非政府官员，希望他们为企业说话的情况要比外资企业和国有企业少一些。

4. 在企业针对影响行业或本企业的政策、法规的制定、实施等相关的问题站在行业角度提出研究报告，以正式或非正式的方式呈送给有关政府部门和行业组织方面，对于不同性质的企业来说，这种政治活动方式的差别不大。

5. 外资企业主动向政府官员了解政策和法规信息的情况要少于国有企业和民营企业，说明国有企业和民营企业作为本国企业要比外资企业更了解各种政策和法律的信息。

6. 外资企业通过各种力量，引起媒体、消费者群体、股东群体或其他利益相关者对某些事项的关注，形成有利的舆论导向，间接影响政府及行业决策行为的情况要比国有企业和民营企业多一些，说明外资企业在这方面的运作经验要比国有企业和民营企业更加丰富。

7. 对于制度创新策略来说，通过企业的努力，找到现有制度的缺点，实践新的制度规则，成为政府政策与规则改变的方向，再通过其他政治策略获得正式承认，各种性质企业采取这种政治活动方式的差别不大，而民营企业进入制度真空领域，引发新制度的讨论与最终确立的情况要比国有企业和外资企业少一些。

8. 各类性质的企业做政府鼓励和政府推荐的事情的差别不大；外资企业做适合政治环境的事情（如宣传和学习党和政府的方针政策、组建党支部和党小组、工会、职代会并发挥其作用）要少于国有企业和民营企业，但是这种差别不大，说明外资企业也意识到宣传党政方针、政策和党政建设在经营活动中的重要作用。

9. 各种性质的企业成为政府的骄傲和依赖，重要经营事项请示有关官员，在重要场合邀请有关官员出席（如产品展示会、推广会、挂牌等）、进行有利于政府政绩的投资（如建当地的标志工程），在经常宣传党和政府的方针政策、经常向政府汇报工作、经常走访有关政府官员等这些政治活动的方式上差别不大，说明我国国有企业、外资企业和民营企业都重视这些经营活动中政治关联策略的运用。

10. 国有企业从财务上支持与参加政府部门组织的各种活动、支付差旅费和资助性公益广告方面明显要比外资企业和民营企业多一些,说明在长期的计划经济体制下,国有企业的这些活动已经成为一种日常行为,而民营企业规模较小且没有经济实力。

11. 各种性质的企业在慈善捐款(如支持地方教育事业)上差别不大,说明这种方式已经得到普遍认同。

12. 民营企业向政府官员赠送礼品的方式明显要多于外资企业和国有企业,说明民营企业机制灵活,发挥自身的优势;国有企业在答谢宴会和演讲,通过物质、金钱等手段方面明显要比外资企业和民营企业多一些。

表 9-7 不同性质企业政治策略的描述性分析结果

企业政治策略类型		国有独资 (n=103)		国有控股 (n=25)		股份制 (n=33)		外商投资 (n=13)		民营 (n=27)		p 值
		平均值	标准差	平均值	标准差	平均值	标准差	平均值	标准差	平均值	标准差	
直接参与策略 (DP)	DP1	3.2055	1.4430	3.2500	1.4710	3.0435	1.4295	3.0526	1.5811	2.4000	1.6670	0.483
	DP2	2.1918	1.1862	2.0526	1.2236	2.0000	1.1282	2.6250	1.5059	2.0500	1.4318	0.485
	DP3	1.8356	1.2911	1.7368	1.2842	1.6957	1.1846	1.8750	0.8345	1.7000	1.3416	0.421
	DP4	2.1781	1.4176	1.9474	1.3529	1.7391	1.0539	2.2500	1.1650	1.4500	0.8870	0.283
	DP5	2.6027	1.2443	2.7368	1.3887	2.6957	1.0196	2.2500	0.9912	2.3500	1.1367	0.651
	DP6	3.8493	1.0229	4.0000	0.9428	3.6957	1.0196	3.6250	1.0607	3.0000	1.3377	0.108
	DP7	2.7534	1.2336	3.6842	1.0029	4.7391	1.0069	3.3750	0.7440	2.7000	1.2183	0.130
	DP8	2.1644	1.2135	2.0526	1.1773	2.0870	1.2028	2.6250	1.1877	1.9000	1.1192	0.351
	DP9	2.5479	1.1790	2.3158	1.0029	2.0000	1.0000	2.6250	1.0607	2.1500	0.9881	0.581
代言人策略 (PS)	PS1	3.2192	1.0441	3.2192	1.0441	3.2192	1.0441	3.2192	1.0441	3.2192	1.0441	0.180
	PS2	2.9315	0.9765	2.8421	1.0679	3.0870	0.9960	3.0000	0.7559	2.5500	0.9445	0.601
	PS3	2.8493	1.1139	2.7368	0.9912	2.8696	0.9197	2.6250	1.0607	2.5500	0.7592	0.850
信息咨询策略 (IC)	IC1	2.8356	1.0410	2.9474	0.9703	2.9565	0.9283	2.8750	0.9910	2.3500	0.8127	0.698
	IC2	2.8767	0.9271	2.8421	0.9582	3.0870	0.8482	2.6250	1.1877	2.2500	0.9105	0.040
	IC3	3.2466	1.1153	3.4737	0.9048	3.7826	0.9514	3.7500	0.7071	3.1000	1.2096	0.485
	IC4	3.2055	1.0403	3.4211	1.0706	3.7391	1.0539	3.7500	0.8864	3.0000	1.2566	0.303

企业政治策略类型		国有独资 (n＝103)		国有控股 (n＝25)		股份制 (n＝33)		外商投资 (n＝13)		民营 (n＝27)		p 值
		平均值	标准差	平均值	标准差	平均值	标准差	平均值	标准差	平均值	标准差	
调动社会力量策略 (MP)	MP1	2.6712	1.0145	3.0526	1.3112	3.0870	1.0407	2.7500	0.4629	2.1000	0.7881	0.169
	MP2	2.8630	0.9474	3.0000	1.0000	3.1739	1.1929	2.8750	0.9910	2.4500	0.9987	0.350
制度创新策略 (FI)	FI1	2.3836	1.0224	2.5789	1.1213	2.6957	1.2223	2.7500	1.1650	2.0000	1.1698	0.017
	FI2	2.0000	0.9574	2.5263	1.0733	2.3478	1.1912	2.5000	1.1952	1.8000	0.8335	0.126
经营活动政治关联策略 (PR)	PR1	3.1096	1.2754	3.7895	1.2283	4.0000	1.0445	4.3750	1.1877	3.0500	1.5035	0.048
	PR2	2.9041	1.0296	3.0526	1.1291	3.2609	1.1369	3.2500	1.4880	2.7000	1.2183	0.642
	PR3	2.3836	1.1258	2.5263	1.1723	2.6957	1.1051	2.5000	1.0690	2.1500	1.1821	0.556
	PR4	3.8493	1.1263	3.7368	1.1945	3.8696	1.1403	2.6250	1.0607	2.6000	1.1425	0.012
	PR5	2.8767	1.1540	2.6842	1.1572	2.7826	1.1264	2.7500	1.0351	2.1000	1.2096	0.333
	PR6	3.0411	1.2069	2.8421	1.2589	3.1304	1.2542	2.8750	1.2464	2.1500	1.1367	0.181
	PR7	3.6438	1.0458	3.6842	1.0029	3.7826	1.0853	3.3750	0.9161	2.8000	1.1517	0.134
	PR8	3.6575	0.9750	3.8421	0.8342	3.5652	1.1610	3.1250	1.3562	3.0000	1.1239	0.567
	PR9	3.3836	1.0359	3.5263	0.9643	3.4783	1.0816	2.6250	1.1877	2.3500	1.1258	0.001
	PR10	3.3151	1.0121	3.5263	1.0203	3.3913	1.0331	3.0000	1.1952	2.7500	1.2085	0.419
	PR11	2.7260	0.9755	3.0000	0.8819	2.6087	1.1176	3.1250	0.8345	2.4000	1.0954	0.285
财务刺激策略 (FI)	FI1	3.2329	1.0868	3.1579	1.1673	3.3043	1.0196	3.0000	0.7559	2.5500	0.8870	0.312
	FI2	2.1370	1.0044	2.4737	1.0203	2.3913	1.1575	2.5000	1.0690	2.1500	0.9881	0.464
	FI3	1.8767	0.9852	2.1579	1.2140	2.1304	1.2900	2.0000	0.7559	1.9500	0.9987	0.936
	FI4	2.0274	0.8971	2.1053	1.2865	2.4348	1.3425	1.8750	0.9910	2.0500	1.0990	0.279
	FI5	2.6438	1.0458	2.4737	1.2635	2.6522	1.1524	3.0000	0.9258	2.6500	1.2258	0.661
	FI6	1.7808	1.0172	1.7368	1.1471	1.9130	1.0407	1.8750	0.6409	1.6000	0.7539	0.668
	FI7	2.7397	1.1059	3.1053	1.0485	2.8696	1.0998	2.5000	0.7559	2.0500	0.8870	0.395
	FI8	2.9589	1.0599	2.7895	1.2283	3.3043	1.0632	3.1250	1.1260	2.3500	1.0400	0.162

注:p 表示 Chi-Square 检验显著性水平。

三、不同企业获得的政治绩效的情况

表 9-8 列出了不同性质企业政治绩效的均值、标准差和皮尔逊卡方检验值。通过 Crosstabs 方法，我们可以发现：不同性质的企业在获得土地、市场地位和市场份额提高、销售收入和利润提高方面存在显著差异，其他大部分类型政治绩效没有显著差异。但是，从企业政治绩效的均值来看，不同性质企业所获得的政治绩效还是存在一定的差异性。

1. 我们可以发现我国国有企业和外资企业在获得政策与法律方面的机会以及各种政治头衔和称号所带来的企业声誉、形象和美誉度提高的情况要比民营企业多一些，这主要是由于民营企业规模小且不太为政府所重视。

2. 各类性质的企业在及时准确获得政策信息方面没有差别，说明我国企业非常重视政府政策信息的获取，从而能够及时调整其战略发展方向。

3. 外资企业在获得其他利益相关者的支持方面比国有企业和民营企业要少一些。

4. 外资企业比国有企业和民营企业更容易获得优惠或有利的政府政策，说明外资企业更多地获得各种优惠政策使它们在与国内企业竞争中具有先天的优势。

5. 外资企业和国有企业比民营企业更容易通过政府关系获得各种资金的支持，说明国有企业和外资企业在商业信誉、政治形象方面较好，容易获得政府和银行信任获得资金或贷款。

6. 各类性质的企业在获得土地方面差别不大；国有企业比外资企业和民营企业更容易通过政府关系获得各种高级人才。

7. 国有企业和外资企业与政府、社会公众和社区居民之间的关系以及与银行和政府之间的合作关系要比民营企业好一些；而国有企业或企业员工与政府官员及个人之间的关系要比外资企业和民营企业好一些，说明国有企业采取政治策略很好地改善和处理各种关系，从而能够营造一种良好的外部政治环境。

8. 政府对国有企业扶持企业产品研发与推广、企业参与国际竞争和企业兼并与扩张要比民营企业高一些，说明国有企业作为民族工业的代表，而民营企业仍然规模较小且不太成熟，所以国有企业容易获得政府的战略性扶持。

9. 外资企业政治战略目标的实现程度要比国有企业和民营企业好一些，这主要是因为外资企业拥有先进的管理经验和技术，通常是本行业的领导者，在修改政策或行业标准、扩充行业市场容量、抬高价格或降低质量标准、限制或减少竞争对手、行业市场准入等方面具有很大的发言权。

10. 国有企业和外资企业要比民营企业容易获得各种政府合同，一般来说，政府合同金额较大，而国有企业和外资企业实力雄厚容易获得；外资企业在销售收入和获得利润方面要比国有企业和民营企业高一些，我们认为这只能说明外资企业普遍比国有企业和民营企业效益好一些，不能说明是否是由于企业政治活动所带来的。

表 9-8　不同性质的企业政治绩效的描述性分析结果

企业政治绩效类型		国有独资 ($n=103$)		国有控股 ($n=25$)		股份制 ($n=33$)		外商投资 ($n=13$)		民营 ($n=27$)		p 值
		平均值	标准差	平均值	标准差	平均值	标准差	平均值	标准差	平均值	标准差	
有形资源 (GTR)	GTR1	3.2055	1.1421	3.4211	1.0174	3.8696	1.0137	3.8750	1.1260	3.0500	1.4318	0.226
	GTR2	3.3699	0.9355	3.8421	0.8983	3.7826	0.9023	3.3750	0.7440	3.3000	0.9743	0.669
	GTR3	3.4247	0.9989	3.6842	0.9459	3.9565	0.8779	3.8750	1.2464	2.8000	1.1965	0.191
	GTR4	3.0137	1.0864	3.2105	1.0317	3.2609	1.0539	3.3750	0.7440	3.0000	1.3377	0.274
有形资源 (GIR)	GIR1	2.8904	1.1494	2.5789	0.9612	2.9130	1.0407	3.3750	1.3025	3.5500	2.4810	0.130
	GIR2	2.9863	1.2075	3.0000	1.1055	3.3043	1.1051	3.2500	1.4880	2.6500	1.0894	0.017
	GIR3	1.9726	1.2907	2.7368	1.3680	2.5652	1.3425	1.8750	1.3562	1.8500	1.3089	0.898
	GIR4	2.2055	1.0132	2.4211	1.0706	2.5217	0.9472	2.6250	0.7440	2.3000	0.8286	0.416
关系资源 (GRR)	GRR1	2.3699	1.4861	2.3158	1.2043	2.4783	1.2746	2.0000	0.9258	2.1000	1.4473	0.244
	GRR2	3.5616	0.8973	3.9474	0.8481	3.7391	1.1369	3.7500	0.8864	3.3000	0.9787	0.197
	GRR3	3.6575	1.0570	3.7368	0.7335	3.5652	1.0798	3.7500	1.0607	2.9000	1.2524	0.576
政治竞争能力与优势 (CAA)	CAA1	2.2603	1.1550	2.5789	1.2164	2.7826	1.1264	3.0000	1.0690	2.2000	1.1965	0.612
	CAA2	2.1233	1.1540	2.5789	1.0706	2.4348	0.9921	2.6250	1.1877	2.0000	1.1698	0.251
	CAA3	2.2740	1.1698	2.7368	1.1945	2.3913	1.0762	2.7500	1.0351	1.9000	1.1653	0.624
	CAA4	2.1644	1.2135	2.2105	0.9177	2.2174	1.3469	2.5000	1.0690	2.0000	1.2140	0.193
市场绩效与财务绩效 (MFP)	MFP1	2.3973	1.1636	2.6316	0.9551	2.4783	1.2384	2.7500	1.0351	2.0000	1.0761	0.613
	MFP2	2.6712	1.2025	3.2105	0.8550	3.1304	1.0998	3.6250	0.7440	2.5500	1.3169	0.043
	MFP3	2.8356	1.1668	3.4737	0.9643	3.8261	0.9841	3.8750	0.3536	2.8000	1.3219	0.005

注：p 表示 Chi-Square 检验显著性水平。

本章参考文献

尼古莱·J.福斯、克里斯蒂安·克努森. 企业万能——面向企业能力理论. 大连：东北财经大学出版社，1998.

第10章

企业政治资源、政治策略与政治绩效的关联性研究

本章主要研究问题:

1. 中国企业拥有哪些政治资源? 拥有的程度如何? 不同性质企业之间是否存在差异?

2. 中国企业在政治活动中采取哪些政治策略? 使用的程度如何? 不同性质企业之间是否存在差异?

3. 中国企业采取政治策略获得了哪些政治绩效? 获得的程度如何? 不同性质企业之间是否存在差异?

4. 中国企业政治活动中的政治资源、政治策略和政治绩效之间是否存在显著相关关系?

> 本章关键概念:中国企业、企业政治资源、企业政治能力、企业政治策略、企业政治绩效

因为篇幅的原因,上一章我们只对企业所拥有的政治资源与能力、可能采取的政治策略与行为、可能得到的政治绩效进行了探索性分析和实际调查分析。本章接着上一章的实证调查,进一步探讨企业政治资源、政治策略与政治绩效之间的关联性。

第一节 问卷的信度和效度分析

为了考察问卷的可靠性和有效性,我们采用 SPSS 软件进行量表信度分析和结构效度分析。

一、信度分析

信度是指由多次测量所得的结果间的一致性或稳定性,或估计测量误差有多少。(根据 Churchill(1979)的观点,修正后项总相关系数(CITC,每个题项得分与各题项总分间的相关系数)不得小于 0.5,以此来净化测量项目。问卷的内部相关信度是用 Cronbach's alph 系数来衡量,α 值越大表示信度越高,根据 Peterson(1994)的观点,α 系数不小于 0.7。)此外,修正项目的信度检验剔除项目的标准有两个,并且它们一起成立才可以剔除此项目:①修正后项总相关系数小于 0.5;②剔除此项目可以增加 α 值,即可提升整体信度。COR2、COR11、COR12、GIR2 和 GTR4 被剔除。表 10-1、表 10-2 和表 10-3 是企业政治资源与能力、企业政治策略和企业政治绩效的修正后项总相关系数 CITC 和信度。

表 10-1　企业政治资源与能力的题项和 CITC 量值及信度分析

题 项 代 码		CITC	α 系数
有形资源（CTR）	CTR1：企业销售额	0.849	0.8008
	CTR2：企业员工人数	0.815	
	CTR3：企业总资产	0.801	
	CTR4：企业政府公关费用	0.681	
无形资源（CIR）	CIR1：企业政治文化	0.670	0.7926
	CIR2：企业政治形象	0.587	
	CIR3：企业信誉、品牌、商标	0.633	
	CIR4：企业与顾客、政府及社会的关系	0.587	
	CIR5：企业在政府、政府部门及所在社区中的声望	0.569	
组织资源（COR）	COR1：企业高层经理的性格与政治敏感度与意识	0.590	
	COR2*：企业抵制和支持政府政策的态度	0.236	
	COR3：企业正式处理政府及行业关系的部门及其权威性	0.560	
	COR4：企业专门处理政府及行业关系的员工	0.574	

续表

题项代码		CITC	α 系数
组织资源（COR）	COR5:企业中人大、政协代表	0.768	0.8288
	COR6:企业中各级政府决策咨询顾问	0.504	
	COR7:企业政治活动历史与经验	0.511	
	COR8:企业驻各地政府办事处	0.554	
	COR9:企业员工的党政建设知识与培训	0.596	
	COR10:企业主要股东、董事、高层经理及员工的非正式社会关系	0.701	
	COR11*:行业联盟程度	0.370	
	COR12*:行业政府管制程度	0.401	

注:在表中 * 表示剔除题项。

表 10-2　企业政治策略的题项和 CITC 量值及信度分析

题项代码		CITC	α 系数
直接参与策略（DP）	DP1:企业有人作为人大代表进入人大参政	0.593	0.7423
	DP2:企业有人作为政协代表进入人大议政	0.619	
	DP3:企业有人被聘为各级政府决策咨询顾问或委员	0.729	
	DP4:企业有人本身就是政府官员	0.570	
	DP5:企业有人本身就是行业协会官员	0.572	
	DP6:企业有人当选为较高级别的共产党委员会委员	0.690	
	DP7:企业直接参加行业协会提出行业标准或规则	0.531	
	DP8:企业直接参与政府部门政策、法规的制定	0.753	
	DP9:企业有人参加政府部门的政策的拟订与研讨	0.680	
代言人策略（PS）	PS1:企业直接找到熟悉的政府官员,希望他们为企业说话	0.814	0.8649
	PS2:企业通过政府官员的家人、同乡、同学、朋友找到政府官员,希望他们为企业说话	0.889	
	PS3:企业找到熟悉的参与决策的非政府官员,希望他们为企业说话	0.907	

题 项 代 码		CITC	α 系数
信息咨询策略(IC)	IC1:企业针对影响行业或本企业的政策、法规的制定、实施等相关的问题站在行业角度提出研究报告,以正式或非正式的方式呈送给有关政府部门和行业组织,以期产生影响	0.812	0.8486
	IC2:企业针对影响行业或本企业的政策、法规的制定、实施相关的问题站在自身的角度提出意见和建议,以正式或非正式的方式呈送给有关政府部门和行业组织等,以期产生影响	0.789	
	IC3:企业主动向政府官员了解与行业有关的政策和法规信息	0.859	
	IC4:企业主动向政府官员了解与自身利益有关的政策和法规信息	0.833	
调动社会力量策略(MP)	MP1:通过企业的力量,引起媒体、消费者群体、股东群体或其他利益相关者对某些事项的关注,形成有利的舆论导向,间接影响政府及行业决策行为	0.911	0.7506
	MP2:通过行业的力量,引起媒体、消费者群体、股东群体或其他利益相关者对某些事项的关注,形成有利的舆论导向,间接影响政府及行业决策行为	0.620	
制度创新策略(FI)	FI1:通过企业的努力,找到现有制度的缺点,实践新的制度规则,成为政府政策与规则改变的方向,再通过其他政治策略获得正式承认	0.916	0.8105
	FI2:企业进入制度真空领域,引发新制度的讨论与最终确立	0.913	
经营活动政治策略(PR)	PR1:成为政府骄傲和依赖的企业	0.592	0.9119
	PR2:做政府鼓励的事情(如雇用下岗职工)	0.627	
	PR3:做政府推荐的事情(如兼并亏损企业)	0.748	
	PR4:做适合政治环境的事情(如宣传和学习党和政府的方针政策、组建党支部和党小组、工会、职代会并发挥其作用)	0.713	
	PR5:进行有利于政府政绩的投资(如建当地的标志工程)	0.760	
	PR6:重要经营事项请示有关官员	0.741	
	PR7:重要场合邀请有关官员出席(如产品展示会、推广会、挂牌等)	0.739	
	PR8:邀请政府官员、人大政协代表、国外政要、其他企业管理人员参观视察	0.653	
	PR9:经常宣传党和政府的方针政策	0.770	
	PR10:经常向政府汇报工作	0.790	
	PR11:经常走访有关政府官员	0.739	

	题 项 代 码	CITC	α 系数
财务刺激策略(FI)	FI1:从财务上支持与参加政府部门组织的各种活动	0.709	
	FI2:慈善捐款(如支持地方教育事业)	0.612	
	FI3:支付差旅费	0.814	
	FI4:资助性公益广告	0.748	0.8477
	FI5:向政府官员赠送礼品	0.743	
	FI6:答谢宴会和演讲	0.692	
	FI7:企业通过物质、金钱等手段影响政府官员	0.622	
	FI8:提供个人服务	0.523	

表 10-3　企业政治绩效的题项和 CITC 量值及信度分析

		题 项 代 码	CITC	α 系数
政府资源(GR)	无形资源(GIR)	GIR1:政策与法律方面的机会	0.825	
		GIR2*:及时准确获得政策信息	0.444	0.8005
		GIR3:企业或企业员工获得各种政治头衔和称号所带来的企业声誉、形象和美誉度的提高	0.799	
		GIR4:其他利益相关者的支持	0.767	
	有形资源(GTR)	GTR1:优惠或有利的政策	0.669	
		GTR2:资金	0.764	0.7023
		GTR3:土地	0.684	
		GTR4*:高级人才	0.447	
	关系资源(GRR)	GRR1:企业或企业员工与政府官员及个人之间的关系	0.728	
		GRR2:企业与政府、社会公众和社区居民之间良好的关系	0.707	0.7996
		GRR3:企业、银行和政府之间良好的合作关系	0.753	
政治竞争能力与优势(CAA)		CAA1:政府扶持企业产品研发与推广	0.839	
		CAA2:政府扶持企业参与国际竞争	0.894	0.8670
		CAA3:政府扶持企业兼并与扩张	0.789	
		CAA4:企业政治战略目标的实现	0.714	

题项代码		CITC	α 系数
市场绩效与财务绩效(MFP)	MFP1:企业获得各种政府合同	0.769	0.8260
	MFP2:企业市场地位提高,市场份额增加,新市场开拓	0.888	
	MFP3:企业销售收入提高,利润增加	0.891	

注:在表中 * 表示剔除题项。

二、效度分析

效度是指一个测验能够测到该测验所欲测的心理或行为特质的程度。根据研究目的的不同,效度分为内容效度、效标关联效度和建构效度等多种检验方法,采用因子分析方法来检验问卷的建构效度。根据马庆国(2002)的观点,在因子分析过程中,同一层面的因子负荷值越大(通常为 0.5 以上),表示收敛效度越高;每一个题项只能在其所属的层面中,出现一个大于 0.5 以上的因子负荷值,符合这个条件的题项越多,表示区别效度越高。此外,我们运用主成分分析法抽取因子,利用直交选转法中的方差最大旋转法进行因子旋转,并将特征值大于 1 作为因子提取的标准。在做因子分析之前,我们需要使用 KMO(Kaiser-Meyer-Olkin)测度样本,来检验数据是否适合做因子分析,KMO 值越接近 1,越适合做因子分析,如果 KMO 的值小于 0.5 时,不太适合做因子分析。

1. 企业政治资源与能力

在提取因子之前,首先对企业政治资源与能力取样的适当性进行检验,其结果为 KMO 值为 0.734,Bartlett 球形检验的近似卡方值为 475.689,自由度为 153,显著性水平 p 值为 0.000,这表明适合进行因子分析。表 10-4 列出了企业政治资源与能力的因子分析结果。从表 10-4 中可以看出,对中国企业政治资源与能力共抽取 4 个因子,其累积方差解释变异量达 61.455%。在同一层面中,因子负荷值都在 0.5 以上,表示收敛效度高;每一个题项在其所属的层面中,只出现了一个大于 0.5 的因子负荷值,表示区别效度也高,这表明具有很好的建构效度。在因子分析的基础上产生 4 个新的变量,分别将其命名为"有形资源"、"无形资源"、"组织资源"和"关系资源"。此外,通过对这些因子的信度检验,α 系数都在 0.7 以上,这表明具有很好的信度。

表 10-4 企业政治资源与能力的因子分析结果

题项代码	因子 1	因子 2	因子 3	因子 4
CTR2	0.872	$-9.533E-02$	$-5.606E-02$	$9.074E-02$
CTR1	0.819	-0.124	$-8.946E-02$	0.112

题项代码	因子 1	因子 2	因子 3	因子 4
CTR4	0.796	−0.124	−0.110	0.332
CTR3	0.532	−0.177	−0.304	0.416
CIR3	−0.117	0.742	0.177	−0.218
CIR2	−0.202	0.739	$4.548E−02$	0.116
CIR1	$−7.910E−02$	0.695	0.154	−0.187
CIR5	$−6.567E−03$	−0.683	−0.145	0.369
COR5	−0.395	0.367	0.508	−0.196
COR3	−0.133	$4.224E−02$	0.789	$9.609E−02$
COR4	0.151	$2.491E−02$	0.715	−0.230
COR1	−0.303	0.273	0.641	$−9.020E−03$
COR8	−0.313	0.271	0.566	$−6.762E−02$
COR6	−0.432	0.279	0.586	$3.372E−02$
COR9	0.148	0.168	0.542	−0.369
CIR4	$4.782E−02$	−0.193	−0.277	0.826
COR10	0.323	$−6.632E−02$	0.140	0.668
COR7	0.377	−0.235	$3.695E−02$	0.598
α 系数	0.8220	0.8886	0.8124	0.7988
特征值	6.142	2.024	1.600	1.296
解释方差百分比/%	34.122	11.244	8.889	7.200
累积解释方差百分比/%	34.122	45.366	54.255	61.455

KMO 值＝0.734

Bartlett 球形检验卡方值＝475.689

自由度 df＝153

显著性水平＝0.000

有别于前文从理论上提出的企业政治资源与能力的三个层面(有形资源、无形资源、组织资源),实证研究结果表明无形资源中的企业与顾客、政府及社会的关系;组织资源中的企业政治活动历史与经验;以及企业主要股东、董事、高层经理及员工的非正式社会关系三个因素共同构成了关系资源层面,从而形成了企业政治活动的四个层面(有形资源、无形资源、组织资源和关系资源）。通过分析，我们认为根据资源基础理论将企业资源划分为有形资源、无形资源和组织资源三类，并不一定适用于企业政治资源与能力的分类，因为不同企业政治资源与企业资源之间存在一定的差异性，这不仅体现在有形资源和无形资源上，还体现在组织资源上。从理论上也将企业政治资源与能力划分为有形资源、无形资源和组织资源三类，这本身存在一定的局限性。

因此，我们通过因子分析法对我国企业政治资源与能力进行实证研究，并抽取了有形资源、无形资源、组织资源和关系资源四个因子，这种做法应该能够体现我国企业政治资源与能力的真实情况。

2. 企业政治策略

在提取因子之前，首先对企业政治策略取样的适当性进行检验，其结果为 KMO 值为 0.885，Bartlett 球形检验的近似卡方值为 3599.552，自由度为 741，显著性水平 p 值为 0.000，这表明适合进行因子分析。表 10-5 列出了企业政治策略的因子分析结果。从表中可以看出，对中国企业政治策略共抽取八个因子，其累积方差解释变异量达 72.656%。在同一层面中，因子负荷值都在 0.5 以上，表示收敛效度高；每一个题项在其所属的层面中，只出现了一个大于 0.5 的因子负荷值，表示区别效度也高，这表明具有很好的建构效度。根据因素解释的变异量（与特征值成正比）的大小，将直接参与策略、财务刺激策略、代言人策略、制度创新策略、信息咨询策略和调动社会力量策略分别排列为第二层面、第四层面、第五层面、第六层面、第七层面和第八层面，而第一层面和第三层面则分别将其命名为"政治经营策略"和"政府关联策略"。此外，通过对这些因子的信度检验，α 系数都在 0.7 以上，这表明具有很好的信度。

表 10-5　企业政治策略的因子分析结果

题项代码	因子 1	因子 2	因子 3	因子 4	因子 5	因子 6	因子 7	因子 8
DP9	0.686	0.242	9.501E−02	−7.237E−02	0.118	0.159	0.205	−7.065E−02
PR8	0.537	0.480	0.206	0.163	0.104	−1.228E−02	0.218	0.139
PR6	0.738	0.400	9.947E−02	0.230	8.030E−02	7.987E−02	−0.142	4.448E−02
PR7	0.775	0.101	0.146	0.168	8.402E−02	9.543E−02	0.280	−3.506E−02
PR9	0.739	0.123	8.184E−02	0.128	0.121	0.235	0.280	−5.351E−02
PR10	0.810	0.139	0.208	0.198	0.169	0.168	2.857E−02	1.404E−02
PR11	0.641	0.132	0.238	0.332	0.161	0.302	7.991E−02	8.815E−02
DP3	7.487E−02	0.516	0.485	0.185	2.549E−02	3.112E−02	0.459	6.102E−03
DP4	0.136	0.739	4.572E−02	0.138	0.267	0.129	−3.840E−02	−2.905E−02
DP6	0.218	0.719	0.200	0.181	−2.284E−03	1.099E−02	0.253	7.778E−02
DP7	0.288	0.539	0.473	0.124	0.247	9.554E−02	9.598E−02	2.073E−03

题项代码	因子 1	因子 2	因子 3	因子 4	因子 5	因子 6	因子 7	因子 8
DP8	0.205	0.642	0.433	0.275	2.179E−02	8.189E−02	9.767E−02	0.168
DP2	0.108	0.490	0.443	0.242	0.309	0.144	5.219E−02	−6.646E−02
DP1	0.345	0.507	−0.114	3.720E−02	0.112	0.441	0.325	2.838E−02
DP5	0.417	0.594	9.535E−02	0.231	3.045E−02	0.282	0.207	8.637E−02
PR2	0.226	0.189	0.672	2.904E−02	0.258	0.392	0.122	9.011E−02
PR3	0.246	0.204	0.607	5.118E−02	0.257	0.338	0.203	0.120
PR4	0.433	−9.902E−03	0.547	0.332	0.212	0.184	−5.805E−03	1.284E−02
PR1	0.190	0.211	0.656	0.305	−1.136E−02	−4.520E−02	0.233	0.350
PR5	7.186E−02	0.164	0.700	0.215	0.208	−0.101	0.166	0.112
FI1	0.288	0.194	0.321	0.582	6.384E−02	0.205	0.124	−8.753E−02
FI3	0.255	0.258	0.103	0.754	0.139	9.867E−02	7.378E−02	0.156
FI5	5.681E−02	0.351	0.361	0.521	6.022E−03	0.248	0.249	0.169
FI6	0.112	0.137	0.350	0.620	0.109	0.198	0.159	−7.883E−02
FI4	0.191	0.272	0.341	0.520	1.230E−02	0.366	0.134	3.176E−02
FI7	−5.480E−02	0.255	6.892E−02	0.554	0.500	−9.571E−02	−3.615E−02	0.289
FI8	0.295	9.197E−03	−0.157	0.588	0.507	−0.243	7.630E−02	1.160E−02
FI2	0.430	0.123	0.117	0.479	0.186	6.937E−03	0.331	0.282
PS1	0.288	8.283E−02	0.287	5.695E−02	0.655	0.173	0.213	−5.311E−02
PS2	0.140	8.508E−02	0.121	0.140	0.867	0.201	6.939E−02	−5.583E−03
PS3	0.123	0.179	0.238	9.491E−02	0.795	0.140	2.105E−02	9.829E−02
FI1	0.396	0.172	0.177	0.201	0.267	0.694	0.152	7.240E−02
FI2	0.428	0.185	9.433E−02	0.176	0.289	0.681	3.373E−02	1.970E−02
IC1	0.370	0.381	0.210	7.121E−02	6.894E−02	0.169	0.532	3.104E−02
IC2	0.181	0.164	0.195	0.167	0.191	4.610E−02	0.687	0.106
IC3	0.308	7.632E−02	0.199	0.135	0.129	0.465	0.477	6.120E−02
IC4	0.345	0.111	0.285	0.328	−0.137	0.310	0.488	−6.971E−03
MP2	−7.839E−02	4.442E−02	4.794E−02	4.270E−02	−5.251E−03	4.456E−02	9.364E−02	0.953
MP1	5.472E−02	4.283E−02	0.182	8.284E−02	7.889E−02	4.477E−02	1.877E−03	0.940
α 系数	0.8915	0.7976	0.8347	0.8477	0.8649	0.8105	0.8486	0.7506
特征值	16.069	2.840	2.256	1.802	1.692	1.512	1.120	1.044

题项代码	因子1	因子2	因子3	因子4	因子5	因子6	因子7	因子8
解释方差百分比/%	14.581	10.888	10.493	9.766	8.206	6.654	6.164	5.903
累积解释方差百分比/%	14.581	25.470	35.962	45.728	53.935	60.589	66.753	72.656

KMO 值＝0.885

Bartlett 球形检验卡方值＝3599.552

自由度 df＝741

显著性水平＝0.000

　　虽然前文结合中国体制环境的特点将企业政治策略分为直接参与策略、代言人策略、信息咨询策略、调动社会力量策略、经营活动政治关联策略、财务刺激策略和制度创新策略七类，但是这种分类体系是否合适有待进一步的实证研究。其因子分析结果表明大部分的企业政治策略和方式与理论分析结果相似。但是，通过分析，我们发现政治经营策略与政府关联策略可以共同解释企业经营活动政治关联策略，这说明经营活动政治关联策略和方式可以进一步细分为这两种政治策略，而直接参与策略、代言人策略、信息咨询策略、调动社会力量策略、财务刺激策略和制度创新策略基本符合理论探讨结果。这些分析结果由于是从样本数据中提炼出来的，所以在某种程度上反映了我国企业制定与实施政治策略的现状。

3. 企业政治绩效

　　在提取因子之前，首先对企业政治绩效取样的适当性进行检验，其结果为 KMO 值为0.877，Bartlett 球形检验的近似卡方值为 991.813，自由度为 120，显著性水平 p 值为0.000，这表明适合进行因子分析。表 10-6 列出了企业政治绩效的因子分析结果。从表中可以看出，对中国企业政治绩效共抽取 3 个因子，其累积方差解释变异量达 63.181%。在同一层面中，因子负荷值都在 0.5 以上，表示收敛效度高；每一个题项在其所属的层面中，只出现了一个大于 0.5 的因子负荷值，表示区别效度也高，这表明具有很好的建构效度。在因子分析的基础上产生 3 个新的变量，分别将其命名为"政府资源"、"政治竞争能力与优势"、"市场绩效和财务绩效"。此外，通过对这些因子的信度检验，α 系数都在 0.7以上，这表明具有很好的信度。

表 10-6 企业政治绩效的因子分析结果

题 项 代 码	因子 1	因子 2	因子 3
GIR1	0.748	0.178	0.331
GRR1	0.714	0.124	0.492
GIR3	0.713	0.243	0.328
GRR3	0.689	0.162	0.248
GTR2	0.675	0.440	$5.161E-02$
GTR3	0.615	0.452	$3.943E-02$
GIR4	0.555	0.448	0.205
GRR2	0.530	0.383	0.191
CAA4	0.202	0.793	0.282
CAA2	0.242	0.748	0.341
CAA1	0.379	0.641	$7.564E-02$
CAA3	0.145	0.592	$4.958E-02$
GTR1	$9.673E-02$	0.213	0.807
MFP3	0.374	0.100	0.770
MFP2	0.437	$7.161E-02$	0.669
MFP1	0.155	0.467	0.632
α 系数	0.8944	0.7618	0.8145
特征值	7.599	1.405	1.105
解释方差百分比/%	47.494	8.781	6.906
累积解释方差百分比/%	47.494	56.275	63.181

KMO 值＝0.877

Bartlett 球形检验卡方值＝991.813

自由度 df＝120

显著性水平＝0.000

虽然前文从理论上提出了企业政治绩效的三个层面(政府资源、政治竞争能力与优势、市场绩效和财务绩效),但其实证研究结果表明政府资源中的优惠或有利的政策被归入到市场绩效和财务绩效层面,其他层面与理论分析结果基本一致。通过分析,我们认为优惠或有利的政策与市场绩效和财务绩效共同解释一个层面,说明企业获得优惠或有利的政策可以直接影响企业市场绩效和财务绩效的水平,在这里统一命名为"市场绩效和财务绩效"因子具有一定的理论意义。因此,我们通过因子分析法对我国企业政治绩效进行实证研究,并抽取政府资源、政治竞争能力与优势、市场绩效和财务绩效三个因子,这种做法从实践角度再次验证了我国企业政治绩效的类型与层次。

三、各因子变量描述性及其相关性分析

首先根据因子得分系数和原始变量的标准化值采用回归法计算出每个观测量的各因子的得分数,这样就可以了解我国企业政治资源与能力、企业政治策略、企业竞争性战略和企业政治绩效的基本概况,并据此对观测量进行进一步的分析。表 10-7、表 10-8、表 10-9 分别列出了每个因子得分的均值、标准差和 Pearson 相关系数。

表 10-7   企业政治资源与能力变量的均值、标准差和 Pearson 相关系数

变量	均值	标准差	1	2	3
1. 有形资源	3.23553	1.24522			
2. 无形资源	2.42801	1.00454	0.253**		
3. 组织资源	3.93614	0.89859	−0.002	0.486***	
4. 关系资源	3.24822	1.37765	0.226**	0.231**	−0.131

注:显著性水平* $p<0.05$;** $p<0.01$;*** $p<0.001$。

表 10-8   企业政治策略变量的均值、标准差和 Pearson 相关系数

变量	均值	标准差	1	2	3	4	5	6	7
1. 政治经营	2.91127	1.16239							
2. 直接参与	0.42151	1.21724	0.268*						
3. 政府关联	0.76566	1.00706	0.599***	0.587***					
4. 财务刺激	0.84399	0.99990	0.574***	0.401***	0.503***				
5. 代言人	2.20752	0.97654	0.451***	0.363***	0.318**	0.089			
6. 制度创新	1.11643	1.14501	0.069	0.459***	0.403***	0.546***	0.259**		
7. 信息咨询	2.46680	1.19997	0.678***	0.375***	0.067	0.215*	0.567***	0.013	
8. 调动社会力量	2.19701	0.85057	0.194*	0.081	0.236**	0.205*	0.071	0.271**	0.114

注:显著性水平* $p<0.05$;** $p<0.01$;*** $p<0.001$。

表 10-9　企业政治绩效变量的均值、标准差和 Pearson 相关系数

变　　量	均值	标准差	1	2
1. 政府资源	3.47056	1.10382		
2. 政治竞争能力与优势	2.52486	1.17830	0.598***	
3. 市场绩效和财务绩效	0.93883	1.30778	0.685***	0.542***

注：显著性水平* $p<0.05$；** $p<0.01$；*** $p<0.001$。

从表 10-7 中可以看出，我国企业政治资源与能力所有因子的均值都在 2.0—4.0 之间。因此，可以说我国企业所拥有的政治资源与能力较为平衡。相对于有形资源、组织资源和关系资源而言，无形资源最小（均值为 2.42801）。这说明我国企业在维持政治活动方面的资金、人力、机构、关系、经验和意识能够得到正常保证，而在企业政治文化、形象和信誉方面还处在较低的水平，还有待进一步加强、改善或提高。而我国企业政治资源与能力中的无形资源与有形资源、组织资源、关系资源之间都存在着显著的正相关关系，这意味着我国企业所拥有的企业形象、声望等无形资源程度越高，它们在政治活动中所获得的费用、资金、人员和关系等有形资源、关系资源和组织资源方面的力度越大，此外，我们还发现有形资源因子与关系资源因子之间也存在显著的正相关关系，这也说明我国企业在政治活动中所花费的资金、人员等有形资源越多，它们越容易拥有各种正式或非正式的关系资源。

从企业政治策略方面来看（见表 10-8），我国企业制定和实施政治策略的类型存在一定的差异。在中国，企业采取的直接参与、政府关联、财务刺激等政治策略还没有广泛认同且并不熟悉，所以这三种策略因子得分均值普遍较低，基本上都小于 1 分。值得注意的是，我国企业经常采取政治经营、代言人、信息咨询、调动社会力量等政治策略努力维系与各级政府之间的关系，而从因子得分情况看，这四种策略均值都在 2 分以上。其中，我国企业最普遍运用的策略是政治经营策略，其得分最高达到 2.91127。此外，我国企业政治策略中的大部分因子之间都存在着显著的正相关关系，这说明各种政治策略之间存在一种相互影响的关系，而企业通常采取一种组合性策略，一种政治策略运用的程度越高会导致另一种政治策略运用的程度加强。

企业政治绩效是实证研究中最关注的一个方面（见表 10-9），因为我们实际想了解的是"我国企业政治策略会对企业政治绩效产生什么影响"。从总体上来说，我国企业政治策略产生的绩效有一定的体现，但是还不十分明显，主要原因是：虽然我国处于从计划经济向市场经济转型的时期，政府对企业经营活动还存在一定影响，我国企业或多或少会获得各种政府资源以及政府扶持，但是还没有明显的市场绩效和财务绩效（均值为 0.93883）。相对而言，政府资源方面体现最为明显（均值为 3.47056），实际上企业政治策略最基本的目标就是获得企业政治竞争能力与优势（均值为 2.52486）。因此，我们很难

说我国企业制定与实施政治策略会提高企业政治绩效水平,这还需要进一步分析。此外,我国企业政治绩效中的政府资源、政治竞争能力与优势以及市场绩效和财务绩效因子的任何两者之间都存在着显著的正相关关系,这说明这 3 种因子之间具有紧密的联系,即我国企业获得各种政府资源越多,它们越可能获得政治竞争能力与优势,也越可能提高市场绩效和财务绩效的水平。

第二节　中国企业政治策略的重新分类与使用情况

本节将对反映中国企业政治资源、政治策略和政治绩效的变量通过因子分析方法进行重新分类,在此基础上,下一节再探讨政治策略、政治资源与政治绩效间的关系。在分析我国企业政治资源与能力、政治策略和政治绩效的基本状况时,我们主要考虑了企业性质的差别,企业性质的不同在一定程度上决定了企业所具有的政治资源与能力、所采取的政治策略、所获得的政治绩效类型。

一、政治策略的重新分类

因子分析结果与定性研究结果基本一致,但将原直接参与策略中的 Q30 和原政治关联策略中的 Q47 到 Q52 分为一类,将原政治关联策略中的 Q42 到 Q46 分为了另一类。这样中国企业政治策略最终被分为八类,分别命名为"政治经营策略"、"直接参与策略"、"政府关联策略"、"财务刺激策略"、"代言人策略"、"制度创新策略"、"信息咨询策略"和"调动社会力量策略",并将政治策略使用情况按"较少(均值<2)","适中(2<均值<3)","较多(均值>3)"划分为三种情况,见表 10-10。不同企业间的比较见表 10-13。

1. 政治经营策略

政治经营策略由七个变量组成,其中,重要场合邀请有关官员出席(Q48),邀请政府官员、人大、政协代表、国外政要、其他企业管理人员参观视察(Q49),经常宣传党和政府的方针政策(Q50),经常向政府汇报工作(Q51)等策略使用得较多;而有人参加政府部门的政策的拟订与研讨(Q30),重要经营事项请示有关官员(Q47)和经常走访有关政府官员(Q52)等策略使用得较适中。比较而言,国有企业、股份制企业比外资企业和民营企业更注意宣传党和政府的方针政策。

2. 直接参与策略

直接参与策略由八个变量组成,其中,有人作为人大或政协代表参政议政(Q22、Q23),有人当选为较高级别的共产党委员会委员(Q27),直接参加行业协会提出行业标准或规则(Q28)等策略使用得较多;有人本身就是行业协会官员(Q26),直接参与政府部门制定政策、法规(Q29)等策略使用较适中;而有人被聘为各级政府决策咨询顾问或委员(Q24),有人本身就是政府官员(Q25)等策略使用得较少。

3. 政府关联策略

政府关联策略由五个变量组成,其中,成为政府骄傲和依赖的企业(Q42),做适合政治环境的事情(Q45)等策略使用较多;做政府鼓励的事情(Q43),做政府推荐的事情(Q44),进行有利于政府政绩的投资(Q46)等策略使用得较适中。比较而言,国有企业、股份制企业比外资企业和民营企业更愿意做适合政治环境的事情。

4. 财务刺激策略

财务刺激策略由八个变量组成,其中,从财务上支持与参加政府部门组织的各种活动(Q53)策略使用得较多;慈善捐款(Q54),资助性公益广告(Q56),向政府官员赠送礼品(Q57),通过物质、金钱等手段影响政府官员(Q59),提供个人服务(Q60)等策略使用得较适中;而支付差旅费(Q55),答谢宴会和演讲(Q58)等策略使用得较少。

5. 代言人策略

代言人策略由三个变量组成,其中,直接找到熟悉的政府官员,希望他们为企业说话(Q31)策略使用得较多;通过政府官员的家人、同乡、同学、朋友找到政府官员,希望他们为企业说话(Q32);找到熟悉的参与决策的非政府官员,希望他们为企业说话(Q33)等策略使用得较适中。

6. 制度创新策略

制度创新策略由两个变量组成,包括通过企业的努力,找到现有制度的缺点,实践新的制度规则,成为政府政策与规则改变的方向,再通过其他政治策略获得正式承认(Q40);进入制度真空领域,引发新制度的讨论与最终确立(Q41)等两种方式,其使用情况较适中。比较而言,外资企业和股份制企业比民营企业更善于寻找机会,实践新的制度规则。

7. 信息咨询策略

信息咨询策略由四个变量组成,其中,企业主动向政府官员了解与本行业或自身利益有关的政策和法规信息(Q36、Q37)策略使用较多;针对影响行业或本企业的政策、法规的制定、实施等相关的问题站在行业或自身角度提出研究报告,以正式或非正式的方式呈送给有关政府部门和行业组织,以期产生影响(Q34、Q35)等策略使用较适中。比较分析表明,民营企业及股份制企业比其他类型更注意主动向政府官员了解政府政策信息,同时股份制企业及国有企业比民营企业更注重向政府部门提供有关行业发展的研究报告。

8. 调动社会力量策略

调动社会力量策略由两个变量组成,其中,通过企业或行业的力量,引起媒体、消费者群体、股东群体或其他利益相关者对某些事项的关注,形成有利的舆论导向,间接影响政府及行业决策行为(Q38、Q39)等策略使用情况较适中。

这一部分值得注意的要点如下:第一,中国企业政治策略中,政治经营策略、直接参与策略和政府关联策略,以及财务刺激策略中的"财务上支持政府举办的活动"、代言人策略中的"找熟悉的政府官员代为说话"和信息咨询策略中的"主动了解政府政策和法规信息"等是用得较多的策略。而财务刺激策略中的"直接支付差旅费"和"答谢宴会和演讲"等策略用得很少。其他各类策略则都得到一定程度的使用。第二,企业在上述各类政治策略的使用上存在较大的差异,大部分是因企业本身而异的,只有少部分是因为企业所有制的性质产生差异。

表 10-10　企业政治策略分类

策略	变量			α系数	特征值	贡献率%	累积贡献率%
	较少 (均值<2)	适中 (2<均值<3)	较多 (均值>3)				
政治经营策略		Q30 Q47 Q52	Q48 Q49 Q50 Q51	0.8915	16.069	14.581	14.581
直接参与策略	Q24 Q25	Q26 Q29	Q22 Q23 Q27 Q28	0.7976	2.840	10.888	25.470
政府关联策略		Q43 Q44 Q46	Q42 Q45	0.8347	2.256	10.493	35.962
财务刺激策略	Q55 Q58	Q54 Q56 Q57 Q59 Q60	Q53	0.8477	1.802	9.766	45.728
代言人策略		Q32 Q33	Q31	0.8649	1.692	8.206	53.935
制度创新策略		Q40 Q41		0.8105	1.512	6.654	60.589
信息咨询策略		Q34 Q35	Q36 Q37	0.8486	1.120	6.164	66.753
调动社会力量策略		Q39 Q38		0.7506	1.044	5.903	72.656

二、企业政治资源的类型与拥有情况

因子分析结果与定性研究结论略有出入。因子分析结果从原来的无形资源中抽出 Q8,从组织资源中抽出 Q16 和 Q19 组成第四个政治资源类型,这样得到企业政治资源的四个层面,分别命名为"有形资源"、"无形资源"、"组织资源"和"关系资源",并将资源拥有情况按"较少(均值<2)","适中(2<均值<3)","较多(均值>3)"划分为三种情况,见表10-11。主要通过 Crosstabs 方法分析不同性质企业政治资源的差异性情况,表 10-13 只列出具有显著差异项的均值和皮尔逊卡方检验值。

1. 有形资源

有形资源由四个变量组成,其中,企业销售额(Q1)、企业员工人数(Q2)处于较高的水平,而企业政治公关活动费用(Q4)、企业总资产(Q3)的拥有情况处于适中的水平。不同类型企业间的比较表明,国有企业、股份制企业和外资企业的销售额、员工人数、总资产等有形资源明显要高于民营企业;从企业政治公关活动费用的平均值看,三资企业和国有控股企业明显大于民营企业,而统计结果表明差别不显著,这说明公关活动费用因企业而异。

表 10-11 企业政治资源分类

资源	变量			α 系数	特征值	贡献率%	累积贡献率%
	较少 (均值<2)	适中 (2<均值<3)	较多 (均值>3)				
有形资源		Q3 Q4	Q1 Q2	0.8220	6.142	34.122	34.122
无形资源	Q6 Q7 Q9	Q5		0.8886	2.024	11.244	45.366
组织资源	Q10 Q17 Q15	Q14 Q18	Q12 Q13	0.8124	1.600	8.889	54.255
关系资源		Q8 Q16 Q19		0.7988	1.296	7.200	61.455

2. 无形资源

无形资源由四个变量构成。其中,企业政治形象(Q6),企业信誉、品牌和商标(Q7),企业在政府、政府部门及所在社区的声望(Q9)处于较低的水平,而企业政治文化(Q5)处于适中的水平。对不同类型企业的比较仅发现它们在政府及社区的声望方面存在显著差异,表现为国有企业和民营企业好于其他类型企业。

3. 组织资源

组织资源由七个变量构成。其中,企业高层经理的政治敏感性与意识(Q10),企业政治活动历史与经验(Q17),企业任各级政府决策咨询顾问(Q15)处于较低水平,企业中人大、政协代表的拥有情况(Q14),企业的党政建设和政治工作(Q18)处于适中的水平,企业正式处理政府及行业关系的部门(Q12),企业专门处理政府及行业关系的员工(Q13)处于较多的水平。比较分析表明,国有企业和国有控股企业拥有的人大及政协代表数量显著高于外资及民营企业。这与人大代表和政协代表选举程序是相关的。

4. 关系资源

关系资源由三个变量组成。企业与顾客、政府及社会的关系(Q8),企业驻各地政府办事处(Q16),企业主要股东、董事、高层经理及员工的非正式社会关系(Q19)等三者均处于适中的水平。比较分析表明,被调查的民营企业重视驻各政府所在地办事处的程度明显高于其他类型企业,唯一解释是民营企业更重视关系资源的建立,以弥补企业在其他政治资源方面的不足。

上述研究结果有如下三点值得注意:第一,企业政治资源的分类结论与其他文献中关于资源的分类是基本一致的;第二,中国企业虽然普遍拥有处理政府与行业关系的部门与人员,但在建立政治形象、企业信誉、企业在政府和社会的声望、企业高层经理的政治敏感性、政治活动经验等方面仍处于较低的水平,前者是硬性和显性的,容易做到和模仿,但后者是软性和隐性的,需要长期积累;第三,企业政治资源拥有情况在企业之间的差异很大,部分是由企业的所有制性质决定的,但更多的则是由企业个体的差异引起的。

三、企业政治绩效的类型与获得情况

因子分析结果与定性研究结果有一定差异。因子分析将定性研究中无形资源、有形资源和关系资源划分一类,将关系资源中的 Q65 与原市场绩效和财务绩效划分为一类,从而形成企业政治绩效的三个类型,我们将其命名为"政府资源"、"政治竞争能力与优势"和"市场绩效和财务绩效",并将政治资源获得情况按"较少(均值<2)","适中(2<均值<3)","较多(均值>3)"划分为三类,见表 10-12。不同企业间的比较见表 10-13。

表 10-12　企业政治绩效因子分析的重新分类结果

绩　效	变量			α 系数	特征值	贡献率%	累积贡献率%
	较少 (均值<2)	适中 (2<均值<3)	较多 (均值>3)				
政府资源		Q61 Q63 Q70 Q71	Q64 Q66 Q67 Q69	0.8944	7.599	47.494	47.494
政治竞争能力与优势		Q72 Q73 Q74 Q75		0.7618	1.405	8.781	56.275
市场绩效和财务绩效		Q76 Q77	Q65 Q78	0.8145	1.105	6.906	63.181

表 10-13　中国企业政治资源、企业政治策略和企业政治绩效的差异性情况

类型	企业	国有独资 (n=103)	国有控股 (n=25)	股份制 (n=33)	外资 (n=13)	民营 (n=27)	p 值
企业政治 资源(CPR)	Q1	3.8767	4.6842	4.6087	3.5000	2.7500	0.000
	Q2	3.8904	4.1053	3.7826	3.5000	1.9000	0.030
	Q3	2.3014	2.4211	2.4783	2.3750	1.5500	0.003
	Q9	2.0411	1.9474	1.8696	1.6250	2.1000	0.049
	Q14	3.0000	3.2632	2.3913	2.5000	1.5500	0.027
	Q16	2.5068	3.0526	3.0435	2.6250	3.3000	0.024
	Q18	2.6575	2.9474	3.0000	3.6250	3.9000	0.001

类型	企业	国有独资 ($n=103$)	国有控股 ($n=25$)	股份制 ($n=33$)	外资 ($n=13$)	民营 ($n=27$)	p 值
企业政治 策略(CPS)	Q34	2.8767	2.8421	3.0870	2.6250	2.2500	0.040
	Q37	3.2055	3.4211	3.7391	3.0000	3.7500	0.003
	Q40	2.3836	2.5789	2.6957	2.7500	2.0000	0.017
	Q45	3.8493	3.7368	3.8696	2.6250	2.6000	0.012
	Q50	3.3836	3.5263	3.4783	2.6250	2.3500	0.001
企业政治 绩效(CPP)	Q76	2.3973	2.6316	2.4783	2.7500	2.0000	0.013
	Q77	2.6712	3.2105	3.1304	3.6250	2.5500	0.043
	Q78	2.8356	3.4737	3.8261	3.8750	2.8000	0.005

注:p 表示 Chi-Square 检验显著性水平。

1. 政府资源绩效

政府资源绩效由八个变量组成,其中,其他利益相关者支持(Q64)、资金(Q66)、土地(Q67)、企业或企业员工与政府官员及个人之间的关系(Q69)等方面资源获得较多;而政策与法律方面的机会(Q61)、企业或企业员工获得各种政治头衔和称号所带来的企业声誉、形象和美誉度的提高(Q63)、企业与政府、社会公众和社区居民之间良好的关系(Q70)、企业、银行和政府之间良好的合作关系(Q71)等资源获得情况较适中。

2. 政治竞争能力与优势绩效

政治竞争能力与优势绩效由四个变量组成,其中企业政治战略目标的实现(Q72)、政府扶持企业产品研发与推广(Q73)、政府扶持企业参与国际竞争(Q74)、政府扶持企业兼并与扩张(Q75)等方面所获得的能力与优势较适中。

3. 市场绩效和财务绩效

市场绩效与财务绩效由四个变量组成,其中,优惠或有利的政策(Q65)、企业销售收入提高、利润增加(Q78)等方面的绩效水平较高,而获得政府合同(Q76)、市场地位提高、市场份额增加、新市场开拓(Q77)方面的绩效水平较适中。比较而言,外资企业、股份制企业和国有控股企业得到的市场绩效和财务绩效明显高于民营企业和国有企业。

这部分值得注意的有两点:第一,企业政治策略实施能使企业在某种程度上获得各种政治绩效。获得最多的主要是优惠的政策、资金、土地和与政府官员之间的关系,其中,政府的优惠政策常常直接体现在企业的财务绩效上。第二,因企业所有制的差异,政治绩效存在显著差异,民营企业获得的政治绩效显著低于其他类型企业。这可能与民营企业拥有的政治资源水平较低和政治策略使用程度低的情况有关。

另外,根据资源基础理论,企业具有资源不同,它们采取的策略也可能不同,因而对企业绩效有着不同影响(John and Shawn,2001;Govindarajan and Fisher,1990)。一个合理的推断是,企业为了实现其政治目标,获得政治竞争优势,可能会积极建立自己的政治资源,制定和实施合适的政治策略,从而获得各种政治和经济利益,提高企业绩效水平。

第三节 企业政治资源、政治策略和政治绩效的关联性分析

在这一节中,我们将对企业政治资源、政治策略和政治绩效的关联性进行分析。我们将首先提出假设,再对假设进行检验。

一、研究假设

主要的研究问题包括中国企业通常具有哪些政治资源,可以针对性地制定哪些相关的政治策略,并最大限度地获得哪些相关的政治绩效。因此,根据上述的定性解释和因子分析,我们可以初步建立企业政治资源、企业政治策略和企业政治绩效之间的关联性模型(如图 10-1),即共有 2 种假设关系待检验,图中,CPR 代表企业政治资源,CPS 代表企业政治策略,CPP 代表企业政治绩效。

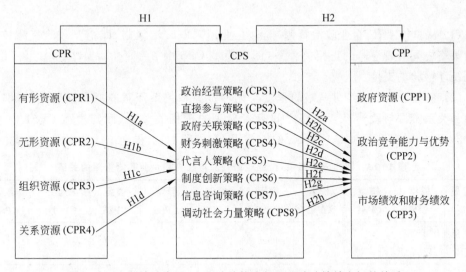

图 10-1 企业政治资源、企业政治策略与企业政治绩效之间的关系

主要的实证研究假设如下:

假设 1:企业政治资源越多,企业越可能采取政治策略(H1)。根据前面对企业政治资源类型和层次的划分,假设 1 又可以有如下补充假设:$H1a_{1-8}$:企业有形资源越多;$H1b_{1-8}$:企业无形资源越多;$H1c_{1-8}$:企业组织资源越多;$H1d_{1-8}$:企业关系资源越多,则企业越可能

采取政治策略(政治经营、直接参与、政府关联、财务刺激、代言人、制度创新、信息咨询和调动社会力量)。

假设2:企业越采取政治策略,企业政治绩效越好(H2)。根据前面对企业政治策略类型和层次的划分,假设2又可以有如下补充假设:$H2a_{1-3}$:企业越采取政治经营策略;$H2b_{1-3}$:企业越采取直接参与策略;$H2c_{1-3}$:企业越采取政府关联策略;$H2d_{1-3}$:企业越采取财务刺激策略;$H2e_{1-3}$:企业越采取代言人策略;$H2f_{1-3}$:企业越采取制度创新策略;$H2g_{1-3}$:企业越采取信息咨询策略;$H2h_{1-3}$:企业越采取调动社会力量策略,则企业政治绩效水平(政府资源、政治竞争能力与优势、市场绩效和财务绩效)越好。

二、假设检验

关键的研究问题是,不同的政治资源对不同的政治策略是否会产生显著的正面影响,以及企业实施不同的政治策略对不同的政治绩效是否会产生显著的正面影响。根据中国企业政治资源、企业政治策略和企业政治绩效的各因子变量及其综合得分,我们建立策略与资源和绩效与策略之间的多元线性回归方程来验证这三者之间的关系。

1. 检验假设 H1

假设 H1 采用线性回归方法来进行检验,其回归分析结果如表 10-14 所示。研究结果表明:

(1) 从总体上看,企业政治资源越多,企业越采取政治策略,即企业政治资源和企业政治策略之间有着显著的正相关关系(回归模型 CPS 中 $\beta = 0.403$,$p < 0.001$),假设 H1 得到统计检验的支持。

(2) 企业采取政治经营策略的程度与无形资源和关系资源的拥有程度相关,即无形资源和关系资源与政治经营策略之间有着显著的正相关关系(回归模型 CPS1 中 $\beta_{12} = 0.312$,$p < 0.001$;$\beta_{14} = 0.214$,$p < 0.01$),假设 $H1b_1$ 和 $H1d_1$ 得到统计结果的显著支持。

表 10-14　回归分析结果:企业政治资源与能力和企业政治策略的关系

因变量 (模型)	模型 CPS	模型 CPS1	模型 CPS2	模型 CPS3	模型 CPS4	模型 CPS5	模型 CPS6	模型 CPS7	模型 CPS8
自变量 CPR	0.403*** (4.978)								
CPR1					0.180* (2.126)	0.271** (3.319)			
CPR2		0.312*** (3.746)					0.192* (2.177)	0.472*** (6.040)	0.270** (3.233)

因变量（模型）	模型CPS	模型CPS1	模型CPS2	模型CPS3	模型CPS4	模型CPS5	模型CPS6	模型CPS7	模型CPS8
CPR3			0.226** (2.723)	0.180* (2.229)	0.218** (2.610)				
CPR4		0.214** (2.716)	0.181* (2.237)	0.262** (3.149)				0.150* (2.030)	
F 值		6.153	3.825	4.325	3.271	0.158	1.766	11.528	5.975
Adjusted R2		0.127	0.274	0.086	0.260	0.124	0.021	0.229	0.123

注：$*\ p < 0.1$，$**\ p < 0.05$，$***\ p < 0.01$；表中所列为标准回归系数 β，括号内为该系数的 t 检验值。

（3）企业使用直接参与策略的程度与组织资源和关系资源的拥有程度相关，即组织资源和关系资源与直接参与策略之间有着显著的正相关关系（回归模型 CPS2 中 $\beta_{23} = 0.226$，$p < 0.01$；$\beta_{24} = 0.181$，$p < 0.05$），假设 H1c$_2$ 和 H1d$_2$ 得到统计结果的显著支持。

（4）企业使用政府关联策略的程度与组织资源和关系资源的拥有程度相关，即组织资源和关系资源与政府关联策略之间有着显著的正相关关系（回归模型 CPS3 中 $\beta_{33} = 0.180$，$p < 0.05$；$\beta_{34} = 0.262$，$p < 0.01$），假设 H1c$_3$ 和 H1d$_3$ 得到统计结果的显著支持。

（5）企业使用财务刺激策略的程度与有形资源和组织资源的拥有情况相关，即有形资源和组织资源与财务刺激策略之间有着显著的正相关关系（回归模型 CPS4 中 $\beta_{41} = 0.180$，$p < 0.05$；$\beta_{43} = 0.218$，$p < 0.01$），假设 H1a$_4$ 和 H1c$_4$ 得到统计结果的显著支持。

（6）企业使用代言人策略的程度与有形资源拥有情况相关，即有形资源与代言人策略之间有着显著的正相关关系（回归模型 CPS5 中 $\beta_{51} = 0.271$，$p < 0.01$），假设 H1a$_5$ 得到统计结果的显著支持。

（7）企业使用制度创新策略的程度与无形资源拥有情况相关，即无形资源与制度创新策略之间有着显著的正相关关系（回归模型 CPS6 中 $\beta_{62} = 0.192$，$p < 0.05$），假设 H1b$_6$ 得到统计结果的显著支持。

（8）企业使用信息咨询策略的程度与无形资源和关系资源拥有情况相关，即无形资源和关系资源与信息咨询策略之间有着显著的正相关关系（回归模型 CPS7 中 $\beta_{72} = 0.472$，$p < 0.001$；$\beta_{74} = 0.150$，$p < 0.05$），假设 H1b$_7$ 和 H1d$_7$ 得到统计结果的显著支持。

（9）企业使用调动社会力量策略的程度与无形资源拥有情况相关，即无形资源与调动社会力量策略之间有着显著的正相关关系（回归模型 CPS8 中 $\beta_{82} = 0.270$，$p < 0.01$），假设 H1b$_8$ 得到统计结果的显著支持。

2. 检验假设 H2

假设 H2 采用线性回归方法来进行检验，其回归分析结果如表 10-15 所示。研究结果

表明:

表 10-15 回归分析结果:企业政治策略和企业政治绩效的关系

因变量(模型)	模型 CPP	模型 CPP1	模型 CPP2	模型 CPP3
自变量 CPS	0.113*(2.142)			
CPS1		0.222**(2.824)	0.525***(6.125)	0.302**(3.757)
CPS2		0.288***(3.860)		
CPS3		0.325***(3.878)	0.378**(4.104)	0.356***(4.509)
CPS4				0.251**(3.211)
CPS5		0.289**(3.833)		
CPS6			0.270**(3.356)	
CPS7			0.215**(2.790)	
CPS8			0.286***(3.640)	
F 值		6.192	5.170	5.525
Adjusted R2		0.226	0.190	0.203

注:* $p<0.1$,** $p<0.05$,*** $p<0.01$;表中所列为标准回归系数 β,括号内为该系数的 t 检验值。

(1) 从总体上看,企业越采取政治策略,它们越可能获得政治与经济利益,即提高政治绩效水平,即企业政治策略与企业政治绩效之间有着显著的正相关关系(回归模型 CPP 中 $\beta=0.113$, $p<0.05$),假设 2 得到统计检验的支持。

(2) 企业越采取政治经营、直接参与、政府关联和代言人策略,它们越可能获得政府资源,即政治经营、直接参与、政府关联和代言人策略与政府资源之间有着显著的正相关关系(回归模型 CPP1 中 $\beta_{11}=0.222$, $p<0.01$; $\beta_{12}=0.228$, $p<0.001$; $\beta_{13}=0.325$, $p<0.001$; $\beta_{15}=0.289$, $p<0.01$),假设 H2a₁、H2b₁、H2c₁ 和 H2e₁ 得到统计结果的显著支持。

(3) 企业越采取政治经营、政府关联、制度创新、信息咨询和调动社会力量策略,它们越可能获得政治竞争能力与优势,即政治经营、政府关联、制度创新、信息咨询和调动社会力量策略与政治竞争能力以及优势之间有着显著的正相关关系(回归模型 CPP2 中 $\beta_{21}=0.525$, $p<0.001$; $\beta_{23}=0.378$, $p<0.01$; $\beta_{26}=-0.270$, $p<0.01$; $\beta_{27}=-0.215$, $p<0.01$; $\beta_{28}=0.286$, $p<0.001$),假设 H2a₂、H2c₂、H2f₂、H2g₂ 和 H2h₂ 得到统计结果的显著支持。

(4) 企业越采取政治经营、政府关联和财务刺激策略,它们越可能提高其市场绩效和财务绩效水平,即政治经营、政府关联和财务刺激策略与市场绩效和财务绩效之间有着显著的正相关关系(回归模型 CPP3 中 $\beta_{31}=0.302$, $p<0.01$; $\beta_{33}=0.356$, $p<0.001$; $\beta_{34}=-0.251$, $p<0.01$),假设 H2a₃、H2c₃ 和 H2d₃ 得到统计结果的显著支持。

第四节 研究结果分析与启示

本章对中国企业政治资源、政治策略和政治绩效的关联性进行了研究。研究结果符合战略管理的观点，即企业在政治活动的过程中，必然会投入一定数量的有价值的政治资源，而这些资源的拥有情况又会影响企业政治策略的实施情况，并最终反映企业获得的政治绩效水平。这些研究有助于我们了解中国企业政治资源拥有情况、企业政治策略使用情况以及企业政治绩效获得情况。根据研究结果，可以得到以下研究结论：

1. 中国企业政治资源可以划分为有形资源、无形资源、组织资源和关系资源四个层面。中国企业在信誉、品牌、商标、形象和声望等无形资源上的拥有水平普遍较低，而在员工、费用、机构、关系、经验和意识等有形资源和组织资源拥有较高水平。

2. 中国企业政治策略可以划分为政治经营、直接参与、政府关联、财务刺激、代言人、制度创新、信息咨询和调动社会力量八种策略。其中使用得较为普遍的策略包括直接参与、代言人、政治经营和政府关联等政治策略，而财务刺激、信息咨询、调动社会力量和制度创新等政治策略的使用程度相对偏低。

3. 中国企业政治绩效可以划分为政府资源、政治竞争能力与优势、市场绩效和财务绩效三个层面。中国企业通过实施政治策略获得的主要是资金、政策、声誉、形象等政府资源，而获得的在政治竞争优势与能力的提高方面较少。虽然企业政治活动可以改善市场绩效和财务绩效水平，但是这还需要进一步分析和检验。

4. 企业政治资源、企业政治策略和企业政治绩效之间存在显著的关联性。运用多元回归模型验证了我们所提出的主要观点，即企业政治资源对企业政治策略有显著影响，而企业政治策略也对企业政治绩效产生显著影响。

从理论上讲，本实证研究扩充了我们对中国企业政治资源、企业政治策略和企业政治绩效及其相关关系的认识，对前人有关的研究结论提供了数据支持。这些研究还有助于中国企业管理人员认识到他们通常具有哪些政治资源与能力，可以有针对性地制定哪些相关的政治策略，并最大限度地获得哪些相关的政治绩效，并为中国企业管理人员应对外部政治环境变化的战略决策选择提供了参考依据。此外，由于中国企业内部资料和数据来源的问题，只是采用量表方式验证了企业政治资源、企业政治策略和企业政治绩效之间的关系，虽然这种方法存在一定的局限性，但它还是为企业政治策略对组织绩效影响的研究提供一个很好的分析思路。

需要特别强调的是，当今的中国企业，不仅是在复杂多变的政治经济环境中开展经营活动，而且在由传统的计划经济向有中国特色的社会主义市场经济转轨过程中，更因加入世界贸易组织面临着跨国产业巨头竞争的挑战，因而不得不面临着更多的动态政治变化、更多的复杂性和不确定性。此外，中国企业所处的转型经济实际上又为企业提供了一个变化中的制度环境——虽然社会主义市场经济正在建设中,政府对企业的作用已经削弱,但是市场发展程度、规制等方面与成熟的市场经济环境还存在一定距离,政府仍在许多层面上对企业进行干预。从这一角度看,又显示了企业采取政治策略在维系与政府关系方面的努力对企业政治绩效的重要性,即中国企业应具有哪些政治资源与能力,采取哪些政治策略,获得哪些政治绩效。因此,上述有关实证研究结论对企业制定和实施政治策略至少具有如下几点启示:

1. 中国企业家在经济全球化面前面临的必然是一个"政治竞争活动"的时代。从美国《财富》杂志在上海给世界500强企业做的"政治公关"可以看出,跨国企业正在加紧其在中国占据"政治竞争"优势的步伐(雷永军,2002)。其攻势之迅猛,动作之明显堪属最近两年来的亮点。作为中国的企业家,如果在新一轮的政治公关中失去了优势,那么我们不仅面临的是来自资本和市场两方面的冲击,我们甚至有可能在没有进入市场之前就在"政治活动"中失去了先机。这正如中国海尔的老总张瑞敏说的那样,中国成功的企业家要有三只眼:一只看市场,一只看内部,还有一只是看政府。或者正如温州正泰老总南存辉所说的:政治就像天气一样,如果企业家不懂天气,怎么可能做好?因此,我们认为一个中国企业家如果需要在政治活动上有所作为,采取相应的政治策略来预测或影响政府政策的变化,争取和借助政治的力量,利用政府资源促进本企业发展。

2. 对于跨国企业来说,如果一个海外企业不能与中国各地政府建立良好的沟通与协调,这个企业在中国经营中遇到的问题就难以很快解决。中国市场与西方市场最大的不同是,中国快速发展的市场上,政府的推动和影响作用更大。因此中国企业的行为在面向市场的同时,还要面向政府。市场和政府政策都对跨国企业未来的发展产生影响。企业不仅要面对市场风险,还要面对政策变化的风险。有些企业的失败源于非市场变化的可能多于源于市场的变化。所以对跨国企业来讲,它们首先必须了解中国过去十多年里已发生和正在发生的企业政治行为和策略是什么,企业采取这些政治行为和策略的政治资源是什么,企业从政治策略的实施中能得到的绩效是什么,以便用好、用足、用活各种相关政府支持和资源,为它们在中国的发展服务。

3. 虽然研究表明,不同性质的企业拥有的政治资源水平,使用政治策略的程度及获得的政治绩效程度有一定差别,特别是民营企业处于较低的水平,但一些地区的典型事实却显示相反的结论。随着中国民营企业整体的发展壮大,在某些地区,民营经济事实上已经成为左右地方经济发展趋势和方向的主导力量,为争取有利政策资源已经开始影响到地方社会政治生活领域,对于理论界来说,则更多是从国有企业与政府关系的角度来谈"企业家政治行为",鲜有研究"民营企业与政府的关系",但是实际上民营企业花在与政府官员搞好关系上的时间比国有企业还要多。因此,相对国有企业和外资企业而言,我们也研究了民营企业如何与政府沟通以及获得哪些政府支持和帮助。

本章参考文献

1. Churchill，G. A. A paradigm for developing better measures of marketing constructs. Journal of Marketing Research，1979(16)：64-73.

2. Govindarajan，V. and Fisher，J. Strategy control systems and resource sharing：effects on business-unit performance. Academy of Management Journal，1990，33(2)：259-285.

3. Parnell，John A. and Carraher，S. The role of effective resource utilization on strategy's impact on performance. International Journal of Commerce & Management，2001，11(3/4)：1-34.

4. Peterson，R. A. A meta-analysis of cronbach's coefficient alpha. Journal of Consumer Research，1994，10(2)：381-391.

5. 雷永军. 接招危机公关·智囊，2002-11-5.

6. 马庆国. 管理统计. 北京：科学出版社，2002.

7. 张维迎. 企业寻求政府支持的收益、成本分析. 新西部，2001(8)：55-56.

第11章

政治/制度企业家行为研究

本章主要研究问题：

1. 市场企业家为什么要成为政治/制度企业家？或者说，制度企业家的作用是什么？

2. 在中国，制度企业家是怎样推动制度创新并从中获得利益的？或者说，制度企业家推动制度创新的过程和策略是什么？获得的利益是什么？

3. 中西方制度企业家行为存在什么不同？

> 本章关键概念：制度、企业家、制度企业家、制度创新/制度变迁、制度生命周期

创新经济学鼻祖熊彼特指出，企业家就是最具有创新能力和影响力的人，企业家的创新，对企业的发展起着决定性的作用。企业家的创新通常有两种方式：一是专注于产品、技术、商业模式等的市场创新，这是在制度环境给定的情况下，企业家对市场盈利机会的敏感把握；二是制度创新，表现为企业家挑战既有的游戏规则，通过与政府的博弈来推动制度变迁，并获取制度变迁过程中的盈利机会。

中国现在处于经济转型期，正是"经济活动的基本规则在不到一代人的时间里发生根本性改变"的国家之一。转型期中国的经济增长伴随着政治、法律等制度的变迁，在这个过程中，制度创新并非政府专属，制度企业家也大有可为。最具有代表性的一个例子就是李书福破解政策坚冰，创建吉利汽车王国，并推动了中国汽车产业的发展。

本章将通过国内外三个案例探讨制度企业行为的特点、过程和进行理论分析的一般框架（田志龙，高勇强，2005）。

第一节 企业家、制度与制度企业家

企业家一词源自法文，其内涵之一就是冒险家。在英语释义中，企业家意为组织、管理企业并承担组织运营中商业风险的人。

企业家理论最早可追溯到经济学家马歇尔的《经济学原理》，而后得到美籍奥地利经济学家、创新经济学鼻祖熊彼特进一步的阐发、弘扬。这两位学者都对企业家推崇备至，马歇尔认为，企业家善于捕捉商品交易市场的供需不均衡机会，并通过企业运作来消除这种不均衡。经济发展和社会进步，一方面需要仰仗专家学者的理论贡献，另一方面则有赖于企业家的实践工作。诺贝尔奖得主熊彼特更是指出，企业家是经济发展的带头人，他的最大作用就是"创新"。企业家是富有创新精神的开拓型人物，他们对企业的经营环境敏感，善于捕捉变幻环境中的商业机会，并推动企业超常发展。

企业家面临的经营环境可以分为市场环境和非市场环境，前者是指政府控制之外的、按照市场规律自然演变发展的环境，也叫市场约束；而制度，按照经济学家舒尔茨的定义，制度是约束人们行为的一系列规则。因此，非市场环境就是与经济运行相配套的一组政治、经济与法律规则。制度安排则是制约经济单位（企业）之间合作与竞争的一组行为规范。

制度安排不是一成不变的。当外部环境发生变化，形成新的利润增长点，而这些潜在的外部利润无法由现有的制度安排所实现，同时在考虑成本后，改变现有的制度安排仍然是有利可图时，现有的制度安排就会被打破，这就是制度变迁。制度变迁的动力既可以来自政府，也可以来自企业家。当企业家发现既有制度的缺陷和落后，试图打破现有的游戏规则，重构非市场环境时，他就是制度企业家，而企业家通过推动外部制度变迁为本企业获得更有利的生存空间的行为就称为制度企业家行为[①]。

转型期的中国是制度企业家行为的温床。这是因为：一方面，过去计划经济体制下的大量制度安排，包括国家的法律、法规、政策、规章和行业规范，现在日益暴露出它们的漏洞和过时性；另一方面，大量符合新型市场经济体制的游戏规则正在以各种形式逐渐被构建起来。因此可以说，过去的二十多年时间里，中国社会的制度调整与变迁，无处不在。例如，经营固定通信业务的中国电信企业通过推出介于固定电话和移动电话的小灵通，成功进入移动通信领域，并逐步获得政府的认可；吉利轿车从早期不被政府正式认可，到成为一家合法的汽车生产商；安利、雅芳等外资企业积极推动中国政府为直销立法，试图率先获得在中国直销的机会；正大集团利用政府不同部门政策间的矛盾，成功进入种子生产流通领域，大大早于政府计划开放此领域的时间，如此等，非常普遍。

推动制度变迁，为企业获得更有利生存空间的制度企业家行为在西方国家也大量存在。例如，1974年，美国微波通信公司MCI（Micro Communication Inc.）以AT&T（美国电话电报公司）对通信行业的垄断为名将其推上了法庭，并最终导致AT&T的"肢解"，从而成功打破了美国电信行业的垄断局面，推动了政府行业管制制度的变迁，并为MCI创造了市场机会，拓展了生存的空间。

209

---

① 从广义角度看，任何组织的领导人推动外部制度变迁从而使本组织获得更有利生存空间的行为都是制度企业家行为。

第二节　制度企业家行为分析框架

　　企业家的制度创新行为是制度变迁的一种表现形式,制度变迁是制度经济学的主要研究内容之一。制度经济学是经济学的一个重要分支,它的出发点简单说来就是,"制度是重要的",强调制度对效率的影响。也就是说,不同的制度安排对应不同的效率,因此,制度的变迁会导致效率的变化。

一、制度生命周期与商业机会

　　制度何时出现变迁? 根据 Ullmann(1985)和韦登鲍姆(2002)对管制政策和公共政策程序生命周期的研究,制度周期可以划分为四个阶段:产生期、成长期、成熟期、衰退期。制度生命周期的这种特性对于制度企业家来说异常重要。当一项制度,不管是有关企业的法律、法规、政策、规章、行业管制制度,还是日常的行业惯例,从成熟期步入衰退期之后,就面临两种选择:要么对这种制度进行修改与完善使之成为新制度,要么就任其消亡或加速其消亡(如图 11-1 所示)。这里,制度的衰退主要指制度的过时和漏洞的暴露。此时,现有制度就越来越不能指导企业的实践,而且成为经济发展的桎梏。然而对于制度控制之外的企业而言,进入制度控制内的经营领域将是有利可图的。

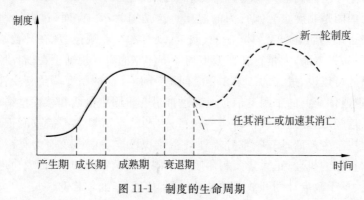

图 11-1　制度的生命周期

　　制度企业家就是对这种"有利可图"非常敏感的人。在现有制度步入衰退期后,市场上出现了潜在的、在现有制度框架内无法实现的获利机会,为了获得这种商业机会的利润回报,制度企业家开始进行现有制度的创新,推动现有制度的变迁:要么对过时的或出现漏洞的制度进行修改和完善,要么加速这种制度的消亡。

　　制度变迁的主体是社会行动团体,即"初级行动团体"和"次级行动团体",他们是企业家或者是政治家。"任何一个初级行动团体的成员至少是一个熊彼特意义上的企业家","这些成员(加上他们的助手)就构成了一个次级行动团体"。而经济学家弗农·拉坦

(Vernon W. Ruttan)和速水佑次郎(Yujiro Hayami)则把他们称为"政治企业家"。社会行动团体的行动规则遵循制度创新的成本—收益对比：只有当创新的收益超过创新的成本时，制度才会被创新(科斯，阿尔钦，诺斯等，1994)。

二、新旧制度逻辑的较量

制度企业家在推动制度变迁的过程中，一方面是对现有制度的批判和解构，另一方面则是对新制度的描画和塑造。这个过程简单说来，就是新旧制度逻辑之间的较量。如果把推动制度变迁的利益团体称为潜在获利者(团体)，阻碍制度变迁的利益团体称为既得利益者(团体)，制度变迁的成功与否就取决于潜在获利者与既得利益者之间的势力对比。当潜在获利者的推力大于既得利益者的阻力，制度就会出现变迁；而当潜在获利者的推力小于既得利益者的阻力，制度就不会出现变迁(Oliver，1992)。

潜在获利者首先是制度企业家及其企业，它们既是推动制度创新的主要力量，同时也是制度创新的首先的、主要的和直接的得益者；其次是制度企业家所在企业的同盟者，或称利益相关者，它包括企业的供应商、分销商、雇员、股东、协作厂商等，他们因为制度企业家的成功而分享利益；最后是潜在消费者和地方政府官员，因为消费者会因既得利益均衡的打破(往往是市场垄断的打破)而享受更低的价格、更高质量的产品和更好的服务。地方政府官员会因为企业的发展壮大而有助于提高财政收入、解决当地就业、提升政绩以及其他情感上的愉悦。

既得利益者首先是现有制度保护下的企业；其次是企业的利益相关者；最后是其他现有制度下的得益者，比如企业所在地的政府及其他与企业有密切关系的部门。

三、制度企业家行为的一般框架

根据以上分析，制度企业家行为的一般模式如图11-2所示。

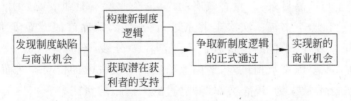

图 11-2　制度企业家行为的一般框架

首先，制度企业家发现了现有制度的缺陷及其蕴藏着的潜在商业机会。为了获得潜在的获利机会，拓展企业的生存空间，制度企业家必须构建新的制度逻辑，新制度逻辑应该是以国家的利益或产业的发展和以大众消费者的福利的增进为根基，否则这种新制度逻辑就难以获得政府、媒体和社会公众的认可和支持。在构建好新制度逻辑后，制度企业家所要做的工作就是争取这种新的制度逻辑获得正式通过，即得到政府的正式认可或新制度的正式确立。而新制度逻辑能否正式通过，主要取决于制度企业家动员制度创新力量的能力，制度创新力量主要是潜在获利者的集合。

制度企业家在推动制度变迁的过程中，可能会遇到既得利益者的反抗。在新旧制度逻辑的博弈中，制度企业家成功实现制度创新时，就完成了制度变迁。

第三节　李书福和吉利轿车案例分析

一、李书福与吉利集团的案例介绍

吉利集团创立于 1986 年，现已成为一家跨地区、跨行业的国家级大型企业集团，是涉足汽车、高等教育、摩托车、装饰材料、旅游等领域的国家级大型股份制企业集团。2001 年吉利集团的经营规模已进入全国最大企业 500 强第 442 位和民营企业 1000 强第四名。2004 年吉利集团销售收入规模达到 52 亿，排列中国最大企业 500 强第 331 位。

在 2004 年以前，国家对汽车行业有严格的进入限制。这一限制并非来自于法律的硬性约束，而是来自于政府的行政审批。但吉利集团却成功地在 1996 年开始了造车，并在 2001 年成功地获得国家允许其生产轿车的许可证。而其他民营企业在当时却没有得到过生产轿车的许可证。吉利集团为什么能比其他企业较早进入整车制造领域，从而占得民营企业进入汽车行业的优势？下面是吉利进入汽车行业的故事。

1. 借鸡下蛋，在客车牌照下造微型汽车

早在 1989 年，吉利集团董事长李书福就有制造汽车的念头。李书福用买来的零部件组装了一部"奔驰"轿车。然而，当李书福准备在 1996 年真正生产汽车时，他遇到了所有想进入汽车制造领域的民营企业所遇到的同样问题，即他的企业和产品上不了政府确定的《汽车生产企业与产品目录》。没有政府的许可，企业就不能到市场上卖车。

为了拿到许可证，李书福一次次上北京进行公关："请允许民营企业大胆尝试，允许民营企业家做轿车梦，几十亿的投资我们不要国家一分钱，不向银行贷一分钱，一切代价由民营企业自负，不要国家承担风险，请国家给我们一次失败的机会。"然而，李书福的"公关"并没有获得成效，从未为"民企造车"开启过的大门依然紧闭着。

1997 年一个偶然的机会，李书福在浙江跟一些四川朋友吃饭聊天。当李书福谈到想搞汽车而政策不允许时，其中一个人说，他有一个朋友，是四川德阳监狱的监狱长，也是监狱下属汽车厂的厂长。李书福就问："他能生产轿车吗？"那人说帮他问问看。后来，那人告诉李书福说："不能，但通过努力，可以生产一种像轿车但不是轿车的客车。"李书福说："像轿车也行，试试吧。"

李书福去德阳找到那家监狱，建议生产"奔驰"。监狱长就去机械部（当时汽车企业的

政府监管部门)申请目录,结果监狱长挨了批,回去告诉李书福,上头不准生产"奔驰",要想通过,得搞一个不像轿车、哪怕像拖拉机的东西。后来,李书福把夏利改了,把脸改得很难看,颜色也一塌糊涂,搞了几辆,让他们去上目录,这些后来果然同意了。

吉利和德阳监狱就这样合资成立了"四川吉利波音汽车有限公司"(后来改名吉利汽车制造有限公司),吉利投了几千万,占70%股份。跟监狱办的企业合作有诸多的弊端,一方面,员工出入不方便;另一方面,监狱的官僚体制使得决策不能适应市场瞬息变化的需要。因此李书福就跟监狱长提出,要么不搞了,要么把监狱的股份全买下来到浙江去搞。经过一番波折,李书福终于买断了监狱30%的股份,到浙江临海创办了国内第一家民营汽车制造厂——浙江豪情汽车制造有限公司,生产自主开发发动机的三缸吉利·豪情家用轿车。民间投资的介入,打破了汽车行业国有和中外合资垄断的格局。但吉利当时生产轿车用的是客车许可证,不是轿车许可证。

2. 巧借媒体,并谋得地方政府与社会的同情

在中国汽车领域,一块最诱人的蛋糕是家用轿车,特别是经济型家用轿车。然而,吉利过去所申请的目录却是客车,如果吉利要大规模生产和销售轿车,就不得不向国家机械工业局及随后的国家经贸委申请轿车的产品目录。

国家经贸委于2001年5月发出通知,从2001年1月1日起,国家经贸委以发布《汽车生产企业及产品公告》(以下简称《公告》)的方式对《汽车生产企业及产品目录》中企业的新产品实施管理,不再发布《目录》。按照《公告》,6字头以下的是货车、公共汽车等;6字头是轻型车、两厢车;7字头才是三厢轿车。

在吉利汽车没有进入国家轿车生产目录的时候,两厢的吉利"轿车"一直以微型客车的名义在销售。然而,三厢轿车才是轿车行业的主流,吉利要生产三厢轿车,就必须登上国家经贸委的7字头公告。而且,轿车是一个产品更新速度很快的行业,而任何新产品的开发推出都要经过国家经贸委的许可,并进入国家经贸委所发布的《公告》。这意味着,进入国家经贸委的《公告》,是任何民营汽车生死存亡的大事。

李书福和他的吉利集团真正引起公众和媒体关注是从推出"平民车"、"百姓车"这样的概念开始的。吉利推出3万~4万元的经济型轿车,不仅在汽车行业内部引起了一场"地震",而且也引发了广大消费者对汽车行业"暴利"的关注。接着,李书福在各种公共场合发表了一系列言论,比如"通用、福特迟早要关门"、"给我一次失败的机会"、"造老百姓买得起的好车"等,引起了媒体和公众的广泛关注。李书福表现得根本不像一个忌讳露富的商人,他勇扛民族汽车工业大旗,频频以豪言壮语面对媒体,不停地呼吁公平竞争、重建市场机制,在中国社会引发了一场大规模的有关当时汽车准入体制改革的争论。李书福成了一个公共人物,被称为"汽车疯子",他的吉利集团也被人们称为汽车业里的"鲇鱼",给中国的汽车产业带来了波澜。他和他的吉利集团所遭遇到的不公一时成了汽车行业决策者们难以回避的焦点。

213

3. 四处游说,终获成功

为了获取新车的准生证,李书福除了在媒体上呼吁之外,还马不停蹄地四处游说。在20世纪90年代末到2001年的这些年里,李书福一次又一次在冲撞国家政策的大门,他希望国家能够允许民营企业造车、造小轿车。为此,他频频穿行于京、浙两地,在相关国家部门之间游说,也利用地方政府作为他的说客。李书福的心血没有白费,吉利汽车和李书福终于赢得了消费者、媒体和不同层次部分官员的同情和支持,国家经贸委和浙江省政府都对吉利集团和李书福所遭遇的不公非常重视,浙江省政府还专门给国务院打了报告。2001年11月在国家经贸委发布的第六批《车辆生产企业及产品公告》中,浙江吉利·豪情汽车的吉利牌 JL6360 型轻型客车,赫然在列。12月公布的第七批《车辆生产企业及产品公告》中,吉利集团宁波美日汽车企业生产的"美日"轿车(MR7130)终于获得了产业政策的认可,吉利汽车最终获得了轿车生产的许可证。

二、李书福与吉利集团的案例分析

按照图 11-2 制度企业行为分析的一般框架,吉利集团进入轿车行业的制度企业家行为描述为图 11-3 的模型。

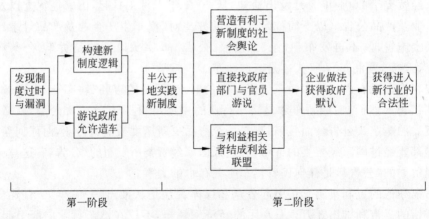

图 11-3 吉利轿车案例中的制度企业家行为模型

作为制度企业家的李书福首先意识到市场上出现的潜在获利机会——被国有和外资垄断的汽车制造市场和市场容量不断扩大的家用轿车市场。这种潜在的获利机会是在现有的制度框架下民营企业所无法实现(或内部化)的(国家虽然没有法律或政策明确规定民营企业不可生产轿车,但行业管制部门在企业审批时拒绝民营企业进入汽车制造行业)。在中国实行市场经济体制,并允许外资进入汽车制造领域后,再限制民营资本进入汽车产业是不公平的,也严重阻碍了中国汽车产业的成长。因为一个没有竞争的产业永远只能是一个幼稚的产业,经不起任何的外来冲击。而且,政府也没有权力不让大众消费者享受更低价格的轿车。因此,在制度创新者(这里是想进入汽车产业的民营资本)看来,现有的制度是过时的和不完善的,存在漏洞,推动这种制度的变迁是有利可图的。

这样,倡导公平竞争,发展中国的民族汽车工业以及"为老百姓造买得起的好车",就构成了李书福的新制度逻辑。

为了合法生产汽车,李书福频频奔走北京"公关",推行他的新制度逻辑。在不能获得政府正式许可的情况下,吉利集团通过与四川德阳监狱下属的汽车厂(国有汽车厂)合资,间接进入了门槛很高的汽车制造领域。在后来获得轿车生产许可证之前,吉利集团同样借微型车的名义生产和销售轿车,间接实践着新的制度规则(新制度规则应该是允许民营企业生产轿车的规则,也是民营企业与国有企业享受同等待遇的规则)。然而,即使吉利通过合资进入了汽车制造领域,并借着微型车的名义销售两厢轿车,但吉利集团并没有获得政府的正式批准,没有正式的经营合法性;而且由于三厢轿车无法再钻微型车的空子,因此吉利集团也不得不在申请两厢车许可证的同时申请三厢轿车的许可证。

为了获得经营合法性和正式许可,李书福一次次地上北京公关,游说政府部门(如机械工业局、国家经贸委、国家计委)允许民营企业生产轿车。同时,李书福一次次公开呼吁"允许民营企业家做轿车梦",在小范围内引起了媒体和公众的关注。与此同时,吉利推出比目前国有和合资企业轿车价格低得多的经济型轿车,打破了轿车高价的神话,揭示了我国轿车市场中的"暴利",给广大消费者带来了实惠。从此,李书福成功地获得了广大媒体和社会大众的支持,李书福和他的吉利集团所受到的不公平待遇引发了一场广泛的社会争论。不仅如此,李书福还成功地争取到浙江省政府的支持,其实说服浙江省政府的支持的理由非常简单:因为吉利集团的发展对浙江省的经济社会有利。

在社会舆论的压力和李书福与浙江省政府的游说下,原机械工业局、国家经贸委、国家计委等部委都默许了吉利集团的做法。而且,2001年,吉利正式获得了国家轿车的生产许可。

吉利集团进入汽车整车制造领域并成功获得轿车生产许可的过程充分展现了中国制度企业家创新制度的过程。除了李书福引导吉利集团进入汽车产业之外,中国电信推出的"小灵通"业务和正大集团进入种子行业等都表现出了制度企业家推动行业管制制度或国家政策变迁的行为。图11-3的模型可以作为描述中国制度企业行为的一般模型。

第四节　小灵通案例分析

一、小灵通的案例介绍

小灵通今天已成为广大城市市民的一种非常便宜的通信工具。小灵通从1996年问世,到现在已经发展十多年了,它已进入了中国几乎所有的城市,它成为了中国电信集团公司的重要收入来源,以及与中国移动通信集团公司和中国联合通信集团公司竞争的重要手段。

然而,在20世纪90年代中国政府对电信行业的管制政策中,中国电信集团公司是没有资格从事移动通信业务的,中国移动也是没有资格从事固定电话服务的。小灵通是属于移动电话还是固定电话呢?由于答案的模糊性,这成为中国电信集团公司与中国移动和国家电信主管部门博弈的焦点,结果是中国电信集团公司成功地突破国家制度管制的限制,开辟了一个崭新的领域,从移动通信市场分得了一杯羹。下面是中国电信集团公司利用小灵通成功进入移动通信市场的故事。

1. 过时但经济实用的技术:PHS

早在1995年,我国电信产业的政府主管部门就预见到以传统的固定(铜线)方式发展本地用户必有一天无法满足市场的需求,"有线"必将被"无线"取代。需要寻找一种适宜的技术实现本地接入手段从"有线"转变成"无线",而且能够承载巨大的话务流量,同时要适合我国国情,让广大老百姓用得起。为了寻求这三点融合的技术,1995年原邮电部主持进行了无线接入网论证和选型,Nokia、朗讯、华为等15家当时世界上主要的通信设备厂商提出的技术包括DECT,PHS,CDMA,GSM等。最后DECT和PHS被认为比较适用。但由于各种原因,DECT和PHS一直没有成为中国移动电话市场的主流技术。

1996年的一天,当时任浙江余杭市电信局局长的徐福新在一本杂志上看到[①],日本的流动市话PHS(Personal Handy-phone System)业务问世一个月间在东京就发展了10万用户。虽然,PHS在日本是由另一个移动通信来运作,与固定电话网不搭界,但徐福新却看到了一个新东西,即固定电话网拓展的机遇:把PHS嫁接到固定电话网上,用中国电信已有的网络,前端再接上PHS的无线技术,就成了一个建立在固定网上的小手机,它后来问世后被称为"小灵通"。徐福新为自己的这个想法兴奋不已。

徐福新最初希望能跟华为合作,让华为开发小灵通技术。但华为没能做出正确的判断,将眼睛紧盯着3G[②],这使华为错失了一个良机,导致它痛失小灵通市场的巨大蛋糕。而当时毫无市场基础的新企业UT斯达康则把握住了这次机会,主动和中国电信集团公司合作,最终成为小灵通业务的大赢家。

2. PHS在政府与竞争对手认识不足的情况下快速发展

1996年,在UT斯达康技术人员的帮助下,PHS技术和程控交换技术融为一体的PAS(Personal Access System)系统问世。1996年10月底,徐福新在余杭市区所在地临平地区开始了PAS的小范围试验。1997年12月,浙江余杭开通了国内第一个小灵通网,实行单向收费,月租费20元,每分钟资费只需0.2元,而且可以随身携带,这种"准手机"

---

① 时任浙江余杭市电信局局长,因成功开发小灵通技术被通信界称为"中国小灵通之父"。

② 是the Third Generation Communication System的缩写,意指"第三代通信系统"。

吸引了很多中低端用户。从此中国电信市场因小灵通这匹野马的闯入而发生了翻天覆地的变化。

小灵通采用微蜂窝技术,将用户端(小灵通手机)以数字无线方式接入市话网,提供市内覆盖区的自由移动使用的通信服务。用户只要携带轻便的小灵通手机,利用现有固定电话网络的交换传输资源,在网络服务区内就可方便地打出或接听,以固定电话的价格享受市内移动电话的服务,且保密性能好,安全可靠,音质接近固定电话,是固定电话的无线延伸和补充。小灵通为追求时尚的用户、不常出差的用户、急需降低手机费用的用户和大用户、集团用户提供了一个共同的、理想的选择。与当时市场上存在的移动电话 GSM[①]及 CDMA[②] 系统相比,小灵通有低辐射、待机长、资费低、体积小等优势。

1998 年 12 月,广东肇庆正式推出"流动市话"小灵通,小灵通开始进入中小城市的市话服务领域。从 1999 年开始,中国电信集团一方面申请无线接入系统设备的测试和审查,一方面在全国积极推广小灵通业务。1999 年 3 月,无线接入系统设备通过信息产业部电信管理局接入网设备专家评审组初审,5 月通过了信息产业部计量中心各项测试。2000 年 1 月,无线接入系统设备通过信息产业部电信管理局接入网设备专家评审组终审鉴定。

在小灵通发展过程中,政府管制部门的态度经历了从开始不太注意,到观望和犹豫不决,再到默认,最后到公开认可的变化过程。小灵通问世时最开始打的旗号是"解决边远山区通话难问题"(王义伟,2003),不料一转眼遍布全国各地。1999 年 10 月,信息产业部紧急通知,要求全国各省区市管理局在无线接入(PHS)发展问题上,不要一哄而起,没有上马的项目一律暂停。

然而,信息产业部的这一紧急通知并没能阻止小灵通业务在全国各地的发展,同时,外界对这一通知的解读是:信息产业部并非是要打压或取缔小灵通业务,而只是要规范市场秩序。

作为中国移动电话市场的两大巨头——中国移动与中国联通最初都没有将小灵通放在眼里,认定在西方属于淘汰型技术的 PHS 不会在中国有多大的作为。但小灵通的发展却远远地超出了它们的判断。小灵通星火燎原的态势使中国移动和中国联通心急如焚,它们极力怂恿电信产业的主管部门——信息产业部出面打压。2000 年,中国移动与中国联通联名向信息产业部状告中国电信的小灵通业务,认为小灵通业务属于移动通信而非固定电话业务。同时,由于中国联通集团企业正准备在海外上市,因此,2000 年 5 月,信息产业部发文要求各地"小灵通"项目一律暂停,等待评估。这份文件使小灵通进入了进

217

---

① 是 Global System for Mobile Communications 的缩写,意为"全球移动通信系统"。

② 是 Code Division Multiple Access 的缩写,意为"码分多址",是在数字技术的分支—扩频通信技术上发展起来的一种崭新而成熟的无线通信技术。

退两难的地步。

然而，从小灵通诞生的背景来看，信息产业部这次的"一律暂停，等待评估"的通知只可能是象征性和临时性的。这是因为早在1995年信息产业部就认可了PHS技术，而且PHS系统设备在1999至2000年初就通过了信息产业部专家的鉴定。因此，等待评估只能是一种托词，即为了暂时应付中国移动和中国联通的告状和联通的上市。同时，作为电信行业的主管部门，信息产业部肩负着国有资产保值增值的任务。与中国移动和中国联通的飞速发展不同，在过去的一段时间里中国电信所经营的固定电话业务发展缓慢，利润不断下滑。为了照顾利润下滑的中国电信，小灵通业务都不可能就此取缔。

果然，2000年6月29日，信息产业部又发出了《关于规范PHS无线市话建设与经营的通知》，明确规定"小灵通"在我国发展的基本原则和范围，定性"小灵通"为市话服务，属于固定网络牌照的经营范围。而且，前一段时间信息产业部为3G清理的频段在1880—1900MHz、1920—2025MHz及2110—2200MHz频段内，"小灵通"使用的频段在1900—1920MHz之间。为"小灵通"留下了频段空间。

信息产业部的这次发文给予中国移动和中国联通沉重一击，中国移动、中国联通在香港股市应声而跌。迫不得已，信息产业部又于2000年11月21日第三次发文，要求提高小灵通的月租费和通话费。12月信息产业部第四次发文对小灵通收费提出明确要求，下达"小灵通"资费试行标准。对"小灵通"资费标准做出规定，其收费介于固定电话和移动电话资费标准之间。然而，上有政策，下有对策，由于各地方电信局（属于中国电信集团企业的下级部门）的规避，小灵通的资费并未按照信产部的规定执行。

2001年11月，信息产业部再次强调小灵通不得进入京沪穗等大城市。也就在同一年同一月，国家信息产业部副部长曲维枝明确表示，信息产业部不会在2002年收回"小灵通"的频率，"小灵通"服务仍可在试点范围内继续经营。

然而，小灵通的发展有如"洪水"一般，政策的堤坝一旦决口，就再难以抵挡。2002年8月，小灵通在全国开通200多个地市，系统网络容量1100多万线，网上用户数超过600万。仅仅两个月过去了，到2002年10月，全国开通无线市话业务的城市已近300个，系统总容量达2000万线，全国用户突破1000万。同时，一些被信息产业部明确限制的大城市也相继失守。2002年12月，信息产业部表示，"小灵通"业务在除京、沪之外的地区全面开禁。

信息产业部的这一表态引发了全国各大城市小灵通业务的浪潮，2003年元旦，重庆市主城区推出无线市话小灵通业务；2003年1月17日，长沙小灵通试通；2003年初，中国电信在广州、东莞、中山、佛山、顺德5城市秘密发展"小灵通"，搭建"珠三角"移动网；2003年1月8日呼伦贝尔市开通小灵通业务，小灵通从此走俏北疆草原城；2003年1月18日，珠海电信"灵动网"正式开通，"小灵通"首次介入语音服务以外的服务；2003年2月20日，"小灵通"南京放号……

小灵通的成功使得中国电信和中国网通的部分分支机构试图涉足政策的"雷区",这导致 2003 年 3 月信息产业部发出《关于中国电信、中国网通部分下属分支机构擅自经营 450MHz CDMA 无线市话行为的通报》,明确规定"未获得电信主管部门的业务经营许可,任何单位不得擅自利用 450MHz 频段经营蜂窝移动通信业务及无线接入业务"。而对于小灵通,信息产业部部长吴基传表示:政府不鼓励也不干涉。

2003 年 3 月 10 日,"小灵通"在北京怀柔区放号,正式冲破"禁止在京津沪穗发展小灵通业务"的政策限制。3 月 15 日,"小灵通"放号的区县又扩大至延庆、平谷和密云;3 月 20 日,"小灵通"在北京 10 个郊区县彻底开通。2003 年 5 月 12 日信息产业部官员表示,上海小灵通何时放号将由上海电信自己确定,信产部不会有太多限制。

至此,小灵通正式杀入政策的真空领域,在全国各地普遍开花结果,中国电信、中国网通、UT 斯达康等成了这次小灵通博弈的最大赢家。到 2004 年 9 月,中国电信共发展了 3600 多万小灵通用户,而中国网通大约有 1800 万。作为小灵通遍地开花结果的回报,UT 斯达康从一家名不见经传的小企业成长为如今的 IT 业的精英。2003 年 6 月 9 日版《商业周刊》评选出美国增长最快的 100 家小型企业,UT 斯达康(在美国注册,NASDAQ 上市)凭借其小灵通技术在中国市场上的巨大成功位列第 33 位。自从 2000 年 3 月股票上市之后连续 12 个季度的业绩超过华尔街预期,2002 年的销售业绩超过预测的 2 倍。UT 斯达康已是中国第一小灵通手机品牌。

3. 小灵通改变了移动通信市场

面对小灵通的低价策略,中国联通和中国移动最终只能采取低价拼杀。2003 年 2 月,在中国电信公司南京分公司即将推出小灵通之际,中国移动南京分公司的 60 万用户悄悄享受起全市范围内的网内单向收费。中国联通南京分公司后来居上,推出了 G 网单向收费政策。其中,中国移动的"如意通"用户打出电话仍按 0.54 元/分钟计费,"小管家"用户则需缴纳 40 元月租费,打出电话按 0.36 元/分钟计费。此外,还可叠加优惠,再送 50M 如意邮箱等增值业务服务。2003 年 3 月 20 日继推出"100 元打 200 分钟,150 元打 300 分钟"等多种优惠套餐活动后,中国联通南京分公司再降"门槛",推出"无月租费,70 元打 150 分钟"包月话费优惠套餐活动,争抢低端市场。

2003 年 3 月,正当中国电信广州分公司的"小灵通"业务风风火火、呼之欲出之时,广州联通抢先在花都、从化、增城三个地区推出一项新业务"小灵通套餐",基本月租费 20 元,在指定的区域内呼叫 130、131、133 用户 0.15 元/分钟(从化地区只需 0.11 元/分钟),呼叫其他电话用户 0.2 元/分钟,被叫 10 元包月,由此引发了中国联通与中国电信的小灵通商标之争。

2003 年 5 月,就在小灵通现身京城的同时,北京联通抛出重磅炸弹,推出为期一个月的通话资费优惠活动和"优惠购机"活动。不仅如此,北京联通还推出"全业务付费卡",用户只需拨打 96533 或 1001,就可对联通所有业务进行充值付费。北京移动为了应对小灵通带来的冲击,已经率先在京郊各区县推出了一种名为"开心套餐"的资费优惠活动,给予北京移动用户在使用网内通话业务时一定的优惠。在"世界电信日"期间,中国移动还推出并推广包括百宝箱、随 e 行在内的十多种移动数据业务。此外,中国移动已经在全国近700 个机场、酒店、会议中心和展览馆等商旅人士经常出入的热点地区实现了 WLAN 网络覆盖,在这些地区,随 e 行可以提供 11M 的共享接入速率,满足客户浏览网站、使用带宽要求高的流媒体业务、下载大型软件等需求。在非 WLAN 覆盖区域,则可以通过中国移动在全国 31 个省市自治区 240 多个城市提供的 GPRS 服务进行无线高速上网。

2003 年 1 月,中国移动在石家庄推出了资费低廉的"百姓通"业务以回应中国网通推出的小灵通业务。

2003 年元月,重庆电信小灵通正式放号,当地中国移动公司把网内通话费从每分钟0.4 元降到每分钟 0.2 元。2003 年 3 月 1 日,重庆移动公司又推出了国内最便宜的手机长话资费,涪陵地区的移动用户打国内长途电话每分钟只需 0.1 元。而在成都市中国联通推出了月租费 20 元,每分钟话费仅 0.16 元的新手机卡,两天以后,移动也推出了每分钟话费 0.24 元的全球通套餐。

正是小灵通业务在各地的不俗表现,才迫使中国移动和中国联通在各地的分公司不断下调资费价格。从这个意义上讲,小灵通在电信市场上的"鲶鱼效应"十分明显。[①]

中国通信领域的另一企业中国铁通也一直垂青小灵通项目。铁通在成立之初,由于缺乏接入网,便寄希望于小灵通来拓宽自己的生存空间。2002 年初,铁通广东公司在广州市郊进行小灵通实验,但考虑到南方重点城市的移动电话趋于饱和,缺乏频段资源和资金投入等方面的原因,铁通广东公司最后取消了小灵通项目。随后将发展小灵通的重心转移到市场空间较大的北方市场,当年一举拿下辽宁省多个地区的频段。2004 年 5 月 19日,中国铁通在由华为、SAGEM 等国内外六大通信设备及终端厂商联合发起的"GT800数字集群产业联盟"成立大会上出现,表明中国铁通作为国内数字集群通信的积极跟进者计划着铁通版"小灵通"依托数字集群开展移动业务。

4. 专家学者的有力支持

小灵通在其发展的过程中也引起了学术界的关注,一些崇尚自由竞争的学者对小灵通给予了支持。2003 年当听说小灵通将在北京放号时,北京中医药大学外语部原主任、哈佛大学北京校友会副会长、全国政协委员方廷钰教授大呼"痛快",并对记者表示:"尽管还不清楚此次放号是明是暗,但无论如何,这都是个好消息!"方委员表示"小灵通"解禁意味着电信业将面临市场格局的重新调整,这势必将对垄断电信行业的企业形成冲击。"'小灵通'的放开,将会给电信部门施加重压,使得移动电话双向收费和 IP 电话卡等多个

---

① 一位精明的挪威船长,在捕放沙丁鱼的鱼槽内放入了一条鲶鱼,结果他的沙丁鱼见"异己分子"夹杂其间,便紧张而加速游动,大多能活着返港,且卖价比其他船高。这就是"鲶鱼效应"的作用。

因垄断而产生暴利的业务,尽早进入正轨。"方委员表示,与其电信企业咬着暴利业务不放,还不如将其放开,推出更好的业务与服务,寻求更多新的增长点,增加其竞争力与"抵抗"力。[①]

经济学家、北京大学教授周其仁曾对记者说:"我看小灵通很好啊!"周其仁认为,小灵通的出现,搅皱了国内移动资费价格一池春水,促进了移动通信领域的市场竞争。"人们都说小灵通技术落后过时,可就是这样的技术,也能在目前的电信市场中盈利并发展壮大。这不是很有意思的现象吗?"对于中国电信和网通集团能否拥有移动牌照的问题,周其仁也持另外一种观点:发照,大胆地发照。他还建议电信监管层放开电信资费价格管制,充分地发放电信业务牌照(张东操,2003)。

信产部电信研究院副总工程师杨培芳认为,市场更需要的是将手机价格降到"小灵通"的资费标准,而不是倒过来。因此,他建议,在现在的情况下,政府最应该做的是考虑如何促进"小灵通"向先进技术的过渡,而不是其他(罗健,2003)。

不过,以北京邮电大学信息产业政策与发展研究院教授、电信评论家阚凯力为代表的学者却反对小灵通。阚凯力认为,中国电信和网通做"小灵通"有先天优势,电路是现成的,不用计入成本。"'小灵通'便宜的实质是固定电话网用户支付了电路成本,'小灵通'免费'搭车'是不正当竞争。这就好像高速公路企业开运输企业,别人要交过路费,自己的企业却不交(王正鹏,2003)。"中国电信明知小灵通不适合大城市的高密度用户环境,却仍旧加速向我国中心城市渗透,其目的就是想在监管部门犹豫不定的时候加紧扩大用户群,以消费者的利益作为"人质"要挟监管部门,企图迫使政府承认它扩大垄断延伸的既成事实(朱琳,阚凯力,2003)。

信产部政策法规司人士在私下场合承认,"在三家运营商上市之后,股价涨跌和国有资产保值增值成为企业与监管者谈判的砝码,并由此争取各自的利益。信产部只能小心翼翼地在这种同业竞争中维持某种均势,单项收费是考虑移动和联通的利益,而小灵通则是对电信、网通的照顾,但即使如此仍然难免朝令夕改的尴尬,这是监管者最大的悲哀"(史彦,2003)。

二、小灵通的案例分析

本节将具体分析小灵通案例中的制度企业家推动制度创新的过程中的行为模式及特点(见图11-4所示)。首先介绍与小灵通有关的制度企业家及相关的利益集团构成,然后结合图11-2所示的制度创新过程分析制度企业家的行为及制度创新的模式及特点。

---

① 北京"小灵通"昨天放号试探政策底线,载《北京娱乐信报》,http://www.sina.com.cn,2003-03-11。

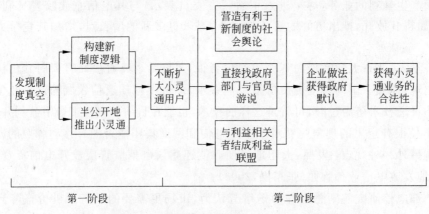

图 11-4　小灵通案例中的制度企业家行为模型

1. 与小灵通相关的制度企业家及利益集团

（1）制度企业家及潜在获利者

在小灵通案例中，推动小灵通发展的制度企业家主要是作为小灵通运营商的中国电信和中国网通集团及各地方分公司的经营者、小灵通设备主要生产厂商 UT 斯达康中国公司总裁吴鹰。其中小灵通运营商的代表人物是曾任浙江省余杭市电信局局长的徐福新，被人誉为"小灵通之父"，正是他在任余杭电信局局长期间与 UT 斯达康公司一起建立了中国第一个投入实际运营并取得成功的小灵通网络。值得注意的是，在小灵通案例中，推动小灵通发展的制度企业家是一个群体而非单独的个人，他们包括从运营商集团公司到各地分公司负责人。

对小灵通运营商而言，其潜在利益在于通过小灵通业务进入移动领域，创造新的业务增长点，增加运营收入；对 UT 斯达康而言，小灵通更是至关重要，中国小灵通业务曾占据该公司收入的 90％以上，通过小灵通业务，可以抢占一块全新的市场，从而缩小自己与其他设备制造商的差距。事实也确实如此：2003 年，UT 斯达康成为国内仅次于华为和中兴，销售收入居第三位的电信设备制造商。

主要的潜在获利者除了上述制度企业家及其企业外，还包括以下几个方面的势力：其他能够提供小灵通设备或终端的电信设备制造商如中兴通信、朗讯等企业；上述制度企业家所在企业及 UT 斯达康、中兴通信、朗讯等设备制造商的利益相关者；设备制造商所在地方政府；发展小灵通业务的地方政府及当地电信业务消费者等。

（2）影响制度企业家及潜在获利者的主要因素

在本案例中，这些制度企业家及潜在获利者受到各种因素的影响，对待小灵通的态度及行为并非完全一致，有些表现得非常积极和高调，而有些则较为低调。一般而言，当时的制度环境都对制度企业家的行为及潜在获利者构成影响，但以下几方面是需要着重考察的因素。

① 进入市场及增加运营收入。这是影响小灵通发展的最重要因素。随着中国电信业的发展,移动通信市场的地位越来越重要,但在小灵通出现以前,对固定电话运营商而言,移动业务是外在性收入,是在当时制度环境下无法实现的,获取这部分利益,是固定电话运营商推动小灵通业务的最重要动力。

同样,对 UT 斯达康公司而言,没有发展小灵通业务时,迅猛增长的移动通信设备投资也是一种外在性收入,获取这种外在性收入是推动 UT 斯达康全力发展小灵通的最大动力。

② 制度企业家个人业绩因素。随着小灵通的发展,外部收益得以内部化,企业由此而获利,作为管理者的制度企业家也由此获得个人业绩。

③ 政治因素。目前中国的电信运营商均为国有独资或控股公司,政治是影响制度企业家的重要因素。作为国有企业的经营者,政治上正确是他们升迁的先决条件。制度企业家的级别越高,政治因素的影响越明显。所以,在小灵通案例中我们发现,越是基层的经营者在小灵通发展上表现得越积极,而运营商的高层领导则表现得较为低调。

④ 既得利益。小灵通的潜在获利者中也有部分是当时制度环境下的既得利益者,他们对待小灵通业务则更加低调。在这方面同样是设备供应商的中兴通信和朗讯表现得较为明显,因为他们同时也是移动运营商中国移动和中国联通的设备供应商,而且来自于移动运营商的销售收入远高于小灵通系统。当然,作为小灵通运营商的固话运营商在除小灵通以外的设备上也是他们重要的客户。因此,中兴通信和朗讯在对待小灵通上较 UT 斯达康低调得多,目前尚未见到这两家企业高层对小灵通公开发表评论。

(3) 既得利益者

在小灵通案例中,主要的既得利益者是现有移动运营商及其利益相关者,作为电信行业监管部门的信息产业部也在某种程度上扮演了既得利益者的角色。

① 现有移动运营商及其利益相关者。在本案例中的既得利益者主要是现有移动通信业务经营者:中国移动和中国联通及其利益相关者。作为中国移动通信市场的双寡头,这两家运营商一直垄断着中国这个全球发展最快的移动市场,自然不欢迎任何新的进入者。

② 电信监管部门。信息产业部作为电信行业监管部门,在这个案例中的角色较为复杂。一方面信息产业部负有维护电信行业市场秩序的责任,不希望搅局者出现,但同时,在中国电信业改革的大背景下,信息产业部又承担了打破电信市场垄断、引入竞争的使命。在一定时期和一定程度上,信息产业部还负有电信企业国有资产保值增值的义务,因此,信息产业部实际上对待小灵通的态度始终是模糊、摇摆的。但更多的时候,信息产业部从维护现有电信市场持续发展的角度出发,扮演了既得利益者的角色。

2. 小灵通案例中制度企业家制度创新模式分析

(1) 小灵通出现前电信制度中的真空

① 移动通信市场存在巨大发展潜力。中国电信市场曾长期处在既是政府又是企业

的邮电部的垄断之下,经过近二十年的改革,电信市场初步解决了政企不分的局面。中国电信企业通过数次重组从原来的一家变成了目前"5+1"六家共存的局面。但是,在电信市场最重要的领域:固定电话和移动通信领域并没有形成有效的竞争。固定电话基本上是一家垄断:在北方是中国网通集团,在南方是中国电信集团;而移动通信领域则处于双寡头竞争的局面。虽然从理论上来讲双寡头式市场格局可以达成充分的竞争,但由于中国移动市场处于政府的严格管制之下,所以移动通信的市场竞争并不充分,这充分表现在移动通信资费仍居高不下。虽然在竞争的作用下移动通信资费有了较大幅度的下降,但相对固定电话资费以及目前我国的人均收入而言仍较高,特别是最为人诟病的双向收费仍然在执行而且并没有取消的迹象①。更重要的是,与已经相对饱和的固定电话市场相比,移动通信市场的发展潜力仍然巨大。

② 固定电话运营商业务增长的压力。在移动业务被分拆以后的中国电信和中国网通,主要收入来源于固定电话业务。而固定电话经历数年高速发展,已显现出业务增长乏力的迹象。导致这一现象的原因有两方面:一是在经历了一段时间的高速发展以后,固定电话普及率到了一定程度,市场潜力有限;另一方面是移动通信的替代作用显现,分流了固定电话的话务量。分拆之后的中国电信和网通,到海外上市是一件势在必行的事情,但在缺乏新的业务增长点的情况下上市,海外上市很难获得投资者的青睐,因此获得新的业务增长点成为中国电信和中国网通的当务之急。

③ 法律、法规尚不完善。目前的电信行业管理,更多的依靠行政制度和政策,至今尚未有一部完整的电信法律。作为行业监管的最高准则也仅为行业规则的《中华人民共和国电信条例》。虽然移动通信市场有严格的准入限制,但从理论上讲如果进入也不构成违法,行业监管部门无法以法律手段制裁这种行为。而且在此之前已有先例:有军方背景的长城企业曾在北京等大城市经营了很长一段时间的 CDMA 移动通信业务,后来只是在不准军队经商的政策下其网络和业务才被划归中国联通继续经营。

④ 国有资产的背景。中国电信和中国网通均为特大型国有企业,在目前体制下仍有一些特殊待遇,一旦出现违规经营,行业监管部门为了避免造成国有资产损失,也往往默认或事后认可。

⑤ 中央政府与地方政府的利益并不完全一致。信息产业部作为中央政府行业监管机构虽然不希望电信行业出现搅局者,但地方政府从促进地方信息化发展、造福地方群众的角度出发,对搅局者持欢迎和支持的态度。

⑥ 电信业务定义的机会。移动通信市场固然有严格的准入限制,但中国电信和网通

224

---

① 从理论上来讲,移动通信的双向收费是有其经济、技术合理性的,简单的单项收费会给运营商带来极大的困扰。关于这一问题,著名电信问题专家阚凯力发表过大量评论,详见 2003 年 2 月 27 日《南方周末》阚凯力文章《支持移动资费降价 反对单向收费》。

可以经营市话业务,而市话业务并未规定必须是有线接入①。因此,电信和网通经营无线市话业务严格来讲并未违反有关规定。对普通用户而言,只要能揣着手机随处打电话就行,他并不在意是不是电信分类目录中的移动通信。

(2) 构建并试验新的制度逻辑、半公开地实践新制度

在制度创新的第一阶段,除了发现现实制度环境中的漏洞可能存在的外部性利润外,还需要构建新的、能够将外部性利润内部化的制度逻辑。

采用 GSM/CDMA/3G 技术直接进入移动通信市场,是加速现行移动通信市场准入制度终结的最直接的措施,但无疑会遭遇既得利益者的强烈抵制,风险太大。小灵通的出现,为构建新的制度逻辑提供了可能。小灵通以无线市话的名义,提供一种具有一定移动功能的电话服务,执行市话资费标准,将是一个十分具有吸引力的业务。这是在保持现有移动通信市场准入限制制度安排下的一种新的制度安排,虽然会引起既得利益者的抵制,但却无法阻止这种新的制度安排。

小灵通出现后,当时的中国电信在许多中小城市以实验无线市话的名义推出执行市话资费标准的小灵通业务,构建并执行着新的制度逻辑。制度企业家们同时游说政府部门支持小灵通。虽然未获得支持,但显然信息产业部默认了在大中城市大面积推广小灵通的做法,使小灵通很快突入西安、昆明和杭州等省会城市。后来虽然两次通知暂时中止发展小灵通,但实际上并未得到认真执行。

(3) 舆论与潜在获利者的支持

在制度创新的第二阶段,需要制度企业家采取进一步措施,扩大第一阶段的成果,通过更多的渠道向政府施加压力,以获得政府的默认并争取获得正式认可。这需要更大规模的试验新的制度逻辑以争取舆论的支持,并与利益相关者结成利益联盟,同时游说政府官员以获取支持直至制度创新完成。

在中国,由于法律体系尚不健全,无法直接使用法律手段促进新制度的确立,舆论的支持就显得至关重要。一直以来,社会公众对电信业的垄断局面并不满意,对电信业垄断及高资费颇多质疑。小灵通所到之处,都得到了各地百姓的热烈欢迎,媒体对此做了大量报道。对小灵通持反对意见的舆论,主要集中在技术落后和政策不明朗造成的不确定性方面,随着小灵通技术的不断改进,对技术的质疑越来越小,而对其前途的担忧反而博得了一些舆论的同情,成为对信息产业部不支持小灵通的质疑。虽然有批评者尖锐地指责小灵通运营商以小灵通"要挟"政府,但并未得到大众舆论的认可。小灵通甚至获得了人大和政协委员的提案支持,可见其影响力之大。

---

① 在最新的《电信业务分类目录》中,关于固定通信业务的定义是这样的:"固定通信是指通信终端设备与网络设备之间主要通过电缆或光缆等线路固定连接起来,进而实现的用户间相互通信,其主要特征是终端的不可移动性或有限移动性,如普通电话机、IP 电话终端、传真机、无绳电话机、联网计算机等电话网和数据网终端设备。"

在与利益相关者结成利益联盟方面,用户的欢迎与地方政府的支持至关重要。在这方面,本案例中的制度企业家做得更为成功。许多地方政府将开通小灵通作为政府为老百姓做的数件好事之一,并要求政府各部门全力配合小灵通运营商建设网络。如果信息产业部极力反对小灵通,显然站在了这些地方政府和老百姓的对立面,这是信息产业部不得不认真考虑的大事。

由于得到了舆论、用户和地方政府的支持,加上网络规模达到了一定程度,虽然小灵通突破了"不得在大中城市发展"的限制进入了许多省会城市,但显然得到了政府主管部门的默许,并未对小灵通采取进一步的限制措施,使得小灵通得以进一步发展。

(4)小灵通得到政府默认并最终获得正式认可

在政府不支持的情况下,小灵通已成燎原之势,但还存在一定政策底线,即不得在北京、上海、广州等特大城市发展小灵通。这些城市电信部门也多次表示没有上马小灵通的计划,但人人都知道,这些城市开通小灵通只是时间问题。随着吴基传(时任信息产业部部长)"不支持但也不干涉"小灵通发展的表态,小灵通在京沪穗也随即全面开花。至此,小灵通的政策底线已被全面突破,遍布全国除西藏等边远地区的大中小城市。随着小灵通用户群的扩大,信息产业部转而推动小灵通与移动手机的短信互通工作,表明小灵通已获得政府部门全面的正式认可。至此,小灵通相关的制度创新得以正式完成。

小灵通得到正式全面认可,并没有终止现行关于移动通信市场准入的制度。这种制度创新,更多的是针对小灵通这一业务本身,并不具有普遍性,针对其他类似案例可能无效。这也是制度创新的中国特色之一。与小灵通业务发展的同时,一种与小灵通类似的采用 CDMA 技术的无线通信系统就被信息产业部彻底封杀。虽然这种技术与小灵通相比具有很大的技术优势,基站覆盖面积更大。国内多家电信设备制造商均可大规模生产并出口多个国家。国内部分省市电信运营商曾有小规模适用,但被信息产业部严格禁止,现有网络也已停用(郭冬颖,2003)。

第五节　美国 MCI 公司案例分析

西方国家的制度企业家行为更是多得不胜枚举。本节介绍的是其中一个经典的案例。美国 MCI(Micro Communication Inc.)成功地促进了政府政策的创新,进入了以前不能参与竞争的通信领域。MCI 当时的总裁麦高文总结其成功经验时说:"改变管制规则有横财可发。"(Crandall,W. R.,1997;Mary,L. C. 1989;周其仁,2002)。本节将剖析这一案例。

一、美国 MCI 公司案例

MCI 是利用微波技术提供通信服务的一家美国公司,它的创始人是杰克·高肯

（Jack GoeKen）。高肯的计划仅仅是建立从圣路易斯到芝加哥之间的微波通信网络，提供两地的长途电话服务。MCI最早提出该商业计划是在1963年，当时世界上不但没有商业化的微波通信，而且全美的电信业由美国AT&T企业（当时叫贝尔系统）一家垄断，没有联邦通信委员会（FCC）的批准，任何人从事通信业务都是违法的。

为了实现这一商业计划，高肯一方面把申请书报给FCC审查，一方面筹措资本。在筹资过程中，高肯遇到了比尔·麦高文（Bill McGowan），当时麦高文正在经营一家小型的投资创业企业，专门帮助受困的中小企业。听了高肯的计划，麦高文眼睛就亮了，他认定MCI要建立的电信网络应该铺向全国，连接全部主要商业中心，为全国的企业客户提供低成本的长途通信服务。商谈的最后结果是麦高文全面接管MCI，其时是1968年。从1968年开始，麦高文担任MCI公司总裁，一直到他因为生病而不得不于1991年让位。接管MCI后，麦高文集中全力做两件事情：游说FCC批准经营执照和为MCI募集资金。

为了游说FCC批准经营执照，麦高文把自己的家安在华盛顿特区的乔治城，而MCI的总部干脆就设在首都的市中心。麦高文对此的解释是，如果不能改变管制现状，那么其他一切努力都是徒劳。而要改变管制状况，就必须和政府合作，不能让个人的政治偏见左右商业判断。在首都安营扎寨，有助于了解立法、行政和司法系统与被管制的电信业之间的复杂关系。麦高文发现，早在1959年FCC就批准了大公司利用微波技术建立企业内部通信网络。麦高文找到了自己的支点：中小企业为什么不可以享受更便宜的通信服务？MCI就是为中小企业提供微波通信服务的企业。

在麦高文的领导下，MCI终于取得了阶段性的胜利。FCC经过多次听证会，进行各种专业研究，听够了MCI的正面意见和AT&T的反对意见，终于在1969年8月核准了MCI经营微波通信的执照。麦高文的另一项重任是筹款，他用来说服投资人的主要理由非常简单，那就是"改变管制规则有横财可发"。作为一家既无产品又无顾客的初创企业，要筹集建立全国性微波电信网络的资本并不容易，然而，麦高文还是成功地募集到了必需的资金。

接下来，麦高文面临更加严峻的挑战，主要的问题是：MCI只拥有城市之间的长途线路，市内电话全部控制在AT&T手中。MCI的客户必须先进入市内电话系统拨号，才能进入MCI的微波网络，而最终还要通过AT&T的贝尔市话系统才能接达通话的对方。但是，AT&T是绝不会允许MCI利用自己的市话网络来抢自己的长途电话生意的。麦高文知道，如果不能打破AT&T的垄断，就是建再多的微波塔也没用。因此，他聘请了大量的律师从法院、FCC以及国会对AT&T发动了全方位的进攻。

1971年，FCC宣布所有"专门的共同载波"都必须被允许互联接入贝尔系统的地方网络。然而战争并未结束，1973年，MCI推出"执行网"服务，用户在任何市话系统上加拨一个代号，再拨一串授权号、区号和对方市话号码，通话就可以跨贝尔和MCI两个线路系统完成。这就是后来通信行业电信"互联互通"的起源。由于执行网利用了一段成本低廉的

227

MCI微波线路,因此收费比全程利用贝尔线路便宜,这首次对贝尔构成了竞争压力。贝尔立即反击,宣布不准执行网的客户利用其线路。1974年3月,MCI控告AT&T违反了反托拉斯法。同年晚些时候,美国司法部自己也提起一场反托拉斯诉讼,控告贝尔系统非法限制竞争和垄断市场,这场起诉的一些材料还是从MCI诉讼AT&T中得到的。

在麦高文等人的不懈努力下,1978年美国上诉法院判决AT&T必须让执行网联线。上诉法院的判决,确定了MCI从事长途电话竞争的合法性,并最终迫使AT&T允许MCI租用其市话线路。1981年,美国芝加哥法院判决AT&T向MCI赔偿18亿美金,但在随后的第二次判决中赔偿金大大减少。麦高文对AT&T长达数年的官司,让美国政府看清了电信行业里反托拉斯问题的要点和机会,最终导致福特政府正式对AT&T提出反托拉斯诉讼。这就是美国电信史上著名的"AT&T分拆案",通过立法手段将AT&T"横切"加"竖切",使之无法再利用自己的市话垄断地位来遏制技术上已经成熟的长途电信竞争对手。美国得以在世界上率先形成长途电信市场的数网竞争。

麦高文成为了这场举世瞩目的诉讼案的明星证人。MCI首先分享了胜利成果:赢利大增、股价暴涨。1996年,麦高文荣登《福布斯》杂志评选的美国有史以来"最伟大的20位商界英雄"排行榜。而他的"改变管制规则有横财可发"业已成为商界名言。

二、美国MCI企业案例的制度企业家行为分析

MCI起诉AT&T并最终导致AT&T分拆案,是美国电信史上的一件大事,也是美国制度企业家推动管制制度创新,打破市场垄断的一个典范。MCI进入电信行业案例中的制度企业家行为可用图11-5的模型来描述。

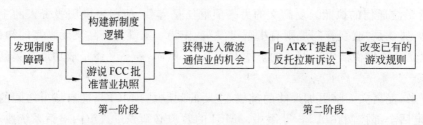

图11-5 美国MCI案例中的制度企业家行为模型

在MCI创立的那个年代,微波技术的发展使人们享受到更便宜的通信服务成为可能。MCI最初的目标是建立从圣路易斯到芝加哥的微波通信网络,提供两地之间的长途电话服务。而当麦高文于1968年接管MCI后,麦高文认准MCI的目标是全国性的。

当麦高文发现,FCC早在1959年就批准了一些大企业利用微波技术建立企业内部通信网络的信息后,他立即找到了新制度逻辑:中小企业为什么不可以享受更便宜的通信服务?

为了游说FCC,麦高文不仅把公司总部设在首都华盛顿的市中心,而且把自己的家也安在华盛顿特区。在他的努力下,1969年,FCC核准了MCI经营微波通信的执照。

然而，MCI取得的只是长途通信经营权，而AT&T的贝尔系统却控制了几乎全部市内电话。如果不能与市内电话系统"互联互通"，那意味着MCI面临的只是一个非常狭小的新兴企业市场，而微波通信设施的投资却非常巨大。而且，如果不能"互联互通"，潜在的企业用户也可能难以接受MCI的长途服务。因此，要求AT&T开放贝尔系统就成了MCI发展的必然要求。在AT&T拒绝让MCI利用其市话系统时，MCI唯一的办法就是通过政府的强制力量迫使AT&T允许MCI使用其网络。因此，麦高文立即向法院提起反托拉斯诉讼，控告AT&T拒绝MCI使用其市话网络转接的行为违反了联邦反托拉斯法。

在麦高文的坚持下，美国上诉法院判决AT&T必须允许MCI使用其市话系统，这样，MCI就成功地打破了AT&T对电信市场的垄断，进一步拓展了生存的空间。在麦高文发起对AT&T的反托拉斯诉讼后，美国司法部也认识到了AT&T垄断的危害，也随即提起对AT&T的反托拉斯诉讼。这样，在多方力量的推动下，AT&T被分拆，美国电信行业的游戏规则被改写。

第六节 制度企业家的行为特征总结

通过以上分析，可以看到，一个成功的制度企业家，无论是中国的还是美国的，都表现出某种共同的行为模式：制度企业家首先发现市场中潜在的获利机会，即外部性利润；由于在现有的制度安排下，制度企业家无法通过市场的手段赢得这种获利机会，因此，制度企业家必须找到推动制度创新的支点——现有制度的过时或漏洞，构建新制度逻辑——倡导公平竞争、提升产业发展或给消费者带来福利；然后通过调动自身可以调动的资源（包括利益相关者的支持）推动制度创新并使其合法化。这是制度企业家的制度敏感性、创新、冒险与持之以恒的精神相结合的一个过程。

229

一、制度企业家行为过程的阶段性

制度企业家推动制度创新行为通常不是一蹴而就的，可能要经历多个阶段。第一阶段，制度企业家发现外部机会，构建新制度逻辑，并就新制度逻辑向政府部门展开游说；第二阶段，无论游说的结果如何，制度企业家必然发动第二次制度创新，推动新制度最终确立或进一步扩大第一阶段的成果，这个阶段可能多次反复。制度创新之所以会出现多个阶段，主要原因有两个：一是制度创新过程本身的复杂性决定了制度创新不可能一步到位；二是为了增大创新的成功概率。如果制度企业家一次性向政府要求过多的话，政府是难以答应的，因此，制度企业家在第一阶段的游说后，往往还要持续采取进一步的行动。

二、中美制度企业家行为比较

中美制度企业家具有大体相同的制度创新模式,在创新策略方面也有共同之处。比如,在制度创新的第一个阶段,制度企业家一般都会采取非公开的游说策略,希望政府为其网开一面;而在第二个阶段,制度企业家一般会采取公开的政治策略。但基于经济环境的不同,他们的行为还是表现出一定的差异。

首先,在制度创新完成前,中国的制度企业家一般在私下里或半公开地就已经实践着新的制度。这是一种策略,因为一旦进行了规模投资,形成了既成事实,政府通常的反应便是授受事实;这也是一种无奈之举,因为制度创新往往要花很长的时间,而市场上的机会是不等人的。相比之下,美国的制度企业家很少在新制度诞生前就实践新制度。这种差异与中美之间制度的现状有关。美国是一个成熟社会,而中国是一个转型社会,各种政策处于不断改进的过程中。在中国的不断开放过程中,一些事情以前不允许做,后来就可能允许做;一些制度初期是模糊的和不成熟的,并没有明确规定得那么具体。这样,某些企业家会根据大的改革趋势来提前实践新制度,而这从尚待成熟的法律上讲,又难以明确判断其是否违法。而在美国这样一个成熟社会里,很多制度经过多次修改早已很明确了,在新制度诞生前实践新制度并不能迫使政府接受既成事实,而且也容易遭到竞争者通过法律手段的报复。

其次,中国制度企业家通过公开或半公开的方式进行制度创新时,不是通过法律手段打破垄断,而是通过动员社会舆论和其他力量给政府施加压力的方式来实现制度的创新。以这种方式创新制度,一定需要社会大众和媒体的支持,而且一般情况下也要其他利益相关者的支持。这是中国政治程序的特色。企业的任何主动推动行业发展的努力,如果不与经济发展的大局和大趋势相适应,或没有媒体和社会大众的支持,是不会引起政府高层的重视的。而美国的制度企业家进行制度创新时,更多的是依靠法律手段,特别是提起反垄断诉讼。随着中国的反垄断法于2007年底出台,中国企业的类似制度创新行为也会多起来。

再次,从制度创新的结果看,中国制度创新的最终结果并不一定是确立一种新的制度,而更可能是制度企业家企业单独获得正式许可。也就是说,制度创新所带来的机会是个别的,对其他企业可能无效。这也是中国转型时期的特色,因为按理来说,既然现有的制度出现了过时与漏洞,就应该完善或废止才是,但政府部门可能觉得还不到完全放弃的时候,还需要找到企业进行试验后再进行。实际的做法就是政府部门只允许少数企业进行试验。而美国的情形不一样,制度创新的最终结果必然是现有制度的废止或完善,新制度的确立。新的制度对所有企业一视同仁。

最后,总体而言,由于中国经济转型过程是一个不断完善的过程,人为因素在中国制度企业家创新制度的过程中扮演着重要的角色;而制度因素则在美国制度企业家创新制度的过程中扮演着重要角色。中国制度企业家在制度创新过程中偏向于采取关系导向的策略，而美国制度企业家则偏向于采取交易导向的策略。这可以从中国人与美国人在处理复杂性问题的方式上的差异得到解释。按照 Boisot 和 Child(1999)的观点，中国人倾向于复杂性吸收，而西方人则倾向于降低复杂性。关系的策略属于复杂性吸收，交易的策略属于复杂性降低。

三、制度企业家的共同特征

最后，我们对一个成功的制度企业家的共同特征总结如下：

（1）制度敏感性。制度企业家应该对制度的生命周期特征了如指掌，只有这样才能意识到制度的过时与漏洞，以及此时的市场机会和潜在利润。

（2）政治知识。制度企业家要非常清楚政治议程，只有这样才能在适当的时候采取适当的策略。

（3）勇气与冒险精神。制度创新是一种风险很大的活动，搞不好不仅会使投资血本无归，甚至可能出现政治上的风险，因此，创新制度需要制度企业家莫大的勇气和冒险精神。

（4）持之以恒的态度。制度创新是一个长时间的过程，不仅花钱、花时间、花精力，而且常常伴随着挫折与打击，这需要制度企业家有持之以恒的态度和坚忍不拔的毅力。

本章参考文献

1. Boisot, M. and Child, J. Organizations as adaptive systems in complex environments: The case of China. Organization Science, 1999, 10(3): 237-252.

2. Crandall, W. R. MCI Played the Regulation Game and Lost. Wall Street Joural (Eastern edition). New York, 1997-11-12.

3. Mary, L. C. MCI, in New Phone War Skirmish, Files Suit Over AT&T Ad Claims. Wall Street Journal (Eastern edition), New York, Oct. 11, 1989.

4. Oliver, C. The antecedents of deinstitutionalization. Organization Studies, 1992, (13): 563-588.

5. Ullmann, A. A. The Impact of the Regulatory Life Cycle on Corporate Political Strategy. California Management Review, 1985, 28(1): 140-154.

6. 郭冬颖. CDMA450 制式小灵通遭封杀 小灵通 3G 前景不明. 经济观察报, 2003-03-30.

7. 科斯, 阿尔钦, 诺斯. 财产权利与制度变迁. 上海：上海三联书店, 上海人民出版社, 1994.

8. 罗健. 评论：小灵通揽局和探路的背后. ChinaByte, 2003-03-21.

9. 默里·L.韦登鲍姆. 全球市场中的企业与政府：第 6 版. 上海：上海三联书店, 上海人民出版社, 2002.

10. 史彦. 时评：小灵通遍地开花 凸显信产部监管真空. 经济观察报, 2003-01-20.

231

11. 田志龙,高勇强. 勇敢者的游戏. 北大商业评论,2005,(6).

12. 王义伟. 小灵通步步紧逼连破底线 监管当局坦承难处. 中华工商时报,2003-04-29.

13. 王正鹏. "小灵通"将引发电信业新重组. 北京晨报,2003-02-28.

14. 张东操. 戴着镣铐跳舞6年 小灵通注定打造一段悲壮历史. 中国青年报,2003-06-12.

15. 周其仁. 麦高文改变管制规则有横财可发. 北京经济瞭望,2002,(21):34-36.

16. 朱琳,阚凯力. 小灵通以消费者为"人质"要挟监管部门,ChinaByte,2003-02-24.

第 **12** 章

企业政治策略与行为的作用机制研究

本章的主要研究问题：

1. 企业与政府之间的相互作用机制是什么？

2. 企业与政府之间的承诺博弈过程、策略和可能的风险是什么？

3. 外国企业与本国企业在采取承诺策略时有什么异同？

> 本章关键概念：作用机制、关系营销、承诺—信任模型、承诺博弈、承诺策略

近年来，在市场营销学领域，有关关系营销的探讨一直是个热点（如 Berry，1983；Jackson，1985；Gummesson，1999；Sheth and Parvatiyar，1995；Morgan and Hunt，1994；Ryals and Knox，2001）。传统的营销观念一直将营销活动对象局限于产品的使用者或服务的承受者。这一观念在近些年来获得了拓展，营销理论界已经将营销的对象从产品的使用者或服务的承受者扩大到所有利益相关者市场，如政府市场、金融市场、公共媒体等；营销的客体也由有形的产品扩大到无形的服务，甚至扩大到了营销的观念、企业的形象以及与政府和公众的关系。

而在另一个学科领域，公司政治行为（CPA）学者致力于探讨企业影响政府法律法规和政策规章的行为。如果我们将关系营销的对象锁定在政府，那么我们发现关系营销与公司政治行为之间隐含着某种重叠。企业通过什么来对政府进行关系营销呢？——通过政治策略与行为。因此，具体对政府（市场）而言，关系营销是统领企业行动的思想，而政治策略与行为则是企业关系营销的具体实践。

关系营销与公司政治行为的这种关系从一个侧面说明：关系营销中的某些方法和框架同样可以用来分析企业的政治策略与行为。在本章中，我们借用关系营销领域的承诺—信任模型来分析企业政治策略与行为的作用机制。

第一节　企业对政府的关系营销

对作为其利益相关者之一的政府的重要性的认识已促使越来越多的企业致力于建立、维持与政府的良好关系。企业政治策略与行为正是企业针对政府的关系活动。企业的这一思想与近年来营销理论界所广泛探讨的关系营销的思想不谋而合。在市场营销领域，营销的思想正在经历从传统的交易方法向关系方法的转变，这是营销领域的一次重大变革。

按照Berry(1983)的观点，关系营销被定义为："在各种服务组织中有吸引力、保持和改善顾客关系。"Jackson(1985)认为"关系营销是指获得、建立和维持与产业用户紧密的长期关系。"有关关系营销的一个更完整的表述是由 Morgan 和 Hunt(1994)所给出的，他们将关系营销定义为："旨在建立、发展和保持成功的关系交换的所有营销活动。"Berry和 Jackson 关于关系营销的观点仍然局限于企业与顾客或用户的关系，而 Morgan 和 Hunt 的观点却涵盖了企业与所有利益相关者的关系，这种观点得到了目前营销理论界的普遍认同。

关系营销的概念已经超出了传统产品或服务营销的范畴。根据关系营销的思想，企业除了要对顾客进行营销外，还要对其上下游企业、政府、公众、媒体等进行营销，即对其所有利益相关者进行营销。企业对政府进行关系营销并不一定以销售产品或服务为目的，而更可能是获取政府的资源，为企业发展营造良好的政策环境，改善或提高企业在政府及公众中的形象，以及为了应付随时可能出现的商业和信用危机。关系营销的核心是建立和维持与特定市场或组织的良好关系。

政府是企业关系营销的重要对象之一，企业与政府是市场中的两种基本力量，它们之间相互影响、相互依赖，有时却相互对立。政府是国家的代言人，拥有对广泛的社会和经济事务进行全面管理与监控的权力。而且，政府作为一个尤为庞大的组织同样有着巨大的市场需求。政府对企业经营环境及内部管理干预的增强给企业的经营与发展带来了极大的不确定性，驱使企业致力于营造良好的外部经营环境。

因此，简单地说，企业对政府市场进行关系营销的目的包括：①获得政府订单；或者②降低政府政策与行为给企业生产经营带来的不确定性；或者③赢得有利的政府政策或降低不利政策出台的可能性；以及④获得经营合法性。

对政府市场关系营销的必要性在于：①政府对市场经济领域的涉入使企业生产经营活动面临很大的不确定性；②企业需要政府提供诸如合法性和有利政策等资源；③政府是企业的一个潜在的巨大客户；④企业在处理非市场事务中需要政府的各种支持。

前面我们已经述及，企业对政府关系营销的主要方法与手段就是企业的政治策略与行为。不过在关系营销领域，并没有企业政治策略与行为的说法，企业致力于建立、维持与政府关系的行为被称为承诺行为。这里需要指出的是，并不是企业所有的政治行为都是承诺行为，但反过来却是成立的，即企业针对政府的所有承诺行为都是企业的政治行为。为了不至于引起不必要的误会或误解，本章中我们将尽量用企业政治策略或政治行为来替代"承诺行为"一词，但有时为了叙述的方便或为了保持国外学者研究的原貌，有些地方会仍然使用"承诺行为"而不是"政治行为"。

反过来，同样存在政府对企业的关系营销，过去人们常常把这一内容放在公共关系领域进行探讨。作为政府，首先，它需要维持其庞大的政府机构的正常运转；其次，它需要实现一系列的国际和国内目标，比如提高人民的收入水平、将失业率保持在一个较低的水平上、增加出口创汇、提升国防、提升国际形象等。而这一切都离不开企业的支持。企业上缴的各种税收和费用是国家财政的主要收入来源，国民的收入和就业也主要依靠企业的发展，企业的发展还在增加出口创汇、创新技术、提升国际形象等方面发挥重要的作用。最后，企业的支持也是政府取得合法性的一个重要来源。

第二节　企业与政府之间关系的承诺—信任模型

企业要实现政治绩效，关键在于如何得到政府的承诺，而要获得政府的承诺，企业就要采取政治策略与行为或首先做出一定的承诺。因此，企业通过实施政治策略与行为获得政治绩效的过程实质上是企业与政府之间动态承诺的过程。而有关承诺的探讨一直是关系营销的研究领域，因此，我们借用关系营销领域的某些概念与模型来研究企业与政府之间的承诺关系。本节的结构是如此安排的：首先我们先介绍有关承诺的概念与类型，接着借用关系营销领域企业与企业之间的承诺模型并加以修改来探讨企业与政府之间的承诺关系模型；最后我们具体探讨企业与政府承诺的内容。

一、承诺的概念与类型

大量有关关系营销的文献集中探讨信任与承诺（例如，Anderson and Weitz，1992；Söllner，1993；Morgan 和 Hunt，1994；Gundlach，Achrol and Mentzer，1995；Young and Denize，1995；等）。Morgan 和 Hunt（1994）将关系承诺定义为"作为一个交易伙伴相信与对手正在进行的关系是非常重要的，以至于尽最大努力来维持这种关系。"Anderson 和 Weitz（1992：19）将承诺定义为"一种发展某种稳定关系的愿望，一种做出短期牺牲以维持这一关系的意愿，以及对这一关系的稳定性的信心"。类似的，Moorman，Zaltman 和 Deshpandé（1992：316）将承诺定义为"一种维持一个有价值关系的持久的愿望。"

Kumar 等（1994）区分了两种不同的承诺类型：情感的承诺和精于计算的承诺。情感的承诺表明顾客愿意维持他们与供应商之间关系的程度。精于计算的承诺是一种负面导向的动机，是指企业继续这一关系的动机是因为它不能轻易地取代目前的伙伴和它不能从它目前的关系之外获得相同的资源和产出。

除此之外，在承诺研究中还识别了承诺的两种方法：态度的方法和行为的方法；以及组织承诺的三种类型：情感的承诺、持续承诺和标准化的承诺（Allen and Meyer，1990；Meyer and Allen，1991）。

在企业与政府关系的承诺中，我们统一采用态度的承诺和行为的承诺。态度的承诺（或情感的承诺）相当于 Söllner(1999)的态度投入，态度投入由对伙伴的积极态度、对关系目标的和对这一关系中自我功能的心理依赖构成（Allen and Meyer，1990；Gundlach，Achrol and Mentzer，1995）。行为的承诺（或精于计算的承诺，或持续承诺）相当于 Söllner 的工具性承诺，它是一种纯粹的精于工计的行动的结果（Gundlach，Achrol and Mentzer，1995）。

二、企业与政府之间关系的承诺—信任模型

当我们将组织领域的承诺用于研究企业与政府的关系时，我们发现 Söllner(1999)的承诺模型是一个有用的分析框架，尽管需要针对政府的情形做适当的修改和具体化。并且，我们将借用态度的承诺和行为的承诺，探讨不同承诺类型在政府关系中的具体运用。

Söllner(1999)从投入产出角度识别了承诺的四个维度：承诺投入方面包括特定工具的投入和特定态度的投入，承诺产出方面包括关系的绩效和关系的公平。并基于这四个维度构造出了一个商业关系中承诺的结构。针对企业与政府之间的关系，我们将这一承诺的结构修改为如图 12-1 所示的模型。

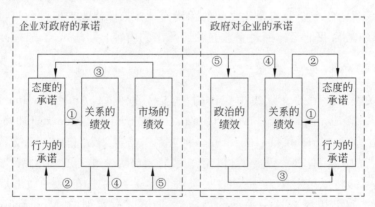

图 12-1　企业与政府之间的承诺关系模型

我们在 Söllner 模型的基础上做了一定的修改。首先，我们用态度的承诺和行为的承诺取代了原模型中特定的态度投入和特定的工具性投入。其次，我们在原来承诺的四个维度的基础上又增加了两个：针对企业的市场绩效和针对政府的政治绩效。我们认为，

关系的绩效只是承诺的一个中介结果,承诺的最终结果对企业来说是市场上的表现和对政府来说是政府官员的政绩。然而,无论关系绩效还是最终的市场或政治绩效都可以影响企业和政府的承诺。

无论对企业还是政府,都面临两种承诺:态度的承诺和行为的承诺;都存在关系的绩效。我们将态度的承诺理解为政府与企业双方所表达的建立良好关系的意愿,并因此而做出的感情上的投资,它以诚实和信任为基础。行为的承诺理解为政企双方为建立和维持良好关系而做出的有益于对方的行动。

关系的绩效是企业所感知的与政府的关系好坏和政府所感知的与企业的关系好坏,比如政府与企业之间良好的互动关系,或企业高级管理人员与政府高级官员之间良好的私人关系,以及企业与政府之间良好的信息沟通等。

在企业对政府的承诺中,企业的最终目标是获得良好的市场绩效,比如获得高的产品市场占有率、投资回报率和资产收益率等;而政府最理想的绩效是最终的政治绩效,即通过获得良好政绩而升官、享受更高待遇等。关系绩效只是企业和政府彼此利用对方的感知实现其最终绩效的手段和工具。

下面我们将通过两个案例具体剖析企业与政府之间承诺的内容,彼此之间的影响关系以及其中主要的风险。

三、方法与数据

基于上述的分析框架,我们用两个案例:一个是在中国开展业务的跨国公司——微软公司,和一个国内私营企业——安康公司来对企业如何运用承诺策略建立与政府关系并最终获得适意的市场结果展开具体的分析。之所以选择这两家公司作为研究对象,主要是因为:① 基于数据的可获得性,安康公司是我们亲自调查的公司,而微软公司的资料在各种传媒上也非常详尽;② 公司的代表性,安康公司与政府打交道的经历在一定程度上能代表大多数中国企业特别是中小民营企业的经历,而微软公司则在跨国公司中具有一定的代表性。我们试图通过对国外和国内两个不同企业承诺策略的对比分析,揭示出一些其他公司可资借鉴的关于成功承诺策略的工具和方法,或从不成功承诺策略中应该吸取的教训。

关于资料和数据来源,微软公司的资料和数据主要来自于电子传媒,而安康公司的资料和数据则来自于我们的实际调查。为了获得有关微软公司在中国的尽可能多的资料和数据,我们使用了 google、sohu 和中国北京大学的天网搜索等知名的搜索引擎或工具。

第三节　案例介绍——微软（中国）与安康①

■ **案例一：微软在中国的发展**

在任何跨国公司的眼里，中国都是一个必须尽力去满足的潜在巨大市场。1992年，田本和带着微软的期待来到中国，在北京建立微软办事处，开始了微软中国的不平坦历程。他拜访了有关政府官员和媒体，但他作风粗鲁，受到了政府和媒体的普遍批评。在办事处成立一年之后，即1993年，微软公司创办人、当时微软公司的董事局主席兼总裁比尔·盖茨来到中国。第一次来到中国的盖茨拜访了中国高层领导，但微软粗鲁的、舍我其谁的文化再次证明它在中国的不适应。比尔·盖茨受到来自中国高层领导的不客气批评：中国是一个有5000年历史文化的国度。你刚刚来，有太多东西不了解。你们的许多做法很不合适。

来自中国高层领导的批评并没有阻止微软在中国的发展步伐，1995年微软中国有限公司在北京成立。同年1月，微软成立中国研究开发中心，负责微软中文化软件产品研发等工作。同时中国公众对比尔·盖茨和他的微软帝国充满了崇拜。1996年由北京大学出版社推出比尔·盖茨的《未来之路》时，立即就引发抢购热潮，成为当时IT人士的圣经，盖茨对"信息高速公路"的布道，引发了中国人对未来信息世界的狂热激情和无尽梦想。1997年12月，在清华大学的报告厅，第五次来到中国的盖茨受到盛况空前的欢迎，他的演讲再次让人们倾心聆听、狂热欢呼。

从1998年开始，微软在中国的发展陷入了一片危机之中。1998年11月，微软中国研究院的创建，引发了微软在中国争夺人才的舆论倾向。1999年3月，微软隆重推出的"维纳斯计划"遭到了中科院凯斯软件集团的"女娲计划"和媒体的迎头痛击。盖茨的"维纳斯计划"变成了一个"阴谋"：微软试图一举拿下包括袖珍电视机、掌上电脑、PDA、机顶盒在内的整个下一代袖珍信息装置的市场，全面控制中国新一代产业的平台。

1999年4月28日，微软公司一纸侵权诉状将北京亚都科技集团告上法庭，称被告商业用50台计算机内装有盗版微软软件，要求索赔150万元人民币。试图"杀鸡儆猴"，但事情的进展却让微软更深陷于"阴谋"的泥潭之中，背上在中国实行先倾销后垄断的"不光彩"竞争策略的恶名。此时，由于先期进入中国的跨国公司在相当多行业获得成功，一些过去被视为民族产业的企业在竞争中被淘汰或吞并，公开的舆论正在发出"跨国公司抢购中国"的危言，同时呼唤一种自强不息的民族精神。在声讨微软的浪潮中，尤以清华大学

---

① 由于各种可理解的原因，该公司名字做了掩饰处理。

方兴东博士"微软霸权论"及新著《起来——挑战微软霸权》最具影响。微软在中国被戴上了"知识霸权"的帽子,并被号召群起而击之。

微软显然意识到了其在中国恶劣的公共关系。2001年5月,在香港举行的财富论坛上,微软的首席执行官史蒂夫·鲍尔默拜会了当时中国国家计委主任曾培炎,提出微软开始意识到了自己有责任参与中国软件产业的建设。于是,曾培炎表示愿意听取微软对中国软件产业发展的建议。随即,微软便聘请独立调查机构麦肯锡撰写了《中国软件产业发展战略研究报告》,4个月后,将之递交给了国家计委。接受采访的一位官员说道,"但这并不是没有先例。1997年,摩托罗拉公司就投资2000万美元,用于培养一千家中国国有企业的领导。"

2001年12月,由北京市版权局、北京市知识产权局、北京市科学技术委员会联合公布的北京市政府采购相关软件的竞标活动中,微软公司意外出局。12月29日,微软以其中国公司的名义向北京市及有关方面紧急递交了一份长达3.5万字的报告,提出了60个问题,简称"微软60大板"。在这60大板中,微软狠狠地批判了"公共通用许可(GPL)"的种种问题,意指"北京市政府软件采购"中存在一系列严重的问题。微软的报告中不仅猛烈攻击"公共通用许可",还称北京市购买了一批低能的软件,激起了中国著名科学家孙玉芳、袁萌等的愤怒。

2002年1月,微软高级副总裁克瑞格·蒙迪飞抵北京,拜会国家科技部及北京市有关领导,为微软在北京市政府采购的失利进行斡旋,但无功而返。同月微软与中关村科技、四通合资成立中关村软件有限公司。3月20日,微软中国公司前任总裁高群耀意外地宣布辞职。同月,以会经营政府关系著称的唐骏出任微软中国有限公司总裁。2002年4月,上海联合投资有限公司和微软公司共同宣布成立合资企业——上海微创软件有限公司。

2002年6月,微软总裁鲍尔默来到中国,与国家计委签订了谅解备忘录。这是迄今为止微软公司对外最大的合作项目。根据备忘录,国家计委支持微软公司与中国境内企业、科研单位、高等院校、国家软件产业基地等,开展包括出口、投资、人才培养、技术开发等在内的一揽子合作计划,涉及金额62亿元。此外微软公司还对国家计委表明了向中国国内企业提供订单、人才培养、输入资金和管理经验、技术转让、产品本地化,以及开放源代码六项承诺。

2003年2月27日—28日,微软董事长兼首席软件架构师比尔·盖茨来华访问,27日上午与北京市委书记刘淇见面;中午与中国工商银行签订合作协议;下午参加新一代软件技术大会;晚上参加OEM高峰论坛。28日上午盖茨会见北京各媒体的记者;与中国联通签署战略合作伙伴协议;与中石化签约,并得到了国家主席江泽民的接见。在接见中,盖茨向江主席再次表达了微软对中国的承诺,强调了将继续与中国政府和技术领先企业进行双赢的合作。在这次访问中,盖茨还拜见了国家发展计划委员会常务副主任王春正、国务院信息化办公室常务副主任曲维枝、信息产业部副部长娄勤俭和教育部副部长章新胜,就进一步加强合作、共同推动中国软件产业的发展进行了探讨。

2003 年 5 月 12 日,微软中国向北京市政府捐赠人民币 100 万元,以帮助北京市 16 家"非典"定点医院中感染了非典型性肺炎的医务人员的家庭(如这些家庭里老人的赡养和子女的教育)。7 月 7 日,公安部第三研究所与微软(中国)有限公司共同组建"公安部第三研究所—微软(中国)有限公司信息安全技术联合实验室"。9 月 18 日,由北京软件产业促进中心,微软(中国)有限公司和中星微电子有限公司三方共同组建"微软—中星微多媒体技术中心"。

2003 年 9 月 25 日,微软中国技术中心在北京正式成立。信息产业部电子信息产品管理司司长张琪,二十余家国内外合作伙伴,微软公司首席技术官克瑞格·蒙迪(Craig Mundie)和微软公司集团副总裁凯文·乔森(Kevin Johnson)出席了当天的成立仪式。张琪在成立仪式上表示:"微软作为最成功的跨国 IT 企业之一,在中国拥有众多用户。今天微软中国技术中心的成立,是微软履行自己的承诺,愿与中国信息产业共同发展的明证。我希望微软通过建立一个开放的基础环境,能使中国广大用户和合作伙伴共享全球最新科技成果,在此环境下开发自主、实用的应用软件并产业化,有效提升产品与应用的技术水平,这对双方都是非常有利的。只有真诚合作,才能求得长远发展,我衷心祝愿微软中国技术中心能与中国信息产业一路同行,共创辉煌!"微软公司首席技术官克瑞格·蒙迪先生表示说:"微软中国技术中心是微软公司对我们的合作伙伴和对本地产业的进一步承诺。它将为国内用户和合作伙伴提供一个全新的技术体验及合作开发环境,从而与他们建立长期的、可信赖的合作伙伴关系。"

2003 年 10 月 13 日,由国家发展改革委员会(国家发改委)支持、北京软件产业促进中心和微软公司主办的"软件架构及项目管理培训"在北京开课,该培训是根据 2002 年与国家计委(现称发改委)签署的谅解备忘录的原则,对 2003 年初与北京市政府签署的合作备忘录的进一步落实。

2003 年 11 月 20 日,教育部和微软(中国)有限公司在北京签署了"中国基础教育信息化合作框架"协议。根据该协议,在教育部的指导下,微软将在未来五年内提供价值 1000 万美元的捐助,用以支持基础教育和师范教育,尤其是在农村和边远地区。微软将首先从师资培训与技能培养、农村中小学现代远程教育工程以及教育信息技术管理培训等具体项目开始展开合作。这一协议的签署和实施是国家发展与改革委员会同微软公司签订的谅解备忘录具体落实的又一进程。

2004 年 3 月 11 日,信息产业部与微软公司在北京签署合作备忘录,双方同意合作共建国家软件与集成电路产业公共服务平台的相关实验室。

2006 年 1 月 18 日,微软公司在北京正式成立微软中国研究开发集团,并宣布大幅度增加对中国研发的整体投入,加速推动新一轮的创新。该集团最重要的目标就是使之发展成为全球范围内基础科研、技术创新及产品开发的核心基地。同时,微软中国研发集团还将全面深化与中国科技、教育及产业界的合作,与中国信息产业合作共赢。微软中国研发集团由微软亚洲研究院、微软亚洲工程院、微软中国研发中心、微软中国技术中心、微软互联网技术部(中国区)、微软亚洲硬件技术中心及其他分布于北京、上海、深圳的各类产品研发机构组成。集团还特别成立了战略合作部,专注于与国内优秀的IT企业建立战略合作伙伴关系,如软件外包、技术转让及产品合作。微软公司全球副总裁张亚勤博士将担任集团总裁,微软亚洲研究院院长沈向洋博士、微软亚洲工程院院长张宏江博士及微软互联网技术部(中国区)总经理宫力博士将担任集团副总裁。

2006年4月18日,国家主席胡锦涛出访美国,选择微软总部所在地西雅图作为第一站,而且将参观微软公司总部作为第一站中的第一站。胡锦涛主席访问微软期间,将和中国高层政府官员一起会见比尔·盖茨及微软公司其他高层管理人员。双方讨论的话题涉及微软对中国软件产业的承诺,微软继续支持中国发展强大的软件产业,持续与中国院校的合作,以及与中国企业加强研发、培训和合作伙伴关系。

2006年4月,国家发展和改革委员会与微软公司共同签署了关于继续加强软件产业合作谅解备忘录(二期)。此次谅解备忘录的签署是基于双方首期成功合作基础之上,旨在进一步深化合作,以共同推动中国软件产业的发展。根据该备忘录,国家发展改革委员会将支持微软公司在未来五年中加大向中国软件企业的投资,加强在华技术合作、人才培养、软件外包、硬件采购等,从而支持中国软件产品和服务迅速发展并且走向国际市场;微软还将进一步向中国开放微软软件源代码,加强信息安全领域的合作。

2006年5月22日,微软公司宣布,将加强与中国信息产业界的全面合作,并通过软件、硬件、培训和技术交流等支持手段,帮助提升中国软件企业的开发和创新能力,促进创新应用,同时,推动农村信息化建设,缩小数字鸿沟。未来五年,合作总投入价值不少于2.5亿元人民币。信息产业部将对上述合作予以积极支持。在当天信息产业部与微软共同签署的合作备忘录中,微软公司承诺在信息产业部的指导下,未来将建立更多的研发实验室和创新中心,提供软件人才培训,并将信息技术推广到农村和边远地区。

案例二: 安康置业有限公司

安康置业有限公司是位于中国湖北省黄冈市的一家民营房地产企业,目前公司总资产约1亿元人民币。它成立于1997年,那时正值国务院进行中小企业改制,许多地方企业改制破产后大片土地空置,人员大量下岗,政府部门急需资金安置下岗职工和接收破产的企业资产与土地,而当时房地产行业正处于低谷,安康公司创始人吕总预感到房地产开发的机会就要来临,因此创办了安康置业有限公司。

安康置业的发展得益于三个方面:一是吕总与当地政府官员的良好合作关系,二是吕总对市场机遇的把握,三是国家给予的政策优惠。

吕总有一个老乡在市政府当处长,这个处长很看重老乡感情,因此吕总与他建立了良好的私人关系。而且通过这位处长,吕总还认识了市政府的很多中上层官员。他经常找这些人聊天,日子长了他和这些人都建立了良好的私人关系。有了这样的关系,吕总可以及时了解到政府方面的信息,并能争取到各种优惠政策。吕总对市场机会的把握表现为他对国家宏观经济环境的正确把握。1997 年下半年,朱镕基当选中国国务院总理,在他的领导下国务院出台了"安居工程"的政策。吕总于是将接收破产企业与开发"安居工程"结合起来,一方面享受破产企业土地使用优惠政策,一方面又享受政府有关"安居工程"开发的各种税收和其他优惠政策,就这样,公司迅速发展起来。

在公司的内部管理上,公司参照其他国有企业的形式,成立了党支部、团支部、工会等党群组织。一方面与政府的党群组织部门建立了日常的联系,另一方面这种姿态为其他民营企业树立了榜样,博得了政府的好感。

从 1998 年开始,各种与房地产开发有关的企业纷纷模仿安康置业公司的做法,找困难的企业合作开发经济房。这使得房地产行业的市场秩序变得混乱起来。吕总意识到政府对房地产的管制就要来临,因此,他一方面购置土地等待下一个房地产高峰的出现,另一方面把资金投入到他熟悉的医院和老年公寓的建设上。但由于在中国加入 WTO 之前,国家禁止私人开设医院,因此直到中国放开医药市场以后,安康公司的社区医院才正式成立。

由于社区医院和老年公寓都是社会福利性项目,有利于提高和改善当地居民的生活水平和维护社会的稳定,从而有利于当地政府(官员)的政治绩效,而且安康发展得好,当地政府可以用它来展示政府的功劳。作为民营企业发展的一个亮点和榜样,安康因而受到了当地政府的高度重视。当地政府对安康的社区医院给予了一系列的优惠政策,比如非营利性机构的税收减免等。而安康的老年公寓得到了中国残疾人协会的支持,获得了专项扶贫康复贷款,贷款的利息是一般贷款利息的一半,3~5 年内还款。目前,社区医院和老年公寓的投资分别达到 2500 万元和 500 万元人民币。

然而,由于安康流动资金有限,而安康医院和老年公寓目前尚未营业而只是不停地投入,因此吕总感到有点供血不足了。在投资建医院之初,吕总也想过,一个小医院也许200 万元就能建起来,但他觉得这对不起当地政府领导,他们这么关心安康医院的建设,还要把它作为一个亮点来宣传,200 万元的医院怎么也说不过去。于是决定建一个大型的医院,配备先进的设备和良好的服务。就这样 2500 万元投下去了却还没有产出。尽管如此,安康坚持不向政府要资金,只是希望政府提供政策支持。

在安康医院建设过程中曾多次有政府官员到医院视察工作。2002 年 9 月 30 日,湖北省委书记、省政协主席杨永良,副省长刘友凡,在黄冈市市委书记兼市长段远明、副书记蔡伦祥同志的陪同下,视察了湖北安康置业有限公司,还对民营企业率先成立党支部、团支部和工会等群团组织的做法大加赞许。

安康非常关心和支持残疾人事业,1999 年向黄冈市残疾人联合会捐赠了 10 万元人民币。安康公司也从 1998 年起连续 5 年获得"湖北省重合同守信用企业"称号,2002 年获得中国农业银行湖北省分行评选的"AAA 企业"。

第四节 案例分析与推论

一、企业与政府关系中承诺的内容

在企业与政府的承诺关系中,企业和政府都面临两种承诺:态度的承诺和行为的承诺。企业与政府双方所表达出来的建立良好关系的意愿、真诚与信任等都属于态度的承诺。而企业按政府期望的做出投资、政府为企业提供的某些保障等都属于行为的承诺。

1. 企业对政府的承诺

在微软的案例中,微软自进入中国开始,其高层经理就不断地拜访中国政府高层,"走高层路线"。特别在 2001 年 12 月微软在北京市政府采购中失败前后,微软高层不断拜访中国政府高层领导,比如微软高级副总裁克瑞格·蒙迪、微软中国区总裁唐骏、微软公司董事长比尔·盖茨、微软公司总裁鲍尔默等就频繁地拜访过中国北京市政府、信息产业部、科技部、教育部、原国家计委、国务院信息化办公室等部门的高级官员,比尔·盖茨甚至受到了江泽民同志的接见。不过在微软进入中国的早期,微软的态度承诺被微软个人主义的、骄横跋扈的组织文化和粗鲁的待人办事风格所抵消。没有谦虚谨慎的态度,真诚和信任就要打折扣,而没有真诚和信任,就不可能有良好关系的结果。

在认识到早期态度承诺的失误后,2002 年 3 月新上任的微软中国区总裁唐骏说,"我们再也不会犯北京市政府采购中那样低级的错误了","微软在中国发展业务、合作和投资都需要与政府有良好的沟通,得到他们的支持。"2002 年 6 月来中国的鲍尔默一再强调:对中国要有长期承诺,更要有耐心。

从行为的承诺看,自进入中国开始到 2002 年 6 月,微软就不曾向中国政府做出实质性投资、帮助解决就业和发展中国软件产业的承诺。1999 年的亚都事件更是凸现了微软对中国商业文化和游戏规则的不尊重。在北京市政府软件采购失败后,微软终于认识到,没有对中国政府的实质性行为承诺,就没有与中国政府的良好关系,而没有与中国政府的良好关系,微软在中国的发展就前景叵测。2002 年 1 月和 4 月,微软在中国分别成立了两家合资公司——中关村软件有限公司和上海微创软件有限公司,2002 年 6 月,微软与国家计委签订了谅解备忘录和 62 亿元的投资计划,并向国家计委就帮助发展中国的软件产业和培养软件人才等做出承诺。早些时候,微软在中国新成立战略合作部与大客户部,其中大客户部的首要对象就是中国政府。2003 年 2 月,比尔·盖茨到中国与中国政府共享操作系统源代码,以及微软与中国有关部委和国有大企业所签订的各种合作协议,是微软对中国政府新做出的行为的承诺。

2002年唐骏上台后说："微软的过去几年一直在摸索，包括怎么样处理与中国公众、政府的关系及业务模式等。微软要在中国做好业务，我认为首先要适应中国的文化、中国的国情，这是我的大方向。微软中国以前的一些策略并不适合中国的国情……今天我们谈到微软的路线，我的想法是微软要适应中国，而不是让中国去适应微软。如果让中国去适应微软，微软不可能在中国取得成功，一个国家怎么可能去适应一个公司呢？""作为微软的总裁，我会加强与政府的沟通，确保微软在中国做的事情与政府发展软件产业的大政方针相符，使微软成为中国发展软件产业的忠实伙伴。对于政府的信息化，微软也会从价格、服务、培训和技术支持方面给予切实的支持。"

在安康的案例中，安康的老总也通过拜访政府官员，通过老乡的牵线而与政府官员建立关系。他花时间和金钱找政府官员聊天，从而与市政府的很多中上层官员有着良好的私人关系，这是安康对政府的感情投入。安康致力于开发社区医院和老年公寓，这些都是有利于地方安定团结、人民生活水平提高和改善政府政绩的社会福利项目，从而将安康的发展与对政府的行为承诺很好地结合起来。而且，安康作为一个民营企业在内部组织上成立党支部、团支部和工会的做法博得了政府的好感和信任。

2. 政府对企业的承诺

政府对企业的承诺，无论是对国内企业还是对跨国公司，承诺内容基本上也是一致的。在态度承诺上，政府官员热情接待企业来访者并回访企业、为企业提供某些信息、共同探讨合作的可能等都可视为政府对企业的态度承诺。而对企业提供具体的优惠政策、默许企业的某些行为、签订合作协议等都是政府对企业的行为承诺。在微软的案例中，中国政府对微软来中国经营一直持比较欢迎的态度，政府高层对微软上层领导的每次来访都给予了热情的接待，认真听取微软对中国发展软件产业的意见，对微软向中国做出投资承诺表示等待等，都是政府对企业的态度承诺。以至后来中国政府与微软签订谅解备忘录和其他合作协议，从而完成了从态度承诺向行为承诺的转变。而在安康的案例中，地方政府官员和安康高层之间有着良好的私人关系，为安康的发展提供信息，政府高级官员亲自到安康视察工作等，这是政府对安康的态度承诺。而政府为安康医院和老年公寓建设提供的税收优惠、土地使用优惠，以及贷款优惠等，是政府的行为承诺。

据此，我们将企业与政府之间承诺的内容简单概括在表12-1中，并得出如下结论。

推论1：无论中国企业还是外国跨国公司，它们在与政府的承诺关系中面临几乎完全相同的承诺类型和内容。

为了便于区分国内企业与国外企业在承诺策略方面的差异（见表12-2），我们将态度的承诺和行为的承诺按照承诺的程度分为三个层次：浅层次、中间层次和深层次。从浅层次到深层次，无论企业还是政府，所做的承诺投入不断增加，因此对企业和政府的要求都越来越高。

表 12-1　企业与政府之间承诺的内容

	企 业 承 诺	政 府 承 诺
态度的承诺	真诚与信任； 谦逊的态度； 经常性地拜访政府官员； 表达与政府建立良好关系的意愿； 宴请政府官员； 逢年过节给政府官员送礼； 给政府官员个人帮助； 等	真诚与信任； 政府信誉； 政府高层亲自接见企业造访者； 谦虚地听取企业的意见； 参观企业； 等
行为的承诺	尊重东道国商业文化和游戏规则； 在东道国做出组织结构安排； 公益性捐款； 根据政府期望做出投资承诺； 积极参加政府官员关注的政绩工程； 协助解决当地就业问题； 等	提供政策信息； 政府成立企业对口管理部门； 签订谅解备忘录或合作协议； 开放产品或服务市场； 默许企业的某些行为； 提供各种政策优惠或扶植； 到企业现场办公； 等

表 12-2　国内与国外企业不同承诺策略的对比

	承诺层次	企 业 承 诺	国内企业	国外企业
态度的承诺	浅层次（基础）	真诚与信任 谦逊的态度	必需具备	必需具备
	中间层次	经常性地拜访政府官员 表达与政府建立良好关系的意愿	必需	必需
	深层次	宴请政府官员 逢年过节给政府官员送礼 给政府官员个人帮助	经常使用	不常使用
行为的承诺	浅层次	尊重中国商业文化和游戏规则 在中国做出组织结构安排	必需	必需
	中间层次	公益性捐款	不常用	常用
	深层次	根据政府期望做出投资承诺 积极参加政府官员关注的政绩工程 协助解决当地就业问题	可有可无	必需

推论2：国内企业与国外企业在具体的承诺行动上存在差异，特别是在深层次的承诺上；国内企业经常做出深层次的态度承诺，而不一定做出深层次的行为承诺，而国外企业

倾向于不做出深层次的态度承诺,但必须做出深层次的行为承诺。

二、企业与政府承诺关系的相互影响

企业与政府的承诺关系如图 12-1 所示。在图 12-1 中,箭线①表示无论对政府还是企业,承诺都会影响自身对关系绩效的感知。比如,企业对政府做出承诺会影响企业对其与政府关系好坏的感知和预期。政府也是如此。然而,无论政府与企业,它们所感知的关系绩效还受到对手承诺的影响,如箭线④所示。也就是说,无论企业还是政府,关系的绩效都是自己的和对手的承诺加总作用的结果。

其次,企业和政府的最终绩效都受对手承诺的影响,如箭线⑤所示。关系绩效和最终绩效又会反过来影响企业和政府的承诺,如图中箭线②和③所示。比如,如果企业认为它与政府之间有着良好的关系,自认为如果企业做出进一步承诺会诱致政府的相应承诺,那么企业就会追加承诺,这就是箭线②所描述的情况;如果企业从与政府良好的关系中获得市场上的好处,那么企业也将强化与政府的关系,做出进一步的承诺,这就是箭线③所描述的情况。政府也一样,如果政府觉得与企业的关系很好,它也可能应企业的要求做出某些承诺,如果政府从企业承诺中享受到政治绩效,那么政府一般会做出相应的承诺作为回报。

在微软的案例中,微软从进入中国开始就一直在进行态度的承诺,很显然,中国政府对于微软的到来就像其他跨国公司的到来一样是非常欢迎的。从这个角度来说,即使微软公司的组织文化所决定的粗暴的作风对政企关系有负面影响,但仍不至于使政府和企业双方所感知的关系绩效为零或为负。微软承诺对政府关系绩效的影响促使中国政府同样对微软做出态度的承诺,比如高规格地接待微软高层,认真听取微软对中国软件产业发展的意见,真诚和信任的态度等。

然而在早期,微软对中国政府的承诺只是停留在态度上,而没有实质性的行为承诺,正如中国原国家计委所说,只卖产品,不做合资,不搞合作,也不转让技术。中国政府由此认为微软并没有做到中国希望通过改革开放实现的目的——引进国外先进的管理经验和科学技术。因此,中国政府多次提出微软应该对中国市场做出承诺。由此可以看出,中国政府所感知的与微软的关系绩效很一般,而政治绩效几乎为零。微软所感知的与中国政府的关系绩效也很一般,而中国政府的承诺对微软的市场绩效几乎没有贡献。2002 年,当微软在中国成立合资公司和承诺投资 62 亿元并帮助发展中国的软件产业和软件人才后,这一行为的承诺显然明显地改善了中国政府感知的与微软的关系绩效,而且这一关系绩效将有助于政府的政治绩效。微软的行为承诺虽然没有引致中国政府相应的行为承诺,但显然改善了与政府之间的关系,并且在往后的日子里微软肯定能得到中国政府的一些行为支持,比如获得政府的部分订单等。

在安康的案例中,安康的态度承诺影响到政府的关系绩效,而当地政府所感知到的与

安康的良好关系促使政府向安康既做出了态度承诺比如良好的人际关系,为安康提供政策信息等,又做出行为承诺比如为安康的发展提供土地、税收优惠等。而政府对安康的态度和行为承诺反过来影响企业的关系绩效和市场绩效。而安康的关系绩效和市场绩效又促使它向政府做出进一步的行为承诺,即投资于社区医院和老年公寓建设。安康的行为承诺又反过来影响政府感知的关系绩效和政治绩效,如此不断重复和增强。

根据我们上面的案例分析,我们有如下的结论:

推论3:企业的市场绩效和政府的政治绩效主要受对方行为承诺的影响,而与态度的承诺几乎无关。因此,在企业和政府的承诺关系中,对企业来说最理想的目标是获得政府的行为承诺,对政府来说最理想的目标是获得企业的行为承诺。

三、承诺的风险与策略

在企业与政府的承诺关系中,存在着一种非对称性风险,即只有企业对政府的承诺而没有相应的政府回报。这类似于市场中的单边垄断,政府处于垄断一方,而企业处于劣势方。

在微软的案例中,微软向中国原国家计委做出62亿元投资和其他六项承诺,却没有原国家计委相应的行为承诺,这就是一种单方面承诺。这也是企业必须承担的承诺风险。如果微软不承担这个风险,那它永远也不可能与中国政府建立关系。不过,在企业与政府的承诺关系中,态度的承诺与行为的承诺之间是一种互补的关系,微软的行为承诺虽然不能引致中国政府的行为承诺,但无疑可以引致态度的承诺。这也是很多分析人士认为微软在中国已度过多事之秋的原因。

在安康的案例中,安康为了报答政府的关心而将医院建设规模扩大,从而出现供血不足。尽管政府会尽力帮助安康解决经营过程中遇到的问题,但是政府不可能帮助所有的企业解决所有的问题,因此,很多问题都需要企业自己来面对和解决。这对企业来说是一个风险。

基于上述的案例以及我们的观察和分析。有关承诺的风险可以概括为:

推论4:在企业与政府的承诺关系中,一般是先有企业的承诺而后才有政府的承诺。因此,存在政府的机会主义行为而使承诺成为企业单方面的行为。这也是企业必须承担的风险。

推论5:政府有时候会做出口头上的承诺,但并不能保证政府会按时地去履行承诺。或者政府可能在开始时默许企业的某些行为,但当这些行为出现问题的时候政府可能无法帮助解决这些问题。

如果企业面临推论4中的情况,一个可供选择的策略是先进行态度承诺,等企业与政府的关系培养到一定程度后再进行行为承诺。如果企业面临推论5中的情形,那么企业一定要非常清楚政府政策的界限,一方面可以考虑将政府纳入一条承诺关系链中,即在只有当政府履行过去承诺的基础上才能引致企业做出进一步的承诺。另一方面,企业要适当地与政府保持一定的距离,不能期望政府能帮你解决一切问题。

第五节　本章小结

在本章中,我们主要探讨了企业政治策略与行为的作用机制。企业的政治绩效是企业有效政治策略与行为的一个必然结果,结果只是过程的某种自然延伸,因此,企业真正要关注的是政治策略与行为的过程,其中的核心问题是企业怎样获得政府的承诺。

本章借用关系营销中的市场商业组织间的承诺—信任模型,探讨了企业与政府之间的承诺关系。分别揭示了企业与政府之间承诺的内容、企业承诺与政府承诺之间的相互影响、承诺的风险及防范策略等。通过对企业与政府之间承诺关系的分析,我们认为,企业政治策略与行为的作用机制实质上是企业与政府之间的承诺博弈过程。

本章参考文献

1. Allen, J. A., and Meyer, J. P. The measurement and antecedents of affective, continuance, and normative commitment to the organization. Journal of Occupational Psychology, 1990,(63): 1-18.

2. Anderson, E., and Weitz, B. The use of pledges to build and sustain commitment in distribution channels. Journal of Marketing Research, 1992,(19): 18-34.

3. Berry, L. L. Relationship marketing. In Berry, L. L., Shostack, G. L., and Upah, G. D. (ed.), Emerging perspectives on service marketing, AMA, Chicago, 1983: 25-28.

4. Gummesson, E. Toal relationship marketing: moving from the 4Ps to the 30Rs. Butterworth-Heinemann, Oxford, 1999.

5. Gundlach, T. G., Achrol, R. S. and Mentzer, J. T. The Structure of Commitment in Exchange, Journal of Marketing, 1995, 59(1): 78-92.

6. Jackson, B. Build customer relationships that last. Harvard Business Review, Nov-Dec, 1985: 120-128.

7. Kumar, N., Hibbard, J. D., and Stern, L. W. The nature and consequences of marketing channel intermediary commitment. Marketing Science Institute, No. 94-115, Cambridge MA, 1994.

8. Meyer, J. P. and Allen, N. J. A three-component conceptualization of organizational commitment. Human Resource Management Review, 1991,(1): 61-89.

9. Moorman, C., Zaltman, G., and Deshpandé, R. Relationship between providers and users of market research: the dynamics of trust within and between organizations. Journal of Marketing Research, 1992,(29): 314-328.

10. Morgan, R. M., and Hunt, S. D. The commitment-trust theory of relationship marketing. Journal of Marketing, 1994,(58): 20-38.

11. Ryals, L. and Knox, S. Cross-functional issues in the implementation of relationship marketing through customer relationship management. European Management Journal, 2001, 19(5): 534-542.

12. Sheth, J. N. and Parvatiyar, A. The evolution of relationship marketing. International Business Review, 1995, 4(4): 397-418.

13. Söllner, A. Asymmetrical commitment in business relationships. Journal of Business Research, 1999, (46): 219-233.

14. Young, L. and Denize, S. A concept of commitment: alternative views of relational continuity in business service relationships. The Journal of Business & Industrial Marketing, 1995, (5): 22-37.

249

第13章

企业人大代表参政的研究

本章主要研究问题：

1. 为什么企业人大代表是企业政治行为的一种可行策略？
2. 企业人大代表的身份是否给企业带来某种利益？
3. 企业通过当选人大代表参政有什么意义和弊端？
4. 怎样对企业人大代表机制进行改造？

> 关键概念：企业人大代表、参政议政、议案、建议、改革

在中国政治领域，有一个与西方国家非常不同的现象，那就是企业人大代表的参政议政。在西方，是不存在"企业议员"的，如果企业家或企业界人士想通过当选议员进入国会参政，那么他必须放弃他在企业领域的工作，全心全意为选民服务。而中国不一样，企业家或企业界人士进入人大系统是不需要放弃他原来的工作的。中国这种独特的现象也许是政治的需要，但从经济学的角度看，它是不合适的，在本章的结尾部分我们将会对这个问题加以阐述和分析。

无论如何，中国目前的现状就是民营企业家纷纷涌入人大和政协等政治通道，为自身的利益寻找保护伞或干脆步入仕途。本章试图分析这样一个问题：企业人大代表是否和社会公众所想象或预期的那样，是代表"人民"的利益在参政，还是代表"自己"的利益在参政？同时我们进一步分析这样一个问题：企业人大代表的参政合不合适？存在哪些问题？为什么？

第一节　研究方法与资料来源

要分析企业人大代表是在代表"人民"的利益还是"自己"的利益参政，就必须分析来自企业界的这些人大代表到底"做了些什么"。企业人大代表所做的工作大体上可以分为两类：一是提出提案的工作；二是日常工作中使用人大代表身份的工作。因此，我们的研究设计是这样的：首先我们以抽样的方式分别抽取武汉市洪山区第十一届（任职期为

1997—2002年)人民代表大会和武汉市第十届（任职期为1997—2002年）人民代表大会某一次会议期间人大代表所提的议案（包括意见和建议），然后我们将企业人大代表所提的议案（这里研究对象是第一提案人为企业界人士所提的议案，如果第一提案人不是来自企业界，比如来自教育界，那么不论第二提案或其后的提案人是否来自企业界均不作为研究对象）全部抽取出来，分析这些议案与企业之间的关系。我们通过与武汉市人民代表大会常务委员会和武汉市洪山区人民代表大会常务委员会联系并取得了有关议案的来源。

鉴于抽样分析的不全面性，并且为了分析企业人大代表日常工作中使用人大代表身份的情况，我们进一步对一些人大代表进行访谈。我们分别选取8位来自企业界的武汉市洪山区人大代表和5位来自企业界的武汉市人大代表分别进行深度访谈。有关访谈的主要问题我们在后面的分析中列出。

第二节 企业人大代表的议案分析

为了分析企业人大代表的"利益身份"，我们首先从企业代表所提议案的内容着手。为此，我们随机地抽取了武汉市第十届人大第四次会议、武汉市洪山区第十一届人大五次会议中企业代表的议案作为研究对象。区一级人大议案的提出必须10人以上，建议的提出3人以上（议案和建议都是议案的一种，只是为了便于管理，人大内部才对此做了区分），而市一级人大议案的提出要30人以上。我们不对议案和建议进行区分，统一用议案冠名表示。由于涉及的议案比较多，只是对第一提案人为企业人士的议案进行分析。

表13-1是武汉市洪山区第十一届人民代表大会第五次会议期间来自企业的代表所提的议案（第一提案人为企业代表）。表13-2是武汉市第十届人民代表大会第四次会议期间企业代表所提的议案（第一提案人为企业代表）。

表13-1　武汉市洪山区第十一届人大五次会议企业代表所提议案分析

序号	议 案 名 称	第一提案人所处行业	议案是否与第一提案人所处企业相关	议案是否与第一提案人所处行业相关	议案是否与第一提案人所处单位环境相关
1	关于进一步加大力度综合治理武南地区脏乱差的意见	土木工程建筑业	否	否	是
2	关于南湖沿线道路环境整治的意见	船舶制造业	否	否	是
3	关于汽校路面整治的再次强烈意见	船舶制造业	否	否	是
4	珞狮南路违章占道要治理	照明器具制造业	否	否	轻微

拓展企业生存空间——企业政治策略与行为的理论研究

序号	议案名称	第一提案人所处行业	议案是否与第一提案人所处企业相关	议案是否与第一提案人所处行业相关	议案是否与第一提案人所处单位环境相关
5	在主要街道建"就业亭"的建议	商业零售	否	是	否
6	各种市场必须列入工商行政管理的建议	商业零售	否	是	否
7	合理利用教育资源的建议	机械制造业	否	否	轻微
8	在鼓励社会力量办学的同时要严格加强社办学校督促管理的建议	商业零售	否	否	否
9	改进对代表意见的办理和回复方式	仪器仪表制造业	否	否	否
10	关于开办早、夜市的建议	商业零售	否	是	否
11	提高国有企业下岗职工生活、就业工作	照明器具制造业	否	是	否
12	关于加强市、区两级人大代表的沟通	通信设备制造业	否	否	否
13	关于湖北机床厂规划管理划转的意见	机械制造业	是	否	否
14	关于尽快打通关山路的意见	通用设备制造业	否	否	是
15	关于加快关山一路修建经营门面的建议	电机制造业	否	是	否
16	关于鲁广公共汽车站道路维修问题及卫生管理问题	土木工程建筑业	否	否	是
17	关于地区饮用"湖改江"进度应列出日程表	仪器仪表制造业	否	否	轻微
18	关于加强武汉市老年病医院建议的意见	机械制造业	否	否	否
19	关于加强社会治安综合治理的建议	土木工程建筑业	否	否	轻微
20	关于洪山区与东湖经济开发区下设机构重叠,责任区不明的意见	通用设备制造业	否	是	否
21	关于安全用电,保证科研生产正常进行的意见	通信设备制造业	否	否	是

序号	议 案 名 称	第一提案人所处行业	议案是否与第一提案人所处企业相关	议案是否与第一提案人所处行业相关	议案是否与第一提案人所处单位环境相关
22	关于增加清洁费,确保南大门洁净的建议	水泥制造业	否	否	是
23	关于107国道武泰闸至龚家铺段安装路灯的建议	机械制造业	否	否	是
24	尽快修通东一路	照明器具制造业	否	否	是
合计			1	6	13
占比/%			5	30	65

表13-2 武汉市第十届人大四次会议企业代表所提议案分析

序号	议 案 名 称	第一提案人所处行业	议案是否与第一提案人所处企业相关	议案是否与第一提案人所处行业相关	议案是否与第一提案人所处单位环境相关
1	关于将"南泰"房地产纠纷案列为个案监督的议案	石油石化	否	否	轻微
2	关于为武汉市建立区域性五大中心破题的议案	服饰业	否	是	否
3	关于市政基础设施建设亟待完善的议案	制药业	否	否	轻微
4	关于武昌石牌岭道路改造影响亚贸广场门前通道的议案	园艺	否	否	否
5	关于将武商路建成步行精品街的议案	烟草业	否	否	轻微
6	关于在青山建设环保科技工业园区的议案	钢铁业	否	是	否
7	关于发展绿色交通的议案	汽车制造	否	是	否
8	关于连接首义南北广场,打通红楼形成环形道路的议案	园艺	否	轻微	否
9	关于实施武钢联网供气,打破燃气市场行业垄断的议案	钢铁业	是	否	否
10	关于解决南大门交通受阻,改善白沙洲工业园投资环境的议案	储运业	否	是	否

序号	议案名称	第一提案人所处行业	议案是否与第一提案人所处企业相关	议案是否与第一提案人所处行业相关	议案是否与第一提案人所处单位环境相关
11	关于二七路和江岸西编组站过道涵洞应尽快贯通的议案	食品业	否	否	是
12	关于蛇山东头兴建首义纪念碑的议案	园艺	否	轻微	否
合计			1	6	4
占比/%			9.0	54.5	36.4

说明：在第一提案人所处行业一栏所填行业并非完全按国家行业标准分类填写，而是以人们日常通用的称谓填写。

我们从三个方面分析企业代表所提议案的利益归属：议案是否与第一提案人所处企业相关，议案是否与第一提案人所处行业相关，议案所涉及问题是否与第一提案人所处单位环境相关。所谓"议案是否与第一提案人所处企业相关"是指议案的实施只会惠及本企业或包含本企业的少数几个企业，而与其他企业无关。所谓"议案是否与第一提案人所处行业相关"是指议案的实施会惠及企业所处的行业，而与其他行业无关。所谓"议案所涉及问题是否与第一提案人所处单位环境相关"是指议案的内容主要涉及企业所处的社会环境，议案的实施将会惠及企业所在的某个小区域内的所有居民和企业。

对上述三个方面的判断我们统一采用三个标准：是，轻微，否。"是"表示强相关，"轻微"表示微度相关，"否"表示不相关。

从表 13-1 和表 13-2 可以看出，很少有企业代表直接提出"与第一提案人所处企业相关"的议案。而较多的企业代表将议案定位在"与第一提案人所处行业相关"或"所涉及问题与第一提案人所在企业的周围环境有关"。对此问题的一个可能解释是社会意识形态的束缚。在中国，人大代表的身份比较特殊，"人民代表"，顾名思义，他是代表人民的利益在参政议政，他们的行为需要接受人民群众的监督。因此，企业代表更多情况下是将企业的利益放在一个更宽的利益范围之内，比如一个行业内或一个地理区域内。

从上述的分析我们可以得出如下推论：从整体而言，企业界人大代表所提的议案或者与代表所在的企业相关，或者与代表所在企业所处行业相关，或者与代表所在企业周围的环境相关。只有极少数的提案与企业的利益完全没有关系。同时，从层次上看，在市、区两个层次，企业代表所提议案的利益归属并没有本质上的区别。当然，本节所进行的只是一种抽样分析，并不能由此推及企业人大代表的全部。而且，从专有知识的角度来看，企业代表提出与该企业或企业所处行业有关的议案是正常合理的，因为对于他们来说，他们最熟悉的领域就是企业或企业所在行业的事情，他们的意见就是专家意见。而从人大

254

代表的选举特点来说，企业人大代表提出与该企业所在区域环境相关的议案正是他们职责的一部分。例如，对于区级人大代表来说，他们是由所在地区的当地居民选举产生的，因而本着对选民负责的态度，他们必然会提出有关企业所在地的议案。为了进一步探究企业代表的利益归属，我们进一步对来自企业的人大代表进行了深度访谈。

第三节 企业人大代表的访谈分析

由于人大代表会议一年才举行一次，因此代表提议案的机会并不多，很多事情都需要在平时解决。为了更进一步分析企业人大代表在维护企业利益方面所起的作用，我们对来自企业界的 8 位武汉市洪山区人大代表和 5 位武汉市人大代表（见表 13-3）分别进行了深度访谈。

表 13-3 访谈企业人大代表情况

代 表 级 别	所 在 企 业	性别	人 大 届 数
武汉市洪山区人大代表	武汉市洪山区个体协会	男	第十一、十二届
	武汉市邮电科学院	女	第十一、十二届
	武汉汽标厂	男	第十一、十二届
	湖北机床厂	女	第十一届
	湖北电机厂	男	第十一届
	湖北省五建公司	男	第十、十一、十二届
	武汉葛化集团	男	第十一届
	湖北水泥制品厂	女	第十一届
武汉市人大代表	武汉人福高科技产业股份有限公司	男	第十届
	华中电力集团公司	男	第十届
	武汉重型机床厂	男	第七、八、十届
	武汉青山热电厂	女	第十届
	青山商场	女	第十、十一届

我们关注的焦点主要包括三个方面：一是企业界人士是否积极参与人大选举，争取当选人大代表；二是企业代表在提议案或意见时的积极性、过程、数量、内容等；三是企业代表平时基于人大代表身份同政府部门打交道的情况。

据此，我们从上述三个方面来组织问题。对于武汉市洪山区人大代表，我们主要询问的问题包括：① 本选区人大代表是怎样产生的？企业（领导）对参加人大代表选举的态度如何？② 您在当选人大代表的这几年里提的议案多不多？主要涉及哪方面的问题？③ 您提的议案来源有哪些？主要和一些什么样的人一起提议案或意见？④ 提议案有没有顾虑？⑤ 根据您的了解，其他企业代表提的是哪方面的议案或意见？⑥ 什么领域的代表在提议案或意见方面比较积极？⑦ 您平常与政府部门打交道吗？人大代表的身份是否带来了方便？对于武汉市人大代表，我们提了类似的问题，只是省略了问题①，因为武汉市的人大代表都是在区一级人大代表中由区一级的人大代表选举产生的。

我们从洪山区人大常委会和所访谈的代表那里了解到区代表的选举过程是这样的：首先，区人大常委会根据本届人大代表名额和区人口、地理分布，划定一个个小区域并要求该区域的资格选民投票直接选举若干位代表，代表名额主要根据该区域的人口数量来确定，比如一个比较大的单位可以产生几个人大代表，而一个小的单位可能需要与其他单位一起产生一个代表。区人大常委会对每个选区的代表候选人有建议，比如党派、性别等。

当我们向代表们询问"您所在的单位以及片区内的其他单位都积极参加选举吗？"的问题时，所有区代表都持肯定的回答。比如湖北电机厂的一位代表说："（选举）有一个弊端，往往一个大单位周围有一些小单位。我们厂大，长航电机厂（音，属同一选区）小，因此代表一般是我们厂的，长航电机厂不太可能选得上。不过小单位也在积极参与选举。"

湖北省五建公司的一位代表说，五建所在选区有 5 家单位（五建、建工技校、测绘院、职工中专、市电信职工中心）。第十届选举时每个单位都有候选人，到第十二届有两家单位没有推出候选人，主要是因为（他们考虑到）单位人少、代表性不明显，考虑他们没有优势，主动放弃。

武汉葛化集团的一位代表说，由于他们集团人多，本身就是一个选区，集团内部各厂都推选候选人参加选举，因此竞争比较激烈。

湖北机床厂的一位代表反映说，在第十二届区人大代表的选举中，她落选了，厂里领导有很大意见，因为湖北机床厂职工比较多，过去区代表历来是湖北机床厂的。

从这些代表的谈话可以推断出：

推论 1：在区人大选举中，各企业单位都在积极地参与选举活动，以确保自己企业的候选人当选。

当我们问企业代表们"您所提的议案或建议多吗？主要是些什么方面的议案或建议？"时，绝大多数区人大代表都表示提的议案比较多，但他们没有正面回答我们的第二个提问，而是以例子的形式进行了表述。洪山区个体协会的一位代表说："我提的议案就比较多"，"在 1994 年，我就提了一个个体户到底要交哪些费、交什么费、怎么交费的议案。""后来又提了'规范早点夜市，让更多下岗人员有饭吃'和'改变广八路脏乱差'方面的（议案）"，"还有各种市场必须列入工商行政管理的建议"等。

武汉邮电科学院的一位代表说："我提的议案很多。1997 年 10 月底我刚选上时，参加了（区人大常委会组织的）培训班，当时吴家湾沿路有很多餐馆，餐馆的污水都倒入了东湖，因此我就提了'吊脚楼对东湖水污染大'这样的议案。另外我提的一些议案有'关于整治东湖沿岸环境，拆除违章建筑'；'关于鲁磨路的道路拓宽改造'；'关于在珞瑜路吴家湾路段架设人行天桥的建议'等。"

武汉汽标厂的一位代表也做了类似的回答，他说："我提的议案比较多。比较典型的有：关于区人大法制建设；鲁磨路修建；卓八路的整治；尽快打通关山路的意见；打开十二医院的人命通道等。提的意见有：汽标厂门口行人安全问题；汽标厂的水压问题；本区一位抗美援越退伍军人的安抚问题；关于东湖开发区与洪山区机构重叠问题等。"

湖北电机厂的一位代表说得更为具体一些"一年一次代表会，（我）每年会提3～5条意见。主要是社会上的事情——交通问题、环境卫生、污染、噪声、道路建设、城市规划。关于厂里的事情只是会议上发言，没有提意见。厂里由东湖高科控股管理，洪山区解决不了厂里的问题，提也没有用，关于劳保、社保提过意见。"

湖北省五建公司的一位代表也说"意见每次都有3～4条。意见涉及带普遍性的问题，不局限于某件小事情，主要是社会公益性事情：市政建设、环卫、居民生活、洪山区发展定位、包装，以及自己了解，有理有力的行业相关问题。"

与区代表相比，市代表对这一问题的看法存在比较严重的不一致。华中电力集团的一位代表告诉我们，他从来没有以第一提案人提出过议案或建议。青山热电厂的一位代表也告诉我们她从来没有以第一提案人提出过议案或建议，而是别人提议案时找她签名。而其他三位市代表却认为，他们提的议案和建议还比较多。比如武重的一位代表说："（我）提的议案、意见不少，一般是在人大会上提，口头反映也不少。"他还告诉我们，他不仅提社会方面的议案或建议，也提企业方面的意见或建议，比如企业家属区的治理、企业项目的审批、企业供水供电问题等。

由此我们可以推断：

推论2：总体而言，企业代表在提议案（建议）和意见方面都比较积极，特别是区代表。

推论3：企业代表所提的议案（建议）和意见都跟企业有不同程度的关系。

推论4：企业人大代表的级别越高，在参政议政的积极性上越可能出现分化：一部分企业代表可能更积极，而另一部分代表却变得更不积极。

当我们向代表们询问"您所提的议案或建议是从哪里来的？您主要和一些什么样的代表一起提？"时，代表们对第一个问题的回答几乎完全一致，尽管在不同级别的代表之间存在微小的差别。区代表回答说他们所提的议案或建议都来于自己日常观察到的问题和当地选民反映的问题。而市代表回答说他们提的议案或建议既有来自自己日常观察了解到的问题，也有当地居民反映的问题，还有区代表委托的。

至于"您主要和一些什么样的代表一起提议案？"，各代表的回答有一些小小的差异。

首先我们来看区代表的回答。湖北机床厂的一位代表说："有些意见找几个代表讨

257

论,不同的问题找不同的代表讨论,如下岗职工问题找工人代表。"

湖北电机厂的一位代表说:"提意见,自己提,征求别人意见、签名;看问题性质,找面临同样问题的代表协商。"

个体协会的一位代表说:"(某个具体的议案)为了力量大,找街上的代表,让他们看看,同意就签个字。"

武汉邮科院的一位代表说:"议案要考虑有没有(政府实施的)可能性,比如不同(代表)团代表之间的串联。对于一些大型的议案,本地区得到所有代表的共识,一个月一次会议,大家签字。我们还找其他代表团协商联合提。"

其次我们来看市代表的答案,武汉人福高科技的一位代表说:"与熟悉的代表一起提议案,不局限于同行之间。"

华中电力集团的一位代表说:"提议案或意见时代表之间相互磋商、签名,以区人大代表为活动中心和活动范围,比如我们武昌区(的代表)就跟青山区(的代表)没有什么接触。"

武重的一位代表说:"代表会上(指一年一次的人代会)因为和企业代表熟了就碰到一起提议案、建议。"

推论5:企业代表提议案或建议时,一般以选区为中心进行联合。当涉及企业所处行业的利益时,可能出现行业内代表之间联合提议案或建议。

推论6:企业代表与什么样的人联合提议案或意见取决于他(她)与其他代表交际的广度,并不完全局限于本区的代表之间联合。

当我们询问"据您所知,其他企业代表一般提哪方面的议案或意见?"时,几乎所有的代表,无论是市代表还是区代表,都给了几乎一致的回答。

比如,在区代表中,武汉邮科院的一位代表说:"(企业)代表一般关注的是社会问题,但也有涉及企业的(议案或意见)。"

湖北机床厂的一位代表说:"企业代表提的意见方面很广,不同代表看法不同,接触的人群不同,提的问题也不同。"

湖北电机厂的一位代表说:"企业代表所提的问题中,社会问题提的多一些,但也提企业问题,主要是工薪问题;单个企业内部问题基本不提,只在会上讲,认为提了也没有用。"

湖北省五建公司的一位代表回答得更加明确:"(在提议案和意见方面)企业界也比较积极,(提的)与自己利益相关的事情比较多。区属企业提医疗保险、职工福利的事比较多。省、市属企业就不提这样的问题。"

市代表的回答与区代表类似。比如,武汉人福高科技的一位代表说:"企业问题涉及体制问题,提了也没什么用。"

华中电力的一位代表告诉我们说"企业代表多数提的是企业解困问题,企业下岗职工基本生活保障问题,下岗职工再就业问题,环境、城市建设问题,要政府给政策的问题。"

武重的一位代表说,企业代表提的议案或意见主要为企业发展、为环境、环境污染、生活环境、道路交通等。

青山热电厂的一位代表没有笼统地说其他企业代表提的是哪方面的提案,但她给我们举了几个企业代表的例子。比如,她说青山商场一位代表提的是有关商业流通领域的竞争问题;武钢的代表一讲就是武钢过去为政府做了多少贡献,武钢现在的困难,要求政府给政策;一冶的代表也要求政府给政策。

青山商场的一位代表说,企业代表各种各样的议案都提,其中有一些涉及企业的发展环境。

推论7:企业代表所提的议案或意见一般都与企业有关,但纯企业问题却很少,更多的是将企业问题与社会问题结合起来提。

推论8:企业代表所提的与企业有关的议案或意见跟企业的级别以及企业代表的级别有关,当企业代表的级别低于企业的级别时,企业代表提纯企业问题的可能性要很小;当企业代表的级别高于企业的级别时,企业代表提纯企业问题的可能性要更大。

当我们问代表们"企业代表提议案或意见的时候有没有顾忌?",不同级别的代表给出的答案并不一致。总体而言,区代表认为要看企业的级别以及企业代表的级别而定,而市代表却几乎一致认为没有什么顾忌。

首先,我们来看区代表的反应。武汉汽标厂的一位代表说:"企业领导代表有一部分敢说,少部分有顾虑。属区政府领导的单位,代表不敢说话,区政府管不着的单位和个人就敢提意见。"

武汉机床厂的一位代表发表了同样的看法:"关山街代表几乎都没有顾虑,因为单位都不在辖区内;区里的下属单位可能会有顾虑。"

湖北电机长的一位代表也这样认为:"(有没有顾忌)与代表的性质有关,我们这一带的代表都不属于洪山区管;整个洪山区有关山代表团、珞南代表团是这种情况,代表也最积极;属于洪山区直管的代表有顾虑,提意见就没有那么激烈。"

武汉葛化集团的一位代表也说:"不属于区管的代表没有什么顾虑,区属的就有点顾虑。"

而省五建公司的一位代表表达了类似但稍微有点不同的看法:"企业代表提意见都有所顾虑。人大代表不是绝对自由,特别是涉及有职务的人和涉及面广的人,如公安、税务等部门,他要平衡各方面的关系。""不因为企业级别而有很大的区别,比如税收属于属地管理;企业都涉及各个方面,税务、公安、法院无论中央企业还是区属企业都有联系。"

相比之下,市代表几乎一致认为企业代表没有什么顾忌。比如,人福高科技的一位代表说:"提议案和建议没什么顾忌。"华中电力的一位代表也说:"真正的企业代表敢说。"武重的一位代表也说"没有顾虑,我们接触的都是处长局长等高层次的人,不是针对办事人员。"而青山热电厂的一位代表却表达了稍微不同的观点,她认为企业代表在给政府部门提意见时还是有点顾虑的,她说企业代表同时代表企业,企业今后还要找这些政府部门办事,如果代表得罪了他们,今后还怎么找他们办事。青山商场的代表也认为提议案没有什么顾忌。

推论9:不同级别的企业人大代表在提议案或意见时有不同程度的顾虑,一般而言,代表级别越低,顾虑越多;级别越高,顾虑越少。

推论10:企业代表的顾虑与企业的级别有关,如果企业的级别不够高,属于代表所在人大及同一级行政的管辖范围之内,那代表就有顾虑;如果企业的级别高于代表所在人大及与人大同级的行政的级别,那代表的顾虑就相对很小。

推论11:企业代表的顾虑与代表在企业中的地位有关,地位越高的代表越有顾虑,地位越低的代表越少有顾虑。

当我们问及"据您所知,什么类型的代表参政比较积极?"时,代表们给予的答案大体上是一致的。

首先我们来看区代表,个体协会的一位代表对我们说:"企业一般代表比较活跃,但企业老总代表不活跃,机关代表不活跃,他们说的正面意见多于批评意见。这样的社会风气需要改进,加强社会监督是很重要的。"

湖北电机厂的一位代表说:"(所有代表)素质都可以,都愿意讲,我在大会上没发过言,小会上经常发言。……高校的人比企业的人积极。"

省五建公司的一位代表说:"(所有代表)普遍发言积极,尽管层次不一样,来源不一样。企业界也比较积极,(提的)与自己利益相关的事情比较多。"

武汉葛化集团的一位代表说:"市属企业代表说的少一些,大专院校发言比较踊跃,但大专院校考虑自己方面的事情多一点,整体要差一点。"

市代表的回答与区代表一致。武汉人福高科技的一位代表说:"企业代表还算积极,但还需改进。"华中电力的一位代表也对企业代表的积极性做了肯定,他说:"企业代表提案、开会发言都比较积极。"青山商场的代表也持这样的看法。武重的一位代表回答说,"企业代表比较活跃,政府也比较关心一些,因为这涉及经济发展问题,我曾在大会上做过国有企业改革的专题发言。"青山热电厂的一位代表认为,"企业代表是认真的,但由于代表水平有限、了解信息不多,因此从一个高的要求看,(企业代表)参政议政是不够的。"

推论12:不同级别的企业代表都在积极地参政议政,尽管在积极的程度上因人因单位级别而有所差异。

当我们向代表们询问"您经常与政府部门打交道吗?人大代表的身份是否带来了方便?"时,代表们给予的答复有些细微的差异。

在区代表中,武汉邮科院的一位代表说:"人大代表反映意见的力度大一些。即使你是局长,跟区长的地位相当,如果不是代表,又没有私人关系,区政府可能照样不理你。"武汉汽标厂的一位代表说:"在反映社会问题及社会问题的解决方面,代表身份的确带来了方便。"湖北机床厂的一位代表说:"主要是提议案和意见方面与政府部门打交道,其他时间很少有打交道的机会。"湖北电机厂的一位代表说:"代表身份给自己带来了方便,我们提的意见,各部门的态度非常好。"武汉葛化集团的一位代表说:"我们跟政府部门没有打什么交道。"

在市代表中,华中电力的一位代表说:"我与政府部门打交道少,主要与专业技术和质量监督部门打交道。"青山热电厂的一位代表也说:"我几乎不与政府打交道,很少有使用人大代表身份的地方。"

武重的一位代表说:"我们缺资金就跑财政,甚至找市委书记,双重身份的确带来了很多方便,企业遇到什么困难,就找政府部门。"

推论13:在与政府打交道或解决其他问题的过程中,人大代表的身份的确给企业带来了某种方便或好处,尽管这与代表在企业中的地位及工作性质有一定的关系。

第四节　对企业人大代表参政的反思

上述对企业人大代表议案的研究,以及对企业人大代表的深度访谈结果在一定程度上代表了我国企业人大代表参政的现状。较多学者都在讨论企业人大代表参政这一制度的合理性。本节我们将在综合其他学者观点的基础上,进一步分析企业人大代表参政制度的合理性。

一、民营企业人大(政协)代表参政的现状

改革开放以后,中国社会经济有了长足的发展。民营经济作为中国经济领域的生力军,已经成为中国经济发展中的一颗明星,与由于受体制束缚而缺乏生机的国有企业形成鲜明的对比。

国家统计局2003年1月17日公布的数字显示,自1996年至2001年末,按照企业数量、从业人员、生产规模等指标衡量,私营经济在中国经济中位居第三,仅次于国有企业和集体企业。截至2001年末,中国已有私营企业132.3万家,占全部企业数的43.7%。其中在统计5年间新开业的154.5万家企业中,私营企业占61%,比1996年增加了两倍。私营经济的快速发展,不仅有力推动了中国国民经济快速稳定的发展,而且还创造了可观的就业岗位。1996年至2001年,中国私营企业从业人数增长了近3倍,年均增长率达到31.6%,创造了3170万个就业机会,占中国全部就业岗位的近20%。

与私营经济蓬勃发展的特征一致,私人企业主的政治参与意识越来越高。2002年底和2003年初的"两会(人大会和政协会)",私人企业主以前所未有的姿态步入政治舞台。

2003年1月10日,是重庆力帆集团董事长尹明善65岁的生日,就在第二天,他令人

瞩目地当选为中国第四大直辖市重庆市的政协副主席,以一个省部级官员应该退休的年龄,以私营企业主的政治身份,跻身于重庆市新一届领导班底,成为中国改革开放后首位进入省级领导岗位的私营企业家。紧随其后,浙江传化集团董事长徐冠巨也当选为该省政协副主席。

事实上,在中共十六大结束后的短短半年内,一大批民营企业家迅速登上中国政治舞台,其数量之众为新中国成立以来所罕见。包括尹明善和徐冠巨在内,中国去年共有 3 位私营企业家当选为所在省市的工商联会长。这是中国省级工商联自成立以来,首次由改革开放后诞生的私营企业家担任工商联的"掌门人"。在今年北京市新一届人大代表中,仅民营企业人数就有 15 人,大大超过上届;北京市政协十届委员中,非公有经济人士有 47 人,比上届增加了 17 人。而同时,据不完全统计表明,在重庆的两会上,非公有经济的政协委员和人大代表总数分别为 93 名和 58 名,增幅达 30% 以上。在上海,在辽宁,在河北,在青海……同样的"红色浪潮"在当地民营企业家当中掀起。

二、企业人大(政协)代表参政的原因

企业家为什么要进入人大(政协)系统参政议政,原因大致上可以分为这么几类:第一类是为了获得政府的资源,因为政府手中管理和控制着大量企业所需的资源,比如资金、项目审批权、政府采购、上市资格审查、土地使用权等。第二类是为了保护企业的利益,这与中国法律对私有产权的保护有关。第三类是企业家有意步入仕途。当然也有极个别的不法私人企业主想利用人大代表的头衔干非法的勾当,但这毕竟非常少,因此尚不能归为一类。这里我们只对第一类和第二类进行探讨。

在完全的计划经济时代,政府控制了企业赖以存在的全部资源。企业生产所需要的原材料由国家物资部门统一供应;企业经营所需要的资金由国家财政同一划拨;企业发展所需要的人才,由国家通过教育系统统一安排;企业生产出来的产品,由国家统一销售或分配;企业创造的利润全部上缴国库。在这种计划经济的体制下,企业无所谓经营自主权,无所谓生产经营活动的积极性,也无所谓企业的生存与发展。

在中国目前的体制转轨时期,中国政府逐渐地放松了对这些资源的控制。我们看到企业生产所需的很多原材料现在都可以在市场上购买到,企业发展所需要的人才也可以从市场上自由地招聘。然而政府仍然掌握了部分资源(例如土地等),并制定着市场竞争的"游戏规则"。其中一个最常见的管制是审批制。个人创业需要政府审批,企业要用土地也要政府审批,企业向银行贷款、股票上市,也要政府审批,企业搞工程也要政府审批等。据权威部门统计,仅中央部门的审批就有 2000 多条,生产一个锅炉就要得到 40 个"准许"(张维迎,2001:161)。有了审批制,政府手中仍然控制了大量的资源。因此,企业家进入人大或政协系统的首要原因是获得资源。第一,人大系统是国家的立法机关和执法监督机构,可以直接参与政府的决策,因此人大代表能在政策出台过程中影响政府政策

以有利于企业。第二,通过当选人大或政协代表,企业家可以接触很多政府高层官员,从而可以建立起一个力量非常惊人的关系网。第三,政府官员也对人大代表敬畏三分,因为政府的工作报告、政府的执法行为都要受人大的监督。因此,政府就会对身兼人大代表身份的企业家给予更多的优惠政策或有形资源(例如资金等)。

企业家进入人大参政的第二个原因是为了保护自身的利益。在2007年十届全国人大五次会议上通过的《物权法》之前,中国并没有像西方那样,开宗明义地规定"私有财产神圣不可侵犯"。因此,事实上,中国的私人企业和私有财产一直处于合法与不合法的边缘。在中国历史上,甚至出现过对私人资本的极端摧残和迫害,被喻为是"挖社会主义的墙脚"。中国的企业家对这样的事情仍然记忆犹新,因为我们目前的企业家绝大部分出身在那个年代或经历过那个年代。因此,在私有产权得不到有效保护的情况下,私人企业家通过当选人大(政协)代表,步入政坛,为自身的利益寻求保护就成为一种必然的选择。

企业家进入人大系统保护自身利益不仅仅是因为中国目前的法律对私有产权的保护不够,而且也与中国目前的行政执法环境有很大关系。现在在民营企业家之中流行一句口头禅,叫"小鬼难缠",它的意思是指政府的日常执法人员素质低、行为很不规范,对企业的生产经营活动造成了一些不必要的麻烦。比如说,企业所在辖区的供水供电部门、卫生部门、公安部门等,经常借故来企业"检查"工作,这些行为在一定程度上影响了企业的正常经营活动。企业要想避免这种情况,一种可行的途径是与这些部门的上级部门或主管官员建立良好的关系,另一种可行的途径是企业主当选为人大(政协)代表。

三、企业人大(政协)代表参政的积极作用

企业对政治的参与在西方是相当普遍的,而且它是作为西方民主的一部分而存在的。比如,在美国的政治文化中,以密尔(John Stuart Mill)和约翰·杜威为代表的实用功利主义思想认为,政府权威的来源和产生并不是建立在某一条抽象的原则之上,而存在于一个让所有观点得以充分表达、所有想法得以充分阐述、所有思想得以充分争论的政治程序之中。显而易见,实用功利主义思想的本质是健全和完善民主程序,以确保社会中的每一个人有机会参与各种"政治游戏"。正是基于这种实用功利主义的文化,在美国,无论公民个人还是利益团体,都对政治进程进行了广泛的参与。

中国的文化与西方不同。在中国,政府权威是通过掌握大量的资源(包括对政治进程的掌握和控制)来实现的,因此,政治的进程一般把握在政治家或政治精英的手中,公众的参与不足。因此,企业家参政对中国的政治改革未必不是件好事。比如我们现在看到,人们对政治领域的民主化越来越关心。私营企业家的参政必然引发其他利益团体,比如国有企业团体、教育团体、环境保护团体等的参政积极性。这样,随着各种利益团体对政治参与的不断深入,整个社会将出现一种多元化的政治和利益结构。当然,在各种利益团体参政的过程中,它们之间的权力斗争是不可避免的。这里所说的权力斗

争不是鄙意的,其实,在任何一个社会中,政治领域的权力斗争都是不可避免的。不仅如此,这种斗争还有助于在政治权力内部形成一种动态的制衡结构,有利于整个社会民主水平的提高。

从经济角度来看,私营企业家参政可能将有助于私营经济的进一步快速发展。在中国目前的法律对私有产权保护不够的情况下,企业家参政将有助于私有产权的保护,从而为私营经济的发展提供政治上的保护和稳定的预期。另外,私营企业家参政将对其他正致力于创业的人们产生示范效应,通过将企业做大做强而获得社会的承认和相应的政治与社会地位。

四、对企业人大(政协)代表参政的反思

自新中国成立后,中国的企业领导人就一直以政府官员的身份当选人大(政协)代表而参政议政。只是在国家对企业行使所有权而且是完全所有权的时候,企业领导人的身份就相当于政府的一个小"管家",他与政府官员之间并没有什么区别。因此,在中国改革开放和私人经济快速发展之前,没有人关注企业界人士的参政议政问题。

随着社会的发展,特别是改革开放以后,中国的私营经济获得了长足的发展。先是以乡镇企业的形式焕发出勃勃的生机,而后以民营企业的形式引起世人的瞩目。而且,随着中国政府"抓大放小"政策的出台和国有中小企业的私有化,中国的私营经济更是以前所未有的速度在扩展。经济的发展必然要求政治上的分权,因此中国民营企业家的政治呼声越来越高,政治利益诉求越来越多。这是中国民营经济不断发展的必然结果,是无可非议的。

然而,如果我们相信或承认经济学基本原理的话,那么我们不得不承认,在私人利益和社会公共利益之间存在根本的和必然的冲突。因此,代表私人利益的企业家是不能完全代表"人民"去参政的。也就是说,对企业家参政的最大的担忧来自于对社会福利损失的担忧,企业家可能会以社会大众(特别是消费者)的利益为代价去追逐自己的私利。中央党校调研处处长辛鸣博士认为,私营企业主阶层虽然渴望被划入中国主流阶层,愿意并积极介入社会政治活动,但他们参政议政的目的,仍然是经济性而非政治性(南风窗记者,2003)。浙江私营企业主代表在第十届全国人大上的提案,大多集中在财经经济层面,或者关注企业和相关产业的发展前景,或者讨论非公经济的外部环境,只有一小部分私营企业主会以更开阔的视野,从社会发展和居民生活水平改善等层面提些可操作性的建议(南风窗记者,2003)。我们前面对武汉市市区两级人大中企业代表的议案分析与访谈分析也表明,企业代表关注的一般都是与自身利益相关的事项,而很少关注社会的整体福利。这说明,企业家进入人大参政已经对社会公众福利构成了一定的侵犯。

其次,企业家进入人大参政的问题来自企业家本人。第一是这些企业家的个人素质与能力问题,而且素质比能力更重要,因为素质好而能力不佳的人至少不会危害社会,而

素质不好能力却好的人却是社会的灾害。关于这些企业家的素质问题,浙江省党建研究会秘书长、中共浙江省委党校党史党建教研部主任王河在接受《21世纪经济报道》专访时说,"我们在调研中也曾发现,有一小部分非公企业主在就任各级人大代表、政协委员后,利用其政治身份,在地方上为非作歹,有些还和黑社会势力勾结,出现严重的'干政'现象,这是危险的。""……浙江的私营老板有很大一部分是农民出身,他们的思想意识中有很深厚的农业文化的积淀。不少私营老板发家致富后,'包二奶'、赌博、算命、建造皇宫式住所,进行种种不健康消费。可以说,这部分人是没有政治热情的,即使进入了国家的政权体系,也只不过多了一道政治的'光环',实现了自己'官本位'的理想"(王云帆,罗曦,2003)。这虽然只是浙江省的例子,但它仍然不难使我们看出全国的整体情况。第二是条件问题。在当今日益激烈的市场竞争中,企业家们自己的生意都忙不过来,哪来时间参政。中国有这么一种假象,认为当选人大(政协)代表参政是件很容易的事情,只要例行开会或者举手表态就行了,或者认真一点的是提议案。其实这是对人大(政协)代表工作的极端误解,是中国长期以来推行上层人大间接选举和人大代表的"非职业化"所造成的严重负面后果。然而,在西方国家,当选议员参政不仅要有参政的热情、广泛的社会阅历、某一或某几个领域的专门知识,而且更重要的是要体察民情和民意,站在社会公众的立场把握国家大政方针的走向。

　　因此,企业人大代表的参政是中国计划经济的产物,如果中国要从计划经济向市场经济转变,那么人大系统的改革将不仅必要,而且迫切。

本章参考文献

1. 南风窗记者. 老板从政——一个新阶层政治意识的觉醒与成长. 南风窗,2003,(5):34-37.
2. 王云帆,罗曦. "徐冠巨现象"解读. 21世纪经济报道,2003-03-17.
3. 张维迎. 产权、政府与信誉. 北京:北京大学出版社,2001.

第14章

企业经营活动的政治关联性研究

本章主要研究问题：

1. 为什么政治关联策略是企业政治行为的可选工具？

2. 什么是政治关联策略，企业有哪些政治关联行为？

3. 不同企业在政治关联策略方面存在哪些差异？

4. 企业政治关联策略可以获得什么样的政治绩效？

关键概念：政治关联策略、公益策略、政治公关策略、政治参与策略、政治参观策略、政治宣传策略、政治媒体策略、党建策略、政治绩效

本章的主要目的是剖析中国社会中普遍存在的企业政治关联策略和行为及其政治绩效。为了完成这一研究任务，本章安排了三个层次的分析：① 基于内容分析法对企业政治关联策略与政治绩效展开研究；② 进一步选择六家典型企业就企业政治关联策略与政治绩效展开案例研究；③ 再进一步选择三家典型企业就企业政治关联策略（非市场策略）类型、发生层次、针对事项等展开案例研究。

第一节　研究问题的提出

2003 年 1 月 14 日下午，深圳市委常委、副市长王穗明率领深圳市政府办公厅、经贸局、国土局、药监局、高新办等相关部门的负责人，到三九集团参观访问并召开现场办公会。在会上，王穗明副市长强调，三九集团作为我国知名的大企业，十几年来对深圳的发展做出了很大贡献，深圳市政府一直高度重视三九的发展，具体落实到三九医药新基地的建设上，相关的政府部门要跟进并给予大力支持，做好服务和政策调整等方面的工作，及时协商解决好三九医药新基地在观澜产业带片区项目用地上遇到的问题和困难（资料来源：三九集团的企业网站）。

类似的新闻常常见于报端，这些新闻的背后，是政府与企业互动的真实反映。在今天

的商业竞争中,政府、社会公众等非市场因素如同竞争对手、顾客等市场因素一样,对企业的成败有显著影响(Baron,1995)。而为了应付这些非市场因素特别是政府的影响,一些大企业高度重视和发展与政府的关系,通过大量的政治活动,促进政府行为向着有利于企业的方向发展。中国企业家调查系统(2003)对中国企业家十年成长与发展过程的跟踪调查显示,企业家在工作中协调政府关系所投入时间和精力的比重正在逐年增加,由1994年的9.1%增加到2002年的17.5%,甚至还有的企业家坦言,他们30%以上的时间和精力用于关注政策、法律和法规的变化,鼓励企业的管理人员和政府官员保持联系,而频繁往来于各地政府与企业之间也成为他们最重要的工作之一。

在企业所采取的政治策略中,有一类策略是企业将自己的某些经营活动与政府部门政绩及个人的偏好、意愿等联系起来,增加政府部门及个人与企业的关联性和依赖性,从而增加企业在政府政策决策过程中被考虑的分量。这种策略被称为企业的政治关联策略。企业通过采取政治策略所获得的绩效被称为政治绩效,它是指企业在经营活动过程中制定和实施政治策略影响政府决策者消耗各种政治资源所获得的政治利益和经济效益,它的形成是一个动态的、多维的过程。

然而,企业政治关联策略有哪些类型?它包含什么样的企业政治行为?不同政治关联策略和行为在企业中使用情况如何?企业因此获得了什么样的政治绩效?诸如此类的问题目前理论界并没有给出明确的答案,甚至没有进行比较系统和深入的研究。本章的研究试图回答这些问题。

第二节 研究思路与方法

本章的研究共由三个相互关联的子研究构成:

子研究一:基于内容分析法对企业政治关联策略与政治绩效展开研究。我们选择2001年1月至2003年9月我国76家企业网站上的新闻报道作为研究对象,对其中与政府有关的消息和通信进行分类,归纳出企业经营活动中所采取的政治关联策略以及所获得的政治绩效。

为了判断这一活动是否属于企业政治关联策略和政治绩效的范畴,我们主要通过分析新闻报道中的一些关键词句来进行把握(见表14-1)。为了使这些词句反映这个时期我国企业经营活动中的政治关联策略与政治绩效的实际情况,我们组织部分国内学者以及企业高层主管对这些词句的准确性和代表性进行讨论,收集反馈意见并做必要的筛选、修订与完善。此外,一篇企业新闻报道可以同时认定为企业政治关联策略和政治绩效的范畴,这种新闻非常多,例如,全国实施用户满意工程工作会议中,海尔集团在荣登"2000年全国实施用户满意工程先进单位"榜首同时,中国质量管理协会会长陈邦柱、副理事长欧阳庆林等领导又对海尔集团让用户满意的服务给予了高度赞扬,并号召全国各大企业学习海尔的质量管理经验及服务理念。

表 14-1   我国企业新闻报道中政治关联策略和政治绩效的关键词句

项　　目	关　键　词　句
一般性	政府、领导、市长、经贸委、市委、部委、省委、党委
企业政治关联策略	视察、题词、剪彩、致词、协会、局长、陪同、参观、考察、访问、捐款、赠送、爱心、政府代表团、合影、解决就业、揭牌、典礼、仪式、科协、祝贺、基金、设立"奖"、三讲、共产党、教育、社保、非典
企业政治绩效	评为、推选、授予、称号、荣获、名牌、排名、政府采购、中标、质检、劳模、人大政协代表、免税、免检、认证、银行、订单、销量、专利、嘉奖、技术、并购、佳绩

子研究二：进一步选择六家典型企业就企业政治关联策略与政治绩效展开案例研究。我们选择海尔集团（简称海尔）、中国北京同仁堂（集团）有限责任公司（简称同仁堂）、用友软件股份有限公司（简称用友）、力帆集团（简称力帆）、诺基亚（中国）有限公司（简称诺基亚）和宝洁（中国）有限公司（简称宝洁）6 家企业作为案例研究的企业样本，按照新闻报道的性质将企业政治关联策略分为政治公益策略、政治公关策略、政治开放参观策略、政治参与策略和政治宣传策略等 7 种，而企业政治绩效分为政府资源、政治竞争能力和优势、市场绩效和财务绩效 4 个层次。然后将企业新闻报道中的政治关联策略与政治绩效进行频数和百分比统计，列出图表并得出有关数据整理结果。

在对结果进行分析方面，我们首先对单个案例企业的政治关联策略与政治绩效进行内容上的分析，随后进行不同企业的比较分析。一方面，从政治关联策略的角度入手，将各个案例企业的政治关联策略实施情况列在一张表中，进行比照，据此了解不同的案例企业在政治关联策略上的倾向性。另一方面，从政治绩效的角度入手，将有关企业政治绩效的分类情况列在一张表中，进行比照，据此了解不同的案例企业在不同政治绩效上的差异状况。

子研究三：再进一步选择三家典型企业就企业政治关联策略使用情况、发生层次、针对事项等展开案例研究。我们选取了海尔、宝洁、四川新希望集团（简称新希望）作为案例研究的对象，并针对这三家企业官方网站的新闻报道[①]进行内容分析。案例企业选取的理由是：首先，它们分别属于国有企业、外资企业和民营企业，便于做不同性质企业之间的比较分析。其次，它们均是"中国最受尊敬的企业"（注：由经济观察报和北京大学企业管理案例研究中心主办）之一，在中国受到政府、媒体和公众的广泛关注，其行为的可见度

---

① 海尔官方网站地址：www.haier.com；中国宝洁官方网站地址：www.pg.com.cn；四川新希望集团官方网站地址：www.newhopegroup.com。

较高。最后,它们的企业网站建设比较健全,新闻报道的时间从 2000 年到 2004 年底①,长时间新闻报道的跟踪研究有利于避免偶然事件造成的研究误差。

同时,我们在课题组以前研究成果②的基础上,通过与企业高层经理(主要是华中科技大学 EMBA 学员)进行访谈的方式,对企业的政治关联策略进行调整和修正。同时,我们在预研究中发现,企业网站新闻报道中涉及的政治关联策略主要包括 4 种,即公益策略、公关策略、参观策略、参与策略。表 14-2 是将数据结构化的框架。

表 14-2 数据结构化的框架

类　　别		子类别及其解释
政治关联策略/非市场策略		公益策略:指支持体育赛事、文化艺术事业、教育事业,进行慈善捐助等活动;
		公关策略:指企业邀请政府官员、媒体、行业协会成员等参加企业重要活动,例如记者招待会、周年庆典活动等;
		参观策略:指企业的外部利益相关者来企业参观等活动;
		参与策略:指企业参加政府、媒体等组织的活动,例如,行业标准的制定、政府工作会议。
非市场活动中涉及的外部利益相关者		政府:中央政府;地方政府; 涉及的政府职能是否与企业经营相关:相关;不相关; 行业协会;媒体;慈善机构;学者和专家;社会公众;顾客;战略合作伙伴。
非市场活动中涉及的事项	企业内部事项	企业战略与战术:例如企业国际化战略、多元化战略、新产品推广等;
		内部管理体制:例如物流系统,财务系统,人力资源管理体制,运作管理系统等;
		经营中的困难:例如资金短缺困难等;
	外部事项	行业环境事项:包括竞争环境、消费环境和技术环境等;
		政治事项:例如政府工作事项、各种政治会议(例如全国政协会议等);
		总体经营环境:例如包括经济政策、政府管制等。
非市场活动中涉及的高管人员		总经理(或董事长); 副总经理。
市场活动		战略性活动:例如制定战略规划、结成战略联盟等;
		战术性活动:例如新产品推广、市场调研等。

---

① 说明:四川新希望集团的网站新闻是从 2002 年开始的。我们将其他民营企业的网站信息进行了比较,发现四川新希望集团的网站信息是相对较完整的。另外,我们在进行比较分析时,着重考察的是比例(相对值),而不是频率本身(绝对值),因此,该企业的数据完全能回答我们的研究问题。

② 由于本文的研究是《我国企业经营活动中的政治关联性研究》定量研究的一个深化,因此在策略分类上与其分类类似,但不完全相同。因为本文的研究对象是企业的非市场行为,不仅仅局限在政治行为方面。

为了保证内容分析的有效性和可靠性,我们在正式研究之前做了以下几项工作。首先,认真研究框架和结构,以确保研究者对研究问题有正确、一致的理解。其次,在正式按照构建的类别将数据结构化之前,数据分析者分别就相同的 10 条新闻报道进行了数据结构化,然后将两者的结果进行对比分析,发现二者的分析结果 95% 是相同的,同时针对结果的差异之处进行了讨论,并最终达成一致的认识。最后,我们利用 SPSS10.0 统计软件对收集的数据进行描述性统计分析以及交叉表格分析。

第三节　企业政治关联策略和政治绩效分类的解释

一、"企业政治关联策略"分析

我们统计发现,我国 76 家企业新闻报道中共提到企业的 48 种政治经营活动方式。这说明由于企业政治经营活动所需能力、经验等方面存在一定的差异性,我国企业政治经营活动方式呈现多样化趋势,企业界和学术界也难以形成一致性的意见。但是,我们对这些政治经营活动方式进行合并归纳统计,可以概括为以下 7 种政治关联策略(见表 14-3)。

表 14-3　我国企业政治关联策略分类

策　略	方　式	频率
企业政治公益策略	企业支持教育与科学研究事业(设立助学基金、奖学金、捐助希望工程);企业设立慈善基金;企业支持体育、卫生事业;企业赞助社会福利事业(解决就业、援助灾区、救助孤寡老人等)。	748
企业政治公关策略	企业邀请政府官员参加各种庆典;企业邀请政府官员参加产品展示会和推广;企业邀请政府官员为员工颁奖;企业邀请政府官员挂牌、题词和赠言;企业邀请政府官员出席签字仪式;企业利用政府官员宣传和推广新产品;企业邀请政府或行业协会官员参加研讨会;企业向政府官员赠送礼品;企业邀请政府官员参加宴会;企业获得政府发来的贺电;企业通过专家学者与政府保持联系;政府邀请企业管理人员进行演讲;企业利用政府场所举办会议;国家领导人接见企业代表;政府官员接见企业代表;政府官员对企业员工进行节日慰问。	2648
企业政治开放参观策略	政府官员参观视察企业;人大政协代表参观企业;国外政府官员参观企业;国外企业高层管理人员参观本企业。	1262
企业政治参与策略	企业高层管理人员参加人大政协会议;企业参加政府组织国外访问代表团;企业参加政府工作会议;企业参加政府举办的活动;企业参加政府举办的会议;企业参加行业协会会议;企业参加政府立法活动;企业向政府汇报工作。	280

策　略	方　式	频率
企业政治宣传策略	企业宣传党的方针政策;企业组织学习政府政策文件;企业组织学习国家领导人讲话;企业通过政府宣传企业精神;企业通过政府宣传企业事迹;企业通过媒体宣传企业精神;企业贯彻落实政府精神;媒体宣传企业精神。	808
企业内党建策略	企业组建党支部、党小组;企业开展党风廉政建设;企业庆祝党的生日;企业开展党员生活;企业组织学习党史、党的精神。	284
企业政治媒体策略	企业争取新闻媒介政治支持;企业通过新闻媒介营造有利的政治环境;企业通过新闻媒介影响政府政策。	608

1. 企业政治公益策略。企业作为一个有高度社会责任感的社会公民,它们通过捐款、基金等形式支持发展教育、健康、城建、环保、助残及赈灾救济等各项事业,这表现出政府与企业之间的相互依存、相互支持的关系。因此,许多企业都积极参与政府倡导的公益活动、社会活动。同时,政府开展希望工程,企业主动赞助,这既反映了企业基本理念、支持了教育事业,也在政府部门中树立了良好形象,从某种意义讲,其效果远远大于广告的效果。例如,在"非典"期间,同仁堂集团作为我国知名的医药企业,其赠药、施诊和捐款的行为频频在新闻报道中出现。

2. 企业政治公关策略。企业抓住多种现场活动时机,扩大企业在政府部门中的信誉和影响,增强政府部门对企业的信心和重视程度,从而表现出自己的存在,赢得政府的承认,取得社会公众的信任。它是我国企业在经营活动中最普遍采用的政治策略,例如,用友各地分公司分别承办"中国企业信息化神州万里行"以及各行业信息化研讨会,并主动邀请政府官员参加,推动我国企业信息化建设的步伐。

3. 企业政治开放参观策略。企业邀请政府官员亲眼看到企业的工作情况以及企业对社会经济发展的贡献,认识到政府的管理以及各项政策法规对企业所产生的影响,从而深入地了解企业在政策法规方面的要求。这种策略在中国特色的社会主义条件下尤为普遍,因为政府官员参观能增进政企之间相互沟通,对于企业的长期发展更具有重要的意义。例如,海尔集团经过多年的努力,已成为中国民族工业的骄傲,许多政府官员经常参观海尔集团,学习其成功的管理经验。

4. 企业政治参与策略。在政府举办的各种会议和活动中,企业直接地向政府表达对某项政策、某一问题、某项拟议中的法案的看法或列席政府工作会议。此外,企业除了口头直接与政府官员、行业协会官员、立法人员进行直接交流外,还可以把准备好的书面材料递交给他们,并借此机会把企业的意见详尽地传达给他们。我国企业很少采用这种策略,但是它们仍然可以通过一些工作会议向有关部门领导反映意见。例如,2003年8月,在汽车行业产业损害预警系统专家会议中,时任东风公司总经理的苗圩向出席会议的国家商务部产业损害调查局局长王琴华、中国汽车工业协会副秘书长沈宁吾、中国汽车行业反倾销咨询服务中心主任阎建来等提出了建议，而在全国政协十届一次会议上，全国政协委员、浙江德力西集团董事局主席胡成中针对目前突出的侵犯企业名称权的问题，提出应进一步加强企业名称管理，修改相关法律，给予企业名称权和商标权以同等的保护。

5. 企业政治宣传策略。在中国的政治体制下，企业经常采用政治宣传策略加强与政府之间的联系。企业认真学习、准确掌握、努力宣传党和政府精神，对了解政府的政策法令很有帮助，使企业组织的一切活动都保持在政策法令许可的范围内，并随时按照政策法令的变动来修正企业的政策和活动，这样保证政府政策的贯彻和执行，取得政府信任，营造出良好的政治形象。特别是国有企业与党和政府有着天然的联系，许多企业管理人员是由党和政府直接任命的，所以他们注重学习和传达党和政府的方针政策。例如，一汽集团积极推动全公司迅速兴起学习贯彻"三个代表"重要思想新高潮，而三九集团组织学习《中华人民共和国药品管理法实施条例》的出台与实施，而该条例中对新药定义进行改变，新药注册管理制度也发生较大变化，新药的行政保护制度被取消。这些做法无疑会推动企业的长期发展。

6. 企业内党建策略。共产党作为中国特色社会主义事业的领导核心。在现代企业制度条件下，企业党组织是政治核心，董事会是决策中心，以总经理为首的经营班子是生产指挥中心，监事会是监督制约中心。同时，党的十六大报告也指出："企业党组织要积极参与企业重大问题的决策，充分发挥政治核心作用"。企业内党建策略实施的好坏有利于提高它们战略决策以及与政府沟通的能力和水平，从而将党组织的服务和保证作用贯穿渗透到经营活动的全过程。例如，2001年2月，三九企业集团就在中央企业工委指示下积极组建深圳片区党委，这说明企业领导十分注重党建工作。

7. 企业政治媒体策略。在经营活动过程中，企业广泛地采取政治媒体策略，其作用主要表现在以下两个方面：企业利用各种大众传播媒体，间接地把企业的经营活动状况、发展目标和计划，以及存在的问题报道给政府公众；企业还可以利用各种大众传播媒体影响社区公众对企业的评价，呼吁他们支持或反对某项未决的立法或政策，通过形成有利的社区舆论去间接影响政府对企业的评价和态度。例如，力帆金融证券部部长汤晓东就曾经正式向记者透露，2002年初，斥资1000万元左右，获得南金90%以上股权等经营活动状况，而集团董事长尹明善在《中国汽车报》发表言论认为汽车行业需要及时整顿。

二、"企业政治绩效"分析

企业在经营活动中是否采取政治关联策略取决于它们能否从中获得政治绩效，我们对我国76家企业新闻报道中所提到的企业政治绩效进行频率统计、归纳和合并，可以分为以下4个层次24个大类（见表14-4）。

表 14-4 我国企业政治绩效分类

层 次		类 型	频率
政府资源	有形资源	税收减免;土地优惠;政府资金;人才引进;银行支持;企业上市机会;政府政策信息。	176
	无形资源	各种产品质量认证;各种荣誉称号和头衔;企业商标保护和技术专利保护;审批手续简化;社会、政府和社区的支持。	2346
	关系资源	企业之间合作关系;企业和政府之间的关系;企业、银行和政府之间的关系;企业员工的政治头衔(人大政协代表、政府咨询顾问、劳模)。	432
政治竞争能力与优势		政府扶持企业研究与开发;政府扶持企业参与国际竞争;政府扶持企业战略兼并与扩张;政府政策扶持(市场准入、价格政策、行业标准、反倾销或反垄断法案等)。	91
市场绩效		企业市场地位提高,市场份额增加;新市场的开拓。	714
财务绩效		获得政府合同;销售收入提高,利润增加。	266

1. 政府资源是企业政治绩效的核心层,也是其他政治绩效的最终源泉。因为政府作为一种国家权力执行机构,拥有各种政治资源,而企业任何生产经营活动都要借助于政府,所以企业必须获得相应的政府资源。政府资源主要分为三类:① 有形资源:包括资金、政策、人才和信息等企业经营活动中采取政治策略所获得的有形的经济要素。例如,海尔集团在建设工业园区时受到政府给予的各种土地优惠政策,而正泰集团曾获"2002年省质量措施项目资金补助",获得 12 万元的资金奖励。② 无形资源:包括企业声誉、荣誉头衔、商标保护等给企业政治形象带来的无物质形态的经济要素。例如,格兰仕集团经常被评为广东省、佛山市、顺德区优秀民营企业,受到省市各级政府表彰,而红豆集团董事长周海江曾经于 2002 年和 2003 年分别当选为江苏省工商联副会长和全国工商联副会长。③ 关系资源:是指企业之间,企业和政府之间,企业、政府和银行之间的各种政治关系要素。例如,2001 年宝钢分别与首钢、武钢签署战略合作意向书,而德力西集团与南阳市政府签订了投资 15 亿元在南阳建设商贸物流中心项目协议书。

2. 政治竞争能力与优势是企业政治绩效的衍生层。企业为了获得政治竞争优势必须关注可用的政府资源,采取相应的政治策略将这些资源转化为有价值的政治利益,这是基于企业政治技巧、知识和活动的协调和整合,也是一个组织所必须具备的多层次地获得政府扶持的能力,因为政府对企业的产品研发与推广、企业参与国际市场竞争、企业兼并与扩张等经营活动加以扶持。例如,用友河南公司经过耐心细致的技术工作,上下结合的业务工作,长期坚持不懈的关注跟进,河南省劳动厅医疗社会保险中心下达正式红头文件,在全省范围内全面推广应用用友软件。

3. 市场绩效和财务绩效是企业政治绩效的结果层。市场地位提高、市场份额增加是企业对经营活动中政治策略的感知和反应以及随后的政治结果,进而在政治市场上赢得政治竞争优势,获得企业订单和政府合同,提高销售收入,增加企业利润,最终表现为企业政治经营活动的财务效果方面(例如,收入、现金流、盈利能力等)的政治利益。

根据表14-3和表14-4中的统计数据,我们发现与政府和企业有关的新闻报道中企业政治关联策略和企业政治绩效分别占所有新闻报道的23.79%和18.49%,其中重复性的新闻报道(可以同时认定为企业政治关联策略和企业政治绩效的范畴)占2.01%,说明我国企业的管理人员至少有20%~30%的时间与政府官员打交道,他们可能关注政府的政策与重要事务的变化可能对企业产生重大的影响,研究哪些问题会引起政府官员的争议,然后采取相应的对策,对政府实施有利影响,获得更多的政府资源和扶持,从而赢得政治利益和经济效益。

对于政治关联策略来说,我国企业在经营活动中最普遍采用的是政治公关策略和政治开放参观策略,它们分别占所有政治关联策略的26.81%和22.45%,因为企业各种经营活动都希望邀请政府官员参加或访问,所以它们的方式也呈现出多样化的特点;虽然政治公益策略效果最佳,并且许多企业愿意积极参与政府倡导的公益活动、社会活动,但是这种策略费用太高,它占所有政治关联策略的12.71%,而政治媒体策略不仅有利于提升自身的政治形象,而且有利于为企业形成良好的政治舆论导向,它占所有政治关联策略的13.65%;我国企业很少采用政治参与策略,它仅占所有政治关联策略的6.20%,因为我国企业政治活动由于得不到承认和规范管理,处于一种遮遮掩掩的状况,还没有建立正式合法的渠道向政府有关部门反映意见;我国是一个共产党执政的社会主义国家,许多企业通过党小组和党支部宣传党和政府的政策和精神,实施政治宣传策略和党建策略,所以它们在所有政治关联策略中也占有一定的比例,分别为10.59%和7.59%。

对于政治绩效来说,我国企业普遍可以获得各种无形资源,它占所有政治绩效的46.01%,而有形资源和关系资源可以直接为企业带来政治利益和经济效益,它们分别占所有政治绩效的3.35%和8.92%,这主要是由于无形资源、有形资源和关系资源获得难易程度不同,或者说对政府资源和政治绩效的影响程度不同所造成的;因为企业为了在R&D、一体化、国际化等战略性活动中得到政府的大力支持,它们必须首先获得各种政府资源,这样才能提高企业政治竞争能力与优势,所以它仅占所有政治绩效的3.55%;无论是政治关联策略还是市场竞争策略都可以提高企业市场地位,增加销售收入和利润,而我们在统计新闻报道过程中没有加以区分,所以市场绩效和财务绩效的出现频率较高,它们分别占所有政治绩效的27.81%和10.36%。

第四节　六家案例企业政治关联策略与政治绩效特点分析

在分析案例企业网站上新闻报道的特点时,我们主要考虑了企业性质和所在行业的差别。企业性质和行业背景的不同在一定程度上决定了企业政治经营活动的能力,而这必然会影响政治策略和政治绩效。我们将案例企业性质划分为三类,从国有、民营到三资比较不同企业在政治策略上是否存在差异性,并由此探讨对企业政治绩效的影响。

一、各案例企业政治关联策略与政治绩效新闻报道的介绍与比较

1.海尔

海尔集团作为我国最成功地进行国际化的家电企业,也是青岛市乃至全国的知名国有企业,经济实力雄厚,具有较大的政治影响力。海尔网站上的新闻报道分为市场快递、市场故事、领导视察、交流合作和综合信息五个栏目。市场快递栏目反映海尔集团的市场地位、合同与订单、各种荣誉称号或头衔等政治绩效方面的新闻报道;市场故事栏目除了一些市场动态方面的信息,主要是一些有关企业公益性活动方面的新闻报道;领导视察和交流合作两个栏目集中体现各级政府官员参观视察海尔集团方面的新闻报道;综合信息栏目几乎涉及所有政治关联策略和政治绩效方面的新闻报道;此外,海尔还专门建立公益事业栏目。

通过对这些栏目中的新闻报道的整理与分析,我们可以看出海尔已经较为成功地实施政治开放参观策略,并引起各级政府官员的关注。例如,国家财政部长项怀诚、辽宁省省长薄熙来、山东省代省长张高丽、国家经贸委投资与规划司李琳副司长、青岛市市长杜世成、全国人大常委会委员长李鹏、国家副主席曾庆红都曾经参观视察过海尔集团。海尔作为一个国际化企业,也引起各国政府政要的关注。例如,马来西亚总理马哈蒂尔、塞浦路斯议会代表团、塞内加尔总统顾问皮埃尔、英国南安普敦市市长比安·帕耐尔、摩尔多瓦议长奥斯塔普丘克、新加坡贸易发展局原副局长蔡哲州等都来海尔集团参观访问过。此外,海尔成功的国际化运作经验,也引起国外跨国公司的兴趣。例如,美国开利公司总裁Geraud Darnis、埃森哲公司高级管理人员、家乐福公司总经理Philippe也去过海尔集团。

海尔经常运用多种政治公关策略增进与政府之间的交流和沟通,其主要方式包括:邀请政府官员参加各种活动。例如,海尔在发布"爱国者Ⅰ号"时就邀请当时的信息产业部副部长曲维枝、国家广电总局副总局长张海涛以及国家计委、经贸委、北京市有关领导、专家、教授出席此次会议;政府官员在公开场合称赞海尔集团并合影留念。例如,前总理朱镕基称赞海尔在俄罗斯市场的成绩:"海尔非常有眼光";外经贸部副部长魏建国:"海尔是民族工业的一面旗帜";而德国前总理施罗德也与海尔员工亲切合影等。

海尔充分运用政治参与策略,利用自身优势,积极参加政府工作会议或成为行业协会成员。例如,海尔集团已成为全国工商联住宅产业商会会员单位,并且出席巴基斯坦—中国贸易与投资联谊会以及青岛市举办的德国汉堡的"青岛日"活动。

海尔集团不忘回报社会,积极采取政治公益策略。例如,海尔爱心奉献,在全国各地捐助建立31所海尔希望小学;海尔集团每年从设立的300万元"海尔爱心救助基金"的基金收益中提取专款给青岛市儿童福利事业;在"非典"期间,海尔将百部手机急送到北京抗

击"非典"第一线;等。

海尔作为一个国有企业,通常运用党建策略和政治宣传策略,进行党政宣传工作,了解党和政府政策的基本动向。例如,青岛市委副书记徐长聚就对海尔集团党建工作的一些创新做法及取得的成就给予了充分肯定。

同时,海尔普遍获得从政府资源、政治竞争能力与优势、市场利益和财务效果方面的各种类型的政治绩效。例如,在无形资源方面,海尔集团被授予"中国青年科技创新行动示范基地"称号,"市场链"获国家级企业管理现代化创新成果特等奖,杨绵绵总裁荣获"杰出创业女性"称号,张瑞敏首席执行官荣获"中华管理英才"称号,海尔集团四大类产品获国家免检;在有形资源方面,交通银行给海尔"送"授信额度;海关给予特殊的优惠政策,授予海尔全国口岸便捷通关证书;经过遵义市政府特许,为贵州海尔开通"海尔公汽专线车";在关系资源方面,海尔与声宝建立竞合关系,海尔25亿可转债获三家银行联合担保,并且国家经贸委、巴基斯坦和法国布列斯特市都在公开场合表示将支持海尔的发展。

在政治竞争能力与优势方面,上海海尔集成电路有限公司获得国家信息产业部电子发展基金资助,用以开发宽带接入芯片 Webridge;在市场利益和财务效果方面,海尔网站上常常见到海尔市场占有率第一,欧洲市场增长15倍等相关新闻报道,并且钓鱼台国宾馆和柬埔寨参议院都曾经向海尔发来订单,要求定制海尔冷柜和彩电。总之,在海尔境外运作过程中,青岛市政府、省政府、国务院对于海尔集团"走出去"的发展战略都给予了充分的支持,在政策与法律法规范围内,各级政府对于集团的进一步成长过程中所遇到的问题和障碍,充分进行了考察,仔细论证,提供了必要的帮助、指导。

2. 同仁堂

北京同仁堂作为我国中药行业著名的老字号国有企业,被中国名牌战略推进委员会推荐为最具冲击世界名牌的企业之一,成为我国中药行业五十强之首。同仁堂网站上的新闻报道主要分为企业动态和媒体报道两个栏目,它们基本上反映所有类型的政治关联策略和政治绩效方面的新闻报道;此外,同仁堂还专门建立党建栏目。

通过对这些栏目中的新闻报道的整理与分析,我们可以看出同仁堂作为一个国有企业,非常强调企业内党政建设工作,并把党建策略的运用看成是了解宣传党的知识以及重大方针和政策的一个重要途径。例如,在十六大期间,同仁堂各党委分别组织企业职工观看"十六大"直播,召开学习贯彻十六大精神的工作会议。

同仁堂作为一个医药企业,无论是在平时还是在"非典"期间都积极采取政治公益策略投身于我国社会公益事业,捐赠药品和义诊行动支持政府对抗"非典"病毒的斗争,例如,北京同仁堂公司向地坛医院全体医护人员捐献了1000支高科技口腔护理产品"立口健"脂质体喷剂。

因此,同仁堂普遍获得各种无形资源方面的政治绩效。例如,同仁堂曾经获得北京质量先进企业奖、2002年中国最受尊敬企业以及上市公司50强等殊荣,同仁堂通州生产基地通过丸剂 GMP 认证等。此外,同仁堂还有一些关于市场绩效和财务绩效方面的新闻报道,例如,同仁堂 2003 上半年盈利过亿等。总之,中医药产业是很具有潜力和发展后劲的产业,受到我国各级政府的高度关注,而同仁堂的政治影响力正在日益扩大,也充分体现了它在我国中药界具有举足轻重的地位。

3. 用友

用友公司是一个专注于自有知识产权的企业应用软件产品(ERP、SCM、CRM、HR、EAM、行业管理软件)和电子政务管理软件产品的研发、销售和服务的民营企业。用友网站上的新闻中心分为用友活动、专家文章、签约信息、市场快递和媒体关注五个栏目。用友活动栏目反映一些企业的专题活动、行业活动和地区政府会议活动;专家文章栏目主要是对一些行业事件进行点评,很少涉及政治关联策略和政治绩效方面的新闻报道;签约信息栏目集中体现企业在获得订单和合同方面的政治绩效的新闻报道;市场快递和媒体关注两个栏目几乎涉及所有政治关联策略和政治绩效方面的新闻报道。

通过对这些栏目中的新闻报道的整理与分析,我们可以看出用友公司作为我国一个最大的独立软件供应商,经常运用政治公关策略邀请政府官员参加各种活动,特别是各地分公司分别承办"中国企业信息化神州万里行"以及各行业信息化研讨会,推动我国企业信息化建设的步伐,借助政府和行业协会的力量推销公司软件产品。此外,用友公司也受到各地政府官员以及信息产业部门的广泛关注。例如,青岛市副市长王修林、信息产业部信息化推进司季金奎司长、中国物流信息中心主任戴定一、中国机械信息中心主任毛昕,中国国家企业网总裁李克明就曾经到用友公司参观指导。

而用友主要获得各种无形资源方面的政治绩效,例如,它经常被评为山东省首批信息化服务推荐企业,荣获管理软件产品首选品牌奖以及中国软件行业协会优秀产品,同时王文京获得"2002 年度十大民营企业家"称号。此外,用友公司作为我国最大财务软件和ERP 开发企业之一,也普遍获得企业订单和政府合同方面的政治绩效。例如,珍奥集团股份有限公司签约用友 ERP——U8,全面搭建高效的企业信息化管理平台、提升企业核心竞争力,这方面的新闻报道非常多。总之,用友公司的成长与发展都离不开良好的政策环境以及政府的支持,特别是日益激烈的国际竞争使各个 IT 企业都对政府信息化建设达到前所未有的重视程度,而政府市场潜在的巨大利润空间也深深吸引着用友,借助政府和行业协会的力量已经成为用友公司成长和发展壮大所必经的阶段。

4. 力帆

重庆力帆是中国最大的民营摩托车制造企业,并涉及汽车制造、足球产业、金融证券、文化广告、房地产等多个产业。力帆集团网站上的新闻栏目包括新闻中心、力帆文化(包括公益事业、力帆报)等栏目,基本上反映所有类型的政治关联策略和政治绩效方面的新闻报道。此外,力帆集团还专门建立"两会"关注栏目,而这个栏目主要传达每年人大政协会议精神和文件。

通过对这些栏目中的新闻报道的整理与分析,我们可以看出力帆集团非常关注"两会"会议情况,积极采取政治宣传策略让企业员工了解我国最近政治动态。例如,在"十六大"召开之后,力帆集团充分宣传在全国人大政协上的各项提案和会议精神。

力帆集团也通过政治参与策略积极参加政治事务,例如,董事长尹明善以民营企业主的政治身份,当选为中国第四大直辖市重庆市的政协副主席,跻身于重庆市新一届领导班子,成为中国改革开放后进入省级领导岗位的民营企业家的代表。

此外,重庆力帆集团作为一个知名的制造型企业,也受到社会公众的广泛关注,因而政府官员参观访问和学习事件也非常多。例如,重庆市委书记黄镇东、国家商标局副局长侯丽叶以及中国民营科技实业家协会研究员彭树堂就曾经参观访问过重庆力帆集团。

虽然重庆力帆集团是一个民营企业,但是它仍然积极参与各项社会公益活动。例如,公司成立力帆足球队、赞助第四届"炎黄杯"名人围棋邀请赛、参加重庆市"爱心资助"特困职工子女上大学,等。

而力帆集团主要获得各种无形资源方面的政治绩效,例如,重庆力帆集团荣获《财富》杂志评选"中国100家标杆企业"、"重庆市名牌"以及"诚信纳税非公有制企业"等称号,并获得国家专利局授权的252项专利。总之,力帆集团已经从争取生存权开始向更明确地积极参与政治转变,特别是1999年有关民营企业参政新宪法修正案的推动,关注"两会"最新动态就是它们的从政意愿的具体表现。

5. 诺基亚

诺基亚公司作为全球移动通信、固定宽带和IP网络的领先者,同时也是中国移动通信行业最大的外商出口企业,它设立在中国北京、东莞和苏州的生产基地连续几年成为当地出口和纳税的支柱企业。诺基亚中国网站将所有新闻报道按年份归到新闻中心栏目,而这个栏目基本上反映所有类型的政治关联策略和政治绩效方面的新闻报道。

通过对这个栏目中的新闻报道的整理与分析,我们可以看出诺基亚作为一个外资企业,主要采取政治公益策略和政治公关策略为自己营造良好的外部政治环境。例如,2001年,诺基亚作为主赞助商,赞助由国家经济贸易委员会组织和主办的APEC(亚太经合组织)2001年中小企业工商论坛。还有2003年,诺基亚为了树立环保典范,独家赞助"废弃电子电器产品回收利用国际研讨会",等。而诺基亚作为一个移动通信企业,通过当地政府与中国电信、中国移动、中国联通等电信行业的良好合作关系,获得许多企业订单和政府合同,从而提高政治绩效水平。例如,2001年4月至12月期间,诺基亚公司就分别与江西、河南、北京、海南和云南移动签署了一系列GSM网络扩容合同。总之,虽然大型外资企业在国际化运作方面具有较为成功的经验,但是对我国国情的了解却需要一定时间,它主要是通过各种合法途径或方式为自己营造良好的外部政治环境。

6. 宝洁

宝洁公司作为中国的一家日用消费品的外资企业,从1993年起,它连续九年成为全国轻工行业向国家上缴税额最多的企业。宝洁中国网站上只有一个新闻中心栏目,而这个栏目也基本上反映所有类型的政治关联策略和政治绩效方面的新闻报道。

通过对这个栏目中的新闻报道的整理与分析,我们可以看出宝洁公司主要采取政治公关策略,与中国卫生部建立良好的合作关系,积极参与卫生部举办的各种健康教育活动,并借此机会推广和宣传企业产品。例如,2003年9月,中华医学会与舒肤佳家庭卫生研究院共同发起的"远离疾病,从洗手开始——健康教育中华行"活动在劳动人民文化宫启动。

宝洁公司也采取政治公益策略,近几年来在中国已累计向社会捐助四千多万元人民币,用于支持发展教育、健康、城建、环保、助残及赈灾救济等各项社会公益事业。而宝洁公司有关政治绩效方面的新闻报道却很少,主要表现在无形资源和财务效果方面,例如,玉兰油净肤绵在享有盛誉的美国CEW化妆品同业组织年度美妆大赛中从数十种著名护肤品牌中脱颖而出,摘取2001年桂冠等。总之,中国宝洁在中国发展除了得益于迅速发展的中国经济和日臻完善的投资环境,也离不开中国各级政府和广大消费者以及社会各界的支持。

根据上述案例企业相关新闻报道的介绍,我们将其特点列入表14-5进行比较分析:

表14-5 各案例企业政治关联策略与政治绩效特点比较

企业名称	海　尔	同仁堂	用　友	力　帆	诺基亚	宝　洁
企业性质	国有企业	国有企业	民营企业	民营企业	三资企业	三资企业
行业背景	家电	医药	软件	涉及摩托车、足球产业等多个产业	移动通信	日用消费品
新闻栏目	市场快递、市场故事、领导视察、交流合作、综合信息、公益事业	企业动态、媒体报道和党建栏目	用友活动、专家文章、签约信息、市场快递和媒体关注	新闻中心、力帆文化(公益事业、力帆报)等	按年份归到新闻中心	新闻中心
政治公益策略	捐助希望小学,设立救助基金,支持抗击"非典"	捐赠药品和义诊行动支持政府抗击"非典"	较少	赞助我国体育事业,资助特困职工	赞助企业或政府研讨会,提倡环境保护	积极支持发展教育、健康、赈灾救济等各项公益事业
政治公关策略	方式多样化	较重视	邀请政府官员参加行业研讨会	较少	利用各种研讨会	通过卫生部举办各种健康教育活动,推广企业产品

279

企业名称	海　尔	同仁堂	用　　友	力　帆	诺基亚	宝　洁
政治开放参观策略	政府官员、国外政要、跨国企业参观访问	各地政府官员参观访问	各地政府官员（特别是信息产业）参观访问	各地政府官员参观访问	没有	没有
政治参与策略	积极参加政府工作会议，努力成为行业协会成员	较少	很少	以民营企业主的政治身份参加人大政协会议	很少	没有
政治宣传策略	积极宣传政府的政策和精神	积极宣传政府的政策和精神	没有	积极宣传人大政协上的各项提案和会议精神	很少	没有
党建策略	支持企业内党建宣传工作	非常重视党建工作	没有	没有	没有	没有
政治媒体策略	利用媒体宣传企业	较少	较少	较少	很少	很少
有形资源	多次获得银行、海关和政府的优惠政策	较少	较少	较少	没有	没有
无形资源	多次获得各种荣誉和头衔，产品免检等	获得各种荣誉和头衔，GMP认证等	获得各种荣誉和头衔	获得各种荣誉和头衔，国家专利局授权等	较少	获得各种荣誉和头衔
关系资源	与其他企业、银行和政府建立良好关系	没有	与我国信息产业官员建立良好关系	较少	与政府和中国电信等企业建立良好关系	较少
政治竞争能力与优势	获得政府各种资助	很少	较少	没有	较少	没有
市场利益和财务效果	较多的企业订单或政府合同	仅限一般性财务和销售情况	较多信息化软件方面的企业订单	仅限一般性财务和销售情况	与各地电信企业签署合同或订单	仅限一般性财务和销售情况

通过表 14-5 比较分析我们可以发现，虽然海尔、同仁堂、用友、力帆、诺基亚和宝洁 6 家案例企业都重视采用政治关联策略，并获得多种政治利益和经济效益，但是不同的企

业性质和行业背景造成它们在具体政治关联策略和方式的运用上存在一定的差异性,从而导致它们在具体政治绩效类型的获得上也存在一定的差异性。

对于政治公益策略来说,海尔采取捐助希望小学,设立救助基金,支持抗击"非典"等多种方式;而同仁堂捐赠药品和义诊行动支持政府抗击"非典";力帆则赞助我国体育事业,资助特困职工。

对于政治公关策略来说,海尔采取方式也呈现出多样化趋势;而用友经常邀请政府官员参加信息行业研讨会;宝洁通过卫生部举办各种健康教育活动,推广企业产品。

对于政治开放参观策略来说,海尔既有政府官员又有国外政要和跨国企业参观访问;用友通常邀请信息产业的政府官员参观访问;同仁堂主要是邀请各地政府官员参观访问。

对于政治参与策略来说,海尔积极参加政府工作会议,努力成为行业协会成员;力帆以民营企业主的政治身份参加人大政协会议。

对于党建策略来说,海尔和同仁堂都积极支持企业内党建工作,采取方式非常相似。

对于有形资源来说,海尔多次获得银行、海关和政府的优惠政策,而其他企业却很少。

对于无形资源来说,海尔、同仁堂、用友和力帆都获得各种荣誉和头衔,除此之外,同仁堂经常获得 GMP 认证,力帆也经常获得国家专利局专利认证。

对于关系资源来说,海尔与其他企业、银行和政府都建立良好关系,而用友和诺基亚分别局限于一些电信企业或信息产业官员。

对于政治竞争能力与优势来说,海尔经常获得政府各种资助,而其他企业很少。

对于市场利益和财务效果来说,海尔获得较多的企业订单或政府合同,而用友经常得到信息化软件方面的企业订单,诺基亚则与各地电信企业签署合同或订单,同仁堂、力帆和宝洁仅限一般性财务和销售方面的情况。

从以上 6 家案例企业的政治关联策略与政治绩效的新闻报道对比分析,我们认为海尔作为我国成功进入国际市场的大型国有企业,与政府之间有着某种天然的政治联系,广泛受到各级政府和媒体的关注,在经营活动中普遍重视各种政治关联策略的运用,并广泛获得各种类型的政治绩效。

同仁堂作为一个大型国有医药企业,通过党建栏目宣传党和政府的方针政策,说明企业领导高度关注政治宣传和党建工作在日常经营活动中的作用,所以它非常重视党建策略和政治公益策略的运用,并主要获得各种无形资源。

用友作为我国最大的独立软件供应商之一,其民营企业的性质决定它可能不太重视政府政策宣传和企业内党建工作,所以它主要采取政治公关策略和政治开放参观策略,并获得各种无形资源以及政府合同,但是它对推进我国企业信息化建设具有不可或缺的作用,有关政治关联策略和政治绩效的新闻报道都与信息产业有关。

重庆力帆作为一个民营企业,涉及摩托车和汽车制造、足球、房地产等多个产业,所采取的多元化战略促使它必须广泛关注各个产业领域的政府政策的变化,它与用友公司的区别在于专门建立"两会"关注栏目传达每年人大政协会议精神和文件,说明企业领导关注政治事务和参政议政的意识开始加强,但是由于民营企业性质决定它较难组织党建工作,所以力帆普遍采取政治宣传策略、政治参与策略、政治开放参观策略以及政治公益策略,主要获得各种无形资源方面的政治绩效。

诺基亚和宝洁作为国际上知名的跨国企业,它们对我国国情的了解也需要经历一个摸索阶段,必须运用正当合法的手段和方式影响我国政府的决策。例如,西方企业普遍采用的政治公益策略和政治公关策略,而诺基亚和宝洁公司规模大且实力雄厚,在这个方面应该比国内企业具有更好的运作经验和优势,但是其外资企业的性质决定它们很少有中国政府官员参观访问,也很少参与政府或行业协会工作会议,更不可能主动宣传党的政策精神以及开展党建工作,所以政治参观策略、政治参与策略、政治宣传策略和党建策略几乎没有。

二、各案例企业政治关联策略及其政治绩效情况列表及分析

表 14-6 列出了各案例企业政治关联策略和政治绩效新闻报道的情况。

表 14-6　各案例企业政治关联策略与政治绩效的新闻报道情况

企　　业	海尔(1363)		同仁堂(277)		用友(740)		力帆(411)		诺基亚(332)		宝洁(65)	
	频率	%	频率	%	频率	%	频率	%	频率	%	频率	%
政治关联策略	297	21.79	76	27.43	192	25.96	63	15.31	26	7.83	28	43.08
政治绩效	281	20.61	41	14.80	80	11.20	51	12.42	115	34.65	4	6.16

说明:一篇企业新闻报道可能涉及多种政治关联策略或政治绩效,出现此类情况,则将它们重复计数一次;%表示这种政治关联策略或政治绩效所占企业新闻总数的百分比。

根据表 14-6 中的统计数据,我们发现 6 个案例企业实施政治关联策略的强度和密度也存在一定的差异性。宝洁作为最早进入中国市场的外资企业,非常重视与政府建立良好的合作关系,其政治关联策略的运作具有成熟的经验,占所有新闻报道的 43.08%。海尔、同仁堂和用友与政府建立较为适中的关系,说明它们政治关联策略的运用更趋向于理性,分别占所有新闻报道的 21.79%,27.43%,25.96%。力帆已经意识到政府关系的重要性,但是中国正处于一个制度转型时期,民营企业参与政治处于发展阶段,并且引起了广泛的争论,所以其政治关联策略只占所有新闻报道的 15.31%。而诺基亚很少与政府打交道,其政治关联策略占所有新闻报道的比例最少。但是 6 个案例企业政治绩效之间的差异性不是十分明显,海尔、同仁堂、用友和力帆基本持平,分别占所有新闻报道的 20.61%、14.80%、11.20%和12.42%,宝洁占 6.16%,相对偏低,而诺基亚高达 34.65%,这可能是由于企业新闻报道的偏好、经济效益和商业运作等多种因素引起的。

第五节 企业经营活动的政治关联方法：三家案例企业研究

这一节进一步探讨了企业的经营活动是如何与政治相关联的,具体涉及下面的问题:各种政治关联策略应用的程度如何？活动中参与的企业内部人员是谁？以及参与的外部利益相关者是谁？各种活动涉及的企业事项的性质是什么？公司高管在这些活动中扮演了什么角色？(田志龙,贺远琼,2005)

一、案例企业经营活动的政治关联策略的使用情况

表 14-7 概括了海尔、宝洁和新希望在 2000—2004 年间政治关联策略的使用情况。

表 14-7　海尔、宝洁和新希望的政治关联策略的使用情况

项　目	公 益 策 略					公关策略	参观策略	参 与 策 略		小计
	体育	文化艺术	慈善捐助	教育	卫生			参与政府、媒体等组织的活动	参加行业标准的制定	
海尔	3	1	13	5	—	35	148	61	2	268
百分比(%)	1.1	0.4	4.8	1.9	—	13.1	55.2	22.8	0.7	100.0
宝洁	1	5	12	3	8	3	—	5	—	37
百分比(%)	2.7	13.5	32.5	8.1	21.6	8.1		13.5	—	100.0
新希望	—	1	6	—	—	3	16	28		54
百分比(%)		1.8	11.1			5.6	29.6	51.9		100.0

表 14-7 的结果说明,海尔共有 268 次非市场行为,其中使用比例最高的政治关联策略是参观策略,占 55.2%；其次是参与策略,占 23.5%；再次是公关策略,占 13.1%。宝洁共有 37 次非市场行为,其中使用比例最高的政治关联策略是公益策略,占 78.4%；其次是参与策略,占 13.5%。新希望共有 54 次非市场活动,其中使用比例最高的政治关联策略是参与策略,占 51.9%；其次是参观策略,占 29.6%；再次是公益策略,占 12.9%。(说明:由于在一项非市场活动中,可能同时涉及多个利益相关者,例如政府和专家学者同时参与一项市场活动,因此本部分的数据加总可能大于 100%)

二、非市场活动中涉及的主要外部利益相关者

Mitchell(1997)认为利益相关者的属性之一是其合法性,合法性通常与权力是关联的,一般而言,有合法性的利益相关者一定是有权力的,有权力的利益相关者一定是合法的。我们将三家案例企业非市场行为涉及的主要外部利益相关者频数进行了描述性统

计,并综合考虑不同利益相关者的不同合法性,构建了案例企业的社会关系网络图,见图 14-1。

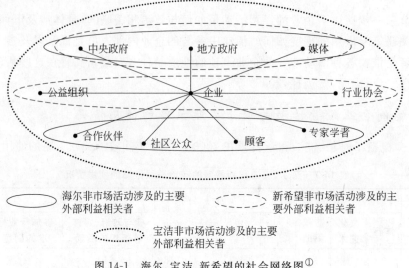

图 14-1 海尔、宝洁、新希望的社会网络图[①]

1. 海尔:"顶天立地"型

在海尔 268 次非市场行为中,其中 76.8%涉及政府(包括中国政府和外国政府)和媒体,10.4%涉及战略合作伙伴,8.2%涉及社会公众,4.5%涉及专家学者、大学,另外还涉及小部分的顾客。从图 14-1,我们可以看出海尔试图构建的是顶天立地型社会网络,即海尔非常关注上层的政府和媒体以及下层的战略伙伴与学者专家,而且对上层的关注更多一些。

2. 宝洁:"立体网络"型

在宝洁 37 次非市场行为中,其中 73%涉及社会公众,59.5%涉及中国政府和媒体,18.9%涉及公益组织和行业协会,10.8%涉及业内专家,8.1%涉及媒体,5.4%涉及顾客。从图 14-1,我们可以看出宝洁的非市场行为触及了各方面的利益相关者,并且这个立体网络的基础是社会公众,这使得整个网络的重心较低,增强了社会关系网络的"韧性"。

3. 新希望:"上层路线"型

在新希望 54 次非市场行为中,其中 79.6%涉及政府和媒体,18.5%涉及公益组织和行业协会,1.9%涉及战略合作伙伴。从图 14-1,我们可以看出新希望在构建社会网络关系时走的是上层路线。同时新希望的非市场行为也有相当比例涉及行业协会(例如西部

---

① 各个外部利益相关者之间有关系连线,为了使图形表示更清晰,省略了它们之间的关系连线。

乳业协会、四川省乳业协会等)和公益组织(主要是中国光彩事业促进会[①])。

4. 非市场活动中涉及的政府层次及职能

在三个案例企业的非市场行为中,涉及政府的行为次数几乎都是最高的,这充分表明了政府对于企业的影响作用之大。下面我们进一步就涉及的政府层次及职能进行剖析。表 14-8 是案例企业非市场行为涉及的政府层次和职能。

表 14-8　海尔、宝洁、新希望非市场活动中涉及的政府层次和职能

项　　目	政 府 层 次			政 府 职 能		
	中央政府	地方政府		与企业经营无直接关系	与企业经营有直接关系	
海尔	110	60	递增	140	30	递增
百分比(%)	64.7	35.3		82.4	17.6	
宝洁	10	9		15	4	
百分比(%)	52.6	47.4		78.9	21.1	
新希望	16	22		25	11	
百分比(%)	42.1	57.9		69.4	30.6	

说明:在表中关于地方政府的统计中,我们只列出了单独去企业参观访问的地方政府职能部门或领导。一般情况下,中央政府部门或领导去企业参观,地方政府部门或领导会陪同,我们没有单独统计这种情况的地方政府部门或领导参观次数。

表 14-8 的数据说明,海尔的非市场活动涉及中央政府的比例相对更高,宝洁涉及中央政府和地方政府的比例相近,而新希望涉及的地方政府比例相对更高。海尔是国有大型企业,受到政府的高度重视。特别是在国内没有多少像海尔这样业绩良好的国有企业,因此它责无旁贷地成为中央政府官员展示"业绩"的典型。另外,海尔涉及的地方政府不仅包括企业所在地的山东省、青岛市,还包括武汉、江西、安徽、合肥、贵州等国内几大海尔生产基地的地方政府。宝洁的非市场活动涉及的地方政府主要是广州市政府(企业所在地),其次是西部地区城市的政府。新希望非市场活动涉及的地方政府主要是四川省政府以及各分公司所在地的政府(例如呼和浩特市政府、杭州市政府等)。

另外,从政府职能这个角度来看,这三个企业涉及的政府职能大多数与企业的经营没有直接关系。然而相比之下,新希望涉及与经营有直接关系的政府部门比例更大,例如四川省畜牧食品局,呼和浩特规划局、房管局、消防局、国土局等。

由于海尔非市场行为涉及的政府部门面比较广,为了进一步说明政府与企业之间的

285

① 中国光彩事业是中国民营企业家响应《国家八七扶贫攻坚计划》所发起并实施的一项扶危济困的事业,参与主体是广大非公有经济人士和民营企业家。1994 年 4 月 23 日,刘永好等 10 名民营企业家联名倡议《让我们投身到扶贫的光彩事业中来》,光彩事业由此而发起。

"千丝万缕"的关系，我们将海尔非市场活动涉及的政府部门列在表 14-9 中。

表 14-9　海尔非市场活动中涉及的政府层次及部门

政府层次	政府部门
中央政府	国家经贸委、中国证监会上市部、对外经济贸易部、国家计委、信息产业部、国家科技部、国家发改委、财政部、外交部、最高人民法院、国家审计署、教育部；国家海关总署、国家质量监督检验检疫总局、国家广电总局、中联部、中纪委、中宣部、中组部、团中央；全国质量管理评审小组、"走出去"开放战略社会调研组、国务院发展研究中心、中国人民解放军总政治部、中科院、国家轻工联合会
地方政府	青岛市委宣传部、青岛市经委、青岛市计委、青岛市科委、青岛市国税局、青岛市团委、青岛市委组织部、青岛市卫生局、省人大常委会国有企业改革与发展情况视察组、山东省科技厅、山东省外经贸厅

国务院有 28 个部门，其中来海尔参观的有 11 个，占 39.3%。国务院直属机构有 18 个，其中来海尔参观的有 4 个，占 22.2%。另外，中联部、中纪委、中宣部、中组部、团中央等中共中央党委部门也经常到海尔去参观访问。这些政府部门不仅包括与企业经营有着直接联系的部门例如国家经贸委、中国证监会上市部、国家计委、财政部、审计署等，还包括那些与企业经营工作没有直接联系的部门，例如中组部、团中央等。这充分说明了中国的政府部门与企业有着千丝万缕的联系。

三、企业非市场活动中涉及的事项

三家企业非市场活动中涉及的内外部事项如表 14-10 所示。

表 14-10　海尔、宝洁和新希望在非市场活动中涉及的内外部事项

项　　目	企业内部事项			小计	企业外部事项			小计
	企业战略与战术	内部管理	企业困难		行业环境	政治事项	总体经营环境	
海尔	75	38	—	113	5	21	3	29
百分比(%)	66.4	33.6	—	100.0	17.3	72.4	10.3	100.0
宝洁	16			16	14	7		21
百分比(%)	100.0			100.0	66.7	33.3		100.0
新希望	13	—	4	17	3	8	8	19
百分比(%)	76.5	—	23.5	100.0	15.8	42.1	42.1	100.0

表 14-10 的结果说明三家企业的非市场活动与企业事项有着密切的联系。总体来看，海尔更侧重于企业内部事项，宝洁更侧重于外部环境事项，而新希望对内、外部事项给

予了相同程度的关注。具体来说,海尔66.4%的非市场活动都是与战略层次事项相关的,即宣传其国际化战略及在国际化方面取得的成绩以及鼓励创新的企业文化。另外,33.6%的非市场活动与职能层次事项有关,介绍内部职能运作方面的做法,例如"大S"脚印、一流三网的物流模式等。宝洁的非市场活动都是与其战略和营销活动有直接关系的,例如在16次与内部事项有关的非市场活动中,其中5次与宝洁新产品上市有关,另外11次与宝洁产品促销宣传有关。新希望76.5%的非市场活动也与其战略战术活动有关,例如房地产项目的开工、项目进展、宣传企业发展战略等。特别值得注意的是23.5%的非市场行为是在向政府反映企业的困难,希望政府有关部门能帮助企业解决问题。例如,2004年11月,呼和浩特市委书记韩志然、副书记王振义、副市长吕慧生等领导率领规划、房管、消防等职能部门负责人视察了新希望家园项目的施工情况,他们对在视察过程中了解到的困难和问题做出了指示,将由政府牵头、各职能部门配合全力支持并帮助新希望解决。

从涉及的企业外部事项来看,我们可以发现:① 中资企业(包括海尔和新希望)对政治形势是非常敏感的。这两家企业的主要领导人都是全国和地方政府的政协代表或人大代表,因此要参加党和政府召开的各种会议,也会有更多的渠道了解政治形势及其变化。另外,作为民营企业的新希望,从本质上与政府的联系并不具有海尔的优势,但它总是在积极地创造这种关系,例如成立工会和党支部。② 新希望36.8%的非市场活动都是在为其营造一个良好的总体经营环境。例如2004年8月,正在四川考察的温家宝总理在成都与新希望集团、攀钢集团、长虹集团等5家四川省大型企业的负责人举行了座谈,就宏观调控和企业的发展问题进行了深入探讨。新希望集团董事长刘永好在向总理详细介绍了新希望集团的基本情况之后,提出了三个建议:建议国务院制定关于推动和支持非公有制经济健康发展的指导性文件;在制定新的产业政策时多征求民营企业家和工商联及行业商会的意见;建议银行适当增加对中小企业短期流动资金贷款。③ 宝洁最关心的是消费环境,与改善消费环境相关的非市场行为占42.9%,它们一般是通过与政府或者业内专家一起共同举办卫生知识的宣传活动,提高消费者的健康意识,帮助消费者树立正确、科学的健康观念,从而有利于宝洁业务的发展。

四、企业高管在非市场活动中的参与情况

在这里,高管是指企业的高层管理人员,包括总经理、董事长和副总经理。统计结果表明,在海尔268次非市场活动中,总经理或董事长参加的有163次,占60.8%,副总经理参加的有53次,占19.8%。在宝洁37次非市场活动中,总经理或董事长参加的有8次,占21.6%,副总经理参加的有3次,占8.1%,特别值得一提的是,宝洁品牌经理参加的非市场活动有26次,占70.3%,这与宝洁公司品牌事业部的管理体制有显著的关系。在新希望54次非市场行为中,总经理或董事长参加的有32次,占59.3%,副总经理参加的有

287

1次,占1.9%,分公司经理参加的有14次,占25.9%,办公室主任参加的有3次,占5.5%。因为在新希望集团的相关新闻报道中(特别是与参观策略相关的非市场行为中),大多数涉及新希望集团的子公司,例如华融化工、杭州新希望双峰乳业、新希望农业股份公司等,所以分公司经理参加非市场活动的比例较高。

我们将海尔、宝洁和新希望三家企业高管与政治关联策略进行交叉表格分析,试图说明企业家是如何参与非市场活动的,见表14-11。

表14-11 企业高管与政治关联策略的交叉表格分析

项 目		公益策略	公关策略	参观策略	参与策略	小计
海尔	总经理	1	24	91	47	163
	百分比(%)	0.6	14.7	55.8	28.9	100.0
	副总经理	8	25	8	12	53
	百分比(%)	15.1	47.2	15.1	22.6	100.0
宝洁	总经理	8	—	—	—	8
	百分比(%)	100.0	—	—	—	100.0
	副总经理	2	1	—	—	3
	百分比(%)	66.7	33.3	—	—	100.0
新希望	总经理	1	—	7	24	32
	百分比(%)	3.1	—	21.9	75.0	100.0
	副总经理	—	—	—	1	1
	百分比(%)	—	—	—	100.0	100.0

表14-11的结果说明,海尔的总经理采取最多的是参观策略,占55.8%;其次是参与策略,占28.9%。海尔的副总经理采取最多的是公关策略,占47.2%;其次是参与策略,占22.6%。宝洁的总经理和副总经理采取最多的均是公益策略,包括参与慈善捐助、支持文化艺术等公益活动。新希望的总经理采取最多的是参与策略,占75.0%,其次是参观策略,占21.9%。

为了进一步剖析总经理与副总经理在职责上的侧重点,我们将三个企业总经理和副总经理在市场行为与非市场活动的投入情况进行了对比,见表14-12。

表14-12的统计结果反映了这三个企业高管精力分布情况的异同。相似之处表现在以下三个方面:① 总经理将大部分精力投入到非市场活动中;② 除非市场活动之外,总经理主要关注的是战略性市场活动,他们几乎不参加战术性的市场活动;③ 副总经理也参加了部分非市场活动。

表 14-12　企业总经理和副总经理投入市场活动与非市场活动的对比

项　目	总　经　理			副　总　经　理		
	市场行为		非市场行为	市场行为		非市场行为
	战略性市场行为	战术性市场行为		战略性市场行为	战术性市场行为	
海尔	75	—	163	45	67	53
百分比(%)	31.5	—	68.5	27.3	40.6	32.1
宝洁	6	—	8		4	3
百分比(%)	42.9		57.1		57.1	42.9
新希望	10	—	32	4	16	1
百分比(%)	23.8		76.2	19.5	76.2	4.8

　　说明：表中统计的副总经理的活动次数是指其单独参加的非市场行为。一般情况下，总经理或董事长参加的非市场行为，副总经理会陪同，这种情况没有单独统计在副总经理参加的活动次数中。

　　不同之处表现在以下两个方面：① 总经理精力投入到非市场行为与战略性市场行为之间的比例不同，在非市场行为中投入最大的是新希望总经理，其次是海尔总经理，最后是宝洁总经理；② 副总经理承担的职责略有差异。海尔副总经理在战略性市场行为、战术性市场行为和非市场行为的投入比例大约为 3：4：3，而宝洁副总经理的投入比例大约为 0：6：4，新希望副总经理的投入比例大约为 2：7.6：0.4。从这个数据差异中，我们可以大致推断出，三家企业中总经理与副总经理的职能分工。新希望总经理与副总经理的分工比较清晰，可以说总经理是外向型，主要负责为企业营造一个良好的外部环境，而副总经理是内向型，工作重点是企业内部经营运作。这种分工特点恰恰与新希望的民营企业的身份相关。

五、案例研究结论与讨论

　　上述研究结果表明，三个案例企业在政治关联策略的使用方面是不同的。首先，海尔使用比例最高的是参观策略，而宝洁使用比例最高的是公益策略，新希望使用比例最高的是参与策略和参观策略。这可能与企业的性质及形象有关。海尔是国有企业，而且是中国各级政府树立的典型，政府官员到海尔参观访问比较多自然不足为奇。宝洁是外资企业，外资企业直接地、大规模地使用公关、参观和参与策略显然是不合适的，而公益策略则是唯一且合适的选择。而新希望是民营企业，而且由于刘永好总裁的特殊政治地位（全国政协常委、工商联副主席），其政治参与行为就相对比较突出。

　　从横向角度比较，我们发现海尔和新希望在参观策略和参与策略方面存在差异。海尔的参与策略使用频率也非常高。海尔和新希望参与的活动大体相同，包括政府工作经济会议、政府和媒体举办的企业论坛、全国人大会议、地方人大会议、全国政协会议、地方政协会议等。但是我们发现海尔参与了直接营造有利竞争环境的活动,即参加了行业标准的制定工作。相比而言,作为民营企业,新希望目前还没有这样的权力,这是一种天然的"劣势"。在参观策略方面,海尔在该策略中涉及的外部利益相关者范围更广泛。

研究结果表明,中资企业比外资企业对政治更敏感。在开展非市场活动时,新希望的合作对象包括政府、行业协会、公益组织等,宝洁和海尔则选择了政府。

统计结果表明企业高管在非市场行为中的参与度非常高,他们频繁出席各种由政府、媒体举办的活动、接待来企业参观的外部利益相关者,这些非市场活动大约占据了他们总时间的60%。然而不同性质的企业之间表现出了一定的差异。

首先是中资企业与外资企业的差异。与外资企业相比,中资企业在与外部利益相关者打交道时对企业家的依赖程度更大。这与中资企业企业家的多重身份是有紧密联系的。例如,刘永好先生除了是新希望集团董事长之外,还是中国政协常委、全国工商联副主席、中国民生银行副董事长、中国饲料工业协会副会长等。杨绵绵女士除了是海尔集团的CEO,还是全国人大代表、中国女企业家协会副会长、中国质量管理协会副会长、中国工业设计协会副理事长。然而宝洁中国现任CEO罗宏斐先生的主要身份就是企业领导人。外资企业的企业家在利用个人社会网络资本的同时更多地借助了企业这个平台(包括职能部门、员工等)来积累社会资本。从某种程度上说,刘永好比他的"新希望"有名,然而更多的人们记住了宝洁,可是未必知道宝洁现任总裁是谁。

其次是国有企业和民营企业的差异。Tan(2001)通过研究发现在中国转型经济条件下,在认识和驾驭管制环境方面,私企创业者比国企管理者表现出了更强烈的意愿和倾向。研究结果表明新希望刘永好先生大约有76.2%的时间投入在非市场活动中,而且主要是通过参加各种政府、媒体等组织的活动(例如全国政协会议、企业家论坛等)呼吁社会各界为民营企业营造公平竞争环境而共同努力。刘永好先生在此方面承担了主要的责任和义务,其副总主要承担了内部管理的重要职责。而在海尔,尽管张瑞敏先生和杨绵绵女士投入了大约68.5%的时间在非市场活动中,但是企业董事局的另外3位高层领导以及1位党委副书记也频繁出现在非市场活动中,可以说他们6位高层领导人都积极参与了非市场活动,只是分工不同。例如对于公益性非市场活动,往往是副总参加等。民营企业家在非市场活动中的投入与其创业动机有密切的联系。一般来说,企业家的创业动机大致分为两类:① 机会拉动型。企业家创业行为的动机出于个人抓住现有机会的强烈愿望。② 贫穷推动型。企业家创业行为的动机出于别无其他更好的选择,即不得不参与创业活动来解决其所面临的困难(李乾文,张玉利,2004)。新希望是刘氏四兄弟在20世纪80年代初期全国改革开放全面兴起的时候创立起来的。当时刘永好先生是四川省机械厅干部学校的讲师,受到改革开放政策的感召,他和几位兄长一起辞职到川西农村创业,可以说,他们的创业动机属于机会拉动型。因此,刘永好积极参与非市场活动,并表现出对外部环境的强烈认知欲望。

第六节　研究结论及建议

尽管国内外企业早已认识到在经营活动中的政治策略与企业绩效之间存在某种内在联系，但是很少有学者对其进行定性和定量研究。以我国企业网站上的新闻报道为研究对象，通过内容分析对企业的政治关联策略和政治绩效进行分类和统计，在此基础上分别对6个案例企业和3家典型企业的相关新闻报道的情况进行比较分析，研究结果表明我国不同企业经营活动中的政治关联策略与政治绩效之间存在一定的关联性。由此可以得出以下研究结论：

1. 我国企业经营活动中的政治关联策略和方式呈现多样化趋势，高达40多种，并且普遍相对集中，但是基本上可以划分为政治公益策略、政治公关策略、政治开放参观策略、政治参与策略、政治宣传策略、党建策略和政治媒体策略7个大类。

2. 我国企业政治绩效可以归纳为政府资源、政治竞争能力与优势、市场绩效和财务绩效4个层次，这反映企业获得政治绩效的动态性和阶段性。

3. 我国企业非常重视制定和实施政治关联策略，获得相应的政治利益和经济效益。对于政治关联策略来说，我国企业在经营活动中普遍采用政治公关策略和政治参观与参与策略，并且经常采用政治宣传策略和党建策略了解与宣传党和政府的方针政策；对政治绩效来说，我国企业普遍获得各种无形资源，而有形资源、关系资源和政治竞争能力与优势却较少，市场绩效和财务效果的出现频率较高。

4. 通过对不同案例企业的新闻报道特点的比较分析，发现它们在经营活动中的政治关联策略和政治绩效存在一定的差异性，这主要是由企业性质和行业背景所造成的。

5. 通过对不同案例企业的新闻报道的统计分析，发现它们在经营活动中的政治关联策略实施的强度和密度也存在一定的差异性，而它们政治绩效的差异性不是十分明显，这可能是由于企业新闻报道的偏好、经济效益和商业运作等多种因素所造成的。

6. 企业高层领导都会花大量的时间用于政治行为，尽管不同高管人员在具体的活动中有不同的表现。

总之，我国企业应该努力塑造良好的政治形象，通过各种政治活动引起政府的关注，获得各种政府资源，营造一个十分宽松的外部政治环境，最终为企业创造政治利益和经济效益。而本章从理论和方法上对我国企业与政府之间的关系进行了深入分析，旨在探索我国企业经营活动中政治关联策略与政治绩效之间的关联性，其研究成果对于我国企业管理工作具有一定的指导意义。这主要表现在以下几个方面：

1. 作为一个企业的决策者或管理人员，不仅要重视技术开发和产品市场，而且要积极参与政治事务，特别是他们应该邀请政府有关主管部门或官员参观访问以及各种庆典活动,参与政府或行业协会举办的一些会议和讲座,通过政府各部门的网站、专业人士以及中介机构等途径了解政府的有关政策扶持、资金、人员等方面的信息,通过合法程序积极申请并获得这些政府资源。

2. 企业应该多注重增加企业的无形资源,例如,政府授予企业的各种荣誉和头衔;政府对企业产品的测试和鉴定;政府或行业协会对行业标准的制定;政府对企业信用的评级;企业产品质量体系认证等。这为企业获得有形资源、关系资源、政治竞争能力与优势、市场绩效和财务绩效创造了良好的前提条件。

3. 企业应该学会提高自身的政治和经济地位,通过详细分析、评估本企业拥有的核心技术、生产和市场方面的优势、劣势、发展潜力、财务状况,把本企业的内在价值充分挖掘出来,并采取各种政治关联策略与有关政府部门的人员接触、沟通,使他们对企业基本情况,特别是管理人员有一个比较深的了解。这很类似于在做产品的市场推广,企业也必须做品牌推广,特别是在争取政府资源这方面。

本章参考文献

1. Baron, D. P. Integrated strategy: Market and nonmarket components. California Management Review, 1995, 37(2): 47-65.

2. Mitchell, D., Hansen, W., and Jepen, E. The determinants of domestic and foreign corporate political activity. Journal of Politics, 1997, (59): 1096-1113.

3. Tan, J. Venturing in turbulent environments: the perspective of a nonstate Chinese enterprise. Journal of Management Inquiry. 2001, 10(1): 82-88.

4. 李乾文,张玉利. 外国学者论我国创业活动的特征与创业研究趋势. 外国经济与管理, 2004,(7): 12-18.

5. 田志龙,贺远琼,高海涛. 中国企业非市场策略与行为研究——对海尔、中国宝洁、新希望的案例研究. 中国工业经济,2005,(9): 82-90.

6. 中国企业家调查系统. 企业经营者对宏观经济形势及改革热点的判断和建议——2003年中国企业经营者问卷调查报告. 管理世界,2003,(12): 83-98.

第**15**章

企业政治行为的规范性研究

本章主要研究问题：
1. 在我国,是否存在足够的制度规范企业的政治行为?
2. 我国企业政治行为的规范性如何?
3. 怎样对我国企业政治行为进行规范?

关键概念：规范性、合法性、伦理、规范化

　　企业的政治策略与行为受到了社会公众的广泛关注。在西方,有关企业政治行为合法性与伦理问题的争论早在 19 世纪就已经开始了。目前在西方理论界,学者们就有关企业政治行为合法性问题几乎达成了一致：即政治行为是合法的,但要受到相关伦理的约束。中国同样存在大量的企业政治行为,同样面临行为的合法性与伦理问题。然而,这一问题在中国过多地表现为企业行为规则本身的不科学和不完善、行为规则的不透明或模糊、企业不遵守规则等。在法律本身出现问题的时候谈企业行为合不合法是毫无意义的。同样的道理,当中国的社会文化、价值观和风俗习惯受西方"舶来品"的冲击,正在经历融合或改变时,当中国不得不把过多的注意力集中于经济建设,而不可避免地在一定程度上忽视社会福利时,过多的关注行为伦理也是不合适的。因此,在本章中,我们来探讨一个与合法性及伦理都有关系的问题,即企业政治行为的规范性问题。

第一节　中国企业政治行为的规范性： 一个描述性框架

　　在中国,企业作为社会经济的细胞,作为政府经济政策的接受者和被影响者,作为社团公民,自然有权利了解和参与政府的政策进程,这是企业政治行为合法性的基础。中国企业政治策略与行为同样存在伦理方面的问题,比如,企业通过政治策略与行为阻止或拖延政府排污标准的出台,企业通过政治策略阻碍市场竞争的行为,等等,都涉及伦理问题,都是以社会公共福利的损失为代价来满足企业私人利益。然而这方面的问题尚没有引起中国公民的关注,这是可以理解的。中国与西方特别是与美国不一样,美国是典型的高度结社的国家,各种利益团体林立并相互制衡,而中国社会结社的程度远比美国低。在中国,尚没有一个足够强大的公民团体能够与企业团体相抗衡,这种利益团体之间力量的失衡不足以抑制企业的不合伦理的政治行为。而且,中国作为一个发展中大国,经济发展仍然是第一位的,当经济发展与社会福利之间出现冲突时,选择经济的发展而牺牲社会福利是可取的,毕竟一个人一般不会宁愿饿着肚子去换取更新鲜一点的空气。

因此,在目前的阶段,过度地关注中国企业政治行为的伦理也许是不合适的,我们主要关注与企业政治行为合法性及伦理有关的企业政治行为的规范性问题。企业的政治策略与行为是否规范取决于两个方面:一方面是该策略与行为是否符合国家制定的法律法规和政府规章,另一方面是该策略与行为是否符合商业伦理和社会规范,两者缺一不可。

企业的政治策略与行为规范与否,也不是一成不变的,而是随着社会的发展而不断变更的。说得更准确点,社会制度是不断演化变迁的,而制度的演化会带来企业政治策略与行为规范与否的评价标准的变化。比如,在改革开放前,商业领域中的请客送礼都是不允许也是不被接受的,而改革开放后,伴随着商业的发达,正常的请客送礼就变得不仅可行而且必要。在过去很长一段时期内,拿回扣是被禁止的,也是不为商业伦理所接受的,但随着制度的不断演化,在某些领域拿回扣也日益被人们所理解和接受。

从一个横向比较的角度看,不同国家具有不同的企业政治策略与行为的规范标准。比如,在西方,企业界人士当选议员是不可想象的,而这在中国则是现实存在的。因此分析企业政治策略与行为的规范性,必须置于一定的历史背景之下。本章的研究主要针对当前的中国社会背景。

在本项目研究初期,当我们向被调查者提到"企业政治策略"时,这些被调查的经理们都对这个词比较忌讳。这使作者一开始就想了解,企业政治行为中哪些是公开的,哪些是不公开的,哪些是有正式而详细规则的,哪些是只有框架性规则的,哪些是没有公开规则但有社会公认规范的,哪些是只有潜规则的,哪些是根本就没有规则的;企业的哪些政治行为是完全遵守了正式而详细规则的,哪些只是部分遵守的,哪些是完全没有遵守规则的;企业的哪些政治行为是人们普遍认可的,哪些是不完全认可的,而哪些是根本就不被认可的等,这类的问题统称为企业政治行为的规范性问题。

基于对来自华中科技大学管理学院 EMBA 学员的 16 位高层经理的小组座谈和个人深度访谈所获得的资料,我们初步将企业政治行为分为规范的、灰色的和不规范的三个类型,并从这些政治行为是产生直接影响还是间接影响两个角度进行了描述(见表 15-1)。

规范的政治行为是指那些有正式规则约束的政治行为。这些规范的政治行为包括:①一些直接参与式的政治行为,如企业人员通过社会公开的方式成为各级人大代表、咨询委员等,对政府政策制定产生影响;按照行业协会规则参与行业协会讨论和制定行业规范等;②按公开透明的程序找政府部门或官员反映情况;③有组织地提出研究报告和形成企业的系统意见,通过正式渠道提供给政府部门参考。

表 15-1　企业政治行为的规范性与影响方式

		政治行为的影响方式	
		直接影响	**间接影响**
政治行为的规范性	规范（有正式规则）	公开的直接参与策略，如按公开的规则成为人大、政协代表或政府咨询顾问；参加行业协会等。	按政府规定的程序找政府部门及人员；找到其他代言人；透明公开的财务刺激策略，如公共事业捐款；直接向政府部门、行业协会提交调查报告与意见；提供证词。
	灰色（行为规则模糊）	不太透明的直接参与策略，如企业人员受政府部门委托起草政策或法规实施方案。	不太透明的代言人策略；经营活动中的政治关联行为；不太透明的财务刺激策略；调动社会力量策略；企业发布的调查报告；提供行业信息。
	不规范（无规则或潜规则）	制度创新策略：通过企业实践，运作新规则。	私下的代言人策略，如雇用前政府官员；利用间接关系找到代言人；私下的财务刺激策略，如通过行贿获得政府官员支持等。

　　灰色的政治行为是指那些行为规则模糊的政治行为。这类政治行为包括：①不透明的直接参与式政治行为，如企业人员受政府部门委托起草适用于当地的政策或法规实施方案，因为这时谁有资格参与政府政策与法规实施方案的制定是不太清楚的；②企业公开去找政府官员作为代言人，但过程和关系是不太清楚的；③企业大量的经营活动都有较强的政治关联度，如明显地迎合政府官员的政绩需要。这里包含着政企关系的规范问题；④为政府部门或个人的活动提供财务支持，这种活动通常缺乏透明度；⑤企业采用间接的方式，向行业协会发布调查报告和建议。

　　非规范的政治行为是指那些无正式规则制约或由潜规则制约的政治行为，包括：①企业冒着一定风险，突破现有制度规则，通过企业实践，运作新规则的行为；②企业私下通过财务刺激策略与官员个人建立关系，雇用前政府官员在企业工作等方式，私下寻找企业代言人的行为等。

第二节　对商人参政与官员下海行为的伦理分析

　　中国从计划经济向市场经济的转型，从政府和企业关系的角度而言，就是由原来的政企不分、政府对企业干预过多，向政企分开、政府和企业各司其职转变。在一个良好的政治经济环境下，官员和商人扮演着不同的社会角色，官员是社会利益的代表，追求的是公共利益，对国家和全体民众负责；商人是企业利益的代表，追求的是私人利益，对企业的股东负责。官和商各司其职、各尽其责，社会才能和谐运转。然而，近几年中国商政关系的变化却令人感到困惑，有两种现象尤其引人注目：一是越来越多的政府官员下海经商，在新一波官员下海热衷异彩纷呈；二是越来越多的企业家"商而优则仕"，在十六大之后参政如潮。对于这两种现象，一种比较流行的看法是，官和商是两种不同的职业，官员下海是企图利用"公共资源"牟取私利，而商人参政则和企业的性质不符，因而都是不可取的。然而，本书作者认为，官员下海和商人参政在本质上都是我国企业的政治行为，是我国企业对目前政治经济环境的一种反应，也是我国市场经济发展过程中必然会出现的现象，具有积极的意义。不可否认，官员下海和商人参政存在很多的问题，需要进行规范。但这些问题的产生在很大程度上是由于政府管理体制不完善和政治体制改革滞后所造成的，因此，需要尽快完善政府管理体制，积极、稳妥地推进政治体制改革。

一、官员下海和商人参政的调查与分析

1. 官员下海

所谓官员下海，是指政府官员利用其身份或能力到国有、民营、外资企业任职或者自创企业。自改革开放以来，官员下海的现象从未间断过，迄今已经经历了三次浪潮，分别是 20 世纪 80 年代中期、90 年代初期和 21 世纪初期。在目前，官员下海主要包括以下几种情况：一是在机构改革过程中，一些地方出台多种形式的政策（如停薪留职、留薪留职等）鼓励政府官员下海。比如，在吉林省通化市，大批官员下海与该市 1996 年、1998 年制定的鼓励干部下海的优惠政策密切相关。截至 2003 年 7 月，在下海的 141 名科级以上干部中，享受优惠政策下海的有 91 人，占 64.6%；提前退休下海的 34 人，占 24.1%；辞职下海的 16 人，占 11.3%（彭冰，2004）。二是一些地方政府官员为了表示对经济发展的支持，主动兼任当地龙头企业的领导职务。中央纪委、中共中央组织部 2004 年初出台相关文件要求对这种现象进行清理，全国县处级以上党政干部在企业兼职和企业负责人兼任县级以上党政职务的有 8400 余人。其中，北京就有 414 人，党政领导干部到企业兼职的有 399 人（袁祖君，2004）。三是政府官员辞职或提前退休后，到企业任职。由于前两种情况更多的是政府政策导致的结果，而后一种更多的是个人行为，而且呈现越来越普遍的趋势。我们这里重点考察第三种情况。以民营经济最为发达的浙江省为例，从 2000 年到 2003 年 3 月，全省（省直机关和 11 个市）共有 125 名县（处）级以上党政干部辞职或提前退休，省直机关官员 22 人，市县级官员 103 人，包括 9 名厅级官员。在这批下海官员中，从他们下海的年龄来看，大致分两种类型：一种是提前退休下海的，年龄一般在 50 岁左右，已满 30 年工龄，仕途上难以有进一步的发展。这种官员下海，工资福利待遇都保留不变。在浙江省 11 个市 103 名下海官员（省直机关除外）中，提前退休的有 74 名，比例为 72%。另一种是年轻官员（一般在三四十岁）辞职下海，所占比例为 28%，虽然人数不多，但有能力，往往也是组织部门看好的后备干部。从下海官员所去企业的性质看，大部分下海官员

都去了民营企业。在上述统计的 125 名下海官员中,77 人进入当地的民企担任高层管理人员,占下海官员总人数的 62%。从他们下海前所在的部门来看,曾任职经济部门和综合部门者居多。在市、县级 103 名下海者中,前政府经济部门官员占 75 人。省级机关 22 人中,多数有从事经济工作或有过经济管理经历。在调研中还发现,不规范辞职的现象非常普遍(汪生科,2003)。

2. 商人参政

在中国,商人参政始于 20 世纪 90 年代,但真正的参政则是在中共十六大之后。在中国当前的情况下,商人参政的途径主要有:担任人大代表或政协委员、担任工商联领导职位、入党等。我们这里所说的商人参政,主要是指企业家到各级人大和政协任职。十六大之后,越来越多的企业家当选人大代表或政协委员。以湖北省为例,第九届、第十届各级人大和第八届、第九届各级政协中非公有制经济人士所占的比例见表 15-2、表 15-3,从表中可以看出,在十六大之后,湖北省各级人大和政协中非公有制人士所占的比例有大幅提高。

表 15-2 湖北省第九届人大和第八届政协中非公有制经济人士所占比例

	省 级		地市级(含武汉)		县 级	
	人大	政协	人大	政协	人大	政协
代表总数	727	628	4466	3799	18592	19135
非公有制经济人士	8	16	55	179	357	1494
所占比例	0.01%	0.03%	0.01%	0.05%	0.02%	0.08%

表 15-3 湖北省第十届人大和第九届政协中非公有制经济人士所占比例

	省 级		地市级(含武汉)		县 级	
	人大	政协	人大	政协	人大	政协
代表总数	729	630	5193	4314	24099	20143
非公有制经济人士	56	44	263	316	809	1914
所占比例	0.08%	0.07%	0.05%	0.07%	0.03%	0.10%

资料来源:湖北省统战部。

成功的企业家(富人)对政治的热情更是日益高涨(见表 15-4)。从表中可以看出,十六大之后,富豪榜中当选全国人大代表和全国政协委员的企业家呈稳步上升的趋势。如果从地市级的人大和政协算起,当选人大代表和政协委员的企业家人数更多。"《新财富》500 富人榜"2005 年的统计表明,500 位富人中共有 236 人在市级或市级以上的人大或政协任职,占富豪榜总人数近一半(严侃,2005)。

表 15-4　历届富豪榜中的全国人大代表和全国政协委员

时间	富豪排行榜	上榜全国人大代表	上榜全国政协委员	合计
2001 年	《福布斯》百富榜	6	16	22
2002 年	《福布斯》百富榜	9	12	21
2003 年	胡润版中国百富榜	23	11	34
2004 年	胡润版中国百富榜	14	24	38
2004 年	《新财富》500 富人榜	43	42	85
2005 年	《新财富》500 富人榜	51	38	89

资料来源：根据相关资料整理。

从上述两方面的统计数据可以看出，官员下海和商人参政在我国已经成为一种非常普遍的现象。这种现象是我国经济转型期所特有的，西方国家不存在这种现象。虽然西方国家官员辞职或退休以后也可以去经商，但是对官员辞职或退休后经商有着严格的从业限制。对于商人参政，西方国家普遍是严格禁止的。企业家可以竞选行政职务，可以竞选国会议员，但是一旦当选就必须辞去企业里的所有职务，专心从政。虽然西方国家不允许企业家参政，但对于利益集团参政是允许的。因此，在美国企业通过组建政治行动委员会影响政府决策是一种非常普遍的现象。这种企业为了谋求对自己有利的外部环境而积极影响政府的政策与法规制定和实施过程的行为称做企业政治行为（Getz，1997；田志龙等，2003）。浙江省的调研数据表明，绝大多数官员下海后都是到与其以前工作密切相关的企业任职，只有少数政府官员是自创企业。因此，我们可以认为，官员下海实质上是企业通过把政府官员聘用到企业，利用他们原有关系影响政府政策与法规的制定和实施，属于我国企业政治行为中的代言人策略。企业家当选人大代表或政协委员属于企业政治行为中的直接参与策略（田志龙等，2003），目的是通过直接进入能够影响政府决策的部门，影响政府政策与法规的制定和实施。这两种现象的产生与我国转型期市场环境的特点密切相关。由于我国的市场是由政府主导的，从而导致我国企业家的行为是面向政府的，而不是面向市场的（张维迎，2001）。在这种情况下，企业要发展就必须获得政府的支持。官员下海和商人参政都是我国企业家为了获得政府支持而主动采取的影响政府决策的策略性行为。

在我国现阶段，官员下海和商人参政具有积极的意义。官员下海，是社会价值取向多元化的一种表现，预示着官本位向财富本位的转移，有利于经济的发展。商人参政，是市场经济发展的必然产物，随着民营经济的日益强大，他们必然会提出自己的政治要求。企业家进入人大和政协，使真正的利益主体进入国家权力机关，有利于民主政治的发展。但是，从调查数据中我们也发现这两种现象背后存在很多问题：第一，政府官员在企业中兼职,会造成严重的政企不分,破坏市场竞争的公平性,滋生大量的腐败现象。企业可以利用其官员身份和权力获得"保护伞",而政府官员可以利用企业经理的身份进行贪污、钱权交易。而且这种现象也不利于企业法人治理结构的建立。第二,由于官员辞职下海缺乏必要的约束,从而把公共权力带入市场竞争,这本身就是一种腐败,同时还会破坏市场竞争的公平性。浙江省的统计结果表明,这些官员很多都曾在经济部门和综合部门任职,在位时掌握着各种项目、工程资金使用的审批权、决策权,这些官员到企业任职,原有的行政关系网、官场人情链、原有的职务影响、政府内部信息等会继续发挥影响力。第三,更为严重的是,由于对官员下海以后缺乏必要的监督,因而出现"权力期权"和"洗钱"的现象。一些官员在位时利用权力为某些企业牟取不正当利益,下海后再求兑付;一些官员贪污腐败,借下海经商把权力寻租的黑钱洗白。第四,企业家当选人大代表和政协委员,会面临角色转换的冲突。人大是我们国家的立法机关,同时也是一个权力机关,政协是中国共产党领导的多党合作和政治协商的重要机构。人大代表和政协委员是代表着选民和所在的阶层参政议政的,由于我国的人大代表和政协委员是兼职的,这些企业家在当选之后依然在本企业任职。作为企业利益的代言人,他们比其他人拥有更多的信息、资源和话语权,具有影响政府决策与立法过程的便利(张维迎,2001)。从他们历届所提的议案来看,他们的经济诉求非常突出,大多集中在财经层面,或者关注企业和相关产业的发展前景,或者讨论非公有经济的外部环境,只有一小部分民营企业家以更广阔的视野,从社会发展和居民生活水平改善等层面提出了一些具有可操作性的建议(章敬平,2004)。相关的报道也反映出一些企业家利用人大代表身份进行官商勾结、肆意妄为的事件,这不能不引起我们的忧虑。第五,有越来越多的企业家进入了各级最高权力机关,这有可能会剥夺其他弱势团体参政的权利,有可能导致富人政治。这些问题如果任其发展,对我国的经济体制改革会产生极其严重的后果。我国著名经济学家吴敬琏就多次警告,中国的市场经济要"防止陷入权贵资本主义的泥坑"(吴敬琏,2001a,2001b,2002,2004a,2004b)。

3. 现有规范及执行情况

我国官员下海的规范性文件主要有《国家公务员暂行条例》(以下简称《条例》)、《中国共产党党员领导干部廉洁参政若干准则(试行)》(以下简称《准则》)、《中国共产党纪律处分条例》(以下简称《处分条例》),以及中共中央纪律检查委员会、中共中央组织部、国务院等自20世纪80年代以来颁布的一系列关于禁止党政干部经商、兼职或辞职后经商的规定。2004年初,中共中央又颁布了《关于党政领导干部辞职从事经营活动有关问题的意见》(以下简称《意见》)对日益突出的官员下海问题做出了进一步的规范。关于官员下海的规范主要有:

① 关于党政官员从事营利性活动的规定。《条例》规定国家公务员不得从事营利性活动。《准则》也规定党政领导干部禁止私自从事营利活动,《处分条例》相应地根据行为情节轻重规定了警告、严重警告、撤销党内职务、留党察看和开除党籍的处分。

299

② 关于党政官员兼职的规定。《条例》明确规定公务员不得在营利性机构兼职。对于领导干部在企业兼职，中共中央办公厅、国务院办公厅曾多次出台专门文件要求进行清理。2004 年初出台的《意见》针对党政领导干部大量在企业兼职的现象，再次要求进行清理。

③ 关于公务员辞职的相关规定。《条例》对公务员辞职的程序做出了明确的规定。公务员辞职应提出申请，由任免机关进行审批，必要时要进行财务审计。

④ 关于党政干部辞职或提前退休经商的规定。《条例》规定，公务员辞职后，两年内到与原机关有隶属关系的营利性机构任职要经过批准。《意见》规定，领导干部辞职后 3 年内不得到原业务管辖范围内的企事业单位任职。中共中央、国务院 1986 年和 1988 年出台的相关文件规定，离休、退休干部到企业任职以后，即不再享受国家规定的离休、退休待遇。

对于商人参政，人大的《组织法》、《代表法》、《选举法》以及政协的《组织法》等文件对此都没有专门规定。只有《意见》针对一些地方企业负责人兼任党政领导职务的现象，要求按照干部管理权限，免去其党政领导职务，但是对于经选举担任人大、政协领导职务不驻会的企业负责人并不在清理范围。

总的来说，这些规定对于政企分开、对于减少腐败，创造公平竞争的市场环境都具有积极的意义。但是事实表明，仅靠这些规定是不够的。对于官员下海，现有规范的缺陷是很明显的。第一，关于官员兼职，《条例》虽明确禁止，但没有制定相应的惩罚措施，因而这种现象屡禁不止。中国共产党内的廉政和纪律条例虽规定了相应的处罚措施，但在实际中往往很少执行。安徽芜湖市从市政府领导到村镇一把手普遍兼职就是一个典型（朱玉，2004）。第二，对公务员退出国家机关到营利性机构任职缺乏约束手段。《条例》规定辞职后到与原任职单位有密切关系的营利性机构任职要得到批准，但没有规定具体的约束手段。而且，除了辞职之外，公务员还会因为开除、辞退、退休等原因而离职，《条例》对这几种情况并没有相应的规定。第三，对官员辞职后经商，法律上没有相应的规定。从性质上看，《意见》是党的重要文件，主要约束对象是党的领导干部，但是，领导干部一旦辞去公职后，他的身份就发生了变化，作为普通公民应该遵守的是法律，但是法律上并没有"两禁"的规定。第四，关于离休、退休干部到企业任职后，不再享受国家规定待遇的规定，由于缺乏具体的惩处措施，基本没有执行。关于商人参政，现有的规范基本上没有涉及。

因此，我国商政关系的现有规范存在很多的漏洞，急需进行补充。由于官员下海和商人参政都属于企业的政治行为，我们侧重从企业政治行为的伦理角度进行分析，探讨对官员下海和商人参政现象进行规范，需要在法律法规，甚至在政治体制方面应该进行什么样的补充和创新。

二、分析我国企业政治行为伦理的框架

在西方,商业的权力,尤其是大公司的权力,很久以来就被看做民主的威胁。Charles Lindblom(1977)在他的《政治和市场》一书中总结道,"大型私有企业与民主理论和理念很古怪地结合在一起,但事实上它们并不适合"。Lindblom 认为,大公司拥有巨大的资源和威胁收回投资的特殊权力,和其他政治参与者相比,大公司处于主导的地位,因此是"更完善民主,最主要的、特殊的制度障碍"(p356)。很多学者赞同 Lindblom 的观点,他们认为商业的权力控制了政策议程和公众意识,阻碍了民主的发展(Bachrach and Baratz,1962;Lukes,1974)。因此,西方国家颁布了许多法律对企业参与政治的过程进行规范,如 1907 年颁布的《逖尔曼法案》(Tillman Act),1947 年的《塔伏特-哈特力法案》(Taft-Hatley Act)等,但是企业还是常常利用自身强大的影响力左右选举和公共政策。近年来,西方学者开始从企业伦理的角度探讨企业政治行为的规范问题(Markowitz,1984;Weber,1996;1997;Keffer and Hill,1997;Hamilton and Hoch,1997;Oberman,2004)。比如,Weber(1996)认为,企业具有介入政治活动的权利,但企业介入政治活动应该遵循公民的伦理,而不是消费者的伦理。Weber(1997)认为,对企业政治行为伦理的全面理解至少应该包括以下方面的问题:①商业政治行为目标的适当性;②实现这些政治目标的适当途径。Keffer 和 Hill(1997)用社群主义的观点分析美国企业游说活动的伦理。Oberman(2004)建立了一个分析企业政治行为伦理的框架。

西方学者的研究对于分析我国企业政治行为的伦理具有很大的借鉴意义,为我们提供很好的分析思路,但是由于我国的政治制度与西方发达国家存在很大的差异,这些方法对于分析我国企业政治行为的伦理具有很大的局限性。西方国家普遍实行"三权分立"的政治体制,而中国实行的是"议行合一"的政治体制(徐家良,1995)。在西方国家,立法、行政和司法彼此独立并相互制衡。议会作为国家的立法机构,具有绝对的权威。议员由竞选产生,任何人一旦当选为国会议员,就必须放弃原来的职位。而我们国家实行的是议行合一制,全国人民代表大会是最高国家权力机关和立法机关,"一府两院"(政府、法院和检察院)都对人大负责。人民政协是中国共产党领导的多党合作和政治协商的重要机构。我们国家的人大代表和政协委员是兼职的,在休会期间仍从事本职工作。在西方,企业可以合法地影响政府的决策,企业参政具有通畅的途径,而在我国企业参政的途径尚不通畅。因此,在分析我国企业政治行为的伦理时,我们必须充分考虑我们的国情。

和经济体制改革相比,我国的政治体制改革明显滞后。在计划经济体制下,政府和企业是不可分的,公有制经济"一统天下",私营经济处于被排斥的边缘地位。这种公有制经济"一统天下"的状况和高度集权的政治体制是相适应的。改革开放以来,私营经济获得迅猛发展,据统计,1979—2002 年,个体、私营经济年均增速达 20% 以上(胡迟,2005)。个体、私营等非公有制经济在国内生产总值中所占比重已从 1979 年的不足 1% 提高到目前

301

的 1/3 左右(国务院发改委、国务院研究室,2005)。随着私营经济的日益壮大,私营主阶层的政治意识也在觉醒和成长,他们必然会提出一些政治上的要求。在我国现有的政治体制下,企业和政府沟通的途径还不是很通畅,企业影响政府决策和立法的行为还没有被正式认可。由于我国的人大代表和政协委员是兼职的,人大代表在人大闭会期间仍从事本职工作。因此在我国出现了企业家从事本职工作的同时兼任人大代表或政协委员的现象,而且这种现象呈现越来越普遍的趋势。企业家参政,使真正的利益主体进入国家权力机关,有利于民主政治的发展,但西方国家的经验表明,没有严格的制度约束,资本必然会操纵民主,因此我们必须为企业的政治参与界定一个合理的范围,使其不会妨碍我们的民主政治建设。

判断一种行为是否合理,人们通常要么单纯从行为的动机,要么单纯从行为的结果出发进行分析。事实上,任何一种行为都涉及三个要素:我们的意图是什么? 我们怎样实现该意图? 结果是什么? 因而单纯根据动机或结果评判行为的合理性是片面的。有鉴于此,加勒特(Thomas Garrett)于 1966 年提出相称理论。该理论认为,判断一项行为是否道德,应从目的、手段和后果三个方面加以综合考察。"我对我的任何手段和结果负责,如果我的期望手段和目的本身是好的,我将合乎伦理地允许或者冒险地预期到不应产生不愿看到的负面效果,且以此作为我具有这样做的相称理由(Garrett,1966,p8)"。因而,对于我国企业的政治行为,我们将分别从它们的目的、所使用的手段和导致的结果来分析它们行为的合理性。

任何政治竞争和民主都是有缺陷的,如果我们严格使用代表的公正性标准,将会使拥有不平等资源禀赋的参与者进行竞争。因此我们必须顺应当前的体制,探索改善当前政治体制民主性的方法,我们必须从一个不公正、不完全的世界里寻找我们所能合理地期望的、最好的代议民主标准。这个标准可能存在于"政治的可竞争性"的观点中。一个可竞争的政治体制不反映经典的民主政体,但是"依旧允许为了影响和控制而竞争"(Mitnick,1993,p22)。"民主政体的检验",并"不是指它的规则是公正的,而是它的体制是可竞争的"(p.21)。从罗尔斯的"无知之幕"开始推理,Mitnick(1993)把可竞争的政治体制的要求描绘为:尊重大多数人的意志,具有中立的偏好,符合共有的民主价值。在过程方面,这样的体制允许为不同的立场动员支持;允许宽广的途径;符合正当的程序、公开和及时地考虑事项;为可能的变革做准备;被普遍认为是合法的。尽管 Mitnick 把可竞争性看做政治体制结构的属性,这个概念可以被用做分析企业政治参与伦理规则的一个基础(Oberman,2004)。在这些规则下,判断一个特定行为伦理的主要标准将是它对体制可竞争性的影响。可竞争性的假定如何才能转换成一套政治行为的参与者的伦理义务呢? 开始的逻辑起点是三种基本的伦理理论:目的论、道义论(包括康德的伦理理论和基于权利的理论)和社会公正理论。这些伦理原则是广为人知的,并且被广泛用于分析典型的企业伦理情形和分析模型中(Cavanaugh, Moberg and Velasquez, 1981; Oberman, 2004)。

因此,我们提出如下分析中国企业政治行为伦理的框架(见表15-5):

表 15-5　中国企业政治行为伦理的一个分析框架

标准　　　　　步骤	对体制可竞争性的影响		
	代表的结果 (维持代表的广泛性和 有效性)	权利和义务 (维持共有的民主价 值观)	正义 (维持体制的合法性和可能的 变革)
政治行为的目的	—	是否可以普遍化?	是否尊重其他弱势利益集团的利益?
政治行为的手段	是否有助于增强政治决策过程中的代表性?	是否试图否决其他利益集团参与的权利?	是否符合程序公正?是否长久地排除了一些利益集团参与政治决策过程?
政治行为的结果	是否会增加其他利益集团参与的进入障碍?	是否忽视了其他利益集团的权利?	是否利用公共权力获取不正当利益?是否会永久地导致政策的利益和负担分配的不公平?

我们的分析框架建立在加勒特的相称理论和三个传统的伦理理论的基础之上。结果的分析关注企业的政治行为对政治体制的代表性和有效性的直接影响。(这里假定一个具有广泛代表性的民主体制能够产生功利主义的结果)。权利分析关注对基本民主价值的坚持,这些民主价值支持着民主体制,对民主体制发挥适当的作用是必要的。政治权利被看做这些价值中最基本的组成部分。正义导向的分析关注更长期的效应,这些行为是否严重地剥夺其他社会利益团体的公民权,使其他的社会利益团体处于不利的地位,从而导致体制合法性的丧失。

三、商人参政和官员下海的伦理分析

根据前面提出的分析框架,对于我国的官员下海和商人参政现象,我们分别从目的是否纯正、手段是否适当、结果是否合理进行分析。

1. 目的是否纯正

目的是指行为背后的动机与意图,行为背后的意图是构成道德的一部分,意图纯正与否应作为判断行为是否道德的一个重要因素。西方学者认为企业具有参与政治过程的权利,企业之所以介入政治,是因为政治领域做出的决策对企业具有深刻的影响。多元主义的政治观认为,政治过程就是各种利益集团在政治舞台上讨价还价的过程,如果企业不能清楚有力地表达它们的利益,影响企业的公共政策就可能过多地被其他利益集团所影响,比如劳工联盟、消费者集团和环境保护主义者(Frederich, Post and Davis, 1992)。利益相关者理论也提供了商业游说合法性的理由。企业具有在政治舞台上代表他们的利益相

关者的责任,负有以合理的价格为顾客提供质优价廉的商品和服务、使工人有工作和收入、为社区提供税收、使股东获得回报的责任。尽管西方学者认为企业具有参与政治过程的权利,但他们同时也强调企业参与政治过程应该遵循一定的伦理规范。

企业从党政干部中聘用优秀人才本无可厚非,我国的党政系统中汇集了大量的优秀人才,而中国目前最缺乏的是商业人才,优秀人才从党政机关向企业流动,有利于人力资源的优化配置。然而,问题在于,企业聘用党政干部,是看中他们手中所掌握的"公共资源"呢? 还是看中他们的个人能力呢? 如果看中的是他们所积累的"公共资源",那么在这些官员下海后,就会利用他们的"公共资源"为本企业服务,这显然是不合理的。我们前文的分析表明现有的规范存在很大的缺陷,对官员下海缺乏必要的约束。浙江省的调查数据表明,下海的官员大都曾在经济部门和综合部门工作,曾掌握各种项目、工程资金使用的审批权、决策权。这些官员下海后可以利用原有的行政关系网、官场人情链、原有职务的影响、政府的内部信息等为某些企业服务。这很难让人相信这些企业聘用政府官员的动机是纯正的。

中共十六大之后,越来越多的企业家被推选为各级的人大代表或政协委员,企业家参政成为一种普遍现象。在目前的情况下,企业家参政主要有以下几个方面的原因:第一,中国的市场体制还不完善,政府行政的随意性还不少,缺乏对私有财产的有力保护,这使得商人处于危险的境地,因此他们会本能地向政府靠拢;第二,由于我国正处于经济转型时期,政府掌握着大量稀缺的资源,对企业的活动干预过多,企业家兼任人大代表或政协委员可以为企业获取实在的利益;第三,随着企业的日益壮大,作为一个独立的利益集团,他们必然要求在政治上发出自己的声音,反映自己的政治要求,影响政府决策;第四,中国具有"商而优则仕"的文化传统,一部分人在商场上取得成功后,意图实现更大的抱负;第五,一些企业主之所以加入人大代表的行列是出于对人大代表"特权"的青睐。《代表法》规定,县级以上各级人大代表非经本级人大主席团或常委会许可,不受逮捕或者刑事审判,也不适用于其他法律规定的限制人身自由的措施。企业家之所以被推选到人大或政协,是希望他们能够代表选民和所属的阶层表达他们的意愿,行使他们的权利。如果企业家试图通过当选人大代表为自己或自己的企业牟取不正当的特权和利益,侵占弱势利益团体的合法权益,那么这是和人们选举他们进入人大和政协的初衷是相违背的,因而是不合理的。很明显,第一、第三、第四条理由是合理的,第二、第五条理由是不合理的。

2. 手段是否适当

手段是指目的得以实现的过程以及在此过程中所援用的方式和方法。手段是联系目的和结果的中间环节。如果目的是合理的,是否可以不择手段呢? 美国著名社会活动家马丁·路德·金(M. L. King)认为,善的目的并不能在道德上证明其破坏性手段的正当性,因为"手段代表了在形成之中的理想和进行之中的目的,人们无法通过邪恶的手段来达到美好的目的。因为手段是种子,目的是树。"

对于官员下海,中共中央纪检委、中共中央组织部、国务院颁布的一系列文件对官员下海做出了明确的规定。这些规定对于政企分开、对于减少腐败,创造公平竞争的市场环境是非常必要的。企业聘用政府官员,应该遵守这些规定。就目前的情况而言,企业聘用政府官员的方式有两种:一是企业聘请现任政府官员到企业兼职,二是聘用辞职或退休的政府官员到企业任职。对于前一种情况,中央的政策是明令禁止的,但一些地方政府为了发展当地的经济,还是对这种情况开了绿灯。在现代社会,政府权力的合法性在于公共性,政府的职责在于提供公共产品(高兆明,2002)。企业聘请政府官员到企业兼职,造成了严重的政企不分,企业可以利用其官员身份和权力获得"保护伞",而官员本人则可以利用企业经理的身份贪污腐化、钱权交易、逃避法律和政策对官员的监督管理。这种状况破坏了公平的市场竞争,滋生了大量的腐败。对于后一种情况,政府官员辞职或退休后下海必须符合规定的程序,违反这些程序必然会把公共权力带入市场竞争,同样也会破坏市场竞争的公平性,本质上也是一种腐败。这两种现象都会导致企业之间进行"权力竞争",小企业由于缺少必要的关系和财力,必然在"权力竞争"中处于不利地位,从而被排除在政治决策过程之外,降低了政治决策过程的代表性。

企业家参政,改变了传统的极为抽象的利益代言人决策机制,让真正的利益主体进入了政权核心,有利于发展我国的民主政治。政治舞台是一个各种利益团体表达其政治要求的场所,各个阶层都应该有自己的代表,都应该有表达自身要求的权利。工人、农民、知识分子等阶层在人大都有他们的代表,企业家进入人大、政协,在相当大的程度上改变了以前人大、政协中党政官员充斥的局面,使得代议机构中出现了代表不同利益的声音,这是一种进步。但是,我们还应该看到,能够参政的企业家都来自较大的企业,他们并不能代表数量众多的中小企业,因而他们的代表性也是有限的。

我国的选举法对代表的构成没有明确的规定。在实践中,我国的人大代表通常是根据行业来划分的,把人大代表分为工人代表、农民代表、知识分子代表、解放军代表、民主党派和无党派代表人士,尚没有专门针对企业界的类别,因此企业家出身的人大代表都是以其他身份当选的。企业家参政有利于增强人大代表的代表性,但是也打破了传统的政权结构内部的利益均衡,使得一些社会弱势群体有进一步被边缘化的危险。如果仔细考察一下全国以及地方各级人大的"非党政机构出身的"人大代表的构成,就可以发现,在相当的程度上,存在着被企业家垄断的现象。企业家参政意图否决其他利益方参政的权利,这显然是不合理的。尽管这种排斥并不是有意图的,但是结果却否决了其他利益方参政的权利,这种行为在道德上依旧是可疑的。

按照我国选举法的规定,县级以下的人民代表大会代表由直接选举产生,县级以上人民代表大会的代表由间接选举产生。中国企业家参政或者参政的路径选择上,还没有考虑到充分的科学选举(章敬平,2004)。中国企业家参政的渠道一般是由各个民主党派推荐和政府组织考察,然后再履行形式上的表决程序,进入政府决策层。因此,除了村一级的是依法民主选举的结果之外,企业家的参政很少是充分的民主选举的结果。由于目前县级以上的人大代表是由民主党派推荐和政府考察任命的,所以这里存在企业家贿选的问题(参见:董明,2005),在村一级选举是一种直接选举,因而相对比较规范,但也存在企业家购买选票,贿赂选民的现象。通过贿选等不公平的方式当选人大代表或政协委员,破坏了选举过程的公正性,违反了程序公正的原则,因而在伦理上是不适当的。企业家的大量参政会阻塞其他利益团体参政的机会,当这些利益团体参政的权利被否决,不仅仅会对这些利益团体产生直接的伤害,而且也危害了共有的民主价值。否决了某些利益团体平等地参与政治的机会会使他们对政治体制丧失信心,把现有体制看做是不合理的、不公平的。

3. 结果是否合理

结果是指行为引起的后果,它包括两个方面:一是行为人意欲达到的结果;二是虽不为行为所期望,但能被行为人预见的结果。结果的合理性是判断行为是否合理的重要方面。

我国目前关于政府官员下海的规范存在很多漏洞,这些漏洞使企业可以利用官员的"公共资源"牟取不正当的利益,因而我们国家出现了企业高薪竞相聘用政府官员现象,结果吸引了很多有能力的官员辞职或提前退休经商,导致了政府精英的流失。据调查,一些私营企业的管理团队中,一半以上的高层管理干部来自于党政机关。浙江广厦控股有限责任公司的管理团队中,曾任处级以上职务的干部就有46人(章敬平,2003)。企业聘用政府官员,可以利用这些政府官员原有的行政关系网、官场人情链、原有的职位影响、政府内部信息等"公共资源"为本企业服务,这为其他利益集团平等地参与政治过程,行使自己的合法权利设置了障碍,降低了现有政治体制的可竞争性,因而是不合理的。企业聘用政府官员,获得了接近立法者和决策者的途径,能够在法律和政策制定的过程中表达自己的利益要求,而其他的利益团体由于缺乏这种途径,必然会在法律和政策制定过程中处于不利地位,导致他们的利益受损。

在最初阶段,企业家作为一个新的阶层,希望进入人大、政协,更主要的还是为了保护自己。然而,当这个阶层迅速扩大后,就必然要表达自己的利益诉求,并期望通过自己的"参政"来影响政府的决策。由于企业具有雄厚的财力和强大的社会影响力,因此,在各级的人大中,"非党政机构出身"的人大代表在很大程度上被企业家所垄断。这必然会增加其他利益集团参与政治决策的进入障碍,因而是不合理的。企业参与政治,不能仅仅表达自己的利益要求,而且还要和其他利益相关方共同促进公共利益(Weber,1996)。就目前的情况来看,企业家当选人大代表或政协委员更多的是考虑企业的发展空间问题,但如何为当地的选民服务,特别是如何为当地的企业职工服务,往往考虑得很少。

按照我国的政治体制设计模式,人大是我国的最高权力机关,负责监督"一府两院"。因此,宪法和法律赋予人大代表很多的权力,包括选举权、审议工作权、建议权、表决权、执法检查权等。人民之所以将这些权力授予人大代表，是希望人大代表运用这种权力制定正义的法律和合理的政策，监督行政部门的活动，从而增进公共利益，保障人民的权利和利益不受侵犯。如果当选的企业家把这些权力用于经济活动中，获取比其他企业更多的信息和其他资源，就会导致企业之间事实上的不公平竞争，其结果显然是不合理的。在现代社会，公共政策作为政府公共管理的基本手段和方式，起着政府调控社会成员之间利益关系、实现公共利益的合理分配及具体行政目标的作用（唐贤兴，王竞晗，2004）。政治决策是一个各种利益团体表达其利益需求的过程，政府的公共政策不过是它们之间周旋的一种平衡机制（樊刚，1996）。当企业家们垄断了参政议政的通道后，在制定公共政策时就会仅反映他们自己所关心的问题，从而使公共政策偏向某些利益团体，导致公共政策的好处和负担分配的不公平，更严重的问题是，这种状况，如果不能得到有效的改善，就有可能演变出黑金政治。

综上所述，企业聘用政府官员，如果看中的是政府官员的"公共资源"，那么动机是不合理的；如果看中的是政府官员的个人能力，那么动机是合理的。企业聘用政府官员，应该符合必要的程序，不能利用这些官员的影响力排斥其他利益集团的参政权利，降低政治过程的代表性和可竞争性，使公共政策的好处和负担分配得不公平，否则在手段和结果上是不合理的。企业家参政，如果其动机是代表选民和所在的阶层表达他们的意愿，那么动机是合理的；如果是试图为本企业牟取不正当的利益，或者利用代表的特权，那么动机是不合理的。企业家参政，有助于增强人大的代表性，但如果由于他们的大量参政而否决了其他弱势利益集团的参政权利，那么在手段上是不合理的。从结果上来看，如果企业家参政增加了其他利益集团参与政治的进入障碍，忽视了其他利益集团的合法权利，利用代表的特权为本企业牟取不正当的利益，造成公共政策的好处和负担分配的不公平，那么是不适当的。

四、分析结论与建议

本节对于规范我国的商政关系具有重要的理论和实践意义。在理论上，我们分析了我国官员下海和商人参政的本质及其所产生的伦理问题，建立了一个分析我国企业政治行为伦理的框架，为我国目前普遍存在的官员下海和商人参政现象确立了一个合理的标准，有助于人们正确认识官员下海和商人参政现象，从而减少不规范的官员下海和商人参政行为。

我们对于企业政治行为伦理的分析是从目的是否纯正、手段是否适当、结果是否合理进行分析的。虽然我们不能直接对企业政治行为的动机进行规范，但我们可以通过加强制度建设，从体制上杜绝动机不良的企业参与到政治过程中来，也就是说，要通过手段对企业的政治行为进行约束。对于不良的结果，我们同样也需要在手段上加强规范，因此基于以上调查和分析，对我国对官员下海和商人参政现象，我们建议侧重于从手段上进行规范：

第一，对于官员下海，在正确引导的同时，要尽快制定相应的制度和措施。①建立一套合理的官员退出机制，使政府官员有上有下，避免采取政策鼓励或强迫官员下海。在中国目前的政治架构中，虽然也有官员退出的规定，但大都流于形式，存在着官员能上不能下的现象，结果产生大量的冗员，迫使地方政府鼓励甚至是强制官员下海。通过建立合理的官员退出机制，可以有效地避免这一问题。比如，可以在首长负责制的基础上，实行政府官员总辞制度（乔新生，2003b）。②完善政府管理体制的不足，依法治国。中共中央和国务院已经就官员下海出台了许多规定，但这些规定之所以没有落到实处，一个很重要的原因是强制力不够，没有相应的惩罚措施。值得欣喜的是，《国家公务员法》已经通过并即将实施。《国家公务员法》对公务员辞职或退休应遵循的程序和从业限制等方面做出了明确规定，也规定了相应的惩罚措施，但是在适用范围上只包括了辞职和退休的公务员，对开除、辞退的公务员依旧没有纳入。③制定相应的配套措施对于官员下海进行规范。我国目前尚没有专门的规范对官员下海以后的行为进行约束，这使得官员下海后可以不受约束地运用以前积累的"公共资源"为自己牟取私利，这也是"权力期权化"和"洗钱"现象产生的重要原因。因此，需要加强对官员下海以后的监管。比如，杜钢建教授就建议尽快出台行政检察专员制度，以弥补纪检监察部门对下海官员的监督空白（汪生科，2003）。此外，为了防止政府优秀人才的流失，可以通过经济赔偿措施（高东海，2003）或规定从业服务年限进行约束。

第二，对于商人参政，要有步骤地推进政治体制改革，完善人民代表大会制度。企业参与政治决策，在市场经济下是必然的，也是必要的。当前我国的政治体制尚没有为企业参政预留充分的空间，因此，我们要积极、稳妥地推进政治体制改革，为企业参与政治决策建立通畅的渠道。①要逐步推行人大代表的专职化，任何人在当选人大代表后必须辞去原有的职务，专心参政。人大代表的兼职化容易导致人大代表角色的冲突，而且不利于人大代表履行自己的职责，因此要逐步推行人大代表的专职化（何鹏程，2001；郝铁川，2003；谢祥为，2003）。②尽快完善选举法，扩大直选的范围，出台竞选制度，对竞选过程中资金的来源、使用等做出严格的规范。企业家参政使真正的利益主体进入权力核心，因此我国应该尽快完善选举法（乔新生，2003a），根据我国目前实际的阶层和行业状况，对以往的权力体系进行重新配置，在政权机构的决策层面保证社会各个阶层的利益都能得到反映。完善选举法的意义还不止于此，我们必须防止资本对选举的扭曲，遏制目前竞选中存在的贿选现象。③短期而言，对于目前一些企业主对人大代表"特权"的青睐，中国政法大学的蔡定剑教授认为应该规定人大代表特殊的人身保护权不适用于经济活动中，以防止对人大代表权力的滥用（章敬平，2004）。

总之，随着企业力量的日益壮大，企业家的政治意识也会随之觉醒和成长，必然会提出自己的利益要求，这是正常的，对于我们发展民主政治是有利的。我们应该在制度上对企业参政设计合理的途径和渠道,同时在法律制度层面防止下海官员和参政企业家利用现有法规的漏洞,实现政治和资本的兑换,这就需要我们完善政府管理体制,积极、稳妥地推进政治体制改革。

第三节 中国企业政治行为的规范性：实证研究

本节的主要目的是对中国企业的具体政治行为展开实证调查,试图分辨出哪些政治行为是被接受的,哪些是不被接受的以及上述的描述性框架的合适性。

一、研究思路与研究方法

本节主要采取以下步骤来探讨企业政治行为的规范性问题：首先,我们考察企业政治行为的规则问题,即哪些政治行为是有正式而详细的规则约束的,哪些是只有框架性规则约束的,哪些是没有正式规则但有人们公认的社会规范约束的,哪些是只有少数企业之间形成的潜规则约束的,哪些是根本就没有规则约束的。我们将通过对企业中高层经理人员的调查来了解企业政治行为的规则。

其次,我们考察企业对正式的、程序详细的规则的遵守情况,看企业对这种规则的遵守情况,是完全地遵守,还是部分地遵守,还是根本就没有遵守。如果企业完全地遵守了规则,那么我们认为企业的政治行为是规范的;如果企业只是部分地遵守了规则或是根本就没有遵守规则,那么我们认为企业的行为是不规范的。如果规则本身没有问题,那么我们所要做的工作就是加强对企业遵守规则的执法力度,确保规则得到完全遵守。

最后,我们考察社会伦理价值观对企业政治行为的看法,即企业的哪些政治行为是被人们普遍接受的,哪些是不被人们普遍接受的,哪些是分不清楚的,即人们不知道企业的政治行为是不是合适的。

为了探讨上述问题,我们对华中科技大学 2003 级 EMBA 学员和一部分 FMBA 学员进行了问卷调查。EMBA 和 FMBA 是一类比较特殊的群体,他们既熟悉企业的运作,又比较好地掌握了有关企业的理论知识,是我们进行调查的理想对象。我们总计发出问卷120 份,收回 120 份,其中有效问卷 117 份。每一份问卷由三份不同的调查表所组成,分别了解被调查者对企业政治行为规则的了解、企业对正式而详细规则的遵守情况以及被调查者对企业政治行为的接受程度。

二、研究结论

1. 企业政治行为规则的研究结论

对于企业政治行为的规则问题,即哪些政治行为是有正式而详细的规则约束的,哪些是只有框架性规则约束的,哪些是没有正式规则但有人们公认的社会规范约束的,哪些是只有少数企业之间形成的潜规则约束的,哪些是根本就没有规则约束的。从调查的情况来看,被调查者对一些企业政治行为规则的看法并不一致,而对另一些政治行为的规则却出现了不同程度的一致看法。

为了便于分析,我们将企业的政治行为进行了编号,如表15-6所示。

表15-6　企业政治行为编号

序号	企业政治行为
1	企业参与人大选举并当选人大代表
2	企业参与政协选举并当选政协代表
3	企业领导进入政府的咨询、顾问班子
4	企业领导人同时进入政府部门任职
5	企业领导人担任共产党各级委员会委员
6	企业帮助所在行业协会制定行业标准或规则
7	企业作为行业协会成员协助政府实施政策法规
8	企业领导或企业权威人士参加政府部门政策的拟订与研讨
9	企业直接找政府官员为企业办事
10	企业通过政府官员的家人、朋友等说服政府官员为企业办事
11	企业找参与政府决策的其他非政府官员为企业办事
12	企业研究政府某项政策法规对企业所在行业的影响,并向政府决策部门提交研究报告
13	企业就政府的某项政策法规向政府部门提出自己的意见或建议
14	企业通过媒体、消费者或股东的力量影响政府的决策
15	企业突破过时的或有缺陷的政策,并最终促使政策改变
16	企业钻政策空子(做政策规定范围之外的事情),并最终促使新政策出台
17	企业通过做大做强,成为地方政绩工程,并获得政府的政策支持
18	企业通过雇用下岗工人等政府鼓励企业做的事情,从而与政府建立良好关系
19	企业通过兼并政府推荐的亏损企业等做政府推荐的事情,与政府建立良好关系
20	民营企业组建党支部、工会等党群组织,获得政府的好感
21	企业对政府政绩工程进行投资
22	企业就重要经营事项请示有关政府官员
23	企业请政府官员出席重要场合

序号	企业政治行为
24	企业领导人经常走访政府官员
25	企业出钱支持政府组织的活动
26	企业为教育、慈善事业捐款
27	企业为公益性广告提供资助
28	企业设宴招待或感谢政府官员(1)
29	企业请政府官员做有偿演讲(2)
30	企业为政府官员的旅游、度假等支付费用
31	企业给政府官员提供个人帮助

调查发现,被调查者对标号为10、11、16、28、29、30、31的行为规则的看法比较集中,即至少有超过半数的被调查者认为上述行为是完全没有规则约束的。而对其他各项行为,被调查者的看法相对比较分散,甚至出现了比较严重的不一致。

从单个行为规则与规范的角度看,有超过或等于1/3的被调查者认为标号为1、2、6、18、20的行为是有正式且程序详细的规则的,有超过1/4的被调查者认为标号为5、7、19的行为也是有正式且程序详细的规则的。

有1/3的被调查者认为标号为7的行为是有正式的框架性规则约束的,而有超过1/4的被调查者认为标号为1、2、6、13的行为也是有正式的框架性规则。

有1/3或将近1/3的被调查者认为标号为3、8的行为、约1/4的被调查者认为标号为24的行为是有社会公认的行为规范约束的。

有超过1/4的被调查者认为标号为9、10、14、28的行为是只有企业间形成的潜规则的。

除了有超过半数的被调查者认为标号为10、11、16、28、29、30、31的行为完全没有规则以外,有40%以上的被调查者认为标号为9、21、22、23、24、25的行为也是完全没有规则的;有超过或等于1/3的被调查者认为标号为4、12、14、15、17也是完全没有规则的,有超过1/4的被调查者还认为标号为5、13、18、19、27的行为也是完全没有规则的。

综合起来看,如果我们只在有无正式规则之间做出区分,那么我们似乎可以断定标号为1、2、6、7、20的行为是有正式规则的,因为有超过一半的被调查者认为它们要么是有正式且程序详细的规则,要么是有正式的框架性规则。而其他所有行为都是没有正式规则约束的。

除此之外,我们的调查还有一些比较有意思的发现。那些在被调查者中意见比较分歧的行为,除了意见分布比较均匀之外,还有一种情况就是出现了一种哑铃型的分布。比如,有 1/3 的被调查者认为标号为 18 的行为是有正式且程序详细的规则的,但同时又有超过 1/4 的被调查者认为标号为 18 的行为是完全没有规则的。有超过 1/4 的被调查者认为标号为 13 的行为是有正式的框架性规则的,而同样有超过 1/4 的被调查者认为标号为 13 的行为是完全没有规则的。出现这种情况的一个很大可能就是有些被调查者了解这方面的规则,而另一些被调查者完全不了解这些规则。

从调查的情况可以看出,中国企业的绝大多数政治行为是没有正式规则约束的,其中有一大部分甚至只有潜规则或没有规则,这说明,我国政府对企业行为的规范方面的制定是严重落后于现实需要的。没有规则或只有潜规则是我国企业政治行为不规范的一个主要根源。

2. 企业遵守行为规则的情况

模糊的行为规则是无法让企业遵守的,模糊的行为规则包括我们上述的行为规则中除了有正式的、程序详细的规则以外的其他所有规则,包括有正式的但只有框架性的规则、没有正式的但有社会公认的不成文规则、没有正式的但有少数企业内部形成的潜规则以及根本就没有规则。没有正式的、成文的规则,不仅企业无从遵守规则,而且,人们也将无法从规则遵守的角度判断企业的行为是不是规范的。有正式的但只有框架性的规则仍然是不够的,因为在框架性规则下,企业行为的可能性多种多样,只要不超出大的行为框架,所有行为就是合法的,即使这些行为差异很大。同样,在框架性规则下,规则的制定者——政府的行为也将是不规范的,因为框架性规则同样给政府的行为留下了很大的活动空间,政府会根据自身的好恶来判断企业的行为,对自己的关系户给予关照,而对自己看不惯的企业百般刁难。这样,在框架性规则的约束下,企业的行为就会朝着与政府搞关系的角度发展。

因此,我们这里只考虑企业对有正式且程序详细的规则的遵守情况。根据前面我们对企业政治行为有无规则的调查,有超过或等于 1/3 的被调查者认为标号为 1、2、6、18、20 的行为是有正式且程序详细的规则的,有超过 1/4 的被调查者认为标号为 5、7、19 的行为也是有正式且程序详细的规则的。总体而言,被调查者对企业政治行为有无正式且程序详细的规则的看法非常分散,这使得我们考察企业对这种规则的遵守情况变得困难。因为既然有没有规则都不清楚,那么探讨企业对规则的遵守就没有多大意义,"皮之不存,毛将焉附"。因此我们这里选择的行为是被调查者认为有正式且程序详细的规则的行为,而且持此意见的被调查者人数超过任何一个持其他意见的人数。这样,我们就得出标号为 1、2、6、18、20 的企业行为是被考察的对象。

对标号为 1 的行为的规则,有 20.5% 的被调查者认为企业完全遵守了规则,而有 12.8% 的被调查者认为企业只是部分地遵守了规则,还有 5.1% 的被调查者认为企业完全没有遵守规则。对标号为 2 的行为的规则,有 15.4% 的被调查者认为企业完全遵守了规则,有 12.8% 的被调查者认为企业只是部分地遵守了规则,还有 7.7% 的被调查者认为企业完全没有遵守规则。对标号为 6 的行为的规则,17.9％的被调查者认为企业完全遵守了规则,而有 15.4％的被调查者认为企业部分地遵守了规则。对标号为 18 的行为的规则,5.1％的被调查者认为企业完全遵守了规则,而高达 23.1％的被调查者认为企业部分遵守了规则,而有 5.1％的被调查者认为企业完全没有遵守规则。对标号为 20 的行为的规则,5.1％的被调查者认为企业完全遵守了规则,而 28.2％的被调查者认为企业部分地遵守了规则,还有 2.6％的被调查者认为企业完全没有遵守规则。

从调查可以看出,不仅认为标号为 1、2、6、18、20 的行为是有正式且程序详细的规则的被调查者人数不多,而且在这些被调查者中还有相当大一部分人认为企业并没有完全遵守规则。也就是说,如果这些行为的确有正式且程序详细的规则(尽管从调查来看这种可能性并不大),那么仍然有很多企业要么只是部分地遵守了这些规则,要么完全没有遵守这些规则。

3. 企业人士对政治行为的接受情况

从调查的情况看,被调查者对上述的企业政治行为的可接受情况表现出了比较一致的看法。首先,被调查者对绝大部分企业政治行为持支持的态度,标号为 1、2、3、6、7、8、12、13、14、15、17、18、20、26、27 的行为得到了被调查者比较一致的支持,而标号为 5、9、11、19、22、24、25 的行为也得到了超过半数的被调查者的支持,但持反对意见的人数也至少超过了 1/5。被调查者对标号为 4、10、16、21、28、29 的政治行为的看法出现了比较严重的分歧,持支持意见的和持反对意见的人势均力敌。标号为 30、31 的行为没有获得大多数被调查者的支持,相反,大多数被调查者不赞同或不接受这两种政治行为方式。

上述的调查结果是与我们日常的逻辑推理相一致的,首先,标号为 30、31 的行为明显地带有贿赂政府官员之嫌,因此不被大多数被调查者所接受。其次,标号为 4、10、16、21、28、29 的行为也是目前社会上争议较大的一些行为,比如企业领导人同时担任政府官员、企业进行政府政绩的投资等,对这些行为,被调查者之间出现意见的不一致是完全可以理解的。最后,标号为 1、2、3、6、7、8、12、13、14、15、17、18、20、26、27 的行为是现实中企业经常采用的,也是没有多少争议的行为,因此被调查者对这些行为的意见比较一致。

4. 研究局限性与结论讨论

本调查只是一个简单的频数调查,其研究具有很大的局限性:第一,本研究中被调查的企业政治行为类型是根据我们的一个前期研究成果(见田志龙等,2003)而设计的,它可能并没有包括现实中所有的企业政治行为类别。第二,这个调查问卷可能设计得过于简单,没有考虑被调查者的人口统计学特征及其所在企业特征对调查结果可能出现的干扰。第三,我们只对企业内的人士展开了调查,他们能否代表社会中的其他非企业人士的观点,这一点值得进一步探讨。

总体而言,本研究为我们了解我国企业的政治行为规范化情况提供了重要的素材,使我们了解到哪些企业政治行为是有规则约束的,哪些又是没有的或规则不完全的,企业的哪些政治行为遵守了规范,哪些又没有遵守或没有完全遵守。同时,本研究的结论为我们提出企业政治行为规范化的具体政策建议提供了有益的启示。

最后,本研究同样证明我们第二节中所提出的描述性模型基本上是比较合适的,尽管模型中的某些行为类型可能并没有包括在调查问卷中。

三、研究建议

上述的实证调查告诉我们,首先,现实中的很多企业政治行为是没有正式规则约束的,而其中有正式且程序详细的规则的行为就更少。其次,即使对一些可能有正式且程序详细的规则(认为有正式且程序详细的规则的被调查者人数多于任何一个持其他看法的人数),也只有少数的企业完全遵守了这些规则,而大多数企业要么只是部分地遵守了这些规则,要么完全没有遵守这些规则。最后,从意识形态角度看,很多被调查者对我们列举的企业政治行为持接受的态度,即认为政治行为是合适或非常合适的;而对一些比较有争议的行为看法并不一致;对少数的争议更大的行为持反对态度,认为这样的行为不合适或很不合适。

因此,要规范企业的政治行为必须从这三个方面下手:规则的制定与完善、企业政治行为对规则的监督、不合伦理价值观的行为的取缔。下面我们来分别考察。

法律及其他规则的制定是以社会伦理价值观为基础的,因此我们首先从伦理价值观的角度考察企业政治行为的规范化。根据我们前面的调查,一些企业政治行为是普遍地不被人们接受的,一些行为是争议性较大的,而另一些行为则是被普遍接受的。对于普遍不被接受的行为应该予以取缔或判定为非法,也就是说,标号为30、31的行为应该坚决予以制止和取缔。对争议性很大的政治行为,如标号为4、10、16、21、28、29的行为,要小心对待,要严格规定哪些方面是企业可以做的,哪些是企业坚决不能做的。而对其他的被人们普遍接受的行为,关键在于将这些行为公开化和透明化,为这些行为制定规则。

其次,从规则制定方面看,规则的制定与完善是中国目前面临的一个大问题,这也是中国作为一个转轨经济的重要特征。制定比较完善的企业政治行为规则应该是政府在规范企业行为方面应该做的工作,当然正如本研究所探讨的,这也离不开企业的政治参与。行为的规则应该是具体而完善的,是可操作的。在中国目前的体制背景下,光有原则性的规则是远远不够的,因为这些规则一到执行中就走了样、变了味。中国历来不怎么缺原则性的规则,而是缺具体的可遵照执行的规则。因此,根据我们前面的调查,对只有正式的框架性规则的政治行为,其规则应进一步完善和具体化,要具有可操作性;而对没有正式规则的企业政治行为,则要制定正式规则,而且要制定正式且程序详细的规则。其实,现实中的大多数企业也渴望政府能制定正式且程序详细的规则,这样企业就没有必要冒"瓜田李下"之嫌,而是堂堂正正、大大方方地参与政治的进程。

企业规则的制定主要包括以下几方面的内容:①新的可操作的行为规则的建立(包

括潜规则的正式化);②过时的行为规则的修正;③原则性行为规则的细化和具体化。

最后,有规则并不意味着企业会认真地遵守规则,即使对一些正式且程序详细的规则,企业也并不会完全地遵守,这从我们前面的调查可以看出。因此,除了为企业的政治行为制定正式且程序详细的规则外,政府执法部门还应该加强执法力度,对不遵守规则的企业予以严厉惩治,确保企业对规则的完全遵守。

本章参考文献

1. Bachrach, P. and Baratz, M. Two faces of power. American Political Science Review,1962,(57): 947-952.

2. Cavanagh, G. F., Moberg,D. J., and Velasquez,M. The ethics of organizational politics. Academy of Management Review,1981,6(3): 363-374.

3. Frederick, W. C., Post, J. E. and Davis, K. Business and Society: Corporate Strategy, Pubilic Policy,Ethics (7th Edition). New York: McGraw Hill,1992.

4. Garrett,T. Business Ethics. Prentice Hall, Inc., N. J: Englewood Cliffs,1966.

5. Getz,K. A. Selecting corporate political tactics. In B. M. Mitnick(ed.) Corporate Political Agency: The Construction of Competition in Public Affairs. Newbury Park,CA: Sage Publications,1997: 242-273.

6. Hamilton,J. B. and Hoch,D. Ethical Standards for Business Lobbying: Some Practical Suggestions. Business Ethics Quarterly,1997,7(3): 117-129.

7. Keffer,J. M and Hill,R. P. An Ethical Approach to Lobbying Activities of Businesses in the United States. Journal of Business Ethics, 1997,16(12/13): 1371-1380.

8. Lindblom,C. E.,Politics and Markets. New York: Basic Books,1977.

9. Lukes,S.,Power: A Radical View. London: Macmillan,1974.

10. Markowitz,S. Ethical Rules for Corporate PAC-Men. Business and Society Review,Summer 1984: 21-25.

11. Mitnick, B. M., "Political Contestability," in Corporate Political Agency: The Construction of Competition in Public Affairs,ed. B. M. Mitnick (Newbury Park,CA: Sage,1993).

12. Oberman,W. D. A Framework for the Ethical Analysis of Corporate Political Activity. Business & Society Review,2004,109 (2): 245-263.

13. Weber,L. J. Citizenship and Democracy: the Ethic of Corporate Lobbying. Business Ethics Quarterly,1996,6(2): 253-259.

14. Weber,L. J. Ethics and the Political Activity of Business: Reviewing the Agenda. Business Ethics Quarterly,1997,7(3): 71-79.

15. 董明. 论当前我国私营企业主阶层政治参与. 宁波党校学报,2005,(1): 16-22.

16. 樊刚. 渐进改革的政治经济学分析. 上海: 远东出版社,1996.

17. 高东海. "官员下海"应有制度规范. 南方都市报,2003-03-17.

18. 高兆明. 公器:加入WTO后的政府角色. 学术探索,2002,(5):14-18.

19. 国务院发改委、国务院研究室. 毫不动摇地支持引导非公有制经济发展. 当代经济,2005,(3):1.

20. 何鹏程. 专职代表制与我国人民代表大会制度的完善. 人大研究,2001,(11):4-8.

21. 胡 迟. 非公有制经济如何适应市场环境. 中国党政干部论坛,2005,(3):22-24.

22. 彭冰. 95年至今通化195名官员辞职下海否认是红顶商人. 中国青年报,2004-08-17.

23. 乔新生. 评论:官员下海考验体制改革. 搜狐财经(http://business.sohu.com/),2003-11-16(a).

24. 乔新生. 中国的选举制度亟待完善. 人民网(http://www.people.com.cn/),2003-04-21(b).

25. 郝铁川. 人大代表专职化是一个渐进过程. 法制日报,2003-04-24.

26. 唐贤兴,王竞晗. 转型时期公共政策的价值定位:政府公共管理中功能转向的方向与悖论. 管理世界,2004,(10):47-56.

27. 田志龙,高勇强,卫武. 中国企业政治策略与行为研究. 管理世界,2003,(12):98-156.

28. 汪生科. 浙江规范官员下海潮. 21世纪经济报道,2003-06-09.

29. 吴敬琏. 必须提防和扼制权贵资本主义. 当代经济,2004a,(5):1.

30. 吴敬琏. 发展证券市场,建设现代市场经济. 财经界,2001a,(3):1.

31. 吴敬琏. 市场经济应防止陷入"权贵资本主义". 决策与信息,2004b,(1):31-33.

32. 吴敬琏. 要警惕"权贵资本主义"和既得利益者的反抗. 经理人内参,2001(b),(4).

33. 吴敬琏. 正本清源分清是非——警惕"权贵资本主义". 科技创业月刊,2002,(2):4-6.

34. 谢祥为. 略论我国人大代表的专职化. 人大研究,2003,(6):4-7.

35. 徐家良. 议行合一与三权分立:中美体制比较的意义. 上海社会科学院学术季刊,1995,(2):86-95.

36. 严侃. 调控下的富人生存. 新财富,2005,5.

37. 袁祖君. 北京清理311名在党政机关和企业中兼职的干部. 北京青年报,2004-05-22.

38. 张维迎. 中国企业家的困惑:企业家"搞掂"政府. 中国企业报(企业家周刊),2001-03-01.

39. 章敬平. 权变:从官员下海到商人从政. 杭州:浙江人民出版社,2004.

40. 章敬平. 政商之变. 南风窗,2003,3.

41. 朱玉. 一身双职成普遍现象 芜湖"红顶商人"内幕调查. 北京青年报,2004-02-23.

第四篇　企业政治策略制定与实施

第**16**章

企业政治策略的制定与实施

本章主要研究问题：

1. 企业应该怎样制定和实施其政治战略/策略？
2. 应用市场策略规划的方法进行政治规划的可能性？
3. 企业政治战略/策略所涉及的企业决策有哪些？

关键概念：企业政治战略、政治战略目标、制定、实施、决策树

企业的政治策略与行为是一种非常普遍的社会现象,然而,很少有企业将它提升到战略的高度来进行规划和实施。特别是在中国,很多企业只是谋求与政府的个别领导建立某种关系,而不是通盘考虑企业的政治策略与行为。这是目前政府官员个人权力大于制度的一种必然。然而,随着中国政治体制的改革和制度的逐步完善,以及随着企业市场竞争的加剧,企业将越来越重视政治领域的竞争,并将站在战略的高度来规划企业的政治战略问题。战略管理理论的发展也已经并将进一步将政治领域的竞争与市场领域的竞争结合起来。本章主要基于目前流行的市场策略理论和框架来分析企业的政治战略问题,就企业如何制定一个正确的政治战略做点粗浅的探讨。

第一节　企业政治战略目标

企业的行为受其目标的驱动。对企业的政治战略而言,企业的政治战略主要取决于它的政治目标。进一步来说,政治战略又决定了具体政治策略的选择。因此,确定企业的政治目标是企业政治战略和策略及行为的基础与前提。

现代战略管理理论一般要求企业的战略必须是定量的、可衡量的和可评估的。企业的政治战略也是如此,政治战略的目标应尽可能定量化。然而,与商业战略不同,在政治领域,企业的目标很多时候无法量化,或至少是还没有找到合适的方法将其量化。总体而言,企业将政治战略作为其商业战略的补充,目的是为了建立企业的市场竞争优势或抵消竞争劣势。

企业通过政治战略取得竞争优势有两种来源：一是通过影响和打击行业五种竞争力量而间接取得竞争优势；二是通过影响企业所面临的政策环境而直接取得竞争优势。当然，这种区分并不是严格意义上的，因为竞争优势这一概念本身就是相比较而言的，并且，对企业所处产业的影响必然涉及企业本身。因此，即使相互之间出现部分交叉也是不足为奇的。但无论如何，这样的区分还是有意义的，能够对企业制定政治战略，确立政治目标提供一种良好的分析方法。

根据 Porter 的行业市场五力模型，政府能够对企业所面临的行业五种竞争力量施加影响，从而为企业取得市场竞争优势奠定基础。企业通过影响政府政策并进而对行业五种竞争力量施加影响，最终确立企业的市场竞争优势，这可以用图 16-1 来表示。

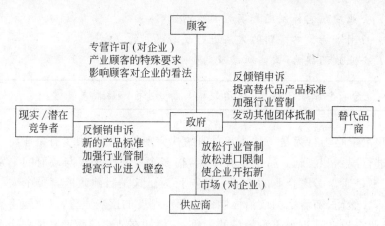

图 16-1　政府对行业五种竞争力量的影响

企业通过政治战略取得市场竞争优势的第二个来源，是企业通过影响自身的政策环境而直接取得竞争优势。企业的这种目标可能更为清晰和具体化。一般而言，企业寻求如下的政治目标并因此而建立竞争优势。

获得政府的订单。企业的政治目标可能是单纯地获得政府的订单，比如，金山企业在政府采购活动前采取政治行为，其目标主要是为了获得政府的软件采购订单。这一目标可以是数量化的，比如，一个企业可以将政治目标设定为："××年度获得政府 2000 万人民币的采购额"，或者是"××年度获得政府订单金额比上一年增加 30%"。当然，政府的订单受到政府需求的影响，比如政府可能在某一具体的年限内不采购某种产品，这样，企业的政府采购目标必然是临时的，比如年度性的采购目标。

获得市场进入机会/设置障碍。现实中很多企业的政治目标可能是为了获得市场进入的机会，或为市场竞争设立障碍。比如，美国电信历史上有名的 MCI 诉 AT&T 并最终导致 AT&T 分拆案、美国航空业的管制解除、中国吉利集团成功进入轿车生产领域、中国加入 WTO 后美国农产品企业游说美国政府向中国施加压力以开放农产品市场等，这些有名的事例都是企业为了实现市场准入而采取的政治行为的结果。而 2003 年初美国钢铁行业向政府呼吁的反倾销调查并最终导致美国政府启用 301 条款而提高钢材进口关税,以及年底对中国彩电的反倾销调查等,这些都是企业为了限制竞争,树立市场进入障碍而采取的政治行为的结果。事实上,目前国际贸易间的各种贸易争端,都是各种企业利益团体为了市场各自的政治目标而采取政治行为的结果。

获得政府的其他资源。企业的政治目标也可能是获得政府的其他资源,比如获得政府的土地使用和税收优惠、专营许可、进出口许可等。当然,企业的政治目标在其愿景中不太可能被表述为"获得政府的其他资源",而更可能是非常具体地被表述为"争取产品享受高新技术产品的税收优惠"等。

第二节 评估外部环境与内部条件

在研究企业政治目标后,企业需要根据外部环境和内部环境确定合适的政治策略与实施方案。

一、评估外部环境

政治战略的制定和实施发生在一个特定的社会背景之下,因此,有效地评估企业所面临的外部环境,是取得成功的基础。就企业的政治战略而言,外部环境主要包括三个方面:企业所面临的政治环境、社会环境和行业环境。

1. 政治环境评估

影响企业政治战略的外部环境中,首要的因素是政治环境。而在政治环境中,主要的因素又是制度环境和政治事项本身。

制度环境。这里所说的制度是指政治制度。一个国家的制度环境对一个企业的政治目标的实现和政治战略的制定产生影响。比如,对企业行为的更加严格的法律政策的出台将缩小企业政治战略和政治行为所选择的范围。

在制度环境的评估中,需要认真考虑不同国家之间在制度上的差异。比如,在中国与美国之间,企业可以采取的政治战略是不一样的。在美国,企业可以为总统或国会议员候选人捐款,可以动员雇员以选区选民的身份对议员施加压力,甚至可以动用联邦法院的力量。而在中国,这些政治行为是不可能的。当然,中国的企业可以采用直接参与人大选举、成为政府骄傲的企业、做政府推荐的事情等独特的方式影响政府行为。因此,企业需要认真了解和分析一个国家的制度对企业政治战略所产生的影响和限制。

同时,企业同样必须认真关注制度领域的改革。制度领域的改革既可能为企业带来政治机会,也可能给企业带来威胁。比如,中国从计划经济向市场经济的转型,导致许多行业管制程度不断降低,给企业带来了大量的市场机会。又如,人大系统改革过程中政府官员代表的淡出将对企业寻找政治代言人产生影响,因为过去很多企业熟悉的政府官员可能不能再兼任人大代表了。因此,企业必须认真分析制度领域的改革或动向给企业带来的影响。哪些动向给企业带来了机会,哪些将对企业现有的政治目标的实现带来威胁。

政治事项。一个国家的政治事项多种多样,对一个企业而言,它不可能也没必要对每个政治事项给予关注。企业需要关注的是那些对企业生产经营活动、对企业市场竞争有影响甚至是有重要影响的,而企业又能够施加影响的政治事项。如果可能,企业应该建立政治事项的数据库,并对其重要性进行排序。当然这个数据库里还应该包括很多其他的资源。当企业的资源有限时,企业应该将有限的资源投入到最优先的政治事项中去。Zeithaml 和 Keim(1985)运用事项特定性和事项及时性两维变量提出了一个如图 16-2 的政治事项矩阵。图中的政治事项是以房地产行业的某个虚拟公司为例确定的。

事项特定性

		一般的	行业的	公司的
事项及时性	目前的	公司税收立法	房屋面积限制	三个村庄的搬迁
	潜在的	更严的土地管理	房屋销售模式	跨地区运作

图 16-2　政治事项矩阵

任何一个政治事项都表现出某种生命周期的特征,即政治事项的发生与发展必须经过一个特定的政治程序。了解政治程序对企业政治战略的实施至关重要。Ullmann(1985)在考察管制生命周期对企业政治策略的影响时,将管制的生命周期划分为形成、制定、实施、管理和修改五个阶段,各个阶段企业所采取的政治策略不同。韦登鲍姆(2002:482)在谈到公共政策程序时将公共政策议题的生命周期划分为发展、政治化、立法和实施四个阶段,不同阶段决定了企业的政治策略与时机。

除此之外,企业还有必要了解影响政治事项的其他因素。比如,在政治程序各阶段,谁是主要的决策者和影响者;而谁又是这些决策者和影响者的影响者;各媒体的动向如何等。

2. 社会环境评估

由于政治事项本身属于社会公共事务,因此,企业的政治战略同样必须考虑社会环境的影响。首先,社会文化对企业的政治战略具有重要影响。比如,在东方文化中,社会关系扮演着一个极端重要的角色,因此,企业更可能采取一种关系导向的政治战略;相比较而言,在西方文化中,社会关系的重要性不如东方显著,而制度因素则比较突出,因此,企业战略更可能利用制度方面的优势。

其次,人们的思想观念同样影响企业的政治战略。在一个人们的思想观念比较保守的社会中,企业更可能采取非公开化的政治战略;在一个人们思想观念更为开放的社会中,企业的政治战略可能更公开化。

最后,社会习俗和宗教信仰都可能对企业的政治战略产生影响。比如,中国有逢年过节登门拜访和相互送礼的风俗习惯,因此,企业很可能充分利用这种风俗习惯来实施其政治战略。企业必须认真而详细地评估其所面临的社会环境,企业的政治战略只有和社会环境相适应,才能取得效果。

3. 行业环境评估

根据波特的行业竞争理论,企业战略必须认真关注行业五种竞争力量对企业的影响。对企业的政治战略而言,企业同样必须认真关注这五种竞争力量的影响。就行业五种竞争力量而言,供应商和顾客往往扮演着一个中性的角色,他们既可能成为企业的竞争对手,也可能成为企业的合作伙伴。因此,对企业而言,他们是应该挖掘和团结的力量。

企业的竞争对手或潜在竞争对手或替代品供应商,一般而言扮演着一个竞争者的角色(尽管某些时候因为某种共同利益而结成联盟),因此,企业应该对他们的行动进行密切的关注。

首先,企业必须时刻关注竞争对手的政治动向,比如,竞争对手对哪些政策事项感兴趣、与哪些政府官员交往密切、采取了或将要采取哪些政治行为等。只有摸清楚竞争对手的政治动向,企业才能采取针对性的行动。

其次,企业必须了解竞争对手过去所采取的政治行为。这是竞争对手现在和将来所要采取的政治行为的预测器。企业过去采取的政治行为会积累相应的政治知识,建立一些相应的政府关系,甚至在组织结构等其他方面做出安排。因此,竞争对手会充分利用自己已经积累起来的政治知识和已经建立起来的政治通道,这是企业预测竞争对手政治行为的基础。

最后,企业要了解竞争对手所拥有的政治资源和能力。比如,竞争对手的规模有多大,在产业界与政府中有多高的声誉,有多少和什么级别的人大政协代表,原来的上级主管机关是谁,有哪些重要股东等。资源和能力决定了竞争对手的政治战略的选择范围,也使企业能够发现自身的优势和不足,从而在与竞争对手的竞争中充分利用优势而避免不足。

4. 利益相关者分析

除了上述提到的政府、行业中的竞争对手、供应商、顾客等外,还要做更广泛的利益相关者分析,研究他们在政治事项中扮演什么角色。这些更广泛的利益相关者包括工会、地方政府、公司周围社区及其民众、投资者、债权人、非政府组织、媒体、专家学者、公关公司等。这些利益相关者可能是政治事项的竞争者或对立方、影响者、支持者、同情者或潜在反对者等。

二、评估内部条件

在评估外部环境之后,企业政治战略要求进一步评估企业的内部条件。与企业的商业战略不同,对企业内部条件的评估,重点不是要评估企业的生产能力、营销能力、技术能力等有多强,而是要了解清楚企业的文化、领导层的态度、企业拥有的政治资源和能力。

一个企业的组织文化对企业的政治战略起决定性影响。一种思想僵化、充满惰性的组织文化甚至难以意识到政治环境的变化,更不用说采取积极有效的政治战略;一种开放的、上进的组织文化既容易使组织对周围的环境保持警惕,也有利于接受新的事物,这时企业也就更可能积极采取政治策略。

企业领导层的态度同样对企业的政治战略有重要影响。如果领导层根本就没有政治战略的意识,或对政治战略根本就不重视,那么政治战略对企业而言就是空谈。只有领导层对政治战略有意识,并坚决地予以支持,这时,企业才可能实施有效的政治战略。

最后,企业的政治资源与能力最终决定企业政治战略的选择。因此,企业必须认真评估其所拥有的政治资源与能力。企业的资源包括有形的资源,如企业的规模(以企业的资产或员工数量衡量)、企业的纳税额、企业的利润水平、企业可用于政治战略的预算等;无形资源,比如企业文化、企业形象、品牌影响力、企业领导人与政府部门及官员的关系等;组织的资源,比如企业中人大政协代表的人数及级别、企业政治活动的历史与经验、企业的公关部门、企业员工的政治知识与培训、行业的联盟程度、企业利益相关者的支持等。

资源是能力的基础,但资源并不是能力。能力表现为企业利用资源,实现政治目标的有效性,它是企业在长期的实践过程中逐步培养起来的。企业的政治能力可以通过它过去政治战略的成功与否或实现战略目标的程度来衡量。

三、内外环境的 SWOT 分析

对企业政治环境和内部条件的综合分析,我们同样可以借用企业市场策略中的SWOT 矩阵图。S(strength)代表企业内部条件中的优势,W(weakness)代表企业内部条件中的劣势,O(opportunity)代表企业外部环境中的机会,T(threat)代表企业外部环境中的威胁。当企业面临对其产生影响的政治事项时,可以根据使用 SWOT 分析工具来寻找合适的政治战略选择。一个示例性的分析如表 16-1 所示。

表 16-1　企业政治战略的 SWOT 分析

	优势-S	劣势-W
	积极的企业文化; 高层领导的重视; 大量的政治资源; 较强的政治能力。	惰性的企业文化; 高层领导的漠视; 较少的政治资源; 较弱的政治能力。

机会-O 竞争对手反应迟钝； 良好的舆论支持； 有利的制度环境； 其他利益相关者的支持。	SO 战略 充分利用企业自身的优势和外部的有利条件，实现政治目标，并进一步确立政治竞争优势。	WO 战略 充分利用外部条件，避免自身的劣势，有限实现政治目标。
威胁-T 竞争对手反应迅速； 不利的舆论环境； 不利的制度环境； 其他利益相关者的反对。	ST 战略 充分利用自身优势，尽力扭转市场环境，攻击竞争对手劣势。	WT 战略 采取消极性战略，不主动参与政治。

第三节　企业政治策略决策

当企业面临一个对其利益有影响的政治事项时，它们首先面临的决策是：是采取积极影响策略影响政治事项，还是采取消极被动的应付策略对其置之不理呢？如果企业决定采取积极影响策略，它们又将面临四个层次的政治决策：①企业政治战略选择；②企业政治参与方式的选择；③企业政治参与层次的选择；④企业具体政治策略的选择。下面我们将通过建立决策树的方式进行探讨。

决策1：企业政治战略选择

企业在分析外部环境和内部条件的基础上，可以选择不同的政治战略。一般而言，可供企业选择的政治战略类型有两种：一是积极影响战略，二是被动应付战略。至于企业到底选择哪种战略，一方面取决于企业领导人的意识，另一方面取决于企业所拥有的政治资源与能力。企业领导人如果没有政治参与的意识，那么企业则可能采取被动应付的战略；而政治企业家则更可能采取积极影响的战略。另外，如果企业拥有足够的政治资源，那么企业可能采取积极影响战略，缺乏政治资源的企业则可能不得不采取被动应付的战略，当然这受到行业或临时政治联盟可能性的干预。

（1）积极影响战略

企业认为政治事项对企业的生存和发展非常重要，积极参与政府进程对企业而言是有利可图的，而且企业也有足够的资源和能力积极参与政治，这类企业将采取积极影响的战略，积极参与政治并力图主动塑造政府的政策或影响政策的实施。比如，当政府有制定一项对企业生产或成本有影响的排污标准的倾向时，企业会立即行动，通过制定完善的战略和采取各种方式，阻止这一政策的出台（如果这一政策对企业的影响实在太大），或至少是在政策的某些内容上为企业谋取利益。

采取积极影响战略的企业必须具备足够的资源和能力，而且也需要得到企业高层的坚定支持。在很多时候，甚至需要企业高层，比如董事长、总经理亲自出马。企业要想在政治领域树立超越竞争对手的竞争优势，光靠一般性的政治行为是不够的，因为竞争对手可以模仿。企业独特的竞争能力必须是竞争对手不能或难以模仿的，比如，企业与政府某些官员的个人关系，特别是基于共同爱好、共同经历、共同地域等原因而发展起来的亲密关系。当然我们反对那种庸俗的金钱关系。再如，企业经过长期的努力而树立起来的良好的口碑或感召力，这也是竞争对手在短期内甚至长期都无法超越的。

由于政治事项往往不是针对一个企业的，而是针对一个行业或整个经济的，因此，企业的政治战略常常面临严重的"免费搭车"问题，这可能导致政治行为的供给不足。企业是否采取积极影响战略是基于它对成本—收益的对比，如果企业采取积极影响战略的成本超过可能获得的收益，那么企业将不采取这种战略；只有当企业所获收益超过由此而产生的成本时，企业才会采取积极影响战略。当然，对于某些政治事项而言，如何衡量它为企业所带来的收益，是一个值得进一步认真研究的问题。

（2）被动应付战略

企业并不主动参与政府的进程，而只是当政府的政策出台后，并对企业的生产经营活动产生影响时，企业才采取行动将政府的负面影响降至最低。这又分两种情况：一种情况是企业在政策出台后再采取某些有限的政治行为来将政策的负面影响降到最低；另一种情况是企业只是通过内部调整来适应政府政策。出现第一种情况的主要原因是：企业的竞争对手很强大并且采取了积极影响的政治战略，企业无法与之抗衡；或者企业事先没有意识到政治战略的必要性，而在事后采取补救。出现第二种情况的主要原因应该是意识形态上的，企业认为没有必要采取政治行为或认为即使采取了也不会起作用。

作为第一种情况的一个例子是，国家出台一项有关高新技术产品的税收优惠政策，并发布享受这一优惠政策的企业的名录，一些边缘性企业可以通过政治行为享受到这一政策优惠，登上优惠企业名录。作为第二种情况的一个例子是，政府出台一项排污标准的政策，对企业的排污产生影响。企业并不想在排污标准制定之前或之中去影响政策的内容或甚至于阻止这样一个政策的出台，而是当这样一个政策出台后，企业采取限制产量、装过滤装置、更新技术等方式被动应付政府的排污政策。

当然，需要指出的是，我们这里所谈论的政治战略排除了第二种情况，尽管它也可以作为"无政治战略"的政治战略来处理。

决策2：企业政治参与的方式

一般而言，企业有两种政治参与的方式：交易的方式和关系的方式。交易方式强调企业与政府（或政治代理人）之间的一种短期的相互作用和交易的关系，它主要关注参与者之间物质利益的交换；而关系方式强调企业与政府（政治代理人）之间的一种长期的相互沟通和影响的关系，它主要关注这种交易关系的组织和过程的重要性（Macneil，1974）。

一个企业到底选择哪种政治参与的方式，主要取决于四个因素的影响：①政府对行业的管制程度;②产品多元化程度;③政治体制;④组织结构。

政府对行业的管制程度。如果企业处于一种政府管制较松的行业环境中,它们可能更倾向于较少参与政治活动,采取一种短期性的交易方式制定政治策略。但是,如果企业处于一种政府管制较严格的行业环境中,并且其经营活动受到政府多方面的干预和影响,它们可能更倾向于积极参与政治活动,采取一种长期性的关系方式制定政治策略。因此,我们认为政府对行业的管制程度将会影响企业对政治的参与方式。

产品多元化程度(相关或者不相关)。如果企业采取单一产品或者相关产品多元化的经营方式,它们仅仅关注本行业领域的政治事务(Hoskisson and Hitt,1990)。因为企业只是积极参与某个政治事务,所以它们更可能采取交易方式制定政治策略。但是,如果企业采取无相关产品多元化的经营方式,它们可能涉及多个领域的政治事务,与政府决策者保持一种紧密的、长期的关系,所以更可能采取关系方式制定政治策略。

政治体制。政治体制处于从社团主义到多元主义连续体中。在一个社团主义的政治体制下,对政治的参与主要是一些制度化的参与者,比如企业、劳工和农业组织,个人或单个企业对政治的自我利益的参与经常受到质疑,因此它们更可能采取关系方法以建立社会资本。而在多元主义的政治体制下,任何利益集团都能对任何假定的事项的政治决策施加影响,因此企业有更多选择,而且交易的方法在多元主义的政治体制中更加普遍。

组织结构(与政治活动有关的)。组织结构作为企业的一种相对稳定行为方式和日常工作程序,它可能影响企业政治策略的方式(Thomas,1986)。一般来说,企业建立一种组织机构来处理公共政策事务,及时了解和跟踪外部政治环境变化,并逐渐具备一定的长期政治活动能力。例如,驻各地政府办事处和专门处理政府关系部门作为一种企业组织结构的外在表现形式,它不是企业对政治活动的短期反应,而是企业与中央及地方各级政府的长期沟通。因此,我们认为企业组织机构数量与层次将会影响企业对政治策略方式的选择。

决策3:企业政治参与的层次

在政治科学领域,Olson(1965)描述了个体或者利益集团参与政治活动的两个层次:单独的和集体的。单独行为是指个体或单个企业试图影响公共政策,例如,一个企业游说政府决策者。集体行为是指两个或两个以上的个体或企业联合影响公共政策,例如,行业协会游说政府决策者。一个企业到底选择单独地还是集体地参与政治策略,主要受四个因素的影响:行业结构特征、企业资源、政治体制和政治事项。

行业结构特征。一个行业的结构特征会影响其集体性政治活动的能力以及企业参与政治的积极性,它也反映了行业性政治活动的成本与效益问题。一些学者研究行业市场结构对企业政治参与层次的影响,他们发现两者之间存在显著正相关关系(Ullmann,1985;Salamon and Siegfried,1977;Zardkoohi,1985,1988;Grier et al.,1994)。这主要体现在以下三个方面:①市场集中度。在一个市场集中度较高的行业中,领导型企业政治活动投入可以获得较高回报,它们更愿意与其他企业共同采取政治行为。此外,如果一个行业的市场集中度越高,其企业之间建立政治联盟成本越低,那么它们越积极采取集体性政治活动。②行业规模大小。通常,一个行业规模大小可用行业内企业的数量进行衡量。集体行动理论认为在一个规模较大的行业中,由于每个企业只能获得较少政治利益,企业之间不愿意采取集体性政治活动,那么在这个行业政治活动中存在较多"搭便车者"。此外,如果一个行业内存在大量的企业,其企业之间建立政治联盟的成本越高,那么它们越不积极采取集体性政治活动。③行业联盟程度。企业之间的政治联盟依赖于行业内竞争对手的政治偏好和共同利益,如果其他竞争对手与企业的政治偏好和共同利益相同,并且它们之间的合作关系占主要地位的话,那么企业会采取一种联盟或集体方式参与政治活动;如果其他竞争对手与企业的政治偏好和共同利益不相同,它们之间的敌对关系占主要地位的话,那么企业会采取一种直接或独立的方式参与政治活动。

企业资源。无论企业采取何种政治策略方式,它们都必须考虑到组织资源的重要作用。一些学者认为企业拥有的资源与政治策略的实施之间有较高的正相关关系,即企业的资源越丰富,它们越会积极采取集体性政治活动,特别是财务资源和人力资源(Yoffie,1987;Lenway and Rehbein,1991;Bourgeois,1981;Schuler and Rehbein,1997)。例如,企业单独地参与政治活动,它们必须承担所有公关费用;企业集体地参与政治活动,它们将共同承担公关费用;企业规模越大,剩余资源越多,它们越愿意采取单独行动;反之,企业规模越小,剩余资源越少,它们越愿意采取集体行动。企业政治公关人员(处理政府关系的人员和政府决策咨询顾问)的数量与层次越高,它们越会采取单独性政治活动;企业政治公关人员的数量与层次越低,它们越会采取集体性政治活动。此外,一些企业也可能有更多的无形资源(声誉与形象、政治文化等)(Hall,1993)。通常,如果企业有各种丰富的无形政治资源,它们更可能单独地参与政治活动,如果企业没有各种无形政治资源,它们就可能集体地参与政治活动。实际上,企业采取集体行动比单独行动更容易影响政府决策过程。例如,企业通过行业协会采取集体方式影响政府决策,使协会成员企业共享政府资源,降低每个成员的政治费用,从而在政治活动中产生规模效应或者协同效应。

政治体制。在社团主义的政治体制中,立法权力的集中化降低了利益集团对政治的参与(Weaver and Rockman,1993)。社团主义国家强调政策的一致同意。多数社团主义结构都是促进相对同质的利益集团之间一致同意和合作的国家文化趋向的结果。一般地,在社团主义国家,利益集团不是以别人的代价来提升自己个人的利益,而是在选举活动中促进更加整合的政策(Hillman and Keim,1995)。这样,因为对一致同意和与他人合作的重视,处于社团主义国家中的企业将选择集体地而非个别地参与政治。而在多元主义的结构中,制度的安排导致各种各样的利益团体都有机会在政治领域展开利益的角逐,这又导致了政治和经济权力的分散(Vogel,1996)。在多元主义国家的政治进程中,利益集团和企业无须向其他团体妥协,它们主要根据在特定事项中自己的利益来采取行动。因此,企业对政治的单独参与在多元主义国家出现的可能性更大(Hillman and Keim,1995)。

政治事项。政治事项一般可以划分为：①选举事项；②非选举事项。当企业采取交易的方法参与选举事项时，更可能采取集体的行动。这是因为，一方面企业减少了在公众面前的暴露，特别是当企业的立场不受欢迎或政治行为失败的时候。另一方面，选举本身涉及各种利益团体之间的大联盟，而且没有一个单个的企业有能力左右一项选举活动。而对于非选举事项，由于事项各种各样并且其影响范围有宽有窄，因此企业可能倾向于采取单独的行动。

决策4：企业政治策略类型

西方学者已经研究企业在公共政策制定过程中所可能采取的政治策略和战术，但是目前还没有形成一个被理论界普遍接受的分类框架。一些学者只局限于某些特殊政治策略，例如，游说、政治捐款(Baysinger et al. ,1985；Keim and Zeithaml,1986；Sethi,1982)，另一些学者只提出一个政治策略类型的列表(Getz, 1993；Lord, 1995；Oberman,1993)，但是，这些企业政治策略的类型是否全面却值得怀疑。此外，中西方之间在文化、政治和经济体制上有所不同，因而在不同行业或企业之间所采取的政治策略和战术也有所不同。我们结合中国体制环境的特点将企业政治策略分为七类，分别称为直接参与策略、代言人策略、信息咨询策略、调动社会力量策略、经营活动政治关联策略、财务刺激策略、制度创新策略(见第8章)。

上述七种企业政治策略中，经营活动政治关联策略及财务刺激策略实施的目的主要是建立与政府部门和个人的短期或长期的关系，而其他政治策略的目的则是直接谋求对政府政策及实施措施的影响。此外，虽然我们将企业政治策略划分为七种类型，但是一种政治策略(包括战术)的运用并不排除另一种策略，即企业可以采取组合政治策略(同时采取多种政治策略)来影响公共政策的制定过程，从而获得有利的外部竞争环境。

一般来说，企业制定、选择政治策略的方式有两种(包括交易方式和关系方式)，在不同的方式下，企业会选择不同的政治策略。

(1) 交易方式下的政治策略选择

如果企业决定采取交易方式制定政治策略(无论是单独的还是集体的)，那么它们主要关注某些公共事务对其经营活动的影响。当企业选择具体政治策略类型时，它们必须考虑公共事务在其生命周期中所处的阶段。Ryan, Swanson 和 Buchholz(1987)认为公共政策事务的生命周期分为三个阶段：①公众舆论形成；②公共政策制定；③公共政策实施。公众舆论形成和公共政策制定是公共事务的识别、形成和反应阶段，即如果社会上出现了公共事务，才会制定出相应的公共政策，所以在这两个阶段中可能存在前摄性的企业政治行为。但是，公共政策实施是指规章、政策、法律的制度化和执行阶段，所以在这个阶段中可能存在反应性的企业政治行为。实际上，在事务生命周期的整个过程中，企业的政治影响力不断变化且变得越来越小，因而企业政治策略的选择也不断变化且有所不同。图16-3反映了在不同公共事务生命周期中企业对政治策略的选择。

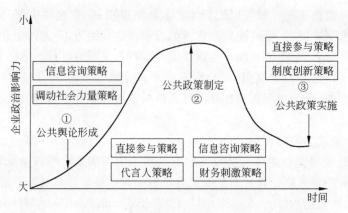

图 16-3　公共事务生命周期与企业政治策略选择的关系图

在公众舆论形成阶段,企业与政府共同关注事务开始出现,并且与之有关的公众利益逐渐形成,企业有能力通过一系列的宣传活动,包括倡议性的广告、发布新闻、企业管理人员公共政策演讲、向政府提交企业研究报告等,间接影响公众舆论的政策偏好,使之符合本企业的利益。但是,公共政策偏好的形成不仅是企业调动社会各利益相关者影响政府的结果,而且是企业、政府和社会公众之间政策信息交流的结果。因此,在这个阶段,企业可能会选择调动社会力量策略和信息咨询策略影响公共政策的决策过程。

在公共政策制定阶段,政府决策机构制定规章制度或者公共政策影响企业经营活动,公共政策事务已经政治化或制度化,并且政策、法律和法规得到通过和颁布。在这个阶段,企业通过政治活动不仅限于修改措辞,而且可以支持或者反对某项条款或政策。在这种情况下,为了影响公共政策制定过程,企业政治活动直接围绕政府决策者开展,它们可能采取直接参与策略、信息咨询策略、代言人策略、财务刺激策略。例如,企业直接向政府提交正式报告,企业通过直接或间接方式参与公共政策的修订和咨询工作,并反馈相关意见和建议,企业也通过财政捐款方式影响政府官员的政治偏好等。

公共政策执行阶段是在立法被通过和制度被制定后开始的,这一程序是由相关的行政机构来制定,而受委派的政府机构开始组织实施公共政策的责任,如果这一政策的合法性得以解决,企业就必须严格执行或遵守法律。但是,如果新的法律和政策被违反或忽视,并由此引发一些法律诉讼检验对这些公共政策的解释不足,新的公共政策事务可能重新出现。因此,企业可能在新的制度和规则实践的基础上,采取直接参与策略和制度创新策略以得到政府和行业承认。

（2）关系方式下的政治策略选择

如果企业决定采取关系方式制定政治策略(无论是单独还是集体),那么它们不必关注某些具体公共事务,而必须考虑对政府决策的长期影响。当企业选择具体政治策略类型时,它们更多考虑的是企业的资源。其中比较重要的企业资源包括:①企业信誉。作为一种无形资源,信誉会影响一个企业政治策略实施能否成功,它也会影响一个企业能否与政府建立一种长期的关系。例如,企业采取调动社会力量策略时,信誉好的企业更易影响各利益相关者的意见倾向,从而间接影响政府决策过程。企业采取信息咨询策略时,信誉好的企业向政府提交的研究报告更准确可靠,从而使政府部门在决策时参考。企业采取政治关联策略时,信誉好的企业更易在经营活动中邀请政府官员影响他们的政治偏好,从而增加企业在政府决策过程中的分量。②企业规模。一般情况下,企业规模大小可用员工数量来进行衡量,作为一种重要资源,企业员工规模也会影响企业政治类型的选择。例如,企业采取直接参与策略和制度创新策略时,企业的规模越大,它们的政治影响力越大,其参政议政的可能性越高,敢于实践新的政府政策,并通过其他政治途径获得政府认可,从而直接或协助参与政府政策的制定。企业采取代言人策略时,企业的员工数量越大,它们的非正式社会关系越复杂,其利用这种关系影响政府官员的可能性越大。企业采取财务刺激策略时,企业的规模越大,它们的经济实力越雄厚,从而有能力通过政治捐款、财政支持等方式影响政府决策过程。

综上所述,我们建立了一个企业政治策略的决策树模型(如图 16-4),这个模型分析了

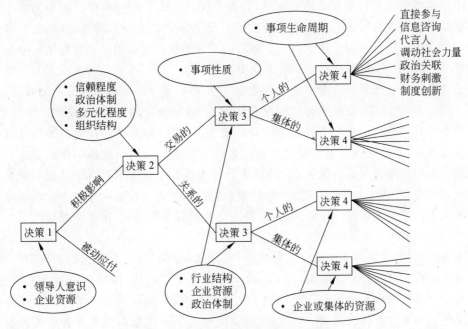

图 16-4　企业的政治决策及影响因素

说明:决策 1——政治战略类型;决策 2——政治参与方式;决策 3——政治参与层次;决策 4——政治参与策略

资料来源:在 Hillman 和 Hitt(1999)的基础上增加、修改而成。

四种政治决策(政治战略类型、政治参与方式、政治参与层次、政治参与策略)以及它们之间的关系。同时,我们总结了企业政治决策过程的影响因素,在某种程度上这些因素也反映了企业政治活动的能力。

第四节 政治策略的实施与评价

在企业做出政治决策后,企业仍然面临政治策略的实施与评价问题。政治策略的实施是企业动用其政治资源实现政治目标的过程,是对企业政治规划的具体贯彻落实。策略的实施原则上是按部就班式的工作,但仍然有一些问题需要引起注意。首先,策略实施并非只是策略制定及实施人员的事,而是整个企业的事,因此,在策略实施过程中,各个部门的配合非常重要。其次,策略实施人员必须对政治领域的突发事件和竞争对手的举动保持高度的警惕,从而使策略和行动保持一定的动态性和灵活性。最后,企业高层管理人员要摆脱市场竞争战略的某些思想,不要认为战略的实施只是各个下层部门和人员的事,在政治策略的实施中,在很多情况下,由企业的最高领导人出马也可能是常有的事情。

不同规模的企业在实施政治策略时,具有不同的方式。一些规模比较小的企业可能只是借助于它们的领导人与某个或某些政府官员的"私交"来实施政治策略;而一些规模较大的企业则可能设立有专门的负责政治策略实施的机构或者由一些现有机构分担这方面的任务,如公共关系部门、驻京和驻省会办事处等。

企业既可能全部靠自己来实施政治策略,也可能借助于某些政治中介的力量。比如,一些"求路无门"(比如,在政府部门中没有认识的人)的企业,特别是规模比较小的企业,更可能委托某些政治中介来间接地实施政治策略。当然,如果政治行为的结果具有可见性并容易衡量,大企业也可能将某些政治行为进行"外包"。利用政治中介来实施部分或全部政治策略将更具有某些优势:①政治中介可能具有企业所不具有而且也非常难以建立的政治通道;②由于"规模效应"和"学习效应"的存在,通过政治中介实施政治策略具有很大的成本优势。关于政治中介这一点,外人也许并不了解,但很多企业都知道这些中介的存在。

策略实施后,需要对实施的结果进行评价。比如策略的实施是否达到了预期的目标,如果没有达到,必须找出其中的原因:是政治环境发生了变化,还是竞争对手的干扰,还是自身政治策略选择不当等。如果达到了,有什么经验值得总结和提炼。策略实施评价的结果既是对本次策略实施的一个最终总结,又会对下一次策略规划起着重要的参考和借鉴作用。

第五节 研究结论及其意义

总之,企业政治策略,像大多数的市场竞争策略那样,有一套复杂的决策系统。如果企业决定参与政治活动,接下来的问题是"怎样参与"。但是,国内外没有一个被学术界普遍接受的企业政治策略制定与实施的理论及方法,包括策略类型及决策过程、影响因素、参与层次、结果评价、模型和分析框架等方面的内容。因此,本章通过大量国内外文献资料的详细研究,分析企业政治策略的形成过程,从理论上研究了企业政治策略的决策树模型。这有助于提高我国企业的战略管理水平以及驾驭外部环境的能力,并为新型政企关系模式的建立提供理论依据和参考。因此,本章提出的理论模型及相关影响因素对企业政治策略与行为的研究具有重要的理论意义。

1. Weidenbaum(1980)将企业应对公共政策变化的反应模式分为消极的、积极的、参与影响的,我们认为消极的企业只在公共政策出台以后采取相应的措施,积极的企业会主动应对公共政策的出台,而参与影响的方式反映企业政治行为的最终目标,这三种反应方式分析说明企业政治行为是一种前摄性的战略决策过程。在这个过程中,企业面临政治战略导向、政治策略方式、参与政治层次和政治策略类型四种政治决策。

2. 基于Macneil(1980)的观点,我们认为企业制定和实施政治策略的方式主要分为交易方式和关系方式,交易方式强调企业对某些特定政治事务的关注,它反映企业政治策略的短期性影响;而关系方式强调企业对各种政治事务的反应性,它反映企业政治策略的长期性影响。这有些类似于合同法、期货市场和社会资本中各方之间的"交易"关系。在这个决策中,政府对行业的管制程度、产品多元化程度、组织结构、政治体制四种因素会影响企业对政治策略方式的选择。

3. 综合Olson(1965)和Schollhammer(1975)有关政治参与的观点,我们认为企业参与政治活动主要分为单独的和集体的,单独行为反映企业单独参与政治活动独享政治利益,而集体行为反映企业集体参与政治活动共享政治利益。这有些类似于在战略管理中企业是采取竞争性战略还是采取联盟性战略获得市场竞争优势。在这个决策中,行业结构特征、组织资源和政治体制及政治事项四种因素会影响企业对参与政治层次的选择。

4. 虽然一些西方学者研究了企业政治策略的类型,但是我们结合中国的文化、政治和经济体制的特点将企业政治策略分为直接参与策略、代言人策略、信息咨询策略、调动社会力量策略、经营活动政治关联策略、财务刺激策略、制度创新策略七类,并且每一种策略包括多种政治战术。但是一种政治策略(包括战术)的运用并不排除另一种策略,即企业可以采取组合政治策略(同时采取多种政治策略)。在这个决策中,交易方式和关系方式会影响企业对政治策略类型的选择。

本章参考文献

1. Baysinger, B., Keim, G., and Zeithaml, C. An empirical evaluation of the potential for including shareholders in corporate constituency programs. Academy of Management Journal, 1985,(28): 180-200.

2. Bourgeois, L. J. On the measurement of organization slack. Academy of Management Review, 1981, (6): 29-39.

3. Getz, K. Selecting corporate political tactics. Newbury Park, CA: Sage. 1993.

4. Grier, B., Munger, C., and Roberts, C. The determinations of industry political activity, 1978-1986. The American Political Science Review, 1994, 88(4): 911-926.

5. Hall, R. A framework linking intangible resources and capabilities to sustainable competitive advantage. Strategic Management Journal, 1993, 14(8): 607-619.

6. Hillman, A. and Keim, G. International variation in the vusiness-government interface: institutional and organizational considerations. Academy of Management Review, 1995,(20): 193-214.

7. Hillman, J. and Hitt, M. Corporate political strategy formation: a model of approach, participation and strategic decision. Academy of Management Review, Oct 1999: 825-842.

8. Hoskisson, R., and Hitt, M. Antecedents and performance outcomes of diversification: a review and critique of theoretical perspectives. Journal of Management, 1990,(16): 461-509.

9. Keim, G. and Zeithaml, C. Corporate political strategy and legislative decision-making: a review and contingency approach. Academy of Management Review, 1986, 11(4): 828-843.

10. Lenway, S., and Rehbein, K. Leaders, followers, and free riders: an empirical test of variation in corporate political involvement. Academy of Management Journal, 1991,(34): 893-905.

11. Lord, M. An agency theory assessment of the influence of corporate political activism. Paper presented at the annual meeting of the Academy of Management, Vancouver, Canada. 1995.

12. Macneil, I. The many futures of contract. Southern California Law Review, 1974,(47): 688-816.

13. Macneil, I. The new social contract. New Haven, CT. Yale University Press, 1980.

14. Oberman, W. Strategy and tactic choice in an institutional resource context. In B. Mitnick (Ed.), Corporate political agency. Newbury Park, CA: Sage. 1993.

15. Olson, M. The logic of collective action. Cambridge, England: Cambridge University Press. 1965.

16. Ryan, M., Swanson, C., and Buchholz, R. Corporate strategy, public policy and the Fortune 500. England: Blackwell. 1987.

17. Salamon, L., and Siegfried, J. Economic power and political influence: the impact of industry structure on public policy. American Political Science Review, 1977, 71(3): 1026-1043.

18. Schollhammer, H. Business-government relations in an international context: an assessment. In P. Boarman & H. Schollhammer (Eds.), Multinational corporations and governments, New York: Praeger, 1975.

19. Schuler, D. A., and Rehbein, K. The filtering role of the firm in corporate political involvement. Business & Society, 1997,(36): 116-139.

20. Sethi, P. Corporate political activism. California Management Review. 1982, 24(2): 32-42.

21. Thomas, H. Agenda control, organizational structure, and bureaucratic politics. American Journal of Political Science, 1986,(30): 379-420.

22. Ullmann, A. A. The impact of the regulatory life cycle on corporate political strategy. California Management Review, 1985, 28(1): 140-154.

23. Vogel, D. The study of business and politics. California Management Review, 1996,(338): 146-162.

24. Weaver R. K. and Rockman, B. A. Do Institutions Matter? Government Capabilities in the United States and Abroad. Washington: Brookings, 1993.

25. Weidenbaum, M. Public policy: no longer a spectator sport for business. Journal of Business Strategy, 1980, 3(4): 46-53.

26. Yoffie, D. Corporate strategies for political action: a rational model. In A. Marcus, Kaufman A. & Beam D. (Ed.), Business strategy and public policy. New York: Quorum Books, 1987: 43-60.

27. Zardkoohi, A. On the political participation of the firm in the electoral process. Southern Economics Journal, 1985,(1): 804-817.

28. Zardkoohi, Asghar. Market structure and campaign contributions: does concentration matter? a reply. Public Choice, 1988,(58): 187-191.

29. Zeithaml, C. P. and Keim, G. D. How to implement a corporate political action program. Sloan Management Review, 1985, 26(2): 23-31.

30. 默里·L.韦登鲍姆. 全球市场中的企业与政府: 第6版. 上海: 上海三联书店,上海人民出版社,2002.

第17章

企业非市场策略与市场策略的整合实施

本章研究关键问题:

1. 非市场因素和非市场策略如何融入到战略管理模型中?
2. 如何分析非市场因素?
3. 非市场策略与市场策略的联系是什么?
4. 在企业战略管理中整合实施非市场策略与市场策略的机制是什么?
5. 非市场策略的实施如何影响企业核心竞争力?

关键概念:非市场策略、事项管理与分析方法、战略管理、整合机制、高管社会资本、非市场部门

为积极应对非市场环境,企业纷纷采取政治策略和行为来影响政府决策过程,以便为企业营造一个良好的生存环境。一个进一步的相关问题是,企业如何将政治行为等非市场活动及其决策纳入到企业战略管理层面进行管理,通过企业政治策略与市场策略的整合实施以实现企业更好的品牌效应和更强的竞争力。这一问题不仅困扰着企业家们,也成为学术界亟待回答的问题。

企业政治策略实际上是一种非市场策略的一种,其他类型的非市场策略包括环保策略与公益策略。考虑到政治策略与其他类型非市场策略的相关关系,以及本章理论探讨的应用价值,本章拟从非市场策略的视角来讨论其与市场策略的整合。具体回答的问题包括如何将非市场策略及其决策纳入到企业战略管理层面进行管理,通过实现非市场策略与市场策略的整合实施以实现企业更好的品牌效应和更强的竞争力。

第一节 企业政治策略、非市场策略与市场策略的关系

一、企业政治策略作为一种非市场策略

根据构成企业非市场环境的政府政策及法律因素以及社会公共因素的特点,企业的

非市场策略也通常分为政治战略和公共事项战略两大类。企业非市场策略的概念是在近十年里提出并受到重视的（Baron，1995a），但国外学者对非市场的研究早可以追溯到Hirschman（1958，1970），主要是用来解释所有组织项目的失败，并不仅仅是市场和企业，还有非市场机构。而且那个时候的研究主要是从政治学、社会学、经济学的角度来探讨的。国外学者站在战略管理的视角来研究非市场也基本上从20世纪六七十年代开始的，只是早期的研究主要集中在企业政治战略的领域内，随后拓展到公共事项战略（例如环境战略等）的领域（Annandale et al.，2004）。

在企业政治战略方面，Weibenbaum（1980）论述了工商企业对公共政策的三种一般反应，包括消极反应、积极反应和塑造公共政策。消极反应和积极反应都属于反应性的，并不直接参与公共政策形成过程。塑造公共政策是指企业试图影响公共政策形成过程的行为。塑造公共政策要求企业采取前摄性（proactive）行为以实现特定的政治目标。Hillman和Hitt（1999）根据交换理论提出了企业和利益集团参与公共政策形成过程的三种一般政治战略，即信息战略、财务刺激战略和选民培养战略等，这是普遍得到认同的一种分类方式。中国企业的政治战略已得到一些学者的初步探讨。田志龙等（2003）通过企业经理人员访谈，提炼出中国企业政治行为的39种方式，并将他们分类为如下的7种策略类型：直接参与策略、代言人策略、信息咨询策略、调动社会力量策略、经营活动政治关联策略、财务刺激策略、制度创新策略等。张建君和张志学（2005）通过田野调查的结果指出中国民营企业的政治战略包括先发制人战略（包括合作、缓冲、政治参与、通过各种途径同官员熟识、经常性地送礼）和被动反应战略（利用政府部门之间的矛盾做文章、遇到麻烦时行贿、资本转移或减少投资、顺从）。

企业公共事项战略又进一步分成公益战略与环境战略两大类。环境战略主要强调的是环境保护是企业面临的战略事项，并强调将其纳入日常战略管理中的策略（Douglas and Judge，1995）。另外，关于公益战略学者们在探讨企业政治战略的过程中，已经拓展了狭义的仅仅从政治活动本身视角探讨企业—政府关系的范畴，涉及企业公益战略，这主要是由于公共事项是政府关注的重点。例如田志龙等（2003；2005）特别指出了中国企业运用的经营活动政治关联策略，其中就包括公益策略等，具体活动可以有：支持体育赛事、教育事业（例如希望工程）、文化艺术事业、为灾难等进行慈善捐助等。

二、非市场策略与市场策略的关系

由上文的阐述可以看出，非市场策略是企业应对和影响非市场环境从而构建对自己企业有利生存空间的战略，而市场策略（如Porter竞争理论中一般性战略：成本领先、集中战略和差异化战略)是企业赢得顾客和打败竞争对手的直接战略。但非市场策略的最终目的也是服务于企业赢得顾客和打败竞争对手,只不过是间接作用的。

正如Baron(1995a)认为的,非市场策略与市场策略及其行为之间常常是相互支撑的和互动的,并对企业竞争优势和经营业绩产生影响。例如,原中国电信集团公司为突破只做固定电话业务的限制而进入移动电话领域,先通过非市场策略获得地方政府默认,在小规模市场上运作"小灵通"手机,从而获得市场与消费者的认同,随后借市场认同获得各级政府认可和支持,而这又为小灵通进入更大市场提供了可能性。又如吉利集团作为一家民营企业,为了进入轿车领域,一方面通过非市场策略,游说各级政府和通过媒体呼吁"给民营企业一个公平的竞争环境","给民营资本在 WTO 环境下的国民待遇",另一方面通过与国有企业合资方式生产经济型轿车获得市场认可等市场策略支撑非市场策略的成功,最终获得在轿车市场参与竞争的资格。

因此,不断有学者试图将非市场策略加入到市场策略模型中,以提出更全面的战略模式。Kotler(1986)提出了大营销(Megamarketing)的战略性思维方式,即在常用的营销组合 4P(Product、Price、Place 和 Promotion),加上 2P(political Power 政治权力和 Public relations 公共关系)。这另外的 2P 可以看成是本章提到的非市场行为的组成部分。6P 的综合运用最明显表现在企业开拓国际市场方面。进入 20 世纪 80 年代之后,国际贸易得到极大的发展,各国国内企业之间的竞争日益加剧,大企业为了摆脱本国市场狭小的限制,必然越来越重视开拓国际市场(潘焕学,1997)。而且一个国家政治权力的影响幅度不仅仅局限于政治领域,还延伸到经济、法律、社会文化等各领域(廖以臣等,2003)。企业产品的出口必须得到进口国的批准才能进入该国市场,因此企业仅仅运用 4P 营销组合是不够的,还必须有政治上的技能和策略,要了解立法者和执法者的行为偏好,从而采取恰当的方式获得批准。

市场策略与非市场策略的协同相关关系还表现在国内市场竞争中。例如市场行为的目标之一是满足顾客的需求。然而有时候,有必要在恰当的时候用恰当的方式给顾客创造另外的刺激和压力或者通过作用于非顾客从而间接影响顾客的需求(Kolter,1986)。Creyer 和 Ross(1996)的研究表明,76%的消费者表示在价格和质量相同的情况下,他们愿意转换成与他们所关心的公益事业有关的品牌和企业。而且当消费者发现企业参与了不道德的行为之后,消费者会由于该企业开展了诸如慈善事业等非市场行为而减弱对其的消极评价。又如农夫山泉股份有限公司开展的"一分钱一个心愿,一分钱一份力量"营销活动,即从 2001 年 1 月 1 日—7 月 30 日,公司从每一瓶销售的农夫山泉产品中提取一分钱,作为捐赠款,代表消费者来支持北京申奥事业。2001 年农夫山泉的销售业绩增长幅度高达 160%①。

第二节　非市场环境特征及其分析方法

在经典的战略管理理论中,战略分析涉及对外部环境的分析从而找出机会与威胁。为了找到分析外部环境的更有效方式,近年来进行战略分析的一种重要尝试是将外部环境分为市场环境与非市场环境（Baron,1995a）。市场环境是指由宏观经济因素、竞争者、供应商、顾客等因素组成的企业外部环境,其特点由需求的特点、竞争的纬度、市场竞争的规律、成本结构、技术进步的特点和速度等决定。市场环境的一个重要方面是企业所处的行业/产业结构。Porter(1980)于20世纪80年代提出的五力模型是分析产业结构的重要方法。非市场环境是相对于市场环境而定义的,非市场环境包括社会的、政治的以及法律安排等因素(Baron,1997)。其特点是由企业与社会公众、媒体、政府等利益相关者的关系所决定的。

表17-1从遵循的原则、关键需求因素、外部控制机制、参与者、行动与利益、结果的评价准则、企业成功的要素、企业与环境因素建立联系的动机、环境因素的特征要素等方面对市场环境与非市场环境的差异与联系进行了分析。

表 17-1　非市场环境与市场环境的差异与联系

不　同　点	市　场　环　境	非　市　场　环　境
遵循的原则	市场交易遵循无异议、一致同意的原则,私有协议的原则	遵循多数决定原则以及充分考虑公众利益的原则
关键的需求因素	资源	合法性和社会认同
外部控制的机制	关键资源的交换与依赖关系	规则、管制、检查
参与者	交易各方	市场参与者、政府官员、相关利益团体、公众、媒体
行动与利益	行动是自由的,谋取私利,受到资源交换伙伴的威胁	行动受到各方的干预,企业获得的利益可能是公共产品,利益可能不具有排他性
结果的评价准则	创造的价值	伦理道德和社会责任感
企业成功的要素	获得和控制关键资源	遵守制度规则和规范,公众赋予的合法性以及对企业过程或结果的认可

339

---

① 资料来源:农夫山泉股份有限公司官方网站:http://www.nfsq.com.cn,检索时间:2006 年 7 月 10 日.

不 同 点	市 场 环 境	非 市 场 环 境
企业与环境建立联系的动机	降低交换中的不确定性,从而获得稳定的输入资源,这些资源对于生产市场中交换的产品或服务来说非常关键	为企业的目标和活动获得文化的支持,展示其社会合法性以及遵守制度规则、规范和管制的形象
刻画环境的因素	基于 Porter(1985)的五力模型,例如竞争对手的数量、进入壁垒、退出壁垒、市场需求、竞争规则等	基于 Baron(1995a)的 4I 模型,即事项(Issues)、利益相关者(Interests)、信息(Information)以及机构(Institutions)
联系	两者是相互影响、互动的关系,例如对企业有利的公共政策和法规的出台将为企业创造良好的竞争环境	

资料来源:作者根据 Baron(1995a,1995b);Saffer(1992);Mahon and McGowan(1998);Pfeffer and Salancik(1978);Scott(1992);Meyer and Rowan(1977)的相关文献整理得到。

表 17-1 中描述的非市场环境和市场环境之间的区别反映了制度理论与竞争理论之间的根本差异,主要表现在企业与环境建立关系的动机不同,以及来源于这些关系的企业结果不同。Scott(1987)认为非市场的观点不能简单地认为是理性或效率观点的对立面,非市场观点应该是理性、效率观点的互补,是企业战略决策的重要背景环境。例如,摩托罗拉在进入中国市场之初,就做出一项惊人举动,在人民大会堂向中国政府官员赠送手机,一举使摩托罗拉产品深入中国百姓心中,销路迅速扩大。但摩托罗拉并没有就此止步,当时进入中国的许多三资企业都不强调是否招聘中国共产党党员,但摩托罗拉却公开宣布,党员优先录用。

因此,在战略分析中将企业外部环境分为市场环境与非市场环境是有价值的。

在战略分析中如何进行非市场环境分析呢?事项管理的方法通常被认为是将非市场环境分析融入战略分析的较合适的方法(邹鹏,田志龙,2001)。非市场事项有其引入、发展、成熟、衰退的生命周期,因此其对企业的影响也是周期性的,并且对不同企业产生的影响是不对称的。例如当一项政府政策开始被制定时,它成为企业关注的非市场事项,而当该政策制定完毕并执行时,则其对所有企业会产生相同的影响,从而成为市场环境中政府政策环境分析的常规工作。同时,不同的非市场事项影响了不同的战略管理层次。

根据对企业战略管理的影响层次可以将非市场事项分为三类(Bronn and Bronn,2002)。一类事项是指影响企业战略目标的重大事项,如 20 世纪 80 年代后期"可持续发展"的提出,环境保护已经成为各国政府制定相关法规政策的着眼点,并影响着企业的战略目标。二类事项是指只影响企业战略方案的重大事项,例如下文阐述的"禁鲜事件";三类事项是指直接影响企业行为(例如促销活动等)的事项。而具体对事项进行分析和提出战略对策的方法是 4I 分析法。Baron(1995a)用 4I 来刻画非市场环境的特征,即事项

(Issues)、机构(Institutions)、利益相关者(Interests)和信息(Information)。事项是企业应关注和采取策略应对的非市场环境事项。例如 2004 年 5 月 9 日,国家质检总局、国家标准化管理委员会颁布《预包装食品标签通则》,并由全国食品工业标准化委员会编写、发行了《食品标签国家标准实施指南》,两个政策限制牛奶生产企业打"鲜"字招牌。这两个政策的颁布与实施引起了全行业的关注,成为非市场环境中的事项。在这个事项中涉及的机构包括国家农业部、卫生部、国家质检总局、国家发改委等。利益相关者是涉及在事项中的有偏好的个体和团体。除了涉及的机构之外,还有巴氏奶生产企业、常温奶生产企业、行业协会、行业内学者、顾客等利益相关者,他们对于该事项都有自己的偏好和利益诉求。在这个事项发展过程中,有关利益相关者偏好、该政策实施的可能性、该政策可能产生的后果等都是非常重要的信息。企业关注非市场事项的目的有两个方面,一是影响非市场事项的进程,减少其对本公司的影响;二是本企业早做准备,更好地应对由于非市场事项带来的环境变化。

第三节　整合非市场策略与市场策略的战略管理模型

以市场竞争为核心的经典战略管理理论强调了企业面临的市场环境,强调企业如何参与市场竞争从而获得超额经济利润。该理论关于企业外部环境的传统分析方法是按宏观环境、行业环境和竞争环境进行分析,找出机会与威胁,进而提出应对外部环境的公司战略和竞争战略。但如何系统地解释企业越来越多的企业政治行为及其他的非市场行为,经典的战略管理理论则存在一定的局限性。为更好地解释企业行为并指导企业实践,近几年将外部环境分为市场环境与非市场环境,进而提出公司相应的市场策略和非市场策略以及整合策略成为战略管理领域的新研究趋势(Baron,1995b),并得到越来越多学者和企业人士的认同和应用(Bronn and Bronn,2002)。

结合 Bronn and Bronn(2002)提出的基于事项管理理论的整合规划模型、Baron(1995,1999)提出的非市场策略与市场策略整合思想,以及目前主流的战略管理思想(Porter,1985),我们提出如图 17-1 所示的将非市场环境分析以及非市场策略融入战略管理理论的框架。

这个框架融入了过去 20 年里有关非市场策略研究的基本结论:1)企业对市场环境的关注是持续性的(这在经典战略管理理论中已经有详细的阐述和成熟的理论框架),然而企业对非市场环境主要采用事项管理的思路(邹鹏,田志龙,2001)。2)企业战略中有市场策略的成分,也有非市场策略的成分。为研究方便,通常称为市场策略和非市场策略。3)市场行为与非市场行为之间的协同效应,是企业实现两者之间整合的基础。4)企业赖以生存发展的资源与能力包括市场方面的(如产品、技术、营销网络等)和非市场方面的(如政府及利益相关者关系、政策、经营合法性及由此带来的利益相关者对企业的有利

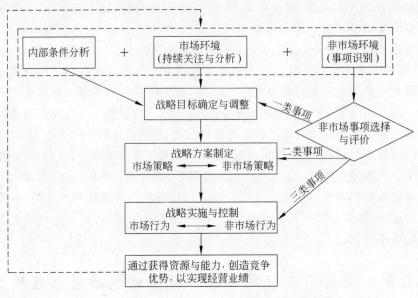

图 17-1　整合市场策略与非市场策略的战略管理模式

偏好、态度和预期）。5）企业市场行为与非市场行为都能带来企业竞争力的差异，从而影响企业经营业绩。

第四节　整合非市场策略与市场策略的模式与机制

从企业开展的应对非市场环境的活动的数量和投入的精力上来看，已很难仅将企业非市场策略作为竞争战略的附属（Baron，1995a），或将实施非市场策略的企业行为只看成是传统的公关行为。尽管市场环境与非市场环境、企业的市场行为与非市场行为的特点有所不同，但它们之间常常是相互作用，从而对企业绩效产生影响的（Baron，1999）。

企业在内部组织结构与职能上是如何重视应对非市场环境的？企业内部又是如何实现非市场策略和市场策略的整合实施的？下面将基于作者 2005 年对我国企业中高层经理的 438 份有效问卷调查结果回答这些问题。

1. 市场环境与非市场环境分类下的企业组织特征与边界

根据组织理论的观点，边界往往被描绘成一个组织终止的地方和该组织所处的环境开始的地方（Pfeffer and Salancik，1978）。这种把组织和环境区分开的观点就是系统理论的基本原理，并使得人们把组织看成是与它们所处的环境进行互动活动的系统（尼尔·保尔森，托·赫尼斯，2005）。非市场环境与市场环境的划分方法无形中在企业与外部环境以及企业内部职能之间构成了若干"边界"（见图 17-2）。边界 1 是企业与环境的关系，边界 2 是应对市场环境因素的有关部门与应对非市场环境因素的有关部门间的关系。企业高管是企业直接与市场环境和非市场环境打交道和整合内部市场相关部门和非市场相关部门的关键人员。

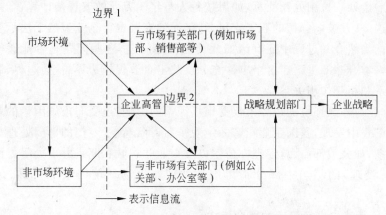

图 17-2　非市场环境对企业影响的界面分析

企业与外部环境的边界还可以分成规模边界、交易边界、社会边界、制度边界（尹义省，1999）。图 17-3 将图 17-2 中的边界 1 放大了。边界有双重属性，即限制和授权（尼尔·保尔森，托·赫尼斯，2005）。边界的限制属性使得企业试图理性地限制它们活动的范围，同时也使内外部的控制成为可能。

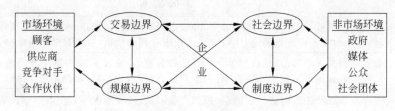

图 17-3　企业与外部环境之间的边界

企业与外部环境之间的各种边界是相互联系、相互影响的，特别是在中国转轨经济阶段。例如企业的规模边界不仅是考虑微观经济学中的最佳规模点，还受到政府政策、规章制度的制约。例如，在钢铁行业非常著名的鞍本合并事件。钢铁行业是一个规模经济显著的行业，鞍钢和本钢的合并简单从市场竞争和行业发展的角度来看是大势所趋，然而鞍钢和本钢两个企业的合并等于鞍山与本溪两个城市合并。本溪北钢集团物流中心陈启明说："鞍钢是中央企业，本钢是辽宁省属企业，鞍本合并本来就不是什么企业行为，这种合并的背后是政府的意志，各级政府之间的博弈自然也会影响合并过程。"[①]同时，鞍本合并的难题还在于如何妥善解决两大集团各自遗留下来的"大集体"企业剥离问题。鞍钢有20多万职工，本钢有12万职工。如果两大企业合并，将共有大集体职工20万人。据辽宁省发改委冶金处一位副处长测算，如果按每人每年1万元的安置费计算，合并后的新企业每年需向这20万被"剥离"的职工支付20亿元的安置费。企业显然无法承受如此巨大的历史包袱。当然合并过程中还有诸如此类的很多问题，这些问题是否能够得到顺利的解决影响了鞍本合并的进程。这个事件充分反映出企业规模边界、社会边界、制度边界之间的紧密联系和相互作用关系。

因此，企业与外部环境的边界不仅受市场因素的影响，还受非市场因素的影响。在我们对企业的调查中发现，我国企业在有一定规模后，都设置了专门的部门处理与非市场环境因素的关系，如公关部门、总经理办公室以及企业驻省城和北京办事处等。而且企业高管（特别是总经理）的相当一部分精力用于处理非市场环境因素上（田志龙、贺远琼，2005）。

2. 非市场策略与市场策略的整合模式

根据本书作者2005年对我国企业中高层经理的438份有效问卷调查发现，我国企业有意识或无意识地在整合非市场策略与市场策略。我们提炼出如表17-2中的十种整合方式，并基于因子分析方法将其分为两种类型："缓冲型"和"桥梁型"。

表17-2　市场策略与非市场策略的整合方式

整合方式	具体表现
缓冲型	企业能预见性地进行战略环境分析，并做出战略决策（例如在政府出台某项政策要求之前，主动影响政府政策的出台，争取要求积极有利的政策，从而有助于战略决策）
	企业的公共关系部门（或政府事务部门或办公室）在企业战略决策中发挥影响（例如有利于企业获得产品的生产资格、有利于帮助企业做好前期市场开拓工作等）
	当企业在战略决策时遇到了困难（例如资金困难、政策限制等），企业领导或者相关部门（例如公关部门、办公室等）主动向政府相关部门寻求帮助，例如降低政府政策的不利影响等
	当企业面临了不利的社会舆论（例如顾客对产品质量的质疑、社会公众对企业形象的质疑、企业发生了一些有负面影响的事件等），企业主动通过公关活动（例如媒体报道、新闻发布会等）来消除不利影响，减少风险
	企业积极参与政府、社会公众所关注或倡导的事项（例如3·15消费者权益保护、慈善事业、环保、节约能源）中，将其作为重要的战略工作

① 资料来源：鞍钢本钢合并是一场马拉松？http://www.bxsteelhr.com/bbs/dispbbs.asp? boardid=1&id=31，检索时间：2006-08-01。

整合方式	具体表现
桥梁型	企业制定战略目标时,将利润、市场份额等市场目标与员工福利、环境保护等非市场目标协调整合起来
	在企业的产品研发过程中,将社会对产品的文化、环保等需求与顾客对产品的功能需求协调整合起来
	企业在制定产品推广方案时,将对产品功能等市场方面的考虑因素与企业的社会责任、社会事项(例如节约能源、环境保护等)等方面的考虑因素协调整合起来
	在企业的生产过程中,将生产效率等经济因素与环境保护等社会因素协调整合起来
	在企业选择合作伙伴(例如供应商、战略联盟伙伴等)时,将市场因素(例如合作伙伴的生产能力、产品质量、经济实力等)与非市场因素(例如供应商与政府、媒体、社会公众等利益相关者的关系等)协调整合起来

"缓冲型"整合方式包括了为保护企业免于受到外部环境的影响以及试图影响外部环境的企业行为方式。缓冲意味着企业或者试图将自己与外部干扰隔绝开或者积极通过诸如游说等行为来影响外部环境。通过缓冲,企业或者抵制环境的变化或者试图控制环境。例如新希望是一个典型的例子。尽管1997年党的十五大确立了民营经济的合法身份,民营企业面临的外部生存环境仍然不如国有企业那样好,因此其董事长刘永好先生经常参与由政府、行业协会组织的各种活动,并在活动中直接呼吁为民营企业创造一个良好的生存环境。2004年8月,正在四川考察的温家宝总理在成都与新希望集团、攀钢集团、长虹集团等5家四川省大型企业的负责人举行了座谈,就宏观调控和企业的发展问题进行了深入探讨。新希望集团董事长刘永好在向总理详细介绍了新希望集团的基本情况之后,提出了三个建议:建议国务院制定关于推动和支持非公有制经济健康发展的指导性文件;在制定新的产业政策时多征求民营企业家和工商联及行业商会的意见;建议银行适当增加对中小企业短期的流动资金贷款。

"桥梁型"整合方式包括了企业试图调整自己的行为来适应外部环境的要求和期望的行为方式。企业试图积极地满足并超过满足法律政策规定的要求,或者试图快速识别变化的社会期望,将这些非市场目标融入到企业战略目标和企业运作过程中,从而使企业达到这些目标和达到社会的期望。企业通过桥梁型整合方式来提高自己对外部环境变化的适应能力。例如,海尔是一个典型的例子。早在1998年海尔就注重绿色产品的概念,并在产品的市场调研、设计、制造、销售、回收及资源化利用过程中,始终坚持绿色和环保的经营理念,把绿色和环保理念融入上述的每一个过程中,坚持产品与地球共生存,和谐发展。摩托罗拉在中国是最早关注电子产品环保要求的企业之一。早在2000年,摩托罗拉公司就意识到电子产品的环保要求是中国政府下一步要重点强调的工作之一,该公司在电子产品设计、生产流程、电子产品回收等方面都对原做法和制度进行了相应的改善。在当时看来,这些行为增加了企业成本,但是从今天来看,摩托罗拉的行为在政府和公众心目中树立了良好的形象,并被中国政府提倡成为全行业的标准和规范。这样摩托罗拉逐渐走在行业的前列,获得了竞争优势。值得注意的是,缓冲型和桥梁型战略并不是相互排斥的(Fennell & Alexander,1987),相反这两种策略常常被企业同时使用。

3. 影响非市场策略与市场策略整合实施及其效果的因素

在图 17-2 中,我们可以发现处于整合边界的要素包括企业高管以及分别应对市场、非市场环境的职能部门。同时本书作者 2005 年对我国企业中高层经理的 438 份有效问卷调查实证研究的结果也表明,企业高管特征以及企业内部的机制是影响整合实施的重要因素。

(1)高管特征

我们的研究发现,对非市场策略实施产生显著影响的企业高管特征主要是高管的社会资本。企业高管的社会资本是企业高管的一种无形资源,通过这种资源有助于企业获得物质的、信息的和感情的帮助,从而实现企业目标(Lin,1999)。从理论上看衡量社会资本的视角包括三个:结构的、关系的和认知的。由于在中国,关系文化很浓厚,所以这里集中于高管的关系维度来衡量其社会资本,并用关系的强度和规模来表示(张其仔,2004)。同时基于市场环境与非市场环境的战略视角,将高管社会资本分成市场环境中的社会资本和非市场环境中的社会资本。这种划分方法在作者进行的实证研究中得到了验证。我们通过实证研究提炼出高管社会资本的 8 种具体表现(如表 17-3 所示),并且发现高管的社会资本显著地与非市场策略及市场策略的整合实施有正相关关系(He and Tian,2007)。

表 17-3　高管社会资本及其构成

社会资本构成	表　　现
市场社会资本	企业领导每年经常拜访或者联系顾客(包括经销商);
	企业领导每年经常拜访或者联系供应商;
	企业领导每年经常与同行业其他企业领导进行沟通和交流;
	企业领导每年经常与中层管理人员、普通员工进行沟通和交流;
非市场社会资本	企业领导每年经常参加政府或行业协会举办的各种活动(例如会议、论坛等);
	企业领导与各级政府官员有良好的个人关系;
	除在企业任职外,企业领导有较多的社会职务(例如人大代表,或政协委员,或协会理事长等);
	企业领导获得企业之外颁发的许多社会荣誉(例如"五一劳动奖章"、"优秀企业家"等)等。

例如，新希望刘永好、海尔张瑞敏和杨绵绵有很多机会参与政府组织的各种活动，从而直接为他们的企业争取所需要的资源(包括资金、优惠政策等)。这种机会获得的一个很重要原因是他们与政府的良好关系，例如刘永好先生除了是新希望集团董事长之外，还是中国政协常委、全国工商联副主席、中国民生银行副董事长、中国饲料工业协会副会长等。杨绵绵女士除了是海尔总裁之外，还是全国人大代表、中国女企业家协会副会长、中国质量协会副会长等(田志龙、贺远琼，2005)。正如石秀印(1998)的观点，企业家作为企业与社会环境的关键"接点"，必须有能力为企业获取所需资源，这些资源包括政府行政与法律资源、生存与经营资源、管理与经营资源、精神与文化资源等。在中国转型经济环境下，每一获取资源渠道的连接方式都是双层的，第一层是公务关系连接，即组织与组织、单位与单位之间的渠道接通；第二层是私人关系连接，即企业家与资源提供单位的负责人(或资源的主要掌管者)之间的渠道接通。因此，企业高管的社会资本直接有助于企业实施整合战略，从而适应或影响外部环境，这个环境有益于实现企业的潜力。

(2) 企业内部机制

我们的实证研究表明，有9个方面的企业内部机制对非市场策略与市场策略的整合实施有显著的相关关系。我们通过因子分析将这9个方面的内部机制分类为协商解决问题机制和正式整合管理制度，见表17-4。企业内部的协商解决问题机制强调的是在非市场环境整合到日常战略管理过程中，各个部门之间的协调、合作共同解决问题。当各职能部门有着共同的目标时，协商解决问题机制将对整合战略产生显著的积极作用。反之，则会产生消极影响。从这个角度来说，协商解决问题机制是发挥作用的重要前提，即不同职能部门都能认同企业目标，而不是站在各自的立场和视角考虑问题。

表17-4　对非市场策略与市场策略的整合实施有显著影响的企业内部机制

内部机制	表现
协商解决问题机制	企业的不同职能部门之间经常就企业面临的市场环境、政府政策以及那些可能会对企业产生影响的事件进行非正式讨论；
	企业的不同职能部门之间经常就企业面临的市场环境、政府法规政策以及那些可能会对企业产生影响的事项等内容定期开会讨论；
	企业其他职能部门经常会与制定战略规划的部门(或高层领导)相互通报、讨论重大事项信息(例如产品价格突然下跌、国家相关政策发生重大调整等)；
	企业各职能部门之间经常定期地传阅必要的信息报告(例如市场报告、紧急事件报告等)；
	企业非战略规划部门在很大程度上参与企业战略规划的制定。

内部机制	表　现
正式的整合管理制度	企业有健全的关于职能部门之间沟通、合作的管理制度；
	企业用正式的管理制度明确了领导要同时关注顾客、竞争对手、政府政策、环境保护等环境因素的职责；
	企业用正式的管理制度明确了各职能部门（例如市场部、战略规划、研发部门等）要同时关注顾客、竞争对手、政府政策、社会公众、环境保护等环境因素的职责（例如在书面管理制度中明确规定，企业选择供应商或经销商时不能仅仅考虑其经济实力，还要考虑其社会声誉或者与政府的关系等。）；
	企业各项管理制度可以得到很好的执行。

企业有关整合的正式管理制度是支持整合战略实施的有效保障，通过在组织内部建立正式的整合管理制度（包括方法和程序）能够在部门间创造协调，提高交流效果和减少合作的障碍（Li and Kwaku，2001）。制度化主要表现在将社会责任的考核指标纳入高管的考核指标中，形成整合的文化等方面。

（3）企业高管与内部机制的关系

企业高管对整合市场环境与非市场环境的支持是非常关键的，没有高管的支持，企业应对外部环境的过程将是痛苦、缓慢的，并且很可能是代价高昂的（Fleming，1980）。我们的实证研究结果表明，在中国现实环境中，相对于企业内部机制因素，企业高管的作用更显著。企业高管除了可以选择、影响决策的外部环境之外，还可以构造企业内部的制度环境以及定义企业的整体轮廓（Child，1972）。企业高管决定了企业的制度化水平、决策方式等（Bantel and Jackson，1989；Wiersema and Bantel，1992）。在这种方式下，高管可以创造他们自己的现实领域和决策范围。而且高管社会资本越丰富，其更可能采取缓冲型的整合战略。上述研究的结论纠正了一个"有失偏颇"的观点，即企业高管如此频繁地参与非市场活动对企业发展无益。事实上，企业高管通过参与这些非市场活动更主要是提高他们对外部环境的感知和解释能力。企业高管频繁出席各种由政府、媒体举办的活动，接待来企业参观的外部利益相关者的作用在于，在企业高管参与非市场活动的过程中，他们通过"关系"将一系列独特的资源集中在一起进行机会挖掘（薛红志等，2003）。特别在转型时期，首席执行官的这方面角色被公共事务官的功能所替代（Shaffer and Russo，1998）。例如，在很长一段时间里，中国本地人才对跨国公司的意义往往局限在熟悉国情、擅长进行政府公关等方面。甚至直到如今，这种情况仍然不算少见。很多跨国公司在中国办事处的主要任务就是与地方政府打交道（雷剑峤，2005）。

然而随着外部环境不确定性的增加，紧紧依靠企业高管的个人作用是不够的，企业内部机制的作用越来越大。

（4）影响非市场策略与市场策略整合实施和效果的其他因素

整合市场环境和非市场环境并不是一项简单的战略管理工作,在这个过程中会遇到很多的障碍,包括观念上的障碍和信息黏滞等。

观念上的障碍是最根本的障碍。长期主导企业行为的战略管理理论是以市场为核心的。长期以来,中国在实行从计划经济向市场经济转型的过程中,也一直强调市场的作用。这使得很多企业管理人员没有正确认识和理解非市场环境对企业的影响和重要性。同时由于过去中国法律环境不健全,出现了部分不规范、不合法的非市场行为,例如行贿等,这使很多企业管理人员害怕谈到非市场,似乎一旦与非市场挂钩,就没有办法做好市场。刘东华(1999)认为,周作亮和他的"幸福集团"从根本上说犯的都是最原始、最低级的一类错误:没有把企业当企业办。周作亮创业的成功以及对社会的贡献,使得他获得了各种各样的荣誉,而这些荣誉与光环又驱赶着他去追逐更高的荣誉,最终迷失在企业之外。诸如此类"失事"的企业和企业家有很多,这更说明要从战略管理高度处理好非市场策略与市场策略间的关系。

信息黏滞也会形成障碍。企业是由各职能部门组成,各职能部门在运作过程中会产生和涉及大量不同的信息。不同职能部门对自身领域相关的信息较为了解和关注,缺乏对其他领域信息的了解愿望和冲动,那么职能部门所掌握的信息也是有差异的。例如企业营销部门与总经办拥有的信息结构各不相同。总经办拥有比较完全的非市场要素的信息和不完全的市场信息;企业营销部门则相反,它们拥有比较完全的市场信息,但非市场要素信息不完全(李凤莲,马锦生,2002)。因此,"信息黏滞"现象比较容易发生,即各种不同的信息常常滞留于自身的信息源周围,甚至引起信息传输通道受阻。这严重地阻碍了整合战略决策的制定,因为整合战略要求在信息尽可能完全的情况下做出。

349

第五节 整合非市场策略与市场策略的绩效意义

战略管理要回答的最根本问题之一是"企业如何获得竞争优势"(Porter,1985;Rumelt,1984)。目前的战略管理文献主要是基于两个视角来解释企业竞争优势的来源,即行业定位观点以及资源基础观点。在 Porter 的行业定位观点中,竞争优势来源于企业在行业中的优越地位,这可以通过企业的一般战略来获得。具有优越地位的企业可以产生垄断租金,因为企业可以成功地获得更多的产出(Porter,1985)。资源基础观点并不否认行业定位的重要性,但将资源异质性看成是竞争优势的主要驱动因素(Barney,1991;Peteraf,1993)。在表 17-1 对市场环境与非市场环境的比较中,企业在市场环境中成功的要素是获得关键资源。这里的资源是指"企业拥有的所有资产、能力、组织过程、企业特征、信息、知识等,这些均有助于提高企业的效率和效益"(Barney,1991)。尽管资源基础理论从资源的稀缺性、不可模仿性、有价值性和不可替代性等特征阐述了资源与竞争优势的关系,然而行业定位观点和资源基础观点都有一个假定,即企业面临的是稳定的竞争环境。同时,资源基础观点忽略了一个事实,即部分资源是嵌入在非市场环境(包括政府政策、社会关系等)中的(Oliver,1997)。实际上,非市场环境强烈地影响了企业的生存和竞争成功(Bresser & Millonig,2003),而企业可以通过针对非市场环境实施的非市场策略来获得资源并增加公司的优势。

图 17-4 是本书作者在结合资源基础理论以及非市场策略理论基础上构建的非市场策略及行为实施与企业竞争优势的关系图,它表明企业针对非市场环境的行为可以通过增加企业资源的稀缺性、不可模仿性、价值性和不可替代性等特征从而帮助企业获得竞争优势。

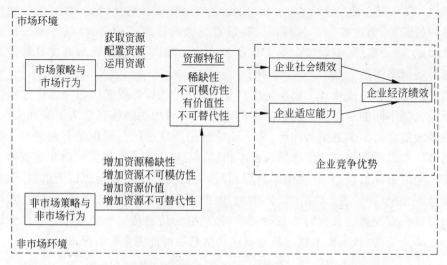

图 17-4　整合市场策略与非市场策略的企业竞争优势

1. 增加企业资源的稀缺性。如果很多相互竞争的企业都拥有同一种有价值的资源,那么这种资源极少可能成为竞争优势的来源(Barney,1991)。例如,2001 年末,民营企业吉利公司通过一系列非市场行为最终登上了国家汽车生产目录,获得了生产小轿车的资格。然而国家政策的大门仅仅对吉利公司开放之后就对其他民营企业关闭了,从而使得吉利公司提早数年获得了较其他民营企业而言的"稀缺资源"——生产许可资格。

2. 增加资源的不可模仿性。大量的资源是嵌入在复杂社会关系中的(Dierickx and Cool,1989),例如企业经理与政府官员的良好个人关系、企业在供应商中的声誉(Porter,1985)、企业在顾客中的声誉等。那么一旦企业获得了这种资源,则其他竞争对手获得这种资源的能力将受到极大的约束和限制(Barney,1991)。例如,政府为鼓励企业创新工作,每年会给部分企业提供一笔科技创新基金。在我们进行的访谈调查中,一位深圳某公司经理说,"我们公司每年都可以得到政府的科技基金。关于这笔基金的信息并不是所有企业都知道的,因为我们和政府官员很熟悉,所以他们会告诉我们相关信息,然后我们会积极申请,并得到基金资助。"

3. 增加资源的价值性。只有当企业资源有价值时,它才可能成为竞争优势的来源。资源的价值主要体现为它能通过开发新的机会或者降低外部环境产生的威胁从而提高企业效率和效益(Barney,1991)。在非市场环境中,资源的价值性还体现为它获得的合法性,即得到政府、社会公众等利益相关者的认可和支持(Oliver,1997)。

4. 增加资源的不可替代性。企业在非市场环境中与利益相关者的关系网络的构建是一项长期的、复杂、消耗精力的事情(Thorelli,1990),他们在长期互动中形成的信任关系很难在短期内被其他资源所替代。例如,由于一些企业高层经理是人大政协代表,也是企业代言人,他们频繁参与企业非市场活动,所建立的关系增加了企业资源的不可替代性。

企业的社会绩效与适应能力被看成是企业有价值的、难以模仿的无形资源(Finkelstein and Hambrick,1996)。本书作者的实证研究结果表明整合市场策略与非市场策略可以通过提高企业社会绩效和对外部环境的适应能力从而显著提高企业经济绩效。企业社会绩效、适应能力、经济绩效构成了整合战略绩效的评价体系(田志龙等,2003),衡量维度的具体表现如表 17-5 所示。

表 17-5 整合战略绩效的衡量维度

战略绩效	具 体 表 现
社会绩效	企业与主要打交道的政府部门有良好的关系;
	媒体记者经常到企业采访报道;
	企业由于生产、管理等方面表现突出而得到的荣誉(例如先进企业、守信誉企业等);
	企业获得政府或行业给予的各种产品质量认证或荣誉;
	企业由于社会责任行为(例如捐助希望小学、成立见义勇为基金、为灾区捐款等)而得到的荣誉和好评;
	企业与社区有良好的关系。
适应能力	企业能准确预测政府政策及其变化;
	企业能快速对政府政策变化做出恰当反应;
	企业能准确预测社会文化、社会公众的观点及其变化;
	企业能快速对社会文化、社会公众观点变化做出恰当反应;
	企业能准确预测顾客的需求及其变化;
	企业能快速对顾客需求变化做出恰当反应;
	企业能准确预测竞争对手的行动及其变化;
	企业能快速对竞争对手行动变化做出恰当反应。

351

续表

战略绩效	具体表现
经济绩效（在市场策略理论中有明确的框架）	市场份额增长率；
	销售额增长率；
	利润增长率；
	诸如 ROA、ROE、Tobin's Q 等财务指标。

第六节　理论价值与实际指导作用

本章从战略管理理论的角度回答了企业如何整合包括政治策略在内的非市场策略与市场策略，从而谋求更大竞争优势的问题。我们提出的模型和做出的相关分析结论完善了战略管理理论，并对中国企业提高战略管理水平有重要的指导作用。

1. 理论价值

企业面临的外部环境包括市场环境和非市场环境两部分。尽管在制度理论、战略管理领域都已经意识到，并在概念上提出了企业的非市场环境和市场环境（Powell，1991；Scott，1992；Tolbert，1985；Zucker，1987）。但在分析这两种环境对企业的影响时，经典战略管理理论强调的是包括竞争对手、经销商、顾客、供应商等利益相关者在内的市场环境，并强调了竞争、资源等的作用，而将包括政府、社会团体、公众、媒体等在内的非市场环境看成是既定的（Lawrence & Lorsch，1967；Pfeffer & Salancik，1978；Williamson，1985）。

但企业非市场环境的要素是可变的并对企业直接产生不对称的影响，而且越来越多的企业也通过非市场策略来影响外部环境，获得所需要的资源，从而创造竞争优势。本章基于其他学者研究的基础上，和对中国企业经理人员的系列访谈与大样本问卷调查结果，提出的整合非市场策略与市场策略的战略管理模型，阐述了非市场环境分析、非市场策略构成及非市场策略及其与市场策略的整合实施的机制，并从战略分析、战略选择与战略实施三个层面融入到经典战略管理理论中。本章的探讨既拓展了有关中国企业非市场环境与非市场策略研究的领域，也从理论上拓展了以市场环境为核心的经典战略管理理论。

2. 对企业战略管理的启示

在中国从计划经济向市场经济转型的过程中，外部环境（包括非市场环境）的不确定性增加了企业决策的难度。本章研究结论对企业的启示在于，企业在进行战略管理时，应同时重视市场环境和非市场环境，并从长远的角度来看待企业整合市场策略和非市场策略的目的和行为，从而避免短视行为。要通过市场策略与非市场策略的整合实施达到提高企业竞争优势的目的,企业需要在重视企业高管社会资本的同时,在内部构建一个包括两个层次的整合模式,包括协商解决问题的机制和正式的整合管理制度。具体策略建议如下:

(1)企业高管在促使内部行为模式形成的过程中扮演了重要角色。企业高管不能仅仅待在办公室来思考战略问题以及做出战略决策。他们应该"走出去",不仅要与市场环境中的经销商、顾客、供应商等打交道,还要与政府、媒体、公众等非市场环境中的利益相关者沟通和交流。在这个过程中,企业高管作为企业代言人,感知和解释外部环境及其对企业的影响,从而有助于企业采取恰当的整合战略。但是此观点和建议不能走向另一个极端,即企业高管将全部精力和时间投入到非市场活动中,他们投入在市场活动和非市场活动的精力应该有一个合适的比例,这主要取决于外部环境不确定程度的高低以及企业职能部门、员工感知和解释外部环境的能力。

(2)将与非市场环境打交道的职能独立化、正式化。跨国企业应对外部环境的比较成熟的做法也印证了这个建议的可行性。在大多数跨国企业中,有独立的公关部门、政府事务部门和政治行动委员会来处理与非市场环境有关的事项,企业有独立的行动预算等。在中国,一些大型国有企业也有独立的政府事务部门和公关部门,例如联想集团等。当然,由于成立独立的处理非市场事务部门以及一定比例的活动预算会增加企业成本,因此对于小企业来说,在构建内部整合模式时可以分步进行。即开始时没必要将这些职能部门独立出来,可以合并在总经理办公室或者公关部门,甚至由企业高管来履行。当企业规模逐渐扩大,企业接触的环境因素越来越多和越来越不确定时,将这些职能正式化、独立化就成为一种必要。

(3)加强市场部门与非市场部门的交流和合作。市场部门与非市场部门在目标、信息偏好等方面存在一定的差异,没有足够的交流和合作会造成各自站在自己的立场考虑问题,使战略决策缺乏全局性和整体性。而且市场部门与非市场部门的沟通不仅仅是为了实现信息交流,还为了通过沟通和交流使他们对公司整体目标有共同的认识和理解。加强市场部门与非市场部门之间交流的方式可以是培训(这可以使它们对企业目标、价值观有共同的认识)、正式的会议、文档交流或者组织各种非正式的交流活动(例如集体旅游、各类球赛等)。

本章参考文献

1. Annandale, D., Morrison-Saunders, A. and Bouma, G.. The impact of voluntary environmental protection instruments on company environmental performance. Business Strategy and the Environment, 2004, 13(1): 1-12.

2. Bantel, K. A. and Jackson, S. E. Top management and innovations in banking: does the demography

of the top team make a difference? Strategic Management Journal, Summer Special Issue, 1989,(10): 107-124.

3. Barney, J. Firm resources and sustained competitive advantage. Journal of Management, 1991,(17): 99-120.

4. Baron, D. P. Integrated market and nonmarket strategies in client and interest group politics. Business and Politics, 1999, 1(1): 7-34.

5. Baron, D. P. Integrated strategy: Market and nonmarket components. California Management Review, 1995b, 37(2): 47-65.

6. Baron, D. P. The nonmarket strategy system. Sloan Management Review, 1995a, 37(1): 73-86.

7. Baron, D. P.. Integrated strategy, trade policy and global competition. California Management Review, 1997, 39(2): 145-169.

8. Bresser, R. K. F. and Millonig, K. Institutional capital competitive advantage in light of the new institutionalism in organization theory. Schmalenbach Business Review, 2003,(55): 220-241.

9. Bronn, P. S. and Bronn, C. Issues management as a basis for strategic orientation. Journal of Public Affairs, 2002, 2(4): 247-258.

10. Child, J. Organizational structure, environment, and performance: the role of strategic choice. Sociology, 1972,(6): 2-22.

11. Creyer, E. H. and Ross, W. T. Jr. The impact of corporate behavior on perceived product value. Marketing Letters, 1996, 7(2): 173-185.

12. Dierickx, I. and Cool, K. Asset stock accumulation and sustainablitity of competitive advantage. Management Science, 1989,(35): 1504-1511.

13. Douglas, T. J. and Judge, W. Q. Integrating the natural environment into the strategic planning process: An an empirical assessment. Academy of Management Journal,1995: 475-479.

14. Fennell, M. and Alexander, J. A. Organizational boundary spanning in insitutionalized environments. Academy of Management Journal, 1987,(30): 456-476.

15. Finkelstein, S. and Hambrick, D. Strategic leadership: top executive and their effects on organizations. New York: West Publication, 1996.

16. Fleming, John J. E. Linking Public public Affairs affairs with Corporate corporate Planning. California Management Review. 1980, 23(2): 35-43.

17. He, Yuanqiong and Zhilong Tian. Performance implications of nonmarket strategy in China. Asia Pacific Journal of Management, (forthcoming).

18. Hillman, J. and Hitt, M. Corporate political strategy formation: a model of approach, participation and strategic decision. Academy of Management Review, 1999: 825-842.

19. Hirschman, A. O. Exit, voice and loyalty: responses to decline in firms, organizations and states. Cambridge, MA: Harvard University Press, 1970.

20. Hirschman, A. O. The strategy of economic development. New Haven, CT: Yale University Press, 1958.

21. Kotler, P. Megamarketing. Harvard Business Review, March-April 1986: 117-124.

22. Lawrence, P. and Lorsch, J. W. Differentiation and integration in complex organizations. Administrative Science Quarterly, 1967,(12): 1-47.

23. Li, H. and Kwaku, A. G. Impact of interaction between R&D and marketing on new product performance: An empirical analysis of Chinese high technology firms. International Journal of Technology Management, 2001,(21): 61-75.

24. Lin, N. Building a network theory of social capital. Connections, 1999, 22(1): 28-51.

25. Mahon, J. and McGowan, R. Modeling industry political dynamics. Business & Society, 1998, (37): 390-413.

26. Meyer, J. W. and Rowan, B. Institutional organizations: formal structure as myth and ceremony. American Journal of Sociology, 1977,(83): 340-363.

27. Oliver, C. Sustainable competitive advantage: Combining combining institutional and resource-based views. Strategic Management Journal, 1997,(18): 697-713.

28. Peteraf, M. The cornerstones of competitive advantage: A a resource-based view. Strategic Management Journal, 1993,(14): 179-191.

29. Pfeffer, J. and Salancik, G. R. The external control of organizations: a resource dependence perspective. New York: Harper and Row, 1978.

30. Porter, M. Competitive advantage: Creating creating and sustaining competitive advantage. New York: Free Press, 1985.

31. Porter, M. E. Competitive strategy: techniques for analyzing industries and competitors. New York: Free Press, 1980.

32. Powell, W. W. Expanding the scope of institutional analysis. In Powell, W. W. and DiMaggio, P. J. (Eds), The New Institutionlism in Organizational Analysis. Chicago, Illinois: University of Chicago Press, 1991: 183-203.

33. Rumelt, R. P. Towards a strategic theory of the firm. In R. Lamb (ed.), Competitive Strategic Management. Prentice-Hall, Englewood Cliffs, NJ, 1984: 556-570.

34. Scott, W. R. Organizations: Rational, natural, and open systems (2nd edn). Englewood Cliffs, NJ: Prentice Hall, 1992.

35. Scott, W. R. The adolescence of institutional theory. Administrative Science Quarterly, 1987,(32): 493-511.

36. Shaffer, B. and Russo, M. V. Political strategies and industry environments. Research in Corporate Social Performance and Policy, 1998,(15): 3-15.

37. Thorelli, H. B. Networks: The the gay nineties in industrial marketing, in Thorelli, H. B. and Cavusgil, S. T. (Eds), International Marketing Strategy, Pergamon, Oxford, 1990.

38. Tolbert, P. S. Resource dependence and institutional environments: Sources of administrative structure in institutions of higher education. Administrative Science Quarterly, 1985,(20): 229-249.

39. Weidenbaum, M. Public policy: no longer a spectator sport for business. Journal of Business

Strategy, 1980, 3(4)：46-53.

40. Wiersema, M. F. and Bantel, K. A. Top management team demography and corporate strategic change. Academy of Management Journal, 1992, 35(1)：91-121.

41. Williamson, O. E. The economic institutions of capitalism：Firmsfirms, markets, relations contracting. New York：Free Press, 1985.

42. Zucker, L. G. Institutional theories of organization. Annual Review of Sociology, 1987,(13)：443-464.

43. 贺远琼, 田志龙. 外部利益相关者对企业规范行为的影响研究. 华东经济管理, 2005,(11)：92-94.

44. 雷剑峤. 走进跨国公司. 南方周末, 2005-09-08, c19 版.

45. 李凤莲, 马锦生. 企业技术创新与营销的界面管理. 哈尔滨商业大学学报：自然科学版, 2002, 18(5)：593-596.

46. 廖以臣, 张静, 刘一雄. 从"微软在中国"看全球营销中的政治权力. 商业时代, 2003,(11)：32-34.

47. 刘东华. 把企业当企业办. 中国企业家, 1999,(11)：1.

48. 尼尔·保尔森, 托·赫尼斯[编]. 佟博, 陈树强, 马明[译]. 组织边界管理——多元化观点. 北京：经济管理出版社, 2005.

49. 潘焕学. 从"4P's"到"10P's"——营销组合理论的发展. 中国科技信息, 1997,(16)：35.

50. 石秀印. 中国企业家成功的社会网络基础. 管理世界, 1998,(6)：187-196.

51. 田志龙, 高勇强, 卫武. 中国企业政治策略与行为研究. 管理世界, 2003,(12)：23-31.

52. 薛红志, 张玉利, 杨俊. 机会拉动与贫穷推动型企业家精神比较研究. 外国经济与管理, 2003,(6)：2-8.

53. 尹义省. 适度多角化——企业成长与业务重组. 上海：生活·读书·新知三联书店, 1999.

54. 张建君, 张志学. 中国民营企业家的政治战略. 管理世界, 2005,(7)：94-105.

55. 张其仔. 社会资本的投资策略与企业绩效. 经济管理, 2004,(16)：58-63.

56. 邹鹏, 田志龙. 战略事项管理. 外国经济与管理, 2001, 23(8)：2-6.

第9章的调查问卷

本附录是本书第9章实证研究中所使用的调查问卷。

我国企业与政府关系现状调查问卷

尊敬的女士/先生：

为了了解我国企业与政府关系的现状，推进政府决策的民主化进程，促进市场经济中政府角色的转换，提高我国企业的战略管理水平以及驾驭外部环境的能力，并为新型政企关系模式的建立提供可行性的政策建议，我们准备针对企业中高层领导进行以下调查。本项目是由华中科技大学管理学院田志龙教授主持的国家自然科学基金项目的子课题。请您务必真实地查阅和填写问卷中的所有数据和问题，所收集到的资料完全用于学术研究和分析，严格保密，绝不泄露。

谢谢您的支持与帮助！

1-企业基本情况

Q1. 贵单位所在地区：　　　　　省　　　　　市（县）

Q2. 贵单位的性质是：（　　）

    A. 国有独资企业　　　　　　　　　　B. 国有控股企业

    C. 股份制企业（非国有独资或国有控股）企业

    D. 外商投资企业　　　　　　E. 民营企业　　　　F. 其他

Q3. 贵单位所属主要行业是：（　　）

A. 金融保险	B. 农林牧渔	C. 金属矿业	D. 食品饮料
E. 纺织化纤	F. 轻工业	G. 能源石化	H. 化学工业
I. 医药卫生	J. 机械制造	K. 交通运输	L. 汽车工业
M. 建筑水利	N. 房地产业	O. 环保产业	P. 家用电器
Q. IT电信	R. 信息咨询	S. 服务业	T. 商业贸易

U. 新闻媒体　　　　V. 科教文体　　　W. 其他行业

Q4. 贵单位经营所涉及的行业数是：（　　　）

　　A. 1 个　　　　　　B. 2 个　　　　　C. 3 个　　　　　　D. 4 个

　　E. 5 个　　　　　　F. 6 个以上

Q5. 贵单位的规模：

　　（　　　）按职工人数：

　　A. 300 人以内　　　　　　　　　　B. 301～500 人

　　C. 501～800 人　　　　　　　　　　D. 801～2000 人

　　E. 2001～3000 人　　　　　　　　　F. 3000 人及以上

　　（　　　）按销售额：

　　A. 1000 万元以内　　　　　　　　　B. 1000 万～3000 万元

　　C. 3000 万～15000 万元　　　　　　D. 15000 万～30000 万元

　　E. 30000 万元及以上

　　（　　　）按资产总额：

　　A. 4000 万元以内　　　　　　　　　B. 4000 万～40000 万元

　　C. 40000 万元及以上

Q6. 贵单位主营业务的销售额占总销售额的百分比是：（　　　）

　　A. 33%以下　　　　B. 33%～66%　　　C. 66%以上

Q7. 贵单位主营业务利润占总利润的百分比是：（　　　）

　　A. 33%以下　　　　B. 33%～66%　　　C. 66%以上

Q8. 贵单位近三年的主要经济指标是：（请在对应的栏目前填写数字）

主　要　指　标	2001 年	2002 年	2003 年
员工总人数			
总销售额			
总资产			
总利润			
所有者权益			

2-企业与政府有关的部门和人员

Q9. 贵单位经常与政府部门打交道的领导的职务是(可多选)：（　　　）

　　A. 单位总负责人　　　　　　　　B. 单位其他高层领导

C. 单位中层领导　　　　　　　　　　D. 单位基层员工

E. 其他,请注明:[　　　　　　　　　]

Q10. 贵单位经常与政府部门打交道的部门是(可多选):(　　　)

A. 总经理办公室　　　　　　　　　B. 公共关系部门

C. 其他,请注明:[　　　　　　　　　]

Q11. 贵单位是否设有专门的公共关系部门:(　　　)

A. 有　　　　　B. 没有

Q12. 贵单位经常处理与政府关系的专职人员数是:(　　　)

A. 0个　　　　　B. 1个　　　　　C. 2个　　　　D. 3个

E. 4个　　　　　F. 5个以上

Q13. 贵单位在人大或政协担任代表的领导或员工的人数是:(　　　)

A. 0个　　　　　B. 1个　　　　　C. 2个　　　　D. 3个

E. 4个　　　　　F. 5个以上

Q14. 贵单位领导或员工在人大或政协担任代表的级别是(如果没有,可不填):

(　　　)

A. 县区级人大或政协代表　　　　B. 市级人大或政协代表

C. 省级人大或政协代表　　　　　D. 国家人大或政协代表

E. 其他,请注明:[　　　　　　　　　]

Q15. 贵单位政府决策咨询顾问的人员数是:(　　　)

A. 0个　　　　　B. 1个　　　　　C. 2个　　　　D. 3个

E. 4个　　　　　F. 5个以上

Q16. 贵单位政府决策咨询顾问的级别是(如果没有,可不填):(　　　)

A. 县区级政府决策咨询顾问　　　B. 地市级政府决策咨询顾问

C. 省级政府决策咨询顾问　　　　D. 国家级政府决策咨询顾问

E. 其他,请注明:[　　　　　　　　　]

Q17. 贵单位在各地政府设置办事处的数量是:(　　　)

A. 0个　　　　　B. 1个　　　　　C. 2个　　　　D. 3个

E. 4个　　　　　F. 5个以上

Q18. 贵单位在各地政府设置办事处的级别是(如果没有,可不填):(　　　)

A. 地市级政府　　　　　　　　　B. 省级政府

C. 中央政府　　　　　　　　　　D. 其他,请注明:[　　　　　　]

3-企业与政府关系的影响因素

Q19. 您认为贵单位的党建工作和思想政治工作的作用是：（　　　）

    A. 很大，党建工作和思想政治工作在企业文化建设中非常重要，并得到企业员工的广泛认同

    B. 较大，党建工作和思想政治工作在企业文化建设中较为重要，并得到企业员工的较好认同

    C. 一般，党建工作和思想政治工作在企业文化建设中有一定作用，并得到企业员工的一定认同

    D. 较小，党建工作和思想政治工作在企业文化建设中有较小作用，没有得到企业员工的一定认同

    E. 没有作用

Q20. 您认为贵单位在政府或政府官员心中的形象和声誉是：（　　　）

    A. 很好，勇于承担社会责任，积极赞助教育、健康、城建、环保、助残及赈灾救济等各项社会公益事业，塑造了良好的政治形象，并得到政府的赞许、认可和支持

    B. 较好，能够承担较多社会责任，较积极赞助教育、城建及赈灾救济等社会公益事业，获得较好的政治形象，并得到政府的理解和帮助

    C. 一般，能够承担一些社会责任，赞助教育、城建及赈灾救济等社会公益事业，获得一定的政治形象，并得到政府一定关注

    D. 较差，能够承担一定社会责任，较少参与社会公益事业，但是很少受到政府关注

    E. 很差，政治形象不佳，并到处受阻、举步艰难

Q21. 您认为贵单位与政府和社会的关系是：（　　　）

    A. 很好，营造一个十分宽松的外部环境，并使企业的长期发展得到政府和所在社区的关心、理解和支持

    B. 较好，获得一个良好的外部环境，并使企业的日常活动得到政府和所在社区的关心、理解和支持

    C. 一般，政府和所在社区对企业反映不错，但是需要他们进一步的关心、理解和支持

    D. 较差，整体上需要进一步的改善

    E. 很差，基本上处于敌对状态

Q22. 您认为贵单位领导的政治素质和政治敏感性(或政治意识)是:(　　　)

A. 很高,具备相当高的政策水平,他们及时准确了解、领会和执行政府政策,关注和预测与企业利益直接相关政策的变化,并提前采取应对措施或主动影响政府政策出台

B. 较高,具备较好的政策水平,他们能够了解和领会政府政策,关注和预测政府政策的变化,并提前采取应对措施

C. 一般,具备一定的政策水平,他们能够了解和领会政府政策,关注政府政策的变化,但只是被动接受政府政策出台

D. 较差,能够了解和领会政府政策,不关注政府政策的变化

E. 很差,不关心政府政策

Q23. 您认为贵单位领导或员工的各种非正式社会关系有:(　　　)

A. 很多,具有十分丰富的非正式社会关系资源,许多家人、亲戚、同乡、同学、朋友正在或曾经在政府部门任职,他们在企业经营活动过程中积极运用这些关系获得各种政府资金、设备、原料、技术、项目

B. 较多,具有较为丰富的非正式社会关系资源,一些家人、亲戚、同乡、同学、朋友正在或曾经在政府部门任职,他们在企业经营活动过程中运用这些关系获得一些政府资金、设备、原料、技术、项目

C. 一般,具有一些非正式的社会关系资源,一些家人、亲戚、同乡、同学、朋友曾经在政府部门任职,但是他们很少在企业经营活动过程中运用这些关系

D. 较少,具有较少的非正式社会关系资源,家人、亲戚、同乡、同学、朋友较少在政府部门任职

E. 没有,没有非正式社会关系资源,家人、亲戚、同乡、同学、朋友没有在政府部门任职

Q24. 您认为贵单位领导参政议政的历史与经验是:(　　　)

A. 很多,具有十分丰富的参政议政的历史与经验,能够积极推进员工民主管理、发动员工参政议政,主动培养员工参政议政的能力与素质

B. 较多,具有较为丰富的参政议政的历史与经验,能够推进员工民主管理,发动员工参政议政,能够培养员工参政议政的能力与素质

C. 一般,具有一定的参政议政的历史与经验,能够推进员工民主管理,发动员工参政议政

D. 较少,具有较少的参政议政的历史与经验,能够推进员工民主管理

E. 没有,没有参政议政的历史与经验

Q25. 您认为贵单位所在行业的政府管制程度是:(　　　)

A. 很紧,政府对本行业的各方面保持着相当程度的管制,新企业根本无法进入该领域,形成一种行政性的行业垄断局面

B. 较紧,政府对本行业的各方面保持着一定程度的管制,新企业进入该领域存在严重的障碍

C. 一般,政府逐步放松本行业的管制,允许部分企业进入该领域,扩大市场竞争的范围和程度

D. 较松,政府逐步解除本行业的管制,允许大多数企业进入该领域,形成一种有序的竞争局面

E. 很松,政府已经解除本行业的管制,允许任何企业进入该领域,形成一种自由的竞争局面

Q26. 您认为贵单位所在行业中企业之间的合作程度是:(　　　　)

A. 很紧,企业之间普遍建立长期而紧密的合作关系,并采取多种手段和方式,涉及多个行业领域

B. 较紧,企业之间普遍建立较为紧密的合作关系,并采取一定手段和方式,涉及几个行业领域

C. 一般,企业之间建立一定的合作关系,但是这种关系可能处于一种偶然和随机状态

D. 较松,企业之间的合作关系较为零散,并且这种关系可能处于一种初级阶段

E. 没有,企业之间没有任何合作关系

Q27. 下表是可能影响企业与政府之间沟通程度的因素,请您分别评价它们的影响程度(在对应的栏目前打"√"):

影 响 因 素	很大	较大	一般	较小	没有
企业规模大小					
所在行业规模大小					
所在行业企业数					
所在行业中企业之间合作程度					
政府对行业的管制程度					
企业经营所涉及的行业数					
企业党建和政治思想工作					
企业声誉与形象					
企业与竞争对手、政府及社会的关系					
企业驻各地政府的办事处					
企业专门处理政府关系的部门					

影响因素	很大	较大	一般	较小	没有
企业处理政府关系人员的数量与层次					
企业政府决策咨询顾问的数量与层次					
企业参政议政的历史与经验					
企业领导或员工的非正式社会关系					
企业领导的政治素质与政治敏感性					
企业公共关系的费用					

4-企业竞争性战略活动情况

Q28. 请您估计贵单位每年用于处理政府关系的费用占公共关系的费用百分比是：（　　）

    A. 15%以下　　　B. 15%～30%　　　C. 30%～45%

    D. 45%～60%　　　E. 60%以上

Q29. 请您估计贵单位每年用于公共关系的费用是（单位：人民币,元）：（　　）

    A. 10万元以下　　　　　　　　B. 10万～50万元

    C. 50万～100万元　　　　　　D. 100万～500万元

    E. 500万元以上

Q30. 请您估计贵单位每年用于公共关系的费用与同行业相比：（　　）

    A. 高出很多　　　B. 略高一些　　　C. 差不多

    D. 略低一些　　　E. 低很多

Q31. 请您估计贵单位每年用于研发的费用占总销售额的百分比是：（　　）

    A. 10%以下　　　B. 10%～20%　　　C. 20%～30%

    D. 30%～40%　　　E. 40%以上

Q32. 请您估计贵单位每年用于研发的费用是（单位：人民币,元）：（　　）

    A. 50万元以下　　　　　　　　B. 50万～100万元

    C. 100万～500万元　　　　　　D. 500万～1000万元

    E. 1000万～5000万元　　　　　F. 5000万元以上

Q33. 请您估计贵单位每年用于研发的费用与同行业相比：（　　）

    A. 高出很多　　　B. 略高一些　　　C. 差不多

    D. 略低一些　　　E. 低很多

Q34. 请您估计贵单位每年出口额占总销售额的百分比：（　　）

    A. 20%以下　　　B. 20%～40%　　　C. 40%～60%

    D. 60%～80%　　　E. 80%以上

Q35. 请您估计贵单位每年出口额（单位：人民币,元）：（　　）

    A. 100万元以下　　　　　　　　B. 100万～500万元

    C. 500万～1000万元　　　　　　D. 1000万～5000万元

    E. 5000万～1亿元　　　　　　　F. 1亿元以上

Q36. 请您估计贵单位每年出口额与同行业相比：（　　）

    A. 高出很多　　　B. 略高一些　　　C. 差不多

    D. 略低一些　　　E. 低很多

Q37. 请您估计贵单位主营业务在该行业中的市场份额：（　　）

    A. 20%以下　　　B. 20%～40%　　　C. 40%～60%

    D. 60%～80%　　　E. 80%以上

Q38. 请您估计贵单位主营业务的市场份额与同行业相比：（　　）

    A. 高出很多　　　B. 略高一些　　　C. 差不多

    D. 略低一些　　　E. 低很多

Q39. 请您估计贵单位收购兼并与同行业相比：（　　）

    A. 很频繁　　　B. 较频繁　　　C. 差不多

    D. 较不频繁　　　E. 不频繁

Q40. 请您估计贵单位每年获得政府采购额占总销售额的百分比[①]：（　　）

    A. 20%以下　　　B. 20%～40%　　　C. 40%～60%

    D. 60%～80%　　　E. 80%以上

Q41. 请您估计贵单位每年获得的政府采购额（单位：人民币,元）：（　　）

    A. 50万元以下　　　　　　　　B. 50万～100万元

    C. 100万～500万元　　　　　　D. 500万～1000万元

    E. 1000万～5000万元　　　　　F. 5000万元以上

Q42. 请您估计贵单位每年获得的政府采购额与同行业相比：（　　）

    A. 高出很多　　　B. 略高一些　　　C. 差不多

    D. 略低一些　　　E. 低很多

---

① 政府采购是指各级政府及其所属机构为了开展日常政务活动或为公众提供公共服务的需要,在财政的监督下,以法定的方式、方法和程序,对货物、工程或服务的购买行为。

5-企业与政府沟通的方式和途径

Q43. 下表是企业可能采用的与政府沟通的方式和途径,请您指出在过去三年中贵单位采用的方式和途径(在对应的栏目前打"√")。

与政府沟通的方式/途径	从不	很少	有时	经常	总是
1. 企业有人担任各级人大政协代表;					
2. 企业有人担任各级政府决策咨询顾问或委员;					
3. 企业有人担任政府官员;					
4. 企业有人担任较高级别的共产党委员会委员;					
5. 企业有人参加政府部门政策的拟定与研讨等;					
6. 企业积极成为行业协会成员并参加行业工作会议;					
7. 企业直接参与制定行业标准或规则;					
8. 企业直接参与制定政府政策、法规;					
9. 企业协助政府制定和实施政策、法规;					
10. 企业直接找到熟悉的政府官员,希望他们为企业说话;					
11. 企业通过员工的家人、同乡、同学、朋友找到政府官员,希望他们为企业说话;					
12. 企业找到熟悉的参与决策的非政府官员,希望他们为企业说话;					
13. 企业针对影响行业或本企业的政策、法规的制定、实施等相关问题站在行业角度提出研究报告,以正式或非正式方式呈送给有关政府部门和行业组织,以期产生影响;					
14. 企业针对影响行业或本企业的政策、法规的制定、实施相关的问题站在自身角度提出意见和建议,以正式或非正式方式呈送给有关政府部门和行业组织等,以期产生影响;					
15. 企业主动向政府官员了解与行业有关的政策和法规信息;					
16. 企业主动向政府官员了解与自身利益有关的政策和法规信息;					
17. 企业通过自身力量,引起媒体、消费者群体、股东群体或居民对某个社会事件的关注,形成一定的舆论导向,间接影响政府及行业决策行为;					
18. 企业通过政府或法律消除对自身的负面报道和不利消息;					
19. 企业通过自身努力,找到现有制度的缺点,实践新的制度规则,成为政府政策与规则改变的方向,再通过其他政治途径获得正式承认;					
20. 企业进入制度空白领域,引发新制度的讨论与最终确立;					

21. 企业成为当地政府的骄傲和依赖(如成为知名企业、纳税大户);					
22. 企业做政府鼓励的事情(如雇用下岗职工);					
23. 企业做政府推荐的事情(如兼并亏损企业);					
24. 企业做适合政治环境的事情(如宣传和学习党和政府的方针政策、组建党支部和党小组、工会、职代会并发挥其作用);					
25. 企业进行有利于政府政绩的投资(如建当地的标志工程);					
26. 企业重要经营事项请示有关官员;					
27. 企业重要场合邀请政府官员出席(如产品展示会、推广会、挂牌、题词和赠言、签字仪式、研讨会、宴会、赠送礼品等);					
28. 企业经常参加政府和行业工作会议;					
29. 企业经常向政府汇报工作;					
30. 企业经常走访有关政府官员;					
31. 企业从财政上支持与参加政府组织的各种活动(如政府组团去国外考察);					
32. 企业通过慈善捐款资助教育、健康、赈灾救济等各项公益事业;					
33. 企业为政府官员支付考察差旅费;					
34. 企业联合其他企业抵制不合理的政府政策和法规;					
35. 企业向政府或公众揭露竞争对手的不道德行为;					
36. 企业了解政府政策出台、制定以及影响过程;					
37. 企业通过不正当手段影响政府官员获得优惠政策、银行贷款和合同等;					
38. 企业为政府官员的亲戚或朋友安排工作;					
39. 企业邀请政府官员、人大政协代表、国外政要、其他企业管理人员参观视察。					

Q44. 与其他企业相比,您认为贵单位对不利于自己的政府政策的态度是:(　　　)

A. 积极影响　　　B. 稍加影响　　　C. 接受

D. 稍加抵制　　　E. 强烈抵制

Q45. 与其他企业相比,您认为贵单位与政府的关系是:(　　　)

A. 很好　　　　　B. 较好　　　　　C. 一般

D. 较差　　　　　E. 很差

Q46. 与其他企业相比,您认为贵单位与社会公众(包括大众媒体、社会舆论、社区居民)的关系是:(　　　)

A. 很好　　　　B. 较好　　　　　　C. 一般

D. 较差　　　　E. 很差

6-政府对企业的扶持和帮助

Q47. 下表是企业可能获得的政府扶持和帮助，请您指出在过去三年中贵单位获得的扶持和帮助(在对应的栏目前打"√")。

政府扶持/帮助	从不	很少	有时	经常	总是
1. 企业获得各种优惠政策(减免税收、土地优惠、财政补贴、产业扶持、低息贷款或信贷担保);					
2. 企业获得银行资金支持;					
3. 企业获得各种高级人才(如政府培训科研人员;政府吸引高层次人员;政府给予人事补贴);					
4. 企业及时了解各种政策变化信息;					
5. 企业获得政府或行业给予的各种产品质量认证;					
6. 企业(或员工)获得政府或行业授予的各种荣誉称号和头衔;					
7. 企业商标和技术专利受到侵犯时政府给予保护;					
8. 企业获得社会公众、政府、社区居民的好感;					
9. 企业与其他企业、政府、银行之间建立良好的合作关系;					
10. 企业获得政府批准上市和融资;					
11. 企业通过政府(或相关政策)获得行业垄断地位;					
12. 企业通过政府(或行业协会)修改政策或行业标准,限制或减少竞争对手,进入行业市场;					
13. 政府扶持企业研究与开发(如政府启动科技计划资助企业;政府直接投资企业技改项目;政府奖励企业科技创新活动,政府直接购买新产品);					
14. 政府扶持企业参与国际市场竞争(如给予进出口权或配额;简化海关审批手续;制定反倾销或反垄断法案);					
15. 政府扶持企业兼并与扩张(如减免被兼并企业债务或利息);					
16. 企业获得各种政府合同;					
17. 企业获得市场地位提高,市场份额增加;					
18. 企业获得销售收入提高,利润增加。					

367

Q48. 与其他企业相比,您认为政府对贵单位的扶持和帮助:（　　）

    A. 很多　　　　　B. 较多　　　　　C. 一般

    D. 较少　　　　　E. 很少

Q49. 与其他企业相比,您认为社会公众(包括大众媒体、社区居民等)对贵单位的理解和支持:（　　）

    A. 很多　　　　　B. 较多　　　　　C. 一般

    D. 较少　　　　　E. 很少

Q50. 您在贵单位工作的部门和职务:＿＿＿＿＿＿

感谢您的参与!

后 记

　　我与三个合作者撰写《拓展企业生存空间——企业政治策略与行为的理论研究》和《沟通创造价值——企业政府公关的策略与案例》这两本书源于我对企业与政府关系(即商政关系)的研究。而我对企业与政府关系的研究源于我先后主持的几个国家自然科学基金资助的相关课题。

　　我进入商政关系这个研究领域具有一定的偶然性。我于1989年底从多伦多大学留学回华中科技大学管理学院任教后,主要进行的是与市场营销相关的教学、教材的撰写和企业的咨询活动。1993年我开始注意到,我应该申请国家自然科学基金项目。为了找到合适的题目,我在学校图书馆社会科学外文阅览室的书刊中寻找灵感。我的注意力很快被一本谈国外政府如何管理和控制国有企业的书所吸引,因为当时国内正在讨论"政企分开"问题。我感到政府作为投资者与其投资的企业其实是分不开的。体制改革所要做的应该是用一种新的股份控制机制替代原来的直接干预机制。1994年我申报的题目"股份公司的股份控制机制与组织管理结构的理论与实证研究"(No.7490008)获得资助。这一项目的研究使我的理论研究从此偏离了市场营销而转向企业与外部环境的互动关系,虽然我的教学和企业咨询仍集中在市场营销领域。

　　在此项目研究过程中,我除了探讨公司治理相关问题外,还接触到西方学者研究企业与政府关系的大量文献,涉及下面的话题:商政关系、商业环境与企业战略、公司政治策略与行为、公共关系与公司公共事务管理等。其中我发现,在中国也普遍存在着企业影响政府政策和法规的制定过程、谋求有利生存空间的企业政治策略与行为,但学者们很少研究。于是我申请的"市场法律制度在企业内部化的案例研究"(No.70141006)、"我国企业政治策略与行为及其对政企关系影响的理论研究"(No.70172032)得到批准。在后两个项目的研究中,我进一步发现,企业政治行为只不过是企业非市场行为(还包括环保行为和公益行为)的一种,企业在实际运作中必须将非市场行为与市场行为整合运用才能发挥真正效果。我进一步申请的"企业市场策略与非市场策略的整合模式研究"（No. 70472058）获得批准。在国家自然科学基金委管理科学部于《管理学报》（2007 年 1 期）公布的数据中，我因为获得五项面上基金项目而被列为 1992—2006 年期间全国获资助最多的十五位学者之一。

此次出版的两本关于企业的政府公关专著主要源于上面提到的后两个项目中关于商政关系的研究成果。

在过去六年里有五位博士生先后进行了商政关系相关领域的研究：张泳博士首先基于制度理论对企业面临的制度环境及其变迁进行了研究；高勇强博士基于西方理论基础对中国企业处理与政府关系的政治策略与行为的基本状况进行了开拓性研究；卫武博士接着对公司政治行为及其有效性进行了大样本的实证研究；贺远琼博士在扩展的概念下对企业非市场策略与市场策略整合的模式进行了研究；高海涛博士对企业非市场行为的影响因素与规范和治理进行了研究。除了上述五位博士的直接研究外，其他研究生也进行过前期研究、相关研究或参与过讨论，他们是已毕业的博士生云虹、张婧、常亚平、林媛媛、梁宏、韩睿、邵国良、窦彬、鲍盛祥、陈向军、戴鑫、熊小斌、王斌，曹礼和，陈涛以及硕士李玉清，杨辉、王爱武、黄国民、邬帼俊、邹鹏、刘晶、衣光喜、李金洋、盘远华等。

在这两本书的撰写过程中，高勇强、贺远琼和高海涛分别参与了第一本书和第二本书的撰写。除此以外，在读博士生赵宝春、魏文川、邓新明、樊帅和在读硕士生戴黎、赵颖娜、马昌义、孔旭升、王东、黄鑫、王隽、王娅妮、黄卉、王建明等都参与了资料的收集，特别是第二本书的案例的收集、整理工作，实际上他们收集和整理的案例远比书中用到的多。

因此，这两本书的完成是团队持续研究的贡献和众多研究者智慧的共同结晶。

实际上这两本书的成书过程也经历了近两年的时间和思路的调整。2005 年初拿出的初稿是一本包括理论与实践两个部分的"企业政治策略的理论与实践"。从市场导向角度看，一些出版界的编辑朋友建议我们分拆成理论版与应用版两本书。理论版比较快就完成了，但应用版的撰写则因为要增加大量的实际案例和调整内容结构花费了较多时间，直到 2007 年 3 月才最后完稿。2007 年 2 月初，我到印度开始一项由 Ford Foundation 下属的 Asian Scholarship Foudation 资助的半年研究。在最初的一个月里，我一个人住在位于新德里附近 Qurgaon 市的 Management Development Institute 的招待所里，没有人打扰，也尽量不做其他事情，集中精力才将稿子完成。由此我感到，人到了四十多岁以后，事情繁多，写书（不是编书）还真不容易。

当然，这两本书的完成除了作者自己和研究生们做的一些工作外，还要感谢很多人的贡献。

首先要感谢国家自然科学基金委连续资助了我的研究工作，实际上，我作为一个普通学者的成长是伴随着国家自然科学基金的不断资助实现的。除了上面列出的那些研究生外，还要感谢华中科技大学管理学院、中南财经大学的 EMBA 学员、华中科技大学和江西财经大学部分 MBA 学员以及我在企业界的众多朋友们，他们在我们的研究中接受了访问,参与了讨论和帮助回答了问卷。加拿大 Montreal 大学 HEC 商学院的 Taieb Hafsi 教授,新西兰 Otago 大学商学院的 Malcolm Cone 教授,Kim Fan 教授是我在研究和论文方面的国际合作者,他们对本书相关的研究提出过宝贵意见。华中科技大学管理学院的领导和教师们以及我所在的工商管理系的同事们对我们的工作给予了大力的支持。本书初稿完成后,武汉健民药业集团公司董事长鲍俊华、武汉钢铁股份有限公司副总经理赵昌旭、北京大学光华管理学院的张建君教授、清华大学经济管理学院的杨斌教授、国务院发展研究中心企业研究所的范宝群博士阅读了初稿,他们提出了宝贵的修改意见。书稿的撰写过程中,我们与华中科技大学出版社、中国经济出版社、人民出版社的编辑进行了探讨,他们都提出了很好的建议。清华大学出版社的责任编辑,就书稿的内容和形式都与我们进行了大量的沟通。我们向上述各方面的人员表示衷心的感谢。最后要向我的合作者高勇强、高海涛和贺远琼的家人以及我的家人给予的支持表示感谢。

田志龙

华中科技大学管理学院

2007 年 11 月